U0108159

B
E
S 嚴
T 選

奇幻基地出版

## 颶光典籍四部曲

# 戰爭節奏・上冊

The Stormlight Archive: Rhythm of War

布蘭登・山德森 著
歸也光 譯

Brandon
Sanderson

# BEST 嚴選

## 緣起

在繁花似錦的奇幻文學花園裡，你或許還在門外徘徊，不知該如何抉擇進入的途徑；也或許你已經置身其中，卻因種類繁多，或曾經讀過不合口味的作品，而卻步、遲疑。

BEST嚴選，正如其名，我們期許能透過奇幻基地對奇幻文學的瞭解，以及對讀者的理解，站在出版者與讀者的雙重角度，為您精選好作家與好作品。

他們是名家，您不可不讀：幻想文學裡的巨擘，領域裡的耀眼新星。

它們最暢銷，您怎可錯過：銷售量驚人的大作，排行榜上的常勝軍。

這些是經典，您務必一讀：百聞不如一見的作品，極具代表的佳作。

奇幻嚴選，嚴選奇幻。請相信我們的眼光，跟隨我們的腳步，文學的盛宴、幻想世界的冒險，就要展開。

excellent bestseller classic

獻給艾薩克・史都華，
他描繪出了我的想像。

# 序言與致謝

在此驕傲地獻上颶光典籍系列第四部《戰爭節奏》。我撰寫這個系列已經超過十年，看著這個故事茁壯發展、實現我這些年來的想像，這感覺越來越令人滿意。尤其第四部最後面的一個場景，正是我最初爲這系列描繪的畫面之一，那可是將近二十年前的事了呢！

我們慢慢接近颶光典籍這部分的最後一本書（在我的規畫裡，整個系列分成兩組、各五本書，有兩個主線）。謝謝各位這麼多年來不離不棄，我的目標是繼續適時且及時推出後續作品。一如往常，截稿時間總是緊迫，許多人都爲這本書的完成投注了大把時間。感謝名單有點長，但是裡頭的每一個人都應該爲他們的付出獲得讚揚。

這本書在Tor出版社的主要編輯是黛薇（Devi Pillai），她孜孜不倦又十分精確，是颶光典籍系列的絕佳擁護者。「寰宇」相關作品中，這是第一本不是跟長久合作的編輯摩許・費德（Moshe Feder）一起完成的，還是非常感謝他在之前那些年裡照看這個系列。我要特別謝謝黛薇讓這個轉換過程平順又輕鬆。

一如往常，我要感謝湯姆・多荷提（Tom Doherty），是他在一開始給了我出版這系列的機會。跟黛薇和湯姆在Tor的團隊中一起爲這本書付出的還有：Rachel Bass、Peter Lutjen、Rafal Gibek，以及Heather Saunders。

然後是我的英國出版社Gollancz，我想要特別感謝Gillian Redfearn，她在整個出版過程中提供編輯方面的支援，也非常努力讓書本看起來很棒。

我們的審稿編輯是向來很優秀的Terry McGarry，還有以對白編輯身分首度加入團隊的Kristina Kugler。我一直想跟Kristina合作一本「寰宇」作品，這次她也確實表現傑出。

有聲書方面，我們的製作人是Steve Wagner。傑出的Michael Kramer和Kate Reading也重回陣營；他們兩個是全世界最厲害的有聲書說書人。我誠心感謝他們繼續配合我們，接下這個超過五十小時長度的龐然巨獸史詩奇幻系列。

這本書的主要版權經紀公司是由Joshua Bilmes領導的JABberwocky Literary Agency，亦有Susan Velazquez、Karen Bourne與Valentina Sainato從旁協助。我們的英國版權經紀是Zeno Literary Agency 的John Berlyne。我很感謝他們的付出以及對我的支持。

我自己的公司「龍鋼」（Dragonsteel Entertainment）由我美好的妻子艾蜜莉・山德森（Emily Sanderson）擔任經理。難以形容的彼得・奧斯托姆（Peter Ahlstrom）是我們的副總裁兼編輯總監；艾薩克・史都華則是藝術總監。我通常會拿他的名字來開玩笑，不過考量這本書是獻給他的，我想這次還是放過他好了。艾薩克不僅創造出我們美麗的地圖，還介紹我認識我妻子（差不多算是相親啦）。如果讀者有機會遇見他，可以請他幫你的書簽名，還有，一定要記得跟他聊聊你最愛的樂高組合。

「龍鋼」還有連貫性編輯Karen Ahlstrom，以及我們的倉儲經理兼財務長Kara Stewart。Adam Horne是我們公司的公關兼我的個人助理，他是一個萬能的「我可以」人士，什麼事都搞得定。我們的內部員工還包含Kathleen Dorsey Sanderson、Emily “Mem” Grange、Lex Willhite，以及Michael Bateman。各位能拿到T恤、海報以及簽名書，都得感謝他們。還有他們的助理，我們團隊的「迷你寵僕」：Jacob、Hazel、Isabel、Matthew、Audrey、Tori，以及Joe。除此之外，也感謝所有自願來幫忙的人，尤其是一向很棒的Christi Jacobson。

為《戰爭節奏》提供插畫的畫家們在完成作品之際，不僅要面對疫情，也面對著悲劇，有些甚至不畏風雨才能把作品送來。我十分敬佩他們的天賦和熱忱，不僅由衷深深感謝他們，也祝福他們在這動蕩的時期能夠一切平安。

我職涯中的亮點之一是能夠與畫家麥克・威蘭（Michael Whelan）共事。眞的很榮幸有他這麼支持我的作品，他居然暫時放下自己的創作計畫，先爲這系列交出幾幅美麗的畫作。光是他幫我畫一幅封面插畫，我就已經很感恩了，想不到他還繼續爲《戰爭節奏》施展他的魔法，創造出我覺得至今最棒的美版颶光典籍系列封面，我覺得自己眞是難以置信的幸運兒。這幅插畫無疑是一幅無上傑作，令我深深敬佩。

在《引誓之劍》中，扉頁放了神將的肖像，這次也延續這項傳統。剛開始寫這本書的時候，我們委託畫家們畫出另外六位神將，盤算好其中兩幅留到下一本書再放。每一位畫家都接下任務，並給出了傑作。Donato的塔勒奈拉神將看起來憔悴，仍洋溢勝利之色，我很興奮能擁有他對這角色的美妙詮釋。對颶光典籍系列來說，Miranda Meeks已經不算陌生人了——只要有機會，我們都很愛跟她合作；她的巴塔神將看起來又莊嚴又神祕。我本身成爲Karla Ortiz的粉絲已經有一段時間了，她交出壯麗又幾乎完美的查娜拉拿克神將和納拉神將。最後，Magali Villeneuve的佩利亞神將和克雷克神將令人驚艷又精彩。和Howard Lyon合作最後兩幅畫的油畫的版本，之後將會和其他作品一起呈現給大家欣賞。

Dan dos Santos是一個活生生的傳奇兼好朋友。他將他的獨特風格帶入本書的時裝插畫，接下一個艱難的挑戰：描繪出對人類而言有如異形的歌者，但同時又讓讀者能以某種方式在情感上認同他們。我認爲他非常巧妙地維持了其中的平衡。

Ben McSweeney二〇二〇年加入龍鋼全職員工的行列，他一些最棒的作品也在這本書中亮相：紗藍手繪的靈，特別持續爲羅沙的視覺美學增色。我很喜歡Ben的作品詳盡描繪出兀瑞席魯的中庭，有助於傳達這座塔城的壯闊。還要特別感謝Alex Schneider爲我們提供建築格局方面的意見。

非常感謝Kelley Harris，她是颶光團隊的核心成員，全靠她把娜凡妮的筆記頁面化爲現實；她的設計感無懈可擊，讓我想起二十世紀早期慕夏的產品設計。

除此之外，還有很多藝術家和其他人在幕後幫忙，我也在這裡獻上大大的感謝：Miranda Meeks、Howard Lyon、Shawn Boyles、Cori Boyles、Jacob、Isabel、Rachel、Sophie，以及Hayley Lazo。

這本書亦有賴於幾位不同領域的專家襄助，他們都非常重要。Shad "Shadiversity" Brooks是我們主要的歷史武術顧問，在這個領域，我們也稍微借重了Carl Fisk的專門知識——如果我有哪些地方弄錯，那絕對不是他們的問題，幾乎可以確定是因爲我沒給他們看過，或是忘了修改。

我們在解離性身分障礙症（Dissociative Identity Disorder, DID）方面的專家是Britt Martin。眞心感謝她願意告訴我在這幾本書裡該怎麼描寫精神疾病會比較好。她是我們這本書的祕密燦軍騎士，總是敦促我前進。

試讀讀者中有四位在某些性的面向給予我非常詳細的回饋，我在此特別感謝他們：Paige Phillips、Alyx Hoge、Blue，以及E. N. Weir。有了你們的貢獻，這本書看起來更好了。

這本書的寫作團隊包含Kaylynn ZoBell、Kathleen Dorsey Sanderson、Eric James Stone、Darci Stone、Alan Layton、Ben「你可以至少一次拼對我的名字嗎？布蘭登」Olzedixploxipllentivar、Ethan Skarstedt、Karen Ahlstrom、Peter Ahlstrom、Emily Sanderson，以及Howard Tayler。你找不到比他們更歡樂的一群人了。他們每週閱讀這本書的一大段，鞭策我進行持續性且大量的修改，幫助我把這本書生出來。

這次的試讀者專家團隊成員包含：Brian T. Hill、Jessica Ashcraft、Sumejja Muratagić-Tadić、Joshua "Jofwu" Harkey、Kellyn Neumann、Jory "Jor the Bouncer" Phillips (Congrats, Jory!)、Drew McCaffrey、Lauren McCaffrey、Liliana Klein、Evgeni "Argent" Kirilov、Darci Cole、Brandon Cole、Joe Deardeuff、Austin Hussey、Eliyahu Berelowitz Levin、Megan Kanne、Alyx Hoge、Trae Cooper、Deana Covel Whitney、Richard Fife、Christina Goodman、Bob Klutz、Oren Meiron、Paige Vest、Becca Reppert、Ben Reppert、Ted Herman、Ian McNatt、Kalyani Poluri、Rahul Pantula、Gary Singer、Lingting "Botanica" Xu、Ross Newberry、David Behrens、Tim Challener、Matthew Wiens、Giulia Costantini、Alice Arneson、Paige Phillips、Ravi Persaud、Bao Pham、Aubree Pham、Adam Hussey、Nikki Ramsay、Joel D. Phillips、Zenef

Mark Lindberg、Tyler Patrick、Marnie Peterson、Lyndsey Luther、Mi'chelle Walker、Josh Walker、Jayden King、Eric Lake，還有Chris Kluwe。

我們的特派試讀讀者意見協調人是Peter Orullian，他自己本身就是一名傑出的作家。

校對讀者包含不少試讀讀者，除此之外還有Chris McGrath、João Menezes Morais、Brian Magnant、David Fallon、Rob West、Shivam Bhatt、Todd Singer、Jessie Bell、Jeff Tucker、Jesse Salomon、Shannon Nelson、James Anderson、Frankie Jerome、Zoe Larsen、Linnea Lindstrom、Aaron Ford、Poonam Desai、Ram Shoham、Jennifer Neal、Glen Vogelaar、Taylor Cole、Heather Clinger、Donita Orders、Rachel Little、Suzanne Musin、William "aberdasher," Christopher Cottingham、Kurt Manwaring、Jacob Hunsaker、Aaron Biggs、Amit Shteinheart、Kendra Wilson、Sam Baskin以及Alex Rasmussen。

我知道很多人看到這裡也會想加入試讀讀者或校對讀者的行列，不過這個任務並不如想像中好玩。這些人通常都必須在時間非常緊迫的情況下閱讀，而且是看未完成的版本。從許多方面來看，他們都放棄了享受這本書最佳狀態的機會，只能有比較次等的體驗，才能爲其他人把這本書變得更好。我很感激他們孜孜不倦的努力以及許許多多的回饋。這本書因爲他們而更加完美。

我知道名單很長，而且每一本續集都會變得更長！但我是眞心感謝他們所有人。我常常說，雖然只有我的名字會印在書封上，但這些作品實際上是集體努力的成果，是由一大堆人投注心力，貢獻出他們的天賦與知識而成。

因爲他們，各位現在可以好好享受颶光典籍第四部《戰爭節奏》。希望大家喜歡這次的旅程。

# 目錄

# 目錄

## 插圖

（注意：許多插圖及其標題皆涉及後文內容。請斟酌翻閱）

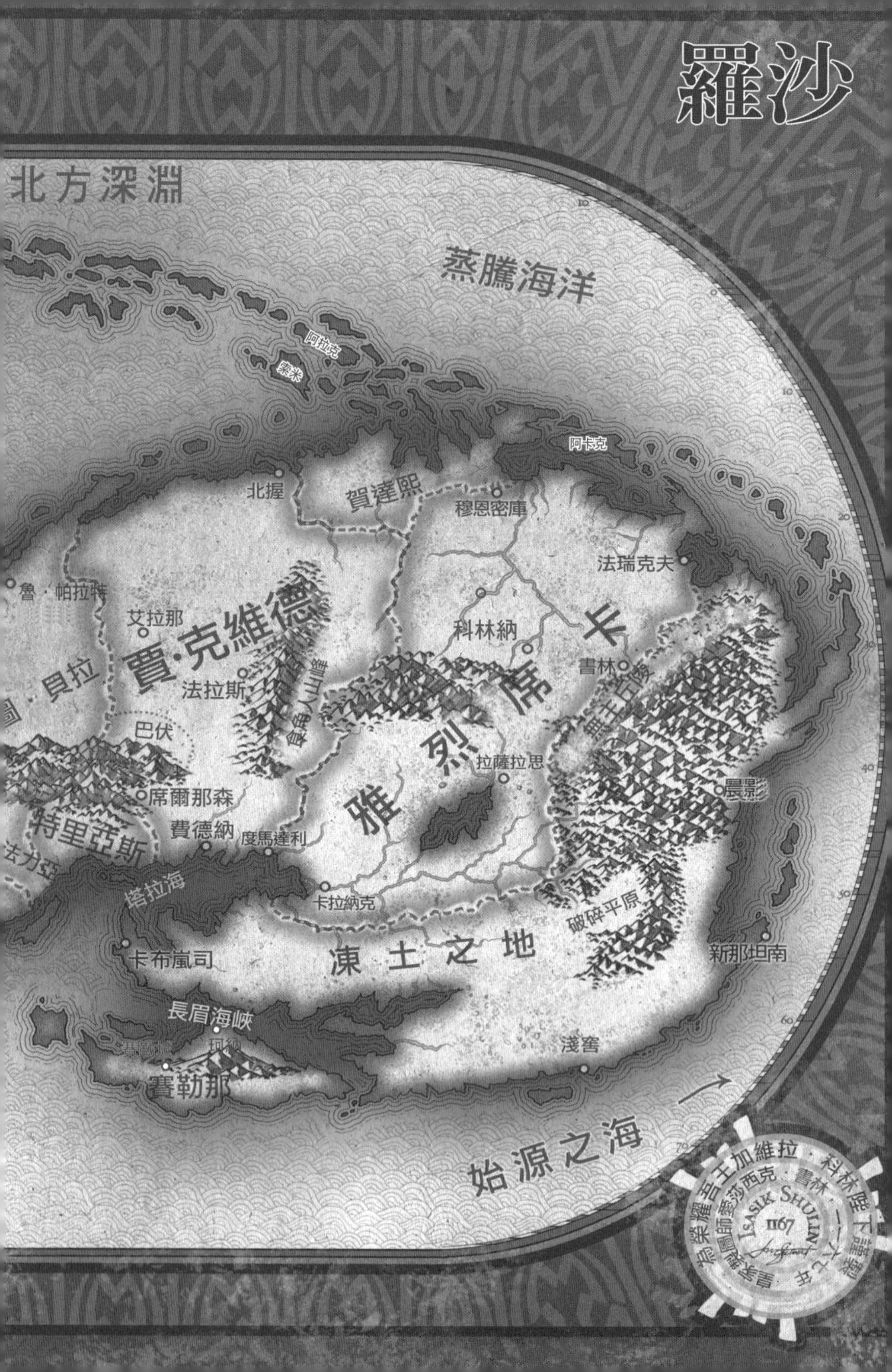
羅沙
北方深淵
蒸騰海洋
阿拉克
阿卡克
北握
賀達熙
穆恩密庫
法瑞克夫
魯·帕拉特
艾拉那
賈·克維德
科林納
書林
雅烈席卡
貝拉
法拉斯
巴伏
拉薩拉思
席爾那森
特里亞斯
費德納
度馬達利
塔拉海
卡拉納克
破碎平原
凍土之地
新那坦南
卡布嵐司
長眉海峽
賽勒那
淺窖
始源之海
為榮耀吾王加維拉·科林陛下
製圖師愛莎西克·書林
ISASIK SHULIN
1167

Roshar
無盡海洋
勞
艾洛里
雷熙諸島
卡西朵
依瑞
里拉
庫司
雷熙海
艾拉
巴巴薩南
帕那坦
瑪拉貝息安
純湖
雪諾瓦
艾米亞海
艾米亞
育雷
德西
亞西爾
葉席爾
亞西米爾
耶適
伯利司赫特
利亞佛
塔西克
艾姆歐
谷地
使丁
瑟瑟瑪雷
達
圖卡
瑪拉特
冰水
N
S
南方深淵

重拾古老誓言
生先於死
力先於弱
旅程先於終點
人與碎甲重聚
燦軍必將再起

《第四卷》

# 戰爭節奏

Rhythm of War

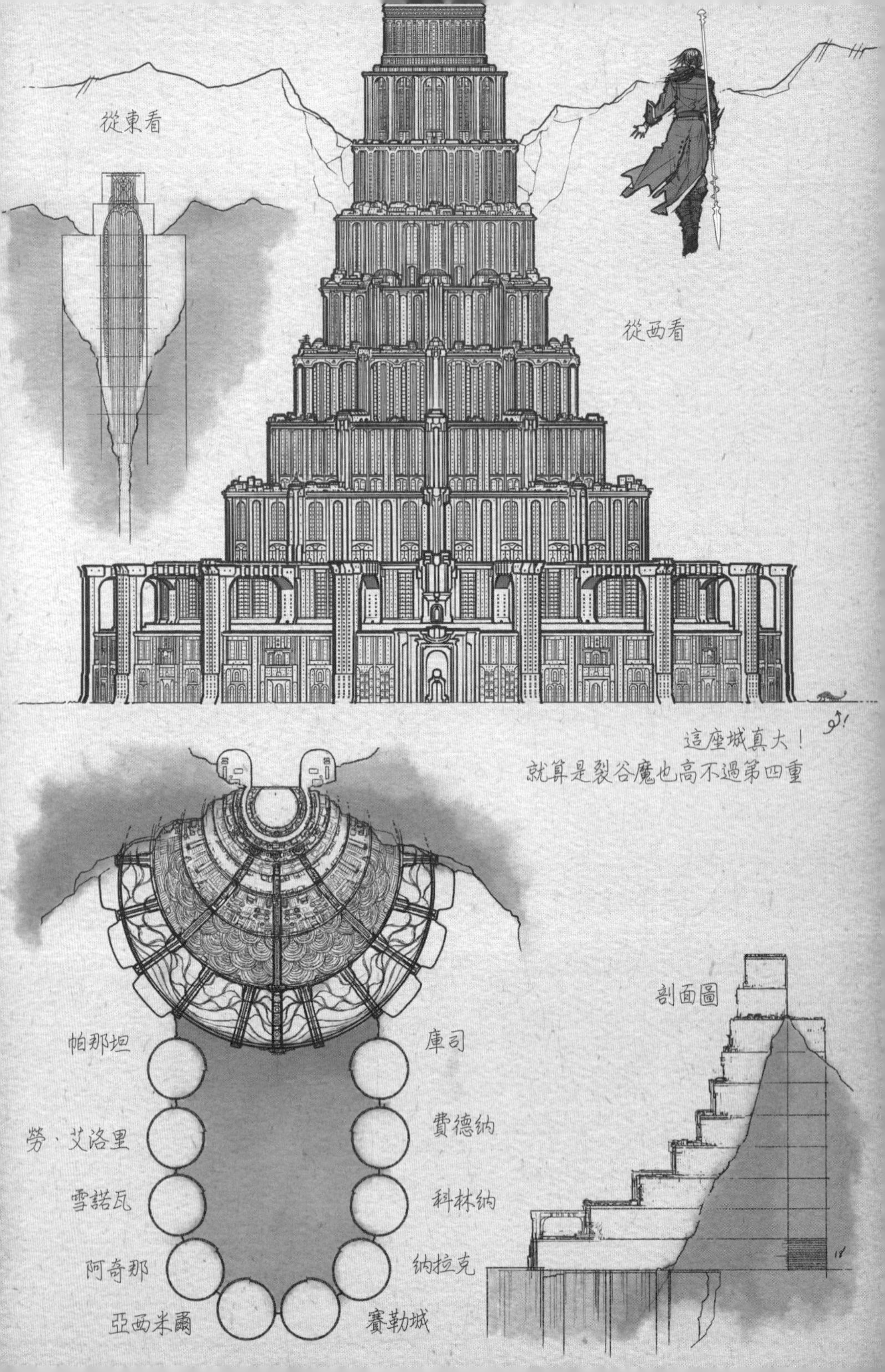

從東看
從西看
這座城真大！
就算是裂谷魔也高不過第四重
剖面圖
帕那坦
庫司
勞·艾洛里
費德纳
雪諾瓦
科林纳
阿奇那
纳拉克
亞西米爾
賽勒城

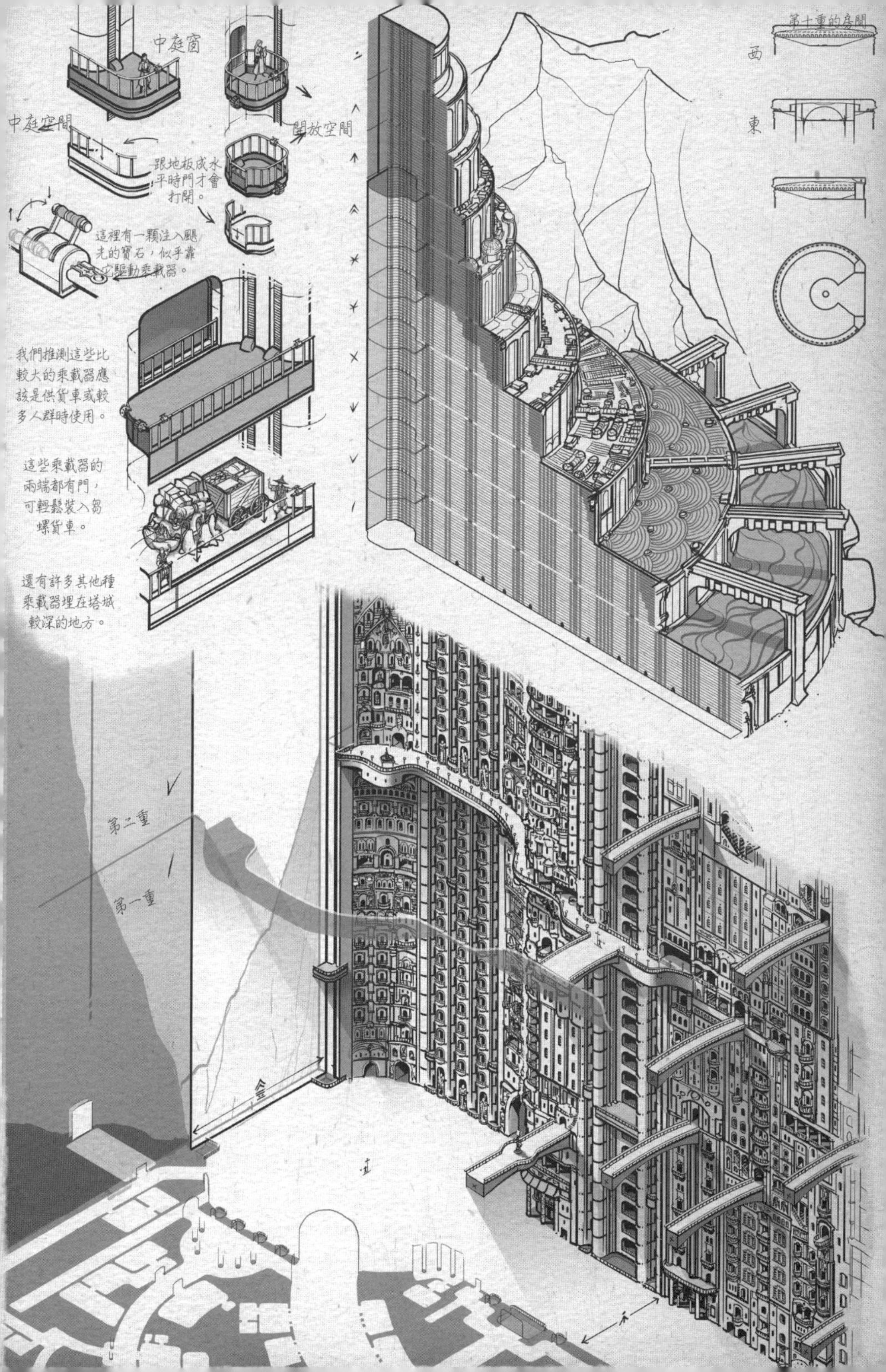
中庭窗
中庭空間
開放空間
跟地板成水平時門才會打開。
這裡有一顆注入颶光的寶石，似乎靠它驅動乘載器。
我們推測這些比較大的乘載器應該是供貨車或較多人群時使用。
這些乘載器的兩端都有門，可輕鬆裝入芻螺貨車。
還有許多其他種乘載器埋在塔城較深的地方。
第十重的房間
西
東
第二重
第一重

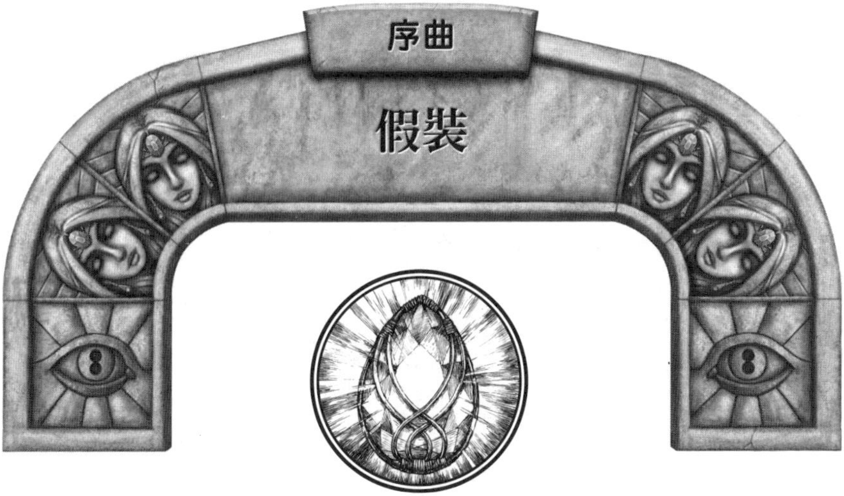


## 七年前

帕山迪人當然想敲奏他們的鼓。

加維拉當然告訴他們請便。

然而他當然沒想到要提醒娜凡妮。

「看見那些樂器的尺寸了嗎？」瑪拉桑姆雙手耙過她的黑髮。「我們該把它們放在哪裡？妳丈夫邀請了所有外國達官顯要就已經達到人數上限了，沒辦法——」

「我們會在上層舞會廳安排專供他們享用的宴席，」娜凡妮依然冷靜。「他們的鼓和國王的桌子一起放那裡。」

各廚房的所有人幾乎都陷入恐慌，廚師助手東奔西跑，鍋子匡啷作響，期待靈如蒸氣般從地面向上竄升。加維拉不但邀請了藩王，還邀請了他們的親屬，以及城裡的每一位上主。他還想要辦兩倍大的乞丐宴。這會兒是……鼓？

「我們已經把所有人都派去下層宴會廳了！」瑪拉桑姆大聲說。「挪不出人手去上層——」

「今晚在皇宮附近閒晃的士兵是平常的兩倍多。」娜凡妮說。「我們會請他們來協助妳。」布置額外衛兵、展現兵力？總是可以指望加維拉做這種事。

除此之外，他還有娜凡妮。

「行得通，對。」瑪拉桑姆說。「使喚這些粗手粗腳的傢伙做事，好過他們在一旁礙事。所以我們有兩個主宴席囉？好。深呼吸。」這位矮小的皇宮總管跑開時，驚險閃過一個端著一大碗熱騰騰貝類料理的廚師學徒。

娜凡妮讓路給學徒過去，那男人點頭致謝，工作人員早已不再因爲她進入廚房而窮緊張。她清楚讓他們知道，有效率地做自己的工作便足以獲得表彰。

儘管大家表面都繃緊了神經，似乎一切都在掌控中——只有稍早在三桶穀粒中發現蟲子，引發一陣驚慌。幸好阿瑪朗光爵有爲他自己的人存糧，能被娜凡妮強行徵收。到目前爲止，有了從修道院借來的額外廚師，或許他們眞能夠餵飽加維拉邀請來的所有人。

*我得去指示誰的座位該安排在哪個宴會廳*，她邊想邊悄悄離開廚房，來到皇宮庭院。*兩邊都得預留一些空間。天知道還有誰會帶著邀請函現身？*

她穿過庭院而上，朝皇宮的側門走去。走這條路比較不會擋到人，而且用不著躲僕人。她一面走，一面左右掃視，確認是否所有燈籠都在對的位置。儘管太陽尚未下山，但她希望科林納宮今晚光芒耀眼。

等等，站在噴泉旁的是她媳婦，艾洛卡的妻子愛蘇丹嗎？她應該在裡面招呼賓客才是。這名身材纖細的女子將長髮挽成一個髮髻，以具備所有色調的寶石妝點。這麼多顏色顯得華麗又花稍——娜凡妮偏好使用幾顆同色系簡單寶石就好——然而正跟兩名年長執徒交談的愛蘇丹，確實因此而顯得更出眾。

光明急促的颶風啊……*那是魯舒爾．克里斯*，法器大師。他什麼時候到的？誰邀請他來的？他捧著個上頭繪有花朵的小盒子。那會是……他的新法器嗎？

娜凡妮受到那群人吸引，其他思緒都從腦中退去。他是怎麼做出那個能製造不同熱度的加熱法器？她看過設計圖，若能跟大師本人談一談……

愛蘇丹看見了娜凡妮，爽朗地一笑。她似乎眞心感到喜悅，這可不尋常——至少她不常對娜凡妮展露。娜凡妮努力不把愛蘇丹常見的乖僻視爲針對性的蓄意冒犯，感覺受到婆婆威脅是每個女人的特權，若這女人又明顯欠缺才能，那更是如此。

娜凡妮回以微笑，試著加入對話，並看清楚那個盒子。但愛蘇丹握住了娜凡妮的手臂。「母親！我完全忘記我們的約定了。我有時候眞是太不可靠了。萬分抱歉，克里斯執徒，恐怕我得即刻離開。」

愛蘇丹拖著娜凡妮——猛力地——回頭穿過庭院，朝廚房走去。「感謝克雷克，妳出現了，母親。那男人無趣至極。」

「無趣？」娜凡妮扭過頭注視後方。「他說到……」

「寶石。以及其他寶石。還有靈和一盒盒的靈，還有颶風！我還以爲他知進退呢。我有重要的人必須接見。藩王的妻子、全大陸最厲害的將軍，他們都來猛盯著野帕胥人瞧，而我被困在庭院裡跟執徒談話？我一定得讓妳知道，妳的兒子把我扔在這兒，然後我發現那個男人……」

娜凡妮掙脫愛蘇丹的掌握。「應該有人招待執徒才對，他們爲什麼在這裡？」

「別問我。」愛蘇丹說。「加維拉有事想找他們，卻要艾洛卡來招待。太無禮了。眞是的！」

加維拉邀請了全世界最優秀的法器師之一到科林納來，卻沒想到要跟娜凡妮說一聲？情緒在她內心深處騷動，她小心地將這股怒氣關好、上鎖。那男人。颶他的男人。他怎麼……怎麼可以……

怒靈有如沸騰的血開始在她腳邊聚積成一小灘。冷靜，娜凡妮，她腦中理性的那一面說。或許他打算親自爲妳引介那個執徒，以此做爲一份禮物。她用力壓下怒意。

「光主！」廚房有人叫喊。「娜凡妮光主！噢，求求您！我們遇上麻煩了。」

「愛蘇丹，」娜凡妮的視線仍膠著於那名正緩緩朝修道院走去的執徒，「能請妳幫忙到廚房處理他們的問題嗎？我想……」

但愛蘇丹早已急忙走向庭院裡的另一群人，其中包含數名位高權重的上主將軍。娜凡妮深吸口氣，推開另一陣挫折感。愛蘇丹聲稱她重視禮儀，卻沒帶上丈夫就插入一群男人的對話中。

「光主！」廚師再度叫喚，對她揮手。

娜凡妮朝那名執徒看了最後一眼，然後咬緊牙關，快步走進廚房，小心不讓裙子卡在裝飾用的板岩芝上。「現在又怎麼了？」

「酒。」廚師說。「克雷文達和紅寶班區都沒了。」

「怎麼會？」她說。「我們有庫存……」她和廚師看了看對方，答案顯而易見。他們的藏酒又被達利納找到了。他越來越擅長不著痕跡地為自己和他的朋友榨乾酒桶。她希望他能用找酒的一半心力關注在王國的需求上就好。

「我有私人庫存，」娜凡妮從口袋拿出筆記本，內手隔著袖子緊緊抓住，潦草地寫下筆記。「存放在修道院裡，我請塔蘭娜姊妹代為看管。把這張紙條交給她，她會讓你取酒。」

「謝謝您，光主。」廚師收下紙條。他走出廚房之前，娜凡妮注意到一個手指上套了太多戒指的白鬚男僕從，正在通往宮殿主體的樓梯附近徘徊，不停撥弄左手的戒指，看似心煩意亂。

「怎麼了？」她大步走過去。

「瑞恩・哈山上主到了，問起謁見國王的事。您記得吧，陛下答應今晚和他談——」

「談邊界爭端和失準的地圖，對。」娜凡妮嘆氣。「我丈夫人呢？」

「不清楚，光主。」僕從說。「最後看見他是跟阿瑪朗光爵和幾位……不尋常的人物在一起。」

宮殿僕從用這個詞彙稱呼加維拉的新朋友。看來這些人的到來似乎都毫無預兆也無人通報，他們也不會自報姓名。

娜凡妮咬著牙，一一思考加維拉可能會去的地方。要是被她打斷興致，他可能會生氣。非常好。他應該照顧他的賓客，而非假設她會處理所有事與所有人。

不幸的是，此時此刻她……嗯，就是必須處理所有事與所有人。

她讓那名焦慮的僕人領著她走到上面的主入口通道，賓客都在這裡享受音樂、美酒與詩歌，等待宴席備妥。其他人則是在上僕的護衛下觀賞帕山迪人──也就是今晚真正的新鮮事。雅烈席卡的國王可不是每天都和一群會說話的神祕帕胥人簽訂協議。

她為加維拉的缺席向瑞恩上主致歉，答應會親自檢視地圖。在那之後，她便被一連串原本獲允謁見國王而來到皇宮的男男女女耽擱。

娜凡妮向這些淺眸人保證已聽取了他們關切之事，並會調查不公正之處。有些人以為接到國王本人的邀請就代表得以面見國王，她也得安慰他們低落的失望情緒。這些日子以來，面見國王是一項罕見的特權，除非你也屬「不尋常人物」之列。

賓客持續到來。當天稍早惱怒的加維拉給了她一份更新的名單，有些人並不在其中。

*弗德勒弗的金鑰匙啊！*娜凡妮勉強為了賓客掛上溫和友好的面具。她微笑、大笑、揮手，利用筆記本裡的小抄和名單問候來者家人、新生寶寶，以及最愛的野斧犬。她詢問貿易狀況、記下哪些淺眸人似乎在閃避其他淺眸人。簡而言之，她表現出堂堂王后的樣子。

這是一份情緒負荷頗重的工作，但也是她的職責。或許有天她能把時間都用在研究法器、假裝自己是一名學者上頭。然而今天，她會善盡她的職責──只不過有一部分的她總覺得自己像個冒名頂替者。無論她的古老家系多有聲望，焦慮總是在她耳邊低語著：她只是個來自落後鄉村、套上他人衣物的女孩。

這種不安全感近來越發強烈。冷靜。冷靜。沒空思考這些了。她在房間裡打轉，滿意地看見愛蘇丹已經找到艾洛卡，就這麼一次跟他聊了起來，而非其他男人。因為父親不在而成為宴前主角的艾洛卡確實看起來很高興。雅多林和雷納林身穿硬梆梆的制服，前者在逗一小群年輕女性開心，後者站在兄長身旁，顯得瘦長又笨拙。

然後……還有達利納。他高高地站在那兒，莫名顯得比房裡所有其他男人都高大。他還沒喝醉，人群包圍了他，就像寒夜裡會圍住火堆那樣——需要靠近，又害怕那份存在輻射出的真實熱度。他那雙憂煩的雙眼充滿熱情。

颸風在上。她暫時告退，上樓躲到溫度不再讓她覺得那麼高的地方。離開不是好主意，國王不在，要是連王后也消失，大家會起疑的。不過她只是短暫離開，少了她肯定也不會有問題吧。除此之外，上來這裡可以順便查看加維拉的其中一個藏身處。

她在地牢般的一條條走廊中穿行，經過附近帶著鼓的帕山迪人，他們正用她聽不懂的語言交談著。為什麼上面這裡不能稍微多一點自然光、多幾扇窗？她跟加維拉談過，但他就喜歡這樣。這樣他才會有更多藏身處。

那裡，她在一處交叉口停下腳步。人聲。

「能帶他們往來布雷司（Braize）並不代表任何事。」某人說。「太近了，稱不上有意義的距離。」

「不到短短幾年前，這還是不可能的事。」一個低沉、有力的聲音發話。是加維拉。「這就是證據。聯繫並未切斷，盒子容許移動。你覺得距離還不夠遠，但我們總得開始這趟旅程。」

娜凡妮探頭查看轉角。前方這條短走廊的盡頭有一扇門，聲音從打開的門縫洩出。沒錯，加維拉就在她所想的地方與人會面：她的書房。那是一個舒適的小房間，附帶一扇宜人的窗戶，塞在二樓的角落。一個她少有時間造訪的地方，但是不太會有人到這裡找加維拉。

她一步步走近，從門縫窺看。加維拉・科林體型龐大，光是他自己就足以填滿一整個房間。他蓄了鬍，非但沒有不時髦的感覺，反而顯得……典雅。彷彿一幅畫活了過來，重現古雅烈席卡的風範。有人認為這或許會帶動一種風潮，不過少有人撐得起來。

除此之外，加維拉有一種……失真的神態。跟超自然或荒謬一點關係也沒有。只是……你能接受加維拉無視任何傳統或邏輯，做任何他想做的事。對他來說就是行得通。總是如此。

國王正在跟兩個娜凡妮隱約認得的人談話。較高挑的是臉頰上有胎記的馬卡巴奇人，較矮的是圓臉、小鼻子的弗林男子。他們據稱是來自西方的使節，然而他們的故鄉並沒有王國存在。

馬卡巴奇人靠著書櫥，雙臂交抱，面無表情。弗林人絞擰雙手，令娜凡妮想起剛剛那名僕從，只不過這男人看起來年輕許多。大約……二十多歲？或許三十幾？不，可能更老。

加維拉和兩名男子之間的桌上擺了一些錢球和寶石。看見這些東西時，娜凡妮屏住呼吸。它們的顏色和亮度各異，不過有些看似怪異地不對勁，散發光的反向，彷彿暗紫黑色的小洞穴，正吸吞周遭的色彩。

她沒見過像這樣的東西，但有靈受困其中的寶石確實可能存在各種古怪的外觀和效果。那些……一定是要拿來製作法器的。加維拉想拿這些錢球、詭異的光和知名法器師做什麼？他爲什麼不找她談——

娜凡妮沒發出任何聲音，加維拉卻突然站直，視線掃向書房門口。他們四目相交。於是她推開門，彷彿原本就要走進來。她沒有偷聽。她是這座宮殿的王后，愛上哪就上哪，尤其是她自己的書房。

「丈夫，」她說。「賓客在想念你了。你似乎沒注意到時間流逝。」

「二位，」加維拉對兩名使節說。「恐怕我們得先告一段落。」

緊張的弗林人一手扒過稀疏的頭髮。「我想更深入了解這項計畫，加維拉。此外，你也需要知道，我們的另外一員今晚也在此。我稍早有看見她的手藝。」

「我不久後將與梅利達司·阿瑪朗以及其他人會面。」加維拉說。「他們應該會帶給我更多消息。我們可以在那之後再談。」

「不。」馬卡巴奇人的聲音刺耳地響起。「我想應該沒機會了。」

「這裡還有更多，納勒（Nale）！」弗林人說著，還是跟著他的朋友一同離開。「這很重要！我想離開。這是唯一的方法……」

「你們在談什麼？」娜凡妮問，加維拉同時關上門。「來者並不是使節。他們到底是誰？」

加維拉沒回答。他愼重地從桌上拿起錢球，放進一個囊袋中。

娜凡妮衝上前搶走一顆。「這是什麼？你從哪裡找到發這種光的錢球？跟你邀請來這裡的法器師有關嗎？」她直視著他，等待某種答案、某種解釋。

而他只是伸手要娜凡妮交出錢球。「與妳無關，娜凡妮。回宴會去。」

她握緊錢球。「好讓我繼續掩護你？你是不是答應了瑞恩上主要爲他協調爭端，而且偏偏就是選在今晚？你知道有多少人等著見你嗎？你是不是說宴會開始前還得去另一場會議？你打算就這麼忽略我們的賓客嗎？」

「妳知不知道，」他柔聲說。「我對妳沒完沒了的問題有多厭煩，女人？」

「或許你可以試著回答其中一、兩題。把你妻子當人看，而非一具打造來爲你報告一週有哪幾天的機器，這會是個全新的體驗呢。」

他勾勾手指，要娜凡妮交出錢球。

她直覺地握得更緊。「爲什麼？你爲什麼一直不讓我知道？拜託告訴我。」

「我忙著處理妳應付不了的祕密，娜凡妮。要是妳知道我開始做的這件事規模有多浩大……」

她皺眉。什麼的規模？他已經攻克雅烈席卡，也將藩王們團結起來。是不是跟他的目光轉向無主丘陵有關？但相較於他已經完成的偉業，平定一小塊化外之地根本不算什麼，那裡除了古怪的帕胥人部落之外一無所有。

他握住她的手，掰開她的手指，取走錢球。她沒有抵抗。他不會有什麼好態度的。他不曾將力量用於她身上，不會那樣做，但是會有言詞、命令和威脅。

他拿走具有詭異穿透力的錢球，和其他錢球一起放進囊袋內，接著猛力拉緊袋口，將囊袋收入口袋。

「你在懲罰我，對吧？」娜凡妮質問。「你知道我熱愛法器，故意藉此嘲弄我，因爲你知道那會令我痛苦。」

「或許，」加維拉說。「妳能學會開口前先思考一下，娜凡妮。或許妳能學到謠言的危險代價。」

又來？她心想。「什麼事也沒發生，加維拉。」

「妳覺得我在乎嗎？」加維拉說。「妳覺得朝臣們會在乎嗎？對他們而言，謊言就跟事實一樣好。」

她知道他說得沒錯。加維拉並不在乎她是否對他不忠——她也沒有。然而她先前說過的言論已引發難以平息的謠言。

加維拉只在乎他的傳世聲名。他希望後世對他的認知是一位偉大的君王、強大的領導者。這股欲望不停驅策他，但最近轉化爲其他東西。他不停問著：後世記憶中的他，會是雅烈席卡最偉大的君王嗎？他能否跟先人一較高下？例如創日者？

要是國王的朝臣認爲他無法控制自己的妻子，他的名聲難道不會因此遭玷汙嗎？如果加維拉知道自己的妻子與兄弟暗中有染，那王權還有何意義？他那極其重要的傳世聲名有如大理石，娜凡妮則象徵其中的瑕疵。

「跟妳女兒談談吧。」加維拉轉向門。「我相信我成功撫慰了阿瑪朗的驕傲。他或許願意重新接受她，而她的時間所剩不多。已經沒多少求婚者願意考慮她，要是她又拒絕阿瑪朗，我可能要付出半個王國的代價才能擺脫這女孩。」

娜凡妮嗤之以鼻。「你自己去跟她談。如果你想要的東西如此重要，或許你可以就這麼一次自己處理。除此之外，我不喜歡阿瑪朗。加絲娜值得更好的。」

他頓住，回頭以低沉、幽微的聲音說：「加絲娜會聽從我的指示嫁給阿瑪朗。她會將抗拒教會出名的幻想擺到一旁。她的自大玷汙了整個家族的聲譽。」

娜凡妮走上前，讓自己的聲音變得跟他一樣冷酷。「你知道那女孩依然愛你，加維拉。他們都愛。艾洛卡、達利納，還有男孩們……他們崇拜你。你確定你想對他們露出你的眞面目？他們是你的後代，善待他們。他們將定義你在後人記憶中的樣貌。」

「大業將定義我，娜凡妮。達利納或我兒子等人的平庸成就無法造成分毫危害——我個人認爲艾洛卡能否構得上平庸二字，都還有待商榷。」

「那我呢？」她問。「我可以書寫你的歷史。你的人生。無論你自認你做了什麼、你成就了什麼……都是短暫的，加維拉。書頁上的文字爲後世子孫定義前人。你蔑視我，我卻掌握你最珍視的事物。若是你將我推得太開，我會開始強取。」

他並沒有回以怒吼，然而他眼中的冰冷虛無能夠吞噬一整個王國，只留下黑暗。他伸手輕捧她的下巴，這舉動曾經代表熱情，現在卻是一種嘲弄。

比掌摑還疼痛。

「妳知道我爲什麼不讓妳涉入嗎，娜凡妮？」他輕聲說。「妳覺得妳承受得了眞相嗎？」

「試一次看看。也許會別開生面。」

「妳不配，娜凡妮。妳聲稱自己是個學者，但妳的發現何在？妳研究光，妳自己卻是光的對立物，妳是摧毀光的事物。妳浪費時間在廚房堆肥中打滾，執著於某個淺眸人是否認清地圖上正確的線條。

「這些並非大業的作爲。妳不是學者；妳只是喜歡接近他們。妳不是法器師；妳只是一個喜歡小玩意兒的女人。妳沒有名望、成就，或屬於自己的能力。妳所有特殊之處都來自他人。妳沒有權力——妳只是喜歡嫁給有權力的男人。」

「你竟敢——」

「否認啊，娜凡妮。」他厲聲說。「否認妳愛著兄弟中的一人，卻嫁給另一個。妳假裝愛慕一個妳厭惡的男人——只因爲妳知道他將成爲王。」

她退開幾步，掙脫他的箝制，頭扭向一旁，閉上眼，感覺眼淚滑落臉頰。事實比他的言外之意複雜多了。她愛他們兩個——達利納的熱烈情感令她害怕，因此加維拉似乎是比較安全的選項。

然而加維拉的指控並不全然虛妄。她可以欺騙自己，說她曾認眞考慮過達利納，但他們都知道她最終會選擇加維拉。兩兄弟中，他更有權勢。

「妳往金錢和權力最大的地方靠攏，」加維拉說。「就跟任何一個普通的妓女一樣。想怎麼寫我就寫吧。說出來、大聲嚷嚷、昭告世人。我將撐過妳的指控，我的傳世聲名將永久流傳。我已找出神祇與傳說國度的入口，一旦我加入他們，我的王國將永垂不朽。*我將永垂不朽*。」

說完他便離開書房，在身後輕輕喀的一聲關上門。就算在爭執中，他依然掌控大局。

娜凡妮一面顫抖一面摸索著走到桌邊坐下，怒靈在桌上沸騰。還有羞恥靈，有如紅白雙色的花瓣在她身旁飄揚。

狂怒令她顫抖。對他感到狂怒，對自己竟無能反擊而狂怒，也爲這世界而狂怒。因爲她知道他剛剛說的那番話中有部分確有其事。

*不。別讓他的謊言成爲妳的眞實。*對抗它。她咬緊牙，睜開眼，在書桌上翻找起顏料和紙張。

她開始作畫，留意每一道符文線條。驕傲迫使她表現得一絲不苟、完美，彷彿想向他證明什麼。這過程通常能夠撫慰她：整齊、有秩序的線條化爲文字，顏料與紙張化爲意義。

最後，她得到一幅自己繪製過最完美的祈禱文。上面的符文很簡單：*死亡*、*禮物*、*死亡*。她將每一個符文都畫成加維拉的塔或劍柄紋章的圖形。

燈焰飢渴地吞噬祈禱文，火光明亮——在這個過程中，她的淨化儀式轉爲羞愧之心。她在做什麼？祈禱自己的丈夫死去？羞恥靈大張旗鼓地再次出現。

怎麼會走到這個地步？他們的爭執越演越烈。她知道他並不是最近展現在她面前的這種男人。他對達利納、薩迪雅司，或甚至——通常是——加絲娜說話時，並不會這樣。

加維拉是個更好的人。她覺得他自己應該也知道。明天她將會收到花朵，不會附帶道歉，但會有禮物，通常是手鐲。

對，他知道自己應該不只如此而已。但……她不知怎地引出了他內在的怪物。他則是不知怎地引出她內在的脆弱。她將內手手掌猛力拍在桌上，用另一隻手按揉額頭。

颶風啊。他們曾坐在一起共謀將打造出什麼樣的王國，那似乎不是非常久遠以前的事。而現在，他們的談話很少不落得探向各自最尖銳的刀刃，並將刀刃刺入彼此最疼痛的點；若非長久親暱相伴，不會有這樣的精準度。

她努力鎮定下來，整理妝容，收攏頭髮。或許她眞如他所說，然而他也不過是個落後地區的惡棍，只是太過幸運，又懂得哄騙一些好人追隨他。

如果像這樣的男人能夠假裝自己是個國王，她也能假裝自己是個王后。無論如何，他們擁有一個王國。

他們之中至少有一個人得試著維持王國運作。

❖

一直到諸事完畢，娜凡妮才聽說發生了暗殺事件。

宴會上，他們是完美王室的典範，熱切地對待彼此，各自領餐。後來加維拉離席，一找到藉口就逃走——至少他有等到晚宴結束。

娜凡妮走下高台向賓客道別，暗示加維拉並非蓄意怠慢任何人，只是因大量旅行而精疲力盡。是的，她確定他很快能開放覲見。一旦下一個颶風過去，他們很樂意到訪……

她說了又說，直到每次微笑都感覺臉就要裂開。一位傳訊女孩跑過來找她時，她鬆了一口氣。她向正要離去的賓客告退，預期聽見哪個昂貴的花瓶被打破了，或是達利納正在他的桌上打鼾。

然而傳訊女孩卻將娜凡妮帶到皇宮總管面前。他滿臉哀傷，雙眼泛紅，雙手顫抖。這名老者伸手握住她的手臂，彷彿想藉此穩住自己，淚珠滑落他的臉頰，卡在他稀疏的鬍子上。

看見他情感外露，她這才領悟自己很少想起這人的名字、很少將他視爲一個人。她通常把他當成宮殿的固定配置，一般人對前庭的雕像就是這樣。加維拉對她也是這樣。

「葛瑞，」她羞愧地握住他的手。「發生什麼事？你還好嗎？是不是給你太多工作，沒讓你——」

「國王，」老人哽噎地說。「噢，光主，他們抓住了我們的國王！那些帕胥人。那些野蠻人。那些……那些怪物。」

她立即的想法是加維拉找到方法逃出宮殿，讓所有人都以爲他被綁架了。那男人……她在腦中描繪他跟他不尋常的訪客一起去到城裡，在暗室裡討論祕密。

葛瑞把她的手握得更緊了點。「光主，他們殺了他。加維拉國王死了。」

「不可能。」她說。「他是全大陸最強大的男人，或許全世界都無人能出其右，而且身旁都是碎刃師。你弄錯了，葛瑞。他……」

他就跟颶風一樣永恆。這當然不是眞的——這只是他期望人民對他的觀感。我將永垂不朽……當他說出像這樣的話時，旁人很難不相信他。

待她看見屍體後，事實才終於緩緩滲入她心中，有如冬雨般令人發寒。加維拉身受重傷、鮮血淋漓，躺在食物儲藏室的桌上，由護衛看守著。害怕的僕從上前詢問發生了什麼事時，也由他們強力阻擋。

娜凡妮站到他身旁。他的鬍子染血、碎甲粉碎，已沒了呼吸，身軀傷口洞開……儘管如此，她仍然疑心這是否只是個詭計。躺在她面前的是不可能發生的事。加維拉・科林就是不可能像其他人一樣死去。

她要他們帶她去看崩落的陽台。加維拉從上面摔下來後，他們就是在這裡找到死去的他。他們說加絲娜目擊了整個過程。那個向來處變不驚的女孩坐在角落哭泣，內手握拳緊抵住嘴。

驚愕靈到這個時候才開始出現在娜凡妮身旁，像是破碎光的三角形。她到這時候才相信。

加維拉・科林死了。

薩迪雅司把娜凡妮拉到一旁，懷抱著真誠的哀傷，對她解釋自己在這事件中扮演的角色。她在麻木的分離感中聆聽。她一直很忙碌，沒意識到多數帕山迪人已祕密離開宮殿，在他們的爪牙發動攻擊前逃入黑夜——他們的首領留下來掩護他們撤退。

娜凡妮恍惚地走回儲藏室，來到加維拉・科林冰冷的軀殼旁。他那已遭拋棄的外殼。從僕從和外科醫生的表情看來，他們預期她表露悲痛，或許慟哭。當然，儲藏室裡痛靈成群出現，甚至還有幾隻罕見的劇痛靈，如牙齒般從牆面長出來。

她感覺到近似這些情緒的某種東西。悲傷？不，不盡然。懊悔。如果他確實已死，那……就這樣了。他們最後一次眞正的談話又是爭吵。覆水難收。之前她總是告訴自己他們會和好。他們會在荊棘中摸索，找到重回過去的路徑。如果不再相愛，至少也是同盟。

但再也不可能了。結束了。他死了，她成了寡婦，而……颶風啊，她不是曾爲此而祈禱嗎？這個體認直接刺穿了她。她只希望全能之主沒有聆聽她在狂怒時刻寫下的愚蠢請求。儘管一部分的她越來越恨加維拉，但她並不是眞的希望他死。對吧？

不，不，不應該這樣結束才對。因此她感覺到另外一種情緒。遺憾。

加維拉・科林躺在那裡，血液在身下的桌面匯聚成池，他的屍體似乎是對他那些偉大計畫的終極侮辱。他自以爲是不朽的，不是嗎？他自以爲觸及某種偉大夢想，但那夢想太過重要，不能與她分享？嗯，無論多偉大，颶風之父與世界之母並不理會凡人的欲望。

她沒有感覺到的是悲傷。他的死意義重大，但對她一點意義也沒有。除了這或許是一種出路，她的孩子因而永遠不必知道他已變成什麼樣的人。

我會成爲更好的人，加維拉，她心想，閉上眼。至於你曾是什麼樣的人，我會讓這世界假裝。我會給你，你要的傳世聲名。

接著她一頓。他的碎甲——應該說是他身上穿著的碎甲——手腕附近破裂。她將手指伸入他的口袋，指尖掃過豬皮，小心地取出囊袋。這囊袋裝有他方才在她面前賣弄的錢球，現在卻空空如也。

颶風啊。他把錢球藏哪去了？

儲藏室內有人開始開始咳嗽，她突然意識到她這樣洗劫他的口袋看起來像是什麼樣子。娜凡妮取下她頭髮上的錢球放進囊袋，將囊袋折好放入他掌中，然後額頭靠在他破碎的胸膛上。這樣會像是在回禮，象徵隨著他死去，她的光成爲他的光。

接著她站直，臉上沾了他的血，故意大動作擺出鎮定下來的樣子。接下來的幾個小時，她整理一座城市天翻地覆的混亂狀態，同時擔心自己會得到麻木不仁的名聲。然而人民似乎覺得她的堅毅頗令人安心。

國王逝世，而王國繼續存在。加維拉的離世就跟他在世時一樣：一個盛大的戲劇場面，後續仍需娜凡妮收拾殘局。

第一部

# 重負

## Burdens

卡拉丁 ◆ 紗藍 ◆ 娜凡妮 ◆ 凡莉◆ 李臨

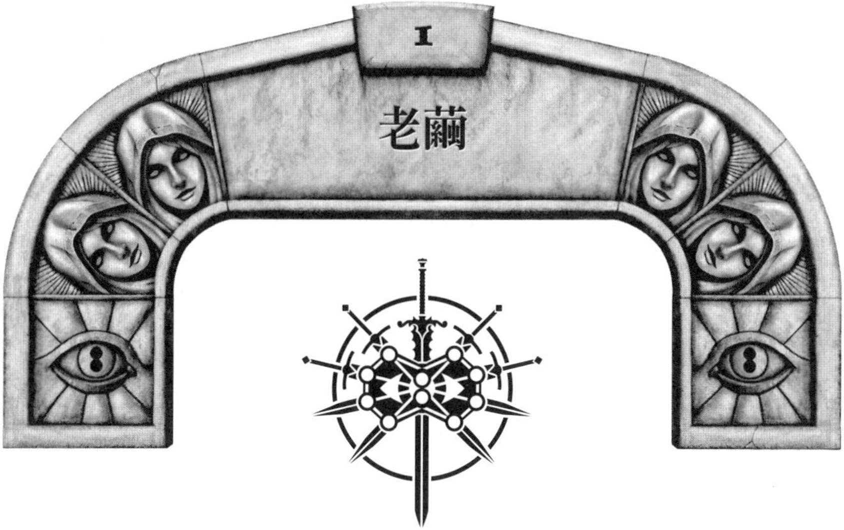

# I

# 老繭

首先，必須找到一個可以接近的靈。

寶石的類型關係重大；有些靈天生對某些寶石更感興趣。除此之外，必須以靈認識並喜愛的事物讓靈冷靜下來。例如一團火對火靈來說就是必要的。

——娜凡妮．科林爲君王聯盟所提供之法器機制課程，几瑞席魯，傑瑟凡日，一一七五

李臨在檢查孩子的牙齦是否有壞血症時感覺如此冷靜，他不禁敬佩起自己。多年外科醫師的訓練在今日發揮了莫大作用。呼吸訓練——用意是穩定他的雙手——在診察時就跟手術時一樣有用。

「給妳。」他對孩子的母親說，一面從口袋拿出一小塊雕刻的甲殼芽。「拿給用餐棚的女人看，她會拿點果汁給妳兒子。一定要看著他全部喝完，每天早上都要。」

「非常感謝您。」女人以濃厚的賀達熙口音回應。她把兒子拉近自己身邊，憂慮的眼睛注視李臨。「如果……如果孩子……發現……」

「如果有妳其他孩子的消息，我會確保妳收到通知。」李臨承諾。「我爲妳的損失感到遺憾。」

她點點頭，抹抹臉頰，帶著孩子走到鎮外的看守站。一群武裝帕胥人在這裡揭開她的兜帽，拿著一幅煉魔送來的畫像比對她的臉孔。李臨的妻子賀希娜遵照要求，站在一旁讀出描述。

在他們身後，晨霧模糊了爐石鎮，使此地看起來像是一群黑暗、魅影幢幢的團塊。有如腫瘤。李臨幾乎看不見掛在房子之間的防水布，這些防水布爲許許多多從賀達熙湧出的難民提供了勉強可容身的避難所。街道全部封閉，虛幻的聲音——護甲匡啷響、談話聲——從霧氣中揚起。

當然，這些避難所絕對撐不過一場颶風，但可以快速拆卸裝載。除此之外，並沒有足夠的住房。難民可以塞進防颶所幾個小時，但不可能這樣過日子。

他轉身掃視今日那一列等待獲准進入的人龍。隊伍尾端沒入霧氣中，伴隨著昆蟲般盤旋的餓靈與疲憊靈，有如噴出的塵土。颶風啊。這個城鎮還能容納多少人？如果有這麼多人朝更內陸的這裡而來，接近邊界的村子一定都塞滿了。

永颶的到來以及雅烈席卡淪陷迄今已超過一年。這一年來，賀達熙——雅烈席卡西北方較小的鄰居——卻不知何故持續征戰著。兩個月前，敵人終於決定要永遠擊潰那個王國之後，難民人數迅速攀升。場景一如以往，士兵戰鬥，農地遭踐踏的平民挨餓，被迫離開家園。

爐石鎮盡可能提供協助。亞里克和其他男人整頓隊伍，防止任何人在李臨診察前溜進鎮裡。他們曾是羅賞宅邸的護衛，現在則不被允許持有武器。羅賞說服埃碧兒湛光主診察所有人是必要之舉。她擔心瘟疫，而他只是想截住那些或許需要治療的人。

她的士兵警戒地沿著隊伍往前走。帕胥人帶著劍，學習閱讀，堅持要他人稱他們爲「歌者」。他們覺醒的一年後，李臨依然覺得這概念很怪。不過說眞的，對他來說有什麼意義？就某些方面而言，並沒有什麼改變。就跟雅烈席光明爵士一樣，同樣的舊式矛盾也輕易地吞噬了帕胥人。嘗到權力滋味的人總是渴望更多，然後便舉劍追尋。老百姓流血受傷，李臨只得替他們縫合。

他回頭工作。李臨今天至少還要看一百名難民。引發這些苦難的男人就躲在他們之中，他是李臨今天如此緊張的原因。下一個男人不是他，倒是一個衣衫襤褸、在戰鬥中失去一條手臂的雅烈席人。李臨檢視他的傷勢，不過他受傷至今已有幾個月了，李臨對他身上大範圍的傷疤無能爲力。

李臨在男人面前來回移動手指，觀察到他的視線追著手指移動。創傷，李臨心想。「你是不是最近還受過什麼傷沒告訴我？」

「沒傷。」男人低語。「只是遇上土匪……他們搶走我的妻子，好心的醫師。搶走她……把我綁在樹上，大笑走開……」

棘手。李臨無法用解剖刀切掉心理創傷。「你進入鎮裡後，」他說。「去找第十四帳。告訴那裡的女人，是我要你過去的。」

男人呆滯地點頭，目光空洞。他聽進去了嗎？李臨記住男子的外貌——轉灰的頭髮在腦後蓬亂鬈曲，左臉頰上三顆大痣，當然了，還少一條手臂——李臨做筆記提醒自己今晚要到那個帳篷檢視男子。助手在那裡看顧可能冒出自殺傾向的難民。太多事要照料，李臨已經盡可能做到最好。

「你去吧。」李臨輕輕把男子朝鎮上的方向推。「第十四帳，別忘了。我爲你的損失感到遺憾。」男子走開。

「你說得太輕鬆了，醫師。」身後一個聲音發話。

李臨旋過身子，接著立即恭敬地鞠躬。埃碧兒湛，新城淑是帕胥人，純白色皮膚，臉頰上有精緻的紅色大理石紋。

「光主，」李臨說。「怎麼說呢？」

「你對那男人說你爲他的損失感到遺憾。」埃碧兒湛說。「你毫無困難地對每個人都說一樣的話——但你的同情心卻有如岩石堅硬。你對這些人一點感覺也沒有嗎？」

「我有感覺，光主，」李臨說。「但我必須小心別被他們的痛苦壓垮。這是成爲外科醫師的首要準則之一。」

「有意思。」帕胥女人抬起藏在哈法袖子下的下手。「你記得你在我小時候幫我接過這隻手嗎？」

「我記得。」埃碧兒湛和其他人跟著永颸一起逃離後再度回歸——帶著新名字和煉魔給她的新任務。她帶了許多帕胥人，都來自這地區，不過從爐石鎮離開的人之中，只有埃碧兒湛回來。她絕口不提之前那幾個月裡發生的事。

「眞是一段有趣的回憶。」她說。「那段人生現在感覺像一場夢。我記得痛苦、困惑，一個嚴厲的人帶給我更多痛苦——只是我現在懂了，你當時是試著治療我。奴隸孩童有太多麻煩事了。」

「我從不在乎治療的對象是什麼身分，光主。奴隸或國王對我皆一視同仁。」

「我確定跟維司提歐爲我付一大筆錢一點關係也沒有。」她對李臨瞇起眼，再開口時，話語間有一種韻律感，彷彿唸誦歌詞。「你是否同情我，同情過那個心智被偷走、困惑的可憐孩子？醫師，你是否曾爲我們以及我們過的生活而哭泣？」

「醫師不能哭泣。」李臨柔聲說。「醫師沒有哭泣的餘地。」

「就像岩石。」她又說，然後搖頭。「你在他們身上看到任何瘟疫靈嗎？要是那些靈進入城市，所有人都會死。」

「引發疾病的並不是靈，」李臨說。「而是不潔的水、不當的衛生，偶爾是那些患病者呼出的氣息。」

「迷信。」

「神將的智慧。」李臨回應。「我們應該小心。」古老手稿的斷簡殘篇——譯本的譯本的譯本——提及曾有傳播迅速的疾病導致數萬人死亡。他閱讀過的所有當代文本中皆不曾記載如此事件，不過他先前聽說了西方異事的謠言——他們稱之為新型瘟疫，只是相關細節相當匱乏。

埃碧兒湛不再說話，繼續前進。她的隨從——一群獲得拔升的帕胥男女——也加入她。他們的服裝是雅烈席卡的剪裁與樣式，不過顏色較淺、更為柔和。煉魔表示，過去的歌者避免使用明亮的顏色，偏愛強調他們皮膚上的紋路。

在埃碧兒湛和其他帕胥人的行為舉止中，李臨感覺他們在尋找自我認同。他們的口音、服裝以及習性——都無疑是雅烈席人。然而只要煉魔提及他們的祖先，他們都會變得呆若木雞，並且總是設法模仿那些早已死去的帕胥人。

李臨轉向下一群難民。首次出現完整的一家人。他應該感到高興才對，但是他不禁憂心，要餵飽因營養不良而顯得委靡的五個孩子和雙親，這該有多難啊。

他送他們繼續前進後，一個熟悉的身影沿隊伍朝他走來，一面噓聲驅趕餓靈。拉柔這會兒身上穿著簡單的僕人連衣裙，內手戴上手套，而非以袖子遮掩，提著水桶供等待的難民飲用。不過拉柔走路的方式不像僕人。這女孩身上有一種……堅定，那是強迫而來的卑屈無法壓制的。對她來說，世界終結造成的困擾似乎大概只等同一次壞收成。

她在李臨身旁停下腳步，倒給他一杯水。在他的堅持下由她的水囊倒入一個乾淨的杯子裡，而非直接以勺子從水桶舀出來飲用。

「再三組就到他了。」她趁李臨啜飲時對他說。

李臨應了一聲。

「比我想像中矮。」拉柔說。「他應該是一位偉大的將軍，賀達熙抗戰的領導者，怎麼看起來反倒更像個旅行的商人。」

「英才有各種樣貌，拉柔。」李臨揮手示意她再倒一杯水，他們才有藉口繼續交談。

「不過……」德納胥此時走過來，令他們噤了聲。這是一名高大的帕胥人，一身黑紅色大理石紋，背上負著劍。他走開後，拉柔才壓低音量接著說：「我眞的對你感到訝異，李臨。你從來不要求我們供出這位藏匿行蹤的將軍。」

「他會被處決。」李臨說。

「但你認爲他是個罪犯，不是嗎？」

「他背負著可怕的責任；他對擁有壓倒性兵力的敵方發起曠日廢時的戰爭，他在一場無望的戰役中讓手下的人白白犧牲。」

「有人會說這是英勇精神。」

「英勇精神是對理想主義的年輕人說的神話——尤其是想要他們賣命的時候。我的一個兒子因此而喪命，另一個則從我身邊被奪走。妳可以保留妳的英勇精神，把那些在愚蠢戰鬥中無故犧牲的生命還給我。」

至少戰爭似乎是結束了。賀達熙境內的反抗勢力既然已經瓦解，希望難民潮也將緩解。拉柔淡綠色的眼眸注視著他。她是個機敏的孩子。他多麼希望生命的走向並非如此，若老維司提歐多撐個幾年，李臨或許能稱這女孩爲媳婦，提恩和卡拉丁此刻都會在他身邊，也都會當上外科醫師。

「我不會供出這位賀達熙將軍。」李臨說。「別再這樣看我了。我恨戰爭，不過我不會譴責妳的英雄。」

「你兒子很快會來帶走他？」

「我們已經傳訊給阿卡，這樣應該就夠了。確保妳丈夫已經準備好他的障眼法吧。」

她點了頭，繼續前進，送水給城鎭入口的帕胥守衛。李臨迅速檢查完幾名難民，接下來是一群斗篷裹身的人。他利用老師多年前在手術室教他的快速呼吸練習讓自己冷靜。儘管內心風暴肆虐，他揮手要斗篷裹身的那群人前進時，雙手仍沒有絲毫顫抖。

「我需要做一點檢查，」李臨輕聲說。「所以請你們離開隊伍並不會顯得奇怪。」

「我先吧。」其中最矮的男子開了口。其他四人調整位置，謹慎地包圍在他身旁。

「別這麼明顯地守著他，你們這些愚蠢的傻瓜。」李臨斷聲說。「來，坐在地上。這樣或許你們看起來比較不會像一幫惡棍。」

他們聽令行事，李臨把他的凳子拉到顯然是首領的男子身旁。他的上唇蓄了轉爲銀白色的稀疏鬍髭，大約五十多歲。被太陽曬得有如皮革般的膚色比大多賀達熙人都要深沉，說他是亞西須人也不爲過。他的眼眸是深沉的暗棕色。

「你就是他？」李臨把耳朵貼到男子胸口檢查心跳時問。

「對。」男子說。

迪耶諾．恩涅．卡拉——迪耶諾是古賀達熙語中的「水貂」；賀希娜對他解釋過，恩涅是意指「偉大」的敬語。

一般人——顯然拉柔就是這樣——可能會預期水貂是一名凶殘的戰士，和達利納．科林或梅利達司．阿瑪朗同樣由鐵砧鍛造而出。然而李臨知道殺人者有各種面貌。水貂或許矮小又缺一顆牙，但他精瘦的體格蘊含力量，李臨在檢查過程中也發現爲數眾多的傷疤。手腕上那些，事實上……是手銬在奴隸肌膚留下的疤痕。

「謝謝你，」迪耶諾低語。「協助我們避難。」

「這並非我的選擇。」李臨說。

「儘管如此，你確保了反抗軍能夠逃脫並存續。神將保佑你，醫師。」

李臨掏出一塊繃帶，替男人手臂上一處先前沒照料好的傷口包紮。「神將保佑這場戰事快快結束。」

「對，入侵者全部被趕回繁衍出他們的沉淪地獄中。」

李臨繼續工作。

「你……不認同嗎，醫師？」

「你們的反抗已經失敗，將軍。」李臨拉緊繃帶。「你的國家跟我的國家一樣，都已經淪陷。繼續征戰只會造成更多人死亡。」

「你肯定不想遵從這些怪物吧。」

「我遵從拿劍抵著我脖子的人，將軍。」李臨說。「向來如此。」

他完成工作，繼續爲將軍的四名同伴草草診察。沒有女人在旁，將軍要怎麼閱讀他收到的訊息？李臨裝出在一名男子腿上找到一處傷口的樣子，然後——在一些引導之下——男子也恰如其分地跛了起來，並痛嗥了一聲。針尖一刺，促使外觀如小小橘手的痛靈從地面爬出。

「需要動手術，」李臨大聲地說。「不然這條腿可能不保。不，不要抱怨。我們立刻處理。」

他讓亞里克取來擔架，並要求另外四名士兵——包含將軍——充當抬擔架的助手，李臨因此有藉口把他們都帶出隊伍。

此刻需要的是障眼法。障眼法就是拉柔的丈夫托若林‧羅賞，前任城主。他踉蹌地從瀰漫霧氣的城鎮走出來，搖搖晃晃、腳步不穩。

李臨對水貂和他的手下招手，帶著他們緩緩走向檢查哨。「你們沒帶武器吧？」他壓低音量問。

「我們拋棄所有顯眼武器了，」水貂回應。「有可能露出馬腳的只會是我的臉，而非我們的武器。」

「我們有準備。」全能之主保佑行得通。

隨著李臨走近，他將羅賞看得更清楚了些。這位前城主的臉頰乾癟地掛在頷骨上，仍能看得出他自從七年前兒子過世後掉了多少體重。但先前羅賞被下令剃掉鬍鬚，如今會這樣也或許是因爲他一直很喜歡他的鬍鬚，而且他再也不能穿上自傲的戰士塔卡瑪，現在只能穿刮泥工的護膝和短褲。

他一手拿著一把凳子，含糊不清地咕噥著些什麼，一面走，一隻木腿一面刮擦著岩石。說實在的，李臨看不出羅賞是否爲這場演出眞喝醉了，還是假裝的。無論如何，他引起了關注。安插在檢查哨的帕胥人輕推彼此，其中一人哼出歡快的節奏——他們被逗樂時常這樣做。

羅賞挑了一棟附近的房子，放下凳子，接著——帕胥人看了更是開心——他試圖站上矮凳，不過沒站穩，撐著木腿晃了晃，差點摔倒。

他們喜歡看他。所有新生的歌者都曾爲某一位富裕淺眸人所擁有。看著一名前城主變成連路都走不穩的酒鬼，每天做著最卑賤的工作，對他們來說比任何說書人的表演都還吸引人。

李臨走進檢查哨。「這人需要立即進行手術。」他指著擔架上的男人。「要是不馬上處理，他可能會失去一條腿。我妻子會讓剩下的難民坐下，等我回來。」

三名被指派爲查驗員的帕胥人中，只有多爾費心將「受傷」男子的臉與畫像比對。水貂名列危險難民之首，不過多爾沒多加注意抬擔架的人。李臨幾天前注意到這個古怪之處：當他利用隊伍中的難民做苦力，查驗員通常只會注意擔架上的人。

他原本希望有羅賞提供娛樂，帕胥人會更加鬆懈。然而，多爾對著其中一張畫像遲疑了片刻，讓李臨緊張得冒汗。李臨的信件中——先前一名斥候來尋求庇護，曾由他將信件送回——警告水貂只能帶不在名單上的低階護衛。會不會……

另外兩名帕胥人對著羅賞哈哈大笑。儘管已喝醉，他仍試圖爬上屋頂、刮掉堆積在上頭的克姆泥。多爾轉身加入他們，接著心不在焉地揮手要李臨前進。

李臨與等候在附近的妻子快速瞥了一眼對方。幸好所有帕胥人都不是面對她，因爲她的臉色白得像雪諾瓦人。李臨多半也好不到哪裡去，不過他帶著水貂和他的手下繼續前進時，忍住了想放鬆地吐出一口氣。他可以把他們藏在手術室裡，不被其他人看見，直到——

「所有人停住！」後方一個女性的聲音叫喊。「準備敬禮！」

李臨立即感覺到一股衝刺的衝動。他幾乎眞的那麼做了，不過四名士兵只是以尋常的速度繼續往前走。對。假裝沒聽到。

「你，醫師！」那聲音對他喊叫。是埃碧兒湛。李臨抗拒地停下腳步，腦中轉過數個藉口。她會相信他沒認出水貂嗎？先前傑柏那傻子搞得自己被吊起來鞭打，李臨堅持爲他治傷，已經導致城淑對他心生不快了。

李臨轉過身，努力鎮定心神。埃碧兒湛快步上前，儘管歌者不會臉紅，她卻明顯臉色漲紅，開口時採用的是斷奏的節奏。「跟我來。我們有個訪客。」

李臨花了點時間消化她的話。她沒要求他提出解釋，而是爲了……其他事？

「有什麼不對嗎，光主？」他問。

一旁的水貂和他手下停步，不過李臨看見他們的手臂在斗篷下移動。他們剛剛說已拋棄所有「顯眼」的武器。全能之主拯救他，如果演變成流血場面……

「沒有。」埃碧兒湛快速地說。「我們獲得祝福。*跟我來。*」她看著多爾和其他查驗員。「傳令下去。在我下達其他命令前，任何人不得進出城鎮。」

「光主，」李臨示意擔架上的男人。「此人的傷勢或許看來並不嚴重，但我很確定若不立即處理，他——」

「他可以等。」她指向水貂和他手下。「你們五個，等。所有人都得等。好。等待……而你，醫師，你跟我來。」

她大步走開，預期李臨會跟上。他迎上水貂的目光，點頭要他等等，隨即轉身追上城淑。是什麼導致她情緒欠佳？她原本勵行莊嚴的舉止，現在卻全然棄守。

李臨橫過鎮外的田地，沿難民隊伍往前走，很快便得到了答案。一個約莫七呎高的人影矗立於霧中，身旁一小隊武裝的帕胥人。這駭人生物一頭長髮和鬍鬚都是乾涸血液的顏色，似乎與包覆他身上的簡單外衣交融，彷彿他只以自己的頭髮蔽體。他的膚色是純粹的黑，眼睛下方有紅色大理石紋。

更重要的是，他身上有鋸齒狀突起的甲殼，耳朵上方冒出一對古怪的甲殼翅，或是角。李臨沒見過像這樣的東西。

那生物的眼睛散發緩和紅光。一個煉魔。來到了爐石鎮。

李臨上一次看見煉魔已是幾個月前的事了。當時只是碰巧，一小群煉魔在前往賀達熙前線途中稍停。他們身穿飄逸長袍，攜帶長槍，在空中翱翔，有一種非人的美感。但眼前生物身上的甲殼卻邪惡許多——你會以爲這東西來自沉淪地獄。

那名煉魔用有韻律的語言對身旁體型較小的戰爭形體帕胥女子說話。是歌者，李臨告訴自己。不是帕胥女子。就算在腦中對自己說話也要用正確的詞彙，才不會不小心脫口而出。

戰爭形體前進一步，爲煉魔翻譯。李臨聽說就算是會雅烈席語的煉魔，通常也會請口譯員，彷彿說人類語言有失其身分。

「你，」口譯員對李臨說。「就是那個醫師嗎？你今天一直都在診察難民？」

「是的。」李臨說。

煉魔回應，口譯再度翻譯：「我們正在搜尋一名間諜，他可能躲在難民之中。」

李臨覺得嘴裡發乾。矗立於他面前的這東西是一場夢魘，應該繼續以傳說的形式存在就好。只是一個在午夜火堆旁被低聲傳述的惡魔。李臨試著說話，但發不出聲音，他只得咳嗽清清喉嚨。

聽見煉魔厲聲喊出的命令後，跟他一起來的士兵分散到等待中的隊伍中。難民紛紛退開，還有人試圖逃跑，儘管那些帕胥人在煉魔身旁顯得矮小，然而他們是戰爭形體，仍具備強大的力量和駭人的速度。他們抓住逃跑的人，其他帕胥人則開始沿隊伍搜索，掀開眾人兜帽，一一檢查相貌。

別回頭看水貂，李臨。別露出緊張的樣子。

「我們……」李臨說。「我們檢查每一個人，拿了發給我們的畫像比對他們的模樣。我向你保證。我們一直很警覺！沒必要威嚇這些可憐的難民。」

口譯員沒有將李臨的說詞翻譯給煉魔聽，不過那生物立即以自己的語言回應。

「我們在找的那一個人不在名單之列。」口譯員說。「他是一個年輕男子，最危險的間諜。跟這些難民比起來，他應該精瘦又強壯，不過他可能會偽裝成弱小的樣子。」

「這……這種描述說是誰都有可能啊。」李臨說。他有沒有可能走運？會不會只是巧合？或許跟水貂一點關係也沒有。李臨一時懷抱起希望，彷彿陽光從颶風雲間乍現。

「你會記得這男人。」口譯員接著說。「以人類來說很高，波浪似的黑髮披在肩頭，鬍子刮得乾乾淨淨，額頭有奴隸的烙印，內含沙須符文。」

奴隸烙印。

沙須。危險。

噢，不……

近處，煉魔的一名手下掀開了另一個裹斗篷的難民兜帽——李臨應該要對兜帽下露出的那張臉感到無比熟悉才對。然而歷經滄桑的卡拉丁現在看起來，只是李臨記憶中那個敏感年輕人的粗略素描。

卡拉丁隨即在力量湧現之下爆發燃燒般的光芒。

儘管李臨費盡心力，死神仍舊在今日造訪爐石鎮。

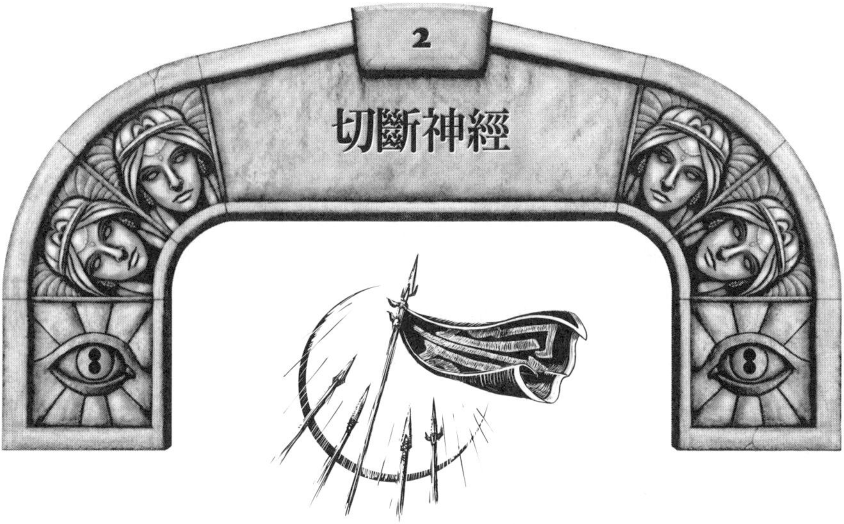

# 2 切斷神經

接下來，讓靈檢查你的陷阱。寶石絕對不可注滿颶光，但也不能完全黯淡。實驗結果顯示，最多七成的颶光容量效果最好。

如果你操作正確，靈會對將成爲其監牢的寶石入迷。它會在寶石旁跳舞、窺看、飄浮。

——娜凡妮·科林爲君王聯盟所提供之法器機制課程，兀瑞席魯，傑瑟凡日，一一七五

「早跟你說我們被發現了。」卡拉丁燃起颶光時，西兒這麼對他說。

卡拉丁哼了聲回應。他一手朝外甩，西兒同時化爲一把壯觀的銀矛——武器的出現逼退原本在搜尋他的歌者。卡拉丁特別避免看向他父親，以免洩漏他們的關係。除此之外，他也知道自己會看見什麼。失望。

所以，沒什麼新鮮事。

難民驚慌地逃開，但煉魔不再理會他們。高聳的形體轉向卡拉丁，雙手交抱，面露微笑。

就跟你說了，西兒在卡拉丁腦中說，我要一直提醒你，直到你承認我真的很聰明。

「這是新類型。」卡拉丁的矛對準煉魔。「妳看過嗎？」

沒有。不過看起來比其他類型醜多了。

過去一年來，新類型煉魔少量但穩定地出現在戰場上。卡拉丁最熟悉能像逐風師（Windrunner）一樣飛行的那些，後來才知道他們自稱爲沙奈印，意思大概等同於「屬於天空者」。其他煉魔不會飛，就跟燦軍一樣，每種類型有各自的力量。加絲娜斷定有十種，不過達利納說只有九種，卻無法解釋他爲什麼知道。

眼前這類型是卡拉丁交戰的第七種，也是——風的意志啊——他將要殺的第七種。卡拉丁對煉魔舉起矛，向他挑戰一對一決鬥；屬於天空的那些向來都吃這套。然而這個煉魔竟揮手示意手下從四面八方朝卡拉丁進攻。

卡拉丁把自己往上捆，射向天空，西兒自動拉長，化爲適合從空中攻擊地面的長槍。颶光在卡拉丁體內翻騰，刺激他行動、反應、戰鬥。但他得小心。這附近有平民，其中包含幾個對他來說非常親近的人。

「看看我們能不能把他們引開。」卡拉丁把自己以一種往後朝地面俯衝的角度向下捆縛。不幸的是，因爲霧氣的關係，他無法飛得太遠或太高，否則會看不見敵人。

小心，西兒說，我們不知道這種新型煉魔具備哪種力量——

近處籠罩在霧氣中的那個身影突然崩解，某個東西從那軀體中竄出——一道像靈一樣的紅紫色小光束。那道光線眨眼間射向卡拉丁，接著發出類似拉緊皮革雜以輾磨岩石的聲音，展開後重新化爲煉魔的形體。

煉魔在卡拉丁正前方的空中現身。卡拉丁還來不及反應，煉魔已一手攫住他的喉嚨，另一手揪住他制服的前襟。

西兒叫喊，化爲霧氣。長槍型態的她在這樣短兵相接的狀態下太難以施展。體型龐大的煉魔具備岩石般外殼和厚實肌肉，在他的壓制之下，卡拉丁重重墜落，平躺在地。

煉魔收緊的手指讓卡拉丁無法呼吸，不過有颶光在體內翻騰，卡拉丁並不需要呼吸。他努力撬開煉魔的手。颶父啊！這東西眞強壯，扳動那些手指感覺就像試圖折彎鋼鐵。卡拉丁甩開剛才從空中被扯落而生的驚慌，冷靜下來思考，召喚出化爲匕首的西兒。他劃破煉魔的右手，接著是左手，讓敵人的手指失去作用。

這些傷會復原——跟燦軍一樣，煉魔可以利用光修復傷口。不過這生物的手指將暫時失去作用，卡拉丁乘機哼一聲蹬腿掙脫。他又把自己往上捆，竄入空中。然而，還沒喘過氣，紅紫色光線又劃過下方的霧氣，繞一個大彎由後方呼嘯，迫近卡拉丁。

一隻鉗子般的手臂從卡拉丁身後勒住他，緊接著，煉魔用刀刺入他的後頸，引發卡拉丁肩頸之間一陣銳利的疼痛。

卡拉丁大叫，他的脊髓神經遭切斷，四肢隨即變得麻木。他的颶光匆忙修復傷口，但煉魔顯然對付封波師（Surgebinder）的經驗老到，因爲他繼續一次又一次把刀刺入卡拉丁頸後，阻止他的傷口復原。

「卡拉丁！」西兒在他身旁飛掠。「卡拉丁！我該怎麼做？」她在他手中化爲一面盾，但他鬆弛的手指無法握住，於是她又化爲靈的形體。

掛在卡拉丁身後的煉魔動作非常熟練且精確——他在人形的狀態下似乎無法飛行，只有化爲光束時才能夠。那生物一次又一次往卡拉丁頸上戳刺，炙熱的氣息噴吐在他的頰邊。卡拉丁腦中受過他父親訓練的那部分迅速分析這道傷口。對付能夠自癒的敵手，這可眞是聰明的方法。照這種速度下去，卡拉丁的颶光很快便會耗盡。

相較於審慎的思考，卡拉丁體內那名士兵更仰賴直覺。儘管他在空中打轉，還被可怕的敵人制住，他還是發現每一次戳刺之前，都有短短一瞬間能重獲移動能力。因此，隨著刺痛席捲他的身體，他蜷起身子，用頭猛力往後撞擊煉魔的頭。

一陣疼痛與白光擾亂了卡拉丁的視線。一感覺到煉魔的掌握減弱，他便扭動身體，緊接著下墜。那生物緊揪住卡拉丁的外套不放，但在卡拉丁矇矓的視線中只是一道影子。這就夠了。卡拉丁一手甩向那東西的頸項，西兒同時化身爲劍劈刺。以碎刃切開寶心、頭部或頸項——需要巨大的力量——煉魔便會死亡。

卡拉丁的視力勉強恢復，剛好看見煉魔胸口爆出一陣紫紅色光芒。每次煉魔的靈魂——或無論到底是什麼——化作一道紅光，都會留下一具軀體。卡拉丁的劍乾脆俐落地切下軀體的頭，但那道光已然逃逸。

颶風啊，比起歌者，這東西似乎還更像靈幾分。被煉魔拋棄的軀體從霧中墜落，卡拉丁也跟著往下，傷口正在完全癒合。降落在落地的屍體旁時，他汲取第二袋錢球的颶光。他到底有沒有辦法徹底殺死這種生物？碎刃可以切傷靈，卻無法殺死煉魔。他們終究會再度現身。

汗水滑落卡拉丁的臉，他的心跳有如擂鼓。雖然颶光催促他行動，他卻原地靜止，在霧中搜尋煉魔的蹤影。他們離城鎮夠遠了，四周一個人影也沒有，只有暗影幢幢的山丘。空無一物。

颶風啊，眞是驚險。好長一段時間以來，他總是這樣九死一生。煉魔是如此快速又意外地逮住他，這讓戰況變得更加令人擔憂。而他總是感覺彷彿風和天空都爲他所有，還知道自己能夠快速復原，也有其危險之處。

卡拉丁緩緩轉身，感受著吹拂肌膚的微風。他謹愼地走到煉魔殘存的那團東西旁。這屍體——或無論它到底是什麼——看起來乾枯脆弱、顏色褪去，像死去已久的蝸牛殼，肌肉化爲某種多孔質輕的石頭。卡拉丁撿起他斬下的頭顱，拇指壓入臉部，隨即如灰燼般粉碎。不久，屍體的其他部分步上臉孔的後塵，最後甚至連甲殼也跟著粉碎。

紫紅色光線乍然從旁邊疾射而來。卡拉丁立即向上竄，煉魔從他下方的光線中現形，伸手想抓卡拉丁，而他僅以毫米之差閃過。然而那生物隨即拋下新軀體，以光的形態追著卡拉丁朝上疾射。這次卡拉丁躲得有點太慢，那生物又從光中現形，抓住了他的腿。

煉魔利用上身強大的力量拉著卡拉丁的制服往上爬。等到西刃出現在卡拉丁手中時，煉魔已緊緊纏住他——雙腿夾住他的軀幹，左手抓住卡拉丁持劍的手，朝旁邊拉開，右前臂試圖塞進卡拉丁的喉嚨裡。這動作迫使卡拉丁奮力抬起頭，難以看清煉魔，更別提找到脫困的著力點。

然而他並不需要著力點。纏住逐風師是個危險的概念，因爲無論卡拉丁碰觸到什麼，他都能夠捆縛。他將颶光注入對手身上，將這生物捆離他。颶光遭遇抗拒，施加在煉魔身上時總是如此，不過卡拉丁擁有足夠的颶光，能夠突破抗拒。

卡拉丁將自己往另一個方向捆，很快地，感覺就像有一雙巨大的手將他們拉開。煉魔哼了一聲，接著用他自己的語言說了些什麼。卡拉丁放下西刃，全心全意將敵人推開。這時煉魔的身上發出颶光，有如冷光煙霧般從他身體逸出。

敵人的箝制終於鬆開，他有如碎弓射出的箭般疾速遠離卡拉丁。轉眼間，那道堅持不懈的紅紫色光線又從軀體胸口竄出，再度直朝卡拉丁而來。

卡拉丁險險避開，在煉魔現身並伸手抓他時，把自己往下捆。煉魔失手後墜入霧氣中，漸漸消失。卡拉丁再度發現自己體內的颶光所剩不多，心跳加速。他吸取第三袋錢球的颶光——還剩最後一袋。他們學會穿上有錢袋縫在內側的制服，煉魔也知道要試著割走燦軍的儲備錢球。

「哇。」西兒在卡拉丁身旁盤旋，自然而然採取一個能夠照看他背後的位置。「他很厲害，對吧？」

「不僅如此。」卡拉丁掃視平凡無奇的霧氣。「他的攻擊策略有別於大多數煉魔。我不太常遇到扭打纏鬥。」

角力在戰場上並不常見，至少不是正規打法。卡拉丁過去接受的是招式的訓練，對劍術也越來越有自信，但距離他練習掙脫手臂鎖頸已經過了好幾年了。

「他在哪裡？」西兒問。

「不知道。」卡拉丁說。「但我們沒必要打敗他，只需要在其他人抵達前遠離他的箝制就好。」

他們觀察了幾分鐘後，西兒大喊「那裡！」，立即化為一道指向她所見之物的光帶。

卡拉丁沒等她進一步解釋，便把自己捆離霧氣。煉魔逼近，但卡拉丁已經閃開，所以他只抓到一把空氣。光線又從那生物的胸口射出，他的軀體同時下墜。卡拉丁不規律地飛竄，又兩度躲過煉魔。

這生物以某種方法利用虛光形成新形體，每一個看起來都完全一樣，以頭髮做為某種衣物。他並非每次重生——而是轉移，利用光束移動位置。他們遇過會飛的煉魔，其他碰過的則是擁有類似織光師（Lightweaver）的力量。或許這種類型的力量就某種角度而言與異召師（Elsecaller）相似。

那生物第三次現形後，再次暫時放棄追逐。他轉移三次後就需要休息，卡拉丁猜想。他每次攻擊都是三連發。所以在那之後，他的力量需要再生？或是……不，他或許需要去某個地方補充虛光。

沒錯，紅紫色光線幾分鐘後再度出現。卡拉丁將自己直接加速捆離。勁風在耳邊呼嘯，第五次捆縛後，紅光已經追不上他，在後方漸漸縮小。

抓不到我，你就沒那麼危險，對吧？卡拉丁心想。煉魔顯然得到同樣的結論，光束下潛穿過霧氣。不幸的是，煉魔多半知道卡拉丁打算回爐石鎮。因此卡拉丁沒有繼續前進，也跟著往下飛。他在一個成團石苞過度生長的山丘頂休息，石苞的藤蔓在潮溼環境中茂盛蔓延。

煉魔站在山丘下抬頭看。對……包覆他身體的深棕色東西就是頭髮，長髮從頭頂緊緊纏附他的身軀。他從手臂拔下一根甲殼刺——尖銳的鋸齒狀武器——對準卡拉丁。攻擊卡拉丁的後頸時，他多半就是拔下一根刺當作匕首。

甲殼刺和頭髮似乎都暗指煉魔轉移時無法攜帶物品——所以虛光無法隨身攜帶，需要撤退補充。

西兒化身為矛。「我準備好了。」卡拉丁大喊。「來啊。」

「好讓你跑給我追？」煉魔以雅烈席語叫喊，聲音粗礪，彷彿岩石輾磨。「記得用眼角餘光留意我，逐風師。我們很快會再相遇。」他又化爲紅色光束消失在霧氣中，留下另一具癱軟的屍身。

卡拉丁坐下，長長吐出一口氣，颶光噴向他前方，與霧氣交融。霧氣在太陽升高後便會消散，只是此時仍覆蓋大地，給人一種鬼魅、淒涼的感覺，有如他意外步入一場夢境中。

卡拉丁突然被一陣力竭感席捲。颶光耗盡的遲鈍夾雜戰鬥後常有的洩氣感。不只如此。還有某種最近越來越常出現的感覺。

矛消失，西兒現身站在他面前的空中。她最近喜歡穿及踝、柔滑的時髦連衣裙，而非飄然的女孩款式。卡拉丁問起時，她說雅多林是她的顧問。她的藍白色長髮沒入霧氣中，沒戴上內手袖套。爲什麼要？她不是人類，更不是弗林教徒。

「嗯，」她雙手扠臀。「我們讓他見識到了。」

「他兩次差點殺死我。」

「我又沒說我們讓他見識了什麼。」她轉身繼續守望，以免這只是個詭計。「你還好嗎？」

「嗯。」

「你看起來很累。」

「妳老是這樣說。」

「因爲你老是看起來很累，呆瓜。」

他爬起來。「動起來就沒事了。」

「你——」

「我們不要再吵這件事。我沒事。」

確實，他起身並汲取一點颶光後就感覺好多了。那要是無眠的夜再次回歸呢？他以前曾經睡得更少，也撐過去了。過去曾經爲奴的那個卡拉丁要是聽說這個新的卡拉丁——淺眸碎刃師，享有豪華住所與溫熱餐食——竟爲了小小的失眠而心煩，肯定會笑他自己眞傻。

「走吧。」他說。「要是來這裡的路上被發現——」

「要是？」

「——因爲已經被發現，他們會派出更多煉魔。飛上天的那些會來找我，那任務就有危險了。我們回爐石鎭。」

她期盼地等著，雙臂交抱。

「好啦。」卡拉丁說。「妳是對的。」

「你應該更聽我的話。」

「我應該更聽妳的話。」

「因此你應該多睡一點。」

「有這麼簡單就好了。」卡拉丁升上空中。「走吧。」

❖

都沒人綁架圍紗，這讓她越來越不高興。

她徹底僞裝後在戰營市集中溜達，晃過一間間店鋪。她已經超過一個月戴上假臉、對完全正確的人發表完全正確的議論，卻還是沒人來綁架她，甚至連搶劫也沒遇上。這世界都變成什麼樣子了？

*如果可以讓妳覺得好一點，燦軍光主說，我可以往我們臉上揍一拳。*

燦軍光主在開玩笑？圍紗微笑，假裝瀏覽水果攤。如果燦軍光主說起了笑話，那表示她們眞的走投無路了。燦軍光主的有趣程度通常就跟……跟……

燦軍光主通常就跟裂谷魔一樣無憂無慮，紗藍接話，滲出她們人格的外層。體內有顆格外巨大綠寶石的裂谷魔……

對，沒錯。圍紗微笑以對這份來自紗藍的溫暖，就連燦軍光主也笑了，她越來越能享受幽默感。最近這一年來，她們三個達到一種彼此都感到舒服的平衡，不再像過去那麼疏離，還可以輕鬆切換角色。

似乎進展順利。當然了。只是這令圍紗憂慮，是不是太順利了？

姑且先放下。她繼續往前走。這個月她都戴上另外一個名叫查娜紗的女子臉孔在戰營走動，查娜紗是出身低賤的淺眸商人，靠出租芻螺給橫越破碎平原的車隊而獲得不大不小的成功。她們付錢給眞正的查娜紗，請她把臉借給圍紗，而她本人目前住在一個安全的地方。

圍紗轉過街角，沿另一條街漫步。與她住在營區時的印象相較，薩迪雅司的戰營沒有太大差別——只是不知爲何更雜亂。路上的克姆泥需要好好刮一刮，石苞芽害經過的貨車震得嘎啦響。大多數攤販都各有一名守衛顯眼地站在商品附近。但在這樣的地方，你不會信任當地士兵能保衛你。

她經過不少賣符文的小販，他們販賣祈禱文和其他符文供顧客對抗這危險的時代。防颶員試圖兜售即將到來的颶風清單，還附上日期。她略過這些人，直接來到特定的一家店，這裡販售堅固的靴子和健行鞋。這些日子以來，這些商品在戰營賣得很好，顧客有許多都是路經此處的旅行者。快速檢視其他商家後會得到相同的結論：提供長途旅行者使用的口糧、貨車和推車的修理舖，當然了，還有任何不夠格在兀瑞席魯占一席之地的東西。

以及爲數眾多的奴隸欄，數量幾乎就跟妓院一樣多。大部分平民一移到兀瑞席魯，十個戰營隨即全變成亂糟糟的車隊中繼站。

在燦軍光主的催促之下，圍紗暗中回頭查看雅多林的士兵。他們都不在視線範圍中。很好。她確實看到圖樣在附近的一面牆上，隨時準備視需要向雅多林回報。

一切就緒，而情報顯示綁架應該今天會發生。或許她該再稍微刺激一下。

鞋販終於走上前，他是一名矮胖的男子，鬍子有一道道白斑。因爲這樣的對比，紗藍萌生畫下他的衝動，因此圍紗退下，讓紗藍出來爲她的作品取得「記憶」。

「有感興趣的東西嗎，光主？」鞋販問。

圍紗再度現身。「你多快可以弄到一百雙這種鞋？」她用一根查娜紗總是放在口袋裡的蘆葦筆，指向其中一個款式。

「一百雙嗎？」那男人豎起耳朵。「不需要太久，光主。如果我的下一批貨準時，四天就可以拿到。」

「很好。」圍紗說。「我跟蠢塔裡的老科林有特別關係，如果你能幫我弄到，我可以吃下很大的量。當然了，你得給我好折扣。」

「好折扣？」男人問。

她的蘆葦筆揮過空中。「對，那是自然的。如果你想利用我的關係把貨賣到兀瑞席魯，我要拿到最好的價碼才行。」

他搓了搓鬍子。「您是……查娜紗．哈撒瑞，對吧？我聽說過您。」

「好，那你就該知道我不玩遊戲的。」她靠過去用蘆葦筆戳他的胸口。「如果我們動作夠快，我有門路避開老科林的關稅。有可能縮短到三天嗎？」

「或許。但我是個守法的人，光主。爲什麼……避開關稅是違法的。」

「前提是我們接受科林有權力收取關稅，那才算違法。我上一次確認的時候，他可不是我們的國王。他想要求什麼都可以，但既然颶風已經改變，神將將會降臨，他該認清他自己的位置。記住了。」

*幹得好，燦軍光主心想，這樣會很有效果。*

圍紗用蘆葦筆輕點靴子。「一百雙，三天。我會在今天結束前派書記過來商討細節。成交？」

「成交。」

查娜紗不是愛笑的人，因此圍紗也沒有施予鞋販這個恩惠。她將蘆葦塞入袖套，傲慢地點頭後便繼續在市集中穿梭。

妳不覺得太明目張膽嗎？圍紗問，最後說達利納不是國王感覺過頭了。

燦軍光主不確定——微妙人心不是她的強項——不過紗藍是認可的。她們需要多施點力，否則她永遠不會被綁架。她知道她的目標常去一條暗巷，但就連在那附近徘徊，也沒人多看她一眼。

圍紗忍住嘆氣，邁步朝靠近市場的酒館走去。她最近幾週常到這裡來，老闆都認得她了。情報顯示他們跟鞋販一樣都屬於榮譽之子，也就是圍紗在尋找的那群人。

女侍帶著圍紗從外面冰寒的天氣走進一個偏僻、自有一張桌子的小角落。她可以在這裡獨飲、審視帳目。

帳目。廢話連篇。她從背包中取出帳目。爲了與扮演的角色維持一致性，她們要不餘遺力做到這種程度。她們必須完美維持幻象，而眞正的查娜紗沒有一天不整理帳目。她似乎覺得這樣做很自在。

幸運的是，她們有紗藍能處理這部分，她有過替瑟巴瑞爾處理帳目的經驗。圍紗放鬆下來，讓紗藍接管。事實上，這樣不壞。儘管不太符合角色設定，但她工作時確實遊走於邊緣。圍紗表現得像她們有必要時時刻刻完全符合角色設定，但是紗藍知道她們偶爾得放鬆一下。

我們可以去賭場放鬆……圍紗心想。

她們之所以這麼用心，有部分原因在於這些戰營對圍紗來說正是誘人的遊樂場。不必管弗林教規範，放心賭博？無論想要什麼都能提供的酒吧，而且不問問題？戰營是一個美好的小小颶風，遠離達利納．科林的完美正直之地。

兀瑞席魯有太多逐風師，以及煞費苦心避免你因爲一張放錯位置的桌子而撞傷手肘的男男女女。這地方則不然。霻紗可能會越來越喜歡這地方。因此她們或許還是繼續維持與角色設定完全相符比較好。

紗藍試著專注於帳目上，她可以應付這些數字；她最早接受會計的訓練是在爲父親處理帳簿的時候。那早在她……

早在她……

可能是時候了，霻紗低語，想起來，徹底想起一切。

不，還沒。

但是……

紗藍立即閃避。不，我們現在不能思考那件事。控制住。

酒送上來時，霻紗靠向椅背。好吧。她長飲一口，試著裝出檢視帳簿的樣子。說實在的，她無法對紗藍感到憤怒，反倒將怒氣導向雅萊．薩迪雅司。那女人就是無法滿足於管理這裡的小封地、暗中靠車隊賺點錢就好。噢，不，她偏偏要策畫颶他的叛國事業。

於是霻紗試著整理帳簿，並且假裝自己喜歡這工作。她又長飲一口。一陣子後，她的頭開始暈眩，差點吸取颶光燒掉酒勁——但又停住。她並沒有點特別烈的酒，所以如果她開始頭暈……

她抬起頭，眼神越來越渙散。他們在酒裡下了藥！終於噢，她這麼想著，然後癱倒在椅子裡。

❖

「我不懂這哪有多難。」西兒和卡拉丁一起靠近爐石鎮時說著。「你們人類基本上每天都睡覺啊。你這輩子每天都在練習。」

「妳就是會這樣想，對吧。」卡拉丁輕踏一步，剛好降落在鎮外。

「我當然會，我剛剛不是就這麼說了嗎？」她坐在他肩上回嘴，一面查看後方。她的話語雖然輕鬆，但卡拉丁察覺她也跟他一樣感到緊繃，彷彿空氣本身被拉開、扯緊。

記得用眼角餘光留意我，逐風師。他感覺後頸浮起一陣疼痛的幻覺，煉魔就是從這個位置用匕首一刀又一刀刺入他的頸椎。

「就連小嬰兒也能睡。」西兒說。「只有你能把這麼簡單的事變得難如登天。」

「是嗎？」卡拉丁問。「那妳做得到嗎？」

「躺下、裝死一陣子，再起來。這麼簡單。噢，因爲是你，我還會補上強制性的最後一項：抱怨。」

卡拉丁大步朝城鎮走去。西兒預期他會反駁，但他並不想這麼做，並不是因爲不高興，更像是……一種全面性的疲勞。

「卡拉丁？」西兒問。

近幾個月來，他一直有一種不連貫的感覺。最近幾年……好似每個人的生命都繼續前進，卡拉丁卻與他們切割開來、無法互動。感覺他像是一幅掛在走廊裡的畫，只能目視著生命流過。

「好。」西兒說。「我來幫你。」她的身影變得模糊，接著變成卡拉丁的完美複製品，坐在他自己的肩膀上。「哎呀，哎呀，」她用低沉轟鳴的聲音說。「糟糕啊糟糕。所有人排好隊。天氣已經夠糟了，颶他的雨還來火上加油。我要禁止腳趾。」

「腳趾？」

「大家一直絆倒！」她接著說。「可不能讓你們所有人都弄傷自己。所以，從現在開始沒有腳趾。下週我們會試試看不要腳。好了，現在離開去拿點食物。明天我們日出前起床，練習對其他人擺臭臉。」

「我才沒那麼糟。」卡拉丁忍不住微笑。「而且，妳的卡拉丁聲音聽起來比較像泰夫。」

她變回原本的樣貌，乖巧地坐著，顯然對自己很滿意。卡拉丁不得不承認他覺得心情提振了不少。颶風啊，他心想。*要是沒找到她，我會淪落到什麼境地？*

答案很明顯。他會朝黑暗一躍而下，死在裂谷底。

靠近爐石鎮後，他們看見了相對有秩序的景象。難民又開始排隊，跟煉魔一同到來的戰爭形體歌者在卡拉丁的父親和新城淑身旁等待，武器皆已入鞘。所有人似乎都知道他們的下一步大大取決於卡拉丁的決鬥結果。

他大步走上前，抓握面前的空氣，西矛以氣勢威嚴的銀色武器之姿現形。歌者紛紛抽出武器，大部分都是劍。

「想獨力跟燦軍對打的話，請便。」卡拉丁說。「相反的，如果今天還不想死，你們可以召集鎮上其他歌者，撤退到東方距離這裡腳程半小時的地方。那裡有一個防颶所，供外圍農場的人避難用。我確定埃碧兒湛可以帶你們過去。待在裡面直到天黑。」

六名士兵衝向他。

卡拉丁嘆氣，吸入另外幾顆錢球的颶光。這場小規模戰鬥耗時約三十秒，造成一名歌者死亡、眼睛燒焦，其他歌者撤退，武器都被砍成兩半。

有些人會認爲這場攻擊是英勇之舉。雅烈席卡歷史中，常見鼓勵一般士兵衝向碎刃師之說。將軍們認爲這舉動儘管無比冒險，但若有微乎其微的機會贏得碎刃，也算值得。

夠愚蠢的了，卡拉丁就算被殺死也不會丟下碎刃。他是燦軍，這些士兵也知道。根據他所見，歌者士兵的態度有很大程度受他們所服侍的煉魔影響。他們竟然如此等閒看待自己的生命，可見他們的主子並不是什麼好東西。

幸好剩下五名士兵聽從了埃碧兒湛和爐石鎮的其他歌者。鎮上的歌者費了好些力氣才說服他們，就算再奮勇搏鬥，敗了就是敗了。不久之後，他們全部穿過快速消散的霧氣，跋涉離鎮。

卡拉丁再度檢視天空。應該快到了，他一面想一面走向檢查哨。他母親正在那兒等待，一頭及肩長髮以碎花頭巾包覆。她抱著小歐洛登，只挪得出單手擁抱卡拉丁。孩子伸出雙手要卡拉丁抱。

「你長高了！」他對男孩說。

「嘎嘎丁！」孩子接著揮手試圖抓住西兒——她在卡拉丁的家人面前總是會現身。她拿出平常的把戲，為孩子變幻成幾種動物的形狀撲騰在空中。

「所以，」卡拉丁的母親說。「琳恩怎麼樣？」

「妳要一直用這個問題開場嗎？」

「母親的特權。」賀希娜說。「所以呢？」

「她跟他分手了。」西兒變成發光的迷你野斧犬，這句話從牠口中傳出來頗為詭異。「就在我們上次來這裡之後。」

「噢，卡拉丁。」賀希娜又單手抱住他。「他怎麼樣？」

「他生了整整兩週的悶氣，」西兒說。「但我想他大致已經走出來了。」

「他本人就在這裡。」卡拉丁說。

「而他從不回答跟他私人生活有關的問題，」賀希娜說。「迫使他可憐的母親轉向更神聖的其他消息來源。」

「瞧瞧，」西兒現在變成一隻慢慢踱步的克姆林蟲。「她知道該如何對待我。懷抱我應得的尊嚴與尊重。」

「他又對妳不敬了嗎，西兒？」

「自從他上一次提到我有多偉大，至少已經過了一天。」

「我得同時應付妳們兩個，這明顯有失公平。」卡拉丁說。「賀達熙將軍順利抵達了嗎？」

賀希娜示意一棟在兩戶人家之間的建築。那是用來存放農具的木棚，看起來不是十分牢固，有些木板已被最近的颶風吹鬆、翹起。

「打鬥一開始，我就把他們藏到那裡去了。」賀希娜解釋。

卡拉丁把歐洛登交給她，朝棚屋走去。「叫上拉柔並召集鎮民。今天有大事要發生，我不希望他們驚慌失措。」

「兒子，請解釋你說的『大』是什麼意思。」

「待會兒妳就知道了。」

「你會跟你父親談談嗎？」

卡拉丁遲疑了一下，視線橫越霧氣瀰漫的田地、掃過難民們。鎮民已三三兩兩走出家門，查看剛剛的騷動是怎麼回事。他沒看見他父親。「他去哪了？」

「他去確認剛剛被你殺掉的帕胥人是不是眞的死了。」

「他當然死了。」卡拉丁嘆氣。「我晚點再來應付李臨。」

卡拉丁打開棚屋門時，裡面幾名非常敏感的賀達熙人拔出匕首對準了他。他的回應是吸入一點點颶光，讓暴露的肌膚流瀉出一縷縷冷光煙霧。

「三神在上，」其中一個綁馬尾的高個子低語。「這是眞的。你回來了。」

這種反應令卡拉丁心神不寧。身爲賀達熙的自由鬥士，這名男子之前應該見過燦軍才對。在一個完美的世界裡，達利納的盟軍應該已經支持賀達熙人爲自由而奮戰了幾個月才對。

只不過，所有人都放棄了賀達熙。這個小王國本就似乎瀕臨瓦解，達利納的軍隊也還在舔舐賽勒那之戰留下的傷口。後來開始偶爾傳來報告，描述賀達熙的抗軍正在反擊。每一次報告中，賀達熙人聽起來都像要完蛋了，因此資源都調往更有可能戰勝的前線。然而每一次，賀達熙都堅韌屹立，一再反擊敵人。爲了攻打這個戰略上並不重要的小國，憎惡的軍隊折損了數以萬計的士兵。

儘管賀達熙最終還是淪陷了，敵方的傷亡卻也高得驚人。

「你們哪一個是水貂？」卡拉丁問話時嘴裡溢出發亮的颶光。

高個子示意棚屋後方，一個裹著斗篷的影子靠在那邊的牆上。卡拉丁看不見他兜帽下的容貌。

「很榮幸能見到傳說本人。」卡拉丁走上前。「我受命正式邀請閣下加入盟軍。我們將盡可能幫助你的國家。此刻達利納・科林光爵和加絲娜・科林女王都非常渴望與如此長久抵抗敵人的閣下見面。」

水貂沒有動，還是坐在那兒低著頭。最後，他的一個手下走過去搖了搖他的肩膀。

斗篷一歪，底下的軀體垮掉，露出一捲捲防水布。這些布被捲堆起來，裝成一個披了斗篷的人形。假人？這颶他的到底是怎麼回事？

士兵們看起來也一樣驚訝，不過高個子只是嘆口氣，認命地看了卡拉丁一眼。「他有時候會這樣，光爵。」

「怎樣？化為防水布？」

「溜走。」高個子解釋。「他想看看能不能在我們眼皮底下溜走。」

另一個士兵邊搜索附近的酒桶後方邊用賀達熙語咒罵。最後他發現一塊鬆脫的木板，另一邊是房子之間的暗巷。

「我確定我們會在鎮上的某個地方找到他。」高個子對卡拉丁說。「請給我們一點時間。」

「考量情況危險，一般認為他應該會避免玩遊戲。」卡拉丁說。

「你……不認識我們大佬，光爵。」高個子說。「他就是這樣應對危險情況。」

「他不喜歡被逮到。」另一人搖頭。「危險時就消失。」

「拋下他自己的人？」卡拉丁驚駭地問。

「你不可能像水貂這樣存活，而不學會從別人不可能逃脫的狀況中鑽出活路。」高個子賀達熙人說。

「要是我們有危險，他會試著回來救我們。要是沒辦法……嗯，我們是他的護衛，我們之中的任何一個人都願意付出生命好讓他能逃脫。」

「不是說他有多需要我們。」另一人說。「蕊耶拉大姊頭就逮不到他！」

「好，找得到就去找吧，順便幫我傳話給他。」卡拉丁說。「我們必須即刻離開爐石鎮。我有理由懷疑規模更大的煉魔軍隊已經在路上了。」

賀達熙人對他敬禮，雖然對他國軍人其實沒必要這麼做，但人們到了燦軍面前總會有些古怪的舉動。

「幹得好！」離開棚屋時，西兒這麼對他說。「他們稱呼你為光爵時，你幾乎沒有皺眉了。」

「我就是我。」卡拉丁從他母親身旁走過，她正在和拉柔和羅賞光爵商談。卡拉丁看見他父親組織了幾名羅賞以前的士兵，他們正努力包圍難民。隊伍變短了，看來有些人已經逃走。

李臨看見卡拉丁走近，隨即抿起唇。這位外科醫師身材較為矮小，卡拉丁的身高遺傳自母親。李臨離開那夥人，用手帕擦掉漸禿的頭頂和臉上的汗水，接著拿下眼鏡，安靜地擦拭鏡片，等卡拉丁走過來。

「父親。」卡拉丁說。

「我原本希望，」李臨輕聲說。「讀了我們的訊息，你會明白要暗中過來。」

「我試過了。」卡拉丁說。「但是煉魔到處設立崗哨監看天空。霧氣意外在其中一個崗哨附近散開，我才暴露行蹤。我原本希望他們沒看見我，但是……」他聳肩。

李臨戴上眼鏡，兩個男人都知道他在想什麼。李臨警告過，要是卡拉丁持續造訪，他可能會把死亡帶來爐石鎮。今天死亡降臨在攻擊他的那名歌者身上，李臨已為死者蓋上裹屍布。

「我是士兵，父親。」卡拉丁說。「我為這些人而戰。」

「任何雙手健在的白癡都能拿矛。我訓練你的雙手是為了更好的目的。」

「我——」卡拉丁硬生生打住，深吸一口氣。他聽見遠方傳來獨樹一格的重擊聲。終於。

「我們晚點再談。」卡拉丁說。「收拾好所有你想帶的物資。動作快，我們得離開了。」

「離開？」李臨問。「我告訴過你，鎮民需要我。我不會丟下他們。」

「我知道。」卡拉丁朝天空揮手。

「你在做……」李臨沒能把話說完，因爲此時霧氣中冒出一片巨大的暗影，一個大得不可思議的載具緩緩飛過空中，兩側共有二十四名散發明亮颶光的逐風師列隊飛翔。

這載具與其說是船，更像是一個巨大的飄浮平台。無論如何，李臨身旁冒出藍色煙圈般的讚嘆靈。卡拉丁第一次看見娜凡妮讓那平台浮空時，也是如此目瞪口呆。

平台飛過太陽前方，陰影隨即籠罩卡拉丁和他父親。

「你很明確表達了，」卡拉丁說。「你和母親不會丟下爐石鎮鎮民。所以我安排好帶他們一起走。」

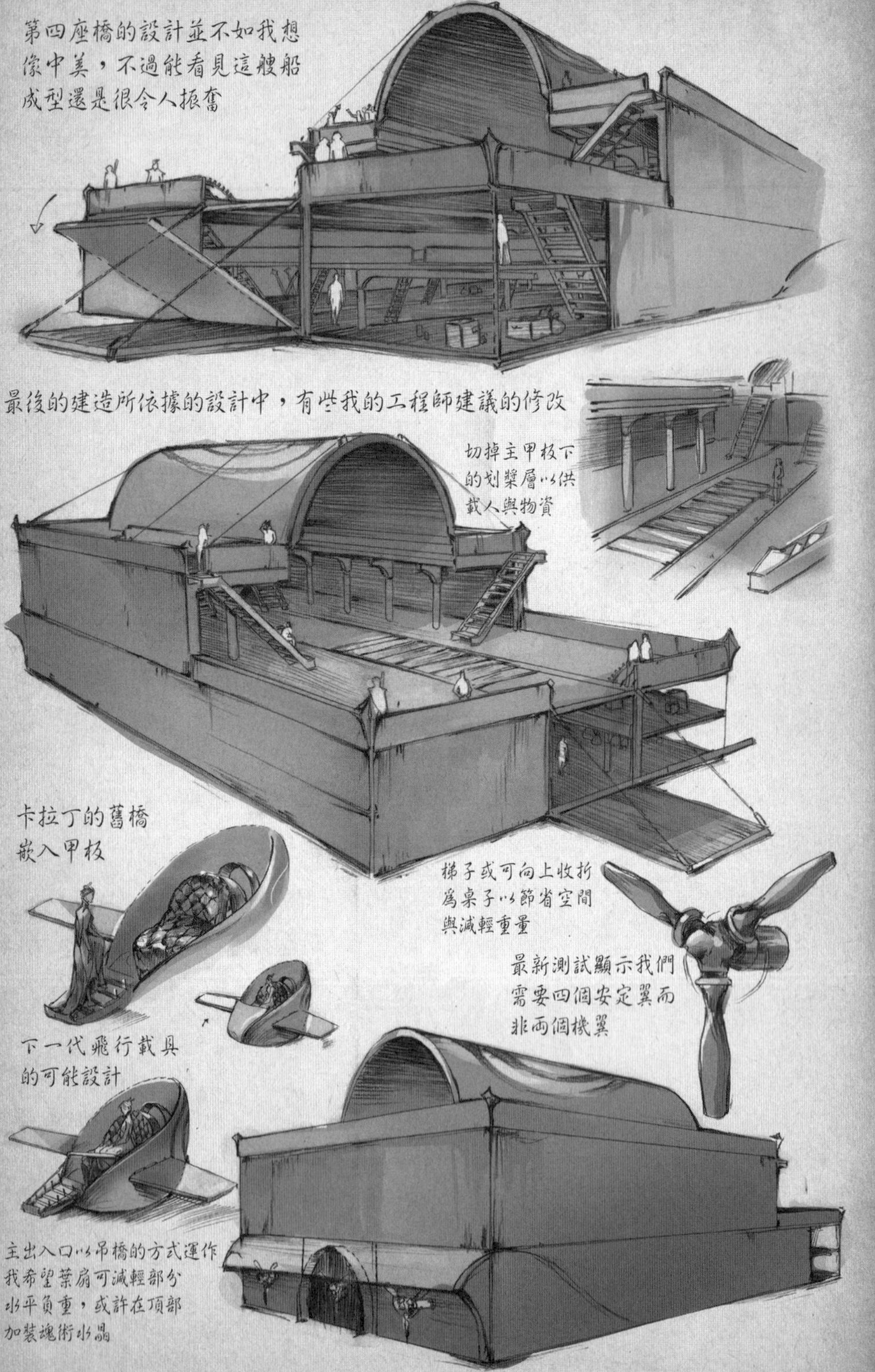
第四座橋的設計並不如我想像中美，不過能看見這艘船成型還是很令人振奮
最後的建造所依據的設計中，有些我的工程師建議的修改
切掉主甲板下的划槳層以供載人與物資
卡拉丁的舊橋嵌入甲板
梯子或可向上收折爲桌子以節省空間與減輕重量
最新測試顯示我們需要四個安定翼而非兩個機翼
下一代飛行載具的可能設計
主出入口以吊橋的方式運作
我希望葉扇可減輕部分水平負重，或許在頂部加裝魂術水晶

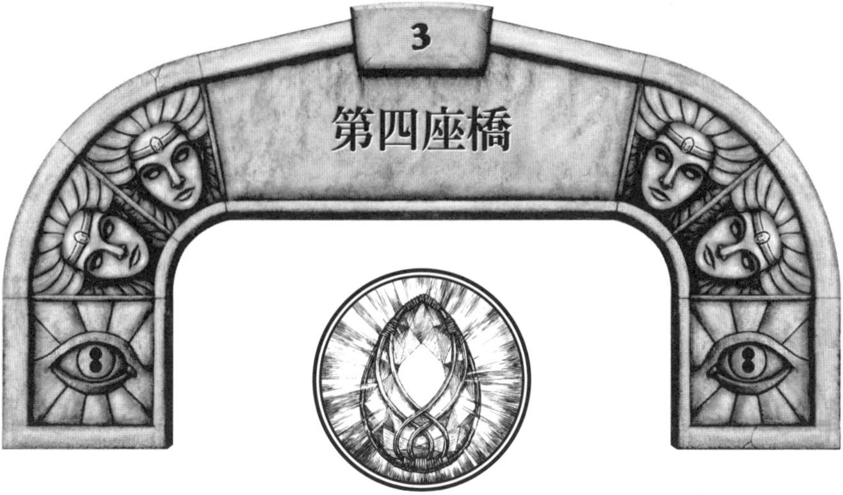

# 3 第四座橋

捕捉靈的最後一個步驟最爲棘手，因爲你必須移走寶石中的颶光。每一個法器師公會所採用的獨特技術都是被嚴加看守的祕密，僅由他們最資深的成員管理。

最簡單的方法是利用拉金——一種大啖颶光的克姆林蟲。若非這種生物此刻已瀕臨絕種，這將是極好極方便的方法。發生在艾米亞的戰爭有部分就是起因於這些似乎無害的小生物。

——娜凡妮．科林爲君王聯盟所提供之法器機制課程，兀瑞席魯，傑瑟凡日，一一七五

娜凡妮．科林探身到飛行平台外，俯瞰數百呎下的岩石。雅烈席卡的豐饒總是令她驚嘆不已，這裡充分展示了她長久以來居住的那個地方。石苞在所有表面上累累叢生，只有被清掉以供人類生活與耕種的地方除外。連綿整片原野的野草隨風款擺綠意，生靈四處躍動。樹木形成抵禦颶風的壁壘，交錯的枝條有如方陣般緊密。

相對於破碎平原或兀瑞席魯，這裡萬物生長。這是她童年時的家，如今卻幾乎令她感覺陌生。

「由衷希望您不要像那樣探出身子，光主。」薇菈說。爲了對抗強風，這位中年學者將頭髮編成緊密的辮子。她總是試

圖像母親一樣照料身旁所有人。

而娜凡妮自然是更加向外探去。一般人可能會想，活了超過五十年，她總會找到方法克服天生魯莽的性子，不過娜凡妮反倒是驚人地找到足以讓她隨心所欲的權力。

她的飛行平台在下方的岩石投下令人心滿意足的幾何圖形陰影。鎮民擠成一團，瞠目結舌。卡拉丁和其他逐風師正在要他們退後，讓出空間供平台降落。

「達利納光爵，」薇菈說。「可否請您勸勸她？我發誓她就要掉下去了。」

「這是娜凡妮的船，薇菈。」人在後方的達利納說。他的聲音堅定如鋼鐵，恆常如數學。她深愛他的聲音。「要是我試圖阻止她享受這個時刻，我覺得她會叫人把我丟下去。」

「她不能在平台中央享受嗎？或許好好拴在甲板上？用上兩條繩索？」

勁風拉扯娜凡妮鬆脫的秀髮，她咧嘴而笑，外手握住欄杆。「這塊區域現在沒人了。傳令——緩降落地。」

她利用舊式裂谷跨橋做爲飛行平台起始設計的模型。這畢竟不是戰艦，而是移動大批人群的運輸工具。最終成品只不過是一個大矩形：長度超過一百呎，六十呎寬，高度大約四十呎，以容納三層甲板。他們在上層甲板的後方蓋了高牆和屋頂。前三分之一露天，周圍有欄杆。幾乎整趟航程中，娜凡妮的工程師都待在遮蔽處的指揮室中。不過今天需要精細的操控，因此他們把桌子搬了出來，拴在平台右鋒角落的甲板上。

*右鋒，我們該改用航海術語嗎？但這並不是大海。我們是在飛行。*

飛行。成功了。不只是在破碎平原的演習和測試，而是出席一場眞正的任務，飛越數百哩的距離。

她身後有超過十二名執徒工程師照料露天的指揮站。凱——一名逐風師團的書記透過信蘆將命令送到兀瑞席魯。行動中，她們無法書寫完整指示——信蘆在這方面有困難。不過她們能送出可再轉譯的閃光。

在兀瑞席魯，另一群工程師操作著這個讓船浮空的複雜機制。事實上，那跟驅動信蘆是完全一樣的技術。其中之一移動時，另一個也同步移動，也可以配對切成一半的寶石，因此當一半的高度降低，另一半在哪裡都會升入空中。

力被轉移——如果遠方那一半在重物之下，你很難把你這邊另一半放低。不幸的是，還有額外的衰退——兩半分得越遠，移動它們遭遇的抗力越大。不過，既然能移動一枝筆，爲什麼不能移動守衛塔？爲什麼不能移動馬車？爲什麼不能移動整艘船？

因此，由數百個男人和芻螺操作連接到兀瑞席魯一個寬大寶石陣的滑輪系統，當他們讓那邊的寶石陣沿塔外台地的側邊下降，娜凡妮這邊的船便會升入空中。

另一個寶石陣則放置在破碎平原並與芻螺隊相連，藉此讓船前進或後退。他們學會利用鋁將水平動態獨立出來，這才能夠眞正前進，甚至改變力的向量。成果就是芻螺隊得以拉一段時間，接著短暫切斷寶石連線，回頭朝反方向走，同時間，浮空船則繼續直線前進。

交替操作這兩個寶石陣——一個控制高度，另一個控制水平動態——娜凡妮的船便得以翱翔。

她的船。她的船。她好希望能和艾洛卡分享。只是在多數人記憶中，她兒子只是一個苦苦掙扎的男人，努力想取代身爲王的加維拉。她記憶中的他是一個好奇、愛問問題的男孩，而且愛極了她的畫。他總是喜歡高處。他會多麼喜歡這甲板的景致啊……

打造這艘船幫助她撐過他死去後的幾個月。當然了，最後讓船化爲現實的並不是她的數學。在艾米亞的那次探勘中，他們學會了結合法器與鋁所產生的交互作用。這也不是她那些工程圖表的直接結果，相較於她原本想像的設計，這艘船的外觀平凡得多。

娜凡妮只是引導那些比她聰明的人。所以她或許沒資格一面看著船順利飛行，一面笑得像個孩子。但她無論如何還是笑了。

爲了決定船名，她深思熟慮了好幾個月。然而最後，她再度參考給她靈感的橋。尤其是好幾個月前從必死無疑的境地中拯救了達利納和雅多林的那座橋。她也希望這艘船能在相似的迫切情況中，拯救許許多多性命。

因此，舉世第一艘浮空交通工具便命名爲「第四座橋」。在上帥卡拉丁舊部屬的同意下，她將他們的舊橋嵌入甲板中央，以此爲精神象徵。

娜凡妮離開欄杆，走到指揮站。她聽見薇菈放鬆地嘆口氣，這位製圖師用了根繩子把自己拴在甲板上。娜凡妮原本比較想帶愛莎西克，不過他去進行地圖探勘了，這次的目標是破碎平原東側。但她還是有全套的科學家和工程師。白鬍子的法理拉正和露舒一起檢視工程圖，一群助手和書記東奔西跑，檢查結構完整度和測量寶石內的颶光存量。到這個時候，娜凡妮除了站這站那、讓自己看起來很重要之外，能做的其實並不多。她微笑著，回想起達利納說過，一旦計畫就緒，戰場上的將軍差不多也是這樣。

第四座橋著陸，底層的前門開啓讓乘客上船。十二名緣舞師（Edgedancer）朝城鎮滑去。他們散發颶光，步態詭異——交替踢蹬一隻腳，另一隻腳則滑行。他們可以如滑冰般溜過木頭或岩石，再優雅地躍過岩石。

不過隊伍中的最後一名緣舞師沒跳好，在一塊其他人都順利避開的大石頭上絆倒。那是個瘦長的女孩，彷彿在過去一年來長高了足足一呎。娜凡妮掩嘴一笑。不幸的是，身爲燦軍無法讓人對青春期的尷尬免疫。

緣舞師會引導鎮民上船，並治療傷病者。逐風師則在空中疾飛，找尋潛在的狀況。

娜凡妮不想打擾工程師或士兵，她緩步走向賽勒那王國親王科馬克。芬恩女王的丈夫已有年歲，是個海軍男兒。娜凡妮認爲他會享受和他們一起參與第四座橋的第一場任務。他尊敬地對她鞠躬，眉毛和長鬚垂晃在臉旁。

「你一定覺得我們很沒規矩，元帥。」娜凡妮用賽勒那語對他說。「沒有船長艙，只有幾張拴在地上的桌子做爲指揮站。」

「這無疑是一艘古怪的船，」老水手回應。「但自有其雄偉之處。我正在聽妳的學者交談，他們猜這艘船的平均船速可達五節。」

娜凡妮點頭。這個任務的起點是一場擴大的耐久力測試——確實，這趟遠行開始時，娜凡妮並未參與。第四座橋先前已耗費數週的時間飛行到蒸騰海洋，從壘地和沿海海灣的颶風中搭救難民。當時，船上的船員只有她的工程師和幾名水手。

然後卡拉丁提出要求。他們是否想嘗試更嚴峻的壓力測試，將整座城鎮偷偷運出雅烈席卡——順便拯救一名惡名昭彰的賀達熙將軍？達利納做了決定，於是第四座橋轉而航向雅烈席卡。

逐風師今天稍早將指揮幕僚和燦軍送上了船。

「五節，」娜凡妮說。「跟你最好的船艦相較之下不算特別快。」

「請原諒，光主，」他說。「不過這本質上是一艘巨大的駁船——能有五節的速度，已經很叫人欽佩了，更別提它其實是飛在空中。」他搖頭。「這艘船比軍隊以快步行進的方式更快，卻能將精力充沛的軍隊送達，自身還擁有機動性的有利位置，可提供弓箭支援。」

娜凡妮無法壓抑驕傲的開懷笑容。「還有許多難題有待釐清。船尾的葉扇幾乎沒能增加多少速度。我們需要再加以改善，而且投入的人力極其龐大。」

「妳說了算吧。」年長男子換上疏離的表情，轉身凝望地平線。

「元帥？」娜凡妮問。「你還好嗎？」

「我只是在想像一個時代的結束。還有我所知的生計、大海與海軍的運作模式……」

「我們還是需要海軍。」娜凡妮說。「這種浮空船只是額外的工具。」

「或許吧，或許。不過，請試想一個尋常船艦組成的艦隊，遭遇一艘像這樣的浮空船來自上方的攻擊。根本不需要透過訓練有素的弓箭手，飛行中的水手便可以拋下岩石，轉眼間將艦隊擊沉……」他的視線掃向她。「親愛的，如果這些東西變得普遍，遭淘汰的不會只有海軍。我無法決定我是該高興自己夠老，已經能對我的世界說聲珍重再見，還是該嫉妒那些能夠探索這個新世界的年輕小夥子。」

娜凡妮發現自己無言以對。她想說些鼓勵的話，然而科馬克如此珍視的過去……嗯，有如水中波浪，已然消逝，被時間之洋吸納。令她感到興奮的是未來。

科馬克似乎察覺她的遲疑，他微微一笑。「我就是個愛抱怨的老水手，別把這些閒聊放在心上。看啊，盟鑄師（Bondsmith）需要妳的關注。去把我們帶往新的地平線吧，光主。我們得到那裡去，才能戰勝這些入侵者。」

她溫柔地輕拍科馬克的手臂，接著快步走向達利納。他站在甲板中央附近，卡拉丁上帥和一名戴眼鏡的男子正大步朝他走去。這位一定就是逐風師的父親了——不過她得用點想像力，才能看得出兩人之間的相似處。卡拉丁很高，李臨很矮；較年輕的男人有一頭披散的狂野自然鬈髮，相對來說，李臨的頭髮已漸漸稀疏，還健在的頭髮則剪得很短。

然而，當她在達利納身旁站定，和李臨對上眼，家族遺傳便明顯許多。同樣安靜的強烈情感，同樣隱隱批判的目光，似乎對你了解甚多。在那一刻，儘管兩人的外觀特徵有諸多不同，她卻看見兩個擁有同樣靈魂的男人。

「長官，」卡拉丁對達利納說。「這是我父親，那名外科醫師。」

達利納點頭。「李臨．受颶風祝福者。我的榮幸。」

「……受颶風祝福者？」李臨問。他沒有鞠躬。考量他正與誰面對面，娜凡妮覺得這舉動頗不具交際手腕。

「我以爲你會採用你兒子的家族名。」達利納說。

李臨看了看兒子，卡拉丁顯然還沒跟自己的父親提及他獲得拔擢的事。不過李臨沒再多說什麼，只是轉過身，恰如其分地對娜凡妮的浮空船尊敬地點點頭。

「眞是偉大的發明。」李臨說。「妳覺得有沒有可能快速地把一個移動式的醫院送到戰場，上面還有外科醫師？這樣一來，可以拯救的性命……」

「巧妙的應用，」達利納說。「不過一般來說，這樣的工作都落到緣舞師身上了。」

「噢，對。」李臨推推眼鏡，似乎終於對達利納產生一點敬意。「我很感激你在這裡所做的事，科林光爵，但你能告知，我的人民要困在這艘船上多久嗎？」

「需要飛行數週才能抵達破碎平原。」達利納說。「不過我們在航程中會發送補給品、物資，以及其他能提供慰藉的物品。你將會發揮重要的功用，幫助我們學習如何更妥善地裝配這些運輸工具。除此之外，我們也藉此不讓敵人拿下一個重要的人口群居地以及農耕聚落。」

李臨若有所思地點頭。

「何不去看看住宿區呢？」達利納提議。「艙房不豪華，但空間足以容納數百人。」

李臨容許達利納如此打發他離開，不過大步走開前，還是沒對達利納鞠躬或致敬。

卡拉丁留在原地。「我代替我父親致歉，長官。他不擅長應付驚喜。」

「沒關係。」達利納說。「難以想像這些人這段日子以來都經歷了些什麼。」

「可能還沒完呢，長官。我今天稍早偵查的時候形跡敗露，其中一個煉魔——我沒見過的類型——來爐石鎭找到我。我把他趕走了，不過我確定我們很快會遭遇更多抵抗。」

達利納努力維持不動聲色，不過娜凡妮可以從他下垂的嘴角看出他的失望。「很好。」他說。「我原本希望霧氣可以為我們提供掩護，顯然那太便宜行事。去提醒其他逐風師，我會傳訊給緣舞師，要他們加快疏散。」

卡拉丁點頭。「我的颶光存量不太夠了，長官。」

娜凡妮從口袋抽出筆記本，同時間達利納伸出一隻手，平貼在卡拉丁胸口。他們周遭的空氣開始有一陣輕微的……扭曲，有那麼一瞬間，她覺得自己似乎能夠望入幽界。另一個界域，充斥玻璃珠和代替人類靈魂飄浮著的燭焰。在那短暫的一瞬間，她覺得她聽見了遠方傳來的聲音。一個純粹的音符在她周身震蕩。

轉瞬即逝，不過她仍然記下她的印象。達利納的力量關乎颶光的組成、三界域，以及——最終極的——神祇的本質。還有祕密尚待解開。

卡拉丁的颶光恢復，絲絲縷縷從他的肌膚流瀉，就連在日光下也清楚可見。他攜帶的錢球也重新充滿。達利納以某種方式觸及界域之間，碰觸全能之主本身的力量，這樣的能力曾經只為颶風以及存活其中的事物所有。

年輕的逐風師這時顯得精神煥發。他橫過甲板，跪下後一手放在有別於船體其他部分的一塊矩形木料上——並非新近砍下，而是充滿弓箭留下的凹痕。他的舊橋被齊平嵌入甲板中。橋四隊的逐風師離開浮空船之前，都會進行同樣的無聲儀式。過程短暫，卡拉丁隨即衝入空中。

娜凡妮完成筆記，發現達利納越過她的肩膀偷看，忍不住掩嘴微笑。儘管鼓勵他的人是她，這依然是個不容置疑的古怪體驗。

「我已經請加絲娜記下我做的事，」達利納說。「不過妳還是每次都會拿出這本筆記。妳到底想找到什麼，我的寶心？」

「還不確定。」她說。「兀瑞席魯的本質有其怪異之處，至少根據我們所讀到有關古老燦軍的資料，我覺得盟鑄師可能與塔城有所關聯。」她翻到另一頁，讓他看她畫的幾幅工程圖。兀瑞席魯的塔城核心有一個巨大的寶石構造——一根寶石柱，一個她不曾見過的法器。她越來越確信塔城過去曾由這根柱子提供動力，就像這艘飛船是由她的工程師鑲入船殼的寶石驅動。然而塔城已損壞，幾乎無法再發揮功用。

「我試過將颶光注入寶石柱，」達利納說。「沒有用。」他能夠將颶光注入一般的錢球，然而塔城的寶石卻加以抗拒。

「我們肯定用了錯誤的方法試圖解決問題。我總是忍不住想，要是我更加了解颶光，答案應該會很簡單。」

她搖搖頭。第四座橋是一個非凡的成就，不過她擔心自己在更重大的任務上會遭遇失敗。兀瑞席魯在高聳的山上，那裡的氣候太寒冷，無法種植作物，但塔城卻有著為數眾多的田地。過去的人不只是在那上頭的艱困環境中倖存，他們亦繁榮興旺。

怎麼做到的？她知道塔城曾被一個強大的靈占據，這個靈名為手足（The Sibling），與守夜者（The Nightwatcher）或颶父（The Stormfather）是同等級的靈，能夠創造出盟鑄師。她只能假定這個靈或是它與人類之間的某種關係容許塔城運作。不幸的是，手足在重創期死去。她不確定那代表什麼程度的「死」。手足的死，是否跟仍四處走動的碎刃之魂一樣？有些她訪談過的靈說手足「休止」了，視其為不可逆的最終狀態。

答案並不清楚，因此娜凡妮苦苦掙扎於理解其中含義。她研究達利納以及他和颶父之間的聯繫，希望可以從中獲得更多線索。

「所以，」一個帶口音的聲音在他們身後說。「雅烈席人真的學會飛行了。我真該相信那些故事才對。只有你們這種人才會不屈不撓地欺凌自然。」

娜凡妮嚇了一跳，她反應的速度比達利納慢。他已經旋身，一手放在身側的劍上，立即站到娜凡妮和那陌生的聲音之間。她還得探出頭才能瞧見那名說話的男人。

他是個矮個子，少了一顆牙，鼻子扁平，神情愉快，磨損的斗篷和破爛的長褲顯示他應該是個難民。他站在娜凡妮的工程站旁，已拿起標示出第四座橋航線的地圖。

站在幾張桌子中間的薇菈看見他，驚喊一聲，伸手搶走圖紙。

「難民應該待在下層甲板。」娜凡妮手指階梯的方向。

「他們幹得不錯啊。」這名賀達熙人說。「妳的飛行小子說你們在這裡有個位置要給我。不知道我對於服侍雅烈席人是什麼感覺耶。我這大半輩子都在努力避開他們。」他注視達利納。「尤其是你，黑刺。無意冒犯喔。」

啊，娜凡妮心想，她確實聽說水貂不是人們想像中的模樣。她修正了她的評估，瞥向姍姍來遲從側邊衝上船的碧衛，他們一副懊喪的模樣。娜凡妮揮手要他們離開。她待會會問些尖銳的問題，了解一下他們爲什麼如此散漫，竟讓這男人溜上通往指揮站的階梯。

「有些人知道該避開過去的我，而我在他們身上看見智慧。」達利納對水貂說。「但這是一個新時代，也有了新敵人。我們過去的紛爭此刻不值一提。」

「紛爭？」那男人問。「所以在雅烈席語中是用這個詞嗎？對，對。我對你們的語言實在是……看見了吧，不太熟練。我過去竟錯誤地以『掠劫並燒死我的人民』指稱你的行爲。」

他從口袋拿出某個東西。薇菈的另一幅地圖。他回頭瞥了一眼，確認她沒在看，接著展開地圖並歪頭審視。

「我剩下的軍隊分散在這裡和賀達熙之間四個彼此分隔的窪地中。」他說。「只剩下幾百人。用你的飛行機器去救他們，我們再來談。雅烈席人的殺戮欲望這幾年來害死了許多我所愛的人，把這股欲望對準其他人——就像以諺語表達的劍刃——有其價值，若我不承認，那我就是個傻瓜。」

「沒問題。」達利納說。

儘管稍早他聲稱第四座橋是她的船，娜凡妮依然沒有遺漏，他答應依水貂的要求調動第四座橋前，並沒有徵詢她的同意。她盡量不因像這樣的事而心煩。她的丈夫並非不尊重她——他已經在數不清的場合中證明過。達利納．科林只是習慣身爲最重要的人——通常也是最有能力的人。這會讓一個男人有如進逼的颶風牆般向前奔湧，視情況需要而做出決定。

然而，這依然令她苦惱，勝過她曾公開承認的程度。

首批眞正的難民開始在緣舞師溫和的驅趕下登上下層甲板。娜凡妮聚焦於眼前的問題，盡可能以最經濟、最有秩序的方式，讓每一個人舒舒服服地安頓好。她已爲此制定計畫。不幸的是，迎接的過程被琳恩打斷。她是一名逐風師，黑長髮編成辮子，這時她砰的一聲降落在甲板上。

「煉魔來襲，長官。」她對達利納報告。「整整三個小隊。」

「卡拉丁說得沒錯。」達利納說。「希望可以把他們引開。要是他們決定一路騷擾浮空船直到破碎平原，那就只能祈求颶風幫助我們了。」

這正是娜凡妮最恐懼的狀況：飛行的敵人能夠攻擊浮空船，甚至讓它喪失飛行能力。她已備妥防範措施，看起來，此刻就要親身體驗他們的初始測試了。

# 4
# 未來的締造者

爲了將颶光從寶石中抽出，我採用亞尼斯特法。當靈檢視已灌注颶光的寶石時，將數顆無颶光的大寶石放在近處，同類型的極大寶石會從小寶石緩緩汲取颶光——數顆寶石可更快速將颶光汲出。當然了，此方法的限制在於，不僅需要取得一顆將用於法器的寶石，還需要其他幾顆更大顆寶石以汲取颶光。

賽勒那王國的弗瑞茲托公會創造出極大的寶石法器，由此可見一定還有其他方法。希望女王陛下能夠再次向公會表達我的請求，此機密對戰事有莫大的重要性。

——娜凡妮・科林爲君王聯盟所提供之法器機制課程，兀瑞席魯，傑瑟凡日，一一七五

她們醒來後，燦軍光主立即轉爲主導並評估情況。她的頭上套了一個麻布袋，所以沒人看見她迷失的表情，她也小心地保持靜止不動，以免驚擾綁匪。紗藍僥倖以這種方式施加她的織光術，就連她們失去意識，幻象臉孔也依然能夠維持。

燦軍光主似乎未遭綑綁，只不過被扛在某人肩上。他身上有芻螺的味道，但那味道也有可能來自麻布袋。

她的身體啟動了她的力量，治癒她，讓她更快醒來。燦軍光主不喜歡偷偷摸摸或是假裝，但她相信圍紗和紗藍知道她們

在做什麼。她只要做她自己該做的事：評估目前情況有多危險。

她似乎沒事，只是不太舒服。她的頭不停撞上男人的背，麻布袋隨著每個步伐壓上她的臉。她內心深處對圍紗感到一股滿意。她們原本幾乎要放棄這個任務了，如今知道她們的努力終究不是徒勞無功，這感覺很好。

現在，他們要帶她去哪裡呢？事實證明這是最大的謎：榮譽之子都在哪裡召開他們的小會議？紗藍的其中一名手下幾個月前成功混進他們之中，但他還不夠重要，沒人把她們所需的資訊交付給他。必須是淺眸人才行。

她們認爲既然阿瑪朗已死，雅萊應該已經掌控教團，而他們打算奪取破碎平原中央的誓門。不幸的是，燦軍光主沒有證據，而沒有可靠的證據，她動不了雅萊。達利納也認同她，尤其在雅多林對雅萊的丈夫做了那種事之後。

*他沒找到方法一次解決他們兩個眞是太糟了*，圍紗心想。

*那樣做不對*，燦軍光主在心裡回應，*當時雅萊對他尚未構成威脅。*

紗藍不認同，圍紗自然也不認同，於是燦軍光主擱下這個話題。希望圖樣依然按指示遠遠跟著。一旦這夥人停下來並開始讓燦軍光主入教，那個靈會立即去找雅多林和士兵，以免她需要撤離。

綁匪終於停下腳步，粗糙的手把她拉下肩膀。他把她放在地上時，她閉上眼，逼自己維持無力的狀態。潮溼黏滑的岩石，某個涼爽的地方。麻布袋被拿掉，她聞到刺鼻的味道，但她反應得不夠快，因此有人往她頭上倒水。

現在換圍紗當家了。她倒抽一口氣「醒來」，推開第一直覺，也就是抓起刀，無論把她弄得一身溼的是誰，都把他給處理掉。圍紗用內手袖子擦掉眼睛上的水，發現自己置身一個陰冷潮溼的地方。石壁上的植物已經因爲剛剛的騷動而縮了回去，天際只是高空中的一道遙遠裂縫，生靈在許多厚實的植物和藤蔓之間跳躍。

她身在一個裂谷下。克雷克的呼息啊！他們是怎麼在不被人發現的情況下把她扛進裂谷的？

一群穿黑袍的人站在她身旁，各自掌握著一顆閃閃發亮的鑽石布姆。她對著刺眼的光芒眨眼。他們的兜帽看起來比她的麻布袋舒適許多，每件袍子上都繡了全能之主的雙瞳眼。一道思緒在紗藍腦中一閃而過，好奇起他們請來裁製這些袍子的女裁縫師。他們是怎麼跟她說的？「對，我們要二十件一模一樣、神祕的袍子，繡上遠古晦澀的符號。是……派對要用的。」

圍紗逼自己維持住角色的模樣，驚奇困惑地抬頭看，接著退後幾步緊靠著裂谷壁，嚇到一隻有著暗紫色調的克姆林蟲。

前方的一個人影先發話，他的聲音低沉渾厚。「查娜紗．哈撒瑞，妳有個值得尊敬的好名字。承襲百姓神將查娜拉拿克．艾林（Chanaranach'Elin）。妳真的希望他們回歸嗎？」

「我……」圍紗一隻手遮住錢球的光芒。「這是怎麼了？發生什麼事？」*還有，你們之中哪一個是雅萊．薩迪雅司？*

「我們是榮譽之子。」另一個人說。這次是女性，但不是雅萊。「迎接神將回歸是我們宣誓過的神聖職責，還有颶風的回歸，以及神祇——全能之主的回歸。」

「我……」圍紗舔舐嘴唇。「我不懂。」

「妳將會懂的。」第一個聲音說。「我們一直在觀察妳，發現妳的烈情值得尊敬。妳希望驅逐偽王黑刺，並看著王國名正言順地回到各藩王手中？妳希望全能之主的正義降臨在邪惡之人身上？」

「當然。」圍紗說。

「很好。」那女人說。「我們對妳的信念正確無誤。」圍紗頗肯定這是烏麗娜，雅萊核心集團的一員。她原本只是個無足輕重的淺眸書記，但在戰營的新權力動態中快速攀上社會階梯。

不幸的是，如果烏麗娜在此，雅萊多半就不在。遇上不想自己做的事，這位藩后常派烏麗娜出馬。這代表圍紗至少有一個目標此時已經失敗：她沒讓「查娜紗」重要得足以獲得特別關注。

「我們導引了燦軍的回歸。」男人說。「妳不曾好奇過他們爲什麼出現嗎？這一切——永颶、帕胥人覺醒——爲什麼發生？都是由我們精心安排的。我們是羅沙未來的崇高締造者。」

圖樣會喜歡這個謊言。圍紗則覺得少了點什麼。好的謊言，美味的那種，會暗示隱藏的大事或更多祕密。眼前這個謊言則是酒吧裡的醉酒者自吹自擂，試圖激起足夠的同情，好換得一杯免費的酒，說是有趣，其實更是可悲。

墨瑞茲說明過這個團體，以及他們爲了神將回歸所做的事。事實上，神將從不曾離開過。加維拉引導他們，利用他們的資源——以及他們的意志——推動他自己的目標。在那個時期，他們曾短暫地是這世界上重要的行動者。

隨著舊王過世，當初的光榮也大半消逝，剩下的又被阿瑪朗揮霍殆盡。這些潰散的殘黨並非未來的締造者。他們是懸而未決的部分，就連燦軍光主也認同這個任務有其價值，是達利納和墨瑞茲交付給她們的重要任務——後者是暗中交付。是時候永遠終結榮譽之子了。

圍紗抬頭看這些教徒，踩在看似謹慎與奉承之間的微妙界線上。「燦軍。你們是燦軍嗎？」

「我們更爲偉大。」男人說。「但是在我們透露更多之前，妳必須入教。」

「我欣然接受任何服侍的機會，」圍紗說。「但……這有點突然。我要怎麼確定你們不是僞王的探子，企圖誘捕像我這樣的人？」

「一切最後都將揭曉。」那女人說。

「如果我堅持要看到證據呢？」圍紗說。

他們看了看彼此。圍紗有種感覺，他們先前招募新人時應該沒遇上太多抗拒。

「我們服侍雅烈席卡合法的女王。」那女人終於說。

「雅萊？」圍紗低聲說。「她在這裡嗎？」

「先入教。」男人朝另外兩個人示意。他們走近圍紗，其中包含一個高個子，他的袍子長度只到小腿肚。他們抓住她的手臂拉她起身，再讓她改爲跪姿，過程中那高個子的動作格外粗魯。

*記住這一個*，她心想。這時另外一人從黑布袋中拿出一個發光的裝置。這個法器上裝了兩顆明亮的紅寶石以及錯綜複雜的線圈。

紗藍特別對那個設計感到驕傲。而圍紗儘管剛開始覺得很浮誇，現在也承認對這個組織確實有用。他們對著她舉起法器，按下幾個按鈕，似乎眞心信任這個法器。紅寶石轉暗，那人宣告：「她身上沒有幻象。」

把那裝置賣給他們的過程眞是妙趣橫生。圍紗之前僞裝成一個神祕人物，利用這個裝置在一個謹愼計劃的詭計中「揭發」了她的一個織光師。後來圍紗跟他們開的價是紗藍原本所想的雙倍——而那過分的價格似乎只是讓榮譽之子們對法器的力量更加信服。全能之主保佑他們。

「妳的入教儀式！」那男人說。「發誓妳將追求恢復神將、教會以及全能之主。」

「我發誓。」圍紗說。

「發誓妳將服侍榮譽之子，並支持他們的神聖任務。」

「我發誓。」

「發誓妳將忠於雅烈席卡眞正的女王雅萊．薩迪雅司。」

「我發誓。」

「發誓妳不服侍對達利納．科林俯首稱臣的僞靈。」

「我發誓。」

「看吧，」那女人看著她的一位夥伴。「如果她是個燦軍，就不可能立下虛假的誓約。」

噢，妳這甜美柔軟的微風，圍紗心想，保佑妳的天真。我們又不全是盟鑄師或他們的同類。對逐風師或破空師（Skybreaker）來說，圓滑應對遭違背的承諾或許相當棘手，不過紗藍的軍團正是奠基於所有人都會說謊，尤其是對自己說謊。

打破與她的靈之間的誓約確實會有相應的後果。但若是眼前這群人類渣滓呢？她連想都不用想——只是燦軍光主確實表達了一些不滿。

「起身，榮譽之女。」男人說。「現在，我們必須為妳重新蓋上頭套，並把妳送回去。但不必害怕，我們的一員很快會帶著進一步指示和訓練連絡妳。」

「等等。」圍紗說。「雅萊女王。我需要看見她，向自己證明我服侍的是誰。」

「妳或許會贏得這項殊榮。」女人聽起來頗為得意。「好好服侍我們，妳終究會得到更大的獎賞。」

太好了。圍紗做好心理準備面對這結果代表了：花更多時間待在戰營裡假扮成這個難搞的淺眸女子，謹慎、緩慢地把她的地位往上推。聽起來糟透了。

不幸的是，達利納真的很關切雅萊日益增長的影響力。這裡的這個小教團或許華而不實，不過讓一個好戰的組織成長而不加以約束是不智之舉。他們不能冒險讓阿瑪朗那樣的背叛事件再度發生，那一次有數千人喪失了生命。

除此之外，墨瑞茲也認為雅萊很危險。有了他的想法加持，圍紗更是認同有必要讓那女人垮台。所以她一直為此而努力——她們也因此必須找到更多方法，把雅多林偷渡出來跟紗藍約會。要是沒給紗藍恰當的關愛，那女孩可是會枯萎的。

看在她的份上，圍紗又試了一次。「我不確定等待是否明智。」高個子男人正準備將麻布袋套在她頭上，她乘機對其他人發話。「你們應該知道，我跟達利納．科林的核心團隊有關係。要是得到足夠的激勵，我可以供出他的計畫。」

「會有機會的。」女人說。「晚一點。」

「你們不想知道他打算做什麼嗎？」

「我們已經知道了。」那男人輕笑著說。「我們有一個線人，那人和科林的關係遠比妳和他親近許多。」

等等。

等等。

紗藍警戒了起來。他們有人在達利納身邊？他們有可能在說謊，但……能冒這個險嗎？

我們得做點什麼，她心想。如果雅萊安插了間諜在達利納的核心團隊裡，這可能是性命攸關的大事。沒時間等圍紗慢慢滲入高層了。她們現在就得知道線人是誰。

圍紗退後，讓紗藍接管。燦軍光主能夠戰鬥，圍紗能夠說謊，但若想快速解決問題，就得讓紗藍出馬。

「等等。」紗藍起身，推開正要把麻布袋套在她頭上的男人雙手。「我並不是你們以爲的那個人。」

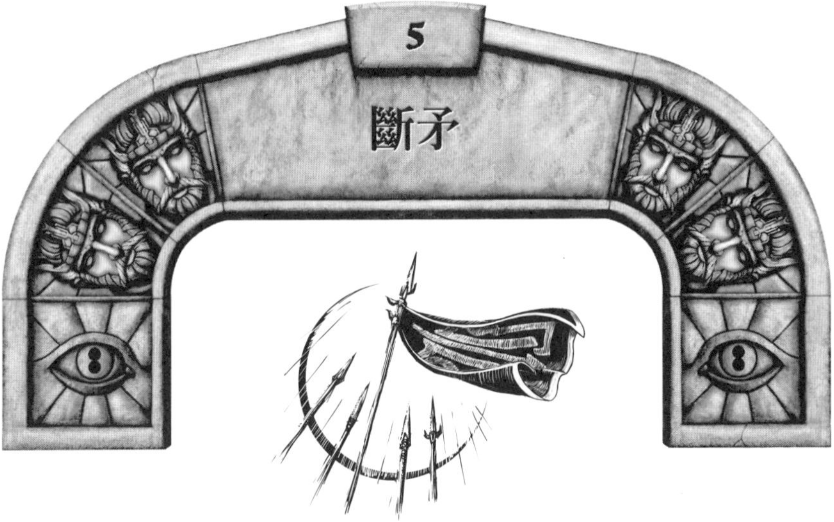

# 5 斷矛

如果以夠快的速度將颶光從寶石中汲出，待在附近的一個靈便有可能被吸入寶石內，原因與突然抽出颶光後所造成的壓力差效果相似，只不過兩種現象的科學作用並不相同。

如此一來，你將得到一個被捕獲的靈，供你視情況需要而運用。

——娜凡妮．科林爲君王聯盟所提供之法器機制課程，兀瑞席魯，傑瑟凡日，一一七五

逐風師成防禦隊形在卡拉丁身旁散開。他們以絕不可能在天鰻身上看見的方式懸浮空中：文風不動、彼此等距。

儘管疏散造成騷亂，下方的難民仍紛紛停止動作，透過讚嘆靈抬頭仰望身穿藍衣的哨兵們。逐風師俯衝與轉彎的方式有一種自然的感覺，不過一隊士兵彷彿以鋼索懸吊般掛在空中，這樣超現實場面則完全是另外一回事。

霧氣大部分已經消散，卡拉丁可清楚看見遠方正朝他們而來的那些天行者。他們身穿純色戰鬥裝，除了少數亮緋紅色外，其餘都是柔和的色彩。他們的長袍在身後拖曳數呎，就算戰鬥時也一樣。穿那樣的衣服走動很不實際，但既然能飛，何必要走？

他們從艾希神將身上學習到許多有關煉魔的事。每一個天行者都是古老的存在，一般歌者被犧牲、放棄他們的軀體與生命，以供煉魔的靈魂棲宿。每個逼近中的敵人手上都拿著長槍，卡拉丁嫉妒他們隨風移動的方式。他們渾然天成，彷彿不只是跟他一樣擁有天空，他們亦由天空所生。他們的優雅讓他自覺像顆短暫被拋上天空的石頭。

三個小隊代表有五十四名成員。蕾詩薇也在其中嗎？他希望她在，他們需要再打上一場。他不確定自己能否認出她，畢竟她上次死了。不是他的功勞。大石的女兒可絨用碎弓射出一枝準頭極佳的箭，了結了她的性命。

「三個小隊人數不多，我們不需要全部都上。」卡拉丁對其他人喊著。「層級在授銜四階以下的侍從回地面守衛平民——除非煉魔自己找上門，否則別對他們挑釁。剩下的人，採基本交戰模式。」

新進的逐風師明顯不情不願地降落在浮空船上，不過他們夠有紀律，不曾出言抱怨。就跟所有侍從一樣——包含比較有經驗、卡拉丁還讓他們留在空中的這些——這批逐風師都還沒跟自己的靈締結，因此需要有一位完整的逐風師騎士在左近爲他們補充能量。

到了這個時候，卡拉丁如今已有三百名逐風師，其中只有約五十名正式的騎士。幾乎所有倖存的橋四隊原成員現在都已與靈締結，第二波加入者在他搬遷到達利納的戰營後很快便加入，他們大部分人也一樣已經締結。而第三波是在搬到兀瑞席魯後才加入逐風師軍團，他們之中也已有人找到締結的目標。

不幸的是，進展到此便停頓。卡拉丁手下有許多男男女女準備好更進一步並說出誓言，卻找不到願意締結的榮耀靈。此時此刻，他只知道一個有意願但尚未締結的靈。

然而這問題要留待其他時候再煩惱。

洛奔和德雷往上飛到他身旁緩緩飄浮，燦爛的碎矛出現在他們等待武器的手中。卡拉丁一隻手高舉過頭，握住他自己那把在霧氣中現形的矛，接著往前猛刺。他的逐風師一一竄出，迎接進逼的天行者。

卡拉丁等待著。如果蕾詩薇在這裡，她會找到他。前方，首批天行者遇上逐風師，他們舉槍挑戰。每個煉魔的姿態都是在邀請一對一決鬥。他的士兵接受挑戰，而非聯合抗敵。外行人或許會覺得這種戰鬥方式頗為怪異，但卡拉丁學會採用天行者的方法，以及他們遠古的——有人會說是過時的——戰鬥模式。

找到對手的逐風師和煉魔分散開來，展開技巧的對決。如此產生的衝突場面看似兩股水流相互撞擊，而後化為噴濺到一旁的水花。不久，所有逐風師都開始交戰，僅留下幾名找不到對手的煉魔。

小規模戰鬥時，天行者偏好等待一對一決鬥的機會，而不以人數取勝。但並非總是如此——卡拉丁曾兩度被迫同時與多人對打——不過他越是跟這些生物對抗，就越是敬重他們的作風。他沒預料會在敵人身上看見榮譽。

他掃視未交戰的煉魔，目光鎖定其中一個：高䠷的女性，身上有顯眼的紅、黑、白色紋路，有如三種色調顏料混雜的大理石紋。儘管相貌不同，皮膚的紋路卻似乎是一樣的。除此之外，她的姿態，以及緋紅色摻雜黑色長髮披散的模樣，也有種獨特的味道。

她看見他，微笑，接著舉槍。對，是蕾詩薇沒錯。煉魔中的一位首領，地位夠高，所以其他人聽令於她，但又不是那麼高，因此戰鬥時總留守後方。跟卡拉丁相似的地位。他也舉起自己的矛。

她往上竄，卡拉丁也飛撲上前，這時一陣光在下方爆開。短暫的一瞬間，卡拉丁瞥見了幽界，他衝上有著詭異雲朵如道路般流動的黑色天空。

一股波力湧過戰場，逐風師紛紛發出燃燒般的光芒。達利納打開了一個垂裂點，化身為颶光的水庫，能夠立即為來到附近的任何燦軍補充能量。這是一個強大的優勢，他們也因此繼續冒險帶著盟鑄師出任務。

卡拉丁飛在蕾詩薇後方，颶光在他體內洶湧。她的紅白雙色長袍拖在身後，長度比其他人的衣物略長，隨著她轉彎、曲線飛行，長袍也跟著流暢撲甩。她將長槍對準卡拉丁，朝他俯衝而來。

在這樣的戰鬥中，受過完整訓練的逐風師有幾項重要優勢：他們可以達到比天行者更快的速度，他們也能使用碎武（Shardweapon）。一般可能會以爲這些優勢難以抵擋，不過天行者很古老，而且經驗豐富又狡猾。他們練習使用自身的力量數千年的時間，可以不停飛行，永遠不會耗盡虛光。他們只會因爲治療而消耗虛光，還有，他聽說他們施展捆術時也會耗盡，只是這種情況非常罕見。

當然了，煉魔還有一個優勢能夠狠狠壓制卡拉丁的人馬：他們是不死的。殺死他們，他們只會在下一次永颶重生。他們能夠承擔卡拉丁所不能承擔的莽撞。他和蕾詩薇撞上彼此，雙矛猛力互擊，兩個人都發出哼聲，試圖將自己的武器滑到另一邊好刺傷對方，最後卡拉丁不得不先退開。

蕾詩薇的長槍上有銀色的金屬線，能夠抵擋碎刃的劈砍。更重要的是，長槍底部裝了一顆寶石。要是這武器擊中卡拉丁，寶石便會吸取卡拉丁的颶光，讓他無法自癒；就算燦軍能靠達利納的垂裂點獲得颶光灌注，這樣的武器對他們來說依然可能致命。

卡拉丁一退開，蕾詩薇便朝更低處俯衝，長袍在她身後翻飛。他跟上，把自己往下捆，垂直下墜穿過戰場。一場美麗的混亂，每一對逐風師與煉魔跳著各自的對決之舞。正在追逐一名灰藍衣天行者的雷頓從正上方竄過。斯卡則是從卡拉丁下方疾射而過，差點撞上成功擊中對手的卡萊。

歌者橘色的鮮血揮灑空中，有幾滴濺上卡拉丁的額頭，另外幾滴跟隨著他朝地面下墜。卡萊尚未得到碎刃，他很確定她應該要說出第三理念了，只要她能得到一個靈。

卡拉丁在接近地面時把自己向上捆，僅以毫米之差掠過岩石，橘色鮮血如降雨般灑落他身旁。蕾詩薇在前方閃過一群尖叫的難民。

卡拉丁跟上，從補鞋匠雷文和他妻子之間竄過。然而他們驚恐的尖叫聲讓他慢了下來。他不能冒著撞上無辜之人的危險。他飛高到一旁，接著停滯在半空中觀看。

洛奔從旁邊掠過，對卡拉丁喊著：「你還好嗎，大佬？」

「我沒事。」卡拉丁說。

「想喘口氣的話，我可以幫你跟她打！」

蕾詩薇出現在另一邊，卡拉丁沒理會洛奔，倏地追上去。他和蕾詩薇掠過城鎮外圍的建築，防風掩體隨之嘎嘎作響。他拋下矛，西兒化爲光帶出現在他頭側。他用捆術支配大致的方向，藉由雙手、雙臂，以及身體的結構控制細微動作。這麼多空氣在他身周翻湧，給予他雕塑自身軌跡的能力，幾乎就像他在游泳一樣。

他用另一道捆術提高速度，但蕾詩薇又往下躲入人群中。她低空掠過一群在緣舞師哥得克保護下的百姓，差點因爲這輕率的舉動付出代價。哥得克慢了一秒，他的碎刃只切下她飄逸的袍尾。

她隨即轉向，仍停留在靠近地面的高度。天行者的速度不如逐風師快，因此她聚焦於急轉彎或在障礙物間穿梭，讓卡拉丁不得不得降速，同時也無法以他的另一個強大優勢發動攻擊。

他跟上，這場追逐令他興奮，有部分是因爲蕾詩薇飛得如此之好。她又轉向，這次追上第四座橋。她在他們掠過這艘巨大的船邊時減速，熱切地注視著這個木造物。

*她被浮空船激起好奇心了*，跟在後面的卡拉丁心想，*她想盡可能蒐集越多資訊越好*。根據加斯娜對兩位神將的訪談，儘管他們已存活數千年，這個發明仍然讓他們嘖嘖稱奇。儘管似乎令人難以置信，但現代法器師已經發掘就連神將也不知曉的事物。

卡拉丁暫時停止追逐，轉而竄升到大船上空。他看見大石和他兒子站在船側送水給難民。看見卡拉丁的手勢，這名體積龐大的食角人從放在旁邊的一堆矛中抓起一根捆入空中。矛射向卡拉丁，而他一把抓住，施展捆術朝蕾詩薇追去。

她繞了一個狂野的大圈飛高，這時卡拉丁已來到她身後。她總是試圖消耗他的精力，帶著他展開路線錯綜複雜的追逐，然後才和他近身對戰。

飛在卡拉丁身旁的西兒看了一眼大石丟過來的矛。儘管狂風在耳邊呼嘯，卡拉丁還是聽見她輕蔑地哼了一聲。他無法在她身上灌注颶光，試圖這麼做的話，只會如同朝水已滿到杯緣的杯子倒入更多水。

蕾詩薇俯衝，在戰場上穿梭閃避，幾次的轉向已把卡拉丁逼到極限。其他人大多直接一對一開打，以矛或碎刃對決，也有些是彼此追逐，但沒人像卡拉丁一樣被逼得採取這麼複雜的路線。

他集中注意力。其他交戰中的人現在不過是空中的障礙物。他的整個存在以及全部注意力都聚焦於追逐前方那個身影。呼嘯的空氣似乎消失，西兒在他前方疾射，留下一道光跡——供卡拉丁跟隨的燈塔。

卡拉丁繞過一個令他內臟扭絞的彎，隨著箭一般射過斯卡和另一個煉魔之間的蕾詩薇打了個轉，風靈從空中高速衝過來，落在卡拉丁身旁。他緊緊跟隨蕾詩薇，直接滑過兩把武器之間的空隙，勉強逃過被刺中的下場，接著利用捆術轉身跟上蕾詩薇。他汗如雨下，咬牙對抗轉彎的作用力。

蕾詩薇回頭看了他一眼，然後俯衝。她又要經過第四座橋。

*就是現在*，卡拉丁心想，一面追著蕾詩薇俯衝，一面將颶光注入手中的武器。矛試圖掙脫他的掌握，但就算把矛往前擺出戳刺狀，他也還是緊握不放。蕾詩薇接近地面時，他才終於鬆手，將矛朝她射去。

不幸的是，她剛好在這個時候回頭看，因此險險躲過。矛落地後斷裂，矛頭上彈擊碎矛柄。漸漸喘過氣來的蕾詩薇用一個無比巧妙的動作竄高，從卡拉丁身旁掠過，令卡拉丁一時分心，差點撞上地面。

他降落得亂七八糟，還撞上一顆岩石，要不是有颶光，那力道應該會讓他斷掉幾根骨頭。他咒罵並抬頭看去。蕾詩薇在天空中一陣歡欣旋轉的靈活飛行後，隨即消失在戰場上，留下他獨自一人。她似乎因為自己有能力甩掉他而洋洋得意。

卡拉丁呻吟出聲，甩了甩撞上地面的手。他的颶光片刻間便治癒扭傷，不過仍能感覺到鬼魅般的疼痛，就像耳裡已淡去的巨大噪音仍在腦中回響。

西兒以年輕女子的形象出現在他面前的空中，雙手扠臂。「看妳還敢不敢回來！」她抬頭對離去的煉魔大喊。「不然我們就……嗯……用更難聽的話罵妳！」她瞥了一眼卡拉丁。「對吧？」

「妳應該追得上她才對，」卡拉丁說。「如果妳自己飛，不要管我的話。」

「沒有你，我會跟石頭一樣傻。但要是沒有我，你也會像顆石頭一樣飛行。我覺得我們最好還是別操心沒有對方的時候會怎樣比較好。」她交抱雙臂。「而且，我追上她又能怎樣？瞪她？我需要你去做戳戳刺刺的部分。」

他哼了哼，站起身。不久後，一名白鬍子的燦軍在附近盤旋降落。觀點的小小改變就能造成極大的不同，還眞是件怪事。泰夫向來有點……亂七八糟，鬍子有點雜亂、皮膚有點粗糙，心緒則是大量的雜亂與粗糙。

然而他這會兒盤旋在空中，颶光的光芒讓他的鬍子閃閃發光，散發一種神聖的感覺，像一名從大石的故事中走出來的智慧之神。

「卡拉丁，小子？你還好嗎？」泰夫問。

「我很好。」

「確定？」

「我沒事。戰場的狀況怎麼樣？」

「大多是快速交戰。感謝克雷克，目前沒有傷亡。」

「比起殺掉我們，他們對調查第四座橋更感興趣。」卡拉丁說。

「嗯，這說得過去。要阻止他們嗎？」泰夫問。

「不用。娜凡妮的法器藏在船艙裡。只是飛過去探頭探腦，沒辦法讓敵人知道任何事。」

卡拉丁眺望城鎭，接著審視空中的戰場。快速的衝突後，天行者大部分已迅速退走。「他們無意全面進攻，這次的目的是測試我們的防禦並查看飛行器。傳話下去，要我們的逐風師追逐敵人，防禦性攻擊就好，將傷亡降到最低。」

泰夫敬禮，另一群鎮民同一時間在羅賞的帶領下已登上了船。這個自以為重要的老蠢蛋看起來頗是關心他所照料的這些人。或許他跟織光師上了些演技課。

船頂上的達利納散發著一種幾乎難以穿透的光芒。雖然並不是他第一次打開垂裂點時那種巨大的光柱，但今天的光依然非常明亮，令人難以直視。

先前煉魔的攻擊總是針對達利納。今天他們頻頻從船的上方低空掠過，卻沒有試圖攻擊盟鑄師。他們目前因仍無人知曉的原因而害怕著他，只有在具備壓倒性人數或地面支援時，才會對他發動全面攻擊。

「我會傳話下去。」泰夫對卡拉丁說，不過似乎對他的狀況還是有點懷疑。「確定你沒事，小子？」

「你停止問問題的話，我就會好一點。」

「好吧。」泰夫射入空中。

卡拉丁撣掉身上的灰塵，打量著西兒。先是洛奔，然後是泰夫，個個都一副他很脆弱的樣子。是不是西兒要他們多留意他？只因為他最近覺得有點疲勞？

他沒時間應付這些胡鬧。一個天行者靠近，紅衣翻飛，長槍朝他舉起。不是蕾詩薇，不過卡拉丁樂於接受挑戰。他需要再上去飛一飛。

❖

教徒們當場當場凍結，透過兜帽的眼洞瞪著紗藍。除了急速逃走中的克姆林蟲，裂谷中鴉雀無聲。就連手上拿著麻布袋的高個子也沒動，不過倒也不是那麼意外。他從剛才就一直在等她採取行動。

我並不是你們以為的那個人，紗藍剛剛這麼說，暗指她將要揭露什麼驚人真相。

現在她得想一個出來。

我真的很好奇接下來會怎麼發展……燦軍光主對她說。

「我不是單純的女商人。」紗藍說。「你們顯然還不信任我，我猜你們應該也發現我的生活方式有些古怪之處。你們想要一個解釋，對吧？」

兩個帶頭的教徒看了看彼此。

「當然。」那女人說。「對，妳不該對我們有任何隱瞞。」

別忘了雅多林，燦軍光主想著，製造騷動可能有戰略上的危險。

圖樣和雅多林這會兒可能正在看著，而她先前告訴他們，如果她需要幫助，她會分散對方的注意力好讓他們出擊。他們會試著俘虜教徒，但這樣可能就會錯失逮住雅萊的機會。

希望他們看得出來她並不需要幫助，而是正在從這些人身上套消息。

「你們都不好奇我爲什麼偶爾會從戰營中消失嗎？」紗藍問。「還有爲什麼我實際上擁有的財富比我應該擁有的還多？我有第二個職業，祕密職業。在兀瑞席魯的密探協助下，我一直在複製科林家法器師所設計的工程圖。」

「工程圖？」那女人問。「像是什麼？」

「你們無疑都已聽說過幾週前離開納拉克的巨大飛行平台吧？我有那東西的藍圖。我完全知道那東西是怎麼造出來的。我賣過較小法器的設計圖給拉坦的買家，但都不到那個層級。我在找財力足以購買這個祕密的買家。」

「出售軍事機密？給其他王國？這可是叛國！」男性教徒說。

說這話的卻是一個身穿愚蠢斗篷、試圖顛覆科林政權的人呢，圍紗心想，這些人……

「你接受達利納家是正統統治者才算叛國，」紗藍對他說。「而我不接受。若我們能眞正協助薩迪雅司家主張他們的權利……這些祕密可能價值數千布姆。我會跟薩迪雅司女王共享。」

「我們會帶給她。」女人說。

燦軍光主以算計的目光定定注視她，顯得平穩冷靜。這是領導者的凝視，紗藍觀察達利納跟人互動時，曾爲這樣的凝視畫下十多幅素描。這是掌權者的凝視，不言自明。

我不會交到妳手上，那凝視這麼說著，如果妳想因爲獲知這個祕密而得到上位者的青睞，妳得協助我才行，而非獨占。

「我確信有一天這或許——」那男人開口。

「讓我看看。」女人打斷他。

上鉤了，圍紗心想。幹得好啊，妳們兩個。

「我背包裡有其中幾幅設計圖。」紗藍說。

「我們搜過妳的背包。」女人揮手示意附近的一名教徒拿出背包。「裡面沒有設計圖。」

「妳以爲我會傻到把東西放在容易被發現的地方？」紗藍接過背包，把手伸進包裡，拿出小筆記本時暗中快速汲取一口颺光。她翻到後頁，拿出一支炭筆。在其他人圍過來之前，她小心地吐出颺光，迅雷不及掩耳地在合適的地方施加織光術。幸運的是，他們曾請她協助處理過工程圖——紗藍沒辦法用織光術創造出她沒畫過的東西。

等到帶頭的教徒站定，從她肩後探看，織光術已準備就緒。她謹慎地用炭筆刷過紙頁，看起來就像這動作揭露出一幅隱藏的工程圖。

換妳了，紗藍在圍紗接手時說。

「在這上面的一張紙上摹畫工程圖，」圍紗解釋。「下筆用上足夠的力道，便會在這裡留下凹痕，再用炭筆輕輕刷過就會顯露出來。當然，這並不是全貌，我只是用它當作給潛在買家看的證據。」

紗藍對這個複雜的幻象感到一陣小小的驕傲。效果正如她預期，她刷過紙張的同時，神奇地變出複雜的線條和注記。

「我看不懂。」男人抱怨。

不過女人湊得更近一些。「給她套上頭套。我們去向女王報告。這件事或許夠有意思，能讓她獲准晉見。」

另一個教徒搶走筆記本，或許也想在其他頁刷上炭粉，但當然不會有任何結果。圍紗不動如山。高個子男人將麻布袋套在她頭上，但乘機附耳。

「現在是怎樣？」他低聲對圍紗說。「感覺有麻煩。」

別破壞角色設定，阿紅，她心想，低下了頭。她需要接觸雅萊，弄清楚那女人是不是真的在達利納的王宮裡安插了間諜。這代表得冒一點險。

阿紅是他們放進榮譽之子的第一個人，不過他的角色設定是深眸工人，重要性不足以真正進入團體。但願他們可以一起——

裂谷近處傳來叫喊聲。圍紗快速轉頭，在麻布袋中眨眼。燃燒的颶風啊，現在是怎麼樣？

「我們被跟蹤了！」謀反者的男性首領說。「準備迎戰！是科林家的軍隊！」

沉淪地獄啊，圍紗心想，被燦軍光主說中了。

雅多林看見她又被套上頭套，決定該出手俘虜這群人，並終止計畫，以免損失擴大。

❖

卡拉丁和敵人你來我往，他打中一次，又一次。輪到他接招，天行者以長槍朝下方猛刺。不過卡拉丁曾接受矛術訓練，現在基本上就算他睡著了也能使矛。此時他懸浮空中，颶光在體內洶湧，他的身體知道該做什麼，自動格開了對方的戳刺。

換卡拉丁撲上去，又一次成功擊中對方。他們跳著戰鬥之舞，繞著對方旋轉。卡拉丁接受過的大多數正規訓練都是一手持矛一手持盾，目的是陣列的戰術，不過他向來喜歡用雙手揮舞長矛，這樣做有一種力量，一種掌控的感覺，而且能夠以靈巧許多的方式移動這個武器。

這個天行者沒有蕾詩薇那麼厲害。卡拉丁又擊中他，矛尖劃破敵人的手臂。碎矛沒有造成具體傷害，只是應該留下傷口的部位附近皮膚轉爲灰白。這種狀況很快便恢復，但是每次都恢復得更慢一些。敵人的虛光即將耗盡。

敵人哼起煉魔的一首歌，邊努力用槍戳刺卡拉丁，邊咬牙切齒。他們將卡拉丁視爲一種挑戰，一種測試。蕾詩薇總是先來與卡拉丁對打，若他撤離，或將她打敗，總有其他煉魔在一旁等待。有部分的他懷疑這會不會就是他最近這麼疲倦的原因。就算都只是小規模戰鬥，但也是一場場混仗，永遠不給他喘息的空間。

不過內心深處，其實他知道這壓根不是原因。

他的敵人準備攻擊，卡拉丁伸出通常持盾的那隻手，從腰帶抽出一把小刀對空揮刺。煉魔反應過度，笨手笨腳地防禦。卡拉丁又一矛擊中他的大腿。擊敗煉魔是一場耐力測試，把他們傷得夠重，他們的動作會變慢；再讓他們受更多傷，他們會完全停止自癒。

煉魔哼得越來越大聲，卡拉丁察覺他的傷口不再癒合。該給他致命一擊了。卡拉丁躲過一次攻擊，接著將西兒變爲戰鎚，揮鎚砸碎了敵人的武器，這強大的一擊讓天行者徹底失去平衡。

卡拉丁拋下戰鎚，雙手往前刺，西兒立即又變爲穩穩握在他掌中的矛。他的矛不偏不倚，直接刺穿敵人的手臂。他隨即本能地抽矛，煉魔哼了一聲，又轉動槍尖對準敵人的頸部。

煉魔迎上他的視線，舔了舔雙唇，等待著。這生物開始緩緩下墜，他的光已耗盡，力量漸漸消失。

*殺他沒什麼好處*，卡拉丁心想，*他又會重生*。不過，至少幾天內會有一個煉魔無法再戰鬥。

反正他已經出局，他心想。這生物的一隻手臂垂落身側，因為被碎矛劃傷而廢掉、死去。多一個死亡有什麼好處？

卡拉丁放下矛，指了指旁邊。「走吧。」有些煉魔懂雅烈席語。

煉魔哼起不同曲調，用另一隻手對卡拉丁舉起斷裂的長槍。天行者將他的武器朝下方的岩石丟去，對卡拉丁鞠躬，接著便飄開。

好了，該上哪——

紅色光束從側邊閃現。

卡拉丁立即將自己往後捆並轉身，舉起武器。他沒發現自己原來一直分神找尋那道紅光。

紅光被他發現後隨即竄走。卡拉丁的目光試著繼續追蹤，但紅光在下方的屋舍間東飛西竄，他無法跟上。

卡拉丁吐氣。霧氣幾乎完全散去，他得以審視整座爐石鎮——一小坨叢聚的房舍，鎮民穩定地緩緩從其中湧向第四座橋。城主的宅邸坐落於城鎮另一端的山丘頂，俯瞰全鎮。對卡拉丁來說，這座宅邸曾是那麼巨大、壯觀。

「妳有看到那道光嗎？」他問西兒。

有。是之前那個煉魔。當她化為矛，她的話語會直接進入他腦中。

「我快速的反應把它嚇跑了。」卡拉丁說。

「阿卡？」一個女性的聲音喊著。身穿亮藍色雅烈席制服的琳恩俯衝過來，說話時唇間冒出颶光。她將長髮編成緊密的辮子，手臂下夾著一柄實用的一般長槍。「你還好嗎？」

「我沒事。」

「確定？你看起來心不在焉。我可不希望你被人從後面捅一矛。」

「妳現在又在乎了？」他沉聲問。

「我當然在乎。不希望我們之間更進一步，不代表我會停止關心。」

他瞥了她一眼，然後不得不調開視線，因爲他從她的表情中看見眞心的關懷。他們的關係不對。他跟她一樣清楚，而他感覺到的痛苦並不是因爲那段關係的結束。不盡然。

那只是另一件讓他頽喪的事。更多失落。

「我沒事。」他說完轉向側邊，因爲感覺到達利納的力量停止了。有什麼問題嗎？不，只是時間過去了而已。戰鬥時，達利納通常不會從頭到尾維持垂裂點開啓，只會週期性爲錢球和燦軍補充能量。維持開啓垂裂點對他來說是頗爲沉重的負荷。

「傳話給空中的其他逐風師，」卡拉丁對琳恩說。「跟他們說我看見新型煉魔，稍早跟他們說過的那一個。他以紅色光束的形式接近我，就像風靈，只是顏色不對。他能以極高速飛行，並在空中襲擊我們的成員。」

「沒問題……如果你確定你不需要幫忙……」

卡拉丁故意忽略她說的話，筆直朝浮空船下墜，想確定是否有人守衛達利納，以免那個詭異的新煉魔找上他。

西兒降落在他肩頭，坐下後雙手一本正經地放在膝上。

「其他人一直過來查看我的狀況，」卡拉丁對她說。「彷彿我是什麼嬌貴的玻璃製品，隨時會從架上掉下來摔壞。是妳幹的好事嗎？」

「什麼？你是指你的團隊夠體貼、懂得照料彼此這件事嗎？我得說，那是你自己的錯。」

他降落在浮空船的甲板上，轉頭直勾勾地注視她。

「我什麼也沒跟他們說。我明知道那些噩夢讓你有多焦慮，我告訴別人的話，只會讓你更加焦慮。」

西兒說。

太好了。他原本就不喜歡她對其他人說話，但那至少能夠解釋爲什麼大家表現得這麼怪異。他橫越甲板朝達利納走去，達利納正在跟剛從下面上來的羅賞說話。

「城鎮的新領袖把一些人關在宅邸的防颶地窖裡，光爵。」羅賞手指著他以前的居所。「目前只剩兩個人，但丟下他們依然是罪過。」

「同意。我會派一名緣舞師去放他們出來。」達利納說。

「若您同意，我想跟他們一起去。」羅賞說。「我熟知宅邸裡的格局。」

卡拉丁哼了一聲，對西兒說：「看著他。這會兒達利納在這裡，他倒是一副勇士模樣，想讓他留下好印象。」

西兒伸手輕彈卡拉丁的耳朵，他一下子感覺意外尖銳的刺痛，彷彿一陣力量竄過。

「嘿！」卡拉丁說。

「不要再像個蠢包一樣。」

「我才不像……什麼是蠢包？」

「不知道。」西兒坦承。「我只是聽過利芙特用這個詞而已。無論如何，我很確定你現在就是一個蠢包。」

卡拉丁瞥了一眼跟著哥得克一起朝宅邸走去的羅賞。「好啦。他或許有成長。一點點。」

羅賞還是同樣那個心胸狹窄的淺眸人。然而過去這一年來，卡拉丁看見這位前城主的另外一面。他似乎眞心在乎，彷彿現在才終於了解他的責任。

不過，害死提恩的依然是他。爲此，卡拉丁不覺得自己眞的能原諒羅賞。同時，卡拉丁也不打算原諒自己的失敗。所以至少羅賞還有個伴。

大石和達畢剛剛一直在協助難民，卡拉丁告訴他們，他又看見那個詭異的煉魔了。大石點頭，立即便理解。他對他較大的幾個孩子揮手，可絨也在其中，她把阿瑪朗的舊碎弓綁在背上，身上穿著她在艾米亞找到的全套碎甲。

他們一起沒那麼不知不覺地移動到達利納身旁，一面留意天空中是否出現紅色光線。席格吉追著一名天行者從附近竄過，卡拉丁抬頭一看。

「是蕾詩薇。」卡拉丁說著便衝入空中。

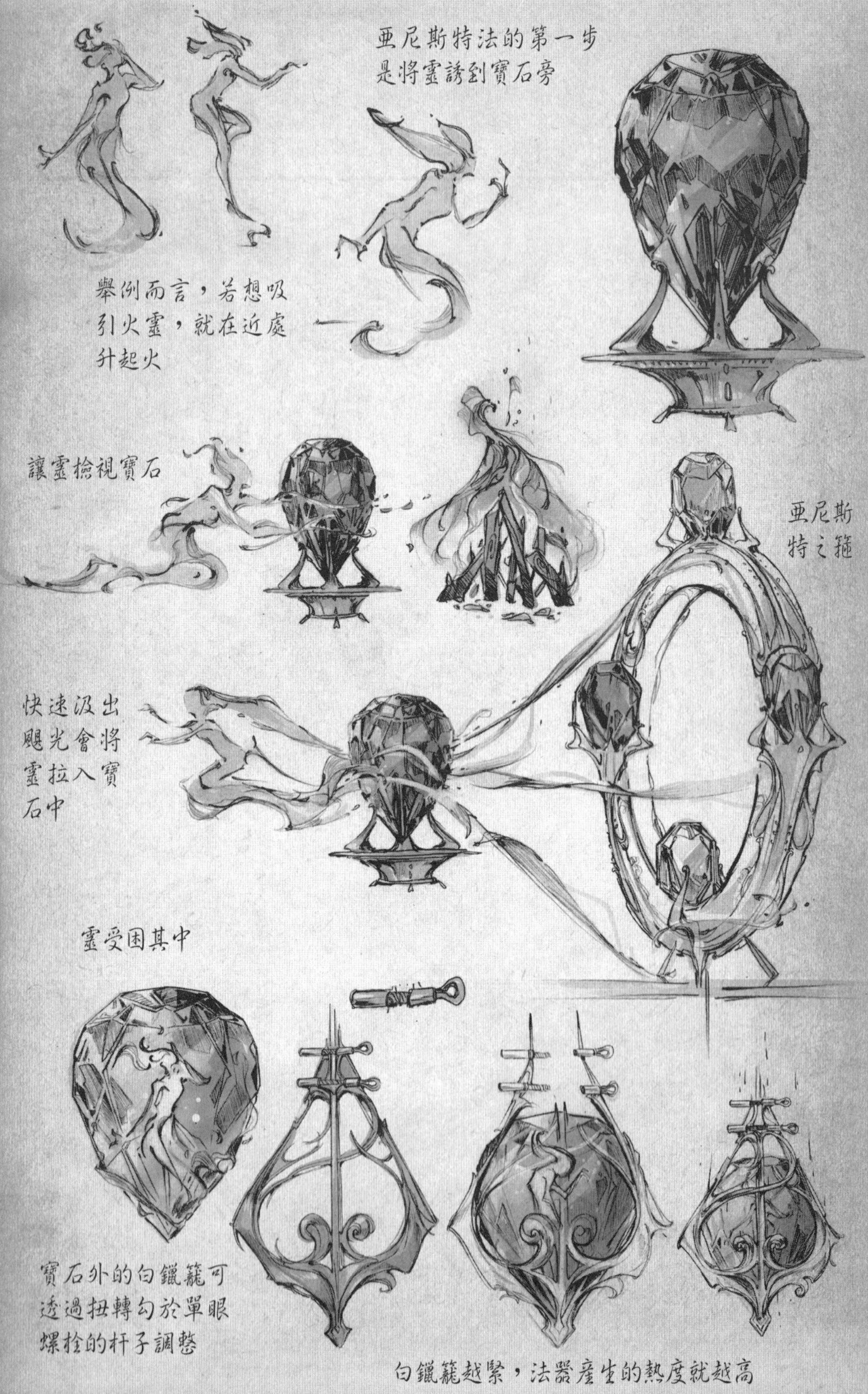
亞尼斯特法的第一步
是將靈誘到寶石旁
舉例而言，若想吸
引火靈，就在近處
升起火
讓靈檢視寶石
亞尼斯
特之箍
快速汲出
颶光會將
靈拉入寶
石中
靈受困其中
寶石外的白鑞籠可
透過扭轉勾於單眼
螺栓的杆子調整
白鑞籠越緊，法器產生的熱度就越高

# 6 鬆脫的線頭

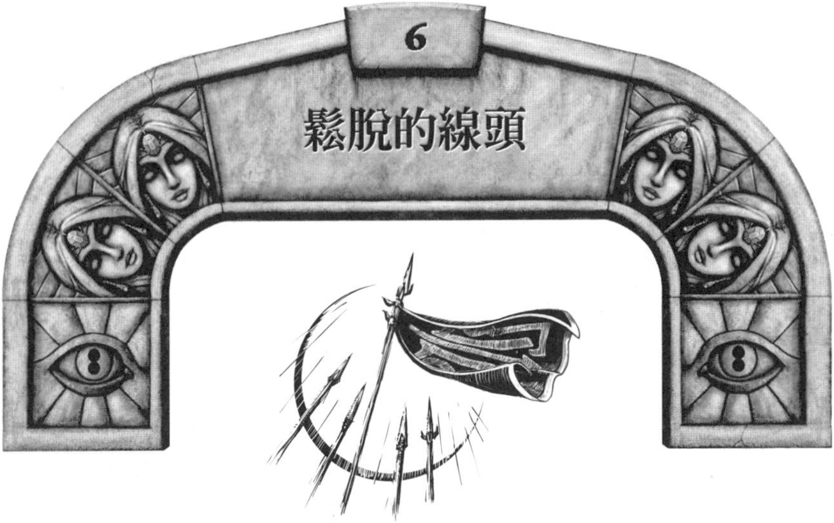

捕獲靈之後，你便可以開始設計一個合適的法器。靈被捕獲後會以不同方式回應不同種類的金屬，這是法器師皆嚴守的祕密。法器的金屬絲外殼稱爲「籠」，是控制機具的必要部件。

——娜凡妮·科林爲君王聯盟所提供之法器機制課程，兀瑞席魯，傑瑟凡日，一一七五

燦軍光主退後，麻布袋還套在頭上。叫喊聲持續，她的手指緊貼著裂谷壁的冰冷岩石。對，是雅多林的聲音。正如她所擔心的，他來拯救她了。

燦軍光主考慮過扯掉頭套，召喚她的碎刃，命令謀反者投降。然而，她也認可圍紗和紗藍所想，她們需要跟雅萊面對面。

附近傳來刮擦聲。燦軍光主轉身察看。岩石互相磨擦，還有……某種機關在轉動？

她盲目地大步朝聲音走去。「帶上我，」她大喊。「別把我留給他們！」

「好。」烏麗娜在附近的某處說。「你們兩個，抓住她。你，從裡面看住門。試著把機關卡死。動作快！」

一隻粗糙的手抓住燦軍光主的肩膀，拖著她前進。從迴蕩的腳步聲聽來，她被帶入一個坑道之類的地方。岩石在他們身後廝磨，蓋住裂谷中小規模戰鬥的聲音。至少她現在知道教徒怎麼進出裂谷了。燦軍光主踉蹌了一下，故意雙膝跪地跌倒，藉機用雙手觸摸地面。平坦，切割過的岩石。她猜應該是借助碎刃之力。

其他人把她硬拉起來，推她走上一道斜坡。她抗議沒必要再用套子罩著她的頭，但他們並沒有理會。嗯，坑道說得通。在所有人搬到兀瑞席魯之前，這個戰營已被薩迪雅司和雅萊占據好幾年了。他們會需要一條能逃出戰營的祕密通道，尤其是他們剛開始在平原的那幾年。根據雅多林所述，當時所有人都確信各藩國會四分五裂、開始彼此征戰。

坑道終於來到另一扇門，另一邊聽起來像是個小房間。或許是地窖？這樣的空間在破碎平原並不常見，因爲太容易淹水，不過富裕的淺眸人還是會挖地窖來冷藏他們的酒。

謀反者低聲討論接下來該怎麼辦。有四個人。從衣物窸窣的聲音聽來，他們正在脫去長袍。或許平常的衣服就穿在底下。阿紅不在這裡，在的話就會捏她的手臂讓她知道，所以她是獨自一人。

其他人終於拖著她走上階梯，來到外面，她感覺風吹在手上、溫暖的陽光灑落肌膚。她假裝順從，配合地隨他們輕易拖拉，不過她等待著，隨時準備攻擊，以免這是某種詭計，而她遭受突襲。

他們帶著她快速穿過街道，麻布袋依然套在她頭上。紗藍接管，因爲她有一種無與倫比的能力，幾乎像超能力了，能夠感知並記憶方向。她在腦中描繪出他們的路徑。這幾隻狡猾的小克姆林蟲，他們帶著她繞了一個好大的圈，終點距離他們從地窖冒出來的位置其實不遠。

先前往上爬只花了幾分鐘，因此他們一定在靠近戰營東緣的地方。或許是那裡的堡壘？這樣一來，她就會在薩迪雅司家的舊貯木場附近。從前橋隊的人被送來這裡等死，而也是在這裡，卡拉丁花了幾個月的時間把那些破碎的人打造成橋四隊。不知道附近有沒有人覺得他們帶著一個頭上套袋的女人走在路上很怪。他們終於把她拖進一棟房子裡時，似乎人人心煩意亂，據此判斷，他們應該都沒有好好思考。他們硬壓著她在一張椅子坐下，接著靴子重重踩在木地板上離開。

不久，她聽見他們在附近的房間爭論了起來。圍紗謹慎地伸手取下頭套。留下來看守她的教徒是一個高個子，下巴有一道疤，他並沒有命令圍紗重新套上頭套。她坐在緊鄰房門口的一張硬木椅上，這是一個石造房間，地上鋪了一張圓形大地毯，除此之外空無一物。這張地毯並沒有讓房間的氛圍緩和多少。戰營的建築風格都好像要塞堡壘：窗少，裝飾也少。

紗藍一直認爲薩迪雅司是個裝腔作勢的傢伙。然而像這樣的堡壘，還有她剛剛走過的那條祕密通道，都令圍紗想修正那番評價。圍紗過濾紗藍的記憶，在那男人身上看見了貨眞價實的狡猾。

紗藍對雅萊的記憶並不多，但圍紗清楚知道該步步爲營。薩拿達藩王在戰營開創了這個新「王國」，然而雅萊在這裡站穩腳步後不久，薩拿達便被發現身亡，據稱是遭一名妓女刺死。另一名不擁護達利納的藩王法瑪則趁夜逃離戰營。他似乎聽信了雅萊的謊言，認爲是達利納安排這場暗殺。

這樣一來，雅萊．薩迪雅司成了戰營唯一眞正尚存的勢力。她擁有一支軍隊、吸收了榮譽之子，並向到來的商隊收取稅金。這女人成了一根芒刺。舊雅烈席卡充滿爭吵不休的淺眸人，總是在打他人土地的主意，而她正是他們的遺毒。

圍紗盡可能聆聽隔壁房傳來的爭執，看來謀反者因爲這場攻擊造成如此大的損失而深感挫折。他們似乎陷入瘋狂，擔心著「一切將分崩離析」。

門終於被猛力推開，三個人氣呼呼地走出來。圍紗認出了烏麗娜，她稍早根據聲音的推測正確無誤。一名身穿薩迪雅司服色的淺眸士兵尾隨他們身後。

留守的教徒示意圍紗進去，於是她起身，小心地探頭進房裡。這房間比前廳大，有幾扇狹窄的窗。儘管有人試圖以地毯、坐墊與靠枕軟化氣氛，房裡依然有如要塞般封閉。這是一個供淺眸人在颶風來襲時躲藏，或遭攻擊時撤退的地方。

雅萊．薩迪雅司坐在另一端的桌旁，遠離窗戶和牆上發光的錢球燈籠，全身籠罩在陰影裡。靠近她的地方有一個巨大的貯藏櫃，正面覆蓋著活動式蓋板。

好啊，圍紗心想，一面走上前。找到她了。我們決定好怎麼對付她了嗎？

她知道燦軍光主會怎麼選擇：讓她認罪、逮捕她。然而圍紗推動這個任務並不只是替達利納搜羅證據，甚至也不是因爲鬼血視雅萊爲威脅。圍紗做這件事，是因爲這女人頑強地持續危及紗藍所愛的一切。達利納和加絲娜需要專注於眞正的獎賞：奪回雅烈席卡。因此，圍紗決心要剪掉這一條鬆脫的線頭。雅多林在純粹一時衝動下殺死薩迪雅司藩王，圍紗則要來完成由他開始的這件事。

今天，圍紗意圖行刺雅萊．薩迪雅司。

❖

對卡拉丁來說，全世界最困難的事是冷眼旁觀。他難以忍受看著他的一名士兵與一個經驗豐富、危險的對手性命相搏，自己卻不出手幫忙。

蕾詩薇是一個年歲難以想像的存在；一名歌者在久遠之前死去，靈魂化爲更近似靈的東西，一股自然之力。席格吉是一個有才華的戰士，但他遠非軍團裡最厲害的能手。他眞正的天賦在於對數字的了解、對其他文化的認識，以及能在他人都成了無頭蒼蠅的狀況中維持專注與務實。

他很快便退爲守勢。蕾詩薇逼近他，長槍往下戳刺，甩到一旁後再從側邊刺擊，熟練地從一個攻勢流動到下一個，迫使席格吉不停打轉，幾乎無法格擋或閃避她的攻擊。

卡拉丁把自己捆上前，手指緊握住矛。他手下的人謹守天行者的榮譽感是一件非常重要的事。只要敵人認同一對一戰鬥，他的士兵就永遠不會面臨遭人數壓制或徹底消滅的危險。

地面上的軍隊或可無情地彼此殘殺，但在上面，在天空中，他們找到對於彼此的尊重。尊重戰士能夠殺死對方，是因爲對決，而非屠殺。要是現在打破那未曾言明的規則、聯手攻擊蕾詩薇，危險的平衡也將跟著被打破。

蕾詩薇往前衝，長槍刺中席格吉的胸口。她的武器直接刺穿了他，從他身後的藍制服穿出，因鮮血而顯得滑溜。他氣喘吁吁地掙扎，颶光從他口中洩出。蕾詩薇大聲哼著一種節奏，矛上的寶石開始發光，吸走獵物的颶光。

卡拉丁呻吟出聲。過去他無力挽回的諸多死亡閃過他眼前。提恩？納馬？艾洛卡？

他又重回科林納宮那場可怕的噩夢裡，他的朋友在那裡自相殘殺。尖叫、光、痛苦、鮮血，全部繞著一個影像打轉：卡拉丁誓言保護的人躺在地上。

摩亞許的矛刺穿了他。

「不！」卡拉丁大喊。他不能只是在一旁看著。他做不到。他把自己往前捆，但蕾詩薇迎上他的視線。他停頓。

就在席格吉的颶光將要用完的前一秒，她從他胸口猛力抽出了武器。席格吉下墜，卡拉丁抓住他，抱住茫然眨眼、手依然緊握銀色碎矛的士兵。

「放下你的武器，對她鞠躬。」卡拉丁對他說。

「什麼？長官？」席格吉的傷口開始癒合，他皺眉問。

「放下你的矛，對她鞠躬。」卡拉丁又說了一次。

一臉困惑的席格吉乖乖聽話。蕾詩薇點頭回禮。

「回船上去，剩下的戰鬥都不要再出手。跟侍從待在一起。」卡拉丁說。

「呃，遵命，長官。」席格吉飄開，手指戳著外套上血淋淋的破洞。

蕾詩薇瞥向一旁。一小段距離外，卡拉丁稍早擊敗的那名天行者懸在空中，手上沒拿武器。

蕾詩薇不該在意卡拉丁先前饒過那生物的。對一個每次新風暴來襲都能重生的生物來說，放他一馬是愚蠢之舉。然而，蕾詩薇多半也知道，如果席格吉被殺，一名新的燦軍將再藉他的靈而誕生。和煉魔並不完全一樣。事實上，令卡拉丁寬心的是，差別可大了。

無論如何，當蕾詩薇對卡拉丁舉起長槍，他很樂於接受這個挑戰。

❖

第四座橋甲板中央，娜凡妮又計入另一家人，指引他們朝船艙中一個清楚標示並編了號的區域而去。那裡的執徒很快過去慰問這憂慮的一家人。瞪大眼睛的孩子緊抓著毯子安頓下來，其中有好幾個都在吸鼻涕。父母則是整理一袋袋倉促收拾的衣物和其他財產。

「少數人拒絕離開。」執徒法理拉低聲對娜凡妮說。他一面審視名單，一面煩惱地拉扯純白的鬍子。「他們寧願繼續生活在壓迫下，也不願意遺棄家園。」

「有多少？」娜凡妮問。

「不多。總共十五人。除此之外，撤離的速度比我預期還快，顯然難民原本就準備要遷徙了，大多數鎮民都被迫和鄰居擠在一起，好讓出居住空間給帕胥人。」

「那你到底對什麼如此擔心？」娜凡妮在清單上注記。原本在附近的雷納林走到有小孩在吸鼻涕的一家人那裡，他召喚出一顆光球，在雙手間拋來拋去。如此簡單的東西，孩子見了眼睛瞪得更大，卻忘記了他們的恐懼。

光球是亮藍色的。但娜凡妮心中有一部分覺得應該是紅色才對——展現出躲藏在雷納林體內那個靈的真正本質。一個虛靈（Voidspren）。或至少是一個尋常的靈，但已墮入敵方。他們沒人知道該拿這件事怎麼辦，尤其是雷納林本人。就跟大多數燦軍一樣，他剛開始時並不知道自己在做什麼。現在締結既成定局，要回頭已經太遲。

雷納林聲稱這個靈可以信賴，不過他的力量有其怪異之處。他們已經成功招募了幾位標準的眞觀師（Truthwatcher），眞觀師的能力和紗藍一樣能夠創造幻象。但雷納林沒辦法，他只能召喚光，而這些光有時會做出詭異、超自然的事……

「還是有很多事可能出錯！」法理拉將娜凡妮的注意力拉回當下。「要是我們低估了這麼多人加起來的重量呢？要是這份重擔讓寶石比我們的計畫更快速破裂呢？葉扇幾乎沒發揮任何作用。目前的狀況還不是災難，光主，但有好多事得擔心。」

他又再扯鬍子了。他的鬍子到這時候還剩那麼多，眞是奇觀。

娜凡妮溫柔地輕拍他的手臂。要是沒事情讓法理拉擔心，他是會發瘋的。「目視檢查寶石，然後再次驗算你的數據。」

「您的意思是三度驗算？對，沒錯。讓我保持忙碌。停止擔心。」他的手又伸向鬍子，但隨即刻意把那隻手塞進執徒袍的口袋裡。

娜凡妮將她的清單交給另一位執徒，走上通往頂層甲板的階梯。達利納說他很快會重新開啓垂裂點，到時她希望自己在場，而且備妥鉛筆。

下方的鎭民還是擠成一團，仰望上方怪異的戰鬥。大家都看得張口結舌，儘管她命人制定的登船計畫井然有序，現在眼看眞的就要被耽擱了。下一次，她會要執徒制定第二份計畫，指出發生戰鬥的情況下登船需要耗費多少時間。

至少目前只出現天行者。他們通常不理會平民，只把他們當成戰場上一般的障礙物。其他煉魔卻是更加……殘暴。

此時指揮站幾乎空無一人，她的所有執徒都被派去安慰、引導登船的鎭民。只有露舒還留在這兒，她攤開筆記本，心不在焉地看著飛翔的逐風師。

眞糟糕。這個美麗的年輕執徒應該在爲鎭上的食物補給造冊才是。露舒很聰明，但就像顆錢球一樣，若非謹愼聚焦，她的光芒總是傾向朝各個方向四散。

「光主。」露舒向走過來的娜凡妮致意。「您看見了嗎？那裡的煉魔，此時正與卡拉丁上師對打的那一個，她刺傷一位逐風師後，又放他離開。」

「我很肯定她只是因爲卡拉丁到來而分了心。」娜凡妮的視線掃向站在正前方的達利納。

體型龐大的食角人橋兵駐守在達利納附近，正在檢查幾袋顯然被露舒遺忘的補給品。娜凡妮沒忽略他的女兒，她也是碎刃師，也站在非常靠近的位置。卡拉丁已獲得升遷，不再是個簡單的護衛，但他依然會留意達利納的狀況。全能之主爲此保佑他。

「光主，」露舒說。「我發誓這場戰鬥有點古怪。有太多逐風師閒置著沒有戰鬥。」

「也許做爲備戰力吧，露舒。走吧，戰術留給我丈夫去煩惱就好。我們有其他任務。」

露舒嘆口氣，但乖乖聽話，將筆記本夾在手臂下跟在娜凡妮身旁。達利納站在那裡觀戰，雙手負於身後。正如娜凡妮所希望的，他的姿態開始轉爲放鬆，雙手分置於身前，彷彿握著一束看不見的布條。

他拉近雙手，隨著一陣光爆出，垂裂點重新開啓。金球般的勝靈開始繞著他打轉。這次娜凡妮把幽界看得更清楚了些，也再次聽見那個旋律。雖然她自認不具備繪畫的天分，比不上紗藍這等大師，她還是畫下眼前所見，試著記錄那個有顆詭異太陽懸在珠粒海洋上空的地域。她大可利用誓門親身造訪，不過目睹這些景象仍然有種特別的感覺。

「妳看見什麼？」她問露舒。

「我什麼也沒看見，光主。但……我感覺到了什麼。像是一股脈動，一次強大的重擊。我有一瞬間感覺像掉進了永世……」

「寫下來。」娜凡妮說。「記清楚。」

「沒問題。」露舒又翻開筆記本。卡拉丁追著一個煉魔掠過甲板上空，距離近得危險，引得她抬起頭看。

「專心，露舒。」娜凡妮說。

「如果您想要有關幽界的描繪或敘述，加絲娜女王已發表了她到幽界旅行的日誌。」

「我知道，」娜凡妮沒停下畫筆。「我也讀過了。」總之是讀過加絲娜願意給她的部分。颶他的女孩。

「那您爲什麼還需要我記錄下來？」露舒問。

「我們在找其他東西。」娜凡妮瞥了一眼達利納，接著遮住因發乾而泛淚的雙眼。她眨眨眼，揮手要露舒跟著她退回附近的指揮站。「幽界之外還有另一個地方，是達利納獲得這個力量的地方。許久以前，塔城仰賴一位像我丈夫這樣的盟鑄師維繫，而根據靈所說，我認爲塔城也是從幽界之外的那個地方獲得力量。」

「您還在煩惱那件事嗎，光主？」露舒噘起唇。「我們沒能破解塔城的祕密不是您的錯。沒人預期一個女人，甚至一整團女人，能在短短一年內破解那樣的謎題。」

娜凡妮一頓。她眞的這麼容易被看透？「不只是塔城，露舒。」娜凡妮說。「所有人都在讚頌這艘船是多麼有效率，科馬克光爵已經在想像數支遮蔽住太陽的浮空船艦隊；達利納談論著移動數以萬計的軍隊進攻科林納。我不認爲他們兩人眞正實際地了解，爲了維持這艘船浮空，我們投注了多大的心力。」

「數百個工人在兀瑞席魯轉動絞車，好讓這艘船上升和下降，」露舒點頭。「還用了幾十隻芻螺來讓船能夠水平移動，再加上幾千名法器師促成這兩件事。這全部都需要不斷灌注颶光，還得透過六枝信蘆謹慎同步，藉此協同操作。對，我們不太可能有辦法派出超過二到三艘像這樣的飛船。」

「除非，」娜凡妮用手指戳弄她的筆記，「我們破解古人是如何使塔城運作。如果我們解開這個祕密，露舒，我們不但能修復兀瑞席魯，或許還能爲這些浮空船提供動力。我們或許能夠發明出超乎所有人想像的法器。」

露舒歪頭。「很棒。我會記下我的想法。」

「就這樣？只是……『很棒』？」

「我喜歡宏大的構想，光主。那樣我的工作才不會變無聊。」她看向一旁。「不過我還是覺得這麼多逐風師閒置一旁很詭異。」

「露舒，」娜凡妮按摩自己的額頭。「請試著專心。」

「哎呀，我眞的努力了，但就是沒辦法。像是那邊那個傢伙？他在做什麼？沒護衛著船，也沒幫助難民，那他不是應該在戰鬥嗎？」

「他多半是斥候。」娜凡妮的視線跟隨露舒越過船緣，看向豐饒的石原。「他顯然……」

娜凡妮找到露舒所說那個站在山丘頂的男人，話尾隨即淡去。那人確實遠遠脫離戰鬥之外。娜凡妮看得出爲何露舒會以爲他是逐風師。他身上穿的制服剪裁方式跟橋四隊一模一樣。露舒總是會注意那些最古怪的事物，重要的細節卻似乎從不入她的眼。事實上，露舒或許確實曾在他們的行列中看過那男人。橋四隊轉移到達利納麾下的頭幾個月，常可看見他待在卡拉丁身邊。

只是露舒沒注意到那男人的制服是黑色的，而且沒有肩章。也沒注意到他的窄臉和瘦長的體型，而這些特徵說明他是一個遭禁絕的人。一個叛徒。

摩亞許。殺死娜凡妮兒子的男人。

儘管距離遙遠，他卻似乎迎上了她的視線，隨即爆出明亮的颶光，消失在山丘之後。

娜凡妮站在那裡，震驚得無法動彈。接著她倒抽一口氣，一股熱流湧過她全身，彷彿她突然踏入炙熱的陽光中。他在這裡。那個凶手在這裡！

她慌忙走到甲板上一名逐風師侍從身旁，「去！」她對他大喊，用手指著。「去警告其他人。摩亞許，那個叛徒，他來到這裡了！」

❖

卡拉丁再次追著蕾詩薇飛過混亂的戰場。藉著這段飛行，他得以快速檢視手下士兵的狀況，而他所見頗令人鼓舞。

他們之中有許多人都已逼退敵手。大部分天行者形成一個大圓盤旋空中，正慢慢退離戰場。卡拉丁覺得他們或許想通了，光盯著看船的外觀，是看不出所以然的。

沒有地面軍隊或其他煉魔支援，天行者似乎並不想全面開戰，只剩幾組對戰仍在持續。而其中，以卡拉丁和蕾詩薇的對決最為激烈。確實，他必須將全副注意力轉回這場追逐，以免追丟蕾詩薇。

卡拉丁跟著她繞過一個大圈，在其他戰鬥者間穿梭、閃避，發現自己忍不住咧嘴而笑。他剛開始訓練時，曾以為不可能像這樣巧妙地轉彎。為了施展這項技藝，他持續解除並更新他的捆術，每繞一個圈都是不同角度的捆術，必須完全不假思索，同時還得調整他在疾風中的姿態，以免撞上障礙物。

他現在可以如此巧妙地操控，就算不是輕而易舉，至少也能做到一絲不苟。他不禁想著，要是接受了足夠訓練，逐風師還能做到些什麼。

蕾詩薇似乎想貼身掠過戰場上所有其他戰士，逼得卡拉丁不停重新定向。這是測試。她想逼他，看看他到底多厲害。

*讓我靠近，我會讓妳看看我有多厲害*，他心想，決定中斷盤繞，往下飛攔截她。這樣一來，他便將距離拉近到足以用矛攻擊。

她轉向，朝一旁疾射。他用捆術追上去，兩方皆貼著地面射過空中，彼此糾纏，試著擊中對方。風是一個重大的影響因素，用力拉扯著他的矛。在如此高速下，有如在颶風中對決。

他們迅速遠離城鎮與主戰場。卡拉丁讓西兒化為劍形，不過蕾詩薇對他的攻擊已有準備。她讓自己的長槍滑過雙手間，握住槍頭附近，接著衝近，貼身攻擊他頭部，化解掉他的下一波攻擊。

卡拉丁的脖子被劃傷，但不足以讓她吸走他的颶光。他退開，仍與她保持平行，風吹得他的頭髮鞭笞纏捲。他不想落得被孤立的下場，於是繞回主戰場。

蕾詩薇跟上。現在她顯然確定他跟得上她，因此想繼續對決。他們兜的圈子帶著他們從北側直朝莊園而去。

這片土地對卡拉丁來說是如此熟悉。他曾經跟提恩一起在這些山丘上玩耍。他首次摸到一柄矛，嗯，應該說是他假裝成矛的一截樹枝，就是在那裡……

*專注，他心想，這是戰鬥的時刻，而非追憶。*

只是……這並非位於無主丘陵的某個隨機戰場。這是他有生以來第一次在自己熟知的地形上戰鬥。在這場戰鬥中，沒人能比他更熟悉。

他微笑，直接衝向蕾詩薇，而後減速帶著他們朝東方去。他讓她在自己手臂劃開一道傷口，接著彷彿大受震驚般退開，朝地面疾射，轉為水平飛行後在丘陵間飛竄，蕾詩薇緊追而來。

*那裡，他心想，那個位置。*

他閃過山坡，從腰帶上扯下水壺。這裡，山丘的背風面，岩石被挖掉後形成一個用以收存用具的山洞。一如他小時候，此山洞的門洞微開，表面滿覆羅螺的繭。這種小生物會花數天的時間躲在牠們的繭殼裡，等待雨水將牠們喚醒。

卡拉丁將水壺的水灑在門上，隨即丟下水壺並躲到另一個山丘後，在接近地面的高度靜止不動。他聽見蕾詩薇追上來，長袍的窸窣聲顯示她緩下速度。她發現了卡拉丁丟棄的水壺。

卡拉丁探頭偷看，看見她在山丘間盤旋，距離地面或許只有兩呎，長袍在岩石上拖曳。她緩緩打轉，試著找出他的位置。

羅螺以爲雨水屆臨，開始鑽出牠們的繭。牠們到處亂跳，隨之發出嘎吱聲響。蕾詩薇立即轉身，長槍對準牠們。

卡拉丁衝向她。她幾乎及時反應過來，不過距離地面這麼近，她的長槍造成阻礙。蕾詩薇必須扭動長槍、改握住接近槍頭的位置才能攻擊，卡拉丁有機可乘，將剛剛變短的西矛朝她猛刺。

他刺中她的肩膀。她痛得倒抽一口氣，雖然閃過他的下一次劈刺，不過還是無法順暢揮舞長槍，又被他在腿上劃了一道。

片刻間，這場搏鬥就是一切。蕾詩薇丟下長槍，從腰帶抽出一把短劍，貼近到比卡拉丁預期還近的距離內，撞開卡拉丁的矛，試圖攫住他的手臂。她轉灰的肉體恢復得不夠快，他藉機一肩撞上她的傷口，撞得她痛哼了一聲。她又試著用短劍劃過他頸間，但被出現在他手上的西盾格開。

蕾詩薇欺近佯攻，逼他退後，接著抓起長槍朝天空飛馳而去。卡拉丁跟上，矛出現在他面前，在她來得及加速躲避前已鎖定她。她被逼得回身推開他的攻擊，動作越來越慌亂。直到卡拉丁看見他的機會，在她格擋的同時讓西矛消失於他雙手間。

蕾詩薇還沒從失敗的阻擋回過神來，他又往前進擊，矛同時出現在他手中，並狠狠刺中——

*疼痛。*

蕾詩薇已將她的長槍拉回，恰恰與他同步出手。她的武器刺中他的肩膀，鏡像對應他剛剛擊中她的部位。他感覺體內颶光流逝，被吸入蕾詩薇的長槍中，感覺像是他的靈魂正被吸走。他撐住，汲取囊袋中備用錢球剩餘的所有颶光，將手中的矛朝她的傷口插得更深一點，直她眼角滲出淚水。

蕾詩薇一笑。儘管她正在抽乾他的生命，他也開懷地露齒而笑。

他和她幾乎同時抽身。她立即用另一隻手壓住傷口，卡拉丁則是全身一陣顫抖。他的制服已結霜，大量颶光湧到他的傷口附近加以治療。他的颶光存量低得危險，損失慘重，偏偏達利納的垂裂點又處於休息狀態。

他們盤旋在那兒，蕾詩薇注視著他。接著卡拉丁聽見尖叫。

他吃了一驚，轉身朝向聲音來處。有人在呼救？對，城主宅邸起火了，破窗湧出一縷縷的黑煙。發生了什麼事？卡拉丁太專注於戰鬥，什麼也沒看見。

他一面留意蕾詩薇，一面掃視那個區域。大多數人都已上船，其他逐風師正在撤退。緣舞師也已登船，不過還有一小群人站在燃燒的宅邸前方。

其中一人比其他人足足高出一、二呎。一個紅黑交雜的龐大形體，身上有著危險的甲殼與乾涸血色的長髮。是稍早的煉魔，能夠化爲紅光的那一個。他集合了卡拉丁先前驅散的士兵。有幾個士兵在騷擾鎮民，將人們打倒在地，用武器威脅他們，逼得他們在驚慌與痛苦中尖叫。

卡拉丁感覺一股熊熊燃燒的怒火升起。這個煉魔找上平民？

他聽見身旁傳來聽似憤怒的哼鳴。蕾詩薇飄近；他不該讓她靠這麼近的，但她沒有攻擊。她看著下方的煉魔和他手下的士兵，憤怒哼鳴聲增強。

她朝他看去，然後對著煉魔和那群不幸的人點點頭。他立即了解她的意思。*去吧。去阻止他。*

卡拉丁前進，而後又停下來，在蕾詩薇面前舉矛，隨即拋下。儘管西兒幾乎立即化爲霧氣，他還是希望蕾詩薇能夠理解。

確實，她微笑了，另一隻手還壓著傷口，她也舉起長槍，將槍尖朝下。*平手，*這動作似乎這麼說著。

她又朝宅邸點點頭。卡拉丁不需要更多鼓勵，隨即朝那群已嚇壞的平民疾速飛去。

# 7 最珍稀的陳釀

重要性居首位的兩種金屬是鋅和黃銅，你可以藉由它們控制表現力的強度。碰觸寶石的鋅線能夠讓寶石中的靈更強力地顯露，黃銅則是讓靈撤回，其力量也隨之轉弱。

捕獲靈之後，切記需適時爲寶石灌注颶光。在寶石上鑽的孔洞就妥善利用籠線而言最爲理想，只要不讓寶石的結構裂開而導致靈獲得釋放。

——娜凡妮·科林爲君王聯盟所提供之法器機制課程，兀瑞席魯，傑瑟凡日，一一七五

圍紗走到雅萊·薩迪雅司面前。她聽說過這女人的狡猾與能力，因此發現雅萊看起來竟如此……飽經風霜，令她頗爲驚訝。

雅萊·薩迪雅司的身高中等，雖不曾因美貌而聞名，但自從紗藍上一次見到她以來，如今的她看似枯萎了。她身上穿著最漂亮、最時尚的裙裝，身側還有刺繡裝飾，衣服卻像是空掛在她身上，就像一件斗篷披在酒館的牆釘上。她的臉頰凹陷，手中握著一個空酒杯。

「所以，妳終於來找我了。」她說。

圍紗遲疑了。這是什麼意思？

現在出擊，圍紗心想，召喚碎刃，從她頭顱中燒掉那對自鳴得意的眼睛。

但她並非只依她個人的意志而行動。她們有一種平衡，重要的平衡。她們三個決不會去做只有其中一人想做的事，尤其攸關如此重要的決定。因此她猶豫著。燦軍光主太高尚，不想殺雅萊。紗藍呢？

時候未到，紗藍想著，先跟她談談，查出她知道些什麼。

因此，圍紗鞠躬——維持角色設定。「我的女王。」

雅萊彈指，守衛和最後一名教徒便離開，並在身後關上門。雅萊．薩迪雅司並非擔心受怕的類型，不過圍紗注意到房間的另一端還有一扇門，就在雅萊身後。備用出口。

雅萊靠著椅背，讓圍紗維持鞠躬的姿勢。「我無意成爲女王。」她好一會兒後才開口。「那是我那些更……過度熱切的跟隨者持續維護的一個謊言。」

「那您擁護誰坐上王位？肯定不會是篡位者達利納，或是他非法指派的侄女吧。」

雅萊看著圍紗緩緩站直。「過去，我曾擁護嗣子，也就是艾洛卡的兒子，加維拉的孫子，名正言順的國王。」

「他只是個孩子，甚至未滿六歲。」

「因此必須採取迫切的行動，」雅萊說。「從他姑姑和叔祖父的掌握中拯救他，那些鼠輩罷免了他。擁護我並不會傾覆世系，而是爲一個更好、穩固且正確的雅烈席卡聯盟效命。」

聰明。在這樣的僞裝下，雅萊可以假裝自己是個謙卑的愛國者。不過……她爲什麼看起來這麼憂慮？像是過去那個她的殘骸？她因薩迪雅司的死和阿瑪朗軍隊的不忠而大受打擊，那些事件讓她一蹶不振嗎？更重要的是，這女人安插在達利納身邊的間諜究竟是誰？

雅萊起身，她的酒杯從桌面滾落，摔碎在地上。她經過圍紗身旁，走到近處的那個貯藏櫃，揭開前蓋，露出一打或甚至更多瓶顏色各異的酒。

趁著雅萊檢視酒瓶時，圍紗將手伸向側邊，開始召喚她的碎刃。並非爲了攻擊，而是因爲圖樣跟雅多林在一起。召喚的動作應該能向圖樣指出她的位置。她幾乎又立即停止，以免實際召喚出劍。

雅多林一定會想來找她。不幸的是，攻打雅萊的要塞將比在裂谷襲擊一群謀反者危險許多。達利納在這裡沒有管轄權，儘管紗藍施加在雅多林身上的織光術可確保他不被認出，但圍紗仍不確定他能冒險公開行動。

「喜歡酒嗎？」雅萊問她。

「我並不特別覺得口渴，光主。」圍紗說。

「跟我一起喝一杯吧。」

圍紗走到她身旁，看著箱中的一瓶瓶酒。「了不起的收藏。」

「對。」雅萊選出一瓶清澈的酒，或許是由穀物釀造。未經染色，酒色看不出口味或效力。「我從經過的戰營佳釀中徵收樣品。這個神將遺棄的颶風之地少數能提供的奢侈品之一。」

她倒出一小杯，圍紗立即知道自己錯了。這種酒並沒有食角人烈酒之類那種辛辣、直接壓倒性的滋味，而是混雜果香的淡淡酒味。有意思。

雅萊先把酒給圍紗，圍紗接過後喝了一口。有一股濃烈的甜味，像是甜點酒。他們是怎麼把酒變清澈的？大多數水果酒都會有天然色澤。

「不怕有毒嗎？」雅萊問。

「爲什麼要怕，光主？」

「這是爲我而準備，有很多人想要我死。待在我附近可能有危險。」

「就像裂谷稍早的攻擊？」

「並不是第一次發生這種事。」雅萊說，不過圍紗知道達利納並沒有發動過這樣的攻擊。「眞奇怪啊，我的敵人怎麼這麼輕易就能在安靜、黑暗的裂谷中襲擊我，卻拖了這麼久才找上我的地盤。」她直勾勾地看著圍紗。

沉淪地獄啊。她清楚圍紗所爲何來。

雅萊喝下一大口酒。「妳覺得這酒如何？」

「很好。」

「就這樣？」雅萊舉杯檢視剩下的最後幾滴酒。「這酒很甜，以水果釀造，而非穀類，讓我回想起去加維拉的釀酒廠拜訪的時候。我會猜是雅烈席陳釀，在王國失陷前搶救下來的，以辛莓釀造。這種水果的果肉很乾淨，他們也煞費苦心移除果皮，露出眞正的內在。」

對，她確實起疑了。花了幾秒下定決心後，紗藍現身。如果要玩文字遊戲，主控者應該是她。

雅萊選出另一瓶酒，這次是淺橘色。「娜凡妮的工程圖如此重要，妳怎麼能夠接近那樣的文件？她對她研究中的計畫可是極盡保密之能事。不只是因爲她怕遭人竊取，也因爲她喜歡戲劇化驚喜登場。」

「我不能洩漏我的消息來源。」紗藍說。「對於那些服侍您的人，您肯定了解保護他們的身分有多重要。」她假裝思考。「不過，如果我也能獲得一個人名做爲交換……您放在國王附近的人。或許我能與您分享一個名字。這樣一來，我們都能有更多門路接近科林家的核心集團。」

有點笨拙喔，圍紗評注，妳確定妳想現在出來？

雅萊微笑，遞給紗藍一小杯橘酒。她接過去，發現這種酒平淡無味。

「如何？」雅萊從她自己的酒杯啜飮。

「很淡。」紗藍說。「沒有勁道，不過我嘗到一絲不對勁的味道。有一點點酸。應該從佳釀中剔除的惱人滋味。」

「然而，」雅萊說。「這酒看起來如此美好。恰到好處的橘色，適合兒童享用，還有行爲如同孩童的人。對那些想在人前假裝的人來說，再完美不過。然後是酸味。這支陳釀就是這樣，不是嗎？無論外表如何，嘗起來糟透了。」

「有什麼意義呢？」紗藍問。「為低劣的酒貼上這麼優秀的標籤，有什麼好處？」

「或許能暫時愚弄某些人，」雅萊說。「讓釀酒者快速且輕易地勝過他的競爭者。不過人們終究會發現他是個騙子，他釀的酒將被棄如敝屣，獲得喜愛的依然是真正濃烈或高貴的陳釀。」

「您的主張很大膽。」紗藍說。「希望不要被那個釀酒者聽見，他可能會發怒的。」

「隨他吧。我們都知道他是什麼東西。」

雅萊接著倒出第三杯酒，紗藍又召喚她的碎刃，再次提示圖樣她的位置。

動手吧，圍紗心想，攻擊。

擁有像我們這樣的力量如此，我們想成為的是這種人嗎？燦軍光主心想，若是踏上這條路，我們最後會走到哪裡？

她們真能透過違反達利納明確的命令而服侍他嗎？他並不想要這樣。或許他應該，但他就是不想。

「啊，這一瓶。」雅萊說。「完美。」她拿起一杯深藍色的酒，這次沒給紗藍，只是自己啜飲一口。「令人讚嘆的陳釀，不過只剩最後一瓶了，其他都毀於一場火災。今天之後，就連剩下的這一點也會消逝。」

「您看起來很無奈。」紗藍說。「我聽說的那個雅萊·薩迪雅司，會掃蕩整個王國以找到另一瓶她如此喜愛的陳釀。永不放棄。」

「那個雅萊遠不如我這麼厭倦。」她的手垂下，彷彿酒杯竟不知怎地太過沉重。「我搏鬥了好久，現在只剩下我一個人……有時候，似乎就連影子也在跟我作對。」雅萊選中一瓶食角人酒，她一打開蓋子，紗藍就聞出來了。她倒出一杯遞給紗藍。「我相信這瓶屬於妳。隱形又致命。」

紗藍沒有接下。

「動手啊。」雅萊說。「薩拿達想談條件時，妳殺了他，所以我不能嘗試談條件。法瑪逃走後，妳獵捕他，然後也殺了他，而我大概沒多少機會逃過妳的獵捕和追殺。我以為如果我蹲低一陣子或許就安全了，然而妳來到了這裡。」

隱形而致命，巴塔甜美的智慧啊……

這場言詞交鋒中，紗藍從頭到尾都以為雅萊知道她是達利納的間諜。結果根本不是這麼回事。雅萊以為她是墨瑞茲的間諜，鬼血的間諜。

「薩拿達是妳殺的。」紗藍說。

雅萊大笑。「他這麼跟妳說的，是吧？所以他們對自己人也撒謊？」

墨瑞茲並沒有明確告訴她是雅萊殺死薩拿達，不過他顯然如此暗示。

圍紗挫折地咬牙。她是出自個人意願才來到這裡。沒錯，墨瑞茲總是暗示他和鬼血想要什麼。但圍紗並非為他工作。她進行這項任務是為了……為了雅烈席卡。還有雅多林。還有……

「來啊，」雅萊說。「動手吧。」

圍紗的手伸向側邊，召喚她的碎刃。雅萊丟下那瓶食角人酒，不由自主地一跳。雖然地面冒出懼靈，但她只是閉上眼。

噢！一個得意洋洋的聲音在圍紗腦中發話。我們快到了，圍紗！我們做得怎麼樣？

「他有沒有至少告訴妳，他們為什麼決定我們必須死？」雅萊問。「他們為什麼恨加維拉？阿瑪朗？以及知道祕密後的我和薩拿達？榮譽之子到底是哪裡嚇著他們了？」

圍紗猶豫不決。

妳找到她了！圖樣在她腦中說，妳有如達利納所願找到證據嗎？

「接下來他們會派妳去對付雷斯塔瑞。」雅萊說。「不過他們會監視妳，以免妳爬得夠高、學會夠多，足以威脅他們。妳有沒有問過自己他們要什麼？他們預期從世界的終結得到什麼？」

「權力。」圍紗說。

「啊，虛無縹緲的『權力』。不，應該是更明確的東西才對。多數榮譽之子只是想要他們的神祇回來而已，但加維拉看見更多。他看見所有界域……」

「多說一點。」圍紗說。

房間外響起叫喊聲。圍紗轉頭看向門，剛好看見一把光燦的碎刃切開門鎖。是雅多林，臉上掛著她給他的幻象臉。他在下一刻踢開房門。

好幾個人從他身旁湧入房間，包含士兵和紗藍的五名織光師探子。

「我死後，」雅萊嘶聲說。「別讓他們搶在妳之前搜索我的房間。去找那瓶最珍稀的陳釀。那瓶酒……來自異國。」

雅萊閉上眼。「動手。」

「別給我謎語。」她們三人說。「給我答案。鬼血到底想做什麼？」

然而她們三人驅散了碎刃。*我反對殺她*，圍紗心想，殺她就代表圍紗遭到墨瑞茲操弄。她討厭這種事。

「妳今天不會死。」她們三人說。「我有更多問題要問妳。」

雅萊依然閉著眼。「我沒機會回答的。他們不會容許。」

紗藍現身。數名士兵衝上前包圍雅萊，她定下心神。圍紗和燦軍光主退後，兩人都對這結果感到心滿意足。她們不受他人宰制；她們不屬於墨瑞茲。

她搖搖頭，快步走到雅多林身旁，用一個碰觸驅散他的幻象臉。她需要看見眞正的他。

「妳是哪一個？」他輕聲問，交給她一袋注滿颶光的錢球。

「紗藍。」她將錢袋放進一名士兵從牆邊為她取來的背包中。她回頭看著士兵綁住雅萊，又一次為那女人頹喪的模樣感到震驚。

雅多林將紗藍拉近。「她認罪了嗎？」

「她避重就輕，不過我想我可以說服達利納，她所說的內容已構成叛國。她想推翻加絲娜，改立艾洛卡的兒子為王。」

「加維諾年紀太小。」

「她會輔佐他。」紗藍說。「因此她是個叛徒，她想掌權。」但是……根據雅萊剛剛說話的方式，這對她來說已是過去的計畫了，彷彿她現在只為生存而奮鬥。鬼血真的殺了薩拿達藩王和法瑪藩王嗎？

「好吧，」雅多林說。「監禁她之後，或許我們能讓她的軍隊解除戒備。這個時候，我們承受不了對自己人開戰。」

「伊希娜。」紗藍叫喚，吸引她手下一名探子的注意。這名矮小的雅烈席女子快步上前。她跟在紗藍身邊已超過一年，連同法達，也就是紗藍招募的那群逃兵首領，都是她最信任的人。

「是的，光主？」伊希娜回應。

「帶著法達和貝若，跟這些士兵一起去，確保他們不讓雅萊和任何人說話。有必要的話就塞住她的嘴。她有辦法影響他人的想法。」

「沒問題。」伊希娜說。「妳想先為她施加幻象嗎？」

順應情勢想出來的撤出計畫很簡單：他們利用織光術偽裝成薩迪雅司家族的衛兵，雅萊則偽裝成某個深眸人。他們會悠悠哉哉地押走她，在她手下衛兵警戒的眼皮子底下俘虜這位藩后。

「對。」紗藍揮手示意士兵把那女人帶過來，雅萊維持聽天由命的態度，閉著眼走過來。紗蘭握住雅萊的手臂，吐息，讓織光術包圍住她，將她的長相轉變為紗蘭最近畫的一幅素描——一名臉頰紅潤、笑容燦爛的廚房女侍。

雅萊配不上這張親切的臉，也配不上如此寬容的對待。碰觸著雅萊，令紗藍感到一股意料之外的尖銳厭惡感。這女人和她丈夫策劃並執行了背叛達利納的可怕計畫。甚至在遷徙到兀瑞席魯之後，雅萊依舊一逮著機會就暗中危害他。要是讓這女人遂行其願，雅多林在紗藍認識他之前便已死去。這會兒他們卻要帶她回去，好讓她玩更多把戲？

紗藍鬆手，手伸到背包裡。然而，現身的是燦軍光主。她抓住雅萊的手臂，把她拖到雅多林的士兵面前，將她推了過去。

「跟其他人一起帶出去。」雅多林說。

「你逮住其他謀反者了？」紗藍走回他身邊。

「我們衝進來的時候，他們試圖從側門逃離，不過我想我們應該順利把他們一網打盡了。」伊希娜和雅多林手下精選出來的士兵們帶著偽裝過並受縛的雅萊走出去，藩后萎靡地任由他們掌控。

雅多林看著她離開，嘴角垂下。

「你在想，」紗藍說。「我們根本不該讓她離開兀瑞席魯。當初要是在事態變得這麼嚴重前了結她以及她所帶來的威脅，一切都會簡單許多。」

「我在想，」雅多林說。「或許我們並不想走上那條路。」

「或許我們已經走了。當你……」

雅多林的嘴唇抿成一條線。「我目前沒有答案。」他最後說。「也不知道我是否曾經有過。但我們應該立刻徹底搜索這個地方。除了妳的證詞，父親或許會想要更多證據。要是我們能呈上足以定罪的日誌或信件，那可眞是幫了大忙。」

紗藍點頭，朝加茲和阿紅揮手，要他們進行搜索。

至於雅萊說的話呢？去找那瓶最珍稀的陳釀……紗藍審視放在貯藏櫃檯面上的酒。爲什麼要打啞謎？因爲雅多林和其他人要進來了，紗藍心想，她不希望他們聽懂。颶風啊，這女人陷入了何等偏執。但爲何她信任紗藍？

我沒機會回答的。他們不會容許。

「雅多林，有什麼不對勁。我是說雅萊，還有我來到這裡，還有——」

前廳傳來叫喊聲，她停住。紗藍慌忙地走出去，一種擔心畏懼的感覺油然而生。她發現雅萊．薩迪雅司躺在地上，幻象臉的嘴裡冒出泡沫。士兵害怕地在旁看著。

藩后無生氣的眼睛朝上瞪視。她死了。

❖

卡拉丁飛行穿過從宅邸湧出的滾滾濃煙。他朝受詭異煉魔和他手下士兵威脅的鎮民俯衝。被壓在地上的是宅邸園丁華伯，一隻著靴的腳踩在他臉上。

這顯然是陷阱，西兒在卡拉丁腦中說，那個煉魔完全知道該怎麼做才能吸引逐風師的注意：攻擊無辜的人。

她說得沒錯。卡拉丁逼自己小心地略爲退開。煉魔在宅邸側門附近的牆上開了一個洞。火舌舔舐建築物的上層，不過洞後的房間一片黑暗，尚未著火。至少沒完全燒起來。

卡拉丁一降落，歌者便釋放了華伯和其他人，從石牆上的破洞撤退。卡拉丁注意到有五名士兵，三名持劍，兩名持矛。

煉魔帶著一個俘虜大步走進宅邸。這人身材消瘦，一臉憔悴，腹部被劃傷的傷口汩汩流血。緣舞師哥得克。他的颶光顯然已經耗盡，願颶風保佑他還活著。煉魔想拿他當餌，所以看來機會頗高。

卡拉丁大步走向破牆。「煉魔，你想跟我打？來啊。我們來打一場。」

那生物籠罩在建築物的陰影中，用他那有韻律的語言咆哮了些什麼。一名士兵翻譯：「我會在你不能飛走的室內跟你打，小逐風師。來啊，跟我對決。」

我不喜歡這樣，西兒說。

「同意。」卡拉丁低語。「準備好去求援。」

他微微將自己往上捆，讓腳步變得輕盈，接著一步一步走進燃燒中的宅邸。這個大房間原本是用餐室，卡拉丁的父親曾在這裡和羅賞一起共餐，一面談論竊賊與妥協。火勢從上方而來，天花板被燒得塊塊斑駁，火靈狂歡地沿木材起舞。

高大的煉魔站在正前方，兩側各有兩名士兵，他們往前進包夾卡拉丁。第五個士兵在哪？那裡，在一張翻倒的桌子附近，操弄著某個散發暗紫黑色光芒的東西。虛光？等等……那是法器嗎？光線突然轉暗。卡拉丁的力量消失。

他感覺到一股詭異的熄滅感，彷彿某個重物被放上他的心智。他的完整體重又回到他身上，他的捆術被取消了。

西兒倒抽一口氣，矛消散，她現形爲靈。卡拉丁試著重新召喚碎刃，但沒有反應。

卡拉丁立即後退，試圖逃離那詭異法器的影響範圍。不過士兵已快步上前包圍住他，切斷他的退路。

卡拉丁原本預期自己能夠輕易打敗他們，但那得仰賴他的碎矛和力量。

颶風的！卡拉丁用盡力氣施展捆術。颶光仍在他體內洶湧，讓他免於呼吸刺鼻的空氣，不過有東西在壓抑他的其他能力。

煉魔哈哈大笑，用雅烈席語說起話來：「燦軍！你們太依賴你們的力量了。沒了那些力量，你是什麼東西？一個沒受過眞正訓練的鄉下小孩，或是——」

卡拉丁撞上右側的一名士兵。

突然的動作逼得該名歌者大聲叫喊、往後倒去。卡拉丁搶走他手中的矛，接著以流暢的動作揮矛轉爲雙手刺擊，刺穿第二名士兵。

左邊的兩名士兵回過神來，撲向他。他在他們之間打轉，感覺到風包圍著他，矛柄瞄低，擊中一把劍，同時另一邊瞄高，以靠近矛頭的位置擊中第二把劍。金屬撞上木頭，發出熟悉的敲擊聲，卡拉丁停止旋轉，甩掉被他擊中的兩把武器。

卡拉丁劃開一人的肚腹，接著絆倒他，讓他倒在夥伴前面的地上。這些士兵受過良好訓練，但實戰經驗還不夠；剩下的歌者看見同伴死去時竟僵在原地，由此可見一斑。

卡拉丁繼續攻擊，幾乎不假思索，用矛刺穿第四名士兵的頸子。現在，紅光束一如卡拉丁預期竄向他，他又會來攻擊我的背後，他這麼想著。

卡拉丁拋下矛，從腰帶抽出一把飛刀，迅速轉身。在煉魔現身前，他猛力把刀子刺入空中——將那小小的刀刃沿兩塊甲殼的縫隙猛然插入那生物的頸項。

煉魔瞪大眼，發出一陣震驚與劇痛的叫喊。

上方的木材被火燒得嗶剝響，體型龐大的煉魔像棵被砍斷的樹一樣往前倒，燃燒的炭灰紛紛落下，地板也被撼動。這次沒有紅色光束從他身上升起，眞是萬幸。

「眞是鬆一口氣。」西兒降落在卡拉丁的肩膀上。「我猜如果你在他轉移前逮到他，就能眞正殺死他。」

「至少在永颶讓他重生前殺死他。」卡拉丁邊說邊檢查他殺死的幾名歌者。除了那個因腹部的傷勢而緩緩死去的歌者之外，他只留下兩個活口：他撞倒的那一個，以及在房間另一端啓動法器的第五個。

前者已從牆上的破洞手忙腳亂地逃走，後者則離開法器，慢慢朝一旁退去，劍已出鞘，雙眼圓睜。

這個歌者想到哥得克身旁去，或許想挾持他當人質。剛才的打鬥中，受傷的緣舞師倒在煉魔轉移到卡拉丁那裡後留下的軀殼旁。哥得克突然動了起來，但並非出自他自身的氣力。一個瘦長的小身影拉住了緣舞師一條腿，正緩緩將他拖離戰局。卡拉丁沒看見利芙特溜進了房裡，不過話說回來，她原本就常出現在沒人預料她會出現的地方。

「帶他從洞口出去，利芙特。」卡拉丁朝最後一名歌者走去。「妳的力量也遭到壓抑嗎？」

「是啊。他們對我們做了什麼？」

「我也好奇得要命。」西兒咻地飛到地板上的裝置旁。一顆寶石包覆在金屬片中，放在一個三角台座上。「這是一個非常奇怪的法器。」

卡拉丁以矛指著最後一名歌者，他遲疑地丟下劍，舉起雙手。他的皮膚上有鋸齒狀紅黑雙色花紋。

「那是什麼法器？」卡拉丁問。

「我……我……」士兵吞了口口水。「我不知道。他們要我扭轉底部的寶石啓動它。」

「驅動這東西的是虛光。我沒見過像這樣的東西。」西兒說。

卡拉丁看了看聚積在天花板的煙。「利芙特？」

「我來。」她爬到儀器旁，卡拉丁則盯著那個士兵。片刻後，卡拉丁的力量恢復。他如釋重負地嘆了口氣，只不過這又使他呼出颶光。近處的哥得克喘了口氣，無意識地吸入颶光，傷口開始癒合。

因颶光而強化後，卡拉丁抬起士兵，在他身上灌注足夠的颶光，讓他懸掛空中。「我先前要你們離開城鎮，」卡拉丁低聲咆哮。「現在我記住你的臉，你的花紋，你的臭味了。要是再讓我看見你，我會用非常多的颶光把你往上丟，而你在掉回地面之前，將會有很長、很長的時間能夠想清楚。聽懂了嗎？」

歌者點頭，哼著和解。卡拉丁推他一把，收回颸光，讓他掉落地面。他慌忙從牆上的洞爬出去。

「裡面還有另一個人。」利芙特說。「一個穿乞丐衣服的淺眸老男人。我在屋子外面，看見那男人跟哥得克一起進來的。過沒多久，煉魔穿牆進來帶走哥得克，但我沒看見另一個人。」

羅賞。前城主告訴過達利納要進來搜索宅邸的防颸地窖，放出關在裡面的鎮民。卡拉丁並不因此就爲羅賞感到驕傲，正猶豫著，不過當西兒看向他，他一咬牙，點了點頭。

*只要是正確的……*他心想。

「我會找到他。」卡拉丁說。「妳確保哥得克的復原，然後把這法器送去給娜凡妮光主。她應該會覺得非常有意思。」

❖

紗藍移除幻象，雅萊的臉露出，唾沫從她嘴裡淌下。雅多林的一名手下檢查她的脈搏，確認無誤。她死了。

「沉淪地獄的！」雅多林手足無措地站在屍體旁。「怎麼回事？」

*不是我們做的*，圍紗心想，*我們已經決定不殺她了，對吧？*

我……紗藍的思緒變得模糊，一切都顯得曖昧難辨。是她做的嗎？她確實想這麼做。但她沒做，對吧？她……應該沒那麼不受控制。

我沒下手，紗藍心想，她頗爲確定。

*那是怎麼回事？*燦軍光主問。

「她一定服了毒。」法達湊近查看。「黑毒葉。」

儘管當了紗藍的侍從幾個月後又成爲她的密探，這個前逃兵看起來還是與雅多林的士兵格格不入。法達太粗魯，雖然不邋遢，但不像是雅多林的手下。他對洗刷、擦亮裝備不太感興趣，更用敞開的外套和亂糟糟的頭髮表達他的輕蔑。

「我看過這樣死掉的人，光主。」他解釋。「在薩迪雅司軍隊裡時，有一個軍官走私和出售補給品被發現後，他寧願服毒自盡也不要被逮捕。」

「我沒看見她動手。」伊希娜難爲情地說。「對不起。」

「納勒的卵蛋啊。」雅多林的一個士兵咕噥著。「看起來很糟，對吧？這正是黑刺不想要看見的場面。我們手裡出現另一具薩迪雅司家的屍體。」

雅多林深吸一口氣。「我們掌握的證據足以把她吊死，我父親只能接受這個事實。我們會派軍隊到戰營，確保她手下的士兵不會鬧起來。颶他的。這團亂幾個月前就該收拾好才對。」

他指著幾名士兵。「檢查其他謀反者身上有沒有毒藥，把他們的嘴全塞起來。紗藍會把屍體僞裝成一卷地毯之類的，我們才好把它弄出去。建和納譚，你們去搜雅萊放在隔壁房間的東西，看看能不能找到什麼有用的證據。」

「不！」紗藍說。

雅多林頓住，轉頭看著她。

「我來搜雅萊放在隔壁房間的東西。我知道要找什麼，你的士兵不知道。你負責處理俘虜和搜索這棟屋子的其他地方。」

「好主意。」雅多林按揉額頭，接著，或許是因爲看見出現在她身旁那些貌似扭曲黑色十字的小小焦慮靈，他忍不住微笑。「別擔心。每個任務都會遇上一些障礙。」

她點點頭，比起表現出她眞實的感覺，這動作更是爲了讓他安心。士兵聽從雅多林的命令開始行動，她在雅萊的屍體旁跪下。

伊希娜也來到她身旁。「光主？妳需要些什麼嗎？」

「她沒有服毒，對吧？」紗藍輕聲問。

「無法確認。」伊希娜說。「但我對黑毒葉所知不多……」她臉一紅。「呃，其實我很了解。我那幫人會拿來用在對手身上。妳得把葉子變乾，然後再提煉出葉膠以達到最大藥效，因此這種毒很難製作。無論如何，服用並非最佳作法，放進血液中才可快速致命……」她越說越小聲，皺起眉，或許是因為跟紗藍一樣，都發現雅萊確實很快便死去。

紗藍自己也了解黑毒葉。她最近在研究毒藥。我會不會找到針孔呢？跪在屍體旁的紗藍心想。

無論如何，她認爲雅萊是對的：鬼血不相信紗藍會殺死她，於是他們送來第二把刀，確保工作精準完成。也就是說，雅多林的衛兵或紗藍自己的密探之中有鬼血的間諜。這想法令紗藍的胃一陣絞扭。

而這個人不是雅萊或許安插在達利納核心團隊裡的那個間諜？颶他的。紗藍的腦袋打結了。「徹底檢查屍體，」紗藍低聲對伊希娜說。「看看能否找到證據，證明她是自殺還是他殺。」

「是，光主。」

紗藍快步走進有酒櫃的房間。加茲和阿紅已經著手收集雅萊的物品。颶他的，她能信任這兩個人嗎？無論如何，事實已證明雅萊的預言正確無誤。因此這房間裡，確實可能藏了墨瑞茲不希望紗藍找到的祕密。

# 8 投降

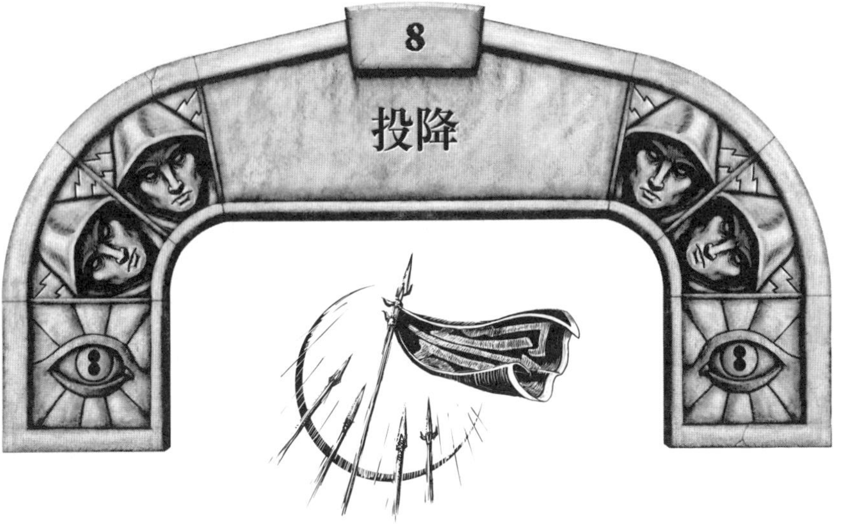

青銅籠能創造出示警型法器，提醒某人警覺附近的某物體或存在。因爲某些好理由，目前金綠柱石即爲此用途，不過亦可使用其他寶石。

——娜凡妮．科林爲君王聯盟所提供之法器機制課程，
兀瑞席魯，傑瑟凡日，一一七五

卡拉丁穿過燃燒中的房間，陡失力量的那瞬間依然令他焦躁。那經驗令他驚惶失措。事實是，他確實越來越依賴他的能力。就像你會依賴一柄經過戰鬥測試、銳利的好矛。沒什麼事能比你的武器在戰鬥時失靈更糟了。

「我們接下來得留意那些法器。」卡拉丁說。「敵人竟然能移除我們的力量，我不喜歡這種狀況。」他看了看坐在他肩上的西兒。「妳遇過類似的事嗎？」

她搖頭。「印象中沒有。那法器讓我覺得……變得黯淡。彷彿我並不是眞的在這裡。」

他避開被火焰吞噬的房間，那些地方充斥了原始的光與影，一片亮橘與豔紅，深沉又憤怒的色彩。如果前城主能滿足於一般的房舍，就不會發生這樣的事。但是，他們需要獨樹一格，擁有一個滿是嬌弱木裝，而非堅固岩石的家。飢渴的火焰

似乎興奮地玩弄著這座瀕死的宅邸，燃燒時的聲音有一種歡欣感，又是呼嘯又是嘶嘶響。火靈奔上他身旁的牆，在木材上留下一道道黑痕。

前方的廚房完全陷入火海。他目前還承受得了熱度，燙傷還沒來得及讓他發癢便已被颶光治癒。只要他遠離火焰的核心，應該就不會有事。

不幸的是，事實證明那或許並不可能。

「地窖在哪？」西兒在他肩上問。

卡拉丁手指廚房煉獄另一端的門——已成了一道幾乎看不見的影子。

「太棒了。你要衝過去？」西兒問。

卡拉丁只是點頭，唯恐颶光因說話而逸散。他做好準備，隨即衝入廚房。火焰與煙纏捲住他，上方傳來一陣悲慘的呻吟，顯示天花板快撐不住了。

卡拉丁迅速上捆，躍過燃燒的流理檯。他在另一邊落地，一肩撞上通往地窖、已燒得焦黑的門，發出轟然巨響、破門而入，點點火星與炭灰噴撒在他前方。

他進入一條朝下傾斜、直接切入岩石與山坡的黑暗坡道，邁步遠離後方的煉獄，西兒咯咯笑了起來。

「怎樣？」他問。

「你的背後著火了。」

沉淪地獄啊。他拍打外套的後部。算了，反正被蕾詩薇捅過一下後，制服早就毀了。這下得聽雷頓抱怨卡拉丁有多常讓制服報銷了。這位逐風師軍需官似乎確信卡拉丁是故意讓自己被擊中，只爲了造成制服供應不足。

他以颶光照明，走入黑暗的岩石地道。進去後不久，他經過一個覆蓋金屬格柵的深坑：集水洞，用以轉移淹沒地道的水。颶風來襲時，淺眸人家就是躲進像這樣的防颶地窖。

他已排除可能會遇上淹水的狀況，這是住在木造房屋的另一個問題，不過就算是石屋，偶爾也可能在颶風期間受到損害。他不會責怪那些想在自己與肆虐的風暴間放上幾呎高石牆的人。他小時候曾和拉柔在這下面玩，現在這裡似乎變小了。他還記得一條位於深處的無盡地道。經過集水洞後不久，他便看見亮燈的地窖出現在前方。

走進地窖後，卡拉丁發現兩名囚犯被銬在對面的牆上，他們低著頭，癱倒在原位。他不認識其中一個人，或許是個難民。不過另外一個人是傑柏，一對男孩的父親，卡拉丁從他還是個小伙子時就認識他了。

「傑柏。」卡拉丁快步走上前。「你有看見羅賞嗎？他……」

卡拉丁發現兩個人都沒有動彈時話音轉弱。他跪下，把傑柏的瘦臉看得更清楚後，感覺到一陣越發強烈的懼怕。那張臉看起來完全正常，只除了蒼白的膚色，以及兩個眼睛的位置如木炭般被燒淨的凹洞——他被碎刃殺死。

「卡拉丁！」西兒說。「後面！」

他旋過身，手探向前召喚出碎刃。這個做工粗糙的地窖在門左側的位置往後傾，形成一個卡拉丁剛進來時無法看見的小凹處。一個相貌似鷹、高大的男子靜靜站在那兒，棕髮夾雜一縷縷黑。摩亞許身穿一件剪裁模仿雅烈席款式的漆黑制服，把羅賞光爵架在身前，用一把小刀抵住他的喉嚨。前城主無聲哭泣著，摩亞許的另一隻手覆住他的嘴，懼靈在地面波動。

摩亞許猛力一揮，小刀快速、有效率地劃開羅賞的喉嚨，他的生命之血灑落襤褸破衣的前襟。

羅賞倒落石地上。卡拉丁大喊一聲，慌忙上前幫忙，但他體內的外科醫師搖了搖頭。被切開的喉嚨？這不是外科醫師能夠治癒的那種傷。

*轉移注意力到你能救助的人身上*，他父親似乎這麼說著，*這個已經死了。*

颶他的！叫利芙特或哥得克過來也太遲了嗎？他們可以……他們可以……

羅賞在無助的卡拉丁面前微弱抽搐，然後，這個脅迫卡拉丁家人的男人，這個派提恩去送死的男人，就這麼……在自己的血泊中死去。

卡拉丁抬頭怒瞪摩亞許，而他只是靜靜地將小刀收回腰帶上的刀鞘中。「你是來救他的，對吧，阿卡？」摩亞許問。「你最糟糕的一個敵人？你沒有獲得報仇與平靜，反倒跑來救他。」

卡拉丁怒吼，一躍而起。羅賞的死將卡拉丁送回科林納宮殿中的那一刻。刺穿艾洛卡胸膛的矛。而摩亞許……他行了一個橋四隊的禮，彷彿他無論如何都享有這項特權。

卡拉丁對著摩亞許舉起西矛，但那高大男子只是看著他，此刻呈暗棕色的雙眼，其中沒有丁點情緒或生命力。摩亞許沒有召喚他的碎刃。

「跟我打！」卡拉丁對他大吼。「來啊！」

「不。」摩亞許舉起雙手。「我投降。」

❖

伊希娜檢查雅萊的屍體時，紗藍逼自己的視線穿越門口，緊盯著不放。

紗藍的眼睛想避開那具屍體，查看任何其他地方都好，思考任何其他問題都好。面對問題對紗藍來說是個難題，然而當她接受自己的痛苦，她也找到了部分的平衡——三個角色之間的平衡，每個角色各有明確的有用之處。

平衡發揮作用。她能夠發揮功能。

但我們有比較好嗎？圍紗問，或只是原地打轉？

沒變更糟就好，紗藍心想。

維持多久呢？圍紗問，在風中屹立一年了，沒有往後滑落，但也沒有進步。妳終究需要想起來。困難的那些事……

不。不要。還不要。她有工作在身。她不再看屍體，轉而專注於手邊的問題。鬼血在紗藍的核心成員中安插了間諜嗎？她發現這不但貌似合理，也確有可能。

雅多林或許會想宣稱今天的任務成功，而紗藍會接受，成功滲透榮譽之子至少證明她有能耐策劃並執行一項任務。但儘管圍紗百般努力，她仍不禁感覺自己被墨瑞茲玩弄了。

「這裡只有幾個空酒瓶。」阿紅打開酒櫃上的抽屜和櫃子。「等等！我想我找到加茲的幽默感了。」他拿出夾在兩指間的某個小東西。「噢不，只是一顆放太久乾掉的水果。」

透過門，圍紗注意到加茲在房間後段找到一個小臥室。「如果你確實找到我的幽默感，把它給殺了。」他在裡面喊著。「這會比逼它應付你的爛笑話來得仁慈，阿紅。」

「紗藍光主覺得有趣，對吧？」

「只要能惹惱加茲就有趣，阿紅。」她說。

「那好，我惹惱我自己！」加茲探出頭大喊。他一臉大鬍子，現在兩隻眼睛都正常運作——幾個月前終於學會吸入颶光，少掉的那隻就長出來了。「所以我一定是這世界上最颶他搞笑的男人。我們在找什麼，紗藍？」

「紙張、文件、筆記本、信件，任何形式的書寫物。」紗藍說。

加茲和阿紅繼續搜索。他們會找出所有顯而易見的東西，不過雅萊說了，某個不尋常的東西有待發掘。隱藏的東西。某個墨瑞茲不想讓紗藍拿到的東西。她走進房裡，接著抬頭看，踩著一腳腳跟稍稍旋轉。圍紗怎麼會沒注意到靠近天花板、環繞房間的精緻漩渦狀塗漆？中間的地毯或許只是單色，但厚實又保養得宜。她踢掉鞋襪，踏過地毯，感覺腳趾間那奢侈的織線。這房間很低調，沒錯，但並不乏味。

祕密。祕密在哪裡呢？她走到酒櫃前檢視裡面的酒，圖樣在她的裙子上輕哼著。雅萊收藏了一批珍稀的陳釀。這些酒就是線索。

除了拿出來喝喝看之外別無他法。紗藍在執行職務的過程中遭遇過更糟的測試。她開始將每瓶都倒出一點點試喝，阿紅見狀挑起了眉。

儘管雅萊對這些酒發表了長篇省思，對紗藍來說，其中大部分嘗起來都普通至極。她不是專家，只要味道不錯，又能喝醉，她就喜歡。

想到這一點，她吸入一點颸光，燒掉酒精的效果，現在可不是弄得腦袋昏沉沉的時候。儘管大多數的酒都很普通，她確實發現其中有一瓶讓她想不透。那是一瓶甜酒，暗紅有如血液。有別於她喝過的所有酒，這瓶有水果味，但相當醇厚，或許有點……洶湧。這樣形容對嗎？

「我找到幾封信。」加茲在臥室中說。「還有幾本看起來像是出自她手筆的書。」

「收起來。」紗藍說。「我們晚一點再整理。我有些事得去問問雅多林。」

她帶著那瓶酒出去找他。幾名衛兵看守著門，不過戰營中似乎沒人注意到這場襲擊。至少沒人來敲門。

紗藍刻意忽略屍體，隨即又逼自己正視。雅多林迎上前，輕聲地說：「我們該走了。有幾個士兵逃了。我們或許該通知逐風師過來協助我們加速撤出。還有……妳的鞋呢？」

紗藍瞄了一眼從她裙底探出來的赤腳。「它們阻礙了我思考。」

「妳的……」雅多林一手梳過他那頭亂得很討人喜歡的頭髮，他的髮色主要是金，還有點點黑色點綴其中。「親愛的，妳有時候眞是可口地怪。」

「其他時候，我就只是無味地怪。」她舉起酒瓶。「喝。爲了科學研究。」

他皺眉，不過還是喝了一小口，接著皺起臉。

「怎麼樣？」她問。

「雪諾瓦『酒』。他們不懂怎麼好好釀酒，只會用同一種古怪的小莓果。」

「確實來自異國……」紗藍說。「我們還不能走。圖樣和我還得解開一個祕密。」

「嗯……」圖樣在她的裙上說。「我希望我也有鞋子可以脫，我的腦才能好好運作。」他停頓。「事實上，我不認為我有腦。」

「我們很快就回來。」她朝酒櫃的房間走去。阿紅也進了加茲所在那間小得不能再小的臥室。臥室裡無窗，空間勉強僅容站立，有一張床墊但沒有床架，還有一個皮箱。加茲找到的筆記和信件顯然就是放在皮箱裡。

雅萊應該料到這些會被找到，裡面或許也有祕密，但並不是紗藍的目標。*雅萊在她的宮殿燒毀後搬到此處。她睡在衣櫥裡，拒絕離開這座堡壘。墨瑞茲卻依然弄了不止一個，而是兩個人進來殺她。*

雪諾瓦酒。這是線索嗎？跟酒櫃有關嗎？她看了看，接著拿出素描簿。

「圖樣，搜尋房間裡的圖樣。」

圖樣哼了起來，離開她的裙子，在地板上移動時漫起漣漪，彷彿他不知怎地進入了石頭中，石頭因他而鼓脹。紗藍在他搜尋的同時為酒櫃畫下素描。

將一個物品納入記憶，再將它凝固為一幅素描，藉此讓她能看得更清楚。這過程有些特別之處。她能夠判斷抽屜間的空間、木材的厚度，也很快知道酒櫃中沒有空間容納暗格。

她噓聲趕走幾隻創造靈，接著起身。圖樣、圖樣、圖樣、圖樣。她掃描地毯，然後是房間上緣的塗漆設計。雪諾瓦。雪諾瓦酒是否真是關鍵，抑或是她弄錯了線索？

「紗藍，有一個圖樣。」圖樣在房間的另一邊說。

紗藍快步走到他讓牆上岩石漾起漣漪的位置，此處位於房間西北角的角落。她跪下來，發現岩石上確實有個淡淡的圖樣。雕刻被時間磨平，她的手指幾乎已摸不出紋路。

「這棟建築並不新。雅烈席人來到戰營時，至少有一部分已經矗立於此。他們將堡壘蓋在現成的地基上。這是什麼標誌？我幾乎完全看不出來。」紗藍說。

「嗯。一個圖樣裡的十個物件，重複出現。」圖樣說。

感覺有點像符文……她心想。戰營可追溯至影時代，當時由時代帝國統治。人類的十個王國。十個符文？她不確定自己能否解讀遠古符文，就連加絲娜也不一定有辦法，但或許也沒必要解讀。

「這些石塊繞著牆基排列。」紗藍說。「我們來看看有沒有更清楚的雕刻。」

確實有幾塊保存得比較好。它們上面各有一個符文，以及形狀看似其中一個古代王國的小地圖，大多一團模糊難以辨認，不過新月形的雪諾瓦山脈一眼便可看出。

雪諾瓦酒。內含雪諾瓦山脈的地圖。「找出所有上面有這個形狀的石塊。」她告訴圖樣。

他找出來了，每十塊裡面的第十塊。她沿著牆走到每一個像這樣的石塊旁，第三次嘗試才遇上鬆脫的石塊。「這裡。在角落。我想應該正確。」

「嗯……角度差了幾度，所以不夠正。」

她小心地抽出石塊。就像床邊故事中杜撰出來的寶石藏匿處，她在裡面找到一本小筆記。她抬頭查看加茲和阿紅是否還在小臥室裡。還在。

沉淪地獄啊，她弄得我都不信任自己的手下了，紗藍心想，一面將筆記本放進密囊中，並把石塊塞回去。或許雅萊唯一的計畫就是製造混亂、播下不信任的種子。但……看見雅萊那麼憂慮的模樣，紗藍無法完全接受這個理論。不難相信鬼血一直在獵捕她；墨瑞茲一年前已滲透進阿瑪朗和雅萊的核心圈子，不過並沒有跟他們一起逃離兀瑞席魯。

紗藍極度渴望翻看小筆記本，不過加茲和阿紅已帶著裝滿筆記和信件的枕頭套走出來。「如果裡面還有更多東西，」加茲用大拇指指向肩後。「我們也找不出來了。」

「只能這樣了。」紗藍說，這時雅多林揮手要她過去。「我們離開這裡吧。」

❖

卡拉丁遲疑了，手上的矛對準摩亞許喉嚨。他可以了結這男人。應該了結這男人。他爲什麼遲疑？

摩亞許……曾是他的朋友。他們曾在火堆旁共度許多時光，暢談彼此的人生。卡拉丁曾對這男人敞開心胸，他對大多數人都不曾這樣。就跟對泰夫和大石一樣，卡拉丁也曾告訴摩亞許有關提恩的事、羅賞的事。還有他的恐懼。

然而摩亞許並不只是一個朋友。除此之外，他也曾是橋四隊的一員。卡拉丁曾對颶風和上天立誓——如果眞有人在上面看著——他會保護那些人。

卡拉丁辜負了摩亞許。徹底辜負。就像他辜負度尼、馬特，以及傑克斯一樣。在他們之中，失去摩亞許傷他最重。因爲在他那對冷酷的眼睛中，卡拉丁看見了自己。

「你這雜種。」卡拉丁嘶聲說。

「你否認我有正當理由？」摩亞許朝羅賞的屍體踢一腳。「你知道他幹了些什麼好事。你知道他對我造成什麼傷害。」

「你已經爲此殺死艾洛卡了！」

「因爲他罪有應得，就跟這傢伙一樣。」摩亞許搖頭。「我也是爲你而殺，阿卡。你會讓你弟弟的靈魂對著颶風哭泣，大仇不得報？」

「你竟敢提起提恩！」卡拉丁大吼，他感覺到自己墜落、失去控制。每次想起摩亞許、艾洛卡國王死去，以及辜負科林納的百姓和城牆衛隊的同袍，卡拉丁就會有這種感覺。

「你聲稱這是正義？」卡拉丁質問，手揮向鏈在牆上的屍體。「傑柏和另外那個人又怎麼說？你也是為了正義而殺死他們嗎？」

「為了慈悲。」摩亞許說。「快速了結好過留他們在這裡等死、遭人遺忘。」

「你可以釋放他們啊！」卡拉丁握著武器的手汗溼淋漓，他的腦子……他的腦子沒辦法有條理地思考。他的颶光存量降低，幾乎快用完了。

卡拉丁，西兒說，我們離開吧。

「我們必須解決他。」卡拉丁低語。「我必須……必須……」

怎樣？殺死毫無防備的摩亞許？這是個卡拉丁本應保護的人。本應拯救……

「他們都會死，你知道的。」摩亞許輕聲說。

「閉嘴。」

「所有你愛的人、你自以為能保護的人。他們無論如何都會死，而你無能為力。」

「我叫你閉嘴！」卡拉丁大吼。

摩亞許走向矛，踏出第二步的同時，雙手垂落身側。

奇怪的是，卡拉丁發覺自己竟在閃躲。他最近一直好累，然而當他試著忽略這種感覺，試著繼續前進，疲勞感似乎突然化為重擔。卡拉丁剛剛打鬥時用掉許多颶光，後來穿過火焰時也是。而颶光就在這個時候耗盡，他垮了下去。他在這整場戰鬥中一直努力推開的麻木感，此時此刻席捲他全身。精疲力盡。

摩亞許身後遠處的火勢劈啪作響，廚房天花板終於塌落，震耳欲聾的嘎吱聲響徹地道。燃燒的木頭碎片沿地道滾下來，餘火漸漸轉暗。

「你還記得裂谷嗎，阿卡？」摩亞許低聲問。「那晚在雨中？站在那裡，俯瞰黑暗，知道那是你唯一的解脫？你當時就知道了。你想假裝你已經忘記，但你知道。就跟颶風永遠會來一樣肯定。就跟所有淺眸人都將死去一樣肯定。只有一個答案。一條道路。一個結果。」

「不。」卡拉丁低語。

「我找到更好的道路了。」摩亞許說。「我沒有罪惡感。我把它送走了，藉此成爲另外一個人。若不是遭到壓抑，我應該永遠都能成爲這個人的。」

「你變成一個怪物。」

「我可以拿走痛苦，阿卡。這難道不是你想要的嗎？終結你的折磨？」

卡拉丁感覺陷入恍惚。凍結，就像他看著……看著艾洛卡死去那時候一樣。從那之後便在他體內化膿的斷裂感。

不，時間要更久遠才對。一顆令他失去戰鬥能力、無法決定的種子，在他的朋友死亡時讓他癱瘓。他的矛從指間滑落。西兒在說話，但……但他聽不見。她的聲音成了一道遙遠的微風……

「有一條通往自由的簡單道路。」摩亞許伸出一隻手，放在卡拉丁肩上。一個令人安慰、熟悉的動作。「你是我最親密的朋友，阿卡。我希望你停止傷痛。我希望你獲得自由。」

「不……」

「答案是停止存在，阿卡。你向來知道的，不是嗎？」

卡拉丁眨掉眼淚，內心最深處那個討厭雨和黑暗的小男孩退入他靈魂中，蜷縮起來。因爲……他確實希望停止傷痛。

他是如此渴望。

「我需要你做一件事。」摩亞許說。「我需要你承認我是對的。我需要你看清。當他們不斷死去，你得記住。當你辜負他們，而那種痛苦吞噬了你，你得記住這裡有一條出路。回到那個懸崖上，縱身躍入黑暗。」

西兒在尖叫，但那只是風而已。一陣遙遠的風……

「不過我不會跟你打，阿卡。」摩亞許低語。「沒什麼必須得勝的戰鬥。我們一降生於這受詛咒的苦難人生，就已經輸了。我們唯一的勝利就是選擇終結它。我找到了我的道路。而也有一條對你開放的道路。」

噢，颶父啊，卡拉丁心想，噢，全能之主啊。

我只是……我只是想停止辜負我所愛的人……

光爆射入地窖。

乾淨潔白，彷彿最明亮的鑽石所散發的光。太陽之光。一種明亮、集中的純淨。

摩亞許咆哮，轉過身避開來自門口的光源。後方人影的可見度不比一道影子。

摩亞許閃躲，然而卻有一個版本的他抽身走向光。這個版本的他透明且朦朧，像個殘影。卡拉丁在其中看見同一個摩亞許，只是莫名站得更挺了點，身上穿著亮藍色制服。這個摩亞許舉起一隻手，自信滿滿；儘管卡拉丁看不見，他知道有一群人聚集在這個摩亞許身後。受保護。安全。

碎矛出現在摩亞許殘影的雙手中，他瞬間燃亮。

「不！」眞正的摩亞許尖叫。「不！拿走！拿走我的痛苦！」他踉蹌地走到地窖一旁，怒氣勃發，一把碎刃出現在他手中——白衣殺手的碎刃。他對著空氣胡亂揮劍，最後手放低，以手肘遮著臉，穿過光中的人影，竄回地道中。

卡拉丁跪下，沐浴在溫暖的光中。對，溫暖。卡拉丁感覺溫暖。沒錯……若眞有神祇……祂就在那道光中注視著他。

亮光消逝，一名黑金雙色頭髮、瘦長的年輕男子衝過來抓住卡拉丁。

「長官！」雷納林說。「卡拉丁，長官？你還好嗎？你耗盡颶光了？」

「我……」卡拉丁搖頭。「什麼……」

「來吧。」雷納林鑽到他手臂下撐起他。「煉魔撤退了，浮空船準備離開！」

卡拉丁木然地點頭，任由雷納林攙扶著。

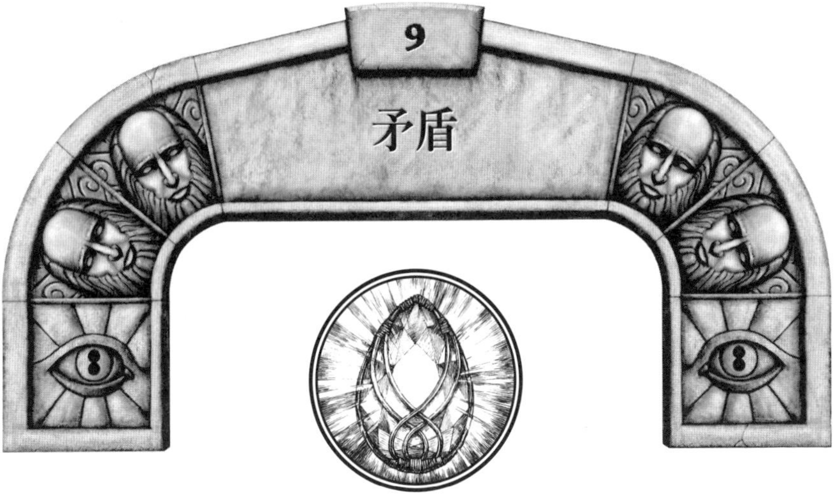

# 9 矛盾

白鑯籠會讓法器中的靈表達力的屬性。例如火靈會創造熱。我們稱此爲「增幅」。它們通常較其他法器更快消耗颶光。

——娜凡妮・科林爲君王聯盟所提供之法器機制課程，
凢瑞席魯，傑瑟凡日，一一七五

卡拉丁回過神時，第四座橋已開始升空。他站在欄杆附近，看著此時已遭遺棄的爐石鎮在下方漸漸縮小。在這樣的距離外，房舍像是一批蟹類動物長大後棄置不用的蟹殼。它們已發揮過功用，現在成了散落的廢棄物。

他曾幻想榮歸故里。然而他的回歸卻爲這個城鎮帶來終結。他清楚這或許是他最後一次造訪自己的出生地，痛楚卻意外輕微。

嗯，這裡已有好幾年不是他的家了。他直覺地尋找橋四隊的士兵。他們混雜在上層甲板的其他逐風師和侍從之中，擠成一團，談論著卡拉丁聽不清楚的事。

這個團體變得好大。數百名逐風師，人數太多，運作方式已無法像他在薩迪雅司軍隊號召的那個緊密小團體。他唇間不禁逸出呻吟，但他歸咎於疲憊。

他在甲板坐下，背靠著欄杆。一名執徒送了一杯溫暖的東西給他，他心懷感激地接下，後來才發現飲料只發送給鎮民和難民，其他士兵並沒有拿到。他看起來狀況有這麼糟嗎？

對，他心想，低頭看著染血又遭火焚的制服。他隱約記得在雷納林的攙扶下踉蹌登船，接著對湧上前嬉鬧的逐風師咆哮。他們一直給他颶光，但他已有許多。颶光此時在他血管中洶湧，然而就這麼一次，颶光提供的額外能量顯得……黯淡。褪了色。

*停止，他強迫自己，你曾在更粗暴的狂風中定下心神，卡拉丁。深呼吸。會過去的。總是如此。*

他啜飲杯中飲料，後來才發現那是湯。他欣然接受湯的暖意，尤其此時船已漸漸升高。許多鎮民聚集在船側，身旁湧出一個個讚嘆靈。卡拉丁閉上眼，頭往後靠，硬擠出一個微笑，試著重溫剛開始那幾次飛入空中時的驚奇感。

卻發現自己再度體驗其他更黑暗的時刻。提恩死去的時刻。他辜負艾洛卡的時刻。儘管愚蠢，第二個時刻引發的疼痛卻幾乎等同於第一個時刻。他並不是特別喜歡國王。然而莫名地，看著艾洛卡在即將說出燦軍的第一理念時死去……

卡拉丁睜開眼，剛好西兒化為迷你第四座橋的形狀飛上來。她通常採取自然事物的造型，但這個似乎特別古怪。第四座橋並不屬於天空，只不過有人會說卡拉丁也不屬於天空。

她又變化為年輕女子的形象，穿著她較莊重的裙裝，降落在水平於眼睛的位置。她朝聚集在一起的逐風師揮手，對卡拉丁解釋：「他們在恭賀拉蘭，我們還在那棟燃燒的房子裡時，她說出了第三理念。」

卡拉丁嗯了一聲。「好得很啊。」

「你要去恭喜她嗎？」

「晚一點吧。」卡拉丁說。「不想從人群中擠過去。」他嘆口氣，頭又往後靠著欄杆。

*我為什麼不殺他？他自問，我會為了生存而殺死帕胥人和煉魔，但面對摩亞許時，我卻完全鎖死了？*

爲什麼？

他覺得自己好蠢。他爲什麼這麼好操弄？他爲什麼不直接把矛砸向摩亞許那張過度自信的臉就好，幫這世界省下一大堆麻煩？至少能讓那傢伙閉上嘴，堵住如爛泥般從他嘴巴溢出的話……

他們都會死……所有你愛的人、你自以爲能保護的人。他們無論如何都會死，而你無能爲力。

我可以拿走痛苦……

卡拉丁硬逼自己睜開眼，發現西兒穿著她較平常的裙裝站在他面前——飄逸、女孩子氣，裙襬在她膝蓋附近化爲霧氣的那一件。她看似比平常小了些。

「我不知道該怎麼做才能幫助你。」她柔聲說。

他垂下視線。

「你心中的黑暗有時候會好一點，有時候則糟一點。但最近……又變成不一樣的東西。你看起來好累。」

「我只是需要好好休息一下。」卡拉丁說。「妳覺得我現在狀況很糟？妳該看看哈福逼我重複兩次橫越……橫越……」

他轉身。欺騙自己是一回事，欺騙西兒是另一回事。

「摩亞許對我做了什麼？把我放進某種恍惚狀態中。」

「我不認爲是他，卡拉丁。」她低聲說。「他怎麼會知道榮譽溝的事？還有你差點在那邊做了什麼？」

「在比較好的那些日子裡，我跟他說過很多事。來兀瑞席魯之前，在達利納的軍隊裡……」

他爲什麼想不起那時候的事了？想不起那些溫暖的時刻？和那群眞正的朋友一起坐在火邊的時刻？那群朋友之中，有個男人剛剛試圖說服他自我了結。

「卡拉丁，情況越來越糟了。這種……言不及義，這種疲累，只要你耗盡颶光就會這樣。彷彿……彷彿你只在體內有颶光的時候才能繼續前進。」

他緊緊閉上眼。

「你只要聽見逐風師傷亡的報告就會僵住。」

當他聽說手下的士兵死去，他總會幻想再次扛著橋跑。他聽見尖叫聲，感覺箭破空而來……

「拜託，」她低語。「告訴我該怎麼做。我無法理解這樣的你。我一直好努力嘗試，卻似乎無法理解你的感覺，以及你為什麼有這樣的感覺。」

「要是妳想通了，請解釋給我聽，好嗎？」卡拉丁說。

他為何無法對摩亞許所說的話一笑置之？他為何不能抬頭挺胸站好？大家都假裝他是英雄，為何他不能就像個英雄一樣大步走向太陽？

他睜開眼，啜飲一口湯，但湯已變涼。他硬逼著自己喝下去。士兵對食物沒有挑三揀四的餘地。

不久，一個人影穿過人群，從容地朝他走來。泰夫的制服剪裁合身，鬍子也修得整整齊齊，他這會兒已不再發光，看起來就像顆古老的岩石——那種你會在山腳下看見的岩石，歷經歲月風吹雨打、長滿青苔；看見這種岩石，你會納悶它在漫長的日子裡都看見了些什麼。

泰夫在卡拉丁身旁坐下。

「我不想談。」卡拉丁硬聲說。「我沒事。你不需要——」

「噢，閉嘴，阿卡。」泰夫一面嘆氣一面調整好坐姿。他年紀約五十出頭，不過有時活像個再年長二十歲的老爺爺。「再等一下，你會去恭喜那女孩說出了她的第三理念。就跟我們大部分人一樣，她得來不易。她需要你的認可。」

抗議消失在卡拉丁唇間。沒錯，他現在是上帥了。然而事實上，任何配得上自己薪資的軍官都知道，總有個時候該閉上嘴，乖乖照手下說的做就對。就算他不再是你的手下也一樣。就算小隊不復存在也一樣。

泰夫仰望天空。「所以，那雜種還活著，對吧？」

「兩個月前在費德納邊界，有人確定看見過他。」卡拉丁說。

「是，兩個月前。」泰夫說。「不過，我認爲他們那邊這會兒應該也有人了結他了才對。他就是讓人受不了。」

「他怎麼說？」

「他們給了他一把榮刃。」卡拉丁說。「要是他們受不了他，表現的方式也太怪了。」

「他說你們都會死。」卡拉丁說。

「哈？空洞的威脅？他發瘋了，那傢伙肯定瘋了。」

「是啊，發瘋。」卡拉丁說。

不過並不算威脅，卡拉丁心想，我終究會失去所有人。世事就是這樣運作，總是如此……

「我會告訴其他人，他在附近探頭探腦，未來有可能會攻擊我們的人。」泰夫打量他。「雷納林說他發現你跪在那裡，手上沒武器，像是在戰鬥中僵住了。」

泰夫讓這句話懸在那兒，意有所指。像是在戰鬥中僵住了。又一次。沒那麼常發生，只有這次，還有科林納那次。還有幾個月前洛奔差點死掉那次。還有……嗯，另外幾次。

「我們去跟拉蘭聊聊吧。」卡拉丁起身。

「小子……」

「是你跟我說我得做這件事的，泰夫。」卡拉丁說。「那你就颶他的讓我去做吧。」

卡拉丁走去盡他的職責時，泰夫跟在他身後。他讓他們看見他抬頭挺胸地站著，讓他們放心他還是他們心目中那個傑出的領導者。他請拉蘭為他召喚她的新碎刃、並且祝賀她的靈。他們的榮耀靈眞的太少，他總是盡量向它們致意。

之後，如他所期望，達利納請逐風師送他、娜凡妮和另外幾個人回破碎平原。燦軍中的許多人會留下來護送第四座橋繼續這段漫長的旅程，不過還有其他職責需要指揮幕僚等人照料。

卡拉丁的父母當然決定跟鎮民待在一起。卡拉丁與他們會面過後便起飛離開。至少在飛行時總會有狂風呼嘯，泰夫就不能問更多問題了。

❖

娜凡妮對矛盾又愛又恨。

一方面，自然界或科學方面的矛盾是所有事物皆具備邏輯且理性秩序的證據。當一百個品項顯示出一種模式，然後有一個品項打破這種模式，這便彰顯出原先的模式有多値得關注。偏差彰顯出自然的多樣性。

另一方面，那個變異鶴立雞群，像是一整頁整數裡的一個分數，或是純粹二的倍數中冒出一個七。矛盾在竊竊私語，喃喃說著她的知識並不完備。

更糟的是，或許並不存在數列；或許一切都是隨機的混亂，而她為了求自己心安，假裝世界有其道理。

娜凡妮瀏覽筆記。她這間毫無特色的圓形艙房空間太小，無法站立。房裡有張栓在地板上的桌子，還有一張孤椅，她伸直雙臂就能同時碰觸到兩邊的牆。

一個用來裝錢球的高腳杯固定在桌上，頂部牢牢關上。當然，她只帶了鑽石來提供照明。她無法忍受她的燈是由上百種不同顏色和尺寸的寶石所構成。

她嘆口氣，腿在桌下往前伸直。在這艙房待了數小時後，她渴望起身散散步，但是做不到，因此她在桌上攤開引發麻煩的那幾頁。

加絲娜享受在資料中找出不相符之處。娜凡妮的女兒似乎靠矛盾而成長茁壯，除此之外還有目擊者證詞中的小誤差、歷史記載中存有偏見的回憶錄所引發的問題。加絲娜在這些線頭中小心挑揀、加以拉扯，用以發掘新想法和祕密。

加絲娜熱愛祕密，娜凡妮對祕密則較爲警惕。祕密將加維拉變成……他最後那模樣。無論那到底是怎麼回事。即使是現在，世界各地法器師的貪婪仍阻礙這個更宏大的社會學習、成長，以及創造——皆以保護商業機密爲名。

數世紀以來，遠古燦軍保守了多少祕密，卻只落得在死亡中失去它們，迫使娜凡妮必須重新發現一切？她伸手從椅子旁拿起卡拉丁和利芙特發現的那個法器。

她對這東西一點頭緒也沒有。一組四顆石榴石？看起來都沒有靈受困其中。她不認得構成籠的那種金屬，還有寶石的切割方式……研究這東西就像試圖理解一種外國語言。它是如何壓抑燦軍的力量？跟鑲在敵兵武器中的寶石有關嗎？會吸走颶光的那些？好多颶他的祕密。

她拿起一幅素描，畫中描繪的是兀瑞席魯核心的寶石柱。是一樣的，她心想，在手中轉動法器，拿來與圖中看起來相似的石榴石結構比對。寶石柱裡的那個結構很巨大，不過切割方式、寶石的排列以及感覺都是相同的。

塔城裡爲什麼有一個能夠壓抑燦軍力量的裝置？那可是他們的家園耶。

*會不會剛好相反呢？*她心想，放下那個陌異的法器，在素描的紙邊筆記。*一種壓抑煉魔力量的方法？*

塔城還有好多事完全無法解釋。她身旁有達利納這個盟鑄師，無論死去已久的塔城靈到底是什麼，達利納和颶父難道無法模仿塔城靈所做的事，驅動寶石柱以及塔城？

她拿起第二幅圖，這次畫的是較熟悉的裝置：以鏈條相連的三顆寶石結構，藉此讓人套在手背上。一個魂師。

娜凡妮長久以來都對魂師感到困惑不已。它們是系統中眾所周知的瑕疵，也是說不清道理的法器。娜凡妮本身並非學者，但她對法器具備強大的操作知識。它們會造成某些效果，主要是強化、定位，或吸引特定元素或情緒——總是與受困其中的靈緊密相關。這些效果是如此符合邏輯，因此在眞正成功製造出法器的好幾年前，學者們便已正確預知理論性法器。

如第四座橋這樣的工藝傑作，其實也只是一組較小、較簡單的裝置彼此交融。配對一組寶石，便可得到信蘆；讓數百顆寶石交互作用，便能讓船飛上天。前提是你發現了如何分離物體運動平面，並透過結合的法器重新施加力向量。但就連這些發現，也都只是小小微調，稱不上革命性的改變。

每一步都以符合邏輯的方式建構在前一步上。一旦了解基礎，一切便完全說得通。但魂師……它們打破所有規則。幾世紀以來，所有人都說魂師是聖物，由全能之主創造，出於慈悲而賜予人類。它們不應該有道理，因爲它們並非工藝之物，而是神授之物。

但眞是如此嗎？抑或是她能透過研究，終究解開魂師的祕密？幾年來，他們都假設並沒有靈受困於魂師之中。但現在有了誓門，娜凡妮得以進入幽界，而實體界的一切都映現於此。人類顯現爲飄浮的燭焰，靈則顯現爲它們在實體界可見模樣更大或更複雜的版本。

魂師卻顯現爲無反應的小靈，雙眼閉合地盤旋空中。所以魂師之中確實有受困的靈。根據形狀判斷，它們是燦軍靈；它們具備智慧，而非那些遭捕獲以驅動法器、更像動物的靈。

這些靈被囚禁在幽界，被迫驅動魂師。*或許這個也一樣？*娜凡妮心想，拿起卡拉丁發現的那個寶石裝置。必定有某種關聯。或許與塔城也有關？讓塔城得以運作的祕密？

娜凡妮翻過筆記，看著自己過去一年來畫下的諸多工程圖。她拼湊出塔城的許多機制，儘管這些機制如同魂師，也是藉由某種方法在幽界困住靈而製成，然而它們的功能近似現在法器師設計的那些裝置。乘載器？相互結合的法器加上隱藏水車，水車則浸入由峰頂融雪匯流而成的地底河流。淨水不間斷地裝滿城市水井？聰明地利用了吸引型法器，由一個暴露於塔城下方空氣與颶風中的古老寶石驅動。

確實，她越是研究兀瑞席魯，就越看見古人是如何利用簡單的法器技術，創造出他們那些令人驚奇的工具。然而現代法器師已超越他們；她的工程師將那些乘載器修復、改裝，並加以現代化，使其運作速度較原本提高數倍。他們改善了水井和水管，現在可抽水到塔城更高的樓層，注入廢棄已久的水道。

她過去這一年來學到了好多，幾乎開始覺得自己能夠推斷出一切——回答那些關於時間與宇宙本身的問題。

然後她想起魂師。他們的軍隊都因爲魂師才有東西吃、維持活動力，而兀瑞席魯又仰賴魂師製造額外食物。今年稍早在艾米亞發現的魂師貯藏庫，爲聯盟軍隊帶來了難以想像的利益，裡面的魂師是當代歷史中最令人渴望、最重要的裝置。

然而她不知道它們如何運作。

娜凡妮嘆氣，啪地闔上筆記本，小艙房同時震了震；她皺起眉，靠向一側，打開牆上的小艙門。透過玻璃，她看見外面那個不協調的畫面：一群人飛行於旁邊的空中。逐風師們維持鬆散的隊形，頭朝前迎風而飛——娜凡妮曾指出這舉動有點可笑。爲什麼不轉個方向？你並不需要看見自己正朝哪裡飛呀。

他們聲稱腳朝前飛感覺很蠢，因此無論多有道理，他們都拒絕那麼做。他們似乎確實會雕塑身體周遭的空氣，避免臉部遭受最嚴厲的風勢衝擊。然而達利納並沒有像這樣的保護。他得靠一名逐風師幫助他待在空中，飛行在隊伍中時戴上附護目鏡的面罩，以免凍掉他那個值得誇耀的鼻子。

娜凡妮選擇了一個更舒適的運輸方式。她的「艙房」是一個單人尺寸的空心木球，前後兩端收細，以利氣流流動。這簡單的運載工具由一名逐風師灌注颶光，接著捆上天空。這樣一來，娜凡妮便可享有舒適的旅程，並在長時間旅行中多做點研究。

達利納宣稱他喜歡風迎面吹襲的感覺，不過娜凡妮懷疑，他是覺得她的運載工具太像空中版本的肩輿——女人的交通工具。你可能會以為，既然達利納都決定學習閱讀了，應該不會再擔心傳統上認為哪些事屬於男性、哪些屬於女性，但雄性自尊有可能如最精細的法器那般複雜。

她對著他的面罩和三層外套微笑。近處，輕盈的藍衣斥候以某種方式飛掠而過。達利納看起來像一隻芻螺，發現自己置身一群天鰻之中，盡可能假裝融入。

她愛那隻芻螺。愛他的頑固、他對自己每一個決定的關切，還有他懷抱強烈熱情的思考方式。你永遠不會只得到半個達利納．科林。當他將心思放在某件事上，你會得到完整的他——你只能對全能之主祈禱自己應付得了他。

她查看她的時鐘法器。像這樣的一段旅程，大老遠從雅烈席卡到破碎平原，還是得花上六小時；更用上了三重捆術，並利用達利納的力量提供颶光。

幸虧旅程即將抵達終點，她看見破碎平原就在前方。她的工程師一直很忙碌，過去一年來，他們建造了許多堅固的永久橋樑，用以連接諸多重要台地。為了供給兀瑞席魯，他們極需找到方法在這地區耕作——那意謂得應付雅萊．薩迪雅司與她手下的反叛者們。希望娜凡妮很快能收到織光師傳來的好消息，他們的任務能——

娜凡妮一偏頭，注意到怪異之處。她身旁的牆映照出淡淡的紅，一明一暗的，就像信蘆的光。

她立即的反應是驚慌。她是不是不知怎地啓動了那個古怪的法器？要是逐風師的力量消失，她會像顆石頭一樣從空中摔落。她心跳加速，一時無法呼吸。

她並沒有開始下墜。而且……光並非來自古怪的法器。她往後靠，查看桌下。那裡，利用某種蠟黏在底部，那是一顆小小的紅寶石。不，半顆紅寶石。信蘆的一部分，她邊想用指甲把寶石摳下來。

她將寶石夾在指間拿高，仔細檢視穩定脈動的光。對，是信蘆的紅寶石沒錯。把這樣的寶石裝上信蘆後，它便可連結她與擁有另外半顆寶石的人。顯然有人把寶石黏在這裡等她發現，但會是誰這麼偷偷摸摸的？

逐風師開始在靠近破碎平原中央的位置降下她的艙房，她發現自己對這閃動的光越發感到興奮。信蘆在移動中的艙房裡無法運作，這會兒他們降落了，她從自己的補給物品中挖出一枝信蘆，趕在其他人有時間過來探視她之前將新寶石裝上去，放妥紙張。

她轉動寶石，急切想看看這個未知的人物想對她說什麼。

妳必須停止妳正在做的事，信蘆寫道。用的是歪歪扭扭、幾乎難以閱讀的雅烈席女子筆跡。立刻。信蘆停下等待回應。

眞是奇怪的訊息。娜凡妮轉動寶石，書寫她的回應；無論寶石的另一邊是誰，都將收到副本。我不確定你所指爲何，她寫道，你是誰？我不相信有必要停止我正在做的任何事。你或許並不知道你傳訊對象的身分。此信蘆是否遭到錯置？

娜凡妮將信蘆擺放爲接收回應的狀態，轉動寶石。她鬆手後，信蘆在紙上方維持筆直靜止，接著又自行動了起來，由另一端那個看不見的人操作。

我知道妳是誰，它寫道，妳是那個怪物娜凡妮·科林。妳造成的痛苦多過任何還活著的人類。

她歪頭。到底是怎麼回事？

我再也無法坐視，信蘆繼續寫著，我必須阻止妳。

用另一枝信蘆寫信的是個瘋女人嗎？紅寶石開始閃爍，示意對方想要娜凡妮回應。

好吧，娜凡妮寫道，何不告訴我，你想要我停止哪件事？還有，你忘了自我介紹。

回應來得很快，彷彿出自熱切之人的手。

妳捕捉靈。妳囚禁它們。數以百計的靈。妳必須停手。停手，否則後果自負。

靈？法器？這女人關切的不可能是這麼簡單的事，對吧？接下來呢？抱怨被用來拉車的芻螺？

我跟具備智慧的靈談過，娜凡妮寫道，諸如與燦軍締結的靈。他們認同我們用於法器的靈並不像人，而是如動物般無思考能力。它們或許不會喜歡我們所做所爲，但它們並不覺得我們做的事可怕。就連榮耀靈也接受這論點。

不能相信榮耀靈，信蘆寫道，再也不能。妳必須停止製造這種新型法器。我會阻止妳。這是給妳的警告。

信蘆停止了書寫。儘管娜凡妮嘗試過，但無法再從對她傳訊的女子或執徒那兒得到任何回應。

❖

兀瑞席魯的逐風師被召到一個前線提供空中支援，而卡拉丁仍忙於他在雅烈席卡的小冒險，因此到頭來，紗藍和她的團隊必須採取麻煩的方法回納拉克。幸運的是，這些日子以來，「麻煩的方法」其實不算太糟糕。有了永久橋樑和靠士兵維護的筆直道路，過去需耗時數日的路途，現在只需要幾小時。

到了第一個已建起防禦工事的台地，達利納在這裡安排了常駐軍看守戰營，紗藍和雅多林得以移交囚犯——指示要將囚犯押解到納拉克審問。兩人徵用了一輛馬車，脫離軍隊，自行以更慢的速度回去。

紗藍靠著眺望車窗外打發時間，聽著馬蹄聲，看著台地和裂谷破碎的地貌。橫越這塊大地曾是如此截然不同的體驗。現在她搭乘豪華的馬車，思考著這相較於靠逐風師飛過去有多不方便。娜凡妮的飛行裝置能夠有效運作後，又會是怎樣的光景呢？到時候，借助逐風師之力飛行是否又變得不方便了？

雅多林坐在她身旁，她感覺到他身上的暖意。她閉上眼，融化在他之中、吸入他——彷彿她能感覺到他的靈魂正輕輕拂過她的靈魂。

「嘿，」他說。「沒那麼糟啦。眞的。父親知道這計畫可能避免不了衝突。如果雅萊願意安靜地統治戰營，我們就不會管她。但是我們無法容忍有人坐在我們家後院舉兵想推翻我們。」

紗藍點頭。

「妳擔心的不是這個，對吧？」雅多林問。

「對。不完全是。」她轉身，把臉埋進他胸膛。他已脫掉外套，裡面的襯衫讓她想起他在練完摔角後回到他們房間時。他總是想立即沐浴，而她……嗯，很少讓他如願。至少在她享用完他之前。

紗藍依偎著他，他們在無聲中前進了一段時間。「你雖然知道我有些祕密不讓你知道，卻從不逼我。」

「妳終究會告訴我。」

她緊緊揪住他的襯衫。「不過還是會令你心煩，對吧？」

有別於他慣常快活的自信，他剛開始沒回應，好一會兒後才開口。「是啊。怎麼不心煩？我信任妳，紗藍。但是有時候……我不知道妳們三個是否都能信任。尤其是圍紗。」

「她只是試著用她自己的方式保護我。」紗藍說。

「要是她做了什麼妳或我都不希望她做的事呢？跟……某人變得親密？」

「這點沒什麼好擔心的。」紗藍說。「我保證，你問她的話，她也可以向你保證。我們有共識。我並不擔心你和我，雅多林。」

「那妳到底擔心什麼呢？」

她偎得更近些，忍不住想像起來：要是他認識了眞正的她，他會怎麼做。要是他知道了所有她實際上做過的事。

不只是他。要是圖樣知道了呢？還有達利納？她的手下們？

他們會離去，她的生命將化為荒地。她會孤單一人，而她罪有應得。因為她隱瞞的真相；她的整個人生就是一個謊言。紗藍，他們最熟知的她，是她們之中最虛偽的一個。

不，燦軍光主說，妳可以面對它。妳可以對抗它。妳只幻想了最糟糕的可能結果。

但就是有可能，對吧？紗藍問，他們知道後有可能會離開我。

燦軍無言以對。紗藍內心深處有其他東西擾動。無形（Formless）。她告訴過自己，她不會再創造新人格，她就是不會。無形並不是真的。

但這樣的可能性嚇壞了圍紗。而所有嚇壞圍紗的事物都會嚇壞紗藍。

「我有一天會解釋。」紗藍柔聲對雅多林說。「我保證。等我準備好的時候。」

他捏捏她的肩膀回應。她配不上他——他的善良、他的愛。這是一個陷阱，而她發現自己深陷其中。他越相信她，她感覺越糟糕。她不知道該如何逃脫。她無法逃脫。

拜託，她低語，救救我。

圍紗不情願地現身。她坐正，不再靠著雅多林，他似乎也立刻了解這情況，在座位上調整自己的坐姿。他有一種可怕的能力，能夠分辨當下主導的是誰。

「我們一直試著幫忙。」圍紗對他說。「我們認為這一年整體而言對紗藍有所幫助，不過現在我們最好討論其他主題。」

「當然。」雅多林說。「比起死亡，雅萊更害怕被俘虜。我們可以討論這件事嗎？」

「她……並非自殺，雅多林。」圍紗說。「我們有理由確信，她是因為針刺上的劇毒而死。」

他挺直身子。「妳的意思是，我們的團隊裡有人下手？我的一名士兵，或是妳的一個探子？」他停頓。「還是說……是妳做的嗎，圍紗？」

「不是我。」圍紗說。「但是我下手的話有那麼糟嗎？我們都知道不能留她性命。」

「她是個無法自衛的女人！」

「和你對薩迪雅司做的事有那麼不同嗎？」

「他是一個軍人。」雅多林說。「差別就在這裡。」他眺望窗外。「或許吧。父親覺得我做了可怕的事，但……我是對的，雷紗。我不會讓人躲在社會規範後，同時卻威脅著我的家人。我不會讓他們用我的榮譽對付我。而……落石的，我說是那樣說，然而……」

「然而聽起來卻和殺死雅萊沒有太大差別。」雷紗說。「無論如何，我沒殺她。」

稍稍喘息過後的紗藍又現身，雷紗退下，讓她靠著雅多林。而他儘管一開始緊繃，仍任由紗藍靠了過來。

她頭靠著他胸膛，聆聽著他的心跳。他的生命。在他體內脈動，像是有個風暴受困其中，雷聲隆隆。圖樣似乎察覺到那脈動是如何讓她冷靜下來，因爲懸在天花板上的他哼了起來。

她終究會對雅多林坦承一切。她已經對他透露一些了。有關她父親、她母親，以及她在賈．克維德的生活。但並不包含最深沉的祕密，甚至她自己都不記得的事。那些事連在她自己的記憶中也受烏雲遮蔽，她該如何告訴他？

她也還沒跟他說鬼血的事。她不確定能否分享這個祕密，但可以……可以試試看嗎？至少有個開始？在圍紗和燦軍光主的慫恿下，她思考起該怎麼開口。畢竟，達利納一再說下一步最爲重要。

「有件事你需要知道。」她說。「在你進來之前，雅萊暗示過如果我俘虜她，她會被殺。她知道自己將受到攻擊——因此我才對她的死有所懷疑。她還說她沒有殺死薩拿達，下手的是一個稱爲『鬼血』的組織；她認爲鬼血也會派人來殺她——這是她確信自己大限已到的原因。」

「我們一直在獵捕他們，而雅萊就是他們的首領。」

「不，親愛的，她是榮譽之子的首領。鬼血是另外一個組織。」

他伸手抓頭。「就是妳……哥哥赫拉倫所屬的那個組織嗎？攻擊阿瑪朗的那一個，對吧？而卡拉丁在不知道赫拉倫身分的情況下殺死他。」

「那些是破空師。他們不再神祕了。他們已經加入敵方——」

「對。另一方的燦軍。」他曾收到相關的戰地報告，因此對他來說或許都還說得通。趁夜行動、難以捉摸的不同組織；另一方面，則是他無法直接與之搏鬥的東西。對付他們是她的工作。

她把手伸入口袋，這時馬車行駛過一段特別顛簸的路段，他們沒將這條路鋪平，車夫已盡可能避開較大的石苞，但仍力有未逮。

「鬼血是試圖弄沉我們的船、害死加絲娜的那群人，而我也遭到池魚之殃。」紗藍說。

「所以他們站在憎惡那一邊。」雅多林說。

「沒那麼單純。老實說，除了祕密之外，我不確定他們還想要什麼。他們想搶在加絲娜之前找到兀瑞席魯，不過我們打敗他們了。」或許更準確的說法是，把他們帶到兀瑞席魯了。「我一點也不知道他們想拿這些祕密做什麼。」

「權力。」雅多林說。

她先前也給了雅萊同樣的答案，然而這答案現在卻顯得過分簡化。墨瑞茲和他那高深莫測的主人愛亞提都是謹慎、精確的人。或許他們只是想在世界終結的混亂中，點點滴滴聚積影響力與財富。紗藍領悟，要是最後發現他們的計畫竟如此平庸，她將會大失所望。任何一個在戰場上掠奪屍體的人，都可以透過他人的不幸而獲利。

墨瑞茲是個獵人。他從不等待機會，而是會走出去創造機會。

「那是什麼？」雅多林朝她手中的本子點頭。

「雅萊死前給了我一個線索，引領我搜索房間，最後找到這個。」紗藍說。

「所以妳才不想讓衛兵動手。因爲他們之中或許有間諜或殺手。颶他的。」

「或許你可以把你的士兵重新分配到無聊、偏僻的崗位待上一季。」

「他們之中包含了幾個我最厲害的手下耶！」雅多林抱怨。「累彰勛效！他們剛剛完成一個極度危險的祕密行動。」

「所以讓他們到安靜的崗位休息一下，」紗藍說。「直到我們理清頭緒。我也會看著我的探子。如果發現是他們其中之一，你就可以把你的人調回來了。」

他對這提議生起悶氣；他討厭因爲其中可能有一個間諜而懲罰一整群好人。雅多林或許會聲稱自己有別於他父親，但事實上他們就是同一種顏料的兩種色調。而兩種相似的顏色常常比天差地遠的顏色更無法調和。

紗藍踢踢腳邊那袋加茲蒐集的筆記與信件。「我們會把這些交給你父親的書記，不過這本我要親自看。」

「裡面寫些什麼？」雅多林靠上前想看，但筆記本中沒有圖片。

「我還沒讀完。」紗藍說。「看起來像雅萊試圖拼湊出鬼血的計畫。像這頁——都是她手下間諜聽見的詞彙和名字清單。她想定義出他們的樣貌。」紗藍的手指沿紙頁往下畫。「納拉西斯（Nalathis）、司卡達利亞（Scadarial）、陶爾．丹（Tal Dain）。有你認得的嗎？」

「聽起來像胡言亂語。納拉西斯可能跟破空師神將納拉有關。」

雅萊也發現同樣的關聯，卻指出這些名稱或許是地名，只是她在任何地圖集中都找不到。或許它們就像達利納曾在幻境中見過的燒石堡一樣，是好久好久以前便灰飛煙滅的地方，再也沒有人記得它們的名字。

其中一頁清單的最後面有個詞被畫上好幾個圈：「賽達卡」（Thaidakar），旁邊注記「他帶領他們」。這又是誰？這名字看似一個頭銜，就像墨瑞茲一樣。但在我所知的語言中，都沒有這樣的頭銜。

紗藍很肯定她聽過墨瑞茲使用賽達卡這個名字。

「所以這是我們的新任務？」雅多林問。「我們查出這些鬼血傢伙想做什麼，然後阻止他們。」他從她手中接過那本手掌大小的筆記本，一頁頁翻看。「或許該把這個交給加絲娜。」

「會的，」紗藍說。「終究會。」

「好吧。」他交還筆記本，一隻手臂環住她、把她拉近。「不過請答應我，妳——我的意思是妳們全部——在做任何瘋狂之舉之前，都會先跟我談談。」

「親愛的，考量你正在談話的對象，任何我想做的事顯然都會是危險之舉。」

他聽了這番話露出微笑，又給了她一個安適的擁抱。雖然他的肌肉太發達，當不了好枕頭，她還是窩進他的肩窩。她繼續閱讀，但過了大約一小時她才意識到，儘管跟雅多林談的時候繞著這個主題打轉，她實際上還沒有透露她也是鬼血的一員。

無論鬼血在忙些什麼，他們很可能都算上紗藍一份。到目前爲止，即使紗藍告訴自己，她是在監視他們，基本上她還是完成了他們要求的每一個目標。這代表危機就要到來。轉折點。越過這一點，她便無法再繼續走這條雙面人的道路。對雅多林隱瞞的祕密正在從她體內腐蝕她，也催化著無形，把它朝化爲現實推進。

她需要出路。脫離鬼血、切斷關係。否則他們會進入她腦中，而裡面早已太過擁擠。

*但是我沒有殺死雅萊*，紗藍心想，*我差點動手，但沒有眞的動手。所以我還不完全爲他們所有。*

墨瑞茲會想跟她談談這個任務，以及她一直在爲他做的其他事，所以她確信他很快會找上門。或許等到他來的時候，她會找到終於能與鬼血一刀兩斷的力量。

# 10 傷亡人數

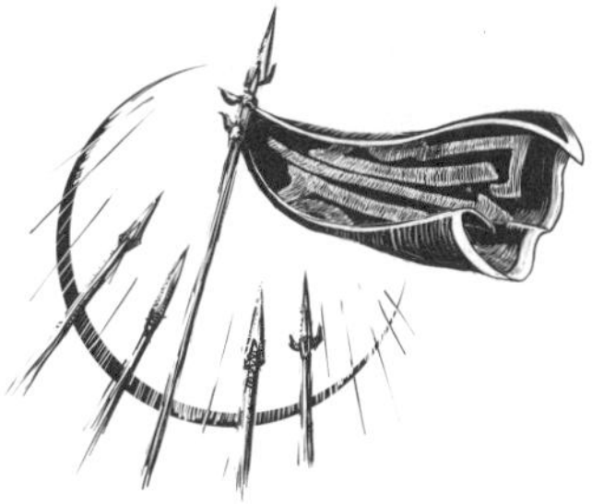

錫籠會造成法器縮小附近的屬性。例如除痛器能夠消除疼痛感。請注意，設計更先進的籠亦可採用鋼與鐵，依靠推動不同金屬碰觸寶石，以改變法器的極性。

——娜凡妮·科林爲君王聯盟所提供之法器機制課程，
兀瑞席魯，傑瑟凡日，一一七五

他們接近破碎平原時，卡拉丁感到好了許多。在開闊的天空飛上幾小時，再加上陽光，總是能讓他感覺煥然一新。先前在燃燒的宅邸中，他在摩亞許面前一蹶不振，現在的他卻彷彿是個截然不同的人。

化爲光帶的西兒飛到他身旁。卡拉丁手下的逐風師正在對達利納和其他人施加捆術，卡拉丁只需要飛在最前面，擺出自信滿滿的樣子就好。

我又跟永伐談了一次，他在平原這裡。我覺得他想跟你談，西兒在他腦中說。

「叫他上來找我。」卡拉丁的聲音被強風吹散，不過西兒無論如何都能聽見。

她輕快飛走，幾個風靈跟上。在這個距離外，卡拉丁幾乎已能看見破碎平原的地貌，他打了個手勢，降爲一重捆術。

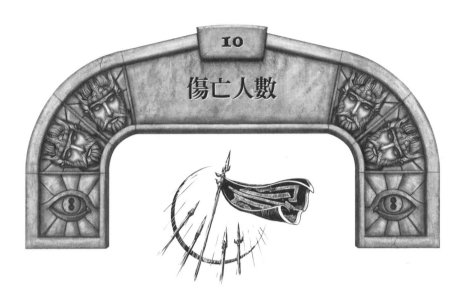

不久後，兩道藍白色的光帶朝他疾射而上。他不知爲何竟能夠分辨出其中哪一個是西兒。她有一種獨特的色度，對卡拉丁來說就跟自己的臉一樣熟悉。

另一道光飛到卡拉丁身旁後，化身爲斜倚著一朵小雲的一個迷你老者。這個靈名叫永伐，原本與弗拉廷締結，但那名逐風師已於數月前亡故。當他們開始在戰鬥中失去燦軍時，卡拉丁原本擔心也會同時失去靈。畢竟西兒在數百年前失去她初次締結的燦軍時，曾陷入昏迷狀態。

不過其他靈以不同方式應對。大多數的靈儘管悲傷，似乎很快便想要再次締結，因爲那能幫助他們度過喪失締結者的傷痛。卡拉丁並不想假裝自己了解靈的心理機制，不過永伐面對他的燦軍之死，似乎調適得還算不錯。他視其爲失去戰場上的盟友，而非自身靈魂有部分隨之毀滅。確實，永伐看似有意願再次締結。

但他到目前爲止還沒締結，而卡拉丁無法理解他的理由。就卡拉丁所知，他是他們之中唯一自由的榮耀靈。

西兒在卡拉丁腦中說：*他說他還在考慮要挑選哪一個騎士，候選人現在已縮減爲五人了。*

「瑞連也在其中嗎？」

永伐在他的雲朵上站了起來，儘管沒有實體，長鬍子仍在空中飛舞。在西兒轉達回應之前，卡拉丁已從他的姿態中讀出怒意，縱使只是一重捆術，呼嘯的風聲仍頗爲喧雜，因此她現在擔任中介的角色。

*不。他很生氣你不停建議他和一個敵人締結*，西兒說。

「他找不到更有能力或更眞誠的候選逐風師了。」

*他表現出生氣的樣子*，西兒說，*不過我認爲，要是你逼他，他會同意的。他尊敬你，而且榮耀靈喜歡階級制度。加入我們的靈因此違逆了他們大多數同胞的意志，他們會想找個人來負責。*

*那好吧。*

「身為你的上帥兼上級長官，」卡拉丁說。「在你嘗試與瑞連締結之前，我禁止你先找其他人。」

年長的靈對卡拉丁搖頭。

「你有兩個選擇，永伐。」卡拉丁沒等西兒傳話。「聽從我，或是拋棄你為了適應這個界域所做的一切。你需要締結，否則你的心智會逐漸消失。我受夠等待你的優柔寡斷了。」

靈怒瞪著他。

「你會聽從命令嗎？」

靈開口說話。

他問你給他多少時間，西兒解釋。

「十天。」卡拉丁說。「我已經很慷慨了。」

永伐說了些什麼後便化為光帶飛速離開。西兒停在卡拉丁頭側。

他離開前說「好」，西兒說，我想他現在應該至少會考慮瑞連了。永伐不想回幽界，他太喜歡這個界域了。

卡拉丁點頭，這結果令他感到振奮。如果成功了，瑞連一定會非常高興。

其他人跟隨著卡拉丁朝納拉克俯衝，這是他們位於破碎平原中央的前哨。娜凡妮的工程師正在將這一整塊台地從廢墟轉變為堡壘化的基地。東側築起一道低矮的牆，牆基厚度約莫六呎，藉此抵擋颶風。台地的其他方向則圍起較薄的牆，並加上避雷針，避免永颶造成的傷害。

卡拉丁飛落牆頂，審視這座堡壘。工程師拆毀大部分舊帕山迪建築，只留下最古老的廢墟以供研究，現在廢墟包圍在軍需品堆置處、營房與颶風貯水槽之中。有了圍牆沿裂谷拔地而起，外面還有可拆卸的橋，這塊孤絕的台地很快便成為尋常地面攻擊難以攻克的要塞。

「想像一下，如果帕山迪人也知道該如何建造現代防禦工事會怎樣。」卡拉丁對著化為翻飛葉片飄過的西兒說。「只要在平原上設立幾個像這樣的戰略要塞，我們就永遠不可能打敗他們。」

「就我記憶所及，與其說是打敗他們，我們比較像是蓄意落入他們的陷阱，然後希望不要太痛。」

近處的其他逐風師開始降下達利納、幾名緣舞師，以及娜凡妮的木製載具。這東西是個好點子，只不過讓較大的物體飛上天的難度稍微高些。它像箭一樣有四個翼。他們剛開始時是設計兩個翼，娜凡妮原以爲這樣會讓載具飛得更好，不過逐風師實際上一對兩個翼的載具施加捆術，它便不受控制地朝上飛。

他跳下牆。西兒繞著台地這側邊緣上的舊柱子畫了一道長長的弧。柱子很高，外側有階梯，成爲一個完美的偵查點。瑞連說帕山迪儀式中會用到這根柱子，但不知道它原本的用途是什麼。多數廢墟都令他們困惑。這座矗立於影時代的城市曾經宏偉，現在只剩下斷垣殘壁。

或許兩位神將能夠解釋柱子的用途。他們曾在此走動過嗎？不幸的是，考量到其中一位神將已徹底陷入妄想，另一位只是偶爾陷入，他不確定他們能幫上什麼忙。

他想盡快抵達兀瑞席魯。在其他人有機會又開始對他說話、試著用硬擠出來的笑讓他高興起來之前。他走到達利納身旁。達利納正在聽取負責指揮納拉克的營爵報告。古怪的是，娜凡妮還沒離開她的載具，她有可能沉溺於研究中。

「請求召回第一隊，長官。」卡拉丁說。「我想去梳洗一下。」

「稍等，上帥。」達利納檢視手寫的報告。營爵是一個大老粗，臉頰上有老族的刺青。他刻意別開視線。

儘管達利納不曾說他會特別改爲接受書寫報告，藉此讓他手下的軍官正視男人閱讀的這件事，不過從他手拿報告一邊閱讀一邊自顧自點頭的樣子，卡拉丁能看出其中表演的成分。

「發生在雅萊光主身上的事很令人遺憾。公告她決定自裁。我授權完全占領戰營，交給你了。」

「是，陛下。」營爵說。達利納現在是國王了，獲君王聯盟正式認可爲兀瑞席魯的統治者，地位與加絲娜的雅烈席卡女王身分有所切割。爲了確認這樣的關係，達利納已正式宣告放棄成爲「上王」，拒絕凌駕任何其他君王之上。

達利納將報告交給營爵，對卡拉丁點頭。他們離開其他人，然後又走得更遠一點，來到介於兩個魂師穀物棚之間的牆基旁。國王剛開始沒說話，但卡拉丁熟知這個把戲。任由沉默懸在空中——這是一個老紀律戰術，讓你的手下自己先開口。嗯，卡拉丁沒上鉤。

達利納細細審視他，留意到燒焦染血的制服。他終於開口：「我收到多份報告，提及你和你的士兵打傷敵軍煉魔後，便放任他們離開。」

卡拉丁立即放鬆下來。達利納想談的是這個？

「我覺得我們開始和他們產生一種默契，長官。」卡拉丁說。「天行者懷抱榮譽與我們對戰。我今天放走一個；做爲回報，他們的領導者蕾詩薇也會放走我的一個手下，而非殺死他。」

「這可不是遊戲，孩子。」達利納說。「不是誰先讓對方流血就贏了。我們確確實實正在爲我們人民的存續而戰鬥。」

「我知道。」卡拉丁低聲說。「但這對我們也有好處。你也注意到，只要我們照他們的規則走，他們會退後，一對一攻擊我們。考量天行者的數量比逐風師多這麼多，我認爲我們應該鼓勵這種對戰。他們總是會重生，殺死他們已經幾乎無法用麻煩來形容了。然而他們每殺死我們一個成員，我們都需要重新訓練一個新的逐風師。用傷兵換回傷兵對我們來說更有利。」

「你從來就不想跟帕胥人打。」達利納說。「就算是在你剛加入我的軍隊時，你也不想被派去攻打帕山迪人。」

「我不喜歡殺死對我們展現榮譽的人，長官。」

「在他們之中發現榮譽，令你感到奇怪嗎？」達利納問。「全能之主——也就是榮譽——是我們的神。而他被他們的神殺死。」

「我以前會覺得怪。但是長官，榮譽在成爲我們的神之前，難道不是他們的神嗎？」

先前揭露的眞相動搖了燦軍的根基，這正是其中之一；遠古與新生的燦軍同受震撼。大部分軍團接受事實就是這麼奇怪，並繼續前進，然而許多逐風師沒辦法接受。達利納也是。卡拉丁可以從他每次談及這話題時悵然的樣子看出。

這世界曾屬於歌者，而榮譽是他們的神。直到人類到來，帶來憎惡。

「這全部點出一個更大的問題。」達利納說。「空戰在這場戰爭中所占的比例越來越高。娜凡妮的飛行運輸器只會加速這種局面。我們需要更多榮耀靈與逐風師。」

卡拉丁看著懸在他身旁空中的西兒。片刻後，達利納的視線也定在她身上，所以她一定是決定爲他現身了。

「很抱歉。」她柔聲說。「我的親族很……難搞。」

「他們必須理解，我們不只是爲雅烈席卡的存續而戰，同時也是爲羅沙的存續而戰。」達利納說。

「而我們需要他們的協助才能做到這件事。」

「對我的親族來說，你們很危險。」西兒說。「就跟歌者一樣危險。燦軍騎士的背叛殺死了他們好多成員……」

「其他靈開始靠過來了，他們了解。」卡拉丁說。

「榮耀靈比較……死板。至少大多數是這樣。」西兒聳聳肩，看向一旁，彷彿因此而感到羞愧。最近她好常表現出各種人類姿態，卡拉丁幾乎不會再多加奇怪。

「我們得做點什麼。」達利納說。「已經八個月沒有任何新榮耀靈來找我們。」他注視卡拉丁。「不過，那是一個我想我會繼續苦思的問題。就目前而言，我擔心的是天行者和逐風師互動的方式，這顯示出敵我雙方都沒有盡全力戰鬥；我擔心士兵在戰場上面臨戰況緊急卻無法應戰。我不能容許這種情形。」

卡拉丁迎上達利納的視線，通體一股涼意。所以，這場對話終究還是有關卡拉丁自己。有關他發生了什麼事。

又來了。

「卡拉丁，在我有幸領導的士兵中，你是最優秀的一位。你帶著熱情戰鬥，並且專心致力。你憑一己之力建立起我軍隊中最重要的一翼，而且當時的你正處於我所能想像最嚴酷的惡夢中。你啓發了所有與你相遇的人。」

「謝謝你，長官。」

達利納點頭，一手放在卡拉丁肩上。「到了我該解除你的職務的時候了，孩子。我很抱歉。」

卡拉丁湧起一陣慌亂，感覺像被人捅了一刀，或是被乍起的噪音驚擾，忽然在一個陌生的地方醒來。他的腹部深處陣陣緊縮，心跳突然加速，全身的每一個部分都警戒起來，尋找戰鬥在何處。

「不，」他低語。「長官，我知道我看起來是怎樣。」

「你看起來是怎樣？」達利納問。「爲你自己診斷，卡拉丁。告訴我，你看見什麼？」

卡拉丁閉上眼。不。

達利納把他的肩膀握得更緊一點。「我不是醫師，但我還是可以告訴你，我看見了什麼。一個在前線待太久的士兵，眞的太久了。一個經過諸多駭人經歷後仍倖存的男人，現在卻發現自己凝視著空無。他的心智變得麻木，因此便不再需要記住。我看見一個失眠的士兵，他對那些愛他的人疾言厲色。他是一個假裝自己還能如常運作的士兵，然而他實際上並沒有辦法。他自己也知道。」

卡拉丁撥掉達利納的手，猛然瞪大了眼。「你不能這樣做。我建立起逐風師軍團。他們是我的團隊。你不能把他們搶走。」

「我會這麼做，因爲我必須這麼做。」達利納說。「卡拉丁，如果你是別人，幾個月前我就會把你拉下現役職位了。但你是你，而我一直告訴自己，我們需要每一個逐風師。」

「沒錯！」

「我們需要每一個能發揮功能的逐風師。我很抱歉。有一度，整個團隊的氣勢會因爲我移除你的指揮權而頹傾，不過我們已經安全度過那個階段了。你仍是我們的一員……但你不會再接到任何任務。」

卡拉丁的喉嚨逸出一陣咆哮，有一部分的他拒絕相信自己居然會發出這種聲音。他汲取颶光。他不會再被打倒。他不會再讓某個淺眸蠢蛋搶走他的任何東西。「我無法相信！」卡拉丁反駁，怒靈在他腳下匯聚。「你應該有所不同。你——」

「爲什麼？」達利納平靜地站在那裡。

「什麼爲什麼？」卡拉丁厲聲問。

「我爲什麼有所不同？」

「因爲你不會拋下我們！」卡拉丁大吼。「因爲你……因爲……」

因爲你在乎你的人。

卡拉丁洩了氣。他突然感覺好渺小，像是一個站在嚴厲父親面前的小孩。他晃了晃，背靠向最近的建築。西兒飄浮在他身旁，一臉關切、困惑。她並沒有出聲反駁達利納。她爲什麼沒有爲卡拉丁出頭？

他瞥向一旁。他帶來大多數橋四隊的原始成員，留下來保護浮空船的逐風師曾屬於橋十三隊與他們的侍從。

因此他在遠處的納拉克庭院中看見許多友善的臉孔：大石和泰夫、雷納林、席格吉、琳恩、雷頓與皮特、斯卡與德雷，還有剛成爲完整燦軍的拉蘭。他們都還沒說出第四理念。那對他們來說就跟對他來說一樣困難，還沒有人能突破。他希望能這樣想，但……但他們會不會是因爲他才限制住自己？因爲某種弄錯方向的尊敬？

他的視線回到達利納身上。「要是我不在了呢？」他繼續抵抗。最後的掙扎。「要是他們出去戰鬥的時候發生了什麼事呢？要是他們之中有人因爲我無法保護他們而死去呢？」

「卡拉丁，」達利納柔聲說。「要是他們因爲你跟他們在一起而發生了什麼事呢？要是他們之中有人預期你出手幫忙，你卻又動彈不得，這人因此而死去呢？」

卡拉丁猛吸一口氣。他側過身緊緊閉上眼，感覺眼淚湧現。要是……

颶風的，達利納是對的。

他是對的。

「我……」他低語。箴言是什麼？

你無法說出箴言，他心想，你需要說出來，就在一年前；當時達利納有可能死去。當時你需要說出箴言，然而你卻垮掉了。

卡拉丁永遠說不出來，對吧？他到第三理念就結束了。其他靈曾說過……許多燦軍都不曾說出後續的誓約。

卡拉丁深吸一口氣，逼自己睜開眼。「那我……我現在該做什麼？」

「你沒有被降級。」達利納堅定地說。「我要你訓練、教導，幫助我們打這場仗。不要感到羞愧，孩子。你打得很好。你從無人應當生存的磨難中倖存。那樣的經歷會留下疤痕，一如所有傷口。你可以坦然接受，沒有關係的。」

卡拉丁的手指拂過自己的額頭和依然在那兒的疤痕。儘管他擁有這麼多力量，遭烙印也已多年，傷口卻不曾癒合。

達利納清清喉嚨，看似不自在。憶起卡拉丁所受的傷，他或許認爲提及傷疤不太得體。並不會。這樣的象徵格外貼切。

「沒有戰鬥，我……我還能保有我的誓約嗎？我需要保護他人。」卡拉丁問。

「保護他人有許多方法。」達利納說。「過去，並非所有燦軍都會參與戰鬥。我自己也找到許多方法，毋須在前線揮舞碎刃，也能爲戰爭出力。」

卡拉丁看著西兒，她點點頭。是，他可以這樣保有他的誓約。

「你並不是第一個在見過太多朋友死去後轉任支援職位的馳名軍人。」達利納說。「彼方神庇佑，我們會說服榮耀靈跟我們合作，然後我們就要訓練成群的逐風師了。無論如何，你在監督燦軍訓練方面將會發揮莫大作用。」

「我只是不會到任何可能造成傷害的地方，」卡拉丁低語。「因爲我崩潰了。」

達利納又握住他的肩膀，另一隻手伸出手指，彷彿要藉此迫使卡拉丁聚焦。

「這，」達利納說。「是戰爭對我們所有人造成的傷害。戰爭把我們都嚼爛，然後血肉模糊地吐出來。退後一步好讓自己恢復並非恥辱，就跟給自己時間讓被刺傷的傷口癒合一樣，沒什麼好丟臉的。」

「所以我會回到戰場上？」卡拉丁問。「我只是休個假，之後會回歸？」

「如果我們覺得這樣做對你來說是正確的，是的，有此可能。」

有此可能，卡拉丁心想，但機率不高。達利納或許比卡拉丁見過更多被戰爭疲勞壓垮的人，但在卡拉丁戰鬥的這些年中，他不曾見過有誰復原。那似乎不是你能夠從中痊癒的那種事。

要是他更強大就好了。他爲什麼還說不出箴言？

「我們會找到方法平順、自然地轉移你的職務。」達利納向他保證。「我們可以採用你同意的任何方式導入這件事。話雖如此，我們也不能拖延。這並不是一個請求，卡拉丁。這是命令。從現在開始，你不得再上戰場。」

「是，長官。」卡拉丁說。

達利納捏捏他的肩膀。「你對我而言之所以珍貴，並不在於你能殺死多少敵人，而是在於你擁有足夠的男子氣概去理解，並說出像那樣的話。」他點點頭，放開手。「這並非懲處，卡拉丁。我明天會給你新的命令。你可以相信我不會讓你閒著。我們會對其他人說明這是升遷。」

卡拉丁擠出微笑，這似乎讓達利納放鬆下來。必須維持表情平和。必須看起來強大。

*不要讓他知道。*

「長官，」卡拉丁說。「我不確定我能夠肩負起訓練其他燦軍的責任。跟逐風師們在一起、送他們赴死，而我自己卻留在後方……唉，長官，這會把我撕成碎片。我不認為我能看著他們飛卻不加入他們。」

「我沒考慮過這一點。」達利納皺眉。「如果你寧可要求其他職位，我會准許的。或許是後勤或戰略規劃？或是派遣到賽勒那或亞西爾擔任大使。在那裡，你的名聲會讓你獲得高度尊敬。無論如何，我不會讓像你這樣的人坐在那兒長克姆泥。你太珍貴了。」

*確實。當然了。奪走我唯一覺得重要的事物，再告訴我我很珍貴。我們彼此都知道，我什麼也不是。*

卡拉丁對抗這些想法，又擠出一個微笑。「我會好好想想，長官。我可能需要一點時間，決定自己想要什麼。」

「很好。你有十天。我要你在時限之前回報你的決定。」達利納說。

卡拉丁點頭。他又戴上笑臉，順利達到說服達利納不要擔心的效果。那男人走向其他逐風師。

卡拉丁別開視線，感覺胃在扭絞。他的朋友們快樂地對彼此大笑、開彼此玩笑。就他們所知，今天逐風師沒有失去任何成員。

然而他們並不知道真相：其實有一個嚴重的傷亡者。他的名字是卡拉丁．受颶風祝福者。

本插頁製作於受占領的科林納，描繪一名戰爭形體的男倫，以及一名靈活形體的女倫。這些版本的雅烈席傳統服飾顯示歌者信奉新奇的時尚，並將其與雅烈席卡的風格融合。

鐵籠能夠製造出吸引器——能夠吸引特定成分的法器。例如謹慎製作的煙霧法器可以匯聚火災的煙。

新發現讓我們相信有可能製造出斥拒法器，但我們還不知道應使用何種金屬以達到此種效果。

——娜凡妮．科林爲君王聯盟所提供之法器機制課程，
几瑞席魯，傑瑟凡日，一一七五

「快上樓！」凡莉以命令節奏喊著。「女士回來了！」

僕役手忙腳亂奔上塔樓階梯。他們並不需要凡莉來發布命令，但她應該下令，而且她也變得非常擅長扮演這個角色。她不像其他人一樣可能會鞭打他們——幸運的是，多數沙奈印不喜歡肢體懲罰——不過她確實把缶得拉出隊伍，扯直他的襯衫和腰帶。她推他跟上其他人時，他哼著感謝。

凡莉跟在隊伍最後面，手握權杖，快步上樓。前面的歌者都是工作形體或靈活形體，因此她的使節形體鶴立雞群。歌者的文化中有諸多不同階級，最低層稱爲歌者，或百姓歌者，他們都是平凡的工作形體或戰爭形體；然後是力量形體，例如凡莉的使節形體。這個階級的權力較高、力量較大，需要將一個虛靈放進你的寶心。那會影響你的心智，改變你對世界的感

知，這些歌者版稱爲銳者。

更上一層是煉魔。被置入現代軀體中的古代魂魄，而宿主的魂魄會遭到徹底毀滅。再上面呢？還有例如雷爪和魄散的神祕生物——比起人，跟靈還要更接近一些的魂魄。凡莉對他們依然不甚了解。

侍奉煉魔非常困難。階梯繞高塔盤旋而上，令人頭昏，她一路往上衝。這並不完全是一座堡壘，只不過是附帶木梯的石造圓柱，基本上就是一座通往天空的樓梯井。這種設計令她想起納拉克的高聳石柱。

來到高塔頂端後，她走進一個令她暈眩的房間。這房間兩面洞開，俯瞰著大城科林納，沒有欄杆能防止不小心的工人摔落一百呎、掉到下方的市街上。地板雖牢固，感覺還是不夠穩，像是疊成塔狀的磚塊，頂部太過寬大，最後免不了會被孩子一腳踢垮。

颶風的第一波衝擊本該已摧毀這些塔樓房間才對。不過煉魔監督了塔樓的建造，一列二十座之中，目前只有一座被颶風吹倒、需要重建。當然，那一次造成了下方屋舍嚴重毀損，只不過在煉魔的行爲模式中找尋邏輯沒什麼意義。

凡莉站到一班僕役前方，因長時間爬樓梯而汗流浹背。她的力量形體纖細高䠷，有著橘紅色的長髮束，精緻的甲殼沿雙頰與雙手手背脊線生長。不是盔甲，更像裝飾。這並非戰鬥的形體，作用更在於激發敬畏，並賦予她翻譯文字與語言的能力。

雖然身爲銳者，她的寶心深處卻蘊含一個祕密，一個保護她免受虛靈影響的朋友。她的燦軍靈音質輕柔哼鳴，安撫著她。

凡莉掃視天空，最後找到幾個逐漸靠近的人影，如天空中的小點。儘管凡莉剛剛如此催促其他人，他們並不會抱怨。你不會質疑銳者，而且除此之外，比起遭受煉魔懲罰，他們情願承受凡莉的斥罵。蕾詩薇很公正，但不代表她的怒氣安全無害。

不久，沙奈印——「屬於天空者」——劃過城市空中。最重要的沙奈印才能獲得像這樣的塔樓房間，因此其中多數朝城市內較傳統的住家俯衝而去。蕾詩薇屬於憎惡手下的菁英份子，並非最強大，但相較於大部分煉魔，她的地位仍相當崇高。

蕾詩薇之所以受寵，有部分是因爲她戰鬥時的英勇表現。不過凡莉認爲，另一個同等重要的衡量基準在於她數百年來一直維持神智正常，而許多煉魔並非如此，儘管天行者的遭遇已好過其他種類煉魔。在他們自己的語言中，九種類型稱爲「烙印」，這個詞彙令人聯想起烙鐵的炙熱，不過凡莉沒在他們的皮膚上看過這樣的痕跡。

蕾詩薇靠近後減速，她的旅行裝隨風蕩漾，這次是明亮的白紅雙色，在她身後與下方拖曳整整三十呎那麼長。她的長髮披散，降落時雙手向兩側伸展，僕役立即上前解開釦鉤，取下衣物較長的部分；其他僕役送上水與水果，恭敬地鞠躬，將碗呈給她。

蕾詩薇等解下衣襬後才取用點心。她瞥了凡莉一眼，不發一語，因此凡莉留在原地，抬頭挺胸，手持權杖。她早已克服剛開始時對於被發現自己是個假貨的恐懼。

長衣襬取下後，其他僕役協助蕾詩薇脫下長袍。幾名僕役別開視線，以免看見長袍下平滑的內衣，不過蕾詩薇並不將凡人對禮儀的感覺放在心上。儘管在這次的化身中得到的是男倫軀體，她甚至連哼出一個困窘的音符也沒有。

確實，飲過水並由僕役爲她裹上奢華的袍子後，她坐下來讓理容師照料。理容師會依照人類的作法爲她修面。她討厭鬍鬚，就算當她棲宿於男倫軀體時長出來的鬍鬚柔軟細微，她還是不喜歡。煉魔會在他們的外型施加一定程度的意志，例如花紋會保留，有些則長出形態獨特的甲殼。只要知道這一點，便能輕易在多次化身中區別出某一煉魔。

當然，凡莉具備能夠看見幽界的優勢，因此能夠立即判斷某人是煉魔、銳者或一般歌者。除非置身最隱密的地方，否則她極力避免使用這種能力。要是凡莉——最後的聆聽者、使節形體的銳者、蕾詩薇女士的發聲者——被發現竟是個燦軍騎士，那會是一場規模難以想像的災難。

輕彈的聲音穿透她。音質能夠讀取她的思緒，而凡莉能夠透過節奏的脈動，理解這個小靈的話語或意圖。像是現在，音質希望凡莉承認她並不是燦軍騎士。還不是，因為她只說出第一理念而已。要是想更進一步，她還有工作得做。

她無聲地承認。如果音質在煉魔附近脈動，她就會變得不安，難以預料什麼會洩漏出她的祕密。

考量到這一點，她刻意不看僕役中的督爾和瑪琪孀。至少在他們把新招募者帶上前之前都不看。這是一名工作形體的年輕女倫，除了紅色大理石紋外，全身幾乎都是黑色。凡莉哼出冷淡，假裝審視名叫淑敏的新來者，儘管她們其實已暗中見過幾次面。

凡莉終於走到還在修面的蕾詩薇面前，等待蕾詩薇對她示意——蕾詩薇哼著滿足就是給她的信號。

「這一個，」凡莉朝淑敏揮手。「經過判定具備服侍的價值。您的颶風安置員需要一個新助手。」颶風安置員確保蕾詩薇位於高層房間的所有物在每一次颶風前都會妥善收好，並於颶風過後歸位。

蕾詩薇哼鳴。雖然只是短促的渴切節奏，但對凡莉而言遠不僅如此。她維持使節形體越久，這形體的能力就越是出色。她不僅能說所有語言，還能憑直覺理解女主人透過簡單哼鳴想對她表達什麼。事實上，這感覺和她理解音質的方式有一種恐怖的熟悉感，然而她很確定她理解音質的能力與她的形體並無關聯。

無論如何，身為蕾詩薇的發聲者，凡莉的責任是對其他人表達女士想要什麼。

「女士想知道，」凡莉用嘲弄說。「新來者能否接受高層房間的高度。」

她伸手一指，於是淑敏緊張地走到房間陡降的邊緣旁。高層房間相當寬敞，因此當你站在中央，置身於女士的家具間，或許能夠忽視自身所在的高度。

凡莉大步走過去站在淑敏身旁。但來到邊緣，你什麼也無法假裝、無法否認。你的腳趾貼著地板邊界，感覺到風從身後來襲，彷彿要把你推落陽光照耀的街道上空……凡莉並不特別害怕高處，不過有一部分的她頗想奔回房間中央、擁抱地板。人就是不該置身如此高度。此疆域屬於颶風雲與雷，而非歌者。

淑敏的身子打顫，引出一些懼靈，但她沒有退縮。只不過她僅朝外眺望，沒有俯瞰下方。

「烈情。」凡莉輕聲說，哼起堅毅——古老節奏之一，羅沙的純粹節奏。「跟煉魔相處時要記住這一點，妳的烈情會讓妳獲得讚賞。若想保住這份工作，妳必須將恐懼與堅毅並列。」

服侍煉魔是一種巨大的矛盾。他們不想要傻笑諂媚、太快服從的孩子，但也期待僕役的服侍必須精確。他們只想要具備最強大意志的追隨者，但又想控制、主宰他們。

淑敏哼起風之節奏，接著俯瞰城市。凡莉讓她繼續多站了令人不舒服的一分鐘，接著哼嗚、轉身，朝蕾詩薇走去。淑敏匆忙跟上，明顯已嚇出一身汗。

「她看似膽小。」蕾詩薇用他們的古語對凡莉說。

「我們剛開始時都很膽小。」凡莉回應。「她會服侍得很好。若不曾獲得學習適當歌曲的機會，又怎能以烈情歌唱？」

蕾詩薇從理容師手中接過毛巾抹了抹臉，再從送到近處的碗中挑出一顆水果，檢視是否有瑕疵。「儘管妳試圖表現得嚴厲苛刻，但妳總是同情他們。我能看出妳的眞實想法，凡莉，最後的聆聽者。」

如果眞是這樣，凡莉心想，我現在肯定已經死了。

「我欣賞同情，」蕾詩薇說。「只要不僭越更具價值的烈情。」她開始吃水果，用快速的一哼下達指令。

「妳被接受了。」凡莉對淑敏說。「忠誠服侍，妳將獲教導言說神祇的語言、歌唱失落族人的節奏。」

淑敏哼出她的喜悅，退回其他歌者之中。凡莉迎上颶風安置員督爾的視線，他點點頭，前去取下一項待辦事物。

「若您容許我提問，」凡莉轉向蕾詩薇。「您這次遠征是不是殺死他了？」

沒必要解釋「他」是誰。蕾詩薇爲逐風師而著迷，尤其是他們的領袖——一名年輕男子，他在欠缺神祇或神將指導的情況下鍛造出一群燦軍。

蕾詩薇吃完水果才回答：「他在，他的靈也在，只不過沒在我面前現身。我們對打，沒有結果。只是我擔心或許沒有機會再次對上他。」

凡莉哼出渴切，表示她的好奇。

「他殺了追獵者雷其安。」

「我沒聽過這個名字。」凡莉說。那生物擁有追獵者的頭銜，因此一定是煉魔的一員。他們活了數千年之久，每一個煉魔的傳說與歷史都足以寫滿書冊。這一次，他們因爲沒人認識個別的他們而感到憤怒。

確實，蕾詩薇以嘲弄回應。「妳會認識他的。他才剛被喚醒，不過總會潛入凡人的故事與腦袋中。他非常引以爲傲。」

你們其他煉魔就不會了嗎？凡莉將這評論保留給自己。蕾詩薇欣賞烈情，但諷刺的評論完全是另外一回事。

「還有需要我處理的事嗎？」蕾詩薇問。

「還有一件事。」凡莉朝督爾示意，他正拖著一個非常害怕的女人過來。一名人類女子，細瘦，有點骨瘦如柴，睫毛長而捲曲，身穿工人的粗陋衣物。「您要我找能夠試驗新設計的裁縫師。此人曾是一名裁縫。」

「人類。」蕾詩薇說。「眞奇怪。」

「您要我找最好的。」凡莉說。「我們的族人正在學習精熟諸多領域，以求有突出表現，但精通某一職業需要的時間遠多於我們才剛獲得的這一年。若您想找裁縫專家，您需要的是人類。」

蕾詩薇起身，升上空中，奢華的黑金雙色袍子垂在身下。她對凡莉哼出一個訊息。

「偉大的女士想知道妳的名字。」凡莉說。

「玥絲卡，尊者。」那畏縮的女人答話。

「妳是裁縫師？」凡莉代蕾詩薇發聲。

「是，我曾爲王子與淺眸人製作衣服。我了解……我了解最新時尚。」

「你們的時尚與衣物並不適合煉魔。」凡莉說。「妳並不熟悉我們要的設計。」

「我……我生來就是爲了服侍……」玥絲卡說。

凡莉看了看蕾詩薇，根據女士的哼鳴立即知道這名僕役已經出局。是因爲這女人的行爲舉止？太怯懦？或許她看起來不太上得了檯面——凡莉反對讓玥絲卡穿上好衣服，因爲可能會冒犯煉魔。

「不能用人類。」蕾詩薇說。「啓用此人，就是在宣告我們的族人不夠好。無論如何，叫她站起來與我對視。他們之中有好多人都是克姆林蟲。」

「能歸罪於他們嗎？其他煉魔會責打與他們對視的人類。」

蕾詩薇哼起憤怒，凡莉也以她自己的節奏應和。蕾詩薇對此露出微笑。「這是我族類中的一個問題，」她坦承。「九種烙印對人類的預期並不一致。但總之此人不能擔任我的裁縫師。對於爲人類冠上噤聲之人的頭銜已出現許多批評與質疑，我不會替那些想證明我們軟弱的人提供燃料。妳的同情心就留給妳自己吧，發聲者。不過或許可以讓此人教導藝術形體的歌者，讓他們學習她的技術。」

凡莉鞠躬，哼出服侍。無論結果如何，她都會覺得滿意——這主要是測試她的女士對人類的想法。蕾詩薇非常頻繁地談起逐風師，凡莉很好奇她是否會同情地位較低下的人類。

「我的工作完成了。」蕾詩薇說。「我現在要冥想。叫所有人離開，確保新僕役受到良好訓練。」她從屋頂的一個洞口升上天空，朝雲朵飛去。

凡莉用她的權杖重擊木地板，其他僕役便下樓離開，其中有數人出手協助人類女子。凡莉要淑敏等等。所有人都確實離開後，她帶著新來者走下旋繞的長階梯，回到她自己的房中：衛兵室，必須通過這裡才能抵達上樓的階梯。而凡莉的工作，直白來說就是一扇門，其他人需要通過她才能接近蕾詩薇。

督爾站在阻隔上方樓梯的房門口。淑敏開口正要說話，凡莉示意她別開口，等督爾關上房門和窗遮。瑪琪嫞檢查過外面後回到房內，也在身後關上門。督爾和瑪琪嫞已成婚——並非聆聽者所稱的昔日伴侶，而是結婚。他們受人類奴役時即互爲伴侶，並採用了雅烈席卡的作法，恢復心智後仍維持這樣的關係。

凡莉有許多工作要做。她得中和煉魔的教導，並且幫助歌者放下奴役者的傳統。但克姆林蟲在牠長得太大、殼再也無法容身之前，並不會蛻下牠的殼。她希望她的引導終將能鼓勵他們蛻下煉魔與人類社會加諸於他們的負荷，並且是出於他們自己的選擇。

「妳現在可以說了。」凡莉對淑敏說。凡莉將她的節奏切換爲自信——古老節奏之一。眞正的節奏，未受憎惡的碰觸汙染。

「颶父啊！」淑敏轉向督爾和瑪琪嫞。「太難了。你們沒告訴我，她會眞把我掛在邊緣上！」

「我們警告過妳這並不容易。」督爾用責怪說。

「嗯，我想除此之外，我應該表現得還可以。」淑敏轉爲看著凡莉。「對吧？光主，您覺得怎麼樣？」

這名女倫態度的轉變令她作嘔。她表現得好……像人類，從她咒罵，到她說話時打手勢的樣子。但話說回來，那些對煉魔最忠誠的歌者不太可能加入凡莉的行列。她只能物盡其用。

「我擔心妳表現得太過怯懦。」凡莉說。「煉魔不想要軟弱，我也一樣。我們組織的創立奠基於那些強壯得足以抵抗、最終打破所有枷鎖的人。」

「我準備好了。」淑敏說。「我們什麼時候攻擊煉魔？每次颶風我都擔心下一個是我，某個虎視眈眈的煉魔魂魄會一腳踢開我的神智，把我的軀體占爲己有。」

並不是那樣運作的。凡莉見識過轉化的過程，她自己也曾差點被占有。接受煉魔魂魄進入自己軀體存在著主動的要素。

然而，作用難以定義。如果你是銳者的形體，憎惡會在你的腦中。擁有新節奏的新形體改變了你的行爲舉止、你看待世界的方式。就連百姓歌者也受到謹慎的教導，不斷對他們灌輸犧牲自我是一種偉大的殊榮。

到頭來，就是這一點促使凡莉決定她必須試著重建她的人民。煉魔和人類……他們有一種相似性。他們都試圖奪走普通老百姓的神智。他們都只關注一具有用軀體的便利性，不想承擔附帶的「負荷」，諸如個性、欲望與夢想。

凡莉決心不要跟他們一樣。她會接受來找她的人。如果她希望這些人改變，她會讓他們看見更好的道路。這是音質的建議。出自個人意願。動機。無論她將變成什麼，這都是她的根本信條。

對一個曾經將死亡與奴役帶給同胞、這麼做的同時還咧嘴而笑的人來說，這麼多愁善感還眞古怪。但隨便吧。她對她的朋友點頭，他們退開，轉而去看守著門。凡莉示意淑敏和她一起在靠牆、遠離窗戶的小桌旁坐下。

開口前，凡莉先查看附近有沒有間諜。她從口袋中的錢球吸取一點虛光。她能使用兩種光：憎惡提供的詭異虛光，或是熟悉的榮譽颶光。根據音質所說，這種事沒發生過——無論凡莉在做什麼，之前都沒人這麼做過。

伊尚尼會因爲這概念而興奮不已，因此凡莉試著從姊姊的回憶中汲取力量。她利用虛光窺探幽界：意識界。音質脈動起關切。他們測試過凡莉的其他力量一次，那種力量是塑造岩石，結果引來了祕靈。這是一種具備專門功用的靈，會飛越城市，找尋燦軍騎士使用力量的跡象。

她沒暴露行蹤便擺脫了那些祕靈，只不過千鈞一髮。因此只要祕靈在附近，凡莉便不再練習她的完整力量。幸運的是，這種讓她得以窺看幽界的力量，並不會引發同樣的關注。

她看見一個與實體界重疊的世界。第二個世界由一片珠粒海洋構成，黑色天空中有一顆詭異的太陽，但位置顯得太過遙遠，除此之外還有懸浮的光。每一點光都是一個靈魂。煉魔的魂魄是如跳動的心臟一樣脈動的黑色火焰。只要仔細一點，她也學會了判斷一個百姓歌者是和哪一個靈締結，藉以獲得形體。

有些虛靈會隱藏自己，只在它們想看見的人面前現形，但沒有靈能躲過凡莉的眼睛，她能夠看見它們在幽界的痕跡。她確認附近沒有任何靈，淑敏也不是其中一個馬伏塞印，也就是能夠模仿他者形貌的煉魔。就連其他煉魔似乎也對馬伏塞印小心翼翼。他們是「僞裝者」。

淑敏的魂魄一如凡莉預料：一個與小重力靈締結的百姓歌者，藉以維持工作形體。

凡莉停止使用她的力量。她知道自己能隨心所欲去到那個詭異的世界，不過音質警告她，那地方對凡體來說很危險，而且一旦完全進入便很難回來。今天的觀看已足矣。

「妳必須知道我們是什麼，」凡莉對淑敏說。「以及我們不是什麼。我們並不追求推翻煉魔。」

「但是——」

「我們不是謀反者。」凡莉說。「我們是一群反對者，不喜歡他們提供給我們的選項。煉魔的壓迫或是人類的暴政？憎恨的神祇，或是應屬榮譽卻棄我們於奴役狀態而不顧的神祇？我們兩者都不接受。我們是聆聽者。爲了獲得自由，我們將拋開一切，若有必要，甚至也包含我們的諸多形體。

「一旦我們聚集了夠多同伴，我們就會離開城市，遷徙到一個無人打擾的地方。我們將在人類與煉魔的衝突中維持中立。我們唯一的目標是找到一個能夠獨自繁盛的所在。我們的社會。我們的政府。我們的規則。」

「但是……」淑敏說。「他們不會這麼簡單就讓我們離開，對吧？遠離所有其他人之後，又有什麼安全的地方？」

好問題。凡莉哼起煩惱——對自己，而非對淑敏。過去在人類與歌者的戰爭末期，她的祖先曾發起一次勇氣與犧牲的終極行動，從而首次脫離。聆聽者設法在混亂中逃離，成為一個無人想到該打好結的鬆脫線頭。

這次不同。她知道。

她往前傾身。「我們現階段有兩個計畫。第一個是找出同情我們的煉魔，並說服他們我們應享有這種恩典。他們敬重烈情與勇氣。」

「對，沒錯，但……」淑敏用人類的方式聳肩。「敬重烈情和讓人責罵完全是兩碼子事。煉魔似乎頗不能忍受有人眞心違逆他們。」

「妳弄錯了。」凡利用責怪說。「妳以爲煉魔都是同一種想法。」

「他們是不死的僕人，服侍一個糟糕的神。」

「而他們依然是人。每一個都擁有獨特的心、想法與目標。我懷抱希望，相信他們之中有人會理解我們的計畫有其價值。」

這是薄弱的希望，凡莉對自己坦承。音質在她體內脈動表達認同。然而蕾詩薇……那位高貴的女士似乎尊敬她的敵人。她或許殘忍，或許無情，但她也有可能思慮清晰。

蕾詩薇說征服羅沙是爲了百姓歌者。利用相同言語，凡莉或許能夠將她爲新聆聽者家園制定的計畫呈現給蕾詩薇。

不幸的是，她擔心煉魔的戰爭打得太久，儘管他們嘴上說要將世界還給歌者，卻不再視自由爲目標。他們之中有許多人認爲戰爭是爲了復仇：毀滅敵人，最終證明誰才是正義的一方。而蕾詩薇是煉魔之中神智最正常、最富同理心的一個，因此如果他們無法說服蕾詩薇，那就只剩下一個選項：逃跑並藏匿。凡莉的祖先曾展現這樣的勇氣。但如果她對自己夠誠實，其實她並不確定自己是否具備同樣的精神力量。

淑敏無所事事地把玩自己的頭髮，而非像個聆聽者那般哼鳴某種情緒。絞弄頭髮是否代表她感到無聊，或許人類就是這樣哼出他們的質疑？

「如果我們必須逃離，並非沒有資源。」凡莉說。

「請原諒我的質疑，光主。」淑敏說。「他們能召喚出比颶他的城牆還高大的岩石怪物。他們有銳者和煉魔。我覺得我們唯一的希望是讓整座城市造反。」

「我們也有一個銳者。」凡莉手指自己。「我的寶心中有一個虛靈，淑敏，但我學會控制它、束縛它。它賦予我力量，例如我能夠窺入幽界，查看附近是否有靈在監視我們。」

「銳者的力量……」淑敏看了看房裡的其他人。「那……我也能夠得到嗎？不必向憎惡交出我的意志？」

「有可能。只要我精熟這個程序，好讓其他人也能夠利用。」

音質在她體內脈動著不認同。這個小靈希望凡莉完全坦承，說出她也是個燦軍。然而現在時機不對。在暴露自己眞正的身分之前，凡莉希望確定能夠將自己所擁有的提供給他人。她必須確定其他像音質的靈也願意締結，她還需要幫助她的朋友爲走上這條路做好準備。

「很久以前，」凡莉對淑敏解釋。「歌者是靈的盟友。然後人類來了，戰爭也跟著開始。除了煉魔，再也沒人記得那些日子發生的事，我們只知道最後靈選擇了人類。

「但人類終究背叛了他們、殺死他們。現在有些靈決定給人類第二次機會，不過其他的……有一個靈找上我，她代表她在幽界的所有族人。他們發現，我們或許比人類更値得擁有第二次機會。」

「什麼意思？」淑敏問。

「採取行動後，我們並非全然孤立無援。」凡莉說。「我們的終極目標是找到一個能夠逃離他人規則與法律的地方，能夠成爲我們希望成爲的人，拋開別人強加於我們的角色。」

「我加入。」淑敏說。「聽起來颶他的美好，光主。如果我們有了不是憎惡給予我們的力量形體，說不定……說不定敵人就不會再來煩我們。」

或許是這樣。也或許憎惡會派出他的爪牙，把凡莉和她的小團體從這世界徹底抹除。

音質脈動，說偉大的工作總是伴隨風險。凡莉最討厭她說出像這樣的話。那提醒了凡莉目前的行動確切有多危險。她又吸入一點虛光查看幽界。無人監視，因此──

一抹黑暗、脈動的火焰正從高處下來。

是蕾詩薇。

凡莉一躍而起，椅子重重落地。督爾和瑪琪嫞注意到她的急迫，雙雙站直四處張望，試著決定該做些什麼。

「打開窗遮！」凡莉說。「快！她才不會看見任何怪異之處。」

他們在房門嘎吱打開的同時猛力推開窗戶。身穿黑金雙色袍子的蕾詩薇女士看起來輝煌出色，她從階梯上空掠過，進入房內。她幾乎不曾下來這裡。發生了什麼事？

音質在凡莉體內發抖。他們被發現了。也就是說他們一定──

「做好準備，最後的聆聽者。」蕾詩薇用悲痛說。「有事情正在發生。危險的事。我擔心戰爭即將出現截然不同的轉折。」

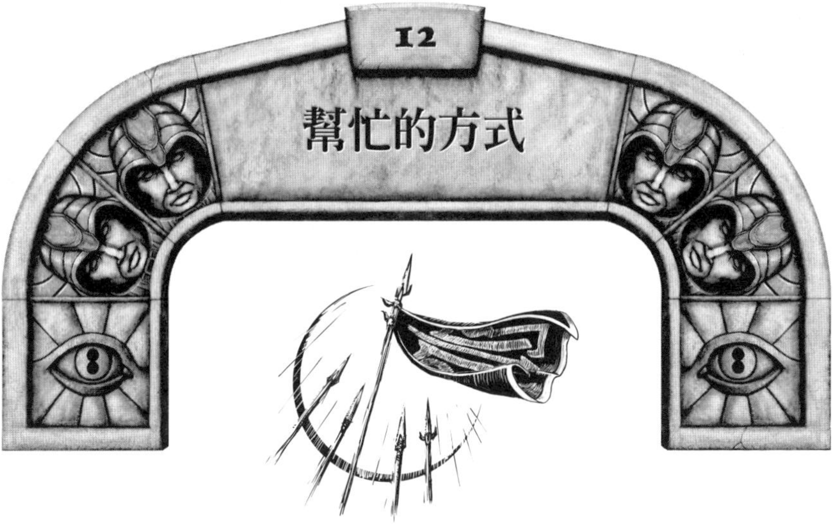

# 12 幫忙的方式

我的一個請求是希望法器師停止以層層疊疊的祕密包裹法器技術。許多誘餌金屬被用於籠上，金屬絲也常經過鍍化，好讓它們看似其他金屬，明顯想藉此混淆那些試圖透過個人研究學習此程序的人。法器師或許能因此而獲利，我們所有人卻會因此而力殫財竭。

——娜凡妮・科林爲君王聯盟所提供之法器機制課程，兀瑞席魯，傑瑟凡日，一一七五

當他們抵達兀瑞席魯，卡拉丁滿心只想著消失，去一個他不必聽著所有人歡笑的地方。這裡有一百個人聚在一起，大多是諸位逐風師的侍從，而這些逐風師都曾是他小隊的成員。

卡拉丁自己沒剩幾個侍從，應該說一個也沒有，除非算上達畢和瑞連。大石還沒與靈締結，但他……已朝其他方向發展。卡拉丁不確定那是什麼，不過大石並不會自稱爲侍從。

瑞連很快會有一個靈，終於也能夠繼續前進。達畢今天的任務是協助雷納林發送飲水和補給品給鎮民，然而他永遠不會從戰爭衝擊中恢復，也不會擁有燦軍的力量。他並不像卡拉丁和其他人照看的那些侍從。

其他人至少都已達到第二理念，因此不再只是侍從了，但

又不是完整的燦軍——那些人已與靈締結，但尚未獲得碎刃。他們一起走過誓門平台，都顯得如此開心。卡拉丁不嫉妒他們的歡樂。他們都是他珍視的人，他希望他們都能歡笑。

然而在這一刻，他無法想像還有什麼比他們努力想讓他也高興起來的樣子更令人痛苦。他們都察覺他的心情，儘管他並沒有跟他們提起他的……貶謫嗎？還是退休？

颶他的。光是想就令他想吐。

他們一面走，洛奔一面在跟他說一個尤其糟糕的爛笑話。斯卡請他開一堂摔角課——這是他提供協助的方式。通常卡拉丁會答應，但今天……摔角只會讓他想起自己失去了什麼。

席格吉展現出令人讚佩的自制力，只告訴他戰鬥報告可以等到明天。颶他的，他看起來有多糟？卡拉丁用盡全力糊弄他們，貼上一個寬得像要扯裂他臉部皮膚的微笑。

大石保持距離，謹慎地忽視卡拉丁。一般而言，大石確實比大多數人更能掌握卡拉丁眞實的情緒。而且大石看得見西兒；她原本在卡拉丁身旁亂飛，顯得很煩躁，後來終於倏地消失。她趕上近處的氣流，飛上空中。她跟卡拉丁一樣，也覺得飛行能讓她安心。

*我要小心別讓這狀況擊垮她，他心想，爲她逐起堅強的掩護，也爲他們所有人。他們不應該爲了我的感覺而陷入痛苦。*他能夠優雅地處理。他能夠打這最後一場仗。

他們橫越塔樓前方的開闊岩石空地。卡拉丁差點成功維持行進而不仰望高塔。他幾乎沒有因爲這棟建築物的巨大而感受到解離的震撼，只有在不到一秒的片刻間感覺難以置信，這世界上居然存在這麼宏偉的東西。沒錯，最近的塔城基本上平凡得很。

「嘿。」他們走到塔城入口時，雷頓開了口。「大石！有沒有燉菜可以吃啊？看在過往的情分上？」

卡拉丁轉身。「燉菜」二字穿透陰霾。

「啊，來到上面美好稀薄的空氣中讓你突然腦袋靈光！」大石說。「你想起好料理的光榮！但……今天沒辦法。我有約會。」

「不是跟外科醫師，對吧？」卡萊大喊。「因爲我覺得他們拿你的口臭沒轍，大石！」

「哈！」大石爆出雷鳴般的大笑，笑到還抹了眼淚。卡萊咧嘴而笑，不過大石伸出一隻手。「不，不，你以爲我是在笑你說的話嗎？空氣病！我笑是因爲你居然以爲這是個好笑的笑話，卡萊。哈！哈！」

卡拉丁微笑。眞正的微笑，轉瞬即逝。

接著他們便分散開來，通常是一名騎士和他們的侍從小隊在一起。他的朋友現在都各有自己的小隊。雖然泰夫的侍從在橋十三隊，而他們仍留在後方護衛浮空船，但就連他也被其中一組人拉走。事實上，泰夫的侍從中有許多人都已成爲完整燦軍，卡拉丁不確定還剩下多少人。

卡拉丁可以依照達利納的希望行事嗎？他可以身爲逐風師的上帥，卻不上戰場嗎？身爲他們生命中的一部分，卻沒有辦法幫助他們、跟他們一起戰鬥？

不，斷得乾乾淨淨比較好。

幾組人邀請他跟他們一起走，但他發現自己一一婉拒。他抬頭挺胸站著，擺出指揮官該有的架勢，用那種方式對他們點頭。那是隊長的點頭，意思是「離開吧，士兵。我有重要的事要忙，沒空跟你們胡鬧。」

沒人逼他，但他其實希望他們之中有人能多說點什麼。然而這些日子以來，他們有他們自己的人生。許多人有了家庭，而所有人都各有職責。早期跟他一起服役的那些人仍驕傲地佩戴著橋四隊的肩章，但橋四隊已成了他們過去的歸屬。一支已化爲神話的傳奇隊伍。

卡拉丁維持背脊挺直，下巴高抬，離開他們，大步穿過那些現在已變得熟悉的塔城走廊。不同色調的岩層在塔城內畫出迷人圖形，錢球燈籠沿大多數主要廊道懸掛——當然都上了鎖，但經常會更換。這地方開始感覺眞正有人居住其中。他經過了家庭、工人，以及難民。各行各業的人，就像裝滿錢球的高腳杯一樣多樣化。

他們對他敬禮，或是讓路給他，許多孩子則對他揮手。上帥。卡拉丁．受颶風祝福者。他一路保持合宜的表情，一直到抵達自己房間，並爲自己感到驕傲。

然後他走進去，面對一室空洞。

他的寢室是上主等級，應該要又奢華又寬敞。只不過他的家具很少，顯得裡面空蕩蕩的。而且黑暗，唯一的光源來自陽台。

他獲得的每一種榮耀似乎都彰顯出他的人生實際上有多空洞。頭銜無法爲房間注入生氣。儘管如此，他還是轉身，堅定地關上門。

他到這個時候才崩潰。他撐不到椅子上，只能背靠著門邊的牆癱倒。他試著解開外套的釦子，結果卻換氣過度。他弓起身子、指節緊壓額頭、嵌入肌膚，大口深深喘氣，隨之打顫起來。疲憊靈像一股灰塵，雀躍地在他身旁聚集。還有痛苦靈，像是上下顛倒的石刻臉，扭曲地忽隱忽現。

他沒辦法哭。哭不出來。他想哭，至少那是一種釋放。然而他只是蜷縮著，指節緊壓額頭上的疤，希望自己能就此乾枯。就像遭碎刃攻擊者的眼睛。

在這樣的片刻中──孤獨、蜷縮在黑暗房間的地板上，遭受痛苦靈折磨──摩亞許的話語會找上他，其中的眞實變得難以否認。在耀眼的陽光下，輕輕鬆鬆便可假裝什麼事也沒有。但在這裡，卡拉丁能夠清楚看見。

*你只會繼續痛苦……*

他整個人生只是徒勞的努力，試圖靠叫囂阻止颶風，而颶風根本毫不在乎。

*他們都會死，而你無能爲力。*

你永遠創立不了任何能夠留存的事物，所以爲何還要嘗試？一切都腐朽、分解了。沒什麼是永恆不變的。就連愛也一樣。

只有一條出路……

有人敲門。卡拉丁忽略那聲音，但它堅持不懈。颶他的。他們會破門而入，對吧？擔心被人發現自己這種模樣，卡拉丁突然驚慌了起來。他站起身，拉直外套，然後深吸一口氣，痛苦靈消失。

雅多林硬擠了進來，叛徒西兒在他肩上。她剛剛就是去忙這件事嗎？去找雅多林颶他的科林？

這名年輕人身穿科林藍的制服，但並不符合規定。他不管自己父親的想法，硬是拿去讓人加上裝飾。制服很堅挺，甚至有點僵硬，上過漿好維持工整的線條，袖子還加上刺繡以搭配他的靴子。這款剪裁讓外套較一般款長，有點像卡拉丁的隊長外套，只是更時髦些。

雅多林不知怎地就是能撐起制服，卡拉丁卻總是被制服套著。對卡拉丁而言，制服是一種工具。對雅多林來說，制服則是整體效果的一部分。他那頭撒上點點黑的金髮到底是怎麼弄的，怎麼會亂得這麼完美？同時兼具隨性與精雕細琢。

他在微笑，當然了。颶他的男人。

「你眞的在這裡！」雅多林說。「大石說他覺得你要回房。」

「因爲我想獨處。」卡拉丁說。

「你花太多夜晚獨處了，橋小子。」雅多林看了看近處的疲憊靈，接著抓住卡拉丁的手臂——很少有人敢做的一件事。

「我喜歡自己一個人。」卡拉丁說。

「很好，聽起來有夠糟。今天，你要跟我一起來。沒有藉口。我上週和上上週都讓你趕走我了。」

「或許，」卡拉丁沉聲說。「我就是不想待在你附近，雅多林。」

這位藩王遲疑了一下，接著往前靠，瞇起眼，臉貼近卡拉丁的臉。西兒還是坐在雅多林肩上，雙臂盤起。卡拉丁怒瞪她，而她竟連得體地露出羞愧表情也沒有。

「老實告訴我。」雅多林說。「你發誓，卡拉丁，說我今晚應該讓你獨處。對我發誓。」

雅多林緊盯著他。卡拉丁試著把話說出來，但卻沒辦法，感覺自己像是十傻人之一。他現在絕對不該獨處。

「颶你的。」卡拉丁說。

「哈。」雅多林猛拉他的手臂。「走吧。光爵大師上帥颶風臉，換上一件聞起來沒有煙味的外套，然後跟我走吧。你不必微笑，也不必說話，如果你想厭世，那就該和朋友待在一起。」

卡拉丁從雅多林的掌握中抽出手，但沒繼續抵抗。他隨便抓了件乾淨的衣服，把原本穿去戰鬥的衣服丟到一旁。不過，西兒飛過來他身邊時，他又怒瞪了她一眼。

「雅多林？」卡拉丁一面換衣服一面問。「妳的第一個想法是去找雅多林？」

「我需要一個你威嚇不了的人。頂多只有三個人符合這項條件，而女王很可能會把你變成水晶酒杯之類的。」

卡拉丁嘆氣，走出去找雅多林，以免藩王以為他在拖延。西兒在空中跟著卡拉丁一起往前走，悄悄打量他，腳步儘管小巧，卻仍能跟上他。

「謝謝妳。」卡拉丁柔聲說，轉而注視前方。

❖

雅多林遵守承諾，他沒逼卡拉丁說多少話。他們一起走向十環，塔城中央市集內的一區，這裡的商家同意根據娜凡妮的規畫設置他們的店舖。做為交換，他們獲得減稅，也知道會有守禮的衛兵頻繁巡邏。

成排的木造店面營造出整齊、有序的街道。所有店舖都是相似的大小與面積，上層具備儲物與居住空間。這地方感覺雅致，離散地市場的其他部分則感覺比較有活力、混亂；相對來說，這裡像是一座秩序之島。在離散地市場，儘管經過了一年，許多人仍使用帳篷，而非永久性的結構。

無可否認地，在數層樓高的室內空間中央建造成排的永久性結構，感覺確實詭異。卡拉丁覺得最古怪之處在於，有些最高檔的店鋪專門為最富裕的淺眸家庭提供飲食，而他們都拒絕了娜凡妮的邀請；較破爛的店家也同樣拒絕，他們都不想接受她的照管。有錢的店鋪在市場外，分布於附近一條廊道的一連串房間裡。

結果便是，十環並不是十分高檔，但聲譽確實良好，這兩個概念並不必然代表同一件事。雅多林最喜歡的酒屋名叫「杰茲的本分」。他不止一次逼卡拉丁到這裡找他，因此卡拉丁對這裡並不陌生。酒館以颶所為主題風格——儘管塔城內並不需要像這樣的東西——牆上有法器時鐘，列出何時將有颶風席擊雅烈席卡，且每日為該王國祈禱，一名執徒甚至會到訪並焚燒祈禱文。

除此之外，這裡可以很喧鬧，說是酒屋，其實更像酒館。雅多林在後面保留了一個包廂。藩王經常造訪此處，而非其他更高檔的酒屋，這對他們來說是一種值得誇耀的象徵。

雅多林就是會做這種事。他走進去時，沒人對他鞠躬，他們只是歡呼並舉杯。雅多林．科林並不是那種難以親近的光爵或將軍，不像他們只會坐在堡壘裡發布或專制或明智的命令。他是那種會跟手下一起喝酒、記住所有士兵名字的將軍。

達利納不認同他。大多數情形下，卡拉丁也不認同。但……這就是雅多林。要是被逼著板起臉，他可能已經發瘋了。這違反所有雅烈席卡領導傳統，但對雅多林來說就是行得通。卡拉丁又憑什麼批判他？

雅多林去和熟人打招呼，卡拉丁則繞著酒屋的邊緣走，注意到今天比平常擁擠。那邊是大石和他的家人在一起喝食角人泥啤酒嗎？

卡拉丁記得，他說他今天有約。確實，看來他們正在慶祝。幾名逐風師和他認識的燦軍也參加了，人數不多，其他大致看來都是尋常百姓。或許士兵人數的比例比一般聚會高了一點。

西兒飛起，穿過酒屋，一一查看每一桌。他曾認爲她入迷的樣子像個孩子，但這想法漸漸產生變化。她只是好奇、渴望學習。如果這算孩子氣，那麼所有人都需要變得更像孩子。

她對人類著迷。在像這樣的房間裡，卡拉丁常會發現她站在一張坐滿人的桌子上，只是所有人都看不見她，而她會歪著頭，試著模仿不同人的舉止或表情。

雅多林的包廂裡有一個年輕女子。她一頭黑長髮，身穿長褲和附釦子的襯衫，白色長版外套掛在附近的牆釘上。她戴著一頂前緣尖起的寬邊帽。

「蘭紗。」卡拉丁滑進包廂的座椅。「妳整晚都待著嗎？還是紗藍晚點會出現？」

「多半只有我。」蘭紗舉杯喝掉最後一滴酒。「紗藍忙一天了，而且我們過的是破碎平原的時間，而非兀瑞席魯的時間。她想休息。」

一定很棒，卡拉丁心想。累的時候能夠退避、化身成另外一個人。

有時候很難將紗藍的三種人格視爲三個個別的人，不過她似乎比較喜歡這樣。幸好她總會改變髮色，好給其他人一點線索。蘭紗是黑髮，她也開始讓燦軍光主使用金髮。

一名年輕女侍過來，在蘭紗的杯子裡重新倒滿暗紅色液體。

「你呢？」女侍問卡拉丁。

「橘酒。」他柔聲說。「有的話請給我冰過的。」

「橘酒？」女孩說。「像你這樣的男人應該能承受更烈的酒。這可是派對！我們有一瓶用亞西爾水果沛卡釀造的上等黃酒。我——」

「嘿。」蘭紗抬腳把靴子重重放在桌上。「這人說他要橘酒。」

「我只是想——」

「他要什麼就拿什麼給他。妳只需要想這件事就好。」

那女孩漲紅了臉，驚慌逃開。卡拉丁對闥紗點頭致謝，只是他希望大家別總是這麼積極爲他出頭，他可以爲自己說話。只要達利納遵守戰地守則最嚴謹的解讀方式，卡拉丁也會如法炮製，而且除此之外……嗯，他的朋友都知道。當卡拉丁又陷入低潮的情緒中，儘管酒精似乎能讓他忘記痛苦，卻也總是讓他更加陰鬱。他可以用颶光燒掉酒的效果，不過每當他喝下一、兩杯，他常常……不會想這麼做。或感覺自己不配這麼做。沒什麼不同。

「所以，」闥紗發話。「我聽說你的任務很順利？把一整個城鎮從他們颶他的眼皮子底下偷出來？水貂本人也獲救？等憎惡發現後，科林納有人要倒大楣了。」

「我不覺得他會在乎區區一個城鎮。」卡拉丁說。「他們也不知道我們救出了水貂。」

「不管如何。」闥紗對他舉杯。

「妳呢？」

她往前靠，腳挪下桌。「你眞該看看的。雅萊基本上成了行屍走肉，整個人乾掉了，我們還沒抵達就已經擊潰她。不過能夠拿下她，無疑還是令人非常滿意。」

「一定的。」

「可惜她被人謀殺了。」闥紗說。「我原本可以享受看著她在達利納面前侷促不安的樣子。」

「被謀殺？怎麼會？」卡拉丁說。

「是啊，有人把她做了。不幸的是，那是我們的人，一定是被某個想要她死的人收買了。順帶一提，這是祕密。我們告訴大家她是自我了斷。」

卡拉丁掃視四周。

「這裡沒人會聽見。」闥紗說。「咱們的包廂遺世獨立。」

「還是一樣。不要在公眾場合討論軍機。」

圍紗翻了個白眼，不過接著搖搖頭，她的髮色轉金，坐姿也挺直了些。「稍晚一定要去跟達利納要一份完整報告，卡拉丁。這件事有些古怪之處，頗令我憂心。」

「我……」卡拉丁說。「我們再看看吧。妳也認同圍紗，覺得紗藍沒事？她只是需要休息？」

「她還好。」燦軍光主說。「我們找到一個平衡。一年了，沒有形成新人格。只不過……」

卡拉丁挑起一邊眉。

「是有一些，都還半成形。」燦軍光主別開頭。「他們等待，想看看三人是不是真能行得通，還是會崩潰、放他們出來。他們不是真的，不像我這麼真。然而，然而……」她迎上卡拉丁的視線。「紗藍不會希望我說這麼多，但身為她的朋友，你應該知道。」

「我不確定我能否幫上忙。」卡拉丁說。「我最近幾乎連自己的問題都應付不了。」

「你在這裡就有幫助。」燦軍光主說。

有嗎？當卡拉丁處於像現在的情緒中，他覺得他只會將黑暗帶給周遭的人。他們為什麼想跟他待在一起？他自己都不想跟他在一起了。但他覺得燦軍光主就是應該說像這樣的話；她就是因此才有別於另外兩個。

她看見雅多林回來，露出一抹微笑，搖搖頭，髮色又漸漸轉黑，放鬆地往後靠。圍紗姿態安然，化身為她的感覺一定很好。

雅多林坐定，剛好女侍帶著卡拉丁的酒回來。「如果你決定試試黃酒……」她對卡拉丁說。

「謝了，梅爾。」雅多林立即接話。「不過他今天不需要喝任何酒。」

女侍對他露出光采動人的微笑。無論雅多林結婚與否，她們就是會繼續這樣對待他。她接著便飄開，似乎深受藩王對她說話的這件事鼓舞，雖然他基本上算是斥責了她。

「新郎怎麼樣啊？」圍紗抽出七首，平衡地放在一根手指尖上。

「迷惑不解。」

「新郎？」卡拉丁問。

「結婚派對？」雅多林朝一屋子歡鬧的人揮手。「幫喬爾辦的？」

「誰？」卡拉丁問。

「卡拉丁，」雅多林說。「我們已經來這地方八個月了。」

「別費心了，雅多林。」圍紗說。「除非被人用武器指著，否則卡拉丁根本不會注意到對方。」

「他有注意。」雅多林說。「他會關心。只是卡拉丁是個士兵，他思考的模式也像個士兵。對吧，橋小子？」

「我不知道你在說什麼。」卡拉丁咕噥，啜飲他的酒。

「你學會爲你的小隊擔心，」雅多林說。「並忽略無關的資訊。我打賭卡拉丁能夠說出他手下所有人的年齡、眼珠子顏色，還有最喜歡的食物。但他不會費心記住酒吧員工的名字，我父親也是這樣。」

「嗯，」圍紗說。「是很有意思啦，只是難道我們不該切入更重要的議題嗎？」

「例如？」雅多林問。

「例如我們接下來要幫卡拉丁跟誰牽線。」

卡拉丁差點沒噴出口中的飲料。「他不需要跟任何人牽線。」

「西兒可不是這麼說的。」圍紗反駁。

「西兒以前以爲人類的小孩是透過格外猛烈的噴嚏從鼻子出來。」卡拉丁說。「她並不是這方面的權威。」

「嗯。」他們的桌子發話，伴隨輕柔的嗡嗡聲震動。「那他們到底怎麼出來？我一直都很好奇。」

卡拉丁嚇了一跳，現在才發現圖樣在木桌面上漾起波紋。圖樣並不會像西兒一樣隱形活動，反倒是以某種方式潛入附近物體的材質中。如果現在聚焦於他，你會看到桌面的一部分看似被刻上一個圓形，像水池裡的漣漪一樣移動、蕩漾。

「我晚點再跟你解釋寶寶的事，圖樣。」圍紗說。「無論你可能想像了些什麼，實際上都更複雜。等等……不。叫紗藍解釋。她會喜歡的。」

「嗯。」桌子說。「她改變顏色。像日落，或是受感染的傷口。嗯。」

雅多林放鬆下來，一隻手臂跨在椅背上，但沒有環住圍紗。當紗藍變成燦軍光主或圍紗，他們的關係會變得有點尷尬。至少他們已幾乎完全不再像時時刻刻害相思病的傻瓜了。

「女士們有其道理，橋小子。」雅多林對他說。「自從琳恩甩掉你，你一直顯得格外陰沉。」

「才不是因爲那樣。」

「無論如何，放縱一下又不會痛，對吧？」圍紗說。她的下巴朝一名路過的女侍努了努；那是一個高䠷的年輕女子，有一頭顏色異常明亮的頭髮。「小涵怎麼樣？她很高。」

「太棒了。很高。」卡拉丁說。「因爲我們身高差不多，我們一定合得來。想想看我們有多少高個子的話題能聊，像是……嗯……」

「噢，不用這麼酸。」圍紗捶了他肩膀一拳。「你根本連看都沒看她一眼。她很可愛，看看那雙腿。幫我說點話，雅多林。」

「她很有魅力。」他說。「不過那件上衣實在不適合她。我要跟瑪尼說，酒屋的制服實在品味拙劣。他們應該至少要有兩種不同色度，才能搭配不同的膚色。」

「凱的姊姊怎麼樣？」圍紗對卡拉丁說。「你見過她，對吧？她很聰明。你喜歡聰明的女孩。」

「誰不喜歡聰明的女孩？」卡拉丁說。

了。」

「是啊，嗯，不過大多數女人在意。你得找個跟他相配的人。他搞砸跟琳恩在一起的機會眞是太糟

「那又怎樣？」雅多林說。「妳聽見卡拉丁說的了，他不在意身高。」

「雅多林，」圍紗說。「蕾絲緹娜應該只有三呎高耶。」

「聰明女孩……」雅多林摩娑下巴。「可惜蕾絲緹娜被斯卡搶走，不然他們應該很搭。」

「我。」圍紗舉起手。「請給我傻女孩，太容易讓她們心生欽佩了。」

「我沒有……」卡拉丁抗議。

「她怎麼樣？」雅多林指向一個剛走進酒屋的女人，那是兩個身穿哈法的淺眸女子之一。如果她們來一家深眸人常光顧的酒屋，那階級多半不高。不過話說回來，雅多林也在這裡。而且在加絲娜統治下，那恩和階級之類的事在過去這一年來變得……不可思議地較不具區別性了。

其中一個女孩年紀較輕，身材豐滿，緊身哈法突顯出她的線條。她的皮膚黝黑、嘴唇艷紅，顯然上了唇彩增色。

「達珂娜。」雅多林說。「她是我父親手下一名將軍的女兒，阿卡。她喜歡聊戰略，十四歲起就在她父親的戰爭會議中擔任書記的角色。我可以爲你引介。」

「請不要。」卡拉丁說。

「達珂娜……」圍紗對雅多林說。「你追求過她，對吧？」

「是啊。妳怎麼知道？」

「親愛的雅多林，在一個擁擠的房間裡把一個賀達熙人像蕩秋千一樣甩出去，會撞上六個你追過的女人。」她對著那名女子瞇起眼。「那不是眞材實料，對吧？她墊了東西對不對？」

雅多林搖頭。

「眞的？」圍紗說。「颺父啊。我要是有那麼大，我就得吃上六隻芻螺了。感覺起來怎麼樣？」

「妳想太多了。」

她怒瞪他，接著戳他肩膀。「說啊。」

他轉動眼珠盯著天花板，刻意喝了口酒，不過當她又戳他，他露出微笑，用做作的語氣說：「這不是紳士該談論的話題。」

「我既不紳也不士。我是你妻子。」圍紗說。

「妳才不是我妻子。」

「我跟你妻子共享軀體，夠接近了。」

「你們兩個的關係有夠詭異。」卡拉丁說。

雅多林慢動作對他點頭，彷彿在說你才知道。圍紗喝光剩下的酒，將空酒杯倒扣。「颺他的女侍上哪去了？」

「妳確定妳還沒喝夠？」雅多林問。

「我坐得不正嗎？」

「勉勉強強。」

「這就是給你的答案。」她滑出包廂坐椅，過程中巧妙地大量碰觸他，接著穿過人群找女侍去了。

「不常見她像今天這樣。」卡拉丁評論。

「圍紗悶了一個月，一直假扮成戰營裡的那個女人，而燦軍光主也爲她們的任務備感壓力。我有幾次機會和紗藍見上面，她基本上緊張得都爬上牆了。她就是用這種方式舒壓。」

好吧，如果這樣對她們來說行得通……「雅萊・薩迪雅司眞的死了嗎？」

「可惜是眞的。父親已經派軍隊到戰營。初期報告說她的人馬已提出歸順條款，他們一定早知道會走到這一步……」他聳肩。「還是讓我感覺像我失敗了。」

「你就是得做點什麼。那個團體變得太強大、太危險，不能放著不管。」

「我知道。但我不喜歡跟自己人打。我們應該要變得更好、更偉大才對。」

說這話的可是殺死薩迪雅司的男人，卡拉丁心想。這件事尚未廣為人知，因此他沒說出來，以防有人偷聽到。

他們的對話停滯。卡拉丁玩起杯子，想續杯，又不打算擠過人群找女侍。賓客輪流為喬爾歡呼，新郎本人經過時，卡拉丁發現自己確實認識此人。他是酒屋保鑣，一個友善的傢伙。西兒正騎在他肩上。

圍紗這趟出去了好久。卡拉丁覺得他看見圍紗在一個角落裡玩賭夾幣的斷頭遊戲。他頗為驚訝城裡居然還有人願意當圍紗的對手

這時，雅多林終於挪近了點。他也點了一杯濃烈的紫酒，不過甚至還喝不到半杯。他不再嚴格遵循戰地守則，卻似乎已找到自己的平衡。

「所以，」雅多林說。「怎麼了？應該不只是琳恩的事吧？」

「我以為你說我不必說話。」

「你是不必。」雅多林啜飲一口，等待著。

卡拉丁瞪著桌子。紗藍常在上面雕刻，因此木材上到處都是小巧但複雜的藝術作品，有許多尚未完成。他的手指滑過其中一個，此處描繪的是一頭野斧犬和一個長得非常像雅多林的男人。

「你父親今天解除我的職務了。」卡拉丁說。「他認為我……不適合再上戰場。」

雅多林吐出一口長長的氣。「那個颶他的男人。」

「他是對的，雅多林。」卡拉丁說。「記得你去年還得把我拖出王宮嗎？」

「每個人在戰鬥時偶爾都會崩潰。」雅多林說。「我也曾經失魂啊，甚至穿著碎甲也會。」

「我的情況更糟，也更常發生。我是個醫師，雅多林。我受過訓練，看得出像這樣的問題，所以我知道他是對的。我知道好幾個月了。」

「很好。」雅多林唐突地點頭。「那就這樣。我們可以做些什麼？你要怎樣才會好起來？」

「沒辦法。你知道我隊裡的達畢嗎？從不說話那個？戰爭創傷，跟我一樣。自從我招募他，他一直都是那個樣子。」

雅多林陷入了沉默。卡拉丁看得出他在思考要怎麼回應。雅多林有諸多面向，不過「難以解讀」永遠不在其中。

幸好他沒說出任何預期中的評論。沒有不經大腦的肯定，也沒有鼓勵卡拉丁振作或堅持下去。他們在吵鬧的酒屋裡靜靜坐了許久，最後雅多林終於開口：「我父親也有可能出錯，你知道的。」

卡拉丁聳肩。

「他是人。」雅多林說。「這城市裡有一半的人認爲他是某種重生的神將，但他只是個人。他以前也出錯過。大錯特錯。」

*達利納殺死雅多林的母親*，卡拉丁心想。這個消息已廣爲流傳。整座城都讀過、聽過，或經人告知過達利納的古怪自傳——由黑刺本人親手撰寫，還沒完工，但草稿已流出。達利納在其中坦承了許多事，包含誤殺自己妻子的意外。

「我不是醫師。」雅多林說。「說起當將軍，我也連我父親的一半都比不上。但我不認爲你需要停止戰鬥，至少不需要永久停止。你需要其他東西。」

「也就是？」

「我知道就好。應該有個方法能幫助你，幫助你理清頭緒。」

「有這麼簡單就好。」卡拉丁說。「不過你爲什麼在乎？這有什麼重要的？」

「你是我唯一的橋小子。」雅多林咧嘴而笑。「我上哪找另一個啊？他們都慢慢飛走了。」他的笑容消失。「除此之外，如果我們能找到方法幫助你，那或許……或許也能找到方法幫助她。」他的視線飄向位於酒屋另一端的圍紗。

「她沒事。」卡拉丁說。「她找到平衡了。你也聽過她解釋她是怎麼覺得自己現在沒事。」

「就像你告訴所有人你沒事？」雅多林迎上他的視線。「她的狀態不對。這令她痛苦。過去這一年來，我一直看著她掙扎，也看見一些跡象：她正朝更糟的深處滑落，只是現在速度可能減慢了點。她需要協助——我不知道我能否給予的協助。」

他們的桌子哼了起來。「你是對的。」圖樣說。「她隱藏起來，但事情還是不對。」

「你的醫師知識怎麼說，阿卡？」雅多林說。「我該怎麼做？」

「我不知道。」卡拉丁說。「我們受的訓練是處理身體的病痛，而非某人內心生病時除了送他們去找執徒還能怎麼辦。」

「感覺不對。」

「是啊，不對。」卡拉丁皺眉。他其實並非真正知道執徒都對內心生病的患者做些什麼。

「我該找他們談談嗎？找執徒幫忙？」圖樣問。

「或許吧。」卡拉丁說。「智臣可能也知道能怎麼幫忙。他似乎知道各種像這樣的事。」

「你一定也可以給點建議吧，阿卡？」雅多林說。

「讓她知道你的關心。」卡拉丁說。「聆聽她、鼓勵她，但不要試著勉強她開心起來。還有，別讓她自己一個人，如果你擔心她……」

他的聲音漸漸淡去，接著怒瞥雅多林一眼。

雅多林得意地笑了笑。這不完全只關於紗藍。沉淪地獄的。他讓雅多林用計謀打敗他了嗎？他或許應該點些更烈的酒來喝。

「我爲你們兩個擔心。」雅多林說。「我想要找出方法幫忙。以某種方式。」

「你是個颶他的傻瓜。」卡拉丁說。「我們得幫你找一個靈。爲什麼還沒有軍團挑上你？」

雅多林聳肩。「我猜我不是個好選項。」

「是因爲你那把劍。」卡拉丁說。「碎刃師拋棄所有原有碎具後會表現得比較好。你得擺脫你的碎刃。」

「我才不要『擺脫』瑪雅。」

「我知道你對那把劍有感情了。」卡拉丁說。「但如果你成爲燦軍，你可以擁有更好的，想想看那會是什麼感——」

「我不要擺脫瑪雅。別說了，橋小子。」雅多林語氣中的決斷讓卡拉丁很驚訝，不過他還來不及進一步說服，喬爾剛好走過來把他的新婚妻子克瑞絲介紹給雅多林認識。

要是雅多林沒立即拿出送給一雙新人的禮物，那卡拉丁可就是十傻人中的第四傻了。雅多林不止在一場婚禮派對當晚現身他最愛的酒屋，他還準備了一份禮物。

圍紗終於玩膩了，找到回座位的路，這時的她已經不只是微醺而已。雅多林取笑她，而她回嘴幸好她是圍紗。「因爲紗藍的酒量實在不行。」

這個夜晚繼續，西兒回來宣告她想開始賭博。卡拉丁越來越高興雅多林拉他出來，不是因爲卡拉丁感覺好多了，他還是很悲慘，但身旁有了其他人，他的悲慘確實有所緩解。卡拉丁需要維持假象、假裝。這或許是一種掩護，只不過他發現，這道掩護有時候就連在他自己身上也有用。

這樣的平衡維持了幾乎整整兩個小時，直到婚禮派對進入尾聲，這時大石走了過來。他稍早一定跟雅多林和圍紗談過，因爲他們一發現他走過來便雙雙溜出包廂，留下大石和卡拉丁單獨談話。

大石的表情讓卡拉丁反胃。所以時候到了，對吧？當然了，哪天不發生，就是會發生在這一天。

「低地人，我的隊長。」大石說。

「一定要今天嗎，大石？我今天狀況不好。」卡拉丁說。

「你上次也這麼說。」大石說。「上上次也是。」

卡拉丁穩住自己，點點頭。

「如你要求，我等了，我要交給族人的阿瑪朗碎具，現在卻放在盒子裡積灰。」大石一雙大手壓在桌上。「等待是好建議。我的家人厭倦旅行了。最好花些時間，讓他們認識我的朋友。還有可絨，她想受訓。哈！她說食角人和雅烈席人的傳統都很蠢。我族人中的第一個碎刃師不是努阿托瑪，而是一個女孩。」

「也可以是你，大石。」卡拉丁說。「靠你贏得的碎具，或是與自己的靈一起成爲燦軍。我們需要你。我需要你。」

「你以前有我。現在，我需要我自己。是時候回去了，我的兀拉瑪凱，我的隊長。」

「你剛剛才說你們的傳統很蠢。」

「對我女兒來說是。」大石手指自己心臟。「對我來說不蠢，卡拉丁。我舉起弓了。」

「你救了我一命。」

「我做了那個選擇，因爲你值得那樣的犧牲。」他橫過桌面，一手放在卡拉丁肩膀上。「但我現在必須走，那才算是犧牲，這樣才對，要去我族人之間找正義。我會帶著你的祝福離開。但我無論如何都要走。」

「自己走嗎？」

「哈！那就沒人跟我聊天！頌恩跟我一起，還有比較小的小孩。可絨和給福，他們想留下。給福不該戰鬥，但我擔心他會。那是他的選擇，就像這是我的選擇。」

「摩亞許還在外面，大石。他可能會攻擊你，如果你不戰鬥……你的家人有可能有危險。」

這番話令大石一頓，但他又笑出來。「斯卡和德雷都說想看我的山峰。或許我會讓他們幫忙飛我的家人，我們就不必走過整片蠢低地。那我們就有保護了，對不？」

卡拉丁點頭。他最多只能做到這樣——派人護送。大石似乎在等待什麼……卡拉丁領悟，或許他在等卡拉丁說要跟他們一起去。去看看大石老是吹噓的食角人山峰。這個大個子廚子說的故事總是不一致。那地方是個嚴寒的荒原，還是一個豐饒又溫暖的天堂？

無論如何……卡拉丁或許能去。他或許能飛出去冒險。帶大石回家，然後留在那裡，或就這麼逃離，在某處找到戰場。達利納無法阻止他。

不。卡拉丁立即駁回這個想法。逃走是小孩子的行徑。除此之外，他不能跟大石走。不只是因為那股逃離的誘惑，也因為他覺得若大石自願接受正義的制裁，他不覺得自己能忍得住。這名食角人一直故意不提他的族人可能會因為他的行為對他施以什麼懲罰，但卡拉丁向來認為他們根據出生順序決定人生角色的傳統整個都很愚蠢。如果卡拉丁去了，可能會在不知不覺中破壞他朋友的決定。

「我祝福你，大石。」卡拉丁說。「祝福你的離去，也祝福想暫時離開、陪你回去的人。身為一名逐風師榮譽護衛，你應該得到的不只如此。如果你真的遇上摩亞許……」

「哈。」大石起身。「他應該試試看來找我。我就能靠得夠近，好用雙手握住他的脖子扭一扭。」

「你不戰鬥的。」

「那個嗎？不是戰鬥，是除害。廚子也能殺死他在穀子中找到的老鼠啊。」他咧嘴一笑。卡拉丁跟他夠熟，知道這只是玩笑。

大石伸出雙手要擁抱。「來，跟我道別。」

卡拉丁感覺像被催眠了，他起身。「你會回來嗎？在那之後如果你能夠的話？」

大石搖頭。「我在這裡跟你們所有人一起經歷的事，結束了。當我們再次相見，我想應該不會是在這個世界了。或是這輩子。」

卡拉丁擁抱他的朋友。最後一次彷彿要壓碎骨頭的食角人擁抱。他們分開時，大石又哭又笑。「你把我的人生還給我了。謝謝你，卡拉丁，橋隊長。我現在選擇要去過那個人生，你不要因此傷心。」

「你會被監禁或更慘。」

「我交給神。」大石伸出一根手指。「有一個住在這裡。一個阿法利奇。祂是強大的神，但也很狡猾。你不該弄丟祂的笛子。」

「我……不認爲智臣是神，大石。」

他輕敲卡拉丁的頭。「跟平常一樣空氣病。」他又咧嘴笑，深深彎腰、恭順地鞠躬，卡拉丁從不曾見他這麼做過。

之後大石便回到門邊找頌恩，隨即離開。永遠地。

卡拉丁癱進椅子裡。至少大石不會留下來看見卡拉丁被削職。大石剩下的時日無論長短，都能安心地假裝他的隊長，他的兀拉瑪凱，將永遠都是那麼強大。

# 13 另一場狩獵

先進的法器以幾種不同的技術製作。結合法器需要謹慎切割寶石——以及其中的靈。如果正確執行，切開的兩半會繼續如完整單一寶石那般運作。

須注意，傳統上紅寶石和火靈即爲此用途，已證實它們最容易切割，回應時間也最短。其他種類的靈無法如此平均、輕易地分割，或是根本無法切割。

——娜凡妮·科林爲君王聯盟所提供之法器機制課程，兀瑞席魯，傑瑟凡日，一一七五

婚禮派對隔天早上，紗藍得面對圍紗過量飲酒的下場。又來了。她的頭陣陣發疼，昨天深夜的大部分記憶一片模糊。颶他的女人。

她用了一點颶光和藥草治療頭痛，幸好跟她的會計和大臣們開完會後已感覺好多了。她是藩王之妻，儘管他們位於雅烈席卡的土地遭敵人占領，她和雅多林仍要照管十分之一的兀瑞席魯。

考量紗藍的燦軍職責，他們安排了幾名信得過的女人管理財務，她們的丈夫則負責管理治安與衛兵。會議通常需要燦軍光主做幾項決策，也需要紗藍審核帳目。她未來還會有更多工

作，但就目前而言，一切都還在掌控中。雅多林說，任務結束後，她無論如何都該休息一段時間。

他利用這段時間去騎馬。因此，書記離開她的晉見廳後，紗藍發現自己獨自一人，而且數週以來首度不需要扮演任何角色。她翻看信件和信蘆通信了一會兒，最後，在看見一封於返回的前一天送達的信件時，一下子僵住了。

交易已確定並安排妥當。靈將到來。

她把信拿在手上片刻，接著燒了它。她感覺一陣寒意，決定再也不想單獨待在自己房間裡，於是走去找她的哥哥們。

他們的住處與她相距不遠，她到的時候只有傑舒在，不過他讓她進去，跟她聊起她的任務。接著，一如她平常來訪時，紗藍自行來到火爐邊畫畫。這感覺很……自然。拜訪哥哥們並不一定表示得從頭到尾跟他們聊天。

她窩在火爐邊的毯子裡，在這快樂的幾分鐘內，她能幻想自己置身賈．克維德的家中。在她的幻想中，爐火劈啪作響，她繼母和父親在附近跟幾位到訪的執徒聊天，那都是些從教會來的男男女女，代表她父親最近行爲端正。

父親喜歡炫耀紗藍的才能，因此容許她拿著她的素描簿。她閉著眼畫下火爐。她很常在這裡畫畫，每一塊磚塊都刻在她腦海中了。好時光。溫暖的時光。

「嘿，妳在畫什麼？老家的火爐嗎？」傑舒問。

紗藍微笑，儘管說話的是眞正的傑舒，她也把他放進她的幻想畫面中。四個哥哥之一。因爲在這段回憶中，她還有四個哥哥。傑舒和維勤是雙胞胎，不過傑舒比維勤愛笑。巴拉特會坐在附近的椅子上，假裝自信滿滿，因爲赫拉倫回來了；只要在達伐家最年長的兄弟附近，巴拉特總是會把自己膨脹起來。

她睜開眼，看了看聚集在她身旁的小創造靈，它們在模仿一些平凡無奇的小東西：她母親的茶壺、撥火棒，都是賈·克維德家中的物品，而非此處可見之物。它們莫名回應著她的想像，其中一個格外令她感覺冰冷：一條溜過地板的項鍊。

事實上，待在老家的日子並不美好。那是一段屬於眼淚、尖叫的時光，一段分崩離析的人生。那也是她記憶中全家人最後一次齊聚一堂。

除了……不，那時候並不是全家都在。這段回憶發生在……發生在紗藍殺死她母親之後。

*面對它！*她憤怒地對自己想著，*不要忽視它！*圖樣穿過兀瑞席魯的地板，在舞動的創造靈之間旋轉。

她當時才十一歲。七年前的事了。如果時間順序沒錯，還是小孩的她一定已經開始看見圖樣。遠遠早過加絲娜首次與她的靈相遇。紗藍不記得她第一次遇見圖樣時的情況。只隱約有點印象，當時的她召喚出碎刃，保護還是孩子的自己。她切除了所有相關記憶。

*不，記憶還在，*圍紗想著，*在內心深處，紗藍。*

她看不見那些記憶，*不想看見*。隨著她避開它們，某個黑暗的東西在她體內擾動，變得越來越有力。無形。紗藍不想當那個做出那些事的人。那……那個人無法……無法被愛……

她的手指緊緊握住鉛筆，半完成的畫擱在她腿上。她會好好努力，逼自己閱讀研究，了解其他也擁有不完整人格的人。她在醫學文本中只找到幾個提及相關情況的紀錄，但這些紀錄都暗指，就連執徒也以對待畸形的方式對待像她這樣的人。他們是應該被關進暗處的畸形，這樣才對他們有益。研究他們的學者認爲這些案例「異於尋常的天性頗爲新奇」，而且「對研究精神病患混亂的心智有所啓發」。顯然她完全不必考慮帶著她的問題去找這些專家。

在這些案例中，記憶喪失顯然頗爲常見，不過紗藍的其他經驗似乎有明確的差異。重點在於她並沒有出現持續性的記憶喪失。所以她或許沒事。她已經穩定了。

*一切都在好轉。一定是這樣。*

「颶風啊，」傑舒說。「紗藍，妳畫的東西還眞……眞怪。」

她把注意力拉回她的素描——因爲閉著眼，她畫得很糟。她花了一秒才注意到，她在老家的火爐裡畫了燃燒中的靈魂。其他人可能會誤認爲是火靈，只是它們看起來和她與她哥哥們是如此相似……

她啪地闔上素描本。她不在賈・克維德。她面前的火爐中並沒有火，只是兀瑞席魯一個房間裡的凹坑，裡面放了一個加熱法器。

她必須活在當下。傑舒不再是她記憶中那個胖嘟嘟、總是笑瞇瞇的男孩。他現在是一個體重過重的男人，滿臉鬍子，隨時都得看著他，以免他又偷了什麼，拿去典當換賭金。他們曾經兩度逮到他試圖拿走加熱法器。

他對她展露的那種微笑是個謊言。也或許他只是盡最大努力維持愉快的模樣。全能之主知道她了解那是怎麼回事。

「沒什麼要說的嗎？」他問。「沒有妙語嘲諷？妳幾乎再也不說俏皮話了。」

「你不常在我身邊，所以我材料匱乏啊，」她說。「而其他人的無能比較沒那麼有啓發性。」

他微笑，但縮了縮，紗藍立即感到羞愧。這玩笑太精確了。她不能做得好像他們都還是孩子一樣。當時，他們的父親是一個巨大的共同敵人，因此他們那些絞刑架下的幽默成了一種應對方式。

她擔心他們會漸行漸遠，因此時常到訪，幾乎帶了點反抗意味。

紗藍想試試另一個玩笑，但傑舒已起身去拿食物。她讓他離開，嘆了口氣，在背包裡摸索一番，找出雅萊的筆記本。她正慢慢拼湊出一點意義。舉例來說，雅萊的間諜偷聽到鬼血的成員討論一條穿越迷光海的新路線。這是她和其他人一年前進入幽界時到過的地方。更確切來說，有整整三頁都寫滿地點，而且這些地點都位於靈的神祕世界。

我們逮到一個鬼血成員，我在他的物品中看見一幅地圖，雅萊寫道，眞該製作複本才對，因爲地圖消失於火災中。以下是我記得的部分。

紗藍在雅萊粗略的地圖下方做了些筆記。無論這女人擁有再高明的政治技巧，都被她低劣的藝術能力抵銷了。或許紗藍能找到幽界眞正的地圖，並加以比對？

門打開，擔任衛兵的巴拉特和他的一位朋友値勤完畢回來了，而紗藍背對著他們。從壓低音量的談話聲聽來，巴拉特的妻子愛莉塔在走廊的某處遇上他們，這會兒正被巴拉特說的話逗得哈哈大笑。過去這一年來，紗藍意外地越來越喜歡這名年輕女子。紗藍記得自己還小的時候，曾嫉妒有可能把哥哥搶走的人，不過現在年紀增長，她看得更透澈了。愛莉塔友善又眞誠，而且你得夠特殊，才會愛上達伐家的成員。

紗藍繼續研讀筆記本，同時撥出一半注意力，傾聽巴拉特與愛莉塔和他們的朋友聊天。愛莉塔先前一直鼓勵巴拉特找份工作，只不過紗藍並不確定衛兵是不是最適合他的選項。巴拉特有一種稍微太享受其他生物痛苦的傾向。

巴拉特、愛莉塔和他的朋友走向另一個房間，那裡裝了冷卻法器，用以讓肉類和咖哩維持低溫以備烹調。他們的生活變得如此方便，而且還可能更加便利。紗藍的地位提高，成爲藩王之妻，這個家因此能獲得數十名僕役。

然而她的哥哥們已變得不信任僕役，也在簡竄中習慣沒有僕役的生活。除此之外，這些法器能夠抵上十二個人的工作，不需要人砍柴運柴，也不需要每天跑一趟塔城廚房。紗藍幾乎要擔心起娜凡妮的法器師會把他們都變成懶惰鬼。

*好像擁有僕役還沒讓大多數淺眸人變懶惰一樣*，紗藍心想，*專注。鬼血爲什麼對幽界這麼感興趣？圍紗，有什麼想法嗎？*

圍紗皺眉，心不在焉地轉身改爲背對牆，一隻腳穿過背包的背帶，以防背包被扯掉。當她化身圍紗，房間裡的色彩隨即變得……黯淡。色彩本身沒有改變，有所不同的是她的感知力。紗藍會說岩層線條是鐵鏽色，不過對圍紗來說，那就只是紅色而已。

巴拉特、愛莉塔和傑舒移動到陽台，正在和另外那名衛兵說笑，圍紗留意著通往那兒的門。笑靈也來到門前。這位朋友是誰？剛剛紗藍沒費心注意。

抱歉，紗藍說，我沒注意。

圍紗研究筆記本內的文字，挑出相關的部分。地圖、地名、有關在幽界移動物品所需花費的討論。紗藍第一次執行鬼血的任務時，圍紗還只是筆記本上的一幅畫，她的任務是監視阿瑪朗，而阿瑪朗正在研究如何找出兀瑞席魯和誓門。

誓門主要用來迅速移動軍隊與補給，不過還有其他功能：人能夠透過誓門往來幽界。過去這一年來，達利納的學者和燦軍已慢慢揭開這層用途的面紗。墨瑞茲要的是這個嗎？

圍紗在墨瑞茲的行動中看見某件大事的片段：找到誓門，試圖掌握自由進出幽界的途徑，甚至加以獨占；過程中順便試著移除諸如加絲娜的競爭者；然後吸收一個能夠看進幽界的燦軍；最後，攻擊其他也努力解開這些祕密的組織。

她必須……等等。那嗓音。

圍紗猛地抬起頭。在跟她哥哥們聊天的那名衛兵。沉淪地獄啊。圍紗啪地闔起筆記本後塞進裙子的口袋，站起身，接著讓紗藍把她的頭髮又變成紅色，不過依然由圍紗掌控。

她朝陽台窺看，不過已經知道她會看見外面的人，是墨瑞茲。

他抬頭挺胸站在那裡，一臉顯眼的疤痕，身上穿著和巴拉特一樣的黑金雙色制服，那是瑟巴瑞爾藩國的顏色——紗藍嫁入科林家之前就是選擇與那個家族結盟。一年前，她也看過墨瑞茲身穿相似的制服，任職於雅萊家。

墨瑞茲與那身制服並不相襯。不是剪裁的問題，穿在他身上就是……不對勁。就這份工作而言，他同時顯得太過高傲又太過特異，具掠食性，但衛兵應該要恭順才對，同時又優雅。衛兵對淺眸人來說應該是屬於較低下的工作。

他當然看見她了。墨瑞茲總是會留意門，她就是跟他學會這招。他沒有破壞他的角色，對巴拉特說的話回以大笑，但偽裝的技巧完全比不上紗藍。他抹不掉笑聲中的傲慢，或笑容中的殺氣。他沒有融入角色，只是像戲服一樣套在身上。

圍紗盤起雙臂，懶懶地倚在門邊。山上傳來一陣冷風，令她發起抖來。墨瑞茲和男孩們假裝他們不冷，只不過面前吐出陣陣白煙，長釘般的寒靈從陽台欄杆冒出來。真怪啊，當你身處塔城中，就算門開著，室內依然比室外溫暖許多。確實，愛莉塔很快便藉口回室內，經過圍紗時對她微笑揮手，紗藍也對她打招呼。

圍紗則是繼續注意墨瑞茲。他顯然希望她看見他和她的哥哥們互動。他很少公然威脅，但這是一個警告。是他把哥哥們平安送到這裡，做為她提供服務的報酬，但他能隨時取回他給予的事物。身為衛兵，他每天都要練劍，而那把劍距離巴拉特很近。意外總會發生。紗藍因此略感焦慮，不過圍紗能夠玩這遊戲，就算棋子是她所愛的人也一樣。

我們必須隨時準備行動，燦軍光主想著，把我們的兄長挪到安全的地方。

圍紗認同。有這樣的地方嗎？還是說她應該也自己打探一些消息、加以利用？她需要情報——有關鬼血，也有關墨瑞茲自身。儘管曾一起工作，她對這男人仍幾乎一無所知。

她好奇墨瑞茲會如何創造機會，好讓他們兩個能夠單獨談話。身為低階淺眸士兵，他請求與紗藍會面將是一件很不自然的事。

簡短談話後，墨瑞茲說：「我真的很喜歡你這裡的景觀，巴拉特！真希望我也能獲得配置了陽台的房間。看看那些山脈！下次我經過下面的庭院時會抬頭仰望，試試能不能找到你。無論如何，我該回去我的住處了。」

他假裝這才注意到紗藍站在那兒，急忙對她鞠躬。不錯的一手，不過做得太過頭了。她對他點頭，而他隨即穿過他們家離開。他想跟她在庭院會面，但她沒打算急匆匆地回應他的召喚。

「巴拉特。」她喚道。「那男人，你跟他認識很久了嗎？」

「嗯？為什麼這麼問，小東西？」巴拉特轉身面對她。剛相聚的那幾個月中，跟他說話感覺極其尷尬。巴拉特以為她還是同樣那個離家追尋加絲娜的怯懦女孩。跟他們在一起，紗藍才發現自己在與他們分別的這些日子裡有多大轉變。

詭異的是，跟三位哥哥在一起時，她總是得奮力搏鬥，以免故態復萌。並不是說她想回到那個年輕、怯懦的自己。但那有一種新版本的她並不了解的熟悉感。

「那男人，」圍紗說。「他叫什麼名字？」

「我們都叫他圭偕。」巴拉特說。「他這年紀受訓算老的了，不過因為招募新兵的關係，很多沒拿過劍的人都跑來加入。」

「他厲害嗎？」圍紗問。

「圭偕？才不呢。我是說他還可以，只是一直犯錯。上週差點不小心砍下一個人的手臂！塔拉南隊長痛罵了他一頓，妳真該聽聽那一段！」他輕笑，但笑意被圍紗陰沉的表情逼退。

她變成紗藍，露出遲來的微笑，不過哥哥們已經覓食去了。她看著他們邊走邊聊，某種情緒在她心裡激蕩了起來：懊悔。他們已找到家人相處的平衡，然而當他們聚在一起，她卻不確定自己能否習慣當其中的那個成熟的大人。

這讓她想去騷擾雅多林。她以為她能夠找出在下方的他，看見他在他們劃給馬兒的牧場裡騎著達利納的馬。不過她不會去打擾他——跟那匹瑞沙迪馬待在一起是雅多林人生中最純粹的樂事之一。

最好還是如墨瑞茲所願，去會一會他吧。

❖

用「庭院」二字形容哥哥們住處窗戶下方的小空地，眞是大大言過其實。沒錯，有些雅烈席卡園丁開始在這裡栽種板岩芝和其他裝飾性植物，不過寒冷的氣候阻礙生長，就算經常使用加熱法器，充其量還是只像地上網狀的彩色土墩，完全不是眞正庭院那種美好的植栽牆。她只看到兩個小生靈。

墨瑞茲像根暗色的杜子般杵在另一端，正在眺望結霜的山峰。圍紗沒有試圖偷偷摸摸靠近，她知道他會察覺她到來。無論她發出的聲音再小，他似乎就是能夠察覺。她一直努力複製這樣的能力。

她反而直接走到他身旁。她戴上了帽子，也穿上外套、扣好釦子以抵禦寒風，不過連同她的臉在內，都覆上了瑟巴瑞爾軍隊中一名衛兵的幻影，以免有人看見他們兩個人會面。

「妳，」墨瑞茲說話時沒看著她。「再度獲得讚賞，小小刀。榮譽之子基本上已經覆滅，少數殘黨各自藏匿。有了達利納的士兵在戰營『重建秩序』，不太可能再度出現侵擾。」

「你們的一個間諜殺了雅萊。」圍紗試著弄清楚墨瑞茲到底在看什麼。他熱切地注視，目光追逐著遠處的某個東西，但她只看見白雪和山坡。

「對。」墨瑞茲說。

「我不喜歡有人在我身後監視的感覺，這代表你不信任我。」圍紗說。

「我應該信任妳們三個嗎？我怎麼覺得有部分的妳們並不……全心投入。」

她終於找到墨瑞茲看的東西了：一小點色彩翱翔穿過峽谷。他的寵物雞，綠色那隻。墨瑞茲尖銳地吹了聲口哨，聲音在下方迴蕩。那生物轉向朝他們而來。

「妳必須決定妳還要繼續這樣挑逗多久，圍紗。妳戲弄我們。妳到底是不是鬼血的一份子？妳享受我們組織的好處，卻拒絕接受刺青。」

「我為什麼會想要一個可能洩露我身分的東西？」

「因為其中代表的承諾。因為其永恆感。」他打量她，注意到她的偽裝。「當然了，因為妳擁有的力量，沒什麼是永恆的，對吧？妳專門經手短暫的事物。」

雞飛回來時，他伸出一隻手臂，牠隨即振翅降落，爪子攫住他的外套。這隻雞是圍紗平生僅見最古怪的品種，有彎鉤般的巨大喙子，一身亮綠色羽毛。牠嘴裡啣著某個東西，是一隻毛絨絨的小動物。可能是老鼠，但看起來不對勁。

「那是什麼？牠抓到什麼？」圍紗問。

「一隻鼴鼠。」墨瑞茲說。

「什麼？」

「像老鼠但又有所不同的動物。妳知道『鼴鼠』這個詞吧？也用來稱呼長期潛伏的間諜？就是因為這些生活在雪諾瓦的動物，牠們老是在不該打洞的地方打洞。幾世紀以來，牠們已經越過亞西爾，隨後進入山區。」

「隨便吧。」圍紗說。

疤臉男子又打量她，唇間略帶笑意。「紗藍會覺得這很有意思，圍紗。妳不想為了她再多問問嗎？來自雪諾瓦的侵略性物種，慢慢在山區建立起自己的家園？羅沙動物大多法在山區生存，因為牠們欠缺毛皮。適者生存，妳知道的。」

紗藍在他說話的同時浮現，因此她取得記憶。她需要畫下這小動物。牠到底如何在嚴寒的氣候下存活？上面一定沒任何東西可吃吧？

「獵人知道他的獵物賴以藏匿與繁衍的優勢。紗藍了解這點，她追求了解這個世界。妳不該如此輕易拋開這些知識，圍紗，它們可能在妳沒預期到的地方發揮用途，這對妳們兩個都有助益。」

沉淪地獄啊。紗藍討厭跟他說話。她發現自己想點頭贊同，想向他學習。燦軍光主低聲說出眞相：紗藍跟著一個沒把任何一項父親職責做對的父親共度童年。一部分的她在墨瑞茲身上看見替代品。強壯、自信，更重要的是，還不吝讚賞。

他的雞用一隻腳爪抓住獵物，進食的時候幾乎像是使用雙手的人類。這東西好古怪、好陌異。牠站得筆直，不像紗藍研究過的任何野獸。牠對墨瑞茲啁啾鳴叫時，聽起來幾乎像在說話，她發誓她能偶爾分辨出其中的幾個字。牠就像一個人類的拙劣小仿造品。

她從雞大快朵頤的殘忍畫面別開視線，墨瑞茲則是認可地看著那動物。

「除非我知道你們到底試圖達成什麼，否則我無法完全加入鬼血。我不知道你們的動機。而在我知道之前，我怎能與你們結盟？」她說。

「妳一定猜得出來。顯然跟權力有關。」墨瑞茲說。

她皺眉。所以……眞的這麼簡單？她是否在這男人身上幻想出實際上並不存在的深度？

墨瑞茲繼續讓雞站在他的一隻手臂上，另一隻手伸進口袋摸索。他拿出一顆鑽石布姆，交給她，用她的手指包覆住鑽石。她的拳頭內散發光芒。

「力量。」墨瑞茲說。「便於攜帶與收納，而且可再生。妳手中握著一場颶風的能量，圍紗。未經加工的能量，摘自肆虐暴風的核心，但已遭收服；不只是安全的光源，也是安全的力量來源，可供那些具備……特殊興趣與能力者取用。」

「當然囉。」圍紗又冒出來。「同時基本上也毫無用處，因爲人人可得。寶石才是價値所在。」

「這樣想，眼界就小了。」墨瑞茲說。「寶石只不過是容器，不比一只杯子珍貴多少。如果妳想帶著液體穿過廣袤乾地，那麼容器確實重要，但價値只在於其內容物。」

「你想穿過什麼樣的『廣袤乾地』？我是說，你總是可以等颶風來襲就好啊。」圍紗說。

「妳的思考模式受到制約，妳被困住了。」墨瑞茲搖頭。「我以爲妳能看得更廣、做更偉大的夢。告訴我，當妳進入幽界，些微的颶光有多珍貴？」

「非常珍貴。所以……你是在說攜帶颶光進入幽界的事？靈擁有什麼你想要的東西？」

「那是個錯誤的問題，小小刀。」

該死。圍紗感覺怒氣上湧。她不是證明過她自己了嗎？他竟敢像對待某個低階學徒那般對待她。

幸好她們此時有燦軍光主引導她們。她學習過圍紗拒絕學習的教訓。燦軍光主並不介意遭受學徒般的對待，燦軍光主喜歡學習。雖然還是穿戴著男人的臉孔，她讓紗藍爲她們的頭髮注入金色，她的雙手在身後交疊，站得更挺了些。

問個更好的問題。「納拉西斯、司卡達利亞。這些是什麼？」

「是納西斯（Nalthis）、司卡德利亞（Scadrial）。」他的讀法略有不同。「它們在哪裡。這是一個非常好的問題，燦軍光主。它們是幽界中的地點。我們的颶光是如此容易捕捉並運輸，在那些地方卻會是極具價値的商品。只需要說這些便足矣。」

有意思。她對幽界所知甚微，不過靈擁有數個廣大城市，她也知道颶光在那兒奇貨可居。「因此你才想搶在加絲娜之前找到兀瑞席魯。你知道可以利用誓門輕鬆往來幽界。你想控制與這些世外之地的貿易與往來。」

「很好。」墨瑞茲說。「穿越幽界到羅沙貿易在歷史上向來是件難事，因爲只有一個穩定的出入口，由食角人控制，而和他們打交道總是令人不快。不過羅沙擁有寰宇中許多人都渴望的東西：免費、便於攜帶、容易取得的力量。」

「一定不只如此。」燦軍光主說。「有什麼陷阱？這系統的問題是什麼？如果沒有問題，你一定不會告訴我這件事。」

他看了看她。「絕佳的觀察力，燦軍光主。真遺憾我們相處的機會不多。」

「如果你對人更坦率一點，我們能相處得更好。你這種人令我作嘔。」燦軍光主說。

「什麼？我？區區一個衛兵？」墨瑞茲問。

「一個差點殺死其他士兵、因而獲得笨拙這種名聲的衛兵。如果你傷害紗藍的哥哥們，墨瑞茲……」

「我們不傷害自己人。」墨瑞茲說。

所以成為自己人吧，這是他的弦外之音。燦軍光主厭惡他的遊戲，圍紗卻覺得好玩。然而，目前仍由燦軍光主主導。她有所斬獲。

「陷阱呢？問題呢？」她拿起那枚布姆。

「我們稱這種力量為『授予』，而授予以多種形式顯現，與諸多地方與諸多不同神祇緊密相連。授予被束縛在特定的地點，因而非常難以運輸。它會抗拒。若試著攜帶它到距離太遠的地方，你會發現越來越難以動彈，因為它變得越來越重。

「同樣的限制也約束著本身獲得強大授予的人。燦軍、靈──與羅沙聯繫的所有事物都受這些定律約束，無法去到比亞辛（Ashyn）或布雷司更遠的地方。你們受困於此，燦軍光主。」

「三顆星球那麼大的囚牢。要是我沒感覺到受困，還請見諒。」燦軍光主說。

不過圍紗躲了起來，像這樣的事總是令她畏縮──規模如此宏大的概念與問題。要是紗藍……紗藍想翱翔、想學習、想發現。然而就算她不曾知道限制的存在，得知她受所發現的事物限制確實令她感到不安。

墨瑞茲取回布姆。「這顆寶石無法去到需要它的地方。更完美的寶石能夠容納颶光夠長的時間，因而能撐到他界（Offworld），不過還是有聯繫的問題。這個小缺陷造成無限的麻煩，而解開祕密的人將獲得無限的力量。真正的力量，燦軍光主。改變各世界的力量……」

「所以你想解開這個祕密。」燦軍光主說。

「我已經解開了。」墨瑞茲握拳。「然而，實際推動計畫沒那麼簡單。我有個任務給妳。」

「我們不想接任務。這樣的結盟該結束了。」燦軍光主說。

「妳確定？妳們三個都確定嗎？」

燦軍光主的嘴唇抿成一條線，不過她知道實情。不，她們不確定。她不情願地讓紗藍現身，髮色慢慢變回自然的赭紅。

「有些消息給你。」紗藍說。「我不在時，斯加阿納跟我連絡了。她同意你的條件，正要送她的一個靈到塔城來，它會在這裡研究你的成員，尋求可能的締結。」

「條件並不是這樣。她應該要答應給我一個靈締結。」

「考量去年開始時的狀況，」紗藍說。「你應該見好就收。最近很難跟她連絡上，我想她頗為憂慮其他人對待雷納林的方式。」

「算了。」墨瑞茲說。「憎惡無時無刻都在監看。我們必須小心。我……接受這樣的條件。還有其他消息嗎？」

「雅萊在達利納身邊安插了一個間諜，因此榮譽之子或許尚未完全覆滅。」紗藍說。

「有趣的推理方向，但妳錯了。榮譽之子並沒有在達利納身邊安插間諜。我們在達利納身邊安插了幾名間諜，他們只是剛好攔截到其中之一的通訊。」

啊……這解釋了許多事。雅萊本身無力接近達利納，但若她找到方法從鬼血那兒攔截情報，那結果是相同的。

就她所能判斷，墨瑞茲並沒有對她說謊。所以……

「所以我不需要擔心兩個間諜，只要顧慮你派來監視我的那個就好，也就是殺死雅萊的那一個。是雅多林的一個衛兵，對吧？」

「別傻了。我們對那樣的男人沒興趣。他們對我們一點用也沒有。」

「那是誰？」

「我不能洩漏祕密。」墨瑞茲說。「只能說我對織光師著迷，就這樣。妳也毋須擔心我是不是眞在妳身邊放了人。危急的時候，這樣的人或許會是……一股助力。愛亞提也爲我做了一樣的安排。」

紗藍心中湧起一陣憤怒，他幾乎要讓她認爲鬼血間諜就在她的織光師之中了。然而這也說得通。墨瑞茲會想找個在士兵無法觸及的地方也能監視紗藍的人。逃兵之一嗎？還是伊希娜？或是新進的侍從？這想法令她反胃。

「愛亞提隸屬於賽達卡主人。他剛開始雖然憤怒，但仍接受我們無法控制誓門的這個事實。我對他解釋，這其中至少有股緩和的作用，就像颶風的瀝流。有了達利納掌控誓門，他便能夠全心投入對憎惡的戰爭。」

「而那有助於你的目標？」

「我們無意看見這世界遭敵人統治，紗藍。賽達卡主人只希望能保有蒐集並運輸颶光的方法。」墨瑞茲又舉起鑽石布姆，它彷彿眞正太陽旁的一顆迷你太陽。

「那爲什麼要攻擊榮譽之子？」紗藍問。「剛開始我還能理解，他們試圖搶在我們之前找到兀瑞席魯。但現在呢？雅萊造成什麼威脅？」

「這才是眞正絕佳的問題。」墨瑞茲說，而她壓抑不了圍紗受他稱讚時的興奮之情。「這祕密與加維拉有關。先王。他之前在做什麼？」

「同樣的老問題。」紗藍說。「我在加絲娜的督導下花了幾週的時間研究他的人生，她似乎認爲他在找碎刃。」

「他的志向一點也不這麼低微。」墨瑞茲說。「他招募其他人，向他們承諾能找回古老的榮耀與力量。有些人，例如阿瑪朗，他們是因為這些承諾才聽從，而因為同樣的理由，他們也很容易受敵方誘惑。其他人則透過他們的宗教理念被操弄。然而加維拉……他真正要的是什麼？」

「我不知道。你知道嗎？」

「有部分是永生。他以為他能夠變成類似神將的存在。在他追尋的過程中，他發現了一個祕密。他在永颶之前便已擁有虛光，取自布雷司，也就是你們稱為沉淪地獄的地方。他當時正在測試光在世界之間的活動。接近他的人或許掌握了答案。無論如何，我們不能冒險讓雅萊或榮譽之子重新發現這些祕密。」

墨瑞茲的雞享用完大餐，儘管牠進食過程中挑揀著肉來吃，到最後還是把剩下的屍體吞食殆盡。牠抖鬆羽毛，蹲了下來。紗藍不常與這種生物相處，牠看似不喜歡這裡的寒冷。

墨瑞茲炫耀牠的模樣看起來眞詭異。但她想這是他這個人的一部分，他向來不甘於融入。大多數人多半會認為飼養古怪的異國寵物是一種怪癖，然而紗藍不禁認為並不只如此。墨瑞茲收集戰利品，她在他的私人物品中見過許多古怪玩意兒。

她眨眼，取得雞蹲在他手臂上、讓他為牠搔搔頭項的另一則記憶。

「外面還有好多事物，小小刀。」墨瑞茲說。「那些事物能夠動搖妳的認知、擴展妳的觀點，讓原本看似山脈的東西化為小卵石。妳能夠知曉的事物，紗藍。妳能納入妳的素描簿裡中的人，妳能見識的風景……」

「告訴我。」她冒出一股意料之外的飢渴。「讓我見識。讓我知曉。」

「這些事需要付出與體驗。」墨瑞茲說。「我不能只是被告知，而妳也一樣。我已經給妳夠多了。若想更進一步，妳必須搜索祕密。贏得它們。」

她對他瞇起眼。「好吧，這次你想要什麼？」

他露出狩獵者的笑容。

「你總是讓我想做你要求我做的事。」紗藍說。「你不僅用獎賞引誘我，同時也用祕密本身，或是危險。你知道我會被阿瑪朗研究的內容勾起好奇心，你知道我會因爲雅萊對雅多林造成的威脅而想阻止她，我最後總是會做你想要我做的事。所以這次又是什麼？你想讓我做什麼？」

「妳變成一個追尋眞相的獵人。我從一開始就知道妳的潛能。」他看向她，淡紫色雙眼在她仍維持紅色的頭髮上流連。「有一個男人，雷斯塔瑞，妳聽過這名字嗎？」

「聽過。他跟榮譽之子有關？」她在拿到雅萊的筆記本之前或許就聽過這名字，但這幾個字也在筆記本內出現了好幾次。這女人一直嘗試連絡上他。

「他一度是他們的首領，」墨瑞茲說。「說不定還是創始者，但我們並不確定。無論如何，他從一開始就涉入其中，而且他知道加維拉做到什麼程度。雷斯塔瑞或許是唯一知道的活人了。」

「太棒了。你要我找出他？」

「噢，我們知道他在哪裡。他在一個沒有其他鬼血成員能夠進入的城市要求庇護，也獲准了。」

「你們不能進入的城市？哪裡的防禦措施這麼嚴密？」紗藍問。

「一個稱爲『永恆至美』的要塞，榮耀靈在幽界的故鄉與首都。」墨瑞茲說。

紗藍讚嘆地長長吹了一聲口哨。說來奇怪，那隻雞竟模仿了起來。

「這就是妳的任務。」墨瑞茲說。「想辦法去到永恆至美，進去後找出雷斯塔瑞。那座城市裡的人類應該屈指可數。事實上，或許只有他一個。我們不知道。」

「我要怎樣才能做到？」

「妳足智多謀。」墨瑞茲說。「其他鬼血成員迄今都還無法觸及妳和妳的人連結到的靈。」他的視線掃向棲息在她外套上的圖樣，而他一如平常，在他人談話時保持沉默。「妳會找到辦法的。」

「假設我做得到，我又該拿這男人怎樣？我可不要殺他。」紗藍說。

「別急。等妳找到他，妳會知道該做什麼。」墨瑞茲說。

「我很懷疑。」

「噢，妳會的。當妳從這次任務凱旋歸來，妳的獎賞將會一如以往，是某個妳渴望的東西。答案。所有答案。」

她皺眉。

「我們將毫無保留。在這之後，我們所知的一切都將爲妳所有。」

紗藍盤起雙臂，掂量著她的渴望。超過一年以來，她都告訴自己，她繼續配合鬼血只是爲了找出他們的祕密。但是圍紗喜歡身爲他們的一員，她喜歡陰謀詭計的刺激，甚至是可能被發現的懸疑感。

然而紗藍總是在找答案。眞正的祕密。就算加絲娜知道了，一定也不會對紗藍感到太生氣才對。她滲透他們，設法找出他們的答案。一旦紗藍獲悉鬼血一直以來隱藏的一切，她就會去找加絲娜。她如此接近最終的獎賞，現在抽身有什麼好處？

我察覺妳做這件事還有其他理由，紗藍，燦軍光主在腦中對她說，那是什麼？妳對我們隱瞞了什麼？

「你不害怕嗎？」紗藍問墨瑞茲，不理會燦軍光主的問題。「要是我知道了你們的祕密，你就再也無法耍弄我了。你將無法再誘哄我。」

「如果妳做了這件事，小小刀，妳將再也不需要被誘哄。一旦妳完成雷斯塔瑞的任務並回返，妳可以問我任何問題，我都將知無不言。有關這世界，有關燦軍，有關其他地方。有關妳，以及妳的過去……」

他打算用最後那一點勾引她，不過聽見那幾個字，紗藍顫慄起來，發著抖躲進內心深處。每次想起那件事，無形就變得更加強大。

「得到妳的答案後，」墨瑞茲繼續說。「如果妳決定妳再也不想要我們的結盟，妳可以如燦軍光主所願離開我們。她很弱小，不過每個人內在各有其弱點。如果妳被妳的弱點壓垮，那也只能這樣。」

她交抱雙臂，思考了起來。

「我很眞誠。」墨瑞茲說。「我無法承諾妳離開的話會安全無虞，組織的其他成員並不喜歡妳。但我保證我不會追捕妳和妳親近的人，我的巴伯思也不會。我們會勸阻其他人。」

「這承諾對你來說一點也不費力，因爲你很肯定我永遠不會離開鬼血。」

「找個理由去拜訪榮耀靈，然後我們再來談。」墨瑞茲舉起手臂，將他的雞拋出去，讓牠展開另一場狩獵。

紗藍沒給予任何承諾，但隨著她走開，她心知肚明他又逮住她了。她們就跟所有的魚一樣上鉤。因爲墨瑞茲的腦中有答案。關乎世界的本質與政治，但還不只如此。也關乎紗藍。達伐家總管曾隸屬鬼血，紗藍的父親有可能也是。墨瑞茲向來不願意談這部分，但她不得不認爲他們已經爲她——與她的家人——做準備超過十年了。

他知道有關紗藍過去的眞相。她童年的回憶中有些破洞。如果她們聽墨瑞茲的話行事，他將會塡補這些破洞。

或許到了那個時候——得來不易的終於——圍紗將能夠逼紗藍變得完整。

# 14 發聲者

所有寶石都以穩定的速度滲漏颸光，但只要結構大致完整，靈便不至於逃脫。控管滲漏相當重要，因爲許多法器師在操作過程中也會漏失颸光。一切都與這項技藝的複雜性有關，一如了解最後一種關鍵的靈：邏輯靈。

——娜凡妮·科林爲君王聯盟所提供之法器機制課程，几瑞席魯，傑瑟凡日，一一七五

位於科林納的宮殿歷經一場劇烈轉變，可以說是變成一種新形體。在這裡，凡莉感覺她能夠望進過去，看見她族人的歷史，程度更甚城市裡的其他地方。

華美但無趣的人類要塞消失了，一棟高偉的建築取而代之，使用了許多原本的地基與牆面，但以一種獨特的設計在它們之上擴展。少了四四方方的線條，這座宮殿現在包含雄渾的弧線，巨大的脊線如彎刀般從兩側朝下劃過，再朝頂端層層升高，脊線在高處匯聚成數個點。

如此形成彎曲的圓錐形，頂端近似一頂王冠。這結構有一種明確的有機感，長滿板岩芝的牆更是增添這種感覺，賦予建築一種粗糙、不平坦的質感。宮殿看起來有如一株植物，底部鼓脹，柔和的葉片朝頂部延展。

凡莉走近，調諧成緊張。過去這二十個小時是一團混亂，她陪伴蕾詩薇穿過城市，與其他煉魔會面、找尋資訊。凡莉並不十分了解是什麼讓蕾詩薇如此爆發，不過新的一群煉魔魂魄已經甦醒，前來找尋軀體。

這在意料之中。布雷司的煉魔有些曾休止，或是……冬眠？冥思？他們成群漸漸恢復意識並加入戰鬥。其中有幾個令蕾詩薇感到擔心，或許還感到害怕。凡莉跟著蕾詩薇一起調查，在混亂中度過前一天，她在今天清晨被雷聲吵醒。永颶。

緊接著，她接到命令。最重要的歌者們被召喚入宮開祕密會議。身為發聲者，凡莉應該要盡快到達，而且是獨自前往，因為蕾詩薇將由上方為沙奈印提供的出入口進入宮殿。

行進中，凡莉試著靠專注於美麗的宮殿建築讓自己冷靜下來。她希望自己能生於一個如此建築都屬稀鬆平常的時代。她幻想整座城市都由這種穿透性的弧線構成，一方面危險，一方面美麗。就像自然界一樣。

出自我們之手，她心想，當伊尚尼首度從人類國度回來，她用讚嘆訴說人類那些偉大的創造物。但我們也能打造出像這樣的東西。我們有城市，我們有藝術，我們有文化。

宮殿的重建由幾名煉魔監管並完成，他們屬於一種高大、靈活的類型，稱為梵那印，改變者。儘管所有煉魔都受訓成為戰士，其中許多亦擁有其他技能，有些是工程師、科學家、建築師。她覺得他們在獲得永生之前都曾是士兵，但在那之後，他們必須繼續生存的時間非常漫長。

活這麼多輩子是什麼感覺？這麼多智慧，還有這麼多才能！看見這樣的事總會令她心情激盪，不只是敬畏，還有渴切。是否會創造出新的煉魔呢？像她這樣的人是否也可以嚮往這樣的永生？

音質在她體內脈動著警告，凡莉強迫自己抵抗那些本能。這並不容易。身為封波師，她應該天生無私才對。天生崇高。就像伊尚尼。

凡莉兩者皆非。一部分的她仍渴望自己幻想過的那條道路——因替煉魔開啓他們回歸的路徑而獲得感激，因成爲族人中聆聽虛靈的第一人而滿身榮耀。永颶引領者。她難道不該因爲這些作爲而成爲女王嗎？

音質再度脈動警告，這次帶著安慰之意。凡莉遭受欺騙，憎惡永遠不會給予她這些榮耀。她的渴望帶來嚴重的痛苦和毀滅。她需要一個平衡命運與目標的方法。她決心逃離煉魔的規則，但不代表她想拋棄歌者的文化。確實，她越了解古老歌者，就越想更深入認識他們。

她來到階梯頂，經過兩名梵那印。他們是改變者，靈活的七呎高軀體，豐厚的頭髮僅生長於頭頂，披垂在除了頭頂之外皆覆蓋甲殼的頭顱上。這兩名梵那印並沒有參與建造宮殿，因爲他們目光空洞地坐在那兒。音質脈動著喪失節奏。就跟許多煉魔一樣，他們的神智遭無盡的生死循環奪走。

或許有理由不用羨慕他們的永生。

宮殿的內入口通道改建爲連綿的階梯，牆壁移除，數十個房間合而爲一。幾個大廳室在颶風吹襲時也不關上窗戶，只是捲起地毯而已。

凡莉直接爬上五樓，走進一座由煉魔建築師擴建的尖塔。此處寬敞呈圓柱形，是王冠部分的中心；這個房間是煉魔的九個首領——九尊（The Nine）的家。

其他發聲者正慢慢聚集。他們共有約三十人；先前在他人的引導下，她相信一旦所有煉魔都甦醒，應該會有一百個發聲者。就算他們肩並肩排列，這個房間也裝不下那麼多發聲者。就現況而言，隨著每位發聲者找到位於各自主人之前的位置，房間已顯得越來越擁擠。

蕾詩薇離地數呎，懸浮在另一位天行者附近，凡莉急忙走過去。她抬頭上看，而蕾詩薇點頭，於是凡莉用權杖重擊地面，示意她的主人準備好了。

當然，九尊已經在此了。他們不能離開，因爲他們被埋在岩石中。

九根柱子裝點於房間中間，高高聳立，排成一個圓。岩石以魂術塑形——裡面有人。九尊住在這裡，永恆地融入石柱中。這構造透露出有機感，彷彿柱子像樹般包覆九尊而生長。

柱子扭轉漸細，上端收縮後穿入九尊的胸膛，但他們的頭和生長甲殼的肩膀上部都沒被覆蓋住，大部分都有至少一隻手臂能自由活動。

九尊面朝內，背對房間。這詭異的石葬讓人不安，而且感覺陌異、令人作嘔。那賦予九尊一種永恆性，強調出他們不老的本質。這些柱子似乎在說：「這些存在比岩石還蒼老。他們在這裡活了夠久，石頭才會長滿他們的身體，就像克姆泥慢慢占據一座淪陷城市的廢墟。」

凡莉忍不住欽佩他們的奉獻，像這樣動彈不得地困在岩石中一定痛苦難耐。九尊不進食，只靠憎惡的虛光維繫。石葬的狀態肯定有損他們的神智吧。

只不過……如果他們眞想脫離桎梏，只要讓自己死去就好。煉魔也能以意志命魂魄離體，獲得釋放後找尋另一個宿主。沒錯，人類嘗試過藉著囚禁煉魔戰勝他們，但發現這種作法一點用也沒有。

所以如果九尊想要，他們其實可以離開。從那個角度看來，這些墳墓只是駭人聽聞又無謂犧牲的舉動——爲這場演出支付終極代價的並不是九尊，而是遭殺害以提供軀體給他們的可憐歌者。

九尊一定有在計算權杖敲擊地板的聲響，因爲最後一名上主一就定位，他們便整齊劃一地抬起頭。凡莉看了看正輕柔哼著悲痛的蕾詩薇，這種新節奏是焦慮的對應節奏。

「發生什麼事？」凡莉用渴切低聲問。「跟剛剛甦醒的新煉魔有什麼關係？」

「看著。」蕾詩薇低聲說。「但要留心。記住，我在外面所擁有的力量在這裡只不過是區區燭光。」

就上淑而言，蕾詩薇的位階並不高，雖然是戰場指揮官，但依然只是個士兵。她既是小角色中的外殼，也是大人物中的渣滓。她總是小心地維持著兩者間的平衡。

九尊同聲哼鳴，接著一同吟唱。這是凡莉沒聽過的歌曲和節奏，讓她感到一陣寒意，尤其是當她發現她並不了解歌詞。她感覺在理解邊緣，幾乎觸手可及，但她的力量似乎在這首歌之前退縮。彷彿……要是她能夠理解，她的心智會應付不了其中的意義。

她頗確定這代表的含義。憎惡，歌者之神，他正看著這場祕密會議。她認得他的碰觸與他散發的惡臭。他不允許任何一個發聲者解讀這首歌。

歌聲漸漸消逝，沉默充斥房中。「我們將聆聽一份報告。」最後，九尊之一終於開口，但因爲他們都面朝彼此，凡莉無法辨別說話的是哪一個。「針對近日於雅梵得拉北部衝突中所見的第一手描述。」

他們以「雅梵得拉」稱呼雅烈席卡，而凡莉的力量立即知道這個詞彙代表的意義：二進之地。不過她的力量到此爲止，她回答不了更有趣的那個問題：爲什麼如此命名？

蕾詩薇哼嗚，於是凡莉前進一步，用權杖敲擊地板兩次，接著低頭鞠躬。

蕾詩薇在她身後上升，衣袍窸窣作響。「我將請尙戴爾提供素描。靠自身動力飛行的大型人類船艦並沒有使用可見的寶石，不過肯定鑲嵌於內部的某處。」

「靠捆術飛行，逐風師的傑作。」九尊之一說。

「不。」蕾詩薇說。「看起來不像，感覺也不像。這是一個裝置，一部機器，由他們的法器師打造。」

九尊同聲歌唱，陌異的歌曲讓隱藏在凡莉體內深處的音質緊張地脈動。

「我們離開太久了。」九尊之一說。「讓人類如感染般化膿、獲得力量。他們創造出我們從不認識的裝置。」

「我們落後於他們，而非搶得先機。」另一位九尊說。「處於這樣的情勢戰鬥相當危險。」

「不。」第三位說。「他們在了解靈的牢籠方面大有斬獲，但他們對締結、誓約的力量，以及世界的音調的本質所知甚微。他們是在偉大神廟的陰影下建造巢穴的克姆林蟲。他們爲自己的成就自鳴得意，卻無法領略周遭的美麗。」

「話雖如此，」第一位說。「話雖如此，我們打造不出像他們那樣的飛行裝置。」

「我們為何需要？我們有沙奈印。」

凡莉維持鞠躬姿勢，手放在權杖上。精確地維持這姿勢越來越不舒服，但她永遠不會抱怨。她身處凡體所能企及最接近重大事件的位置，她很確定自己能將在這裡獲得的資訊化為優勢。九尊為聆聽者的耳朵而說話，他們能夠無聲交談，但這些會議有公開展示的用意。

「蕾詩薇，」九尊之一說。「我們送出去測試的抑制器怎麼樣？能用嗎？」

「能用，」蕾詩薇說。「不過同時也失敗了。抑制器被人類搶走，我擔心會為他們帶來進一步的發現與啟發。」

「這件事處理得很拙劣。」一名煉魔說。

「責任不在我。」蕾詩薇說。「你們必須和追獵者談，藉此找出這錯誤的過程。」

他們都以正式的語氣與節奏談話。凡莉覺得九尊知道這些答案將如何收尾。

「雷其安！」九尊同聲喊道。「你必須——」

「噢，少裝腔作勢了。」一個響亮的聲音發話。一名高大的煉魔從房間另一端的陰影中冒出來。

蕾詩薇降低高度，凡莉挺直身子，退回主人前方的位置，因此能將這名新煉魔看個清楚。凡莉沒見過這種類型。他很魁梧，一身尖突甲殼，暗紅色頭髮，只以簡單的黑色布疋包覆身體。或者……他是用頭髮蔽體？他的頭髮看似與裹身布交融。

有意思。涅克斯印，「蛻殼者」，煉魔中的第九支。凡莉聽人提起過，應該只剩少數存活。他是不是就是最近剛甦醒、引發蕾詩薇關注的那個煉魔？

「追獵者雷其安，」九尊之一說。「我們將一個精巧的裝置交託予你，一個颶光能力的抑制器。我們命你加以測試。裝置在哪？」

「我測試了，沒用。」雷其安語氣凌厲，不像其他人一樣對九尊展現出禮節與敬意。

「你確定？」九尊問。「那男人攻擊你時是否獲得授予？」

「你們以爲我會被區區一個平凡人類打敗？」追獵者質問。「這名逐風師一定已經達到第四理念——有人誤導我相信這件事還沒發生。或許我們的偵查隊在多次回歸的漫長時間裡已逐漸退化。」

蕾詩薇在凡莉身後激烈地哼出倨傲。她不喜歡他的言外之意。

「無論如何，我被殺死。」追獵者說。「這個逐風師的危險性遠遠高過我們之中任何人所被告知的程度。正如傳統賦予我的權利，我現在必須追獵他。我將即刻出發。」

*這可怪了*，凡莉心想。如果他曾與受颶風祝福者戰鬥，那他就不可能是蕾詩薇忌憚的那個新甦醒者。

九尊又開始對彼此唱歌，音調比之前更加輕柔，追獵者則盤起雙臂站在那裡。過去，這樣的商議通常需要花數分鐘的時間。許多煉魔在等待的同時低聲商討。

凡莉往後靠，低聲問：「他是誰，女士？」

「一個英雄。」蕾詩薇用退離說。「也是一個傻瓜。數千年前，雷其安是第一個被人類殺死的煉魔。爲了洗刷這般死去的恥辱，他復生時忽略所有命令與理性論點，投入戰鬥只爲了找出那個殺死他的男人。

「他成功了，也因此創立他的傳統。每次雷其安被殺，他都會忽略一切，直到找出殺死他的人並取其性命。七千年了，他不曾失敗。現在其他人都鼓勵他的追尋，就連獲選爲九尊者也一樣。」

「我以爲從前的你們死後會被放逐到布雷司？他要怎麼回來獵殺殺他的人？」

這其中還有好多部分令凡莉困惑不解。數千年來，人類和歌者在一場無盡戰爭中交戰數回。每一波攻擊都涉及所謂的「回歸」，煉魔會在這個時候降臨羅沙，人類稱之爲「寂滅」。

人類神將的作用有其特殊之處，能夠將煉魔困在布雷司，也就是人類稱爲沉淪地獄的地方。只有在煉魔透過酷刑讓神將崩潰，因而將他們送回羅沙，才能啓動一次回歸。這個循環重演了數千年，直到最後一次寂滅，當時某件事改變了。與單一神將和牢不可破的意志有關。

「妳誤會循環、把它簡化了。」蕾詩薇柔聲說。「只有在神將死去、來到布雷司加入我們，我們才會被困在布雷司。在那之前，在一次回歸的期間，通常會有數年或甚至數十年的重生；但在這段期間，神將也會訓練人類戰鬥。一旦神將確信人類能夠繼續屹立，他們會主動投入布雷司以啓動『隔離』。神將必須死去，隔離才能生效。」

「但……他們上一次沒死？」凡莉問。「他們留在這裡，你們還是被困住。」

「對……」蕾詩薇說。「他們以某種方法將誓盟改爲只需要一個成員死去即可。」她朝追獵者點點頭。「無論如何，在一次隔離開始之前，那位總是有辦法找出並殺死先前打敗他的人類。一旦隔離開始，他便自殺，因此他在被人類殺死之後，不必永久地回到布雷司。

「如我先前所說，其他人鼓勵他的傳統。他獲准在指揮結構之外行動，擁有追尋的餘裕。他沒在獵殺殺死他的人類時，則追求與敵方最強大的燦軍戰鬥。」

「聽起來是頗值得敬佩的烈情。」凡莉謹慎挑選用詞。

「對，聽起來是這樣沒錯。」蕾詩薇用嘲弄說。「或許在某個沒那麼躁進的人身上確實值得敬佩。但雷其安危及我們的計畫，逐漸侵蝕我們的策略，我已經數不清他破壞了多少任務。而且他每況愈下。我想我們都一樣吧……」

「他被那個逐風師英雄殺死了嗎？他們稱爲受颶風祝福者的那個？」凡莉問。

「對，昨天。而且無論雷其安怎麼說，當時燦軍的力量就是遭到壓抑。受颶風祝福者尚未達到第四理念，我知道的。這對追獵者來說是加倍的恥辱。他越來越魯莽、過度自信。這些燦軍才剛獲得他們的力量，但並不因此而不值得謹慎以待。」

「妳喜歡他們，那些逐風師。」凡莉小心地提起話題。

蕾詩薇沉默片刻。「對。要是能夠征服他們和他們的靈，他們會是絕佳的僕人。」所以她對於新想法、新思考方式持開放態度。或許她對於聆聽者的新國家也會釋出善意。

「通報我，發聲者。」蕾詩薇說。

「現在？」凡莉嚇了一跳，中斷沉思。「九尊仍在商談的這時候？」

蕾詩薇哼著命令，於是凡莉手忙腳亂地從令，前進一步用權杖尾端撞擊地板，接著鞠躬。九尊中斷他們的歌，說話的那一位用的是毀滅節奏。「什麼事，蕾詩薇？」

「我還沒說完。」蕾詩薇用命令宣告。「追獵者越來越失控。他即將進入心智和意圖都不能再受信任的狀態。他被一個普通人類打敗。是時候撤銷特權了。」

雷其安旋身面對她，用毀滅大吼：「妳好大的膽子！」

「妳的地位低下，不能提出此等宣告，蕾詩薇。」九尊之一說。「妳的層級就這件事而言同時太高也太低。」

「我訴說我的烈情。」蕾詩薇說。「殺死追獵者的那個男人也曾經殺死我。我要求對受颶風祝福者的性命享有優先權利。既然如此，追獵者必須等到我滿足爲止。」

「妳明知道我的傳統！」他對蕾詩薇怒吼。

「傳統可以被打破。」

高大的煉魔怒氣騰騰地大步走向她，凡莉不得不硬逼自己留在原地，維持鞠躬的姿勢，但她獲准抬頭看。這名追獵者體型雄壯，令人望而生畏。他瀕臨失去控制之際，彷彿極盛時期的颶風；他是如此憤怒，凡莉已無法分辨他叫喊中的節奏。

「我會獵殺妳！」他大吼。「妳不能否定我的誓言！我的傳統不能被打破！」

蕾詩薇鎮定地繼續飄浮於原位，凡莉在這場衝突中看見別有用心的動機。沒錯，九尊哼著嘲弄。追獵者發脾氣證明了他的烈情，烈情對他們來說是好的，但他也陷入證明自己確實漸漸發瘋的危機。蕾詩薇剛剛是蓄意激怒他。

「我們接受蕾詩薇對這男人的優先權利。」九尊說。「追獵者，在蕾詩薇找到機會再度與這名人類戰鬥之前，你不得狩獵他。」

「這侵害了我的整個存在！」追獵者指著蕾詩薇。「她出於惡意試圖摧毀我的偉業！」

「那麼你就該希望她輸掉他們的下一場戰鬥。」九尊之一說。「蕾詩薇，妳可以狩獵這名逐風師。但妳要知道，你們再次交戰時，妳必須殺死他，否則這個任務可能要易主了。」

「我了解也接受。」蕾詩薇說。

他們沒人發現她是在試圖保護那個逐風師，凡莉心想，或許她自己也沒發現。煉魔之中有諸多歧異，但沒人會承認這些裂痕有多大。可以如何加以利用呢？

音質在她體內脈動，但她很確定這一次她的野心沒有放錯地方。要是沒有野心，她就成了任人擺布的人偶。那不是自由。若她想追尋自由，就會需要野心——放在正確的位置上。

追獵者還在用非特定的節奏大發雷霆，踩著重重的腳步離開祕密會議廳。蕾詩薇在凡莉身後平靜下來，輕哼著狂喜。

「別太自得了，蕾詩薇。」九尊之一呼喊。「別忘記妳在這房間裡的低下地位。我們否定追獵者自有我們的理由。」

蕾詩薇鞠躬，九尊則繼續他們私密的對話。

「您可以不只如此。」凡莉低聲說，回到蕾詩薇身旁的位置。「他們都沒有您聰明，女士。您爲什麼容許他們繼續這樣看輕您？」

「我經過謹慎思考才選擇現在這個地位。」蕾詩薇輕叱。「不准質疑我，發聲者。妳不夠格。」

「我道歉。」凡莉用服侍說。「我的烈情壓過了我的理智。」

「那不是烈情，而是好奇心。」蕾詩薇瞇起眼。「提高警覺。祕密會議並不是爲了這件事而召開。我所恐懼的危險尚未到來。」

凡莉警惕地站得更直了些。九尊終於停止唱歌，但他們並沒有對煉魔的諸位首領說話，室內一片寂靜。時間一分一秒過去。發生什麼事？

門口的光被一個身影遮蔽，陽光映出此人的輪廓。這是一個高䠷的女倫，屬於梵那印，也就是這座宮殿的建造者。她豎起高高的髮髻，頭盔般的甲殼包覆整顆頭顱除了髮髻之外的部位。她身穿奢華的衣袍，窄身苗條，一雙長手臂，手指足足有凡莉的兩倍長。

蕾詩薇嘶聲說：「諸神啊，不。不要是她。」

四周響起其他人的低語聲，凡莉也問：「怎麼了？她是誰？」

「我以爲她瘋了。」蕾詩薇用悲痛說。「怎麼……」

高䠷的煉魔走進會議廳，緩慢、謹愼地繞著邊緣走了一圈，或許是在確認所有人都看見了她。然後她做了一件事。無論身分再高，凡莉都不曾看見任何人這麼做過。她走進九尊中央，直接與他們對視。

「這是什麼意思，女士？」凡莉問。

「她曾有數百年的時間也是九尊之一。」蕾詩薇說。「直到她決定那太……有礙她的野心。在最後一次回歸和她的瘋狂之後，她應該要維持睡眠狀態才對……怎麼會……」

「菈柏奈，願望女士。」九尊之一說。「妳帶來一個提案。請說出來。」

「顯然人類獲得太多成長的時間，」菈柏奈說。「他們在羅沙猖獗繁衍，他們擁有鋼鐵武器與先進的軍事戰術，他們的知識在諸多領域都超前了我們。」

「然而他們尚未掌握自身的力量。他們之中很少人達到第四理念——或許只有一個人。現在手足已死，他們仍無能完整使用塔城。我們必須立即攻擊。我們必須從他們手中奪走塔城。」

蕾詩薇前進，沒等凡莉通報她。「我們嘗試過！我們試圖占領塔城，結果失敗了。」

「上次嗎？」菈柏奈說。「上次只是拖延戰術，意圖孤立盟鑄師。那樣的攻擊永遠不可能成功。我並不在其中。」

「妳又忘記妳的地位了，蕾詩薇。」九尊之一說。「這讓我們懷疑妳是否才是失去心智的那一個。」

蕾詩薇退回她的位置，凡莉感覺到另外三十名煉魔和他們的發聲者都將目光集中在她身上，他們的哼鳴令她羞愧。

「你們已幾乎將抑制法器製作得完美無缺。」菈柏奈說。「別忘了，那是我數千年前在塔城內發現的科技。我有個計畫，能以更戲劇性的方法利用那裝置。手足基本上已是個亡眼，我應該有辦法將塔城的防禦系統轉為對抗其擁有者。」

會議廳對面的一名發聲者前進，敲響他的權杖，為挑戰者烏瑞安通報。「請見諒，」烏瑞安用渴切說。「妳的意思是，妳能在燦軍自己的塔城內抑制他們的力量？」

「對。」菈柏奈說。「我能夠反轉防止我們於該處攻擊他們的裝置。我們需要將異召師與盟鑄師誘離塔城，因為他們的誓約或許夠高等，足以穿透抑制，幾乎就像魄散過去在塔城所做的一樣。只要他們離開，我可以帶領一支軍隊進入兀瑞席魯，從內部加以占領，而燦軍將無力抵抗。」

九尊又開始對彼此唱歌，給予其他人時間對話。凡莉瞥向她的女主人。蕾詩薇的位階低於大部分高等煉魔，因此她很少利用這些時間談話。

「我不懂。」凡莉低聲說。

「菈柏奈是一名學者，但不是妳會想跟她共事的那種。」蕾詩薇說。「我們過去稱呼她為痛苦女士，直到她後來決定自己並不喜歡這個稱號。」她的表情變得疏離。「她總是著迷於塔城以及燦軍的連結，像是他們的誓約、他們的靈，還有他們的波力。

「最後一次回歸時，她發明了一種疾病，試圖藉此殺死星球上所有人類。接近終末的時候，才發現這種疾病也很有可能殺死大量歌者。但她無論如何還是釋出了疾病……結果發現疾病的效果不如預期。這對所有人來說都是一種幸運。只有少於十分之一的人類以及百分之一的歌者死去。」

「這樣已經很可怕了！」凡莉說。

「這場戰爭自然而然會惡化爲種族滅絕。」蕾詩薇低聲說。「如果忘記爲何戰鬥，那麼贏得勝利便成爲唯一目標。我們戰鬥得越久，就變得越分離——與我們自己的心智分離，也與原本的烈情分離。」她輕柔地哼著困窘。

「解釋妳的計畫，菈柏奈。」九尊之一的音量剛好足以穿透所有其他對話。

「我將帶領一支隊伍進入塔城，」菈柏奈說。「然後控制住手足的心臟。利用我的天賦和憎惡的禮物，我將腐化那顆心，讓塔城轉而爲我們所用。人類將落敗，他們的力量會失去作用，我們的力量則不然。接下來，我認爲只要一點點時間，我便能深入了解手足心臟內的寶石，或許就足以創造出對抗燦軍與人類的新武器。」

一個名叫傑胥信的男倫天行者前進一步，他的發聲者敲響地板。「如蕾詩薇所說，我們一年前確實攻擊過塔城。的確，那次進擊並非爲了永久占領，但我們還是遭遇斷然抵抗。我想知道這次有什麼具體策略，能確保我們得勝。」

「我們會利用那個自行臣服於我們的國王。」菈柏奈說。「他已送來衛兵布局的情報。我們初期並不需要占領整座塔城，只要到達心臟，再利用我的知識，將塔城防禦扭轉爲我們的優勢。」

「心臟恰好是戒備最森嚴的地方！」傑胥信說。

菈柏奈用倨傲說：「那幸好我們在他們的核心集團裡有個間諜，對吧？」

傑胥信退後，他的發聲者也回到原位。

「她真正的計謀是什麼？」蕾詩薇用渴切呢喃。「菈柏奈向來對戰爭或戰術沒興趣。她要的一定不只是這樣。她想找機會在手足身上進行實驗……」

「這很危險。」九尊之一放聲對整個會議廳說。「人類已經對塔拉凡吉安起疑。他回報自己正時時刻刻遭受監視。如果我們以這種方式利用他的情報，幾乎可以確定他會暴露。」

「讓他暴露！」菈柏奈說。「武器不拿起來揮舞，那還有什麼用？你們為何拖延？人類未受訓練，他們的力量欠缺經驗，他們的理解荒唐可笑。我感到丟臉，甦醒後竟發現你們陷入苦戰。我們的敵人曾經偉大，但現在只是可悲的影子啊。

「少了塔城，他們的聯盟將分崩離析，因為他們將無法利用誓門互相支援。利用同樣的這些門戶，我們將獲得重大優勢。除此之外，這次奮力出擊也會賦予我有機會測試一些……我在過去數千年休止的過程中思考出來的理論。我越來越確定已找出一條通往戰爭終點的道路。」

蕾詩薇緩緩發出噓聲，凡莉感到一陣寒意。看來，無論菈柏奈認為能夠終結戰爭的是什麼，似乎都涉及最好別碰的技術。

然而會議廳內的其他人似乎都被打動了。他們用服侍低語，表示贊同這個想法。就連九尊也哼起同樣節奏。煉魔展現出強烈的熾熱之情，不過這些古老靈魂散發一種疲累感，而這種疲累感強化了他們的其他烈情，就像染色後的布料的真正顏色。清洗過後，放在外面讓颶風吹得夠久，核心的顏色就會透出來。

這些生物正在耗損，慢慢交出自己的心智，在這場永恆戰爭的祭壇上，將他們的意志與獨特性奉獻給憎惡。人類或許剛得到他們的能力，未經考驗，不過煉魔是陳舊的斧頭，刀鋒缺口、已然風化。經歷這麼多次重生，他們甘冒千難萬險，只求終於能夠結束。

「那受颶風祝福者呢？」一個口音濃厚的聲音在大會議廳隱蔽處喊道。

凡莉掃視會議廳，發現自己哼起困窘。是誰這麼莽撞發言，沒有先命他的發聲者上前？就在她將這口音與欠缺禮儀的舉止連起來時，她找到他了。這人坐在一個高過頭部的壁架上，籠罩在陰影中。

韋爾，那個曾名為摩亞許的人類。他的外表像士兵，穿著模仿人類裁縫風格的俐落制服，頭髮修得極為服貼。他是一個異數。九尊為何要繼續容忍他？不僅如此，他們為什麼要把榮刃交給他？那可是羅沙最珍貴的聖物之一。

他的一條腿從壁架垂下，劍夾在大腿間，陽光隨著劍尖移動而映射。「他會阻止妳。」韋爾說。「妳應該要有個對付他的計畫。」

「啊，那個人類。」菈柏奈看著壁架上的韋爾。「我聽說過你。多麼有趣的案例啊。憎惡青睞你。」

「祂拿走我的痛苦，讓我發揮我的潛能。妳沒有回答我的問題。受颶風祝福者呢？」韋爾說。

「我不畏懼區區一名逐風師，無論他的名聲有多……神話。我們會將注意力集中於盟鑄師和異召師，他們比任何尋常士兵都要危險。」菈柏奈說。

「好吧。」韋爾將劍尖收回陰影中。「妳一定知道自己在做什麼，煉魔。」

九尊一如平常容忍這名古怪的人類。他的身分由憎惡選定。蕾詩薇似乎非常看重他——理所當然，他曾殺死她，這無疑能贏得她的敬重。

「妳的提議很大膽，菈柏奈，」九尊之一說。「而且果決。這次回歸中，我們失去妳的引導已久。我們欣然接受妳的烈情。我們會依妳的請求執行，準備好潛入塔城的隊伍；我們會將指示傳遞給人類塔拉凡吉安，他能夠誘開盟鑄師與異召師。」

菈柏奈大聲唱起滿足，聲音莊嚴果斷。凡莉有理由確信這整場會議只是作秀——九尊並沒有停下來討論計畫內容。他們事前已知道菈柏奈會提出什麼建議，也已經談定細節。

其他煉魔尊敬地等待菈柏奈朝出口走去，因為方才她的提案成功，她在他們眼中的地位又提高了。不過，有一個煉魔動了：蕾詩薇。

「走吧。」她飄浮著朝菈柏奈追去。

凡莉快步趕上就在門外攔下那位高䠷女倫的蕾詩薇。她們兩個來到環繞會議廳外的露台，走入陽光下。菈柏奈哼起嘲弄，仔細打量蕾詩薇。下樓的樓梯在她們右方。

「妳爲什麼想阻礙我的提議，蕾詩薇？妳開始感覺到瘋狂的作用了嗎？」菈柏奈問。

「我並非發瘋，而是恐懼。」蕾詩薇用困窘說。凡莉聽了大吃一驚。蕾詩薇女士，恐懼？「妳真的認爲妳能終結戰爭？」

「我很確定。」菈柏奈用嘲弄說。「我在錯誤的回歸結束之前有了些發現，而我有很多時間能夠加以思索。」她把手伸入衣袍的口袋，拿出一顆散發颶光的寶石，有個不停移動的靈受困其中，就跟人類創造的法器一樣。

「他們把幾個魄散困在這些東西裡面，蕾詩薇。」菈柏奈說。「妳覺得人類有多接近發現他們也能對我們做一樣的事？妳能想像嗎？永遠囚禁在寶石中，困在裡面，能夠思考，但永遠不可能逃脫？」

蕾詩薇哼起驚慌，一種痛苦的節奏，拍子破碎，小節未完成。

「無論如何，這是最後的回歸了。」菈柏奈說。「人類很快便會發現囚禁我們的方法。就算他們沒發現，即使是我們尚存成員當中的佼佼者，距離瘋狂也不過幾步遠了。我們必須找出這場戰爭的解決方案。」

「妳才剛回歸。」蕾詩薇說。「妳沒有僕從或手下，而妳的工作兩者皆需。」她示意身旁的凡莉。「我聚集了一批忠誠且能幹的歌者。我願意把他們借給妳，供妳在這次任務中驅策，我本身也會加入。我剛剛對妳提出異議，希望能藉此賠罪。」

「妳確實總是擁有最好的僕從。」菈柏奈打量凡莉。「這一個是最後的聆聽者，對吧？曾經是憎惡自己的發聲者？妳怎麼弄到她的？」

音質在凡莉體內脈動——她對「弄到」這兩個字感到惱怒，凡莉也有同感。她鞠躬，哼起服侍，以免洩漏她的眞實感受。

「她被憎惡拋棄。我發現她是個絕佳的發聲者。」蕾詩薇說。

「叛徒之女。」菈柏奈雖然這麼說，哼出的卻是渴切；她對凡莉感到好奇。「然後也是她自己族人的叛徒。我收下她，以及妳派來的其他人，做爲我在潛入任務期間的僕從。妳也可以加入我們。服侍，或許我會原諒妳的莽撞異議。肯定還有其他人懷抱相同想法，妳給了他們反駁的機會。」

菈柏奈大步走開，她走到階梯時，凡莉看見有人在下方的陰影中等她。是追獵者龐大的身影，他剛剛才在會議中被遣退。他對菈柏奈鞠躬，而她在階梯頂猶疑了。凡莉聽不見他們交談。

「他在懇求跟她一起出擊的機會。」蕾詩薇低聲說。「在這次潛入任務中，菈柏奈將擁有管轄權，能夠授權讓他繼續他的狩獵。他會盡其所能爲自己博得獵殺那名逐風師的另一次機會。我擔心他會忽視九尊指示，尤其如果菈柏奈眞的答應了他。」她看著凡莉。「妳必須帶我們的人去服侍她。妳不會需要戰鬥，那將由其他人負責。妳將會如服侍我般服侍她，並暗中向我回報。」

「女主人？」凡莉壓低音量。「所以妳不信任她？」

「當然。」蕾詩薇說。「上一次，她的魯莽幾乎毀掉我們的一切。九尊讚賞她的勇敢；他們感覺到時間的壓力。然而勇敢與愚蠢可能只有一線之隔。所以我們必須預防大災難。這片大地應由一般歌者繼承，我不會讓它化爲荒蕪，只爲了證明我們比敵人更會殺人。」

這番話讓凡莉情緒高漲。音質在她體內洶湧、脈動，鼓勵著她。

「女主人，」她低聲說。「妳覺得有……有沒有可能重塑我的族人？找到一塊遠離煉魔和人類的土地？讓我們以我們自己的身分獨立？」

蕾詩薇哼起責怪，回頭掃了一眼其他煉魔聚集其中的會議廳。他們都還沒離開，他們不想被看見自己急匆匆追在菈柏奈之後。凡莉突然領悟爲什麼蕾詩薇想在他們之中維持地位低下。正因爲欠缺地位，她能夠不受拘束地去做那些其他人認爲對他們來說不入流的事。

「別再提起像那樣的事。」蕾詩薇嘶聲說。「因爲妳祖先所做的事，其他人原本就已經不信任妳了。你們想獨立自主？我讚賞你們的想法，但時機不對。幫助我們打敗人類，然後我們煉魔將隨時間消逝，將這個世界留給你們。那才是你們獲得獨立的方法，凡莉。」

「是，女主人。」她以服侍說，但心裡並不認同。音質脈動著她自己的挫折。

凡莉曾直接感受過憎惡的支配。他不可能放過他們，而且無論其他煉魔再怎麼厭倦，她也不相信他們會放棄統治這個世界。他們之中有太多人享受身分地位帶來的樂趣。對凡莉和她的族人來說，煉魔的勝利並不是通往獨立的道路。

蕾詩薇竄升，留下凡莉獨自走下階梯。途中，凡莉瞥見菈柏奈和追獵者在三樓陰暗角落中鬼鬼祟祟地談話。颶風啊，凡莉又被扯進什麼事端裡了？

音質在她體內脈動。

「機會？什麼樣的機會？」凡莉問。

音質又脈動。

「我以爲妳討厭人類燦軍。誰在乎我們是不是要去塔樓找他們？」凡莉低聲說。

音質果決地脈動。她是對的。或許那些人類能夠訓練凡莉。或許她能夠抓住其中一個燦軍，逼他們教她。

無論如何，她必須爲她手下的人做好離城的準備。招募的工作得暫時擱置了。無論她喜歡與否，她都將再次站上侵略人類土地的前線。

# 15 颶光與音樂

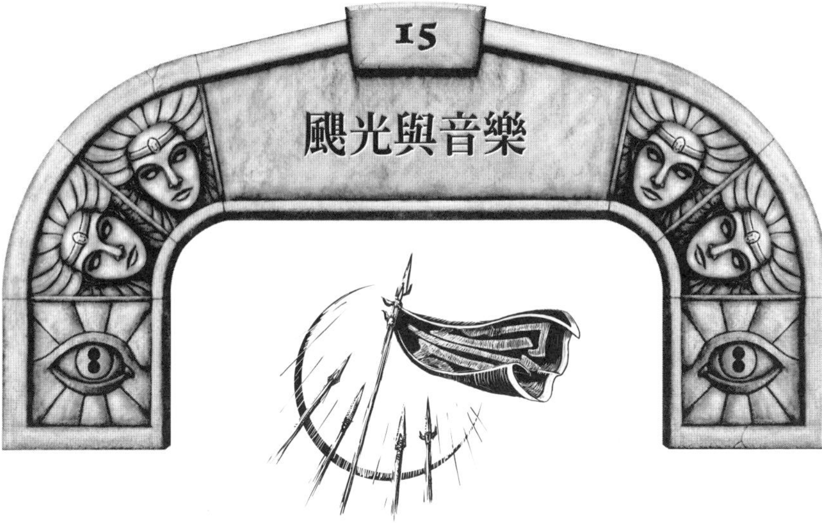

邏輯靈對禁錮的反應很奇怪。不像其他靈，它們並不會放大某些屬性：不能利用它們製造熱能，或警示近處的危險，或是結合寶石。數年來，法器師都認爲它們沒有用處——以它們進行實驗確實不常見，因爲邏輯靈很稀有，而且難以捕捉。

突破性進展在於發現邏輯靈會依據某些刺激而改變它們散發的光。例如，若使寶石在控制下的速度流瀉颶光，靈會規律地交替黯淡、發光。我們以此發明了時鐘法器。

當以某些金屬輕觸寶石，光也會改變狀態由亮轉暗。我們據此發明了一些非常有趣、複雜的機械裝置。

——娜凡妮．科林爲君王聯盟所提供之法器機制課程，
兀瑞席魯，傑瑟凡日，一一七五

突襲爐石鎮後的接下來數週，卡拉丁的焦慮慢慢平息，他已穿過最深沉的黑暗。他總是會從另一端掙脫出來。然而當他處於黑暗當中時，爲什麼就是無法記住這件事呢？

達利納給了他一些時間，讓他決定「退休」後要做什麼，於是他沒急著下結論，除了雅多林之外也沒跟其他人提起。他想找出一個最妥善的作法，好好把這件事告訴他的逐風師們，可能的話還是得先做決定。給他們一個明確的計畫比較好。

隨著日子一天天過去，他發現自己越來越能理解達利納的命令。至少卡拉丁不必再假裝自己沒有精疲力盡。不過他確實仍推遲了做決定的時間，因此達利納最後溫和但堅定地推了推他。可以再多給卡拉丁一點點時間決定他未來的方向，但他們需要開始拔擢其他逐風師，接任他的職責。

所以，爐石鎮任務的十天後，卡拉丁站在軍隊的指揮幕僚前，聽著達利納宣布卡拉丁在軍隊裡的職務正在「進化」。

卡拉丁覺得這過程頗羞辱人。就算他被迫退役，所有人還是為他的英勇而喝采。卡拉丁稍早已跟席格吉談過，此時宣布由他接掌逐風師的日常行政事務，掌管軍需與招募等事務，授予他連爵的頭銜。斯卡從食角人山峰休假回來後，則會被授予副連爵的頭銜，掌管並領導逐風師外勤任務。

不久後，卡拉丁獲准離開——幸好沒有強制為他舉辦「派對」。他沿兀瑞席魯內一條又黑又長的走廊走遠，感覺一點也沒他原本擔心的那麼糟，因此鬆了一口氣。他今天對他自己來說並不是一個危險。

他現在只需要找到新的人生目的。颶風啊，這嚇壞他了——無事可做讓他想起身為橋兵的感覺。不用扛橋跑的日子會拉長，充滿麻木心智的空白，那是一種詭異的心理麻醉。他現在的人生好多了。他沒有因為太過沉溺於自憐而無法注意或意識到這狀況。不過他還是覺得其中的相似性令人不安。

西兒在他前方的走廊上盤旋，化身為一條只有底部有帆的怪船。「那是什麼？」他問她。

「我不知道。」她航過他身旁。「幾週前，娜凡妮一邊開會一邊畫了這東西。我覺得她弄糊塗了。她是不是沒見過船啊？」

「我由衷相信不是這樣。」卡拉丁沿走廊往前看。與他無關。

不，他心想。你不能因為害怕就假裝與自己無關。找到新目的。

他深呼吸，大步向前。他至少可以表現出自信的樣子。哈福的領導守則第一條，在卡拉丁成為小隊長的第一天便印入他腦中。做了決定就貫徹到底。

「我們要去哪？」西兒化爲光帶追上他。

「摔角場。」

「去做點訓練好讓你停止胡思亂想嗎？」

「不。儘管我覺得可能不要這麼做比較好，但我要去那裡尋求智慧。」卡拉丁說。

「我覺得很多在那裡鍛鍊的執徒看起來都挺有智慧的。畢竟他們都剃了頭。」西兒說。

「他們……」卡拉丁皺起眉。「西兒，那跟有沒有智慧有什麼關係？」

「頭髮很噁心。剃光似乎才是聰明之舉。」

「妳也有頭髮啊。」

「我沒有。我只有我。你想想看，卡拉丁。你會把從你身體出來的所有東西都快速且安靜地處理掉，而這些詭異的東西從你頭上的小洞洞裡鑽出來，你卻置之不理？噁心。」

「不是所有人都有那個榮幸身爲神祇的碎片。」

「事實上，所有東西都是神祇的碎片。就這方面而言，我們算是親戚。」她迅速飛近。「你們人類算是古怪的親戚，住在外面的防颶所裡；我們不想讓訪客知道你們的存在。」

人還沒到，卡拉丁倒是先聞到摔角場混雜汗水和劍油的熟悉味道。西兒射向左側，兜了個圈子繞過摔角場，卡拉丁則是快步穿過各式各樣一邊叫喊一邊較量的雙人組合。他走向後牆，劍術師傅都聚集在這裡。

他一直覺得武術執徒是一群奇怪的人。一般執徒比較說得通，他們加入教會或是因爲學術因素，或是因爲家庭壓力，或是因爲他們很虔誠、想服侍全能之主。多數武術執徒則各有不同過往，許多曾爲士兵，後來才將自己交付教會。並非爲了服侍，而是爲了逃離。他不曾眞正了解到底是什麼引導這些人走上這條路。直到最近。

他走在鍛鍊中的士兵之間，想起自己爲什麼不再來訓練場。那些人鞠躬、喃喃說著「受颶風祝福者」，一面讓路給他。這在走廊上還能夠忍受，因爲跟他擦身而過的人並不認識他。然而於此受訓的人包含少數女性在內都是他的戰友，他們應該要知道他並不需要像這樣的關注。

他走到劍術師傅聚集的地方，不巧他找的人並不在其中。拉哈爾師傅說薩賀去洗衣服了，卡拉丁聞言吃了一驚。他知道所有執徒都輪流負責雜務，但沒想到劍術師傅會被派去洗衣服。

他離開訓練場時，西兒化身成飛行中的箭竄回他身旁。「我是不是聽見你在找薩賀？」

「沒錯。怎麼了？」

「沒怎麼，只是……這裡有好幾位劍術師傅，卡拉丁，其中幾個眞的能幫上忙。所以你爲什麼想找薩賀談？」

他不確定自己能否解釋。任何一名劍術師傅確實都能回答他的疑問，甚至任何一個常來訓練場的執徒很有可能也能回答。不過他們就跟其他人一樣，都以一種又敬又畏的態度看待卡拉丁。他想跟能夠完全坦承相對的人談。

他朝塔城外緣走去。階梯式堆疊的石盤從建築基部突出，朝露天開展，彷彿巨大的葉片。過去一年來，許多這樣的空間被改造成芻螺、憨沉獸或馬的牧地，其他處則是懸起繩索披曬衣物。卡拉丁正要走向披曬的衣物，又停下腳步，決定稍微繞點路。

娜凡妮和她的學者們聲稱塔城外緣的平台曾經是農地。這怎麼可能呢？上面這裡的空氣冰冷，雖然大石覺得很醒腦，但卡拉丁分辨得出來空氣中少了點什麼。他很快會開始喘氣，如果他使力，有時候會感覺到在其他高度不曾感覺過的暈眩。

颶風很少襲擊這裡，十中有九高度不夠，只是一大團從下方經過的憤怒巨物，用閃爍的閃電隆隆訴說它們的不滿。少了颶風，就沒有足夠的水供作物生長，更別提有恰當的坡地種植穀物。

無論如何，在娜凡妮的敦促下，過去六個月展開了一個獨特的計畫。雅烈席人經年在破碎平原和帕山迪人爭奪寶心，一場場血淋淋的戰事每每踩著橋兵的屍體；跨過台地的不是他們扛著的橋，而是他們的身軀。卡拉丁很驚訝，居然有這麼多涉入這場屠殺的人都忘記問一個具體且深刻的問題：

帕山迪人爲什麼想要寶心？

對雅烈席人來說，寶心不只是財富，更象徵權力。與魂師搭配，綠寶石就等於食物——極易攜帶的營養來源，能夠隨軍隊移動。雅烈席卡軍隊正是以無需漫長補給線的機動部隊爲優勢，在六名彼此差異不大的國王統治下席捲羅沙。

帕山迪人沒有魂師。瑞連也證實了，然後他還送給人類一份禮物。

卡拉丁走下一段石階，來到一塊實驗田地，一群農夫正在這裡工作。平整的岩石撒上種子土，上面已長出石苞。附近的水管送來用水，卡拉丁經過搬運工，他們正費力地把一桶又一桶的水拖去灌溉穀物，模擬暴風雨。

他們最優秀的農夫解釋過這樣行不通。植物需要颶風帶來的礦物才能生長出殼，這部分確實能夠模擬，但冷空氣會抑止生長。瑞連也同意這種說法是對的……除非具備一種優勢。

除非利用寶石的光栽培植物。

如今，最不尋常的景象裝點著卡拉丁眼前的尋常田地：一根接一根栓在石地上的鐵製短燈柱，裡面各自裝了取自裂谷魔心臟的大顆綠寶石。那些綠寶石是如此巨大，颶光如此飽滿。卡拉丁盯著看了一會兒，就算是在完整照耀的日光下，視覺中還是出現點點殘影。

帶著鼓的執徒坐在每一盞燈籠旁，輕柔地敲打特定的節奏——這就是祕密所在。人們會注意到寶石光是否讓植物生長，但颶光和音樂的組合改變了什麼。生靈就像在空氣中躍動的綠色塵埃，它們在鼓手身旁旋繞。靈散發比平常更明亮的光，彷彿受到寶石中的颶光灌注，然後它們會轉移到植物上，繞著植物旋轉。

就像使用法器一樣，這也會消耗颶光，寶石也都會週期性破裂。不知爲何，靈、音樂和颶光的組合創造出一種有機的系統，藉由颶光供養植物。

穿著橋四隊制服的瑞連在燈柱之間走動，一一確認節奏是否準確。他最近通常用戰爭形體，然而他也對卡拉丁坦承，這種附邪惡甲殼盔甲的形體會讓他看起來更像侵略者，其實他並不喜歡。有些人類因此而不信任他。但要是用工作形體，其他人又會像對待帕胥人一樣對待他，他更討厭這樣。

不過說實話，看見一身黑紅大理石紋的瑞連在指導雅烈席人，感覺還是很怪，令人想起雅烈席卡發生的事，以及這場侵略。瑞連不喜歡其他人做這樣的比較，卡拉丁也盡量不那樣想。

無論如何，瑞連似乎在這份工作中找到存在的目的。份量頗重的目的，卡拉丁幾乎想讓他留在這裡繼續他原本的任務。但不行——卡拉丁能夠直接照看橋四隊中成員的日子即將結束。他現在想看見他們受到照顧。

他小跑步穿過田地。要是在爐石鎮，此處這些頭顱大小的石苞會被視爲太小、價值不高，不過至少還是大得足以在裡面結出穀子。寶石栽培的技術確實有成。

「瑞連，瑞連！」卡拉丁喊著。

「長官？」聆聽者轉過來，面露微笑。跑過來的時候哼著快活的節奏。「會議進行得怎麼樣？」

卡拉丁遲疑了一下。他該說出來嗎？還是等等？「有些有趣的發展。斯卡和席格吉升遷了。」卡拉丁掃視田地。「不過等一下再讓其他人告訴你細節吧。這些穀子看起來眞不錯。」

「靈不像接近聆聽者那樣輕易接近人類。」他看了看田地。「你們聽不見節奏，我也沒辦法讓人類唱出羅沙的純粹音調。不過有些人夠接近了，讓我很受鼓舞。」他搖頭。「別談這個了。你有什麼事，長官？」

「我幫你找到一個榮耀靈。」

卡拉丁很習慣在瑞連大理石紋的臉上看見難以解讀、毫無起伏的表情。不過瑞連這會兒露出了彷彿要裂開臉的開朗笑容，死板的表情隨即融化。他雙手握住卡拉丁的肩膀，眼神起舞，哼出狂喜的節奏，卡拉丁幾乎覺得他能聽出更深層的含義。那是一種耀眼如陽光、歡樂如孩童笑聲的聲音。

「榮耀靈？」瑞連說。「誰會想跟聆聽者締結？眞的嗎？」

「弗拉廷原本的靈，永伐。他一直在拖延選擇新締結對象，因此西兒和我給他最後通牒：選你，不然就離開。今天早上他來找我，答應試著跟你締結。」

瑞連的哼鳴轉低。

「這是一個賭局，」卡拉丁說。「因爲我不想把他趕走。不過我們終究還是讓他同意了。他會遵守諾言；但要小心，我有一種感覺，他一定會想盡辦法脫身。」

瑞連捏捏卡拉丁的肩膀，對他點頭，明顯代表尊敬的舉動，使得他接下來所說的話更顯得不合理。「謝謝你，長官。請告訴那個靈，他可以找其他人。我不需要跟他締結。」

他鬆開手，但卡拉丁握住他的手臂。

「瑞連？你說什麼？西兒和我千辛萬苦才幫你找到靈。」

「我很感激，長官。」

「我知道你覺得被遺漏了。我知道看著別人飛，你卻只能走，那感覺有多痛苦。這是你的機會啊。」

「你會要一個被迫接受締結的靈嗎，卡拉丁？」瑞連問。

「考量這情況，有什麼我就接受什麼。」

「這情況……」瑞連舉起手，檢視自己皮膚上的紋路。「長官，我有沒有跟你說過，我怎麼會加入橋兵？」

卡拉丁緩緩搖頭。

「我回答了一個問題。擁有我的是一個中等達恩淺眸人，你不認識他，那是薩迪雅司手下軍需官中的一個監工。他想心算一些加法，喊他妻子幫忙，而我不假思索地回答了。」瑞連哼起輕柔的節奏，聽起來有嘲弄的感覺。「一個愚蠢的錯誤。我混雜在雅烈席人之中好幾年，變得粗心了。

「接下來的幾天，我的主人監視著我。我原本以為我身分暴露，但不是的……他沒有懷疑我是間諜，只是覺得我太聰明而已。聰明的帕胥人嚇壞了他，於是他把我送給橋兵隊。」瑞連回頭看了看卡拉丁。

「不希望像這樣的帕胥人繁衍後代，對吧？要是他們都開始自主思考，誰知道會出什麼亂子？」

「我不是要你別自主思考，瑞連。我只是想幫忙。」卡拉丁說。

「我知道，長官。我無意『有什麼就接受什麼』。我也不認為你該逼迫靈締結，這樣會開不好的先例，長官。」他改哼不同的節奏。「你們都說我是侍從，但我並不會像其他人一樣汲取颶光。我覺得我和颶父之間有分歧。真怪。我能預期人類的偏見，沒料到祂也有……總之，我會等待因為我是我以及我所代表的榮耀而願意跟我締結的靈。」他對卡拉丁行了一個橋四隊的禮，雙腕相觸，轉身繼續教農夫們歌曲。

卡拉丁拖著腳步朝洗衣場走去。他了解那傢伙的意思，但要放棄這個機會？或許達成瑞連所想，也就是獲得靈尊重的唯一方法，是從一個多疑的靈開始。況且卡拉丁又沒有逼迫永伐，他是下命令。有時候，士兵就是得去他們不喜歡的地方服役。

卡拉丁百般好意，卻像莫名其妙做了丟臉的事，他討厭這種感覺。瑞連難道不能接受他用心安排的工作、照他要求去做就好嗎？

*也或許你能履行你對他的承諾，另一部分的他想著，就這麼一次好好聆聽。*

卡拉丁走進洗衣場，經過一排排彷彿排好隊般站在水槽旁的女人，她們正在跟沒完沒了的髒襯衫和制服外套奮戰。他拖著腳步繞過正將水汲入水槽的古老水泵，再穿過一片床單飄揚的空地，床單都掛在繩索上，有如蒼白的旗幟。

他在台地邊緣找到了薩賀。空地的這個區域可以俯瞰陡峭的險降坡。不遠處，卡拉丁看見娜凡妮的大型建造物懸在台地上——正是利用這個裝置讓第四座橋上升或下降。

要是從兀瑞席魯掉下去，感覺會像永遠地墜落。不過他知道，山一定在下面的某處轉爲斜坡，雲朵往往遮蔽落勢。他比較喜歡把兀瑞席魯想成它是飄浮著，與世隔絕，也遠離那世界所承受的苦痛。

曬衣繩的最外圍，薩賀正在這裡仔細地掛起一連串色彩明亮的披巾。是哪一個淺眸人逼他洗這些東西？看起來是輕薄的圍巾，菁英中較奢侈的那些人用來強調他們的華麗服飾。

相較於精緻的絲綢，薩賀就像一塊生皮，取自某隻剛被宰殺的水貂。他的折樹棉袍又破又舊，只用一條繩子當腰帶，鬍子也未經打理，像一叢躲在避風角落無拘無束生長的雜草。

卡拉丁的所有直覺都叫他避開薩賀。他學會透過士兵保存自己制服的方式衡量他們，整齊熨燙過的外套無法幫你贏得戰鬥，不過用心爲鈕釦打蠟的男人通常也能夠精確維持陣形。鬍子亂七八糟、衣服破洞的士兵通常都把夜晚的時間拿來喝酒，而非照料他們的裝備。

薩迪雅司和達利納分裂那些年的戰營裡，這樣的區隔變得如此鮮明，基本上就跟旗幟沒兩樣。面對那樣的狀況，薩賀打理自己的方式似乎別有用心。這位劍術師傅是卡拉丁見過最優秀的決鬥家之一，而且擁有有別於任何其他執徒或學者的智慧。唯一的解釋是，薩賀故意不修邊幅，藉此誤導他人。薩賀就像一幅故意用破裂的畫框裱起來的名畫。

卡拉丁在一段距離外停下腳步，以表敬意。薩賀沒有看他，但這位古怪的執徒似乎總能知道是否有人靠近，他對周遭環境有一種離奇的感應力。西兒飛向薩賀，卡拉丁仔細觀察他的反應。

他看得見她，卡拉丁在薩賀小心地掛上另一條披巾時如此判定。薩賀調整位置，好用眼角餘光觀察西兒。除了大石和可絨，卡拉丁沒遇過其他看得見隱形靈的人。薩賀有食角人血統嗎？這種能力就算是在大石的族人裡也相當罕見，但大石也說，偶爾會有食角人的遠親生下來就能看見。

「如何？」薩賀終於問。「今天為什麼跑來打擾我，受颶風祝福者？」

「我需要建言。」

「找些烈酒喝，效果比颶光好。兩者都會害你喪命，但酒精至少會慢一點。」薩賀說。

卡拉丁走到薩賀身旁。翻飛的披巾讓他想起飛行中的靈。西兒或許也有同感，已化為相似的形狀。

「我被迫退休。」卡拉丁輕聲說。

「恭喜。領你的退休金，讓這一切變成別人的問題。」薩賀說。

「達利納說我可以選擇繼續前進的位置，只要不是前線就好。我想……」他看向薩賀，而他微笑，眼角擠出皺紋。真怪，一個人的皮膚居然能前一刻看似光滑如孩童，後一刻又皺褶如祖父。

「你覺得你成了我們的一份子？」薩賀問。「飽經風霜的疲憊士兵？那靈魂太過細瘦，因而在凜冽寒風中顫抖的人？」

「我已經變成這樣的人。」卡拉丁說。「我知道他們之中大部分人為何離開戰場，薩賀。但我不知道你的原因。你為什麼加入執徒？」

「因為我學到一件事：無論我再怎麼努力，衝突總是會找上人類。我再也不想插一腳試圖阻止他們。」

「但你無法放棄劍。」卡拉丁說。

「噢，我放棄了。我放手了。我所犯過最棒的錯。」他審視卡拉丁，估量著他。「你沒有回答我的問題。你覺得你成了劍術師傅的一份子？」

「達利納說要讓我訓練新燦軍。我不認為我受得了——看著他們飛去戰鬥，自己卻沒參與。不過我覺得我或許可以再來訓練一般的士兵。這樣或許不會那麼痛苦。」

「所以你覺得你成了我們的一份子？」

「我……對。」

「證明給我看吧。」薩賀從曬衣繩上扯下幾條披巾。「攻擊我。」

「什麼？這裡？現在？」

薩賀仔細地用一條披巾裹住他的手臂。就卡拉丁所見，他身上並沒有武器，雖然那件破爛的褐色袍子裡可能藏有一、兩把小刀。

「徒手肉搏？」

「不，用那把劍。」薩賀說。「你想成爲劍術師傅？讓我看看你怎麼用劍。」

「我沒說……」卡拉丁看了看曬衣繩，化身爲年輕女子的西兒坐在上面。她聳肩，於是卡拉丁召喚出細長優雅的碎刃。不像達利納曾揮舞過的那種巨型厚劍。

「劍刃弄鈍啊，芻螺腦。我的靈魂或許磨薄了，不過我還是希望它完整無缺。也不准用你的力量。我想看你打，不是看你飛。」

卡拉丁用心靈的一道指令讓西刃變鈍。劍刃化爲霧氣，再凝聚爲實體時，已經是未開鋒的狀態。

「嗯。」卡拉丁說。「我們怎麼開——」

薩賀從曬衣繩抽下一條床單丟向卡拉丁。床單翻飛，呈扇形展開，卡拉丁前進一步，用劍打落床單。薩賀已消失在一排排如波浪翻湧的床單之間。

卡拉丁小心翼翼地走進行列中。衣物在風中揚起又飄落，令他想起在裂谷時常經過的植物。吹拂不止的風有如看不見的浪潮，活物般的床單隨之波動。

薩賀從另一排跳出來，拉下一條床單甩出。卡拉丁哼了一聲，退開並猛擊那塊布。卡拉丁領悟，這就是那男人的策略，讓卡拉丁專注於床單。

卡拉丁忽略床單，衝向薩賀。他對這次攻擊頗感驕傲。對他來說，經雅多林指導的劍術現在感覺幾乎就跟過去所受的矛術訓練一樣自然。攻擊失敗，但招式完美。

薩賀的動作快得驚人，他退回床單間躲避。卡拉丁躍上前，但又一次錯失目標。他轉動身子搜索，成排翻飛的白床單看似沒完沒了，彷彿舞動的火焰，純白。

「你爲什麼戰鬥，卡拉丁・受颶風祝福者？」薩賀幽靈般的聲音從近處喊道。

卡拉丁旋身，劍蓄勢待發。「我爲雅烈席卡而戰。」

「哈！你要求我支持你成爲劍術師傅，然後立即對我說謊？」

「我沒有要求……」卡拉丁深呼吸。「我爲穿上達利納家的服色而自豪。」

「你爲他而戰，但並不是因爲他而戰。」薩賀大喊。「你爲什麼戰鬥？」

卡拉丁躡手躡腳走向他認爲的聲音來處。「我因爲要保護我的人而戰鬥。」

「接近一點了。」薩賀說。「不過你的人現在再安全不過，他們能夠照顧自己。那你爲什麼還要繼續戰鬥？」

「或許我並不認爲他們安全。」卡拉丁說。「或許我……」

「……不認爲他們能照顧自己？」薩賀問。「你和老達利納，你們是出自同一個窩的母雞。」

近處的一件床單浮現一張臉和一個人形，朝向卡拉丁鼓脹，彷彿有人正要從另一邊走過來。他立即攻擊，劍劃過床單。床單隨即破開——劍即使未開封，尖端仍足夠銳利——但除此之外並沒有擊中任何人。

西兒在卡拉丁來得及開口要求前短暫變得鋒利，他揮劍將床單劈爲兩半。床單在風中翻騰，從中間斷開。

薩賀從卡拉丁的另一側欺近，卡拉丁差點來不及轉身迎敵，連忙揮劍。薩賀用裹上披巾的手臂格開攻擊，甩出拿在另一隻手上的長圍巾，勾上卡拉丁未持劍的手，圍巾隨即以驚人的力道緊緊纏住，就像一條盤捲的鞭子。

薩賀一扯，卡拉丁被拉得失去平衡，雙腳勉強踩在地上，隨即單手揮劍。薩賀又用裹披巾的那隻手臂格開。遇上眞正的碎刃，這樣的戰術永遠不可能行得通，但對上尋常武器倒是出奇有效。新兵常常都對一條好厚布能多麼有效擋下刀劍而大感驚奇。

薩賀的圍巾還是纏住卡拉丁的另一隻手，他猛力一拉，卡拉丁被逼得轉身。沉淪地獄啊。卡拉丁設法轉動西刃，將圍巾切爲兩半——西兒又暫時變得鋒利。接著他往後躍，試著找回立足點。

薩賀冷靜地大步走向側邊，甩動圍巾，發出一聲響亮的啪，接著又將圍巾像錘矛一樣旋轉。卡拉丁沒看見這名執徒身上發出任何颶光，他也沒理由相信這男人會使用封波術……但圍巾纏住卡拉丁的方式頗不尋常。

薩賀雙手拉長圍巾——卡拉丁沒料到有這麼長。「你相信全能之主嗎，小子？」

「這爲什麼重要？」

「你現在考慮加入執徒、成爲信仰顧問，卻問信仰爲什麼重要？」

「我想成爲教授劍術與矛術的老師。這跟全能之主有什麼關係？」卡拉丁問。

「那好吧。你現在考慮教導他人如何殺人，卻問這跟神有什麼關係？」

卡拉丁謹愼地一步一步前進，碎刃舉在身前。「我不知道我相信什麼。娜凡妮依然信奉全能之主，她每天早上焚燒祈禱文。達利納說全能之主已死，但他也聲稱在幽界之外存在著另一個眞神。加絲娜說一個存在並不會因爲擁有強大力量而成爲神；她的結論是，根據世界運作的方式，不可能存在一個全能愛物的神。」

「我不是問你他們相信什麼。我問的是，你相信什麼。」

「我不確定有人知道這個答案。我想我會讓有興趣的人自己去爭論，而我則會低著頭，專注於我當下的人生。」

薩賀對他點頭，彷彿這個答案差強人意。他揮手要卡拉丁進攻。卡拉丁努力記住劍式——他受的訓練大多是煙式，接著試探地前近，兩次佯攻後發動真正的攻擊。

薩賀的雙手化爲一團模糊，用展開的圍巾把劍推開，接著雙手又扭動一番，俐落地用圍巾裹住劍，借力把劍推得更遠一點，同時迎上撲過來的卡拉丁，裹住劍的圍巾往前滑，貼近卡拉丁。

就在這個時候，他又用某種方法扭轉圍巾，將卡拉丁的雙腕也一起裹住。卡拉丁嘗試使出頭槌，不過薩賀不閃不避，再次迎上前，拉高圍巾的一端，讓卡拉丁的頭從圍巾下方鑽過，接著一扭一繞，用圍巾把卡拉丁牢牢捆住。這才過多久？

這場對決弄得卡拉丁不只雙手被緊緊捆住，一條圍巾也將他的雙臂固定在身側，薩賀則站在他身後。卡拉丁看不見薩賀接下來做了什麼，只知道一圈圍巾套過卡拉丁的頭，環住他的脖子。薩賀將圍巾拉緊，卡拉丁便無法呼吸了。

*我想我們輸了*，西兒說，*輸給一個揮著在雅多林收襪子的抽屜裡找得到的東西的傢伙*。

卡拉丁哼了哼，不過有一部分的他感到興奮。儘管薩賀令人挫敗，但他是一名優秀的戰士；他用卡拉丁沒見過的方式測試了卡拉丁。若想打敗煉魔，他需要的就是這種訓練。

薩賀試著讓他窒息，而他逼自己保持冷靜。他將西兒變成體型較小的短劍，手腕一扭，砍斷圍巾，解開整個圈套，卡拉丁重獲自由，轉身用又變鈍的匕首劈砍。

執徒用裹圍巾的手臂擋住匕首，立即用另一隻手攫住卡拉丁的一隻手腕，於是卡拉丁驅散西兒，用另一隻手再次召喚她，回身逼退薩賀。

薩賀又從翻飛的曬衣繩扯下一條床單，又扭又纏地把床單捲成密實如繩索的長條。

卡拉丁按摩了一下脖子。「我覺得……我覺得我看過這種招式。你打鬥的方式像亞夙兒。」

「是她像我，小子。」

「我想她在追捕你。」

「雅多林也這麼說。那蠢女人得先穿過培養垂裂點，我才不會屏住駐氣等她駕臨。」他招手要卡拉丁再次攻擊。

卡拉丁從腰帶抽出一把小刀，改採取刀劍合璧的陣式，招手要薩賀進攻。劍術師傅微笑，將床單扔向卡拉丁。床單鼓脹，如擁抱般大大攤開。等到卡拉丁劈開床單，薩賀又不見了，躲進飄揚的床單森林。

卡拉丁驅散西兒，朝地面擺擺手。她點頭，潛低查看床單下方，找尋薩賀的蹤影。她爲卡拉丁指出一個方向，接著化爲光帶閃過兩條床單之間。

卡拉丁小心翼翼地跟過去。他覺得自己在床單間瞥見薩賀，一道影子穿過其中。

「你相信嗎？」卡拉丁一面前進一面問。「相信神，或是全能之主，或任何其他東西。」

「我沒必要相信。」聲音悠悠傳來。「我知道神存在。我只是討厭祂們而已。」

卡拉丁從兩條床單之間閃過。就在這一刻，床單飄離曬衣繩，六件同時襲向卡拉丁；他發誓他能看見每一件床單中各有臉孔與人形的輪廓。他召喚西兒，保持鎮定，忽視令人膽怯的景象，終於找出薩賀。

卡拉丁進攻。薩賀的動作帶著幾乎像超自然的沉著，他伸出兩隻手指貼住移動中的西刃，將劍尖推開到剛好與他擦身而過的方向。

卡拉丁踏入蕩漾的床單間，風繞著他打轉。床單貼著他飄動，原本柔軟無力，卻突然纏住他的腿。他被絆倒，咒罵了一聲摔向硬實的石地。

一秒後，薩賀已搶走卡拉丁的小刀，抵住他的額頭。卡拉丁感覺到刀尖貼著他的傷疤。

「你作弊。你對那些床單和圍巾做了什麼。」卡拉丁說。

「我無法作弊。」薩賀說。「這無關輸贏，小子。重點在於讓我看看你如何戰鬥。當一個人處於劣勢，我才能對他有更多了解。」

薩賀起身，匡啷一聲扔下小刀。卡拉丁取回刀，坐起身，看了看掉落的床單。它們躺在地上，都只是尋常的布疋，偶而隨風掀動。事實上，其他人或許會將床單的動作視爲風的把戲。

但卡拉丁了解風；剛剛那不是風。

「你不能加入執徒。」薩賀跪下，一根手指碰了碰一條床單，然後拿起來掛上曬衣繩。他一一對其他床單做了同樣的事。

「爲什麼不能？」卡拉丁不確定薩賀有權禁止他，但若是他打心底尊敬的一名執徒反對，他也不確定自己是否還想走上這條路。「你是不是逼每一個退休後想加入執徒的人都跟你單挑，贏了才能獲得這項殊榮？」

「這場對決無關輸贏。」薩賀說。「你並不是因爲輸了所以不受歡迎。你之所以不受歡迎，是因爲你不是我們的一份子。」他拿起一件床單甩了甩，掛回曬衣繩。「你喜歡戰鬥，卡拉丁。不是因爲達利納曾經感覺到的戰意，甚至也不是花花公子對決鬥的期待。

「你喜歡戰鬥，因爲那是你的一部分。那是你的情婦、你的熱情、你的生命之血。你會覺得日常訓練很無聊。你會渴望更多。你終究會轉身離開，而比起不曾開始過，轉身離開會讓你陷入更糟的境地。」

他把他的圍巾丟到卡拉丁腳邊。只不過這一定是另外一條，因爲他剛開始用的那條圍巾是亮紅色，現在這條卻是黯淡的灰。

「等你討厭戰鬥的時候再來吧。眞正討厭的時候。」薩賀穿過床單走開。

卡拉丁撿起地上的圍巾，看了看西兒。她踩著隱形階梯下降到他附近，聳聳肩。

卡拉丁握緊圍巾，大步繞過床單。劍術師傅已在台地邊坐定，腳從邊緣垂下，眺望著附近的山脈。卡拉丁把那條圍巾丟在一堆圍巾上——現在每一條都變成灰色了。

「你是什麼？」卡拉丁問。「你跟智臣一樣嗎？」薩賀總是不太對勁，太洞悉事物。有點不同，就是有別於其他人。

「不。」薩賀說。「我不覺得有任何人像霍德一樣。我年輕的時候，他的名字是灰。我覺得他一定在一千個不同的民族裡有一千個不同的名字。」

「那你呢？」卡拉丁也在薩賀身旁的石地坐好。「你有幾個名字？」

「是有幾個。比我通常透露給其他人知道的還多。」薩賀往前靠，手肘撐在大腿上。風吹拂他的袍子下襬，垂蕩在數千呎的懸崖中。「你想知道我是什麼？好吧，我是很多東西。主要是累。但我也是一個第二類授予實體。以前會自稱是第一類，不過一旦學會更多，就不得不拋棄整個級別系統。這就是科學的麻煩之處，沒完沒了，永遠自相矛盾。毀滅完美的系統，只因它們出錯帶來小小的不便。」

「我……」卡拉丁吞了口口水。「我完全不知道你在說什麼，不過還是謝謝你回答。智臣從不給我答案。至少不會給我直接的答案。」

「那是因爲智臣是個混蛋。」他從袍子口袋撈出一個東西——一顆小石子，形狀是盤捲的貝殼。「看過這東西嗎？」

「魂術？」卡拉丁接過貝殼。這小東西出奇地重。他拿在手中轉動，讚嘆著盤捲的樣子。

「類似。這是一個很久很久以前死去的生物，然後埋進土裡，慢慢地，經過數千萬年，礦物注入牠的身體，原質（注）一一被岩石取代，到最後整個東西都被轉化。」

「所以是……天然的魂術。隨時間過去而發生。」

「很長的時間，長得令人生厭。我來的那個地方太新了，完全沒有這東西。你們這裡或許有些埋在深

注 axon，本意為「軸突」，但在寰宇宇宙中，這個詞代表的意義接近原子，故中文以「原質」稱之。

處，但我抱持懷疑態度。你手裡的石頭非常古老，比智臣或你們的神將，或是神本身更古老。」

卡拉丁拿高石頭，接著出於習慣，用水壺裡的幾滴水沖洗出隱藏在底下的顏色和細節。

「我的魂魄就像這顆化石。我魂魄中的每一個部分都被換成其他新的東西，只不過對我來說像是發生在一瞬間的事。我現在的魂魄跟我出生時的很像，但已經是完全不同的東西了。」

「我不懂。」

「不意外。」薩賀思考片刻。「這樣想吧。你知道你可以在克姆泥上壓印痕，放乾，然後在印痕中填入蠟，創造出原本物體的複本？嗯，我的魂魄也發生了一樣的事。我死的時候浸泡在力量中，所以當我的魂魄離開，它留下了一個複本。算是……魂魄的化石。」

卡拉丁猶豫了一下。「你……死了？」

薩賀點頭。「你朋友也是。在上面的監獄裡？拿……那把劍的那個。」

「賽司。他不是我朋友。」

「神將也是。他們死的時後留下印痕；一種力量，這種力量還記得曾身爲他們。懂嗎，想活著的力量。」他用下巴指指化爲光帶飛到他們下方的西兒。「我現在稱像她這樣的東西爲『第一類授予實體』。我決定用這種方式稱呼他們才是對的。自己活過來的力量。」

「你看得見她！」卡拉丁說。

「看見？不。感覺？」薩賀聳肩。「切下一點神性後丟著不管，最後那一小點就活過來了。如果你讓一個魂魄獲得太多授予的人死掉，或是在他死的當下授予給他，他就會留下一道影子，而你可以把這道影子釘回一具軀體上。想發善心的話就釘回他自己的軀體。完成後，你就得到了這個。」薩賀朝自己一擺手。「第二類授予實體，行走的死人。」

眞是……詭異的一段談話。卡拉丁皺眉，努力想弄清楚薩賀爲什麼在跟他說這些。我猜我確實問了。

所以……等等。可能還有其他理由。

「煉魔？」卡拉丁問。「他們就是這樣？」

「對啊。發生時，我們之中的大多數都停止老化，獲得某種永生。」

「有沒有……方法能殺死像你這樣的人？眞正殺死？」

「方法很多。如果是比較弱的，只要再殺死那具軀體，然後確保沒人授予那個魂魄更多力量，他們就會在幾分鐘內離世。比較強的話……嗯，應該可以把他們餓死。一大堆第二類都以力量爲食，藉此維繫。

「但若是你們的敵人，我想他們太強大了，這些方法都沒用。他們已經存續了數千年，似乎與憎惡聯繫，直接以他的力量爲食。你必須找到方法瓦解他們的魂魄，不能只是擊潰他們。你需要一個強大得足以拆散魂魄的武器。」他瞇起眼凝望遠方。「透過一些悲慘的經驗，我知道那些武器製造起來非常危險，而且似乎永遠無法發揮正常作用。」

「還有其他方法。」卡拉丁說。「我們可以說服煉魔停止戰鬥。我們不殺他們，而是設法與他們共存。」

「崇高的理想。」薩賀說。「樂觀。沒錯，你會成爲一個糟糕的劍術師傅。小心那些煉魔，小子。像我們這樣的東西活得越久，就會變得越像靈。被單一目的吞噬，我們的心智遭我們的原旨捆綁、束縛。我們是僞裝成人的靈。因此她才取走我們的記憶。她知道我們並不是眞正死去的那個人，而是獲予一具屍體棲身的其他東西……」

「她？」卡拉丁問。

薩賀沒回應，卡拉丁把石貝還給他時，他倒是接了過去。卡拉丁邁步離開，劍術師傅將石貝擁入懷中，凝望著無盡的地平線。

我今晚最後的主題是討論煉魔的武器。煉魔利用多種法器對抗燦軍。從他們是如此快速製造並採用這些對抗手段，明顯可知他們過去已有使用法器的經驗。

——娜凡妮・科林爲君王聯盟所提供之法器機制課程，兀瑞席魯，傑瑟凡日，一一七五

娜凡妮舉高黑色錢球，閉起一隻眼細細檢視。這不同於虛光。她拿起一個虛光錢球相互比較，這顆鑽石注入了永颶期間蒐集到的異光。

他們還是不知道敵人怎麼將虛光注入錢球，手上現有的都竊取自歌者。幸好虛光滲漏的速度比颶光慢得多。在面前這顆轉爲黯淡之前，她應該還有幾天的時間。

虛光錢球有一種詭異的光芒。一種獨特的黑中帶紫。露舒說是「極紫」，她聲稱這種顏色只存在於理論中。不過娜凡妮不知道一個顏色怎麼會只存在於理論中。無論如何，它就是黑中帶紫，雙色並存，兩種色調同時顯現在同樣位置。

賽司提供的古怪錢球乍看之下一模一樣。黑中帶紫，一種不可能的顏色。就像一般的虛光錢球，它的黑暗擴張，讓周遭轉暗。

不過她剛開始沒有立即注意到，這顆錢球還有一種額外的效果。它扭曲了周遭的空氣。長久注視這顆錢球會出現一種不同的迷航感，引發一種她無法定義的錯誤感。

加維拉也擁有虛光錢球，她記得曾看過，而這件事本身就夠讓人困惑了。她丈夫是如何在永颶到來的幾年前就得到虛光的？再回頭看另外這顆黑色錢球，它到底是什麼東西？

「殺手，看著我。」娜凡妮說。

白衣殺手賽司從他的牢房內抬起頭。娜凡妮和達利納到戰場上測試第四座橋回來後已過了十六天。這十六天都在趕工塔城內的乏味工作，像是監督依計畫進行的市場擴建、處理衛生問題等。直到現在，她才得空，能夠專心研究虛光和塔城的本質。

那個透過信蘆跟她通訊的怪人沒有再連絡。娜凡妮決定別管了，她甚至不知道對方的神智是否正常。她還有好多事要心煩，例如坐在她面前監牢內的那名男子。

賽司將他那把古怪的碎刃——就是出鞘後會冒黑煙的那把——抱在膝上。有人提出囚犯能持有武器的質疑，達利納的回應是：「我相信那東西最安全的保管之處，就是讓他自己拿著。」

娜凡妮對此有疑慮。就像裝有戰意的寶石的下場一樣，她認爲他們也該把這把怪異榮刃沉入大海。賽司似乎不夠穩定，不能把碎具交給他，尤其是一把如此危險的碎刃。事實上，她希望這名刺客盡早獲得他應得的處決。

達利納並不認同，於是他們共同決定留下賽司的小命。現在，這名雪諾瓦人坐在石牢的地板上，雙眼閉合，穿著他要求的白衣。他們依他的要求給了他些方便：剃鬚用的剃刀，一條毯子，每日沐浴的機會。還有光。一大堆光。數十顆錢球照亮他的小小石牢，驅散所有陰影。

他們在牢房前側裝上了柵欄，然若這名殺手有意逃離，這些東西壓根無法阻止他。只要碎刃劃一道口子，物體便會化爲輕煙。

「再說一次你殺死我丈夫的那晚。」娜凡妮對他說。

「帕山迪人指示我處決他。」賽司柔聲說。

「你不覺得奇怪嗎？他們竟要在跟他簽定和約的那一晚殺死他？」

「我當時以爲我是無實之人。那樣的狀態下，我必須遵照主人的命令行事，不得提問。」賽司的語調幾不可察。

「你現在的主人是達利納。」

「對。我……找到了更好的道路。在我以無實之人的身分存在的過程中，我遵循誓石的道路。我聽從任何持有誓石的人。現在，我已經知道我從來就不是無實之人。我已對一個典範立誓：黑刺。無論他有什麼願望，我都會爲他達成。」

「那如果達利納死了呢？」

「我想我……會找尋另一個。我還沒思考過。」

「你怎麼能沒想過呢？」

「就是沒有。」

颶風啊，眞是危險，娜凡妮心想。達利納可以高談闊論救贖和修補破碎的靈魂之類，但這生物是一團火，正未受約束地燃燒，隨時準備逃離火爐，吞噬它找到的所有燃料。賽司謀殺了數位國王與藩王——遍及羅沙各地的十多位統治者。對，大多數的責任要落在塔拉凡吉安身上，但賽司是被用來造成這麼多毀滅的工具。

「你的故事還沒說完。」娜凡妮說。「你殺死加維拉那晚，再跟我說一次發生了什麼事。跟這顆錢球有關的部分。」

「我們一起墜落。」賽司低語，睜開雙眼。「加維拉因撞擊而受傷，軀體受到致命的損害。在那一刻，他並非待我如敵人，而是他所能見到的最後一個活人。他提出一個請求。神聖的請求，瀕死之人的臨終之言。

「他說了幾個我不認識的名字，問我是不是那些人派我來殺他。我向他保證不是那些人，他鬆了一口氣。我想他是擔心這顆錢球落入他們手中，於是他把它交給了我。比起他身旁的人，他反倒更信任謀殺他的人。」

包含我，娜凡妮心想。颶風啊，她還以為她對加維拉的憤怒和挫折感已經煙消雲散了，但它們仍在，在她的胃裡不停自我纏絞，怒靈因而在她腳邊升起。

「他要我傳口信給他弟弟。」賽司繼續說，眼神朝聚積的怒靈飛快一閃。「我寫下那句話，因為我只能用這種方法滿足他的臨終請求。我拿走錢球，把它藏起來，直到妳問我有沒有在他身上找到東西，我才又把它找出來。」

他一個月前才做了這件事，只因為娜凡妮剛好想到可以問那個問題，否則他會就這樣繼續沉默下去，完全不提這顆錢球，彷彿他的心智太幼稚或太受迫，無法領悟他其實應該提起。

娜凡妮一陣顫抖。她贊成安慰生病的心，不過前提是得把他們關好，也要拿走會說話的邪惡碎刃之類的物品。她從他那裡問出有關這把碎刃的諸多事實，認為它或許是一把不知為何遭到腐化的榮刃。畢竟是神將把它交給賽司的。不過她發現自己難以進行研究，因為在賽司身旁令她不舒服。

至少劍中的靈已停止在經過監牢的任何人腦中說話。達利納下了三次命令，才逼得賽司終於制止那東西。

「你確定這就是他交給你的那一顆錢球。」娜凡妮說。

「是。」

「他沒跟你說有關錢球的任何事？」

「我回答過了。」

「那你再回答一次，直到我確定你沒有再『遺漏』任何細節。」

賽司輕輕嘆氣。「他沒提起錢球。他快死了，幾乎擠不出他的臨終之言。我不確定那是否跟我家鄉偶爾出現的臨終之言一樣，具備預言的意義。總之我聽從了。」

她決定轉身離開。她還有其他問題要解決，必須斤斤計較來找這殺手的時間。在他附近的每一分鐘，都讓她覺得身體不適，甚至是現在，她的胃也開始翻攪，擔心會把早餐吐出來。

「妳恨我嗎？」賽司在她身後問，顯得平靜，幾近冷漠。對一個丈夫死在他手裡的女人這樣說話，他還眞是太平靜、太冷漠了。

「恨。」娜凡妮說。

「好。」這個字在小牢房內迴蕩。「好，謝謝妳。」

娜凡妮忍不住顫抖、反胃，隨即從他面前逃離。

❖

不到一小時後，她踏上外頭的雲道，這是位於塔城第八重底部的庭園露台。兀瑞席魯有接近二百層樓，分爲十重，每重十八階層，所以第八重已接近頂部，高度令人頭暈目眩。

塔城大部分倚山而建，許多大塊結構完全嵌入岩石中。只有在接近頂端的這裡，塔城才完全突出於周遭的岩石之上。雲道幾乎完整包圍這一重的邊緣，是一條露天石徑，外側設有穩固的欄杆。

這裡擁有兀瑞席魯幾個最美的景致。剛來到塔城的頭幾個月，娜凡妮經常到此處，但後來絕景的消息傳開。她曾經能夠走完整條雲道不遇上任何人，而今天迎接她的景象則是數十人同在這裡漫步。

她逼自己視這結果爲一場勝利，而非遭受入侵。他們對這塔城的願景之一，正是讓它成爲一座羅沙各色人種混處的城市。有了誓門供大陸上各城市直接往來，兀瑞席魯能夠發展出科林納永遠無法想像的國際性。

她邊走邊看見不止七個不同藩國的制服，也有三個不同馬卡巴奇地方政府的款式。賽勒那商人、艾姆歐軍人，以及那坦店主各有代表在此。甚至還有幾名艾米亞人，他們是逃離艾米亞王國的殘存者，男人的鬍鬚皆以結成索狀。

大部分的世界陷入戰爭的紛亂，但兀瑞席魯超然物外，成爲颶風之上的平靜祥和之地。退役的士兵來到此處；店主帶來他們的商品，忍受著戰時稅率，以免去試圖將貨物送過戰線的花費；學者也來到這裡，好讓他們的智識與那些爲解決新時代問題而努力的人磨擦出火花。兀瑞席魯確實有其偉大之處。

她眞希望艾洛卡能活著看見這地方變得多美好。她現在能做的頂多只有確保他的兒子順利長大、能夠欣賞這地方。娜凡妮來到會面點時張開雙臂，保母放下加維諾，他衝過來跳進娜凡妮懷中。

她緊緊抱住他，爲他們的成果而心懷感激。當他們終於找到加維諾時，他是如此害怕、膽怯，娜凡妮試著擁抱他，他卻退縮了。至今一年過去，那創傷終於從這男孩身上淡去。他時常很嚴肅，就一個五歲的男孩來說眞的太嚴肅了，但至少跟她在一起時，他重新學會歡笑。

「奶奶！」男孩說。「奶奶！我剛剛騎馬了！」

「你自己騎嗎？」她抱起他。

「雅多林幫了我！但那是一匹大馬，我不害怕，就算牠開始走也不怕！看！看！」他伸手指去，於是她抱著他一起俯瞰下方遙遠的牧地。距離太遠看不清細節，但阻止不了小加維長篇大論地對她解釋他看過哪些不同顏色的馬。

她對他露出鼓勵的微笑。他的興奮不僅具感染力，也讓人放下心中的重擔。他剛來塔城的頭幾個月很少說話。而現在，儘管馬兒讓他又著迷又害怕，他卻不再只是靠近馬而已，甚至願意騎上去，這已經是重大進步。

她在他說話時抱著他，周遭空氣冰冷卻依舊覺得溫暖。對這孩子的年齡來說，他還是太過瘦小，醫師們無法確認他在科林納時是否有人對他做了什麼奇怪的事。娜凡妮因為發生在那裡的事對愛蘇丹怒火中燒，不過這把火也燒向她自己。把那女人獨自丟在那裡，最終招來其中一個魄散，這件事*娜凡妮*又該負起多大責任？

*妳沒有預知能力*，娜凡妮告訴自己，*妳不能把所有責任都攬到自己頭上*。她一直努力克服這些情緒，然而還有其他同樣惱人的情緒，低聲訴說她對艾洛卡的死也同樣有責任。如果她阻止他去進行那個蠢任務……

不，不，她會抱著小加維，她會感到痛苦，但她會繼續前進。她刻意回想一些抱著小男孩艾洛卡的美好片刻，*而非*執著於想著那個小男孩死在一個叛徒的矛下。

「奶奶？」他們眺望山脈時，小加維出聲說。「我想要爺爺教我用劍。」

「噢，我很確定他終究會教你的。」娜凡妮伸手指。「看那朵雲！好大喔！」

「其他跟我同年齡的男孩都開始學劍了。」小加維的聲調放軟。「對吧？」

確實是。在雅烈席卡，一家人會一起上戰場，尤其是淺眸人家。亞西須人覺得這很不合常理，但對雅烈席人來說，事情就是這樣。十歲大的孩子就會學習擔任軍官的副手，男孩們通常一開始走路就會拿到練習用劍。

「你不必煩惱這件事。」娜凡妮對他說。

「如果我有劍，就沒人能傷害我了。我就可以去找出殺死我父親的那個人。我會殺死他。」

娜凡妮全身泛起一股無關冷空氣的寒意。一方面，說這種話非常符合雅烈席卡風格，另一方面，她無論如何還是因此而心碎。她抱緊小加維。「別煩惱這件事。」

「請妳跟爺爺談談好嗎？」

她嘆氣。「我會問問他。」

小加維點頭，露出微笑。不幸的是，她跟他相處的時間如此短暫。不到一小時後，她就要跟達利納與加絲娜開會，而她必須先來雲道這裡跟幾個科學家碰面。因此她終究還是將小加維交還給保母，接著抹抹眼睛，覺得自己為這種小事掉淚也太蠢了，隨即快步離開。

只是……艾洛卡成長了好多。最後那幾年中，她看著他長成一個偉岸的人，一個比加維拉更好的人，配得上王者的身分。不該白髮人送黑髮人的。一個母親永遠不該想著她可憐的小男孩竟孤單地躺在廢棄宮殿的地板死去。

她逼自己繼續前進，對那些決定要向她鞠躬的人點頭；有些人古怪地向她敬禮，雙手置於肩前，指節朝外。這是最近的士兵。有些士兵的指揮官開始學起閱讀，有些士兵的姊妹則加入了燦軍。她想，人生確實可能變得令人困惑。

她終於來到設置於雲道遠端的研究站。掌管大氣測量的首席科學家是一名脖子長得出奇的執徒。般涅弟兄禿頭、下巴皮膚下垂，看起來活生生像一條穿上袍子的鰻魚，以純粹的意志力長出一雙手臂。他是個樂天的人，精神奕奕地帶著筆記本蹦蹦跳跳地跑過來。

「光主！」他刻意忽視附近正用儀器進行測量的防颶員艾特巴。「看看，看看！」

般涅指出他記在筆記本裡的歷史氣壓計讀數。「這裡，這裡。」他輕拍研究桌上的氣壓計。桌上還有幾個溫度計、一些植物，以及一個日晷。防颶員架設了幾項無意義的占星用具，此外也在桌上擺了一個星盤。

「在颶風之前升高了。」般涅興奮得幾乎喘不過氣來。

「等等。氣壓在颶風到來之前就升高？」

「對。」

「這……反了吧？」

「對，沒錯，沒錯。還有請看，颶風之前的溫度也略為升高。您原本想知道雲道上面這裡比下面靠近田地的位置冷多少，但是光主，實際上是比較溫暖。」

她皺起眉，看了看散步的人。他們的臉孔前方沒有呼吸時的白霧。上面明明感覺比較冷，她自己之前也有此發現，但會不會只是因為她預期如此？除此之外，她總是從塔城內走出來，自然而然把這裡的溫度跟室內比較，而非跟下層相比。

「現在下面有多冷？」她問。

「我用信蘆問了。測量無誤，至少比台地冷五度。」

五度？颶風啊。「颶風之前變熱，氣壓也升高。」娜凡妮說。「這與我們的認知相反。但有人在這樣的高度測量過嗎？或許對海平面高度來說正常的情況，在上面會倒轉。」

「對，對。」執徒說。「我或許能夠理解，不過看看這幾本書，它們與這樣的理論相互矛盾。食角人多次貿易遠征時測量的紀錄……讓我找找……」

他在紙張中翻找，但她其實並不需要那些紀錄。她對這件事有些懷疑。為什麼颶風前溫度和氣壓會上升？只能因為這個建築在自我加固。塔城能夠適應風暴。更多證據出現，數據漸漸累積成山。塔城能夠調節溫度、壓力與溼度。如果能讓兀瑞席魯發揮完整功能，在上面的生活將會有戲劇化的改善。

然而棲宿其中的靈應該已死，又怎麼修復塔城呢？她太沉浸於這個問題，差點沒注意到其他人的鞠躬。她剛開始下意識認定他們是在對她鞠躬，但鞠躬的人數太多，角度也太低。

她轉身，發現是達利納走了過來，塔拉凡吉安跟在他身旁。人群讓路給兩位國王，娜凡妮感覺自己像個傻子。她知道他們今天下午要會面，而這裡是他們最愛的散步場所。其他人認為看見兩位國王在一起頗爲鼓舞人心，不過娜凡妮沒漏掉他們之間的鴻溝。她知道其他人不知道的事。例如，達利納不再和這位老朋友在壁爐旁見面、聊上幾個小時；塔拉凡吉安也不再參加達利納核心集團的非公開會議。

他們沒辦法也還沒有意願將塔拉凡吉安趕出君王聯盟。他的罪行儘管駭人，卻不比達利納自身的罪行血腥。塔拉凡吉安派賽司對付亞西爾皇帝們，無疑造成關係緊繃、聯盟內部張力提高。但就目前爲止，他們都同意憎惡的僕人才是更加迫切的敵人。

然而，塔拉凡吉安永遠不再是可信任之人。而達利納的可怕行爲至少是正式戰爭行動的一部分。

只不過……她必須承認，達利納的回憶錄剛開始流傳時，他確實喪失了一些道德優勢。科林納軍隊曾經如此驕傲，幾乎稱得上飛揚跋扈，而今他們行走時卻都微微垮著肩，不再那麼昂首闊步。所有人都知道了科林納統一戰爭的殘暴。他們聽說過黑刺令人膽寒的名聲，也耳聞過遭焚毀掠奪的城市。

只要達利納有意假裝他那是高貴之舉，王國也能夠跟他一起假裝。然而現在雅烈席人得面對長久以來掩蓋在正當理由與政治詮釋下的眞相。無論名聲多乾淨，沒有哪支軍隊能夠清白地從戰爭脫身；而無論多高貴，一旦走入征服遊戲，也沒有哪個領導者能不陷入克姆泥中。

她又花了一點時間和般涅一起檢視數據，接著查看一下皇家天文學家的狀況，她們正在架設一組新的望遠鏡，其中最高品質的鏡片來自賽勒那。一旦望遠鏡校準完成，她們很確定一定能在這裡看見一些壯麗的畫面。數名女子工作時，娜凡妮問了她們幾個問題，後來覺得自己慢慢變成了干擾，便離開讓她們專心工作。眞正的科學家贊助者會清楚自己何時成爲阻力而非助力。

然而，就在娜凡妮轉身要離開的時候，她停了下來，從口袋中掏出賽司那顆怪虛光錢球。「塔娜？」她叫喚其中一位工程師。「妳曾是寶石匠，對吧？在妳接下鏡片的工作之前？」

「有些季節中還是。」矮小的女子回應。「我上週到鑄幣廠工作了幾個小時，檢查錢球的重量。」

「妳對這東西有什麼看法？」娜凡妮舉起錢球。

塔娜將一綹頭髮塞到耳後，接過錢球，用一隻戴手套的手將錢球拿高。「這是什麼？虛光嗎？」她在外套口袋摸索一番，拿出一只強力放大鏡套入眼窩。

「我們不確定。」娜凡妮說。

「颶父啊，眞是優質的鑽石。嘿，內姆！過來看看。」

另一名工程師走過來，接過錢球和放大鏡，輕輕吹了一聲口哨。「我袋子裡有一個倍率更高的放大鏡。」她招手，一名工程師助手熱心地拿來一具大了一些、能夠雙眼一起檢視的放大儀器。

「這是什麼？」娜凡妮問。「妳看見什麼？」

「基本上完美無瑕。」內姆用幾個小鉗子夾住錢球。「我可以告訴您，這顆寶石並非像寶心一樣生長出來。結構不可能這麼完美。這顆錢球價值千萬哪，光主，或許能夠保存颶光幾個月之久，而且完全不滲漏。保存幾年也有可能。就虛光而言，還能更久。」

「它被放在一個洞穴中超過六年，卻仍像剛取得時一樣發光……姑且先把它散發的那種黑暗稱爲光吧。」娜凡妮說。

「確實古怪。」塔娜說。「眞是一顆奇怪的錢球，光主。裡面一定是虛光，但感覺又不對。我的意思是，這種黑紫色跟我見過的其他虛光錢球一樣，但……」

「周遭的空氣扭曲了。」娜凡妮說。

「對！」塔娜說。「就是這樣。太奇怪了。我們可以留它下來研究嗎？」

娜凡妮遲疑了。她原本打算自己對這顆錢球做些實驗，但她還得照看塔城的需求、研究飛行載具的後續發展。說實話，她剛拿到錢球時就有意做些實驗了，但一直沒有足夠的時間。

「可以，請拿去研究吧。」娜凡妮說。「針對光度等等做一些標準測光試驗，再看看能否把錢球中的光移到其他寶石。如果可以，試試利用這些光驅動各種法器。」

「虛光對法器沒用。」內姆皺眉。「但您說得對，這或許不是虛光，看起來確實很詭異……」

娜凡妮要她們保證藏好錢球，研究結果也只對她一人透露。她准許她們去拿幾顆在戰場上蒐集到的真正虛光錢球，藉此加以比較。於是她便將那錢球留在她們手上，即便感覺頗爲焦慮。並非因爲她不信任她們——她們負責處理極爲昂貴且精細的儀器，已證實自身確實可靠。但有一部分的她希望能由自己來研究這顆錢球，而這個她頗感失望。

不幸的是，這是學者的工作，不是她的。她必須把錢球交到有能力的人手中，繼續前進。因此她最早抵達加絲娜和達利納召集不公開會議的場所：一個無窗的小房間，位置接近塔城頂部。頂部樓層的空間不大，只要設置衛兵管制進出，便能夠完全掌控。

下面的房間和廳廊太常給人壓迫的感覺，彷彿有什麼東西在看著。牆上的洞連同排氣管穿梭過各個房間，構成形狀異乎尋常的通道；他們曾派了一些孩童爬過，但孩子們幾乎都沒辦法繪出地圖。你永遠無法百分之百確認是否有人躲在附近的洞內，偷聽私密的談話。

不過在上面這裡，每層樓通常只有十二或甚至更少的房間，而且每一間都已謹慎繪下地圖，並測試過音響效果。大多數房間都附窗，因此頗爲宜人。就算身處現在這間無窗的石室，只要她心裡知道牆外就是開闊的天空，也感覺輕鬆不少。

等待的同時，娜凡妮慢慢翻閱自己的筆記本，試著爲加維拉的黑暗錢球建立一套理論。她翻到自己從橋四隊的聆聽者成員瑞連那兒抄來的一份證詞。他發誓加維拉早在永颶到來的數年前，就給了他的將軍伊尚尼一顆虛光錢球。當娜凡妮將第二顆錢球拿給他看時，他的反應相當怪異。

我不知道那是什麼，光主，他是這麼說的。但它令人痛苦。虛光應該危險地誘人才對，像是如果我碰觸虛光，我的身體會飢渴地喝下它。那東西……不一樣。它有一首我沒聽過的歌，它的振動也跟我的魂魄衝突。

她翻到另一頁，記下一些想法。要是試著用這顆錢球的黯光種植作物會怎麼樣？她敢讓燦軍試著汲取這顆錢球的詭異能量嗎？

她正在寫下這幾行字時，雅多林和紗藍帶著水貂一同到來。他們兩個過去這幾週偶爾會陪他解悶，帶他到塔城內到處逛逛，也爲他的軍隊規劃出空間，以備他們幾天後搭乘第四座橋到來後可以使用。這名矮小的賀達熙人未著制服，只穿著一般長褲，以及簡單賀達熙風格鈕釦襯衫，搭配背帶和寬鬆的外套。眞怪。難道他不知道自己不再是難民了嗎？

「……或許你能教我？」紗藍正這麼說著。她一頭紅髮披散，沒戴帽子。「我眞的好想知道你是怎麼掙脫手銬。」

「這是一種藝術。」將軍說。「光練習沒用的，要靠直覺。每一種限制都是待解的謎題，那獎賞是什麼呢？去到妳不該去的地方、成爲妳不該成爲的人。光主，這對思慮周密的年輕女子來說並不是什麼特別恰當的嗜好。」

「相信我，我絕對不周密。我不停發現自己東一塊西一塊散落各處、遭人遺忘……」

她帶著水貂走到另一扇門，爲他指出門外站哨的衛兵。雅多林擁抱娜凡妮，在她身旁的座位坐下。

「她迷上他了。」他對娜凡妮低語。「我早該猜到的。」

「他的衣服是怎麼回事？」娜凡妮也壓低音量。

「我知道，我知道。」雅多林皺起臉。「我把我的裁縫介紹給他，跟他說我們可以幫他弄一套賀達熙制服。他卻說：『再也沒有賀達熙了。況且，男人若穿上制服，就不能去我想去的地方了。』眞不知道他在想什麼。」

小房間的另一端，水貂看了看其中一個岩石排氣孔，一面聽紗藍說明房間的防護機制，一面點頭。

「他正在密謀想溜走。」雅多林嘆了口氣，雙腳放到桌上。「他今天甩掉我們五次了。我無法判斷他到底是偏執、發瘋，或只是擁有一種殘酷的幽默感。」他靠向娜凡妮。「我覺得呢，要不是他第一次這麼做時，紗藍表現得那麼敬佩，情況應該不至於如此糟。他的確實喜歡炫技。」

娜凡妮打量雅多林那雙鑲金邊的新靴子。這是這週她看見他穿的第三雙靴子了。

達利納到來，他將兩名護衛留在前門外。他一直試著說服娜凡妮也接受幾名護衛，她也總是同意——只不過是在她有儀器需要搬的時候。而且說眞的，達利納不能抱怨。他拋下自己的護衛幾次了？

這間房裡只擺了幾張椅子和一張小桌子，也就是雅多林拿來擱腿的那張。這男孩。要是他穿著一般的鞋，他絕對不會靠著椅背或抬起雙腳。

達利納走過來，指節敲了敲那雙靴子。「禮儀、風紀、致力。」

「詳細、鬥雞、糖蜜……」雅多林看了他父親一眼。「噢，抱歉，我以爲是要說出有同樣韻腳的任意詞彙。」

達利納怒瞪紗藍。

「如何？」她問。

「妳來之前他從來不會這樣。」達利納說。

「颶父在上。」紗藍輕巧地說，在丈夫身旁坐下，一隻手保護地放在他膝上。「科林家的人學會偶爾放鬆一下？月亮肯定會一一停止繞行，太陽也會砸落大地。」

紗藍或達利納都不會承認他們爲了雅多林而口角。確實，娜凡妮覺得達利納會堅持他認可這樁婚事，但他也永遠不需要放手讓他的一個孩子臣服於外人的影響。娜凡妮覺得達利納太把這男孩的改變怪到紗藍頭上。紗藍並沒有逼雅多林變成不是他自己的人；更多是他終於覺得夠自由，能去探索一個跟黑刺的兒子無關的自我。

雅多林現在是藩王了。他應該要有機會去定義這對他的意義是什麼。

至於雅多林自己，只是哈哈大笑。「紗藍，妳眞的在抱怨有人太緊張？妳耶？就連妳的笑話有時候感覺都在比賽呢。」

她看了他一眼，接著非但沒被激怒，反倒看似放鬆了。雅多林就是對人有這種影響。

「當然是。」她說。「我的人生就是持續在跟無聊對抗。要是我放鬆戒心，你會看見我做起編織或其他可怕的事。」

水貂笑著看他們交鋒。「啊……讓我想起我兒子和妻子。」

「希望他們沒這麼輕浮。」達利納說。

「他們死於戰爭。」水貂輕聲說。

「很遺憾。」達利納說。「永颶和憎惡讓我們都損失慘重。」

「不是那場戰爭，黑刺。」水貂滿懷言外之意地看了他一眼，接著轉向娜凡妮。「藩王提起有地圖要讓我看？他說地圖在這裡，但我啥也沒看見，更別提連張能把地圖好好攤開的桌子都沒有。我們要去拿嗎？我非常好奇你們對抗引虛者的軍力部署。」

「我們不再用『引虛者』一詞了。」達利納說。「後來發現這詞彙並不……精確。我們稱敵人爲『歌者』。至於地圖，就在這裡。」他望向紗藍，而她點頭，從背包裡的錢球汲取一口颶光。娜凡妮急忙準備好筆記本。

紗藍和達利納聯手召喚了地圖。

# 17

# 提案

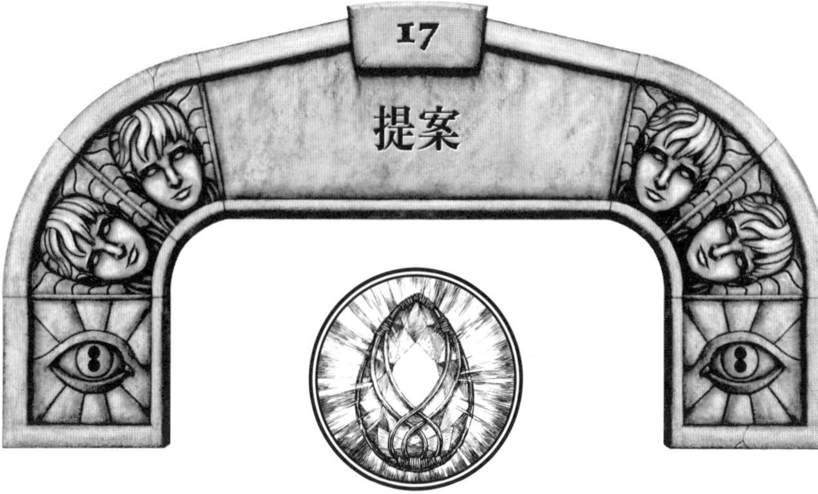

煉魔用來對抗我們的武器中，最簡單的一項其實並非法器，而是一種極輕的金屬，能夠承受碎刃的攻擊。這種金屬也能抗拒魂術，並牴觸大規模燦軍力量。

幸好煉魔似乎無法大量製造，因爲他們只爲自己搭載這些神奇金屬，一般士兵則無。

——娜凡妮．科林爲君王聯盟所提供之法器機制課程，兀瑞席魯，傑瑟凡日，一一七五

娜凡妮見過紗藍和達利納召喚地圖不下數十次，達利納具備爲錢球充能的能力，她覺得仔細調查能學到更多。

紗藍首先吐息，她的颶光呈碟形朝外擴展。達利納也吐出他的颶光，他的光與紗藍的光結合，像漣漪般在表面盤繞。兩個冷光煙霧平面外旋，平坦且呈圓形，在腰部的高度填滿整個房間。

紗藍的織光術以某種方式和達利納與大地的聯繫交融，創造出壯觀的羅沙模型。颶父曾暗示過，身爲盟鑄師，達利納能夠施展與其他軍團相似的神奇力量，但他們的實驗迄今尚無結果。

地圖突然出現，嚇得水貂連忙閃避，不到一秒便已來到門

邊，站在他拉開的門縫旁，隨時準備逃走。眞是個偏執的人，對吧？

娜凡妮專注於地圖，筆懸在空中。她有任何感覺嗎？或許是幽界？不……是其他東西。飛行的感覺，在洶湧的大海之上翱翔，自由，如夢一般。光似乎化為實體，突然變成高空俯瞰的大陸地貌，全彩顯現出山脈與谷地的精確地形，而且完全符合比例。

水貂瞪大了眼，身上冒出煙圈般的讚嘆靈。娜凡妮了解那種感覺，觀看燦軍施展他們的力量，就像體驗太陽的強光與山脈的巍峨。沒錯，她已經司空見慣，但她覺得這景象永遠不可能變得普通。

水貂喀的一聲關上門，走過來一手伸入幻象中。地圖的一部分搖曳打旋，化為霧氣般的颶光。他歪頭，走到地圖中央；幻象在他身旁扭曲，待他站好後又穩定下來。

「卡拉克的偉大氣息啊。」水貂湊近檢視一座迷你山脈。「太驚人了。」

「這結合了織光師和盟鑄師的力量。」達利納說。「可惜描繪的並不是此時此刻存在的這個世界。我們在颶風每隔幾天來襲時更新地圖，而敵人傾向在颶風期間移入室內，因此我們對於敵軍人數的計算有所侷限。」

「這地圖能看那麼細？」水貂問。「看得見人？」

達利納揮手，一部分的地圖隨即展開。隨著這特定的區塊變得越來越精細、聚焦於亞西米爾，地圖遠端的邊緣消失。亞西爾首都從一個小點放大為一座全尺寸的城市，一直放大到最大的倍率才停止。在這樣的比例尺下，建築如錢球大小，人則是小點。

達利納將地圖收回全尺寸，看了看紗藍。她點頭，地圖不同部分的上空浮現數字——纏繞的颶光，以男人也能閱讀的符文標示。

「這是我們最接近眞實的軍隊人數估計，」達利納說。「歌者是金色，我們的人數當然更為精確，用的是各軍隊本身的顏色。軍種以符文區隔，你會看見步兵、重裝步兵、弓兵，以及我們盡可能派到各區域的少量騎兵。」

水貂穿過地圖，娜凡妮的視線追著他，比起數字，她對他更感興趣。水貂不疾不徐，查看羅沙的每一區，以及各軍隊集中處。

他就這樣仔細審視，這時門突然打開。娜凡妮的女兒，雅烈席卡的女王加絲娜．科林陛下蒞臨。她有四名護衛隨侍，儘管比任何燦軍都能駕馭自己的力量，但她從不單獨行動。她將護衛留在門外，只剩一名男子尾隨她進入房內：女王的智臣。他高眺瘦長，頭髮漆黑、臉龐有稜有角。

他也是艾洛卡的智臣，因此娜凡妮認識他幾年了。然而他現在……有所不同。娜凡妮常發現他和加絲娜在會議中用密謀的語氣低聲交談。他對待娜凡妮的方式像是他對她知之甚詳；應該說，他對所有人都這樣。弄臣有一種神祕的氛圍，然而在艾洛卡治下，娜凡妮不曾注意到。或許他會爲他所服侍的君王捏塑自己。

他就跟在加絲娜一步之後，收入銀劍鞘的劍掛在臀側，嘴唇拉開微乎其微的笑；那種笑會讓你覺得他一定在想著有關你的一個笑話，而且是沒人覺得該當著你的面說的那種。

「我看見我們有了地圖，還有我們的新將軍。」加絲娜說。

「沒錯。」水貂回話，他正在閱讀亞西爾上方的軍隊人數。

「有什麼想法？」總是實事求是的加絲娜問。

水貂繼續檢視。娜凡妮試著猜測他會下什麼結論。戰事發生在兩個主要前線，在包含亞西爾和周遭諸多小國的馬卡巴奇地區，盟軍持續於艾姆歐王國這個區域與歌者對戰。一連串戰爭已將這個曾經驕傲的國度弄得殘破不堪，這次冗長的衝突只是其中最新的一場。

目前爲止雙方沒有輸贏。在雅烈席軍事家襄助下，亞西爾軍已取回北艾姆歐的部分土地。然而他們不敢推進太多，因爲一旦抵達南方，這地區有個無法預測的因素有可能加入戰局：神祭司特席姆的兵力就藏在憎惡的軍隊之後。據他們所知，這個男人正是艾沙，發瘋的遠古神將。

不幸的是特席姆近來頗為安靜。達利納原本期望他會在歌者的後線作亂，迫使他們夾在兩軍之中戰鬥。就現狀而言，艾姆歐的殘酷戰鬥仍僵持不下。聯盟可以透過位於北方的誓門和南方的賽勒城船運輕易補給戰線。敵方則是擁有人數眾多的前帕胥人，還可起用較多的非正規軍——以他們而言就是煉魔。

水貂觀察完此處戰線的細節，正興致盎然地研究著船運和海軍人數。「你們控制了整個南方深淵？」他問。

「敵方有一支竊取自賽勒那的海軍。」加絲娜說。「我們只有自那時起勉力建造的船艦，以及從敵人手中逃脫的幾艘，因此無法確保能持續占優勢。不過四個月前，芬恩的海軍獲得一場勝利，在那之後，敵方船艦撤入西北端的依瑞王國海域。目前他們似乎滿足於掌握北部海域，南方則由我們控制。」

水貂點頭，走到西方檢視第二個前線：雅烈席卡與賈．克維德之間的戰線。此處，娜凡妮遭占領的家園成了敵方安全的進攻基地，在此對抗由塔拉凡吉安和達利納率領的聯軍。

這條戰線大多是邊界沿線的小規模衝突。到目前為止，煉魔一直不願淪入任何典型大規模戰鬥，而雅烈席卡和賈．克維德之間的邊界多是險峻地形，因此雙方都容易組成機動小隊，突襲後便消失。

達利納認為聯盟很快需要大舉進攻，娜凡妮也認同。拖延的戰事給了敵軍優勢。聯盟的燦軍人數現在增加得很慢，尤其榮耀靈的支持有所保留。況且，敵方歌者過去雖未受訓練，卻日益成長為更好的軍隊，也出現了越來越多煉魔。達利納很想推進雅烈席卡，搶回首都。

水貂拖著腳步穿過雅烈席卡邊界的幻影山脈。截至目前，除了襲擊之外，達利納專注於攻占雅烈席卡的西南部，也就是與塔拉海接壤的區域，藉此強化聯盟在南方的海軍優勢。因為地近賈．克維德以及費德納的誓門，他們得以派出軍隊，維持快速的補給。

到現在為止，這是他們唯一搶回的雅烈席卡領土，但此處距離首都科林納非常、非常遙遠。必須做點什麼。他們的家園每多一天被敵人占領，那裡的人民受到迫害、控制就多一天。敵人也多一天能挖更多壕溝、用雅烈席農夫的血汗餵養他們的軍隊。

想著雅烈席卡、知道他們終究是一群被流放到兀瑞席魯這裡的人，讓人感到一種深沉、不休的痛楚。他們失去了他們的國家，而她知道達利納十分自責。他認爲如果他能鎮壓失和的藩王、結束破碎平原的戰爭，雅烈席卡就不會淪陷。

「好……」水貂瞇起眼看雅烈席卡南部接近大海的雅烈席軍隊人數，接著回頭看部署於邊界的費德納軍隊。「好。告訴我，爲什麼要讓我看這個？這情報非常珍貴。你們倒是很快就信任了我。」

「我們的選擇不多。」加絲娜說。水貂聞言轉身面對她。「你知道雅烈席卡和賈·克維德最近的歷史嗎，將軍？」

「我也有自己的煩心事，」水貂說。「不過我知道。雙方各有內戰。」

「我們的不是內戰。」達利納說。

這部分尙有爭議。和薩迪雅司敵對、破碎平原上的競爭，還有阿瑪朗最終的變節……

「無論怎麼措詞，」加絲娜說。「對我們兩國來說，過去幾年都頗爲痛苦。賈·克維德的國王遭暗殺後，他們基本上失去了整個王室，還有幾乎所有優秀的將領。我們的情況也好不到哪裡去，指揮團隊從內部被破壞好幾次了。」

「亞西爾需要用到許多我們最優秀的將領，我們的力量分散稀釋。」達利納說。「當我聽說我們有機會拯救那個雙手抵擋歌者侵略一年的人……」

達利納大步走入幻象中央，然而他對幻象引發的反應有別於他人，只是差別頗爲幽微。色彩在他附近旋繞，但颶光縷縷探出、與他連結，就像請願者將手伸向他們的國王。

「我想知道你看見什麼。」達利納的手掃過地圖。「我希望你分析我們正在做的事。我想要你的協助。做爲交換，我們會派軍收復賀達熙。幫助我收復雅烈席卡，我將傾全力確保你的同胞獲得自由。」

「黑刺站在我這邊可是新鮮事。」水貂說。「不過在我給出任何承諾之前，先告訴我你爲什麼在這裡、這裡還有這裡，部署這麼多軍隊。」他指出雅烈席卡南方邊界靠近大海的幾處防禦工事。

「我們需要守住港口。」達利納說。

「嗯。對，我猜這理由對聯盟的其他人來說行得通？」

達利納的嘴唇抿成一條線，看了看加絲娜。在她身後，智臣挑起雙眉，背靠著另一端的牆。他在會議中總是保持安靜，這對他來說頗不尋常，不過你能從他的表情讀出嘲弄的所有痕跡。

「敵人集中於此，河對岸。」水貂一面說一面用手指。「如果你關注的對象眞的只有他們，你的防禦工事會直接部署在對面，以防範颶風之間河水乾枯時的攻擊。然而你並不是這樣安排。奇怪啊。當然，若依我所說，你的後方就門戶洞開了。幾乎就像你並不信任爲你看守後方的人……」

這名矮小得多的男子迎上達利納的目光，讓他剛剛說的話懸在空氣中。智臣捂著一隻手咳嗽。

「我相信塔拉凡吉安在爲敵方效力。」達利納嘆氣。「一年前，有人放任敵軍進來攻擊兀瑞席魯，而儘管那些藉口與說詞說服了其他人，但我確定下手的是塔拉凡吉安的燦軍。」

「危險啊，」水貂說。「戰鬥的最強大同盟同時也是最大的恐懼。還有爲敵方效力的燦軍？這怎麼可能？」

「不幸的是，並不只有他們。」加絲娜說。「我們失去了一整個軍團，破空師效忠於敵方，而且他們不斷侵擾亞西爾，以至於我們需要將兵力持續用於那個區域。招塵師也不斷試探反叛，常常忽視達利納的命令。」

「麻煩哪。」水貂沿雅烈席卡邊界走過加絲娜身旁。「你們也在這裡安排大量軍力，想要推進你們的家鄉，對吧？你們想收復科林納。」

「拖延會造成我們輸掉這場戰爭。」娜凡妮說。「敵人一天比一天茁壯。」

「我認同。」水貂說。「但攻擊雅烈席卡？」

「我們想展開一次大規模、有力的進攻。」達利納解釋。「我們正努力說服其他君王了解這有多重要。」

「啊……」水貂說。「對，而一個外來的將軍，新來乍到的，對他們來說很具說服力，是吧？」

「希望如此。」達利納說。

「不過你還是忍不住想影響我，嗯？」水貂說。「你想早早讓我看見這個，讓我先站到你那一邊，不想冒任何意外的風險？」

「我們跟君王們開會時已經……遭遇夠多意外了。」娜凡妮說。

「我想這也怪不得你們。」水貂說。「對，怪不得。不過還是有個問題。你們科林家想從我這裡拿到什麼？你們比較想要強化你們原本的信念，或是想聽眞話？」

「我總是選擇聽眞話。」達利納說。「若你對我侄女有任何了解，你會知道她看見事實時總是直言不諱，從不猶豫，無論後果爲何。」

「對。」水貂看著加絲娜。「我知道妳的名聲，女王陛下。至於黑刺嘛……兩年前我可不會相信你。」他舉起一根手指。「後來我的侄女把你的書讀給我聽。沒錯，整本都讀了。我們費盡千辛萬苦才弄到一本，而我聽得興致高昂。我不信任黑刺，但或許能信任寫下那些文字的人。」

他打量達利納，彷彿在掂清他的分量。接著他轉身大步橫過地圖。「我或許能夠幫助你擺脫這一團亂。你絕對不能攻擊雅烈席卡。」

「但——」達利納開口。

「我認同你需要進攻。」水貂說。「不過，要是不能信任塔拉凡吉安，此時遠征雅烈席卡將會置你的軍隊於災難之中。就算沒有背叛的危險，那地區的敵人還是太強大。我跟他們打過，我可以告訴你，他們在你國家裡的根基很穩固。我們沒辦法輕易把他們趕走，更不可能在兩面夾擊的狀況下做到。」

水貂在亞西爾停下來，手指艾姆歐的戰線。「這裡，你的敵人受困於你和敵對者之間。從他們暴露的情況看來，他們正利用那些破空師讓你分心。你的敵人位處內陸，有嚴重的補給問題，與他們在依瑞和雅烈席卡的同盟分隔。你想要一次有機會成功的進攻？那就收復艾姆歐，把引虛者，我是說歌者，趕出馬卡巴奇。

「你需要鞏固，專注於敵人最弱的地方。你不需要將你的軍隊撞進敵人防禦最堅實的位置，試圖用魯莽的進擊滿足你那受傷的雅烈席人驕傲。這就是真話。」

娜凡妮看著達利納，氣惱這番話是如何讓他洩了氣、肩膀也垮了下來。他是如此渴望解放他的同胞。她並不具備達利納的軍事天分，要是他堅持收復雅烈席卡是正確之舉，她亦不會加以反駁。然而他的姿態轉變，在水貂說話的同時低下頭，顯示他知道水貂說得沒錯。

或許達利納早已知道。或許他只是需要聽見他人說出來。

「我們會提供你更詳盡的報告。」加絲娜說。「你能看看事實是否支持你的直覺，水貂。」

「好，非常明智。」水貂說。「畢竟密室總會暴露出逃脫的祕密通道。」

「雅多林，能麻煩你嗎？」加絲娜問。「對，還有妳，紗藍，陪我們的客人到戰情室，確保他能找到書記和取得檔案庫裡的任何地圖。泰紗芙應該能提供精確數字和最新的交戰資料。請仔細研究，水貂。我們幾週後就要與各君王會面，討論下一次的大規模進攻，到時我將備妥計畫。」

水貂對女王鞠躬，隨即和雅多林、紗藍一起離開。他一離開，地圖也隨紗藍離開而消散後，加絲娜便微妙地改變了。她的臉變得比較不像面具，大步走過去小桌旁坐下時也不再擺出女王的姿態。現在身旁只剩家人，她變成了一個拿下王冠的女子。

家人和智臣，娜凡妮想著，這時那名瘦長的黑衣男子走過去為自己倒了些酒。她不知道有關他們兩人的謠言是真是假，若要她問，她又覺得不自在。真詭異呢，一個母親居然抗拒和自己的女兒談些體己話。不過……嗯，那可是加絲娜。

「我對這件事感到憂心。」達利納在加絲娜對面坐下。「我要說服他戰線必須朝雅烈席卡推進。」

「叔叔，」加絲娜說。「你又要開始頑固了嗎？」

「或許。」

「他幾乎立刻就看出來了。」加絲娜說。「塔拉凡吉安一定也知道我們不信任他。我們此時不能進攻雅烈席卡。我跟你一樣為此感到痛苦，但……」

「我知道。」達利納說。娜凡妮在他身旁坐下，一隻手放在他肩膀上。「但我有一種可怕的感覺，加絲娜，它低聲說著我們不可能贏得這場戰爭，不可能戰勝不死的敵人。我擔心戰敗，但我更擔心其他事。如果我們把他們逼退亞西爾，而他們同意停止戰爭，那我們該怎麼做？如果放棄雅烈席卡就能終結戰爭，我們要放棄嗎？」

「我不知道。」加絲娜說。「那就像在買下芻螺前就把牠們派去工作。我們不知道是否可能需要做出你所想的妥協。」

「不會需要的。」智臣說。

娜凡妮皺眉，瞥向那個正在小口喝酒的男人。他走過來，心不在焉地交給加絲娜一杯酒，仰頭喝酒時，他的鷹勾鼻隱入杯中。

「智臣？」達利納問。「你又在說笑話嗎？」

「憎惡是個哏沒錯，但不屬於你聽過的任何笑話。」智臣逕自跟他們一起在桌邊坐下。他向來表現得像他跟君王共進晚餐再自然不過。「憎惡不會妥協。除了我們徹底臣服，或許毀滅，否則他不會接受任何其他結果。」

達利納皺眉，看了看娜凡妮，她聳聳肩。智臣總是這樣說話，彷彿他知道一些他不該知道的事。他們無法分辨他是假裝還是認眞，但若逼迫他，你只會落得被奚落的下場。

達利納明智地沉默不語，思忖著智臣丟出來的點點資訊。

「強力進攻艾姆歐。」加絲娜深思熟慮地說。「這隻怪獸的核心或許有顆寶心，達利納。穩定的馬卡巴奇能夠強化我們的聯盟；乾淨、有力的勝利能夠鼓舞士氣、激勵盟友。」

「有道理。」達利納哼聲說。

「不僅如此，」加絲娜說。「我們還有一個理由，會想在接下來的幾個月內拿下亞西爾和周遭國家。」

「什麼理由？妳在說什麼？」達利納問。

加絲娜看著智臣，而他點頭，起身。「我去帶他們過來。我不在的時候可別貶損任何人，光主，妳會害我覺得自己被取代了。」他溜出門外。

「他會帶神將們過來。」加絲娜說。「在他回來之前，或許我們可以討論一下，我在你去爐石鎭之前提出的提案，叔叔。」

要命，娜凡妮心想。又來了……加絲娜一直在推動雅烈席卡的一條新法律。危險的法律。

達利納起身踱步。不是好兆頭。「時機不對，加絲娜。我們正處於歷史上的重要關頭，不宜再造成這麼大規模的動蕩。」

「說這話的男人今年稍早還撰寫了一本書，動搖了屹立數百年的性別規範呢。」加絲娜說。

達利納一頓。

「母親，」加絲娜轉而對娜凡妮說。「我以爲妳會跟他談談。」

「沒有適當的機會。而且……說老實話，我跟他有相同的擔憂。」娜凡妮說。

「我不允許。」達利納說。「妳不能就這麼解放所有雅烈席奴隸，這會造成巨大混亂。」

「我還不知道你能禁止女王行動呢。」加絲娜說。

「妳說是提案。」達利納說。

「因爲我還沒處理完用字遣詞。」加絲娜回話。「我打算近期便向各藩王提案，估量他們的反應。在制定爲法律之前，我會盡我所能弭平他們的憂慮。不過無論如何我都會立法，這不是一個我只有意討論的議題。」

達利納繼續踱步。「我看不出有什麼理由必須這麼做，加絲娜。混亂會造成……」

「我們的人生早已陷入混亂。」加絲娜說。「人民原本就在調整適應新生活模式，這恰恰是厲行改變的最好時機。歷史資料也支持這構想。」

「但爲什麼呢？」達利納問。「妳總是如此務實，這提案卻似乎反其道而行。」

「我追求能盡可能造福最多人的行動方針。這與我的道德哲學確實一致。」

達利納停止踱步，改爲揉起額頭。他看著娜凡妮，彷彿在說：妳能做點什麼嗎？

「當初把她放上王位，你覺得會發生什麼事？」娜凡妮問。

「我以爲她能讓淺眸人保持安分。」達利納說。「而且以爲她不至於被他們的陰謀所欺。」

「那正是我在做的事。」加絲娜說。「不過我必須道歉，我得把你也算進那群人之中，叔叔。你能反對我很好。請盡量公開反對。太多人看見艾洛卡對你屈膝，而且『上王』那椿爛事還像難聞的味道一樣流連不去。透過展現出我們在這件事上有歧見，可以強化我的地位，證明我並非黑刺的卒子。」

「我希望妳能慢下來。」達利納說。「我並不完全反對妳所做之事的道理。那展現出同情心，但……」

「如果我們慢下來，」加絲娜說。「過去就會追上我們。歷史就是這樣，總是貪婪地攀住現在。」她充滿感情地對達利納微笑。「我尊重也敬佩你的力量，叔叔。向來如此。不過，我偶爾確實認為需要有人提醒你，並非所有人都與你以相同的方式看待這個世界。」

「要是都一樣就好了。」他咕噥。「我只希望不要每次我沒看著，這世界就把自己弄得一團亂。」

他從酒壺倒了點酒。當然了，是橘酒。

「這也包含執徒嗎？女兒？」娜凡妮問。

「他們是僕從，對吧？」

「技術上來說是。但就這件事來說，有些人或許會說妳在報復教會。」娜凡妮說。

「透過讓執徒從被擁有的狀態解放？」加絲娜頑皮地問。「嗯，我想確實有人這麼說。無論我做什麼，他們都會視為攻擊。相對而言，這是為了他們好。在解放執徒的過程中，我可是冒險讓教會重新成為這世界的一股政治力量呢。」

「而……妳不為此擔心？」娜凡妮問。有時候，釐清這女人的動機就像試圖解讀《晨頌》一樣難，雖然她聲稱自己的動機總是非常直白。

「我當然擔心。」加絲娜說。「不過，相對於執徒現在常用的幕後煙幕，我個人還比較希望他們乾脆積極參與政治。他們有更多機會獲取權力，沒錯，但他們的行動也暴露於日益增加的大眾監督之下。」

加絲娜用外手的一根手指輕敲桌面。她的內手戴上袖套，完全合乎體統，只不過娜凡妮知道加絲娜並不把習俗看在眼裡。她只是草率遵從：無瑕的妝容、編成辮子的秀髮、一身美麗且莊重的哈法。

「長遠來看，這改變對雅烈席卡有助益。」加絲娜說。「經濟方面和道德方面皆然。達利納叔叔的反對有其價值，我會聆聽、思考該如何回應這樣的質疑……」

這時智臣回返，她說話的聲音隨即低了下去。他帶著兩個人，一個是有一頭黑長髮的美麗年輕女子，馬卡巴奇人，不過眼睛和部分特徵看似雪諾瓦人；另一個是高大、不露情感的男子，也是馬卡巴奇人。他很強壯，體格有力，有一種王者氣息——至少在看見他疏遠的表情、聽見他喃喃自語之前是這樣。他彷彿看似智能不足，需要由那女子領入房內。

乍看之下，不會有人知道他們兩個是比歷史還久遠古老的存在：紗拉希（Shalash）以及塔勒奈拉（Talenelat），神將，降生數十次的永生者，許多宗教如神祇般信奉他們。在娜凡妮自己的宗教中，他們則是半神。只可惜他們都瘋了。女子至少還能自理，男子的話……娜凡妮沒聽過他吐出咕噥之外的任何話語。

智臣用一種娜凡妮沒在他身上見過的崇敬對待他們。他在他們身後關上門，安靜地招手要他們到桌旁坐下。紗拉希——她比較喜歡他人以艾希稱呼她——帶塔勒奈拉坐下，她自己卻維持站姿。

娜凡妮因爲他們的出現而明顯感到不適。她這一生中燃燒過無數提及他們二位的祈禱文，也向全能之主祈禱他們的幫助。她以他們之名發誓，每日禮拜時也想著他們。加絲娜拋棄了她的信仰，而達利納……她不再確定他到底相信什麼。好複雜。

然而娜凡妮依然對神將與全能之主抱持希望，希望神祇們胸有成竹，只是凡人無法理解。看到他們兩個成了現在這個樣子……甚至連她的信仰核心都受到動搖。這一定也在全能之主希望發生的情況之中。所有事情一定都有個理由。對吧？

「如您要求送來兩位神祇。」智臣說。

「艾希，」加絲娜說。「上一次訪談中，妳正要告訴我，妳對我叔叔能力的了解。盟鑄師的力量。」

「我告訴妳我什麼都不知道。」女子沉聲說。考量她對待塔恩是如此溫柔，一般不會預料她說起話這麼簡潔。不幸的是，娜凡妮竟已慢慢習慣。

「妳對我說的那些事很有幫助，請再說一次。」加絲娜說。

達利納好奇地走過去。加絲娜每週都和兩位神將會面，試圖從他們腦中挖出每一小片歷史知識。她聲稱這些會面大多毫無進展，但娜凡妮知道要捕捉加絲娜口中的「大多」二字，她會在這兩個字之間隱藏大量資訊。

艾希大聲嘆氣，踱起步來，並非和達利納一樣邊踱步邊思考，反倒令人想起籠中困獸。「我對盟鑄師做些什麼一無所知。那向來是艾沙的範圍。我父親偶爾和他討論深奧的三界理論，但我從不放在心上。我爲什麼要呢？艾沙都掌握在手中了。」

「他鍛造出誓盟。」加絲娜說。「也就是讓你們永生，並將引虛者困在另一個現實界域的……束縛。」

「布雷司並不是另一個現實界域，」艾希說。「而是一顆星球。可以在天空中看見，還有你們稱爲寧靜宮的亞辛。但沒錯，誓盟，確實是他做的。我們都只是跟隨而已。」她聳肩。

加絲娜點頭，不顯惱怒。「但誓盟現在沒用了？」

「粉碎了。」艾沙說。「完蛋了、破裂了、亂掉了。他們在一年前殺死我父親。用某種方法永遠地殺死他。我們都感覺到了。」她直盯著娜凡妮，彷彿看見她眼中的崇敬，接下來語帶譏諷。「我們現在什麼也無法爲你們做，再也沒有誓盟了。」

「那妳認爲達利納身爲盟鑄師，他是否能以某種方法修復或複製誓盟？」加絲娜問。「將敵人封印？」

「誰知道呢？」艾希說。「當我們的劍還在時，那些力量對你們的功用跟對我們就有所不同。你們有所限制，有時候卻又能做我們做不到的事。無論如何，我從來就不甚了解。」

「不過有些人知道，對吧？」加絲娜問。「一群持續練習封波術的人？他們加以研究，也認知達利納的力量？」

「對。」艾希說。

「雪諾瓦人。」娜凡妮慢慢了解加絲娜的想法了。「他們持有榮刃。賽司說他們以榮刃訓練、了解它們的能力……」

「派去雪諾瓦的斥候總是失蹤，」達利納說。「飛過去查探的逐風師也遭遇箭雨。他們不想跟我們扯上任何關係。」

「就目前而言，對吧？」加絲娜看著艾希。

「他們……難以預料。」這名神將說。「我終究還是丟下了他們。他們試圖殺我，但我可以接受。只是當他們開始膜拜我……」艾希緊緊盤起雙臂。「他們有些傳說……有關這次回歸將降臨的預言。我不相信眞的會發生。不想相信。」

「我們需要穩定馬卡巴奇，叔叔。」加絲娜說。「因爲我們終究要對付雪諾瓦人。而至少中的至少，他們持有榮刃數百年，也對與你相似的力量進行實驗已久，我們該查明他們到底藉此對盟鑄師有些什麼了解。」

達利納轉向娜凡妮，她點頭。這裡頭有些可能性。如果他們能找到方法再次封印煉魔……嗯，有可能代表戰爭的終結。

「妳提出了一個有趣的論點。」達利納說。

「太好了。」加絲娜說。「如果我們眞能大舉進攻艾姆歐，我個人也將上戰場。」

「……妳有此打算？」達利納說。「那……妳在戰爭的執行上想投入多少？」

「視情況許可。」

他嘆口氣，而娜凡妮知道他在想什麼。如果加絲娜試圖強力參與戰時規畫與策略，藩王們不會高興的。但在達利納做過那件事之後，他不能抱怨。

「我想只能臨機應變了。」黑刺轉向神將。「艾希，再多說一點妳對雪諾瓦人的了解，尤其是他們之中可能對我的力量有更多認識的那部分。」

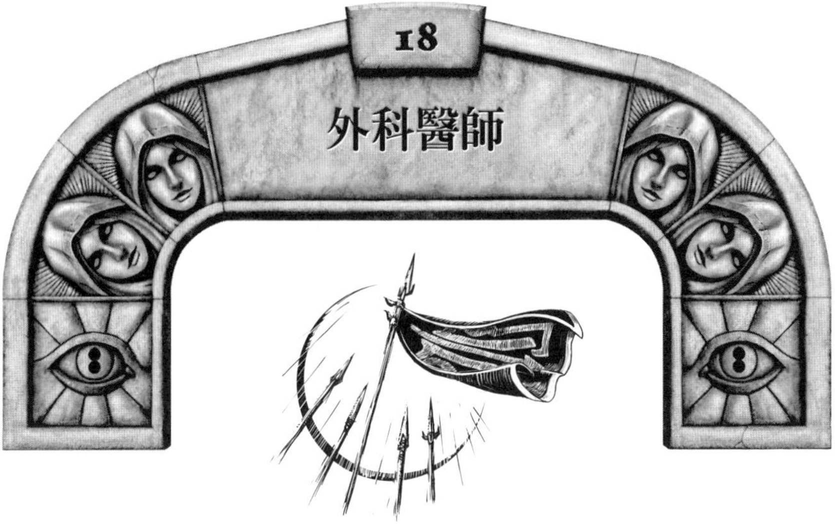

# 18 外科醫師

煉魔還有第二種令我著迷的金屬，一種能傳導颶光的金屬。在創造法器方面，這功能的含義頗令人驚奇。煉魔將此金屬與一種基本法器一起使用，這種法器只是一顆簡單的寶石，並沒有靈受困其中。

他們是如何從燦軍體內抽出颶光並導入寶石，這部分依然無解。我的學者認爲他們一定採用某種授予差。如果一顆寶石充滿颶光，再快速移除光，如此便在寶石內產生壓力差（或某種眞空）；我假設虛光亦有相同效果。

這依然只是個理論而已。

——娜凡妮．科林爲君王聯盟所提供之法器機制課程，兀瑞席魯，傑瑟凡日，一一七五

卡拉丁站在一座誓門平台的邊緣，俯瞰著山脈。一片白色的雪景看起來有如異世界。他來兀瑞席魯之前只看過幾次雪，都只是日出時的小斑塊而已。而這裡的雪又厚又深，是未受汙染的純白。

大石此刻是否也看著相同的地貌？卡拉丁納悶著。大石的家人、斯卡和德雷差不多在四週前離開。他們離開後不久便透過信蘆傳過一次訊息，說他們已經到了。

他擔心大石，也知道自己永遠無法停止擔心。不過這趟旅程的細節……算了，那再也不是卡拉丁的問題，而是席格吉的。在一個完美的世界裡，泰夫會成爲連爵，不過這位年長的逐風師光是聽到這個建議，就回了卡拉丁一番嚴厲斥責。

卡拉丁嘆氣，朝台地中央的誓門控制室走去。一名書記在這裡對他點頭。她跟破碎平原的誓門確認過了，現在可以安全啓動傳送。

他將西刃插入這棟小房子牆上的鎖中，藉此啓動傳送。一陣閃光後，他已被傳送到破碎平原，幾秒後便藉捆術竄入空中。

逐風師們對於他「退下來」並沒有太大驚小怪。他們多半以爲他會繼續擔任戰術或運籌將軍。大多數戰場指揮官最後都這樣。他還沒告訴他們，他打算做點不一樣的。只不過他今天就得決定到底是不一樣的什麼。達利納還是希望他成爲大使。但卡拉丁眞的能在政治協商中度日嗎？不，他會笨拙得像一匹穿上制服、站在舞會廳裡，努力不踩到女士們禮服的馬。

這主意太蠢了。不過他還能做什麼？

他飛到一個不錯的高度，痛快地繞了一圈，不加思索地施展捆術。他操控力量越來越像扭動手指那般直覺。西兒高速跟在他身旁，遇上一群風靈時放聲大笑。

*我會想念這個*，他想著，又立即覺得自己蠢。他又不是要死了，只是退休而已。他還是能飛。假裝不是這樣就太過自憐了。有尊嚴地面對這改變很難，但他*會*做到。

他瞥見遠方的某個東西，朝它疾射而去。娜凡妮的飛行平台終於抵達平原。頂部甲板的前端擠滿對著地貌瞠目結舌的一張張臉孔。

卡拉丁降落在甲板上，向留下來護衛浮空船的幾名逐風師回禮。「很抱歉這趟旅程花了這麼長時間。」他對聚集過來的難民們說。「至少我們能好整以暇爲你們做好準備。」

「我們已經開始將塔城劃分為街坊的概念。」一小時後，卡拉丁帶著他父母走過兀瑞席魯深層的走廊，他高舉一顆大藍寶石照明。「有這麼多看起來一模一樣的走廊，在這裡很難維持社區的感覺。你會迷失方向，慢慢感覺像住在礦坑裡。」

李臨和賀希娜跟在他身後。牆上多彩的地層、高聳的天花板，以及完全由岩石中刻出一座巨大塔城的恢弘氣勢，都讓他們看得出了神。

「我們原本依藩國劃分塔城。」卡拉丁接著說。「每一位雅烈席藩王都被指派特定樓層的某一區。但娜凡妮不喜歡那結果，有自然光的塔城外圍運用得不如她所希望的多。這通常表示有大量的人擠進幾個大房間裡，因為藩王都想讓自己的人靠得近一點，而這些房間原本的設計用途顯然並非生活空間。」

他低頭閃避一塊莫名其妙突出來的岩石。兀瑞席魯裡有很多像這樣的怪東西。這一個是圓形的，像是一條穿過走廊中央的石管。或許是通風設施？但為什麼剛好放在人走動的位置？

塔城的諸多其他特徵都不符合邏輯。不通的走廊、沒路可進，只有小洞可以看進去的房間、垂直下探三十或更多層的小豎井。可能有人會說這格局像發了瘋，但就算再怎麼令人困惑，設計痕跡還是讓卡拉丁認為這地方有其目的、並非偶然。例如沿房間角落蔓延的晶脈，或是地層交織的圖案，令人想起鑲入牆中的符文。這些古怪之處是有原因的，只是他們還沒領會。

他父母也低頭閃避障礙物。他們把卡拉丁的弟弟交給拉柔的孩子和他們的女家庭教師。拉柔似乎已從失去丈夫的打擊中恢復，不過卡拉丁自認對她認識夠深，看得穿她的表象。她似乎真心喜歡那個老混蛋，還有她的孩子們：一對就他們幼小的年齡來說太過害羞的拘謹雙胞胎。

根據加絲娜的新繼承法，拉柔會獲得城淑的頭銜，所以這會兒她去接受加絲娜的正式致意。其他人由娜凡妮的書記帶他們認識塔城，卡拉丁則想讓他父母看看爐石鎮的人將落腳何處。

「你們好安靜。」卡拉丁對他們說。「我猜剛開始看到這地方可能會覺得很驚人。我自己就是這樣。娜凡妮一直說我們連塔城的一半用途都還沒弄清楚。」

「這裡很壯觀。」他母親說。「不過我覺得比較驚人的是你居然直呼娜凡妮・科林光主的名諱。她不是這座塔城的王后嗎？」

卡拉丁聳聳肩。「更了解他們之後，我跟他們在一起就沒那麼拘禮了。」

「他說謊。」坐在卡拉丁肩上的西兒用一種陰謀的口氣說。「他一向這麼說話。卡拉丁在成為燦軍前就直呼艾洛卡國王名諱好幾年了。」

「不尊重淺眸人的權威，」賀希娜說。「而且傾向為所欲為，不管社會階級或傳統。他到底是在哪裡學到這些的？」她瞄了卡拉丁的父親一眼，他正站在牆邊查看地層的線條。

「難以想像啊。」李臨說。「把燈拿近一點，兒子。看看這裡，賀希娜。這些地層是綠色的。這不可能是天然的吧。」

「親愛的，」賀希娜說。「那面牆是一座塔城的一部分，而這座塔城差不多有一座山那麼大，有了這些線索，你居然還覺得這整個地方有可能是天然的？」

「一定是以魂術塑形。」李臨輕拍岩石。「是玉嗎？」

卡拉丁的母親湊近細看綠色岩脈。「鐵。鐵會讓岩石變成這顏色。」

「鐵？」西兒說。「但鐵不是灰色的嗎？」

「對。」李臨說。「讓岩石轉綠的應該是銅，不是嗎？」

「你就是會這麼想，對吧？」賀希娜說。「不過我很確定不是這樣。無論如何，或許我們該讓阿卡繼續帶我們去看看那些準備好的房間。他顯然很興奮。」

「妳怎麼看得出來？」西兒問。「我以爲他從來不興奮呢。就連我跟他說，我爲他準備了一個好玩的驚喜，他也不興奮。」

「妳的驚喜沒有一次好玩。」卡拉丁說。

「我在他靴子裡放了一隻老鼠。」西兒低聲說。「我弄了好久耶。我無法拿起那麼重的東西，所以得用食物誘導牠。」

「妳到底又是爲什麼會想在他靴子裡放老鼠？」李臨問。

「因爲很剛好啊！」西兒說。「你怎麼看不出這點子有多棒？」

「李臨用手術把他的幽默感拿掉了。」賀希娜說。

「拿去市場上賣了個好價錢。」李臨說。

賀希娜靠向西兒。「他換成裝上一個計時器，用來監控每個人究竟在他們愚蠢的情緒上浪費多少時間。」

西兒看著她，露出遲疑的微笑，卡拉丁看得出來，她其實不太確定這是不是個玩笑。賀希娜鼓勵地點頭，西兒才放聲眞心大笑。

「我們別說笑了。」李臨說。「我不需要用計時器監控每個人浪費多少時間。那數字顯然接近百分之百。」

卡拉丁靠在牆上，對他們的談笑感到一股熟悉的祥和。曾經，讓他們待在他身邊幾乎就是他所想要的一切。看著李臨入迷、聽著賀希娜努力讓他注意身旁的人，還有李臨是怎麼接下玩笑，擺出滑稽的嚴厲一起玩鬧。

這讓卡拉丁想起晚餐桌上的時光，或是去鎮外的栽植區採集藥草。他很珍惜那些田園生活回憶。有一部分的他，希望自己能再度成爲他們的小男孩就好，希望他們不必與他現在的人生有交集，因爲他們無疑會開始聽見他遭遇的事與做過的事。最終讓他崩潰的那些事。

他轉身，沿走廊繼續前進。一道穩定的光顯示出他們正慢慢接近外牆，炙熱液體般的陽光開放又誘人。他手中冰冷的颶光錢球象徵力量，不過是一種祕密、憤怒的力量。仔細檢視寶石的光，你會看見它在變動、翻湧，努力想脫困。陽光則是象徵更自由、更開放的事物。

卡拉丁轉入另一條走廊，牆上的地層線呈扇形轉為朝下而去，彷彿輕輕拍打的波浪，陽光從右側的門口灑入。

父母跟上後，卡拉丁伸手一指。「右側的每一個房間都通往一個大露台，那個露台環繞這裡的整個外緣。拉柔分到角落的套房，那間最大，附獨立陽台。我想我們可以保留中間這裡的十間房做為集會空間，這些房間彼此相連，有些街坊可把它們的陽台當作公共區域。」

他繼續走，經過那些房間，裡面現在放著一堆堆毯子、製作家具用的木板，以及一袋袋穀物。「我們可以把那裡當成公共廚房，放幾張椅子。這樣會比每個人都各自想辦法煮東西簡單。木柴取自平原上的石苞田，必須用誓門運過來，所以需要嚴格配給。這一層不遠處有一口能用的井，不會缺水。

「我還不確定每個人的職責。你們飛進來的時候多半已注意到，達利納開始在破碎平原大規模種植作物，或許需要換到其他工作位置，不過或許也能在上面這裡種東西。這是我說服達利納讓我把爐石鎮的所有人都帶過來的原因之一：我們已經有很多士兵，但若是說到了解除蟲季的拉維穀田地的人手，少得出奇。」

「那些房間呢？」賀希娜手指一條朝內、附開口的走廊。

「每一個都大得足以容納一家人。」卡拉丁說。「可惜都沒有自然光，但總共有兩百間，所有人都住得進來。很抱歉只能把你們安排在第六層這麼高的位置。也就是說，你們必須上下樓等乘載器，要不就得走樓梯。這是幫你們找到附陽台房間的唯一方法。我想也不算太高，我很同情那些不得不在更高樓層生活的人。」

「這裡很棒。」賀希娜說。

卡拉丁等著李臨說些什麼，但他只是走進其中一間房，穿過補給品，踏上寬敞的陽台遠眺。

他不喜歡，卡拉丁心想。李臨當然會找到抱怨的地方，就算是在時代帝國的神話城市中獲得值得稱羨的居所也一樣。

卡拉丁走到他身旁。李臨轉身，試著仰望上方的塔城，只不過被上面的陽台擋住視線；卡拉丁也跟著他一起仰望。

「頂部有什麼？」李臨問。

「燦軍的集會處。」卡拉丁說。「最上面什麼也沒有，只有一片平坦的屋頂，不過景色很棒，我再找機會帶你們上去看看。」

「聊夠了吧！」西兒說。「來啊，跟我走！」她竄離賀希娜的肩膀，衝過一間間房裡。人類沒跟上，於是她又飛回來，繞著賀希娜的頭盤旋，接著又射出去。「來啊。」

他們跟上。西兒帶著他們穿過幾間卡拉丁幻想將成爲大型集會區、附絕佳山景的陽台房，卡拉丁落在最後面。感覺有點冷，不過用一個大火爐法器當作公共爐灶應該會有效改善。

連通陽台房的另一端是一個寬敞的六套間套房，附一個盥洗室和獨立陽台。這間套房和拉柔位於另一端的套房成鏡像。兩個套房似乎建來供軍官與眷屬使用，於是卡拉丁將它保留下來，認爲有特殊用途。

西兒帶著他們穿過前廳，沿走廊經過兩扇關閉的門，進入一個主起居室。「我們花了一整週的時間準備！」她繞著起居室飛竄。對面的牆上有一座擺滿書的石架，他花掉一大筆月餉才買到這些書。年輕的時候，他常常同情他母親只擁有寥寥幾本書。

「我不知道這世上居然有這麼多書，」西兒說。「不會把所有文字都用完嗎？看起來你終究會把所有能說的都說完啊！」她飛到一個較小的側間。「這裡是寶寶的空間，玩具是我挑的，因爲卡拉丁多半會買矛或什麼蠢東西。噢！還有這裡！」

她迴轉繞過他們，又回到走廊上。卡拉丁的父母跟著，而他尾隨在後。在西兒的慫恿下，李臨打開走廊上的一扇門，露出一間物資齊全的手術室。診療檯、一組閃閃發亮、最精良的儀器，其中包含卡拉丁的父親從不曾買得起的器材：解剖刀、用來聽病患心跳的裝置、一個華麗的計時法器、用來煮沸繃帶或清潔手術工具的加熱法器碟。

卡拉丁的父親走入房內，賀希娜則站在門口，驚奇地一手掩嘴，一個看起來像黃光碎片的驚愕靈從她身上冒出來。李臨一一拿起幾件工具，接著開始檢視一罐罐卡拉丁放到架上的藥膏、粉末與藥品。

「我向塔拉凡尼安的醫師訂購了最好的東西。」卡拉丁說。「你需要請母親把這些比較新的藥品說明讀給你聽，他們在卡布嵐司的醫院有一些很了不起的發現。他們說他們找到方法，使用疾病比較弱、容易復原的版本去感染人體，這麼一來，這些人終生對比較難纏的變體都能免疫。」

李臨看似……嚴肅，而且更甚平常。雖然賀希娜說笑時李臨還是會笑，但他有心事。他如此沉默地回應這一切……

*他不喜歡，*卡拉丁心想，*我哪裡做錯了？*

怪的是，李臨坐了下來，癱倒在附近的一張椅子裡。「眞的很好，兒子。」他輕聲說。「只是我再也看不出這些東西有何用處。」

「什麼？」卡拉丁問。「爲什麼？」

「因爲燦軍能做的事。」李臨說。「我看見他們輕輕一碰就治癒病患！緣舞師一個簡單手勢就能封住切傷，甚至重新長出肢體。這一切很美好，兒子，但是……但是我覺得這世界再也不需要外科醫師了。」

賀希娜靠向卡拉丁，低聲說：「他一路上都因爲這件事而愁眉苦臉。」

「我沒有愁眉苦臉。」李臨說。「為治療的這種重大變革而傷心不只是冷酷，而且還自私。我只是……」李臨深吸一口氣。「我想我只是得找其他事來做了。」

颶風啊，卡拉丁完全了解這種心情。這種失落。這種憂心。突然覺得自己變成一種負擔。

「父親，」卡拉丁說。「我們的緣舞師才不到五十人，眞觀師只有三個，只有這兩個軍團能夠治療。」

李臨抬眼，歪過頭。

「我們帶了十二名去拯救爐石鎭，」卡拉丁說。「因爲達利納想確保我們的新飛行平台不會掉到敵營中。多數時候，那些緣舞師都在前線服役、治療士兵，少數留在兀瑞席魯執勤的只能用於最緊迫的傷勢。「除此之外，他們的力量有其限制。例如他們對舊傷沒轍。市場裡有一個大診所，在裡面工作的都是一般外科醫師，他們可是從早忙到晚。你沒有被淘汰。相信我，你在這裡會非常、非常地有用。」

李臨又開始環視這房間，現在用的是截然不同的眼光了。他咧嘴一笑，接著起身；可能是想到他不該因爲有人還需要外科醫師而歡喜。「那好！我想我該熟悉一下這些新設備。你說可以預防疾病的藥物嗎？眞是有趣的概念。」

卡拉丁的母親擁抱了他一下，接著走去另一個房間細看裡面的書。卡拉丁終於讓自己放鬆下來，在手術室裡的一張椅子上安坐。

西兒降落在他肩膀上，化身爲穿正式哈法的年輕女子，頭髮依雅烈席時尚用髮簪攏起。她盤起雙臂，期待地抬頭怒瞪他。

「怎樣？」卡拉丁問。

「你要告訴他們嗎？還是我來？」

「現在時機不對。」

「為什麼？」

他想不出好理由。她繼續用她那堅持得叫人洩氣的靈之瞪視霸凌他——除非她刻意，否則她不會眨眼，他沒遇過任何能像西兒一樣瞪人的人。有一次她還把她的眼睛放大到令人不安的比例，藉此傳達特別重要的論點。

卡拉丁最後還是起身，於是她化為光帶飄走。「父親，有件事得讓你知道。」

原本正在檢視藥物的李臨轉過來，賀希娜也好奇地探頭。

「我要卸下軍職了。」卡拉丁說。「我需要停止戰鬥，達利納也下了這樣的命令。所以，我可能會住進歐洛登隔壁的房間。我……或許需要為我的人生做些不同的安排。」

賀希娜又伸手掩嘴。李臨動也不動，臉色轉白，彷彿看見了引虛者。接著他的臉上爆出卡拉丁不曾見過的開懷笑容，他大步走過來握住卡拉丁雙臂。

「就是因為這樣，對吧？」李臨說。「手術室、補給品，還有剛剛談論到診所的事。你懂了。你終於了解我是對的。你要完成我們一直以來的夢想，成為一個外科醫師了！」

「我……」

當然，那就是答案。卡拉丁一直刻意迴避的答案。他考慮過執徒，也考慮過將軍，還考慮過逃走。答案就寫在他父親臉上，一部分的卡拉丁畏懼著那張臉。內心深處，卡拉丁早已知道，一旦他的矛被拿走，他就只剩一個地方能去。

「對，」卡拉丁說。「你說得對。你向來都是對的，父親。我猜……是時候繼續我的訓練了。」

# 19 石榴石

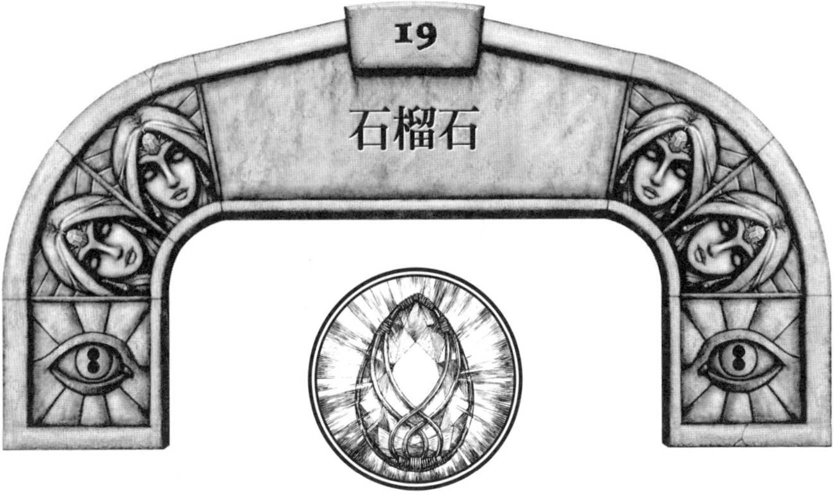

這世界日益危險，因此我來到了我的論點的關鍵。我們再也無法承受對彼此隱藏祕密。賽勒那法器師擁有一些祕密技術，關乎從寶石中取出颶光，並利用極巨大的寶石製作法器。

我請求聯盟以及賽勒那的善良人民了解我們共同的需求。我已踏出第一步，對所有學者開放我的研究。

祈望諸位能望見抛磚引玉的智慧。

——娜凡妮．科林爲君王聯盟所提供之法器機制課程，兀瑞席魯，傑瑟凡日，一一七五

「很抱歉，光主。」她們繞著兀瑞席魯深處的寶石柱走，露舒呈上一些圖表時這麼說。「研究了幾週，我還是找不到其他相似的法器。」

娜凡妮嘆氣，在柱子的某一區前停下腳步。四顆石榴石突出，構造跟抑制法器雷同。這排列太精確，不可能是巧合。

這原本看似一個突破，娜凡妮要露舒和其他人用所有已知法器與寶石柱比對，找尋相似之處。可惜曾經有前景的線索，又走入了死巷。

「還有一個問題。」露舒說。

「只有一個嗎？」年輕執徒皺眉，娜凡妮揮手要她繼續。

「什麼問題？」

「如您要求，我們在幽界檢查了抑制法器。您的理論是正確的，法器就跟魂師一樣顯露出一個靈。但在這一邊，卻看不出寶石中有那個靈存在的跡象。」

「那問題是什麼？」娜凡妮問。「我的理論是正確的。」

「光主，讓抑制裝置運作的靈……遭到腐化，非常相似於……」

「雷納林的靈。」娜凡妮說。

「沒錯。抑制法器的靈拒絕與我們對話，但似乎不像魂師裡的靈那麼無理性。這強化了您的理論：諸如水泵、誓門以及魂師等遠古法器，以某種方法將它們的靈困在意識界。當我們加以逼迫，靈便故意閉上眼睛。它似乎蓄意與敵人合作，如此，您侄子的靈就有問題了。我們敢信任他嗎？」

「我們沒理由假設有一個靈效忠於敵方，就代表他所有同類也效忠敵方。」娜凡妮說。「我們應該假設他們都跟人類一樣，各有各效忠的對象。」

然而，她必須承認，雷納林的靈確實讓她感到不舒服。預視未來？唉，她已經思考葛萊斯的事思考到腦袋打結了。她努力專注於這個法器的靈的本質。

妳捕捉靈，那怪人透過信蘆這麼對她說，妳囚禁它們。數以百計的靈。妳必須停手。

數週過去了，信蘆連稍微抖動也沒有。此人有沒有可能知道如何以過去的方法製造法器？過去似乎是利用有智慧的靈，把他們鎖在意識界。或許這種方法更好，也更人道。舉例來說，控制誓門的巨靈對他們與裝置相連的狀況似乎並不覺得勉強，也完全能夠與人互動。

「姑且研究這個就好。」娜凡妮對露舒說，一面用指節輕敲雄偉的寶石柱。「看看能不能找到方法啓動這一組寶石。塔城過去受到保護，能免遭煉魔侵擾。古老的書卷記載與此事實相符。寶石柱的這個部分一定就是原因。」

「是……」露舒說。「好理論，好建議。如果我們專注於柱子的這個部分，我們也知道它顯然是個法器，或許我們就能啓動它。」

「也試著重設我們偷來的抑制法器。它扼殺了卡拉丁的力量，卻讓煉魔用他們的力量。或許有方法能逆轉這裝置的效果。」

露舒像平常一樣心不在焉地點頭。娜凡妮繼續仰望寶石柱，上面的一千個切面閃閃發光。她漏掉了什麼？爲什麼啓動不了？

她把圖表交給露舒，轉身離開房間。「我們對塔城的安全設想得還不夠多。」她說。「顯然古人也擔心煉魔入侵，而我們已經遭遇過一次了。」

「誓門現在時時刻刻有人看守。」露舒快步跟上。「還有，啓動需要兩支不同燦軍軍團的認證。敵人應該不太可能再像上次那樣得手。」

「對，但要是他們用其他方法進來呢？」她訪談過的靈聲稱僞裝者——具備織光術力量的煉魔——不能進入塔城，因爲就像壓力和溫度的調節，古老的防護也還殘留一點效果。確實，這似乎得到了證實：僞裝者偶爾會溜進人類營區，但還不曾進入兀瑞席魯。

至少目前就娜凡妮所知是如此。或許他們只是很謹慎。「敵人擁有一些我們只能猜測的能力，」娜凡妮對露舒說。「而我們已知的部分就已經夠危險了。僞裝者有可能混在我們之中，我們卻從未知曉。此時此刻，妳或我有可能就是他們的人。」

「這……眞是令人不安的想法，光主。」露舒說。「除了修復塔城的防禦功能，我們還能做什麼呢？」

「召集我們最優秀的抽象思考家，要他們創造出辨識隱藏煉魔的口令。」

「了解。」露舒說。「達麗是最適合的人選。噢，還有賽巴希娜，以及……」她慢下來，拿出筆記本，全然不管她就站在通道正中央，逼得其他人得繞過她。

娜凡妮理解地微笑，讓露舒去忙她的任務，她自己改爲右轉，進入其中一間遠古「圖書」室。剛開始研究塔城時，他們在這房間裡發現數十顆寶石，都寫入了古老燦軍騎士的隻字片語。

這個房間原本專門用來研究那些寶石，幾個月過去後，已搖身一變爲實驗室，娜凡妮在這裡組織她手下最優秀的工程師。她在聰明人身旁待得夠久了，知道他們在令人鼓舞的環境中工作效果最好。在這裡，研究和發明都受到獎勵。

在這個房間裡，專注靈像天空中的漣漪一樣湧動，還有幾個像小暴風雲的邏輯靈懸浮空中。工程師們忙著好幾個計畫：有些是務實的設計，有些則更異想天開。

她一走進去，一名年輕工程師便匆忙走過來。「光主！成功了！」

「很好。」娜凡妮努力回想他的名字。年輕、頂上無毛，鬍鬚也沒幾根。他在進行哪一項研究計畫？他忘了禮儀，抓住她的手臂把她拖到一旁。但她不在意。這麼多工程師只記得她是資助他們研究計畫的人，這對她來說是一種驕傲。

她看見法理拉在工作檯旁，因而觸動了記憶，這名年輕執徒是他的侄子，托莫，一個想追隨叔叔走上學者之路的深眸人。她之前把一項較重要的設計交給他們叔侄：與飛行平台有相同運作原理的乘載器。

「光主。」法理拉對她鞠躬。「這設計還需要很多調整。我擔心要耗費太多人力才能生效。」

「但是成功了？」娜凡妮問。

「對！」托莫拿給她一個形狀如珠寶盒的裝置，邊長各約六吋，一側有一個把手。把手就像一般用來拉開抽屜的那種，內部有一個食指專用的扳柄。除了幾條她認爲應該是用來束在手腕上的皮帶，頂部還有一個按鈕，此外盒子平凡無奇。

娜凡妮接下盒子，從鑲蓋朝內看。裡面有兩個分開的法器構造，她認出其中一個是簡單的結合紅寶石，就跟用在信蘆上的一樣。另外一個更具實驗性；她把一些設計交給法理拉和托莫，由他們轉爲實際的應用：將力重新導向的裝置，還能快速維持或斷開與結合法器之間的合作。

這和讓第四座橋飛行的方法並不全然相同，比較像那項科技的表親。

「我們決定把原型做成個人裝置。」法理拉說。「因爲您想要便於攜帶。」

「這裡！」托莫說。「我來讓工人們做好準備！」他快步走向實驗室一角的兩名士兵，他們分配到爲工程師跑腿的任務。托莫讓他們就定位，拿著一條繩子，彷彿他們正要拔河，只不過繩子另一端並沒有對手，反而連接著地板上的另一個法器盒。

「啓動吧，光主！」托莫說。「把您的盒子對準旁邊，結合紅寶石！」

娜凡妮將裝置繫上手腕，揮動手臂對準側邊。這個時候，寶石尚未結合，盒子還能自由移動。然而她一壓下按鈕，這裝置便迅速和地板上與繩子連接的第二個盒子結合。

接下來她用食指扳動扳柄，紅寶石對著士兵亮晃晃地閃爍，他們開始拉繩子，盒子被拉得在地板上移動，而這股力被橫跨空中、傳遞到娜凡妮身上——她被繫在她手腕上的盒子和把手穩穩拉過實驗室。

這是結合法器的常見應用。此處的大差異點並不在於力被傳送，而是傳送的方向。士兵將盒子沿牆往後拉，緩緩朝東移動。娜凡妮剛剛隨意朝西偏南指，這會兒則是沿她手臂所指的軸線被往前拉。

她閃爍光芒提示士兵，接著解開法器的結合，隨即停止滑行。士兵們已有預期，在她指向其他方向時做好準備。她再次結合法器，閃爍光芒提示士兵，他們開始拉，她又朝那個方向移動。

「運作得很好。」娜凡妮用腳跟滑行。「在飛行中將力重新導向的能力將會有廣大的實際應用。」

「是的，光主。」法理拉走在她身旁。「我同意，但人力是嚴重問題。爲了讓第四座橋在空中移動，已經需要用上數百人力。我們還能騰出多少？」

幸好娜凡妮一直努力解決的就是這個問題。這行得通，她興奮地想著，一面關掉法器，接著又讓士兵拉著她朝第三個方向前進。讓第四座橋升空並不是非常困難，眞正的難處在於升空後讓它橫向移動。

第四座橋飛行的祕密，還有這個手持裝置能夠運作的祕密，涉及一種稱爲「鋁」的罕見金屬。煉魔就是以這種金屬製成的武器阻擋碎刃，但這金屬並不只是牴觸碎刃，它還牴觸各種颶光裝置。今年稍早到艾米亞考察時，娜凡妮接觸到這種金屬，隨即便安排實驗，而正是法理拉獲得了突破性進展。

訣竅在於使用以鋁製作的法器籠包覆結合紅寶石。細節很複雜，但有了恰當的籠，法器師能讓一顆結合紅寶石忽略另一顆紅寶石沿特定方向或平面的動作。因此，就應用上而言，第四座橋能夠利用兩艘仿船移動，一艘負責上下、另一艘負責橫向。

其中的複雜性令娜凡妮和她的工程師們無比興奮，最後導向她現在手上戴著的這個裝置。她可以隨心所欲改變手臂的方向、結合法器，接著透過它將力導向任一方向。

動量和能量藉由自然的結合法器機制而保存。她的科學家們已經用一百種不同方法測試過了，有些方法迅速讓法器枯竭，但他們原本就從古老的實驗中知道會有這種狀況。儘管如此，還是有些想法在她腦中打轉。他們能夠將一些方法加以利用，直接將颶光的能量轉化爲機械能量。

而她一直在思考取代人力需求的其他方法……

「光主？」法理拉輕喚。「您似乎感到煩惱。如果這裝置的問題比您預期還多，我向您道歉。這只是早期的版本而已。」

「法理拉，你擔心得太多了。這裝置很驚人。」娜凡妮說。

「但……人力問題……」

娜凡妮微笑。「跟我來。」

❖

不久後，娜凡妮帶著法理拉來到塔城第二十層的一個區域。她手下的另一個團隊正在這裡工作，這組人大多是工人，較少工程師。他們位於一個古怪的豎井旁——塔城的諸多詭異特色之一。這一個垂直穿透塔城地下層，最後通往下方深處的一個洞穴。

儘管調查員和科學家被豎井的原始用途難倒了，娜凡妮倒是對它有其他打算，在這裡設立了幾個各自與三個男人等重的鋼砝碼，以繩索懸吊。

工人們鞠躬，娜凡妮點頭回禮。她與執徒走近直徑足足有六呎的深穴，幾個人爲他們呈上錢球燈籠。娜凡妮越過側邊查看，法理拉也來到她身旁，緊張的手指緊緊握住欄杆。

「豎井下到多深的位置？」法理拉問。

「遠遠超過地下層。」娜凡妮拿起他製作的法器盒。「試想，我們不用人力拉動繩子，而是把這法器的另一半綁在其中一個砝碼上。然後我們可以把裝置的扳柄與頂部這些滑輪連結，因此扳柄會降下砝碼。」

「您的手臂會被扯掉的！」法理拉說。「無論您把法器朝哪個方向指，您都會朝那方向被猛拉過去。」

「滑輪線上的抗阻能夠調節初始力道。」娜凡妮說。「或許我們可以設計成由推動扳柄的力道來決定放下滑輪線的速度，也就是你被拉動的速度。」

「聰明的應用。」法理拉朝黑暗的豎井一瞥，抹抹額頭。「不過這對人力問題沒有幫助。還是有人要把砝碼再拉上來這裡。」

「隊長？」娜凡妮叫喚帶領此層樓工作人員的士兵。

「風車已依您要求準備好。」說話的這男人少了一條手臂，制服右邊的袖子縫死。達利納總是費心尋覓方法，讓受傷軍官也參與戰事相關重要工作。「他們告訴我那些風車能因應暴風，不過當然沒有任何裝置能在颶風之下完全不受損傷。」

「這是什麼？」法理拉問。

「裝在鋼殼內的風車，」娜凡妮說。「扇葉裝有寶石，每一顆寶石都與上方滑輪系統的一顆紅寶石結合。颶風吹襲時，這五個砝碼便會被拉到頂部，位能儲存供日後使用。」

「啊……光主。我懂了。」法理拉說。

「每隔幾天，」娜凡妮說。「颶風便賦予我們大規模噴湧的動能。夷平森林的強風、和太陽一樣明亮的閃電。」她輕拍一條綁著砝碼的繩索。「我們只需要找到方法儲存能量。這能夠驅動一整個艦隊。只要足夠的滑輪、砝碼，以及風車……我們將會擁有一支暢行世界的空軍，都靠駕馭颶風的能量。」

「怎麼……」法理拉雙眼發光。「該怎麼做呢，光主？我能做些什麼？」

「測試，還有一代代改良。」娜凡妮說。「我們需要能夠承受反覆使用的系統。我們需要更多彈性、更多效率。你的這個裝置，能不能裝上切換機制，讓我們能夠在五個砝碼上的法器之間更替？走五趟才需要再補充能量的乘載器，會比只能走一趟的乘載器有用許多。」

「是……」法理拉說。「而且我們也能利用人再搭乘載器往下的重量幫一些砝碼補充能量……您想要我們製作眞正的乘載器，還是繼續研究托莫設計的個人乘載裝置？他對那構想頗爲投入……」

「兩個都做。」娜凡妮提議。「讓他繼續做單人裝置，不過建議他把形狀做得像用弩對準某個地方，而非附把手的盒子。讓裝置看起來有趣，人才會感興趣，這是法器科學的一個訣竅。」

「是……我了解了，光主。」

她看了看她戴在左手臂的時鐘法器。颶風啊，君主會議差不多要開始了。她先前多次責怪達利納忽略他的時鐘，這會兒遲到對她一點好處也沒有。

「看看你的想像力把你帶往何處。」她又對法理拉說了一次。「你花了好幾年建造跨過裂谷的橋。我們現在來學習跨越天空。」

「我會的。」他接過盒子。「這眞是天才，光主。眞的。」

她微笑。他們喜歡那樣說，而她喜歡這種感覺。其實她只是知道該如何利用其他人的天賦，正如她希望能利用颶風。

❖

幸好她抵達會議地點時還有點時間。這裡是接近塔城頂部的一個房間，幾個月前，達利納要每個君王帶自己的座椅過來。

她還記得剛開始幾次會議的緊繃場面，每位成員都謹慎發言，應該說是焦慮不已，彷彿有隻白脊在附近打盹。最近則顯得吵鬧不已，大家喋喋不休。她叫得出大部分大臣與官員的名字，也一一問候他們家人。她注意到達利納正友好地跟芬恩女王與科馬克親王談話。

眞了不起。換個時代，雅烈席人、費德人、賽勒那人以及亞西爾勢力的聯盟會是幾個世代以來最驚人的壯舉。可惜這只有在應對更大的異變——以及威脅時才會發生。

然而，一面閒聊，她還是忍不住感到樂觀。直到她轉過身，正面對上塔拉凡吉安。

這位外表慈祥的老者又蓄起小把鬍子與短髭，讓人回想起古老畫作中的老學究。一般人或許會輕易把這個穿長袍的人想像成坐在神殿裡的宗師，自以為是地談論著颶風的本質與人的靈魂。

「啊，光主。」塔拉凡吉安說。「我還沒恭喜妳的飛行船大獲成功。只要妳覺得能夠分享相關設計圖了，我很渴望能夠一睹。」

娜凡妮點頭。塔拉凡吉安維持了那麼久的虛假無辜、愚魯都已經消失。智識較低的人或許會頑固地堅持謊言。值得讚許的是，白衣殺手一加入達利納，塔拉凡吉安隨即拋下所有假裝，立即轉入全新角色：一個政治天才。

「家鄉的麻煩怎麼樣了，塔拉凡吉安？」娜凡妮問。

「我們達成協議。」塔拉凡吉安說。「我想妳已經知道了，光主。我從費德家系中選出我的繼承人，獲得藩王們認可，並訂下條款，把卡布嵐司留給我女兒。眼下費德人已看清眞相，敵人侵略期間，我們不能再爲瑣事爭執。」

「眞好。」娜凡妮努力趕走聲音中的冷酷，但沒成功。「可惜我們接觸不到費德納菁英的軍事智慧，更別提他們最優秀的年輕士兵。他們都因爲永颶來臨不過幾個月前的無謂內戰進了墳墓。」

「光主，妳覺得費德納國王會接受達利納結盟的提議嗎？」塔拉凡吉安問。「妳眞的認爲老哈納凡納有可能加入這個聯盟？那個偏執的男人可是花了幾年的時間挑撥他自己的藩王呢。他的死很有可能是雅烈席卡遇過最棒的事。光主，在妳的指控讓這房間燃燒起來之前，再想一想吧。」

不幸的是，他說得沒錯。賈．克維德的已故國王確實不太可能聽進達利納的建議——費德人對黑刺有根深柢固的怨恨。聯盟的早期大大仰賴塔拉凡吉安的加入，因爲他帶來賈．克維德的力量。這個王國雖已破碎，但仍令人畏懼。

「如果你沒有試嘗試藉由對聯盟洩露敏感資訊危害我丈夫，」娜凡妮說。「我或許會比較能夠接受你的好意，陛下。」

塔拉凡吉安走近，一部分的娜凡妮焦慮起來。她意識到這男人嚇壞她了。她對他的直覺和她面對持劍敵兵時一樣。然而到頭來，單槍匹馬持劍的人並不會對王國造成威脅。這男人騙過這世界上最聰明的人。他靠欺騙深入達利納的核心集團。他把他們都當成傻子耍，同時間搶下賈．克維德的王位，而所有人都讚揚他。

那才是眞正的危險。

他湊近時，她逼自己不可躲開；他似乎無意威脅。他比她矮小，無法以體型威嚇。他反而輕聲細語：「我所做的一切都是爲了保護人類。我走的每一步、策劃的每一個計謀、承受的所有痛苦，都是爲了保護我們的未來。

「我可以指出妳的丈夫——前後兩任——都曾犯下遠比我嚴重的罪孽。我是安排謀殺了幾個暴君，但我可沒焚燒城市。對，賈·克維德的國王一死，他們的淺眸人便轉而對付彼此，而我並沒有逼迫他們。那些死亡不是我的責任。

「然而這一切都無關緊要。爲了預防即將到來的事，我也會焚燒村莊，我也會讓費德人混亂惡鬥。無論代價是什麼，我都願意償付。要知道，如果人類能在新颶風後生存，那會是因爲我採取的措施。我支持這些事。」

他退開，而她忍不住顫抖。他的熱切和言語中的自信讓她啞口無言。

「我眞心敬佩妳的發現，」他說。「我們都因妳的成就而受惠。或許未來沒幾個人會想到該謝謝妳，但此時此刻我衷心感謝妳。」他對她鞠躬，隨即離開就座；他孤身一人，再也不帶隨從來參加會議。

危險，一部分的她又這麼想著。而且難以置信。對，大多數人會否認那些指控。塔拉凡吉安卻投入其中、承擔那些指控。

如果人類確實在爲生存而奮戰，誰能拒絕這男人的協助？他可是巧妙拿下一個遠比他那弱小城邦強大的王國寶座。若非一個艱難的問題在前，儘管暗殺行動曝光，她覺得達利納還是不會對塔拉凡吉安產生猶豫。

塔拉凡吉安是否爲敵方效力？他們將世界的未來賭在這個答案之上。

亞西爾文書諾拉宣布會議開始，娜凡妮找到自己的座位坐下。最近會議一般都由她主持，大家喜歡她睿智的冷靜態度。主要討論事項是達利納提議大舉進攻艾姆歐，擊潰該處面臨圖卡神祭司威脅的敵軍。雖然加絲娜的書記已事先將詳細說明送交所有人，諾拉還是要他起身簡述提案。

娜凡妮讓思緒漫遊，腦袋繞著信蘆的幻影作者打轉。妳必須停止製造這種新型法器……或許對方說的是用到鋁的那些？

達利納很快說明完畢，接下來開放其他君王發言討論。一如預期，第一個回應的是亞西爾阿卡席克斯首座亞納高，他漸漸長成青春期的瘦長體型，看起來越來越像個皇帝。他起身，在會議中為自己發言——儘管亞西爾習俗是讓人代言，他還是比較喜歡這樣。

「我們很高興聽聞這項提案，達利納。」首座以絕佳的雅烈席語說著。他或許事先準備好這番說詞以免犯錯。「我們也感謝加絲娜・科林女王陛下撰文詳盡說明其優點。諸位或許能猜到，我們樂於接受這項計畫。」

他揮手示意艾姆歐首座；這男人和大多數雅烈席人一樣，都處於流放中。聯盟過去對他承諾會收復艾姆歐，但至今尚無能兌現。

「馬卡巴奇聯邦已討論過，我們全力支持此提案。」亞納高說。「這提案既大膽又果斷。我們願意提供我們的所有資源。」

不意外，娜凡妮心想，不過塔拉凡吉安會反對。那老陰謀家總是推著聯盟投注更多兵力在他們自家邊界的戰事。水貂在他的最後報告中說得很清楚，他擔心塔拉凡吉安的舉動是誘使達利納過度深入的手法。除此之外，塔拉凡吉安在議會中向來扮演較謹慎、保守的角色，因此他有好理由反對揮軍艾姆歐。

變數在芬恩女王與賽勒那人身上。她今天身穿一件明亮的花裙，顯然不是弗林風格，白眉環隨著她深思熟慮地輪流看著加絲娜和達利納而躍動。房內大多數人似乎都能讀出這將如何收尾。塔拉凡吉安反對，亞西爾支持，所以芬恩會怎麼——

「請容我發言，」塔拉凡吉安起身。「我想讚賞這個大膽又美好的提案。賈・克維德和卡布嵐司全力支持。我已詢問我們的將軍該如何大力協助，我們可以立即透過誓門派出一萬士兵，以供部署於艾姆歐。」

什麼？娜凡妮心想，他支持提案？

颶風啊，他們遺漏了什麼？一年來，他一再堅持他連幾名士兵都撥不出來，這會兒怎麼會願意把軍隊調離他的邊界？他向來利用他無處不在的醫療支援遮掩他吝嗇萬分的軍隊調派。

他知道達利納不會再給予背叛機會嗎？他意欲為何？

「我們感謝你的支持，塔拉凡吉安。」亞納高說。「達利納，你的提案有兩個支持者了。你是第三個，再假設你侄女也已被你說服，現在只等女王陛下了。」他轉向芬恩。

「女王陛下被颶他的弄迷糊了。」芬恩說。「我們最近一次全數通過是什麼時候的事了？」

「我們都認同午餐休息。」亞納高微笑，偏離了他的講稿。「通常啦。」

「嗯，這倒是真的。」芬恩靠向椅背。「你這次出乎我意料啊，達利納。我知道你改弦易轍，不過還以為你肯定會繼續堅持收復你的家園。你救回來的這位將軍改變了你的想法，是嗎？」

達利納點頭。「他希望我提案讓賀達熙人在議會中也享有席位。」

「賀達熙不存在了。」芬恩說。「不過我想也可以這麼說雅烈席卡。我建議，若他的協助在艾姆歐最後確有助益，我們再同意這項請求。眼下我們該怎麼進行？我料想進攻艾姆歐會導致敵方派出海軍和我們交戰，我需要對抗計畫。圖卡的海岸線很長，這會是一個挑戰。受颶風祝福者，我想我們可以仰仗逐風師巡邏兵協助示警……」

芬恩的話語轉弱，朝位於房間後側的一小群燦軍扭過身。每個軍團通常都會派出至少一名代表。塔拉凡吉安的招塵師照常在那裡；從點心桌的狀態判斷，利芙特應該也在某個地方，只不過另外幾名緣舞師也坐在後方。

卡拉丁通常也會在裡面，背靠著牆，像颶風雲一樣陰森地杵著。但他並不在。反倒是新官上任的連爵席格吉前進一步。提拔外國人，這可眞是有趣的一招。不過達利納不再直接與雅烈席卡相連，因而獲得這樣的自由。在這座塔城中，人種排在燦軍締結之後。

席格吉沒有他們上師的存在感，娜凡妮總是覺得他似乎有點……難相處。他清清喉嚨，聽起來對自己的新角色不太自在。「您將擁有逐風師的支援，女王陛下。敵方空軍或許不會想從依瑞或雅烈席卡飛過來，因爲這兩條路線都需要越過我們的領土。天行者或許會試著繞路從大海進犯。除此之外，他們經常在這地區派出破空師，我們需要全力對付他們。」

「好。」芬恩說。「受颶風祝福者在哪？」

「他休假，女王陛下。最近受了傷。」

「什麼的傷能夠撂倒逐風師？」芬恩沉聲問。「你們不是能夠再生肢體嗎？」

「嗯，對，女王陛下。上師受的是不同種的傷，正在康復中。」

她哼了一聲，轉而看著達利納。「嗯，賽勒那各公會同意這項計畫。如果收復艾姆歐和圖卡，我們就能完全支配南方深淵。爲了最終收復雅烈席卡，你無法要求更好的踏腳石了。你很睿智，黑刺，推遲攻擊你的家鄉，支持有策略的合理行動。」

「這是一個艱難的決定，芬恩。」娜凡妮說。「我們探索過其他所有選項後，才下定決心。」而塔拉凡吉安竟然支持，這讓我憂慮了起來。

「不過，這點出另外一個問題。」芬恩說。「我們需要更多逐風師。科馬克對妳的飛行堡壘百般吹捧，我得告訴妳，自從我們剛開始戀愛之後，我就沒看過他這麼入迷了。但敵方擁有煉魔和破空師，若沒有空中支援，妳無法保護一艘像那樣的船。如果被空中的敵人逮到我們的海上船艦未受保護，那就只能祈求颶父保佑了。」

「我們正在研擬解決方案。」達利納允諾。「這是一個……困難的問題。靈有可能比人類還頑固。」

「說得通。」芬恩說。「我沒遇過哪道風或水流因爲我對它們喊叫就改變方向。」

有人清清喉嚨。娜凡妮驚訝地看見席格吉居然再度上前。「我一直在跟我的靈討論，女王陛下，或許能夠對這問題提出一個可能的解決方法。我相信我們應該派使者拜訪榮耀靈。」

娜凡妮往前靠。「什麼樣的使者？」

「榮耀靈有可能很……難搞。」席格吉解釋。「因爲剛開始時與他們的互動，我們相信他們是無憂無慮的一群，但他們之中的多數其實並非如此。在靈之中，他們的精神和意向都最接近神祇榮譽。雖然每個靈顯然都有各自的個性，不過他們一般而言對人類都有一種不滿，嗯，應該說羞辱感。」

席格吉環視所有人，明顯可看出許多人沒聽懂。他深吸一口氣。「好，我換個方式說。假裝有這麼一個王國，各位想在這場戰爭中與他們結盟。但是我們幾個世代以前也曾跟他們結盟，卻背叛了他們。現在他們拒絕幫助我們，應該不令人意外吧？」

娜凡妮發現自己在點頭。

「所以，你是說，爲了數千年前發生的事，我們需要修復關係？」芬恩問。

「女王陛下，」席格吉說。「我無意不敬，重創期對我們而言是遠古歷史，不過對靈來說，不過是幾個世代以前的事。榮耀靈很苦惱，他們覺得自己的信任遭到背叛。在他們眼中，我們不曾爲自身對他們做下的事表示過什麼。他們的榮譽遭到冒犯，沒有更好的說法了。」

達利納往前傾身。「士兵，你是說他們想要我們去求他們？如果憎惡占領這片土地，他們也同樣受苦啊！」

「我知道，長官。」席格吉說。「你毋須說服我。不過一樣的，請再想想你的祖先冒犯過一個國家，但你現在想要他們的資源。難道你不會至少派一位使者帶著正式道歉去拜訪嗎？」他聳聳肩。「我不保證一定有用，但總之建議我們試試看。」

娜凡妮又點頭。她總是忽略這男人，因爲他表現得好像……嗯，書記。吹毛求疵、總是給其他人製造更多工作的那種人。她現在體認到自己並不公正。過去曾有些學者覺得某些同僚太專注於細節，但她也在這些人付出的努力中找到智慧。

*因爲他是個男人，她心想，還是個士兵，而非執徒。他的行爲舉止不像其他逐風師，而她因此不把他看在眼裡。眞糟糕啊，娜凡妮，她自省，妳還自詡爲思想家的贊助者呢。*

「這男人的言談中有智慧。」她對其他人說。「面對靈，我們一直表現得很專橫。」

「可以派你去嗎，燦軍？」芬恩問席格吉。「你似乎了解他們的想法。」

席格吉皺起臉。「這可能不是個好主意。我們逐風師……我們的行爲挑戰了榮耀靈的法律。我們會是最糟糕的使者，因爲……嗯，老實說，他們不太喜歡卡拉丁。要是我們之中有人出現在他們的堡壘，他們可能會試著逮捕我們。

「我的建議是由其他燦軍組成一個小型但重要的代表團。精確地說，有些靈的親族認可我們的作爲，代表團的成員正是需要跟這些靈締結的燦軍。他們可以爲我們說情。」

「那就排除我了。」加絲娜說。「其他墨靈普遍反對象牙與我締結的這件事。」她瞥了一眼雷納林，他坐在會議室後方，位於他哥哥後面。他驚慌地抬眼一掃，解謎盒凍結在雙手間。「考量雷納林的……特殊情況，」加絲娜接著說。「我們多半也不會想派他去。」

「那派緣舞師怎麼樣？」達利納說。「培養靈普遍欣然接受我們的新燦軍。我相信有些跟燦軍締結的培養靈在幽界頗受敬重。」

娜凡妮剛剛猜得沒錯，利芙特從桌子下面冒出來，只不過爬出來的時候撞到了頭。她怒瞪桌子一眼。這名雷熙小女孩——好吧，青少女——幾乎已塞不進那樣的空間，而且她的手肘似乎就是能撞上她經過的每一件家具。

「我去。」利芙特說完打了個呵欠。「我在這裡越來越無聊了。」

「或許……年長一點的人。」達利納說。

「別。」利芙特說。「你需要他們。他們都很會緣舞那檔事。而且，因爲溫德想通椅子是幹啥的，他在另一邊可有名了。我剛開始也不信，因爲在他開始煩我之前，我根本沒聽說過他。不過是眞的。靈都很怪，所以他們喜歡怪東西，像是愚蠢的小藤蔓人。」

房內鴉雀無聲，娜凡妮猜想每個人的想法應該都跟她一樣。他們不能派利芙特帶領代表他們的使團。她很熱情，沒錯，但……她也很……嗯……利芙特。

「在你們軍團的佼佼者中，妳的治療能力還是非常出眾。」達利納說。「我們需要妳留在這裡，除此之外，我們應該派一個擔任過外交官的人比較好。」

「我可以試試，長官。」哥得克說。這名較矮小的緣舞師曾經是執徒。「我對這些事有些經驗。」

「很好。」達利納說。

「使團應該由雅多林和我帶領。」紗藍說。她起身時看似頗不情願。「謎族靈和榮耀靈處得不算好，不過無論如何，我是最佳選擇。誰能比一個藩王和他的燦軍妻子更適合代表我們？」

「非常好的提議。」達利納說。「我們還可以派一位雷納林之外的眞觀師，以及一個岩衛師。加上哥得克，等於我們有四個不同軍團的燦軍和他們的靈，其中還有我的兒子。燦軍席格吉，這樣榮耀靈會滿意嗎？」

他歪過頭，聆聽某個其他人都聽不見的聲音。「她覺得可以，長官。至少是個好開始。她說要送禮物，並請求協助。榮耀靈很難拒絕有需要的人。先爲過去道歉、保證會做得更好，再解釋我們的情況有多迫切。這樣或許能成。」他停頓。「若颶父爲我們說話也不會有什麼傷害，長官。」

「我來看看能否安排。」達利納說。「他有可能很難溝通。」他轉向紗藍和雅多林。「你們兩個都願意帶領這次遠征嗎？幽界很危險。」

「眞的沒那麼糟。」雅多林說。「如果我們不會從頭到尾都被追捕，我想可能會挺好玩的。」

*不只這樣*，娜凡妮一面解讀這男孩的興奮，一面這麼想著，*他幾個月來一直都想重回幽界*。但紗藍呢？她重新坐好，對達利納提出來的問題點頭時，看起來……有所保留。娜凡妮原以爲她也會一樣興奮，紗藍熱愛去陌生的新地方。

他們同意了，其他君王也大致不反對，達利納就此滿意。塵埃落定。幽界遠征和大舉進軍艾姆歐——兩項計畫都無異議通過。

進行得這麼順利，娜凡妮不知該作何感想。能夠有所進展很好，然而根據她的經驗，某一日的微風，也可能預示將有風暴來臨。

❖

到了當夜稍晚，她好不容易從和芬恩與科馬克的晚餐中脫身，才有機會說出她的疑慮。她總是盡可能抽出時間和各君王單獨相處，因爲達利納太常離開去不同前線檢視軍隊。

他並非像加維拉晚期那樣故意忽略社交職責；就達利納而言，他單純只是沒注意。如果是他，一般來說也都不成問題。大家喜歡看見他像個軍人一樣思考，談及他偶一爲之的社交失誤時，也都語帶寬容，而非侮辱。他近幾年儘管越顯冷靜，但仍然是黑刺。如果他沒有直接用手拿甜點吃，或是以「士兵」而非正式頭銜稱呼某人，那才顯得不對勁。

無論如何，娜凡妮留心確保每個人都清楚他們受到重視。幾乎沒人提起，不過也沒人*眞正*知道，達利納跟聯盟是怎樣的關係。只是另一位君王？還是不只如此？他控制著誓門，而且幾乎所有燦軍都視他爲上級長官。

除此之外，許多屏棄主流弗林教的人亦視他的自傳爲宗教文本。達利納並沒有上王的名分，只是兀瑞席魯的君王，但其他君王踏著微妙的腳步，還弄不清楚這聯盟是否終將成爲黑刺麾下的一個帝國。

娜凡妮撫平憂慮，做出拐彎抹角的承諾，整體而言努力維持每個人都對準正確的方向。這是一份累人的工作，因此當她終於拖著腳步回到房間，很高興看見達利納已用加熱法器的暖適紅光溫暖了房內。他還在加熱碟上爲她準備了烏納隆茶——非常貼心，因爲他覺得這種茶太甜，自己從來不泡。

她拿了一杯茶，發現他在最靠近那法器的沙發上，凝視著法器的光。他脫下的外套掛在旁邊的椅子上，也把僕人打發走了——一如他平常的作法，而且根本太常這麼做了。她得告訴他們——又一次——他並不是被他們做的哪件事觸怒，只是喜歡獨處。

幸好他說得很清楚，喜歡獨處不代表也排除她。他對這個詞的定義有時候怪得很。確實，她坐下時，他立即爲她挪出空間，讓她在溫暖的法器爐前融化進他的臂彎中。她解開內手袖套的鈕釦，雙手握住溫暖的杯子。近年來，她越來越覺得戴手套舒服自在，也越來越覺得因爲某些比較重要的會議得穿上袖套挺討人厭。

她一度就這麼全心享受這份溫暖。有三個來源：第一個是法器的溫暖，第二個是茶的溫暖，第三個來自背後的他；而第三個最令人愉快。他一隻手貼著她上臂，不時用一隻手指摩娑她，彷彿想時時提醒自己她也在這裡。

「我以前覺得這些法器很可怕，」他終於開口。「把火的生命力換成如此……冰冷的東西。溫暖，沒錯，但卻冰冷。眞怪啊，我這麼快就變得享受它們。不再需要堆疊木柴。不用擔心暖氣管阻塞、煙滾滾冒出。眞是驚人哪，移除幾個背後的煩心事，我們的心竟能獲得這麼大的自由。」

「在想塔拉凡吉安嗎？」她猜測。「還有他居然支持戰爭提案，而非反對？」

「妳太了解我了。」

「我也擔心。」她啜飲一口茶。「他太快提供軍隊。我們必須接受，你知道的。我們抱怨他不出兵幾個月了，現在不能拒絕。」

「他在盤算什麼？」達利納問。「這是我最有可能讓所有人失望的地方，娜凡妮。薩迪雅司運用計謀擊敗我，而我擔心塔拉凡吉安在各方面都比他更狡猾。我剛開始試著把他趕出聯盟時，他早已經對其他人下工夫，破壞我的企圖。他在玩弄我，而且做得極為靈巧，就在我的眼皮子底下。」

「你不必獨自面對他。」娜凡妮說。「這件事不只是關於你而已。」

「我知道。」達利納凝視暖爐的明亮紅寶石，雙眼似乎在發光。「我永遠不要再承受那種感覺，娜凡妮。站在破碎平原看著薩迪雅司撤退的那一刻，知道我對某人的信念——我愚蠢的天真——造成數以萬計的人死去。我不會成為塔拉凡吉安的卒子。」

她伸手握住他的下巴。「如果薩迪雅司能夠克服他的卑鄙，就能成為他應該成為的那個人；而你看見的是他應該成為的那個人，所以你才會被他背叛。別失去信念，達利納。你之所以成為現在的你，有一部分就是因為你的信念。」

「塔拉凡吉安很自負，娜凡妮。如果他和敵人合作，應該有個原因。他總是有原因。」

「財富、名聲。或許是復仇。」

「不。」達利納說。「不，他不會要這些。」他閉上眼。「當我……當我焚燒鑿城，我是在憤怒中下手。小孩和無辜之人因我的怒火而死。我知道那種感覺，我認得出來。如果塔拉凡吉安殺死一個孩子，他不會是為了復仇。不是因為憤怒。也不會是因為財富或名聲。而是因為他真心認為孩子的死是必要的。」

「那麼他會說這是好事？」

「不。他會承認這是邪惡的，會說這行為玷汙了他的靈魂。他說……那正是擁有王位的重點。一個在鮮血中打滾的人，被鮮血玷汙、摧毀，他人因而能免於受苦。」

他睜開眼，伸手握住她的手。「這跟遠古燦軍對自己的看法有點相似。他們在幻境中說……他們是守在外面的警衛。他們學習致死的技藝，以保護其他人免於做這樣的事。同樣的哲學，只是比較少汙點。他其實很接近正道，娜凡妮。要是我能讓他理解……」

「我擔心你反倒會被他改變，達利納。不要太仔細聽他說的話。」

他點頭，似乎把這提醒記在心裡。她的頭靠在他胸膛上，聆聽著他的心跳。

「我要妳待在這，」他說。「塔城裡。加絲娜想跟我們一起進軍艾姆歐，她渴望證明她能領軍。規模這麼大的進攻，也會需要我在場。塔拉凡吉安很清楚，他一定為我們準備了陷阱。我們需要有人安全無虞地待在塔城裡，一旦情況有變，才能把我們其他人都救出來。」

一個能夠領導雅烈席人的人，以免加絲娜和我都死於塔拉凡吉安的陷阱。他沒把這句話說出來。

她沒反對。沒錯，雅烈席女子通常會上戰場擔任丈夫的書記。沒錯，他無視這項傳統，有部分是因為他希望她安全。他有點過度保護了。

但她原諒他。他們會需要一個皇室成員留守，除此之外，她也越來越確定，她幫上忙的最好方法就是解開塔城的祕密。

「如果你要離開我，那在你離開之前最好對我好一點，我才會深情地記住你，並知道你是愛我的。」

「難道妳曾經懷疑過嗎？」

她抽身，一根手指輕輕畫過他的下顎。「女人需要持續性的提醒。就算不能擁有伴侶的陪伴，她也需要知道她擁有他的心。」

「妳永遠都擁有我的心。」

「特別是今晚？」

「對，特別是今晚。」他靠過去吻她，強壯的手臂緊抱住她。在這個擁抱中，她感受到今夜的第四種溫暖，比另外三種都要強大的溫暖。

——第一部結束

# 間曲

西芙蕾娜◆斯加阿納◆塔拉凡吉安

# I-1

# 西芙蕾娜

颶風迫近，西芙蕾娜感覺得到它的能量，就像遠處的樂師一點一點走近時你會聽到的聲音。以友善的音樂大聲呼喊。

她掠過兀瑞席魯的廳廊。除了她選定的對象之外，她對大多數人而言都是隱形的——今天，她選定的對象是孩童。他們似乎從不對她起疑，看見她時總是微笑。他們也很少表現得太尊敬。儘管她對卡拉丁那樣說，她其實並不總是希望被人像個小神祇一樣地對待。

可惜，時間這麼早，無論是不是孩子，總之塔城依然沒什麼人。卡拉丁還在睡，他現在睡得比較好了，她喜歡這樣。

她聽見某一扇門傳來聲音，於是她朝那個方向飛去，竄進房內，發現大石的女兒在煮飯。其他人叫她可絨，不過她的眞名——胡阿里南露那那其阿其露——美多了。那是一首有關婚禮樂隊的詩。

可絨值得這麼美的名字。她看起來跟雅烈席人截然不同。更穩固，不會被颶風吹倒，彷彿由青銅打造——這種色調微妙地反應在她的膚色上。那頭美麗紅髮也跟紗藍不一樣。可絨的髮色比較接近鐵鏽，更暗也更深沉，她用緞帶紮起馬尾。

她看見了西兒。她繼承了她父親的天賦，能夠看見所有靈。她停頓，鞠躬，碰觸一邊肩膀，然後另一邊，最後是額頭。她將接下來切下的幾塊塊莖在流理檯上堆成整齊的一堆，這是給西兒的供品。西兒並不吃東西，這麼做其實很傻。不過她還是化身成另外一塊塊莖，在檯面上滾了滾，當作道謝。

但那音樂啊。那颶風。她幾乎無法自持。要來了！

她滾下流理檯，飛掠過去檢查被可絨整齊堆在角落的碎甲。這個食角人女孩永遠不會丟下她的碎甲。在……嗯，好久、好久一段時間以來，她是他們族人中第一個擁有碎具的人。

這套碎甲很美。或許西兒也該討厭它，就像她討厭碎刃一樣，但她並不討厭。這其實是某種屍體，嗯，應該說是很多屍體，只是沒那麼討厭。她想，差別應該在於態度。她從這套碎甲上感覺到滿足，而非痛苦。

可絨鏗里匡啷地擺弄起她的鍋子，西兒忍不住朝那方向竄去，查看她把什麼丟進水裡。西兒有時候覺得自己有兩個腦。一個是負責的腦，這個腦驅使她違抗其他榮耀靈和她父親、找出卡拉丁、和他形成燦軍締結。她想要這個腦控制她。這個腦關心重要事物：人、世界的命運、思索榮譽真正的意義是什麼。

她還有個不同的腦。這個腦對世界著迷——像是屬於一個小小孩。大聲的噪音？最好去看看是什麼東西發出來的！地平線傳來音樂？衝來衝去，滿心期盼地渴望！牆上的怪克姆林蟲？模仿牠的形狀一起爬，看看牠是什麼感覺！

思緒接連轟炸她。身為被切的塊莖是什麼感覺？大石和頌恩花多久時間才想出可絨的名字？西兒也該有一個本身是一首詩的名字嗎？食角人說不定也幫她取了一個名字。他們為每一個靈命名嗎？還是只有重要的靈？

持續不斷。她應付得了。她總是可以。不過榮耀靈不是這樣的。除了鹿艾，其他榮耀靈都不像她。

鍋子冒出一股股蒸氣，西兒也變成一樣的形狀：一股朝天花板飄升的蒸氣。變無聊之後——只過了幾秒——她飛高聆聽音樂。颶風還不夠近，她還看不見。

不過她還是竄出去露台上，沿塔城外側飛掠，找尋卡拉丁的房間。塔城已死。她幾乎不記得這地方以前的模樣了，當時她還與她那個好人老騎士締結。他大半輩子都在各個小村莊旅行，用她化身的碎刃為村民切割貯水槽或溝渠。她記得曾經跟他一起來過兀瑞席魯一次……那時的塔城光輝燦爛……一種古怪的光……

她站在空中，發現原來自己飛到第十七層了。*傻靈，別讓孩子掌控*。她往下衝，找到卡拉丁的窗；窗邊的空隙剛好只容她通過，她擠了進去。

他在窗後的黑暗房間內沉睡。她不需要靠過去看就知道。他要是醒來，她會感覺到的。但是……

*他也有兩個腦*，她心想，*明亮的腦和黑暗的腦*。她希望自己能了解他。他需要睡眠。或許這份新職務就是他所需要。她極度希望真的是這樣。不過她擔心這還不夠。

他需要她的協助，但她給不了。她無法理解。

颶風！颶風來了。

她又溜到屋外，只不過負責的腦還勉強抓住她的注意力。卡拉丁。她需要幫助*卡拉丁*。他成為外科醫師後或許會滿足；他不必殺死所有人，這樣對他也好。然而，他以前在當外科醫師方面遭遇困難。他還是擁有黑暗的腦。這不是解決方法。她需要一個*解決方法*。

她緊抓住這個想法，不讓它像大鍋上的蒸氣一樣消散。就算颶風牆撞上來，從東面沖刷塔城，她還是緊抓著不放。數百個風靈化身許多形狀飛在颶風之前。她加入它們，哈哈大笑，變成像它們一樣的形狀。她因為這些小表親的歡樂、單純的興奮而喜愛它們。

一如平常，小思緒在她飛翔於它們之間時轟炸她；它們波湧、微笑、不停改變形狀。榮耀靈，應該說所有有智慧的靈，對羅沙來說都是新玩意兒。嗯，一萬歲的那種新。所以……*更新*。

第一個榮耀靈是怎麼被創造出來的呢？或是培養靈、墨靈、峰靈，或隨便哪種有智慧的靈？他們是從榮譽本身的授予直接形成的嗎？還是從這些表親進化而來？雖然他們明顯不同，她還是感覺跟他們關係密切。沒那麼聰明。她能夠幫助他們變聰明嗎？

當她只想翱翔，這些思緒便顯得沉重。那音樂，颶風的劇變，有一種……莫名的祥和感。無論裝滿房間的是人還是靈，只要人多，大家又都在說話，她往往會覺得很麻煩。她會對所有對話好奇，注意力總是分散。

一般人可能會以爲颶風也一樣，不過困擾她的並不是音量，而是多樣的音量。颶風則是單一的聲音。一個雄偉、強大的聲音，以它自己的和聲唱著一首歌。在颶風裡，她可以單純享受那首歌，放鬆、恢復。她隨雷聲歌唱、隨閃電跳舞。她變成碎片，讓自己被推著走。她竄入颶風最深、最黑暗的部分，成爲它的心跳。閃電雷。閃電雷。閃電雷。

接著黑暗吸納了她。比無光更飽滿的黑暗。這是她父親所能創造的短暫瞬間。時間是個有趣的東西，總是如河流般在背景流逝，卻帶著多到難以承擔的力量，而且還會扭曲。它減速，它想停下來看看。只要太多力量匯聚，或是太多授予、太多自我，界域就會變得能夠滲透，時間的運轉也變得古怪。

他不需要像他爲凡人做的那樣，在天空中做出一張臉。她感覺得到他如陽光自身熱度般的注意力。

**孩子。叛逆的孩子。妳來向我許願。**

「我想要了解他。」西兒說出她一直緊抓著不放的那道思緒，她一直保護著、遮蔽著。「你能不能讓我感受他感覺到的黑暗，好讓我了解？要是我更了解他，我就更能幫助他。」

**妳為那個人類付出太多了。**

「我們不就是因此而存在嗎？」

**不。妳一直有所誤解。妳並不是為了他們而存在。妳為妳自己而存在。妳的存在是為了選擇。**

「那你是爲了你自己而存在嗎，父親？」她站在黑暗中質問，堅持維持住人類的形體。她仰頭瞪視深沉的永恆。「你從不選擇。你只是吹襲，而你總是只會吹襲。」

**我只不過是颶風。妳不只如此。**

「你逃避責任。」她說。「你聲稱你只做颶風必須做的事，但又因爲我做我覺得我必須做的事而表現得像我不知怎麼做錯了！你告訴我我能做選擇，不過當你不喜歡我做的選擇，你又嚴厲責備我。」

**妳拒絕承認妳不只是人類的附屬物。靈曾讓自己被燦軍的需求消耗殆盡，這殺死了他們。現在，我許多孩子都追隨妳那愚蠢的腳步，因此都處於極大的危險之中。**

**這是我們的世界。這世界屬於靈。**

「這世界屬於所有人。」西兒說。「靈、人類，甚至歌者。所以我們需要想出共存的方法。」

**敵人不會容許的。**

「敵人會被達利納．科林打敗。」西兒說。「所以我們需要爲勝利做好準備。」

**妳這麼確定得勝者會是妳的人類，颶父說。我不認為世界會屈從於妳的願望。**

「無論如何，我需要了解他，這樣我才能幫助他。」西兒說。「不是因爲我將被他的欲望吞噬，而是因爲這是我想做的事。所以我再問一次，你能不能讓我感受他感覺到的事物？」

**我做不到**，颶父說。**妳的願望並不邪惡，西芙蕾娜，但很危險。**

「你做不到？還是你不願意？」

**我具備那種力量，但沒有那種能力。**

介於中間的時刻突然終結，她被倒回颶風中。風靈在她身旁盤旋，又叫又笑，模仿著那些字句。「你做不到，你做不到，你做不到！」難以忍受。跟她有時一樣糟糕。

西兒繼續緊抓著這個想法，抱著它，除此之外讓自己被這場颶風分心。她在颶風經過的過程中不停跳舞，但她不能跟它一起離開。她需要留在距離卡拉丁不超過幾哩的地方，否則她和實體界的聯繫會開始淡去，她的心智也會削弱。

這次她好好享受，一個小時轉瞬即逝。當瀝流終於接近，她在渴切的期待中停了下來，陷入狂喜。在這座高山上，颶風結束時會下雪。到了這個時候，颶風已降下所有夾帶克姆泥的水，因此雪潔白純粹。每一片雪花都是如此壯麗！她希望自己能像紗藍那樣對物體說話，並聽見所有東西的故事。

她隨雪花飄落，模仿著它們，但創造出自己獨一無二的花樣。她能夠做她自己，不只是為某個人類而活。問題是，卡拉丁並不只是某個人類而已，而是她從百萬人中精挑細選的。她的工作是幫助他。這份責任就跟颶父降下雨水與克姆泥、為羅沙帶來生機一樣強大。

她翱翔飛回兀瑞席魯，在雪堆間穿梭，接著朝上疾射。塔城以西的這區域包含深谷和霜雪覆蓋的山峰。她俯衝穿過深谷、竄上峰頂，然後才繞著圈子接近高聳的塔城。

她最後來到盟鑄師的陽台。無論什麼時間，颶風來襲時達利納總是醒著，此時他就站在冰冷的陽台上，而她降落在他身旁。他腳邊的石地板因積水而溼滑。今天的颶風夠高，吹襲範圍達到塔城的下層樓層。她沒見過颶風觸及頂部，不過她希望有一天能實現。那將會非常特別！

她對達利納現身。她現身時，人類偶爾會嚇一跳，不過他並沒有。她不懂為什麼那些人要嚇一跳，他們還不習慣靈總是在他們身旁隱身現身嗎？人類就像颶風，他們是吸引各種靈的磁石。

他們似乎覺得她比勝靈還令人不安。她想這應該是一種恭維。

「享受妳的颶風嗎，古者之女？」達利納問。

「我享受我們的颶風。」她說。「只是卡拉丁從頭到尾都在睡，那個大隻佬。」

「很好。他需要多休息。」

她朝達利納走近一步。「謝謝你逼他改變。他困住了，做著他自以為必須做的事，但一直變得越來越黑暗。」

「每個士兵都會走到該放下劍的這一步。身爲指揮官，一部分的職責就是注意徵兆。」

「他不一樣，對吧？」西兒說。「更糟，因爲他自己的心智跟他對抗。」

「對，不一樣。」達利納靠在她身旁的欄杆上。「但誰能說這是更好還是更糟呢？我們都有自己的引虛者需要殺死，西芙蕾娜光主。沒人能夠評斷另一個人的心或足跡，因爲沒人能眞正了解。」

「我想試試看。颶父暗示有一種方法。你能讓我了解卡拉丁的情緒嗎？你能讓我感受他所經歷的一切嗎？」

「我不知道如何才能達成像那樣的事。」達利納說。

「他和我之間有締結。你應該能用你的力量強化、鞏固它。」

達利納雙手扣住他前方的石造物。他並不反對她的要求——他不是那種會立刻反對任何構想的人。

「妳對我的力量有什麼了解？」達利納問。

「你的力量打造出初始誓盟，而且早在燦軍騎士創立前便已存在、命名。盟鑄師聯繫神將與布雷司、讓他們永生不死，並封鎖我們的敵人。盟鑄師連結其他波力，並把人類帶來羅沙、逃離他們瀕死的世界。盟鑄師創造——或至少發現——納海聯繫。透過這種力量，靈和人類結合在一起，變成更好的東西。你聯繫事物，達利納。界域、想法、人。」

他掃視剛剛染上幾抹白雪的結霜大地。從他開口前吸口氣、一咬牙的樣子看來，她覺得她已經知道他的答案了。

「就算我做得到，這樣做也不對。」

她化身爲一小堆落葉，在風中瓦解、擾動。「那我就永遠也無法幫助他了。」

「妳不用確切知道他的感受也能幫助他。妳可以在他需要依靠的時候待在他身邊。」

「我盡力。不過有時候他似乎連我也不想要。」

「那或許就是他最需要妳的時候。我們永遠不可能知道另一個人的心，西芙蕾娜光主，但我們都知道活著並感到痛苦是什麼感覺。我也給過其他人相同的建議，不知道對妳是否適用。」

西兒抬頭仰望，沿著高指朝天的塔城看去。「我……有過另一個騎士。我們來到這座塔城，當時它還是活的，只是我不太記得那到底是什麼意思。我在那……那陣痛苦中失去了一些記憶。」

「什麼痛苦？」達利納問。「靈會感覺到什麼痛苦？」

「他死了。我的騎士雷拉鐸。他年紀一大把了還去戰鬥。他不該去的，然後當他被殺死，我受到傷害。我感覺孤獨。太孤獨了，我開始飄蕩……」

達利納點頭。「我猜卡拉丁也有類似的感覺，不過根據我聽說的病症，他的情況並沒有明確的原因。他有時候會就這麼開始……用妳的話來說，飄蕩。」

「黑暗的腦。」西兒說。

「很貼切的說法。」

或許我已經能夠了解卡拉丁了，她心想，我自己偶爾也有黑暗的腦。

她必須想起那是什麼感覺。她發現，她負責的腦和孩子的腦聯合起來努力忘記她那部分的人生。不過現在作主的是西兒，而非那兩個腦。或許，如果她想起她在過去那段黑暗時光中是什麼感覺，她就可以幫助卡拉丁度過他現在的黑暗時光。

「謝謝你。」她對達利納說，這時一群風靈經過。她打量它們，就這麼一次沒那麼特別想追上去。

「我覺得你有幫上忙。」

# I-2

# 斯加阿納

久遠之前，一位無人記得的學者將斯加阿納命名爲「取祕者」。她喜歡這名字。它暗示行動。她不只是單純聆聽祕密；她拿取。她將祕密占爲己有。

然後她守住祕密。

從其他魄散。

從煉魔。

從憎惡自己。

她流淌過科林納宮殿，存在於實體界與意識界之間。就像許多魄散，她不完全屬於任何一邊。憎惡將他們困在一種不完全的狀態中。有些如果在一個地方棲息太久，或是被強大情緒拉過去，他們便會以多種形式現形。

但她不會。

有時候煉魔或甚至一般歌者會注意到她。他們會變得僵硬、回頭查看。他們會瞥見一道影子、短暫的一陣黑暗，一閃而逝。需要藉由反射的光才能眞正看見她。

在幽界也差不多。她在感受實體界的同時也感受著那個界域，只是兩者對她來說都是一片模糊。她夢想著一個對她和她的孩子來說都完全正確的地方存在。

眼下，她生存在這裡。

她在一個界域流淌上階梯，但在另一個界域幾乎完全沒動。兩個界域的空間並不完全相等——並不是說她各有一隻腳踏在兩個界域；她更像是共享一個心智的兩個存在。在幽界，她漂浮在珠粒海洋之上，她的本質蕩漾。在實體界，歌者在宮殿內工作，而她穿梭其中。

斯加阿納並不認為自己是魄散中最聰明的一個。她當然是比較有智慧的那幾個之一，但意義並不相同。有些魄散特別無心，更像情緒靈，例如訥加烏，偶爾也稱戰意。其他的則更狡詐、不懷好意，例如在偽擬寂滅授予歌者形體的巴亞多米什蘭。

斯加阿納跟兩者都有一點像。在這次回歸前的漫長數千年中，她大多時候都處於休止狀態。少了她跟憎惡的締結，她不太能夠思考。後來永颶在襲擊實體界的許久之前先出現在幽界，使她恢復了生氣。她因此又開始謀劃。不過她知道自己不如憎惡聰明。她只能對他隱瞞幾個祕密，而她得謹慎挑選，將這些祕密隱藏在她透露出去的其他祕密之下。

犧牲幾個孩子，好讓其他幾個能生存。這是自然法則。人類不了解。但她懂。她……

他要來了。

熱情之神。

憎恨之神。

所有被收養的靈之神。

斯加阿納淌入宮殿走廊，遇見她的兩個孩子，失常的風靈。人類稱其為「腐化」，但她討厭這兩個字。她並不腐化。她啓蒙了它們、讓它們看見不同的道路是有可能存在的。轉化，也就是所有存在變得更新、更好的能力。人類難道不是推崇轉化、視其為宗教的一個核心理想嗎？然而當她讓靈改變，他們卻又因此而憤怒？

她的孩子們疾射離開，去執行她的命令，接著她一個比較巨大的孩子現形。一抹光輝、閃爍、不斷改變的光。她最珍貴的創造物之一。

我要去，母親，他說，如妳先前所允諾，去塔城，去找那個名叫墨瑞茲的男人。

憎惡會看見你，她回，憎惡會試著讓你潰散。

我知道。但如我們先前討論，憎惡一定會因妳而分心。我必須找到我自己的路、我自己的締結。

那就去吧，她說，但不要因爲我說的話而與這男人締結。我只承諾派一個孩子去調查可能的選項。還有其他可能性。自己選擇，別因爲是我所渴望就這麼做。

謝謝妳，母親。謝謝妳給我雙眼。

他隨著剛剛那兩個離開。斯加阿納惋惜比較小的兩個啓蒙風靈基本上只是障眼法。憎惡無疑會看見它們。

保護一些孩子。

犧牲其他孩子。

一個只有神祇能做的決定。

像斯加阿納這樣的神祇。

她立起，化身爲一個冒著黑煙、有純白雙眼的女子。影與霧，憎惡的純粹本質。若他發現了她靈魂中最隱密的那部分，他也不會驚訝。因爲她原本來自他。她是出自他之手的魄散。

但就跟所有孩子一樣，她變得不只如此。

他的存在襲向她，有如陽光穿透雲層。強大、響亮、令人窒息。走廊上的幾個煉魔有所察覺，四處張望，不過一般歌者不夠調和，無法聽見憎惡的歌曲——像一種旋律，但更加共鳴。羅沙的三種純粹音調之一。

她並不完全了解約束他的規則。這些規則很古老，與碎神之間的契約有關；而這些碎神則是寰宇的上神。憎惡並不只是控制力量的心智：力量的器皿。他也不只是這股力量本身：碎力。他兩者皆是，而有時候，力量的欲望與器皿的目的相反。

斯加阿納，一個注入了憎惡語氣的聲音說。妳送走的這些靈是做什麼的？

「它們去執行你的命令。」她低語，藉著淌落匯聚於地板而拜倒。「它們監視。它們監聽。」

妳是不是又對人類說話了？用……謊言腐化他們？

這是她和憎惡最近對彼此玩的謊言遊戲。她假裝她是預先考慮到他的期望，才代表他連絡燦軍紗藍和另外幾個人。他則是假裝自己並不知道她這麼做其實違背了他的意志。

他給了她一些自由，但他們兩個都知道，她還想要更多。他們也都知道，她想成為一個獨立自主的神祇。但他並不確切知道她正採取行動、暗中抵抗他，像是她一年前在科林納拯救紗藍和她同伴免於一死。她假裝那只是意外，而他無法證明並非如此。

如果憎惡逮到她確實說謊，他會再次讓她潰散，偷走她的記憶，把她撕碎。但若這麼做，他也會失去一個有用的工具。

因此他們玩著這個遊戲。

妳派它們去哪裡？

「塔城，主上。如我們先前討論，去監視人類。我們必須為盟鑄師的下一步做好準備。」

我會準備。妳太專注於塔城了。

「我渴望這次的入侵。我非常想再次見到我的表親。或許它們可以被喚醒？被勸服？」

憎惡原本可能打算派她去執行這個任務，不過她的飢渴讓他猶豫了。他會跟著她的孩子，確認它們確實去了塔城，這會讓他的決定更堅定。那個她希望他現在就做的決定……

妳不必去塔城，憎惡說。他討厭她將手足稱為表親；那是榮譽和培養的孩子，正處於休止狀態。我們要好好利用一下塔拉凡吉安的背叛。妳要看著他。

「我在塔城會更有用。我最好——」

妳質疑我？不准質疑。

「我不會質疑。」然而，她察覺在他體內流動的力量一陣洶湧。他的心智不喜歡被質疑，但力量……它喜歡爭端。它喜歡爭吵。它是熱情。

這是一個弱點。器皿和碎力的分歧。

「我會去你需要我去的地方，我的神。」

很好。他離開，去和九尊談話。斯加阿納則計畫她的下一步。她必須假裝悶悶不樂。她必須試著找出不必去艾姆歐的方法。她必須希望她沒有成功。

憎惡懷疑她在幫助燦軍紗藍。因此她不會這麼做。等他找到她的風靈，毀滅它們，讓它們失去心智和記憶，希望他就此滿足，因而沒發現她派出去的另一個孩子。

斯加阿納自己呢？她會跟塔拉凡吉安一起，依憎惡的命令監視他。她會待在近處。因爲塔拉凡吉安是一個武器。

# I-3 投入火中

塔拉凡吉安長久以來都覺得自己不會有葬禮。圖表並沒有明確這麼表示，但也沒說不是。除此之外，他們越是繼續前進，圖表就變得越不準確。

然而他選擇了這條路，也知道像這樣的路，走到最後並不會是祥和的死亡，更不會有家人環繞身邊。這是通往黑暗森林、危險重重的那種路。他的目標從來就不是安然通過。一直以來，他要的都只是在被殺之前完成他的目標而已。

而他完成了。他的城市、家人、人民——他們安全無虞。他跟敵人做了交易，確保卡布嵐司在接下來的毀滅中能夠倖存。這一直是他的終點。*僅此而已。*

告訴自己並非如此不僅愚蠢，還很危險。

於是他來到這一天：送走朋友的一天。他在位於兀瑞席魯房內的暖爐升好火。眞正的暖爐、眞正的木材，火靈在其中跳舞。他的火葬柴堆。

他的朋友們齊聚道別。爲了讓他們最後的離開不滋生疑竇，最近他們越來越常待在卡布嵐司。他讓情況看起來像塔拉凡吉安將重心放在賈‧克維德，因此他們需要協助治理那座城市。

但今天……今天他們都來到這裡。最後一次。雅德羅塔吉亞，當然了，在他擁抱她時依然冷靜沉著。她向來都是比較堅強的那一個。雖然塔拉凡吉安今天是適度地聰明，他們結束擁抱時，他還是不敵洶湧的情緒。

「幫我問候薩芙拉哈麗丹和我的孫子們。」塔拉凡吉安說。「如果他們問起，跟他們說我最後迷失自我、癡呆了。」

「這樣不會讓薩芙麗更難過嗎？」雅德羅塔吉亞問。「得知她父親受困於敵人之中，年老又困惑。」

「不，我女兒不會這樣想。妳不像我這麼了解她。跟她說，妳最後一次看到我的時候，我在唱歌。她會覺得好一點。」雅德羅塔吉亞握住他的雙腕，而他捏捏她的手腕。他眞是幸運啊，能和一個朋友相交……颶風啊，七十三年了嗎？

「我會的，法哥。那圖表呢？」

他承諾過會給她最後的確認。塔拉凡吉安放開她的手腕，走到窗邊，途中經過莫拉。這名體型龐大的護衛正在哭泣，願神保佑他。

今日稍晚，塔拉凡吉安會和達利納與加絲娜一起前往亞西爾。接下來，塔拉凡吉安的軍隊很快會在憎惡的命令下倒戈，留在敵人之中的塔拉凡吉安等同被判死刑。他會帶一支人數剛好讓達利納和其他君王放心的軍隊：多得足以說服他們，塔拉凡吉安確實投入這場戰役，也少得讓他們確信就算他背叛，他們也有能力俘虜他。

憎惡的這一步頗富心機。哪一位強大的君王會讓自己如此易受攻擊？

塔拉凡吉安感覺累了，飽經風霜的雙手擱在塔城房間的石窗檯上。他當時要求面南的房間，正是在南方，他向守夜者提出的一個要求開始了這一切。他現在懷疑，選擇給予他這個恩惠的，應該是比那個遠古之靈還要偉大的另一個存在。

「圖表發揮了它的用途。」塔拉凡吉安說。「我們保護了卡布嵐司。我們履行了圖表。

「我們依其命名的書冊和組織都只是工具。是時候解散了。拆除我們的祕密醫院、士兵轉爲城市衛隊。如果你們覺得哪個普通成員知道得太多，派給他們曠日廢時、遠離文明之境的『祕密』任務。丹蘭應該在這些人之列。

「至於戴爾戈、瑪菈塔之類太好用、不該浪費的人，我想他們應該會接受事實。我們已達成我們的目標了。卡布嵐司將安全無虞。」他低頭注視自己年邁的雙手。每取走一條人命，他就在上面留下一條疤痕般的皺紋。「告訴他們……沒有什麼比實用性消失卻還存在的工具更可鄙。我們不會無緣無故為組織發明一些新的事情來做。我們必須容許已完成使命的工具死去。」

「這些都沒問題。」莫拉走上前，盤起雙臂，一副不是幾分鐘前還在哭的樣子。「但您依然是我們的國王。我們不會離開您的。」

「我們會。」雅德羅塔吉亞柔聲說。

「但是——」

「黑刺對法哥早已起疑。」雅德羅塔吉亞說。「他不會容許法哥離開，尤其是現在。而若他眞的離開，一旦背叛行動開始，他們便會獵捕他。另一方面，我們則可以溜走，然後被遺忘。少了他，卡布嵐司將安全無虞。」

「我們的目的一直都是如此，莫拉。」塔拉凡吉安依然凝視著山脈。「我是吸引閃電的尖塔。我是我們罪孽的承擔者。我們在賈．克維德的軍隊背叛雅烈席人後，卡布嵐司可以與我切割。費德納藩王們飢渴又嗜血；他們每一個都得到煉魔的承諾，相信一旦憎惡的軍隊得勝，他們會獲得青睞，因此會拉長戰事。」

「您正被捨棄！」莫拉說。「在您做了這一切之後，憎惡將您丟到一旁？至少去賈．克維德吧。」

莫拉當然不明白。沒關係。這些細節沒寫在圖表中——他們已進入未知領域。

「我的功能是轉移注意力。」塔拉凡吉安解釋。「我必須隨遠征軍進入艾姆歐。然後，當賈．克維德倒戈，黑刺會非常專注於我以及他手下士兵面臨的立即威脅，無論憎惡同時有何等企圖，他都將無暇顧及。」

「這不可能重要到需要賭上您的安危。」莫拉說。

塔拉凡吉安自己也有所懷疑。憎惡的計謀或許值得這樣的代價，也或許不值。不重要。在這位神祇的命令下，塔拉凡吉安已花費一年的時間爲賈．克維德做好倒戈的準備，提拔憎惡想要的人就位，也將軍隊調動到適當的位置。現在他既然已經完成任務，便成了無用之人。更糟的是，他是潛在的弱點。

因此，塔拉凡吉安會被送給雅烈席人處決，他會被焚屍，沒有恰當的葬禮。雅烈席人不會給叛徒任何榮譽。

承認自己的命運令人痛苦，感覺就像被矛刺穿腹部。眞怪啊，居然這麼令他困擾。他都死了，還在乎葬禮做什麼？

他回身面對房內，堅定地和莫拉握手，接著是一個意料之外的擁抱。另一個擁抱給了矮小、値得信賴的馬班，這個僕婦從頭到尾都照看著他。她交給他幾罐他最愛的果醬，這是一路從雪諾瓦送來的，最近越來越罕見，因爲與那怪異國度的交易已經中斷。圖表指示一個或多個魄散有可能在那裡圖謀著什麼。

「撰寫歷史的人太常聚焦於將軍和學者，」塔拉凡吉安對馬班說。「無視於那些看見一切完成的安靜工作者。我們的人民獲得拯救，這不只是我的勝利，也是妳的勝利。」他鞠躬，親吻她的手。

他最後終於轉向杜卡，每天早上爲塔拉凡吉安進行智力測驗的防颶員。他的袍子跟平常一樣誇張——而且愚蠢。這男人拿起他的測驗包，忠誠依然無懈可擊。

「我應該留在您身邊，陛下。」杜卡說，這時旁邊的火爐噴出一點火花，木柴移位。「您還是需要有人每天爲您測驗。」

「測驗再也沒意義了，杜卡。」塔拉凡吉安溫柔地說，舉起一根手指。「你留下來的話就會被處決，他們也有可能會折磨你、逼你吐露有關我的資訊。我承諾過，只要能拯救我的人民，我什麼都願意做，但我不會越雷池一步。若非必要，絕不再多犧牲一條人命。所以身為你的國王，我要做的最後一件事是命令你離開。」

杜卡鞠躬。「我的國王。我永遠的國王。」

塔拉凡吉安回頭看雅德羅塔吉亞，從口袋取出一張紙攤開。「給我的女兒。這件事完成後，她將成為卡布嵐司女王。務必要她否定我。我就是為此才一直維持她清白無暇。好好帶領她，不要信任多法。見過其他神將後，我很確定巴塔並不如表面看起來那般牢靠。」

雅德羅塔吉亞最後一次握住他的手，拍拍他的頭；他們還小的時候，她的身高一超過他，總是故意這樣惹惱他。他微笑，看著他們一一鞠躬，而後慢慢離去。

他們關上門，留他孤單一人。他拿起以皮革裝訂的圖表抄本。儘管多年來不停盼望，他不曾再獲得如他創造這本書的那一天。雖只有那一天也足矣。

*是嗎？一部分的他低語。你只拯救了一座城市。*

他最多只能做到這樣了。期待更多是危險的。

他走到暖爐旁，看著舞動的火靈，接著將圖表抄本投入火中。

第二部

# 吾等天職

## Our Calling

紗藍◆雅多林◆卡拉丁◆娜凡妮◆凡莉

魂魄之海一隅

你到底要不要歸還最後一幅地圖？話說回來，你也有東西放在我這裡好久了，我已經刻上我的名字縮寫。我想我們現在兩不相欠。

# 20 看不見的朝廷

親愛的浪遊者，

我確實收到你最近的來訊。請原諒我拘泥的形式，畢竟我們尚未見過面。儘管我已承擔此角色多年，但仍感到頗爲生澀。我想你也會同意，我相對來說確實較爲年輕。

燦軍光主穿過兀瑞席魯深處的一個房間，聆聽著供水系統碰撞的聲音，一面擔心紗藍同意接下的這項任務。自願去探訪榮耀靈？進入幽界？

這麼一來，她們又落到執行墨瑞茲交辦任務的恰當位置上。又一次。

燦軍光主不喜歡墨瑞茲，也完全不信任他。不過她會遵守協議：應該尊重另外兩個人的想法。圍紗想全心加入鬼血。紗藍想跟他們合作，直到她查明他們到底知道些什麼爲止。因此燦軍光主不會去找達利納和加絲娜。協議意謂協調，而協調意謂能夠發揮作用。

這個叫雷斯塔瑞的人身上有墨瑞茲想要的東西，圍紗心想，我感覺得到。我們需要查明這個祕密是什麼，然後加以利用。我們沒辦法在這裡做到這件事。

合情合理。燦軍光主的雙手在身後交疊，繼續沿廣闊的水庫邊緣而行，她的織光師們在近處受訓。她選擇穿上她的瓦卡瑪：費德納傳統戰士裝束，跟雅烈席卡的塔卡瑪很像，只不過是百褶裙，而非直筒裙。她還穿著同套的寬鬆外套，底下是緊身背心與襯衫。

鮮豔的藍繡在紅之上，還有金色交織其中，構成這套亮眼的衣服，裙襬也有邊飾。她注意到雅烈席人看了都一愣，既是因爲繽紛的顏色，也因爲這在傳統上其實是男子服飾。不過她是個戰士，還具備賈・克維德的血統。她透過這套衣服傳遞這兩個訊息。

低沉的咆哮聲在房內迴蕩。水庫另一邊的牆上高處有開口，蒸氣因而能朝下噴湧，撞入水池內。噪音距離夠遠，不至於干擾談話，而且她越是在這裡練習，就越覺得奔湧的水聲令人安心。這是自然的東西，但是受到控制、約束。這似乎代表人類對自然力量的掌控。

*所以我們必須掌控我們自己。*燦軍光主想著，而圍紗也認同。燦軍光主很小心不要看不起圍紗。儘管作風不同，她們的存在都是爲了保護、協助紗藍。燦軍光主尊重圍紗爲此付出的努力，她達成了燦軍光主無法達成的事。

確實，或許能夠說服圍紗去和達利納及加絲娜談談。紗藍的話……這想法嚇壞紗藍了。

過去這一年，埋在深處的傷開始浮現，這個傷口令燦軍光主詫異。她對她們三人合作達成的進展感到喜悅，但舊傷阻礙她們繼續前進。這似乎與力量訓練時常發生的情況頗爲相似，你終究會觸及高原期，然而要更上一層樓，有時需要先面對更多痛苦。

她們會撐過去的。這或許看起來像退步，不過燦軍光主很確定，最後的劇痛之結會是決定性的答案。終極的眞相。紗藍害怕一旦她所愛之人發現她的罪行有多嚴重，他們會背棄她。但她需要面對她自己的眞相。

燦軍光主會盡她所能減輕那份重擔。就今日而言，那代表協助準備進入幽界的任務。圍紗能滿足墨瑞茲的要求、找到這個雷斯塔瑞；燦軍光主則是確保妥善執行這趟旅程官方的面向，也就是與榮耀靈對話、懇求他們參戰。

她轉身檢視她的織光師們。她把他們帶來這個塔城底下的房間，因爲他們不喜歡在標準的訓練場受訓。儘管燦軍光主個人希望他們和其他士兵來往，還是不情願地同意幫他們找一個更隱蔽的空間。他們的力量……不尋常，而且有可能會令人分心。

旁邊兩名新進織光師——貝若和達琪拉一邊對打一邊改變她們的臉。分散注意力，藉此讓對手疏於防備。奇怪的是，戴上新臉孔後，兩個女人的攻擊都變得更加不顧一切。提供角色給織光師扮演，許多織光師便會全心投入其中。

幸好他們看起來並沒有出現跟紗藍一樣的心理危機。他們只是喜歡扮演，偶爾有點過頭而已。如果給他們頭盔，他們會站起來，像個戰場指揮官一樣叫喊下令。戴上正確的臉則會爭辯起政治議題，站在群眾之前，甚至還會打高砲辱罵位高權重的人。但要是單獨逮到這兩個女人中的任一人、戴著她們自己的臉呢？她們會以柔和的語氣說話，並迴避人群，設法找個地方安安靜靜窩著讀書。

「貝若、達琪拉。」燦軍光主打斷她們。「我很高興妳們學著控制自己的力量，不過今天的任務是練習用劍，試著注意步法而非變身。達琪拉，妳換上男性臉孔後總是會重心不穩。」

「我想我覺得更好鬥了。」達琪拉聳肩，織光術消散，露出她自己的臉孔。

「妳必須控制那張臉，而不是受其控制。」燦軍光主說，同時感覺內在的紗藍想出一段俏皮話——她們三人對此概念各自都覺得有爲難之處。「打鬥時，妳試著讓某人分心，別讓自己也跟著分心了。」

「但是燦軍光主，」貝若朝單手劍一揮手。「我們到底爲什麼要學習打鬥？我們是間諜。要是我們需要拿起劍，那不就代表我們已經失敗了？」

「妳們或許會有需要假扮成士兵的時候，那樣一來，用劍有可能就是僞裝的一部分。但沒錯，戰鬥是我們的最後手段。我會把這當成可行的最後手段——如果妳們需要打破僞裝、拋棄掩護，我希望妳們都能活著回到我們身邊。」

這名年輕女子想了想。她比紗藍年長幾歲，但比燦軍光主自認的年齡年輕幾歲。貝若聲稱她活過太多人生，早已忘了自己眞正的名字。圍紗聽說有個在戰營工作的妓女，能將自己的臉孔改變成她顧客所愛之人的模樣，因此將她找了來。

艱苦的人生，但對織光師來說不算特別。燦軍光主的二十人隊伍中，有一半包含紗藍最初徵召的逃兵。那些男人或許沒有忘記自己過去的人生，但中間肯定有些部分寧願再也不提起。

貝若和達琪拉接受燦軍光主的提點，回去繼續練習；不過那些其實都是雅多林的提點，在許多夜晚的練習中滲入她腦海。

「我看不見她的謎族靈。」燦軍光主一面走動檢視其他人，一面這麼說。

「嗯？」圖樣停在她背上，就在領子下方的位置。「圖樣？她通常停留在貝若的襯衫裡面，貼著她皮膚。圖樣不喜歡被看見。」

「我希望你可以用那個謎族靈的另一個名字。」燦軍光主說。「不然好混亂。」經過一番催促，其他所有謎族靈都各自選了個名字供人類使用。

「我不懂這是爲什麼。」圖樣說。「我們的名字本來就都不一樣了啊。我是圖樣。她是圖樣。加茲的是圖樣。」

「那些……都是同一個詞，圖樣。」

「才不是。嗯。我可以爲妳寫下數字。」

「人類無法像表達語調一樣表達方程式。」

就跟紗藍團隊中的大多數人一樣，貝若和達琪拉都有各自的靈，但尚未贏得自己的碎刃。也就是說，根據逐風師團的定義，她們已不是侍從。謎族靈不像榮耀靈那麼不安，不會等那麼久才締結。她軍團中的所有人這個時候都已找到靈，新進者也都很快締結。

因此她的軍團開始使用他們自己的術語。紗藍是「織光匠」，其他人則是「織光探」，新加入的人在他們與靈締結之前的那段短暫時間內就稱爲「侍從」。他們所有人開始自稱爲「看不見的朝廷」。圍紗和紗藍都喜歡這個稱號，但有人提起時，燦軍光主注意到有不少逐風師會翻白眼。

她繞完一圈，這房間可供行走的區域形狀像個新月。她看著她的二十位探子，開始深思手頭上眞正的問題：她該帶哪幾個去幽界？

她和雅多林都認爲團隊人數必須少。紗藍、雅多林，以及另外三位燦軍：緣舞師哥得克、岩衛師祖兒，還有一位眞觀師，這名女子比較喜歡別人以她的綽號「樹椿」稱呼她。他們預計帶上幾名雅多林的士兵當作馬夫與護衛，而爲了以防萬一，他會選擇沒參與戰營任務的人。

除此之外，他們想帶三名織光探，由他們負責以魂術製作食物、水，以及其他物質。這是個務實的決定，紗藍的手下也因此有機會體驗幽界。燦軍光主認同，但她得處理一個麻煩的問題。

鬼血眞的在織光探中安插了間諜嗎？思考到這個問題時，圍紗浮現，取得主控權。如果帶其他織光探參與這次任務，他們之中有人或許會背叛她，那她必須有所準備。*一定有一個間諜*，她心想。*而這人應該有參與戰營的任務。因爲無論這人是誰，總之他殺了雅萊*。

紗藍也認同。只不過燦軍光主出於某些古怪的原因，似乎對這邏輯不太確定。

總之，圍紗需要弄清楚這名間諜可能是誰，並確保此人也參與幽界的任務。

*什麼？*燦軍光主心想，*不，如果我們認爲這人是間諜，我們應該把他擺到遠遠的地方*。

*不*，圍紗回道，*我們把這人放在身邊，才好加以操弄、監視*。

*那太魯莽了*。

*那妳比較想要哪一種，燦軍光主？*圍紗問，*把敵人擺在看得到、能夠加以監視或對抗的位置，或是把*

這人丟到某個地方，任他胡作非爲？

非常合理。圍紗將主控權交給紗藍，她最了解這個團隊。當她漫步穿過房間，髮色漸漸轉紅，她發現自己盤算了起來。她要怎麼辨別哪一個織光探最有可能是間諜？

她的第一步是朝正在練習的伊希娜走去。這名矮小的女子有一頭黑直髮，框住一張因鮮紅唇彩而顯得格外突出的臉；她身穿雅烈席哈法，內手戴手套而非袖套。伊希娜也贏得了她的碎刃。照逐風師的說法，她應該開始招納侍從、組成自己的團隊了——逐風師似乎以爲所有人都想遵循他們的指揮結構。然而看不見的朝廷不把逐風師的作法放在眼裡。

看不見的朝廷會維持一體。一個均衡的團隊，男女人數大約相等，她這一年來新招募的侍從中只有一名女性。確實，紗藍覺得朝廷已經完整。貝若加入他們已經三個月，紗藍還不覺得有需要再找新人。她想要緊密的團隊。希望會有其他織光師小隊加入燦軍，但他們也會形成自己的團隊。

伊希娜曾經想加入鬼血。這女人會不會找到門路和墨瑞茲搭上線了？她是不是答應監視紗藍？有可能。把伊希娜列爲頭號嫌疑吧。思考這件事令紗藍痛苦，痛苦到她逼燦軍光主再次主導。

法達呢？燦軍光主的視線掃向他。這名粗野的前逃兵具備最高的織光天賦。他常常使用這力量卻不自知，甚至是現在，正在跟阿紅對練的他就把自己變得更高、更健壯。他不算心甘情願加入，也似乎不算曾被現代社會馴化。要花多少錢收買，才能誘使他埋伏在她身邊？

我們得小心了，燦軍光主，潛藏於內的紗藍說，繼續像這樣思考，朝廷可能會自行四分五裂。

燦軍光主必須以某種方法在不信任他們所有人的同時又鼓勵他們互相信任。

「伊希娜，」燦軍光主說。「妳對我們接下的這個任務有什麼看法？」

伊希娜驅散碎刃，走近她們。「進入黑暗中嗎，光主？那地方有許多機會，而掌握這些機會的人將快速取得先機。」

務實但野心勃勃的態度。伊希娜總是會看見機會。她以髮簪固定住辮子，而她的謎族靈通常棲息在中間那根髮簪的尾飾上，比圖樣小得多，不斷在那顆白珠子上變換花樣。

「雅多林和我決定帶幾個人同行。」燦軍光主說。「需要派靈與燦軍的聯盟會見榮耀靈，而非派出整團謎族靈——尤其考量他們並不喜歡謎族靈。」

「根據我的了解，」伊希娜回應。「基本上榮耀靈誰也不喜歡。」

「沒錯，」燦軍光主說。「但是西兒告訴我，榮耀靈雖然不信任謎族靈，但至少不像討厭墨靈或上族靈一樣討厭謎族靈。因此我決定要帶三位織光師跟我一起去。」

「可以算我一個嗎？」伊希娜說。「我想多了解靈的世界。」

墨瑞茲的間諜會自願參加任務，圍紗評注。

「我會列入考慮。」燦軍光主說。「如果讓妳選兩個同伴，妳想帶誰？」

「不確定耶。」伊希娜說。「經驗豐富的人可能比較有用，但新人可以學到很多，而我們並不預期這趟任務有多危險。我猜我會到處問問，看看有沒有人想去。」

「聰明的建議。」燦軍光主說。

也是開始狩獵間諜的好方法。紗藍在裡面侷促不安。她討厭想到她的某個朋友竟會是叛徒。

嗯，燦軍光主希望不是伊希娜。這女人以令人敬佩的膽量撐過科林納的淪陷。她正面迎視當代歷史中最嚴峻的災難，而且不只是平安度過，還協助卡拉丁的侍從拯救出王儲。她會是這次任務的一大助力。儘管圍紗那麼說，燦軍光主依然不太確定她們要帶嫌疑犯一同前往。

在伊希娜的陪同下，她又快速看了一輪手下，評估他們有多渴望參與任務。大多數人的心裡都有矛盾。他們想證明自己，但有關幽界的故事又令他們不安。到最後，她記下少少幾個最渴望參加的人，其中當然包含伊希娜。此外還有法達和前妓女貝若，還有她在貝若之前選入的新人史達蓋。這名修長的男子具備看入幽界的天賦。

這四個原本就是最可疑的人，圍紗想著，知道鬼血的伊希娜，總是如此安靜、陰暗、難以解讀的法達，還有最新加入、因此我和其他人都最不熟悉的貝若和史達蓋。

他們都曾參與戰營的任務。她是否該如圍紗所願帶上其中三人，或是如燦軍光主所願，把他們通通留下？在另外兩個人的催促下，紗藍百般不情願地轉為主控。她得投下決定性的一票。

堅強。有了圍紗和燦軍光主的支持，她發現自己能夠面對這件事。她做出決定：她會留下這四個人，另外挑選沒參加破碎平原任務的人。

她正要對伊希娜宣布這結論，卻突然湧現類似作嘔的感覺，體內一陣翻絞。她弓起身子，努力壓抑，對於這麼突然地失去控制感到丟臉。不過話說回來，在其他人面前露出醜態只是小小代價，卻能獲得一個機會。而且說真的，就算他們因此看輕她，那又有什麼壞處？圍紗能夠加以利用；她幾乎什麼都能利用。

圍紗清清喉嚨，深呼吸幾次。

「妳還好嗎，光主？」伊希娜走過來。

「沒事。」圍紗說。「我做好決定了，妳跟我一起去幽界。可否麻煩妳去跟法達和史達蓋說，我也希望他們加入？如妳建議，一個可以借助他應變能力的資深織光師，再讓一個比較新的織光探去學些經驗。」

「太好了。」伊希娜說。「我想我們不在時應該就由阿紅負責？妳應該可以設計一些織光術活動，讓所有人在這段期間練習。」

「完美。」圍紗說。

伊希娜快步走開時拉開大大的笑容。對，她確實很有嫌疑。但要是圍紗的選擇錯了呢？無論如何，她猜想真正的間諜最後還是會出現在任務中。墨瑞茲會確保事態如此發展。

協議呢？紗藍心想，圍紗……我們說好的……

但是這很重要。圍紗必須找出他們之中誰是間諜。她不能讓他們留在後方潰爛、生膿。

我們根本連到底有沒有間諜都還不確定，燦軍光主說。我們不能太把墨瑞茲說的話當眞。

她們會懂的。留下間諜疑犯，讓他們能不受監看胡作非爲？他們會策反她的朋友。除此之外，一旦她揭露眞正的間諜，圍紗便能利用這資訊對抗墨瑞茲。

她做好準備面對燦軍光主對於打破協議的怒氣。這樣確實開了不好的先例，對吧？

這對妳來說很重要，我懂。燦軍光主想著，她感覺到一陣異樣的安靜，那我改變我那一票。我同意帶他們一起去。

圍紗覺得這情況很不對勁。燦軍光主還好嗎？圍紗維持掌控，只是以防萬一。她抬頭挺胸，試著表現出像燦軍光主平常那樣的氣勢——彷彿她想變得比眞正的自己更大，變成某種穿盔甲的龐然怪獸。

這天接下來都由圍紗完全主導。她差點放手，因爲紗藍在裡面猛力敲打，那種雙重思考眞是消耗一個女人的意志。但是圍紗需要照看剩下的準備工作，他們再過幾天就要出發。

等到圍紗在夜深時刻踏入她的房間，她才開始放鬆她的掌控。然而，她在房內的地板上發現一根綠羽毛。墨瑞茲？

這是一個暗號。圍紗掃視房間，視線最後落在一個靠近臥室門的衣櫥。抽屜露出一件綠色衣服的一角。

她拿著一顆紫水晶馬克照明，輕輕拉開抽屜。裡面有一個約莫人頭大小的金屬立方體，上面的紙條寫著墨瑞茲的一種密碼。

「嗯……」在她瓦卡瑪裙子上泛起漣漪的圖樣說。「這是什麼，圍紗？」

沉淪地獄啊。她本來想讓圖樣以爲她是紗藍，不過當然會被他看穿。

「紙條。」她拿給他看，把錢球光湊近上面寫的字。「你可以解碼嗎？還是我得挖出墨瑞茲給我們的筆記本？」

「我記住這種圖樣了。上面寫：『信蘆在界域間無法作用，但這可以。務必非常小心，它的價値超過某些王國。不要打開它，否則妳可能會把它毀掉。任務開始，妳也到達表定的地點後，拿著方塊呼喚我的名字。我會透過方塊與妳通話。祝狩獵愉快，小小刀。』」

有意思。她立即窺看幽界，在另一邊看見一顆散發怪異珍珠母色光芒的光球。方塊內有力量，但並非颶光。她的注意力回到實體界，她搖晃方塊，又在各個表面輕敲。感覺是中空的，但她完全找不到任何縫隙。

颶風啊。她要怎麼把這東西藏起來不被雅多林看見？唉，她終究得想出辦法。她將再次進入幽界，但這次並不是出於意外。圍紗會照她的意思行事，而她可不會把這趟旅程用在逃命上。

這次，她是獵人。

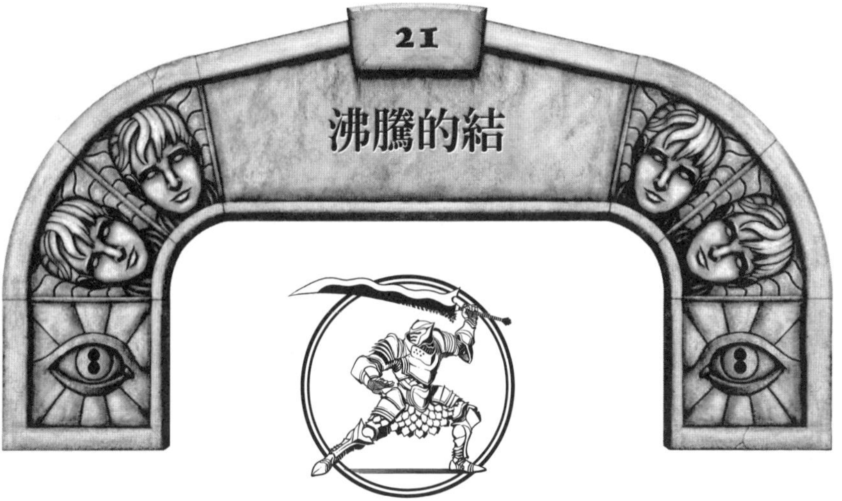

# 21 沸騰的結

發現你在不被我察覺你的存在之下，在司卡德利亞完成了這麼多事，我覺得非常有意思。你怎麼這麼會躲避碎神？

挑選服裝很像跟人決鬥。對兩者而言，勝利的關鍵都是直覺，而非有意識的決定。雅多林通常不會爲了衣著而煩惱；他也不會預先規劃好每一次劍擊。感覺怎麼對，他就怎麼做。

兩者眞正的訣竅在於花心思建立直覺。若沒有耗費數年時間練習招式，你不可能憑肌肉記憶格開突擊。而若非已花數小時研究型錄，你的時尚選擇也不可能只仰賴直覺。

儘管如此，直覺有時還是會失靈。就算是他，決鬥時也偶爾會遲疑、感到不確定。同樣地，有些日子他就是無法決定穿哪一件外套才對。

雅多林穿著內衣站在那兒，拿起第一件外套。傳統科林藍搭配白色袖口，顯眼的白色刺繡，背上有他的高塔與圖形化碎刃的符文。這件讓他在戰場上容易辨識，但也很無趣。

他看了看床上的時髦黃色外套。這是他請人依據他在科林納看過的款式縫製，鈕釦並沒有做到最上面，側邊、口袋和袖口上還有銀色刺繡。颶風啊，眞是顯眼又大膽的設計。亮黃色外衣？大多數男人根本想都不會想。

然而雅多林就是會。穿著像這樣的衣服走進宴會，你將贏得所有人的注目。只要看起來自信滿滿，下一場宴會時，半數的男人都會嘗試模仿你的穿著。

不過他並不是要去參加宴會。他是要去幽界執行一項重要任務。他又開始翻箱倒櫃。

他再丟了三件外套到床上，這時紗藍走進房中。她穿著圍紗的衣服——長褲、寬鬆的長版外套、有鈕釦的襯衫。在他的建議下，她把原本的白色長褲與外套換成更實穿的棕褐色與藍色套裝。白色不適合旅行，她想要更耐穿、不顯髒的服裝。

儘管作此打扮，但她今天並不是圍紗——頂著一頭紅髮時就不是。除此之外，他通常能從她看他的方式分辨出來。她選好團隊成員已過了三天，但一直到今天他們才終於準備好出發。

紗藍靠在門邊，盤起雙臂，打量他的進度。「知道嗎，你花這麼多心力選擇衣服，女孩可能會嫉妒的。」

「嫉妒外套？」雅多林問。

「嫉妒你是穿給誰看。」

「一群乏味的老榮耀靈應該沒什麼能讓妳擔心的吧。」

「無論如何我都沒什麼好擔心的。」紗藍說。「不過你今天這麼大驚小怪可不是因爲榮耀靈。我們至少還要過幾週才會跟他們見面。」

「我才沒有大驚小怪。我是在擬定戰略。」他又丟一件外套到床上。不，過時了。「別露出那種表情。我們準備好了嗎？」

「圖樣出於某種原因跑去跟智臣道別。他說很重要，不過我猜他應該是誤解了智臣的某個笑話。除了等他之外萬事俱備。我們只需要你。」

補給品收拾妥當、運輸工具備妥，旅伴也已擇定。雅多林迅速、有效率地打包好行囊，他的衣箱已經上車。那些選擇很簡單，但今天的外套……

「所以……」紗藍說。「我是要跟他們說再兩小時還是三小時？」

「我再十五分鐘就下去。」他承諾，一面查看鑲在皮手環上的時鐘法器，這是娜凡妮給他的。接著他看一眼紗藍。「或許再三十分鐘。」

「我會跟他們說一小時。」紗藍露齒而笑。她拖著腳步走出去，背包甩上肩頭。

雅多林雙手插臀，檢視他的選項。沒一件是對的。他在找什麼？

等等。當然囉。

幾分鐘後，他走出房間，身上穿著他幾年沒穿過的一件制服。這件外套是科林藍，仍屬軍裝，不過剪裁較爲寬鬆。雖然稱不上時髦，但背上的符文更圖像化，袖口和領子也比標準制服厚些。

一般人可能會以爲這就是一件尋常的科林制服，不過它是雅多林四年前自己設計的。他當時想創造出看起來時髦同時又能滿足他父親要求的制服。他因爲那計畫而興奮了好幾週；這是他第一次，也是唯一一次眞正嘗試服裝設計。

他第一次穿上的那天，達利納狠狠訓斥了他一頓。因此這件制服被塞進衣箱，就此遺忘。

父親多半還是不會認同，不過最近達利納對雅多林的方方面面都不認同。所以有什麼壞處呢？他換下護腕，扣上單手劍，走出房間到走廊上。然後他猶豫了一下。

紗藍給了他一小時，而在離開前，雅多林還有些事情想確認。於是他轉身，上樓朝第六層走去。

❖

雅多林在診所外看見排隊的人龍吃了一驚。第六層的居民並沒有特別多，不過消息顯然已傳開了。等待的病患看起來似乎都不算特別淒慘：小孩捧著擦傷的部位，他們的父母在旁邊徘徊。一排咳嗽或痠痛的婦女。情況若更嚴重，肯定能夠獲得緣舞師或眞觀師的關注。

雅多林溜進前廳，幾個人對他鞠躬。卡拉丁的母親在這裡招呼每個病患，並記錄他們的病症。她對雅多林微笑，舉起兩根手指，接著揮手要他從後面的走廊進去。

雅多林朝那方向走去。他經過的第一個房間只打開一條門縫，可以看見卡拉丁的父親正在裡面爲一名年輕人看診。一個村女站在他身旁，大聲讀出李臨的妻子寫下的筆記。

走廊上的第二個房間是個長得差不多的診療室，只是空無一人。雅多林溜進去，幾分鐘後卡拉丁也走進來，一面用布擦乾雙手。看見他穿著簡單的棕色長褲和鈕釦襯衫感覺很怪——事實上，雅多林看過卡拉丁穿制服之外的服裝嗎？說實在的，雅多林還以爲他連睡覺也穿著制服呢。然而他這會兒居然還捲起了袖子，及肩長髮紮起馬尾。

看見雅多林後，卡拉丁停下動作。「要治療的話可以去找你弟弟，雅多林。我這裡的病患可是眞正需要幫助的。」

雅多林沒理他，視線掃向走廊，朝等候室的方向看去。「矯小子，你成了大紅人啦。」

「我很確定他們之中有一半來這裡只是爲了偷看我一眼。」卡拉丁嘆口氣，綁好白色醫師圍裙。「我擔心我的臭名會遮蓋住診所的目的。」

雅多林咯咯笑了起來。「小心囉。既然我讓出空位，那現在你就是雅烈席卡最炙手可熱的單身漢了。碎刃師、燦軍、地主，而且還單身？要是王國一半的淑女都突然犯頭痛跑來這裡，我可不會覺得訝異……」他注意到卡拉丁皺眉，說話聲漸漸淡去。

「已經發生了，對吧！」雅多林指著他。

「我……還納悶怎麼會有這麼多淺眸女人突然都需要治療。原本以爲或許是因爲她們的私人醫師都被徵召入伍了……」他一瞥雅多林，臉頰漲紅。

「你有時候真是天真得太可口了，阿卡。你得利用這優勢，發揮長處啊。」

「那就違背醫病關係的倫理了。」卡拉丁關上門，以免雅多林計算等候室裡那些精心打扮得很可疑的女孩。「你是專程來折磨我，還是有什麼實際的目的？」

「我只是想看看你退休得怎麼樣。」雅多林說。

卡拉丁聳肩，走過去整理架上的藥物和繃帶，這裡的錢球燈籠散發純白光輝。西兒在雅多林頭邊閃爍，從發光的霧氣中現形，彷彿她是一把碎刃。「退休對他確實很好。」她湊近。「他就這麼一次真正放鬆下來。」

「沒多少嚴重的病患。」卡拉丁背對著他們。「這麼多人排隊，看了就心累，不過……不像我擔心得那麼緊繃。」

「真的有用。」西兒接著降落在雅多林肩膀上。「他的父母總是在他身旁，所以他幾乎不曾孤單一人。他還是會做惡夢，但我覺得他的睡眠時間拉長了。」

雅多林看著卡拉丁折疊繃帶，接著注意到卡拉丁不時瞥看排成一排的手術刀。不該把手術刀像這樣擺出來，對吧？

雅多林突然動了起來，挺直原本靠著門的身軀，雙腳刮過石地。卡拉丁的手立即伸向刀，接著回頭看，發現沒任何異常後才又放鬆。

雅多林走過去，一隻手放上他的肩膀。「嘿，我們一直被纏著不放，我也一樣，阿卡。」他從口袋掏出一個直徑約莫一吋的圓形金屬片，拿給卡拉丁。「我拿這個來給你。」

「這是什麼？」卡拉丁接下。金屬片的一面刻著一個穿長袍的神，另一面是同一個角色，只是換上戰鬥裝備。兩個浮雕周圍都有古怪的外來符文。金屬片曾塗上某種有顏色的釉漆，不過已幾乎完全磨光。

「我完成薩賀的訓練後，他給了我這個。」雅多林說。「他說這東西來自他的家鄉，他們拿來當錢用。很怪，對吧？」

「他們爲什麼不用錢球？」

「說不定寶石不夠用？他來自西方的某處，不過看起來不像外國人，所以我猜一定是巴伏。」

「這一面可能是個神將。」卡拉丁瞇眼細看那些古怪的符文。「這寫什麼？」

「『戰爭是淪陷之境的最後選擇。』」雅多林輕點長袍神像的那一面。他推動錢幣，讓它在卡拉丁指間旋轉到另外一面。「『但總好過沒有選擇。』」

「嗯哼。」卡拉丁說。

「薩賀說，他一直認爲訓練士兵的他是個懦夫。他說如果他眞想阻止戰爭，應該要徹底遠離刀劍才對。然後他給了我這個，而我知道他懂。在一個完美的世界裡，沒有人需要接受戰鬥的訓練。但是我們並非生存在一個完美的世界。」

「這跟我有什麼關係？」卡拉丁問。

「欸，遠離刀劍一段時間，或許永遠遠離，都沒什麼好丟臉的。我知道你還是很享受。」

「我不該享受殺戮。」卡拉丁輕輕地說。「我甚至不該享受戰鬥。我應該像我父親一樣討厭這些事才對。」

「你可以討厭殺戮但享受競爭。除此之外，維持技巧熟練也有一些務實的理由。利用這幾個月好好放鬆。不過等我回來，我們再找機會一起對練，好嗎？我想讓你看見我在對打時看見什麼。與傷害他人無關，而是拿出最好的自己。」

「我……不知道我究竟能不能像你這樣思考。」他握住金屬片。「不過謝謝你。我會記住你的提議。」

雅多林拍拍他的肩膀，瞥向西兒。「我要去幽界了，有沒有什麼臨別提醒？」

依歸。」

「小心，雅多林。」她竄入空中。「我的族類並不像上族靈——我們不講法律，只以道德做爲我們的依歸。」

「這樣很好，對吧？」雅多林問。

「是沒錯……除非你對道德的解讀剛好跟他們不一樣。很難用邏輯說服我的同類，因爲對我們來說，欸，我們的感覺常常比我們的想法更重要。我們是榮譽之靈，但請記住，人類和靈怎麼定義榮譽，榮譽就是什麼模樣，就算對我們來說也一樣。尤其我們的神已經死去。」

雅多林點頭。「好吧。阿卡，我不在的時候別讓人燒了塔城。」

「你才該成爲醫師，雅多林，」卡拉丁說。「不是我。你關心人。」

「別傻了。」雅多林拉開門，一面朝卡拉丁的工作服比劃。「我才不要穿那東西。」他對卡拉丁一眨眼，隨即離開。

❖

雅多林大步走出兀瑞席魯雄偉塔城的前城門，步入台地的冰冷空氣中。他提早整整六分鐘抵達。眞方便啊，有了娜凡妮的裝置，他就能爲自己計時；如果每個人都有時鐘法器，便可大大減少他在酒館等朋友到來的時間。

前方寬闊的平原像道路般朝遠方的山峰延展，太過平坦，不可能是天然形成。台地側邊聳立十個正圓形平台，每個都以坡道與台地相連。這些誓門是通往世界各地的通道，目前只有四個能用，分別連接破碎平原、賽勒城、賈．克維德，以及亞西爾。

破碎平原的誓門平台上已有一群人聚集，但那並不是他們的目的地。雅多林的隊伍只是要從這裡進入幽界。他面前吐出陣陣白煙，小跑上坡道。他的盔甲師正把他的碎甲放進以稻草襯墊的旅行箱中。儘管這東西堅硬如岩石，他們總是以十二萬分的謹慎照料它。人對碎具總免不了心懷敬畏。

「傳送不過去的，光爵。」一名軍械士提醒他。「當你進入幽界，碎甲會被留在平台上。我們拿好幾套測試過了。」

「我的碎甲或許有所不同。」雅多林說。「我想確認一下。如果確實傳送失敗，我的碎甲就隨父親和他的遠征軍一起走。他會把它借給菲斯克跟他的碎刃搭配。」

盔甲師敬禮。近處有幾個落單的人正急忙走上通往誓門的斜坡，包含紗藍最新的織光探，一名衣著品味絕佳的高眺雅烈席女子。她肩上背著一個背包，但……她不在這次任務之列，對吧？

「貝若？」她經過時，雅多林叫住她。「不是史達蓋獲選參與這次任務嗎？」

「噢，光爵！」這名深眸女子說。「史達蓋的妻子突然病了，他想留下來照顧她，於是我們決定應該派我去。」

女子繼續急匆匆走上斜坡，他心不在焉地點頭。對於要帶誰去，紗藍似乎有非常明確的想法，希望這不會擾亂她的計畫。

好吧，反正他愛莫能助。他從一匹站在旁邊隨時候用的高大黑馬旁走過。雅多林的馬夫包圍著英勇，他們正準備把裝備捆上馬背——包含雅多林的武器和衣箱。行李早該上馬了才對。雅多林走近這匹瑞沙迪馬，凝視牠水汪汪的藍眼睛，仔細看的話，可以看見裡面有淡淡一抹彩虹漩渦。

馬兒看了看馬夫們正固定在牠背上的行李束帶，他們得用凳子才構得著。

「怎樣？」雅多林問。

馬兒噴氣，又怒瞪著束帶。

「你認爲我們是貴族，地位高尚，連一點勞力都出不得？」雅多林指著馬，與牠對視。「父親總是說，絕對不要抗拒去做那些你有可能請別人爲你做的事。」他伸手從口袋拿出一顆帕拉果。「拿去。」

馬把頭轉開。

「很好。我叫他們把行李裝到一匹普通馬背上，你留下來。」英勇把頭轉回來瞪他，接著吃下帕拉果，並吐出一口口水。雅多林揉揉牠的吻部，再拍拍牠的脖子。旁邊一名馬夫困惑地看著，直到另一個馬夫用手肘輕推他。

「我也對我的劍說話。」雅多林對他們說。「有趣的是，最後她還眞的回應了。朋友們，永遠不要害怕對你仰仗的事物展現一點點敬意。」

兩個工人把雅多林的盔甲箱掛上馬兒身側，兩個馬夫乘機逃走。

「謝謝你。」雅多林對英勇說。「謝謝你陪我。我知道你比較想跟父親在一起。」

馬兒又噴氣，然後把吻部塞進雅多林手中。瑞沙迪馬會選擇自己的騎士，牠們不會降服，也不受訓練。牠們或者選擇你，或者不選，很少有瑞沙迪馬容許兩個人成爲牠的騎士。

父親愛他的馬，眞的很愛。不過他最近太忙於會議。英勇似乎很孤獨，稍微有點被遺棄。而雅多林自己也失去自己的依靠，因此一人一馬就這麼自然而然成爲搭檔，幾個月來，關係變得越來越緊密。

工人處理好武器箱，接著把雅多林的衣箱掛上另一邊。衣物的重量遠比碎甲輕，因此爲了讓兩邊大致平衡，一名工人拿著一個長匣走過來。雅多林擋下他，想最後再檢查一次。他跪下打開彈簧鎖，朝匣內窺看。

「颶風啊。」一個聲音說。「不好意思，光爵，不過你到底需要幾把劍？」

雅多林抬頭，對牽著自己的馬站在一旁的緣舞師哥得克咧嘴而笑。這名纖細的男子一頭短髮，技術上來說他不是執徒了，因此沒必要再剃髮。在他身後，岩衛師祖兒正把背包背上肩頭，這名金髮女子縮在一件大了好幾個尺碼的外套中，不停抱怨寒冷的天氣。

「欸，」雅多林對哥得克說。「劍永遠不嫌多。而且碎刃進不了幽界，所以我必須做好萬全準備。」

「你身上也有佩劍。」

「這個嗎？」雅多林拍拍他的單手劍。「當然好過什麼也沒有，但要是被逮到只有單手劍，卻沒有防禦兵器，那就太糟糕了。除此之外，我受的訓練大多是以長劍和巨劍對戰。」他從劍匣中抽出巨劍，這柄碩長的兵器需要以雙手操持，不過長度和寬度當然都不比某些碎刃。

「我不……知道你這麼常需要跟人對戰耶，光爵。」

「顯而易見啊。」雅多林說。「所以我才需要其他這些。」他把劍交給馬夫。「把這把劍的劍鞘綁在英勇的左肩，護手和馬鞍成一直線。」然後接著對哥得克說。「看看這個，半手劍，無論另一手有沒有持盾都可以使用。這是很適合在馬背上用的劍棍，從這裡旋上就能增加劍的長度……」

「了解。」

「還有這個，艾姆歐庫條。」雅多林拿出一把長彎刀。「切割效果很好，尤其是馬上襲擊時，比較容易收回刀身，適合拿來對付沒穿盔甲的人。還有這個，如果我們最後得對上鎖子甲，那就需要這把費德劍……」

「我應該去——」

「別忘了碎刃師。」雅多林舉起一把戰槌。它看起來很小，幾乎像是工人的槌子，只是握柄長了點。相較於身穿碎甲的人揮舞的巨大碎刃師戰槌，這把戰槌顯得非常迷你。他並不想讓英勇在這躺旅程中拖著一把碎刃師戰槌。「如果我逼不得已必須打破碎甲，就會需要這傢伙——一般的劍會斷掉，或許只有費德劍能倖免。一旦碎甲弱化，也許有可能用費德劍刺穿裂縫。」

「我真的——」

「還有這個，看見這把了嗎？」他拿出一個獨特的三角形武器，藉由某種把手握住底部，而非真正的劍柄。「賽勒那泰特劍。我一直想學習使用這種武器，想說或許有些實際演練的機會。」

哥得克朝坡道上方遠處的某人揮手，倉促道別後便拖著馬快步離開。雅多林咧嘴而笑，接著要工人們再掛幾件武器到馬鞍上。英勇輕敲馬蹄，似乎覺得滿意，多載了些武器而不只是行李，這會兒心情愉快了許多。工人們把裝了其他武器的箱子固定好。

「你看起來幾乎像是很開心。」祖兒裹著過大的外套晃過來。「我是指可以不用碎刃。」

雅多林不常和這名女子說話，他先前不知道她的雅烈席語說得有多好。幾年前，她的力量剛開始展現，她的族人拋棄了她——他們沒意識到她是燦軍，以為她遭某個雅多林叫不出名字的古怪神祇詛咒。依瑞雅利人現在為敵方效力，但達利納不會拒絕任何前來請求庇護的人——尤其是說出燦軍誓言的那些人。

「欸，我不會說開心啦。碎刃是上等武器，可以切開對手的武器、盔甲，甚至軀體，彷彿那些都只是水而已；情況再怎麼特異都改變不了這種能力的美妙。我喜歡在對戰時揮舞我的碎刃。只是有一部分的我因為它讓其他武器相形見絀而感到遺憾。」

「我不認同。」祖兒召喚出她的碎刃。「你怎麼可能因為這樣的存在而感到遺憾？」碎刃從霧氣中成形，在她的命令下出現於她掌中。她偏愛細長的碎刃，甚至比他父親的劍還長，劍身有一種邪惡的弧度。

枚瑞開始帶著馱獸隊伍走上坡道登上誓門平台。雅多林起身，對著雙手呵出熱氣，看了看英勇，這匹馬踩著達達的馬蹄聲跟上，不需要馬勒或韁繩的牽引。

祖兒將她的劍緩緩揮過頭頂，劍身映射陽光，而後在她手中漸漸縮小、變短，變得像他的單手劍，然後也變直，頂端收尖以供刺擊。活的碎刃能夠改變形狀，這讓雅多林了解了許多事。

古代的碎刃，也就是大多數碎刃師使用的死去碎刃，顯然都被鎖定為它們最後一次被拿著時的形狀。大多是大傢伙，不笨重——碎刃永遠不會笨重——卻不特別適合用於多數戰場上的動作。它們很輕，沒錯，但大小有可能頗不靈便。

現在的燦軍在實際戰鬥時偏愛功能性的武器。然而，當他們想炫耀，他們會創造出偉岸、超脫世俗的東西，比較不實用，更重於威嚇。這表示大多數碎刃都具備較務實的形體，只是它們都在較浮誇的狀態下被拋棄。他自己的碎刃也一樣。

「我的意思並不是碎刃欠缺技巧。」雅多林對祖兒說。「我真心喜歡以碎刃對戰。我只是也喜歡找出最適合的武器。當答案並非總是同一把劍，這答案會更令人滿意。」

「你該成爲燦軍才對，這樣你的劍就永遠都會是最適合的武器了。」

「說得容易噢。」雅多林說。「只要成爲燦軍就好。」

他的裝備照料好後，快速點了一下人頭。他的六名士兵以護衛和工人的角色隨行，全是深眸人，都因爲肩膀上有顆好腦袋而獲選。雅多林沒選擇最優秀的決鬥家，他選的是能在野外煮飯洗衣的人。更重要的是，他需要面對怪事不會畏怯的人。

其中最優秀的是費特，一名較年長的外國人，達利納早期的朋友之一。他穩定又可靠，受過斥候的訓練；枚瑞是馬夫；如果他們需要覓食，烏拉是個傑出的獵人。雅多林不確定這在幽界能發揮多大用處，不過最好還是有所準備。

費特的妻子瑪麗原本任職於軍需官辦公室，這次也隨行擔任書記。沒有眞正的僕役，只是紗藍的三個織光師會爲她做些事。

最後剩下三位正式的燦軍。他見過哥得克和祖兒了，四處詢問後，雅多林才知道最後一名燦軍回塔城確認某個東西去了。那名燦軍是一個塔西克女子。於是他晃到坡道旁等，一直等到他看見她橫過台地。

這女人一定有七十多歲了，深棕色的皮膚皺紋累累，一頭銀髮。她身形纖瘦，但並不虛弱。根據她堅定的腳步，雅多林推測她是靠颶光強化自身。雖然先前在塔城看過她穿塔西克纏裹衫，今天的她則是一身耐用的旅行裝束，還用頭巾包住頭髮，鬆脫的一綹垂在一邊肩上。她走近後，雅多林上前想幫她提東西，但她收緊了手指。

她不太會說雅烈席語，但大多數靈都能說幾種人類語言。他不確定這是否是他們本質的一部分，抑或他們只是活得太長久，自然而然便學會多種語言。

無論如何，有必要的話，靈會幫忙翻譯，雅多林也真的想帶上一位真觀師，他們曾頗受榮耀靈推崇。這名女子名叫雅胥硄，不過大家都叫她樹樁——他相信這綽號應該是在利芙特的推波助瀾下才廣爲人知。雅胥硄說過她喜歡這個綽號，而看她大步走路的樣子，不因年歲而彎腰、堅持自己拿自己的東西，他大略能夠體會這綽號是從何而來。

她到了之後，他們隨即開始清點整個遠征隊。對十五個人來說，六頭馱獸並不算多。一般來說，他預期六隻動物只用來裝載食物，外加幾輛貨車可以鏈住承接雨水的颶風桶。幸好他們有紗藍的織光師可利用魂術提供食物和水。

他橫越平台時，經過站在那兒的女王，一如往常，智臣還是在她身旁。今天塔城裡只有她、達利納和塔拉凡吉安共三位君王，他們都來爲遠征隊送行。加絲娜正在監督紗藍的兩名織光探：伊希娜和法達，想自行判斷他們到底有沒有能耐。

法達在一大塊黑曜石旁跪下，雅多林也慢慢晃過去。他們從幽界挖出這塊玻璃質感的岩石，帶回來測試。法達的手沉入石塊中，接著黑曜石的結構改變了，眨眼間，岩石轉化爲穀子。算是吧。法達做出來的是一大方塊硬化的拉維穀，而非像某些更厲害的魂師一樣做出一粒粒的種子。他們可以切成小塊煮粥。不會好吃，不過營養豐富又健康。

*他們知道嗎？*雅多林想著，*加絲娜把他們都看作工具？*數百年來，雅烈席卡的魂師儘管有其限制，卻仍賦予他的王國在戰場上無可比擬的優勢。現在，織光師施展魂術，卻似乎不會像魂師使用者一樣得承受生病的後果。

加絲娜花了數月時間訓練紗藍和她的探子，而雅多林看得出她更深層的動機。儘管紗藍希望她的軍團成為間諜，加絲娜似乎認為他們施展幻術的力量，遠遠不如餵飽軍隊的能力重要。

希望在艾米亞找到的魂師貯藏所能夠稍稍舒緩這種壓力。紗藍坐在一旁的補給箱上看著，表情難以解讀。雖然她是目前最具幻象天賦的織光師，她個人的魂術能力最後卻證實……飄忽不定。雅多林偷看過她的訓練，只看到她偶爾製作出幾坨穀子。其他時候，她則是意外創造出扭曲的東西：火焰，有時是血泊，還有一次是澄澈的水晶。

經過八個月的努力，加絲娜終於解除對紗藍的監護，這是紗藍靠眞材實料掙得的結果。她從不缺課、背下學者的作品，表現出完美被監護人該有的樣子。儘管仍掌握不了魂術，她這一年來還是頗有進展。

加絲娜讓兩名探子離開，他們連忙加入其他人。所有人聚集在平台中央的小房子附近，雅多林發現自己越來越焦慮。並沒有什麼特別的原因。只是因為他上一次去幽界已經是幾個月前的事了。

達利納走到人群中，等所有人安靜下來。他當然會想說點話。雅多林的父親有能耐把所有事情都變成發表一場激勵演說的藉口。

「我讚賞諸位的勇敢。」達利納對所有人說。「請記住，你們並不只是代表我，也代表整個聯盟。百萬人的希望與你們同行。

「你們即將橫越一個陌生的界域，而且有時危險重重。別忘記那塊大地上曾有我們的盟友，他們的要塞曾熱情歡迎人類。你們的任務是重振那些遠古同盟，一如我們已重建各國間的古老締結。我對你們懷抱無上的信心。」

還不賴，雅多林心想，至少夠簡短。雅多林的六個手下一如預期高聲喝采，燦軍們禮貌地鼓掌；達利納的激勵演說不太常得到像這樣的回應。他還是像對待士兵一樣對待他們，但今天來到這裡的燦軍大多不曾入伍。紗藍是鄉下的淺眸貴族兼學者，後來轉為間諜；樹椿經營孤兒院；哥得克原本是執徒。就雅多林所知，其中只有祖兒在說出誓言之前拿過稱得上武器的工具。

加絲娜也說了幾句話，然後是塔拉凡吉安。雅多林心有旁騖地聽著，一面納悶塔拉凡吉安會不會覺得遠征隊中沒有招塵師很不對勁。沒人提及原因，不過雅多林覺得顯而易見。招塵師並不為達利納效力，至少就他的看法而言，他們不夠忠誠。

演說結束後，遠征隊隊員擠進小小的控制室，馬兒們也都一起牽進去。或許有方法能把平台上的所有人都送入幽界，但截至目前為止，還是僅限於站在小控制室裡的人。

雅多林揮手要紗藍先進去，不必等他。加絲娜、塔拉凡吉安和智臣帶著各自的隨從退離平台。不久，控制室外只剩下雅多林和達利納兩人面對面。

噴氣聲打破沉默。英勇在外面徘徊，不理會試圖用水果把牠引入控制室的馬夫。達利納打破僵持的姿態，輕拍馬兒的頸部。「謝謝你最近這幾個月來照顧牠。」他對雅多林說。「我最近沒什麼時間騎馬。」

「你我都知道你有多忙，父親。」

「這是件新制服。」達利納對他說。「比你最近穿的幾件好多了。」

「真有趣。」雅多林說。「我四年前第一次穿的時候，你還說這件衣服有失體面呢。」

達利納一僵，手從英勇的脖子放下，接著雙手在身後交握，挺直身子。真颶他的高。有時候，雅多林的父親比較像一尊以魂術製作的雕像，不太像個人。

「我猜……這些年來，我們都變得比較散漫了。」達利納說。

「我覺得我還是同一個人，」雅多林說。「只是變得比較願意讓你對那個人失望而已。」

「兒子，我並沒有對你失望。」

「沒有嗎？你可以誠實地說這句話嗎？你發誓？」

達利納啞口無言，好一會兒後才終於開口：「我只是希望你成為你所可能成為最好的人。比我在你這年紀時更好的人。我知道那就是眞正的你，而且我希望你得體地代表我。這眞有這麼糟嗎？」

「我再也不是你的代表了，父親。我是個藩王。我代表我自己。這眞有這麼糟嗎？」

達利納嘆氣。「別走上這條路，兒子。別讓我的失敗迫使你反抗你明知正確的事，只因爲那些事是我對你的期望。」

「那不是——」雅多林雙手握拳，努力想擠出他的挫折。「那不只是叛逆而已，父親。我已經不只十四歲了。」

「對。你十四歲時，多少還因爲某些原因而尊敬我。」達利納的視線追上平台上正要離去、越來越小的人影。「你看見塔拉凡吉安了嗎？你知道他怎麼看待這世界？只要你想達成的事到頭來有其價值，付出任何代價、任何價碼都值得。

「跟隨他的想法，那麼任何事都將正當可行。對你的士兵說謊？有必要，只是爲了讓他們去執行他們的任務。累積財富？需要錢才能讓你的重要目標更進一步。殺死無辜之人？只爲了鍛造出更強大的國家。」他注視雅多林。「在暗巷謀殺一個人，然後爲此說謊？嗯，這世界少了他會更好。事實上，這世界少了許多人都沒關係。我們來悄悄除掉他們吧……」

*我或許謀殺了薩迪雅司，*雅多林心想，*但我至少不曾殺死無辜之人。至少我沒燒死自己的妻子。*

這就是了。在他體內沸騰的結，雅多林不敢碰觸的結，唯恐自己會被燒傷。他知道當初的達利納是個不一樣的人。當時他的神智不正常、遭背叛、被其中一個魄散的力量吞噬。而且達利納並非蓄意殺死雅多林的母親。

人或許能夠知道一些事但不感受它們。然而這個、並不是、你、能夠、原諒、的事。

雅多林壓下那團狂怒的結，不讓自己被支配、忽略腳邊的怒靈。他什麼也沒對他父親說。他不信任在他體內翻攪的憤怒、挫折，還有——沒錯——羞恥。要是他開口，三者之一可能會跑出來，但他說不準出來的會是哪一個。

「你要不相信塔拉凡吉安的信念，」達利納說。「要不就是接受更好的道路：你的行動比你的意圖更能定義你這個人。你的目標和達到目標的旅程必須維持一致。我正努力阻止你做出一些你將會眞心無比後悔的事。」

「要是我認爲我採取的行動確實值得呢？」

「那麼或許我們必須當作，我在你小時候對你的訓練有所缺失。這並不令人意外，畢竟我壓根稱不上典範。」

又回到你身上了，雅多林心想，我沒有自己的意見或選擇；我之所以會有這樣的行爲，都是因爲你的影響。

克雷克、傑瑟瑞瑟，以及諸神將在上！雅多林愛他父親。就算現在他知道了達利納做過的一切，就算……那件事，他還是愛他父親。他因爲達利納是這麼努力而愛他，也因爲他成爲遠比過去的他更好的人而愛他。

但沉淪地獄啊。過去這一年來，雅多林慢慢發現在這男人附近活著有多困難。

「或許，」雅多林努力冷靜下來。「雖然可能難以置信，不過或許生命中不止兩個選項。我不是你，但這不代表我是塔拉凡吉安。或許我的錯誤獨樹一格。」

達利納一手放在雅多林肩上。這舉動應該令人感到安慰才對，但雅多林忍不住把它看成控制對話的手段。把他自己放上父親的位置，雅多林無疑就是嗚咽稚子的角色。

「兒子，」達利納說。「我相信你。去吧，完成任務，成功回來。說服榮耀靈我們配得上他們。向他們證明我們這裡有人正在等待承擔誓言並翱翔天際。」

雅多林看了看父親放在他肩上的手，接著迎上他的目光。有些弦外之音……

「你想要我成爲他們的一份子，對吧？」雅多林說。「在你眼中，這趟旅程的目的有部分是讓我成爲燦軍？」

「你弟弟配得上，」達利納說。「而你父親儘管百般抗拒，仍證明了自己配得上。我相信你也能證明你自己。」

好像我的負擔還不夠似的。

抱怨消逝在雅多林唇間。抱怨這世上可能有數千個配得上的人，但他們都不會被選上。抱怨他覺得自己的人生挺好，並不需要堅守某個靈的理念而活。

不過雅多林只是鞠躬，點點頭。達利納贏得辯論，黑刺不習慣除此之外的任何結果。雅多林並非認同，比較像是不知該作何感想，而這才是眞正的問題。他無法提出其他可能性、勇敢面對他父親。

達利納用另一隻手拍拍他肩膀，祝他一路順風。雅多林帶著英勇走進控制室。他是個藩王，也是這次遠征的隊長，卻不知怎地仍是個小男孩。

馬也牽進來後，控制室內顯得頗爲擁擠。這些圓形控制室的地面有指向諸多地點的圖畫，有一道能夠旋轉的內牆沿這些圖案而立。一般而言，爲了啓動傳送，需要由一名燦軍以自己的碎刃爲鑰匙，將內牆旋轉到恰當的位置。

今天紗藍的作法有所不同。他點頭後，她召喚出她的碎刃，插入牆上的鑰匙孔。她繼續往前推，她的劍融化，彷彿牆上的一灘銀，劍柄在她手中如液體般流動。

她抬高手，將整個鎖定機械垂直上抬。轉眼間，他們便被丟入幽界。

瓷面具有時會吸引光線和火花，幾乎呈透明。霧靈說話時，面具上的嘴唇並不會動，表情也不會改變。

我遇過的許多霧靈都在鏝德拉船上工作，衣著與裝備也反映出這職業。

霧靈能決定自己要以何種樣貌出現在幽界。

他們通常選擇人形，但並無此必要。

他們出現在實體界時，看起來像陽光穿透水晶映照在物體表面上，無論他們出現時表面或光是否存在。

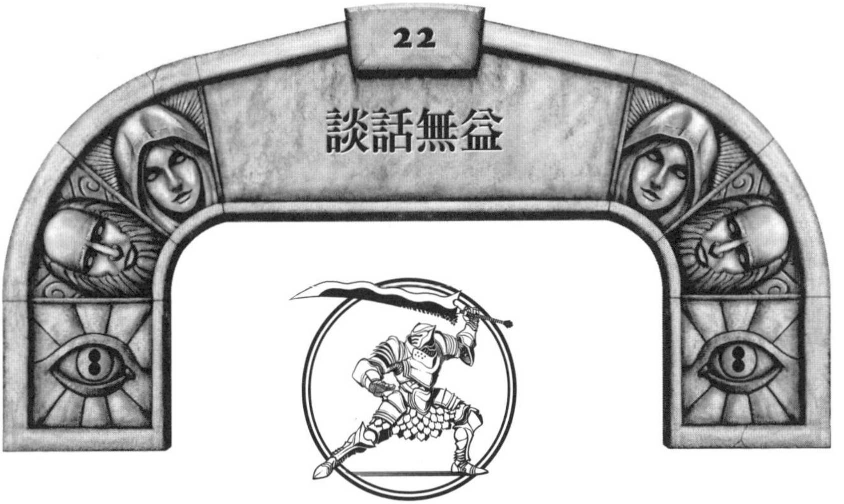


我已如你要求與他人連絡，並收到各式各樣回應。

過去一週來，雅多林好幾次下令他的士兵傳送到幽界。他甚至也把馬送過去又送回來，確保牠們不會驚慌。所以幾乎所有人對自己眼前所見都已有心理準備。然而，他們全部還是因爲那難以置信的景象而陷入沉默，雅多林自己也一樣。

天空漆黑如午夜，但是沒有星星。太陽感覺太遙遠、太虛弱，難以好好照亮此地。只不過他們並非置身黑暗。雅多林能夠輕易看見他們身旁這個大小等同控制室的小平台。陽光照亮大地，詭異的是，卻沒照亮天空。

控制室沒跟他們一起過來，反倒是兩個巨大的靈站在附近的空中——這座通道的看守者，三十至四十呎高，一個呈大理石白，另一個呈瑪瑙黑。

雅多林走過平台時對他們舉起一隻手。「謝謝你們，古靈！」他大喊。

「已完成颶父囑咐的要求。」大理石白那個回應，聲音隆隆作響。「我們的養育者——手足已死，因此我們轉而聽令於他。」

很久以前，一個神祕的靈居住在兀瑞席魯，名爲「手足」。它現在死了，或在沉睡中，又或許兩者沒什麼不同。靈對有關手足的答案彼此矛盾。無論如何，手足在臨死前命令這些看守者停止讓人類進入幽界。

許多守門靈仍遵守這規則，有些則轉而聽從颶父的要求。他們說，雖然有違過去命令，但因爲沒有其他盟鑄師，他們應該聽從達利納和颶父。

他們運氣不錯，雖然紗藍能利用她的力量溜進幽界，但她沒辦法帶上其他人，而且沒辦法靠自己的力量回去。照理加絲娜的力量應該做得到，但就連她也無法把自己從幽界帶回去。

此處有十個平台設置於高柱上，他們的這個平台是其中之一。高高在上的十個平台排列而成的圖形與兀瑞席魯前的十道誓門相似。雅多林能夠看見其他守門靈懸浮在他們上方。

每一根柱子各有一道盤旋於外側的長坡道，通往遙遠下方的珠粒海洋。不過塔城本身遠比任何其他景象都來得壯觀。雅多林轉動身子，抬頭凝望光與色彩並陳的閃爍山脈。珍珠光輝構成的形狀並沒有完全等同塔城，但有一種更晶透的感覺。只不過這並非實體，而是光。光芒四射、燦爛、輝煌。

塔城的顏色和颶風經過羅沙時的幽界天空一樣，而且此處的這一邊無疑充斥著情緒靈。它們化爲各種形狀，一大群一大群地竄過塔城，大多數都距離遙遠，看在雅多林眼中只剩小小的色塊，不過他知道它們在這裡具備詭異形狀，更有機、更像野獸。它們飛翔、蠕動，在塔城閃爍的光之上爬來爬去鑽進鑽出，塔城因而看起來活像個蜂巢。來到這裡，雅多林才知道兀瑞席魯的人類吸引了多少靈。

其中有些在這一邊可能很危險，不過他們獲知塔城的本質能保護人類免於靈的侵擾。這裡的靈因情緒而饜足，較爲平靜。

所有人都花了幾分鐘消化這驚人的景象：彩虹色調的山脈、守門靈、其他靈，還有與下方海洋的巨大高度落差。雅多林好不容易才拔開自己的視線，快速重新計算人數，這時各個燦軍的靈也加入了他們。

圖樣站在紗藍身旁，他身形修長，身上的袍子顯得太過僵硬，頭部是不停變換的符號。雅多林覺得自己能夠區別圖樣和其他謎族靈。圖樣的腳步有一種彈跳感；其他謎族靈會滑行，他則是蹦蹦跳跳。他們的符號也略有……差異。

雅多林歪頭，試著釐清他爲什麼該思考這件事，因爲那些符號實際上不停變換，就他所見不曾重複。然而改變的速度以及每個謎族靈個別的普遍感覺都有所區別。

距離雅多林最近的燦軍是祖兒，她一躍而起，一把抱住她那個高大的靈。「哈！」金髮的岩衛師說。「你在這一邊是座山，烏額潘！」

她的靈的肌膚看似由破裂的岩石構成，彷彿熔解般由內發光。除此之外，他的外觀大致與人類相似。烏額潘在這一邊穿著鑲毛邊的衣服，一般可能預期住在高山上的人才有此衣著。雅多林不確定這一切到底是怎麼運作的。靈會覺得冷嗎？

哥得克是緣舞師，因此他的靈是培養靈，雅多林見過這種靈許多次：類似矮小女子的身形，完全由藤蔓構成。藤蔓緊密纏繞形成臉孔，眼睛是兩顆水晶。從長袍袖口探出的雙手也是水晶，精緻纖巧得難以想像。她環顧四周時有一種疏離冷漠的感覺。

雅多林覺得最後一個靈最奇怪。她似乎完全由霧氣構成，只有臉除外；她的臉是一張陶瓷面具，懸浮在頭的前方。面具閃爍反光，永遠有光映照其上——事實上，他很肯定那張臉從某些角度看起來是由透明水晶構成的。這個靈似乎是女性，或至少擁有女性的外表與聲音。

她是眞觀師雅霄硃的靈，穿著背心和長褲，這兩件衣物都飄浮空中，框住完全由白霧構成的身軀，雙手的末端套著手套。裡面移動著手指的也是霧氣嗎？

「你喜歡盯著我看，人類？」她的聲音纖細，像碎玻璃一樣叮噹響，說話時面具的嘴唇沒動。「你知道的，我們霧靈可以選擇自己的外貌。我們通常選擇像人的形體，但我們其實沒必要這麼做。你好像看入迷了。你是覺得我好看，還是覺得我像個怪物？」

「我……」雅多林說。

「不要回答。」祖兒的峰靈烏額潘用刺耳的聲音說。「妳，不要戲弄人。」

「我才沒有戲弄人，」她回應。「只是問問題而已。我想了解心智的運作。」

「很有意義的目的。」雅多林又察看左右。所有燦軍靈都在這了，但她在哪？

紗藍迎上他的視線，朝往下的坡道點點頭，於是他快步走過去，發現最後一個靈就坐在那兒等待，便在坡頂停下腳步。她是另一個培養靈，繩索般的藤蔓構成了她的臉。不過她的藤蔓是暗淡的棕色，而且纏得更緊，因此有一種凹陷的效果。

瑪雅還是穿著暗棕色破布，不過，他看見一些痕跡顯示出破布原本的模樣。不同於哥得克的靈身上的長袍，那件破布原本是件制服。

她最令人不安的特徵是被刮掉的眼睛，看起來像有人用刀切割過她的臉，只不過她沒流血，也沒留下傷疤。她被抹去、撕碎、消去她的存在。當她看著雅多林，她看起來就像一幅遭破壞的畫。

她蜷縮在坡道上，一言不發。她從不說話，只除了一年前，有一次她開口告訴他她的名字。她是他的碎刃，除此之外，他也希望她是他的朋友。

「瑪雅拉蘭。」他朝她伸出一隻手。

她打量那隻手，接著歪頭，彷彿這是某個怪異陌生的物體，而她判定這東西沒有用途。雅多林走下坡道，輕輕拿起她的手握入掌中。她藤蔓纏繞的肌膚有一種堅實、平滑的觸感，像是上好的豬皮劍柄。

「來吧，我爲妳介紹其他人。」雅多林說。

他用力拉她的手，她隨即跟著起身，無言地隨他走上平台。

「那是紗藍。」雅多林一面說一面用手指。「我妻子。妳記得她和圖樣吧？還有哥得克，他原本是執徒。雅胥硃是我們的真觀師，她以前的工作是照顧孤兒。以及祖兒，她是……」雅多林稍稍遲疑。「祖兒，妳以前是做什麼的？」

「大多是製造麻煩。」這名依瑞雅利人說。她脫下厚外套，深深嘆了口氣。她的外套底下穿著緊身纏胸，有點像戰士的薩拉希。她一身青銅色肌膚，雅多林覺得有點像金屬；她的髮色並不是像他的這種金——太金黃了。雖然他母親來自靠近依瑞的里拉，兩個人種還是明顯不同。

「來吧，烏額潘！我們去看看坡道下面是什麼。」祖兒把外套披上肩頭，大步走到坡道邊。

「小心啊。」峰靈回應。

「好吧，」雅多林對瑪雅說。「那就是祖兒。另外六個是紗藍的織光師和他們各自的靈。來，見見我的士兵……」

他拉瑪雅過去介紹給費特認識，霧靈來到他身旁。「跟亡眼說話一點意義也沒有。」這生物嘴唇動也不動地說話。「你還不懂嗎？你到底是怎麼回事，怎麼會想對無法理解你的東西說話？」

「她能理解。」雅多林說。

「你認爲她理解。眞有意思。」

雅多林不再理會這個古怪的靈，繼續將瑪雅介紹給他的團隊。他跟他們提過瑪雅，因此他們都尊敬地鞠躬，盡量避免太直盯著她那雙詭異的眼睛瞧。列得甚至還讚美她身爲碎刃時的外表，說他向來欣賞她的美。

瑪雅以她典型的無聲肅穆接受這一切。她沒歪頭，只是站在雅多林身旁，誰說話就看著誰。她確實能理解。他曾透過劍感覺到她的情緒；事實上，他覺得他一直都能感覺到她在鼓勵著他。

紗藍走過來握住他的手臂。「我們該走了，去看看船到了沒。」

「對，對。來，幫我陪著瑪雅一下。我得去看看英勇的狀況。」

他快步走向馬，走到的時候已經知道有壞消息等著他。實體界的人類在這裡是以飄浮燭焰般的光顯現。一小群這樣的光聚集在馬旁，正與某種閃爍、發光的藍色互動。

為了確認，雅多林查看英勇的武器箱。碎甲沒有過來。雅多林原本希望……欸，只代表他的盔甲跟其他碎甲沒什麼兩樣，都沒辦法被帶來幽界。另一邊的光是他的軍械士在撿拾掉在平台地上的碎甲。

「啊，好吧。」他從馬鞍的鉤子上取下空蕩蕩的武器箱。「我們來把這些從你身上拿下來吧。」

英勇噴氣，雅多林選擇把這種噴氣解讀為同情。他重新分配重量，接著檢查裝在英勇劍鞘裡的武器，包含那把幾乎跟碎刃一樣大的巨劍。

他們邁步走向坡道，但是雅多林又停步，歪過頭。英勇走動時身後拖著淡淡的光影。幾乎看不見，不過當馬兒左右搖頭，明顯可以看見頭部形狀的殘影，然而這殘影卻在發光。

「沒想到你在這裡會有什麼不同呢。」雅多林對馬兒說。

英勇又噴氣。這是他的聳肩。然後他輕啃雅多林的外套口袋。

雅多林輕笑，拿出他藏在那兒的水果——當然以手帕好好包起來。他可不會弄髒外套。他把水果拿給馬兒，拍拍牠的頸部。「好吧，至少你不用扛著碎甲到處跑了。」

但雅多林覺得毫無遮蔽。沒有碎刃、沒有碎甲，而燦軍也有所侷限——因為他們雖然帶著大量灌注颶光的寶石，但無法重新補充能量。

他對隊伍大喊，要所有人開始小心走下坡道。坡道附有欄杆，因此還不算太危險，但長路漫漫。兀瑞席魯位於山峰高處，他們得長途跋涉才能下到海平面。古怪的是，紗藍說，他們測量過，坡道並沒有在實體界時那麼長。幽界的空間並非一比一相等。這裡的事物感覺更壓縮，尤其是垂直維度。製圖師愛莎西克認為這地方很驚人，但儘管他對雅多林解釋了三次後，雅多林還是一直無法領略原因何在。

無論如何，走下去得花好幾個小時。他們出發，紗藍來到他身旁，看著和英勇一起走在前面的瑪雅。

雅多林環抱住妻子。「妳覺得她高興看到我嗎？我希望她能享受待在我們身旁。這樣一定比只是在這一邊走來走去、無論我去哪裡，她就在哪裡出沒好吧。」

「她一定很高興。」紗藍說。

「妳不會……認爲我發瘋了，對吧？像我這樣對待她？」

「我覺得很可愛。」紗藍說。

「就算妳拿這件事來取笑我？」

「就是這樣你才會知道啊。」她微笑，拉住他，踮起腳尖親吻他。「我也喜歡你的衣服，你選得眞好。」

「謝謝。我……」他的話語隱去，因爲這時有人一手環住他，一手環住紗藍。雅多林扭過頭，發現圖樣站在他們後面，正一把抱住他們兩個。他的衣服硬梆梆的，彷彿以玻璃製成，領子不舒服地壓著雅多林的耳朵。

「嗯……」圖樣說。「我喜歡有手臂。如果瑪雅不說話，而你想聽人說話，我剛好非常擅長說話。我可以說有關許多種事物的事。」

「呃，謝了？」雅多林說。

「不客氣。我們不是該走路嗎？用我們的腳？我現在又擁有的腳？它們可眞適合拿來走路。」他抬起腿，露出長袍底下的赤腳。有意思，雅多林一直以爲他們並沒有腳。圖樣走開，自顧自開心地哼鳴。

❖

一小時後，雅多林還是能看見兀瑞席魯在上方閃爍。一團色彩與光的篝火，只不過這火怪得很，竟沒有投下影子。幽界的許多光源都沒有影子，有些有影子，但方向又不對。

他們吃完口糧，繼續以穩定的速度繞著巨大柱子盤旋而下。最後他終於看見下方的海洋。幽界的陸地和海洋是相反的，因此此處的大陸顯現爲浩瀚的珠粒海洋。在颶風之後河流流淌之處，或是大陸邊緣、眞實世界的大海起點，他們才會找到陸地。

羅沙萬物都顯現在幽界中。大多數物體是珠子，活人和動物則變成他在上面看見的那些小小光焰。他們行走時經過一些飄浮在遠處的光焰。雅多林覺得那些應該是負責看守兀瑞席魯下方隧道和洞穴的衛兵。確實，光焰比他預期多；娜凡妮一定遂行其願，爲那些洞穴加強了守衛。

光焰最後都消失於上方，眼前只剩下無盡的海景。他專心致志地思考這些珠子。實體界由萬物構成，而這些珠子便是萬物的靈魂；它們翻攪、混合，這些不比他食指寬的小珠子構成波浪與洶湧的潮汐。

他靠和隊員混熟打發時間。祖兒喜歡跑到前頭，她的靈不時提醒她要小心，但也不時被忽視。祖兒逃到雷熙群島，想找個不會有人——用她自己的話來說——「一直訂規則管我該怎麼活」的地方，後來就在這裡當了幾年嚮導。她很高興能參與這次任務、遠離塔城，因爲她覺得塔城令人窒息。

她承認有過短暫的戰鬥經驗。她的靈話不多，開口時通常都是簡短的句子，不過雅多林喜歡有一個眞正由岩石構成的靈存在，有一種防禦的感覺。

她又跑去前面偵查後，雅多林改爲走在哥得克旁邊。這名緣舞師不停凝望天空，像個拿到新劍的孩子一樣咧嘴而笑。「全能之主的造物眞是神奇。試想，這種美一直都與我們同在，看啊，那些是新的靈嗎？」他用手指著從空中飄過的幾個靈——它們看起來像雞，有撲騰的翅膀和圓鼓鼓的身體。

「我覺得應該是勝靈。」雅多林說。「情緒靈就像這個世界裡的動物。當它們感覺到某種強烈的情緒，它們就被拉過去我們那一邊，我們便看見它們失眞的模樣。」

「了不起。」哥得克說。「謝謝你帶我來，光爵。阿琪諾對我鉅細靡遺描述過此處，但我沒想過居然有機會親身體驗。我今晚會燃燒感謝的祈禱文……我是說有火的話。我還是不太確定這一切到底是怎麼回事！」

「所以你……仍追隨全能之主？」雅多林問。「弗林教等等？就算你已經發現神將背叛了我們？」

「神將並非神，而是祂的僕役。」歌得克說。「颶風知道，我自己也辜負祂不止一次。」他的表情變得疏遠。「我不覺得我們能因爲他們最後耗竭了而責怪他們。反過來說，我想著他們眞是非凡，爲了保我們安全，竟然支撐了這麼久。」

「還有他們確認全能之主已死的這件事呢？」

「死的是榮譽，」哥得克說。「全能之主的一個面向。」他微笑。「沒關係的，光爵。我能夠理解現在爲什麼有人產生質疑。不過請記住，教會教導我們，我們都是全能之主的面向——祂活在我們之中。祂也活在稱爲榮譽的存在之中，而榮譽的任務是保護人類。

「全能之主不會死。人會死，神將會死，就連榮譽也會死。不過榮譽、人，以及神將都將復生——在祂的力量之下獲得轉化、透過魂術改變靈魂的性質。」哥得克回頭看他的馬，他的靈正騎在上面，塞進鞍袋裡的幾本書探出頭來。「我還在學習。我們都是。《無盡之書》無法被塡滿……雖然你父親爲那文本添加了一些美好的內容。」

「你不介意男人書寫？」雅多林皺眉。

「你父親不只是一個男人，雅多林。」歌得克說。

「他——」

「你父親是個教徒，就跟承擔起這個新角色之前的我一樣。」哥得克搖頭。「我這輩子都患有殘疾，然而就在一瞬間，我被轉化、治癒了。我變成我一直看見自己應該成爲的模樣。你父親經歷了更精采的轉化。他就跟任何執徒一樣具備神性。

「而且……我必須承認，他的部分言論有其道理。怎麼可能只因爲一個人是男性，他就被禁止閱讀全能之主的神聖文字？這讓我懷疑起我們是不是長久以來都誤解了。我們是否只是自私、想把這一切保留給我們自己。

「我不接受你父親的結論，不過我很高興有人談論教會，而非只是渾渾噩噩度日、假設執徒會照料一切。許多人只到某一次晉級時才會想到宗教。」另一群勝靈飛過，他又咧開嘴笑。「我等不及要把這些寫下來給我信壇的其他人看了。要是他們聽說全能之主在這裡創造出什麼奇景……」

哥得克解釋的時候，雅多林不確定他說的都有道理，不過同一時間，聽見有人這麼正向的感覺很好。他讓哥得克繼續亢奮，轉而在靈的翻譯之下跟雅肴硃聊天。她的感覺跟他第一次來到幽界時差不多，不知所措。

「我以前總認為我的人生合情合理。」這名女子透過她的靈說。「我總以為我知道最後將怎麼結束。我不想離開塔西克。我在那裡的生活很辛苦，但清楚、明瞭。」

「那妳又為什麼離開？」

她用洞悉人心的目光打量他，毫不動搖。「我怎能留下？我還是不知道我為什麼會被選中。一個行將就木的女人？但若孩子也能回應這召喚，那我當然義不容辭。」

她口中的孩子是利芙特。利芙特在過去這一年來招募了雅肴硃和其他人。這名少女似乎就是有辦法找到顯露力量的人。

「妳覺得她怎麼樣？」雅多林問。「利芙特？就算以燦軍的標準來說，她有時候的行為還是很古怪。」

雅肴硃扮了個鬼臉，嘴唇拉直成一條不愉快的線。「她正是我所需，只是我以前並不知道。我可不會讓你去跟她說我有多喜歡她，麻煩你了。她需要嚴明的紀律。」

這樣叫喜歡？

「樹椿，」雅肴硃透過她的靈說，似乎無限嚮往。「孩子們都這樣叫我。一個暱稱。唯一也給過我暱稱的人是我父親。孩子們眼中的我是一個人，然而很多人卻做不到同樣的事。所以我就是樹椿，一個來自孩子們的光榮頭銜。」

眞是個古怪的女人。不過她有一種平靜的穩健感，雅多林很高興有她參與任務。對話冷場後，雅多林轉而與紗藍同行。他們再次檢視加絲娜爲他們擬定的計畫。在數位君王共同支持與合作下，她給了雅多林分量幾乎與一整本書相當的指示。幸好他覺得自己能夠照計畫執行。他或許無法理解製圖師爲何對幽界的情況如此著迷，但扮演顯貴之人與密使？他從年輕時就開始爲這樣的角色而受訓。

初步計畫是將禮物連同請求建交的文書一起呈交給榮耀靈，不過分緊迫逼人。第一份是由加絲娜撰寫的論文，第二份由達利納在芬恩女王的指導下撰寫，第三份則是出自亞西爾皇廷。雅多林必須請求進入榮耀靈要塞，停留數日讓他們習慣與人類對話的概念，然後承諾他們將更常交流，隨後便離開。

有些逐風師的靈認爲這樣就夠了，不過西兒昨天趁卡拉丁難得不在跑來找他。

「我擔心這樣沒用，雅多林。」她是這麼說的。「我覺得他們甚至不會讓你們進去。他們不像以前的榮耀靈。他們又害怕又憤怒。我很高興你想嘗試，但……要有心理準備面對期望落空。還有，不要讓他們把過去燦軍做的事怪到你們頭上。」

率先看見船的是烏額潘。他對雅多林揮手，手越過欄杆，指向這會兒只在約莫一百呎之下、翻滾不休的珠子。一艘平底船停靠在柱基的一小塊陸地旁。一艘駁船，從前端一小塊高起的甲板操控飛行的鰻德拉。看起來沒有艙房或貨艙，遠不如他們上一次搭乘的船豪華。不過當然，他可不想再經歷上次的遭遇。如果搭駁船代表安寧的航程，那他樂意至極。

「我的表親。」烏額潘指著一個在駁船上揮舞一盞燈的人影。「喜歡他！」

「我盡量。」

「你會的！」烏額潘說。

「也是峰靈嗎？」雅多林瞇起眼看。

「對！」

「我們上一次也看過幾個這種靈。」雅多林說。「他們讓我們在星禮斑陷入絕境。」

「卡熙登峰靈，來自東方？他們是傻瓜！忘了他們。」

「你們有……不同國家？」

「當然！傻人類。你會知道的。」這生物紮紮實實地一掌拍在雅多林背上。他的岩石手感覺溫暖，但從他身上裂縫中透出的光看來，雅多林原本以為他的體溫會更高。

他們繞著柱子又走了幾圈，好不容易才終於抵達海平面。坡道下方，一棟小石屋倚柱而立，不過派來幽界的斥候回報屋子應該無人居住。

無論如何，雅多林還是派了兩個人進去搜查，然後才走過去與烏額潘的表親見面。他就跟雅多林遇過的其他峰靈一樣頂上無毛，不過他們頭上的裂縫似乎比身體其他部位多。他戴著一頂圍紗有可能也會喜歡的帽子，對他們鞠躬後才又戴回頭上。

「歡迎，人類王子！」他親切地說。「你要呈繳費用！」

雅多林拿出一小袋發光的錢球。「你覺得多久才到得了南岸？」

「可能兩週。」他對雅多林的手下揮手，要他們把馬牽上長形的駁船。這艘船約莫四十呎寬、一百呎長。幾個峰靈在船上工作，搬動箱子為登船者挪出空間。「最近航行輕鬆。船少。你們快樂又放鬆！」

「船少？」

「煉魔在東邊。」這名峰靈船長用手指了指。「雪諾瓦有怪事。榮耀靈盛氣凌人。沒人想旅行。」

他們原本想找到願意直接送他們到榮耀靈要塞「永恆至美」的靈船長。可惜選擇有限，他們跟一些靈談過，都被拒絕了，說是榮耀靈不喜歡船開得太近。

大多數都認同雅多林的隊伍最安全的路徑是直直朝南駛，直到觸及陸地，再從這裡以車隊的形式轉向西南，沿實體界的圖卡海岸前進，直到抵達永恆至美。

雅多林陪英勇走上船，隨即著手解下牠的重擔。不久，大家便安頓了下來，而且看起來都很高興終於結束步行。他原本以爲一路向下會比較輕鬆，不過因爲不停走下坡，這種不自然的動態弄得他小腿痠、膝蓋疼。

他注意到有些燦軍利用颶光維持精力，但他沒說話。雖然他們的颶光無法重新補充，較小顆的錢球本來就會在海路行程結束前慢慢耗盡。眞正的儲備颶光，也就是他們需要妥善控管的是能將颶光留存更久的較大寶石。

烏額潘跟他的表親一起解開碼頭上的繩索，也協助船員爲駁船做好出航的準備，包含爲四頭非常巨大的鰻德拉套上挽具；它們是一種飛行的靈，擁有幾對薄膜般波動的翅膀，原本都拴著皮帶在附近懶洋洋地徘徊。

鰻德拉扣上駁船後，船身便在珠子中微微浮起。一行人就這樣啓程。雅多林的士兵在駁船甲板搭了營帳，堆箱成牆、利用帆布架起遮蔽處。駁船移動的速度不快，不過在珠海上划動的方式有一種令人放鬆的韻律。上次搭的船劃過珠子時發出劇烈的碰撞聲，然而在駁船上，珠子相碰發出安靜的喀答聲，顯得較爲平和。

雅多林幫紗藍把她的物品安置好，其中包含幾箱滿滿的補給品，她得體地忍住沒取笑雅多林比她多帶了幾口箱子。駁船的速度看來並沒有快到需要他們將物品捆好，因此她的箱子堆好後，他撢撢雙手，然後頓住，注意到他妻子的動作。她打開了一個箱子，正跪在箱前查看，雙眼圓睜。

「怎麼了？」他問。

她搖頭。「沒事。只是顏料灑出來而已，清理起來可麻煩了。」她嘆著氣蓋上箱蓋，搖頭拒絕他幫忙。「不用，我自己來就好。」

好吧，自己的手下還在忙，他不想休息，於是他走到英勇旁邊。牠剛剛馱著雅多林的物品走下坡道，理當獲得一頓刷毛。

他動手工作，享受著照料馬兒的熟悉動作。英勇不停偷瞄雅多林的行李，他在裡面藏了些水果。

「還不行。」雅多林說。

馬兒惱怒地噴氣，然後看著雅多林的毛刷。

「對。」雅多林回應。「我三把都帶了。你以為我會為自己帶七把劍，卻忘了你的毛刷？」

馬兒用嘴巴發出一種喀喀的聲音，定血不曾這樣做過。雅多林不確定該如何解讀。高興地笑嗎？

「我會給你水果，」雅多林承諾，繼續刷毛。「但要先……」

他注意到瑪雅站在旁邊，聲音隨即低下去。他原本把她安頓在其他人附近，但她顯然決定不要待在那裡。

雅多林繼續刷毛。她看了一會兒，接著試探地伸出手。雅多林把毛刷交給她，她便注視著毛刷。她看起來好困惑，他覺得自己一定誤解了她的意思。

接著她開始學著他的動作為馬兒刷毛。從身側的最上面刷到最下面，跟他的動作一模一樣。

雅多林輕笑。「妳不能只刷同一個位置，瑪雅，不然牠會生氣的。」

他做給她看，沿英勇的脅腹順著毛生長的方向刷。又長又緩，細心的撫觸。她很快就學會了，雅多林退後一步，為自己拿了點飲料。他發現兩名峰靈水手在看他。

「你的亡眼，」其中一個峰靈邊說抓撓岩石構成的頭，發出石頭相觸的聲音。「我沒看過訓練得這麼好的亡眼。」

「我沒有訓練她。」雅多林說。「她想幫忙，所以我讓她看看該怎麼做。」

水手看看夥伴，接著搖頭。他們用一種雅多林聽不懂的語言說了些什麼，似乎對瑪雅感到不安，繼續工作的時候都避開瑪雅所在的位置。

雅多林從水壺啜飲，看著周遭柱子往後退去。他幾乎看不見上方遠處塔城的光輝了，塔城隨著他們移動而漸漸縮小。

*我會盡我的責任，父親，*雅多林想著，*我會把你的信交給他們，但不只如此。我會找到辦法說服他們幫助我們。而且是用我自己的方式。*

當然了，關鍵在於要先找出他的方式到底是什麼。

❖

所有人都在打開行囊，雅多林也在為馬兒刷毛，紗藍則跪在她的箱子前。她努力不驚慌，但失敗了，於是只能勉強接受自己至少*看起來*不驚慌。

打包個人物品時，她為墨瑞茲的通訊方塊擷取了一個記憶。透過她神奇的能力，她能夠精確畫出她把方塊放在哪裡。她原本只是想多一層謹慎，沒想到記憶這麼快就派上用場。

因為有人動過了方塊。不只是在她的物品中挪動位置，而是有人把它拿起來轉動過。她打包時*原本*朝上的那一面現在有幾個淺淺的刮痕，還轉到側邊去了。難以察覺的差異，若沒有她的能力，永遠不會有人看得出來。

有人動過方塊。不知道用什麼方法，在打包與上駁船之間，有人*翻過她的東西，並且使用了那個方塊*。

她只有一個結論。間諜確實也加入了這次任務，而且正利用這個裝置對墨瑞茲回報消息。

# 23 包紮傷口

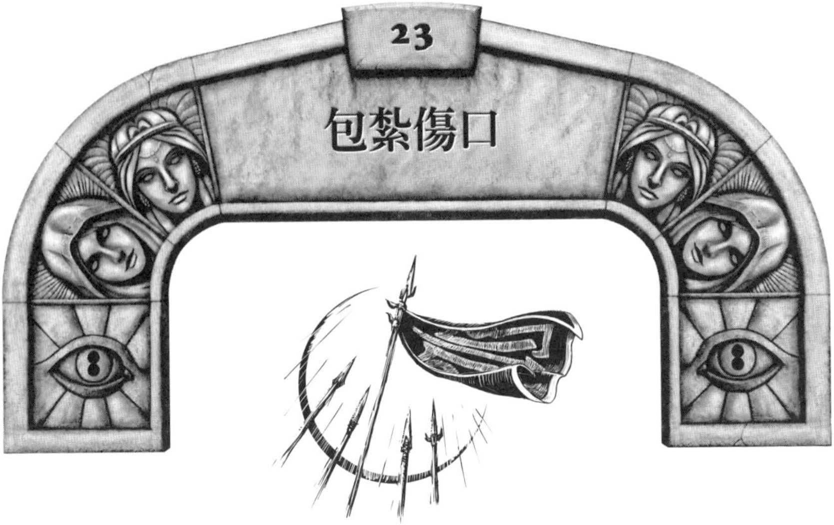

如你所指，其他碎神意見分歧，這出乎我的意料。

卡拉丁拉扯貼合在男孩腳踝上的繃帶。「下一次，阿丁，一次一階就好。」

男孩嚴肅地點頭。他大概十二、三歲。「一次一階，直到我找到我的靈。」

「啊？你的靈？」

「我會成爲逐風師，」男孩說。「然後我會飄下樓梯。」

「成爲燦軍就是這意思，對吧？」卡拉丁起身。「飄浮。」

「還有把跟你吵架的朋友黏在牆上，一個逐風師跟我說的。」

「我猜猜看。矮個子，賀達熙人，笑容開朗？」

「對。」

「好吧，在那之前，你這隻腳不可以施力。」他看著站在旁邊的那位父親，他的長褲沾上製陶的克姆泥。「如果他有必要走動，那就得幫他找根拐杖。一週後回來複診，從復原的狀況可以確定到底是不是骨折。」

那父親喃喃道謝，扶起他的兒子。他們離開後，卡拉丁盡責地在診療室的水槽洗手。在這方面，他也染上了他父親的習性。據說是神將的智慧。他見過幾位神將了，覺得他們看起來並不怎麼有智慧，不過那不重要。

穿上白色醫師圍裙的感覺很怪。李臨一直想要有一件，他說白衣讓人平靜。旅行的肉販或理髮師常為小鎮提供手術或牙齒治療方面的服務，他們總是髒兮兮又沾染血漬，看見穿白衣的醫師立即能表明「這不是那種地方」。

今天來為他朗讀的小鎮女孩是哈雯；卡拉丁派她去帶下一名病患過來。他擦乾雙手，站在小診療室的中央，長長嘆出一口氣。

「你快樂嗎？」西兒從隔壁房間飛竄進來，她剛剛在那兒看他父親工作。

「我不確定。我擔心在外面的其他人，我沒有陪著他們上戰場。不過做點事總是好的，西兒。這些事有幫助，但不會把我像舊毛巾一樣扭乾。」

在他擔任逐風師幾乎到最後的時候，他發現就連簡單的對練對他來說也是情緒上的負荷。諸如指派任務等日常活動都要花費好大力氣，常弄得他劇烈頭痛。他不知道這是怎麼回事。

現在這份工作包含重新記憶藥品說明、為病患看診、應付難纏的父母或淺眸人，應該更糟才是，結果並不會。忙碌，但不會讓他無法招架，卡拉丁永遠不必診療傷得太嚴重的病患，因為他們會去「重生」。因此他的工作儘管仍有壓力，卻無迫切性。

他快樂嗎？

他並不悲傷。

就目前而言，他可以接受「不悲傷」。

哈雯帶來下一名病患，接著告退去上廁所。這名病患是個較年長的男人，一臉雜亂的鬍子，臉孔親切。卡拉丁認出了他，米爾永遠沒辦法讓他的鬍子好好聽話。診所的病患大多是以前爐石鎮的鎮民，但他的小鎮在過去幾年來人口大量增加。大多數難民並非賀達熙人，而是來自邊界附近村莊的雅烈席人。因此儘管卡拉丁覺得自己應該認識所有病患才對，實際上來看診的絕大多數都是陌生人。

再次看見米爾感覺很好。他對待卡拉丁家不像其他人那麼刻薄。這老男人抱怨起沒完沒了的頭痛。確實，今天稍早出現過的相同痛靈又從地板蠕動鑽出。先排除簡單的病因，例如脫水、失眠，卡拉丁要他描述通常都從哪個部位開始疼痛，以及頭痛是否影響他的視力。

「哈雯，」卡拉丁說。「請讀偏頭痛的前兆給我聽，在頭部和頸部的書籤之間……」他想起他的閱讀者不在，隨即收聲。

不過不久後，一個不同的聲音說：「嗯，前兆。對……呃，等等。」

他望向閱讀桌，發現西兒費力地抬起書頁翻動。她在實體界沒多少力氣，不過忽略重力會稍有幫助，她拖著頁角朝上空走，而書本原本翻開的位置距離目標頁面並不遠。

她找到正確的頁面，降落在大書冊上，跪下一個字一個字讀出來。「脖子僵硬，呃……便……利——」

「便祕。」卡拉丁說。

她咯咯笑，然後繼續讀。「心情變化、渴望、口渴，嗯……我想意思是常常需要小便。颶風啊，從你們身體排出來的東西是不好的，但是不從你們身體排出來也不好。你們怎麼能這樣活著啊？」

他沒理她，繼續跟米爾聊他的頭痛。他建議他去找緣舞師，不過米爾的症狀持續好幾個月了，他們多半也無計可施。

幸好有些藥能派上用場，而且加絲娜能以魂術製造出多種物質，他們也因而能取得稀有的藥物。雖然卡拉丁和女王常常意見相左，但是她願意花時間製作藥物，這很重要。

卡拉丁給米爾一張向醫療軍需官領取藥品的單據，要他接下來這個月記錄每一次頭痛的狀況，包含開始時他注意到的徵兆。這樣的診療沒什麼，不過米爾笑得嘴巴都咧到耳朵邊了。病患常常都只是想知道他們來這裡並不代表他們是傻瓜或弱者。他們想知道他們的病痛是眞實的，而他們能爲這問題做點什麼，就算只是微不足道的小事也好。簡單的肯定比藥物更有價值。

他揮手跟米爾道別，一面慶幸儘管在當時和現在之間塞進了値幾輩子的悲劇，他多數的醫師訓練都沒丟下。他走到西兒旁，這會兒她垂著雙腿坐在書冊邊上。她今天的衣著很像他母親常穿的服裝：保守的裙子搭配鈕釦襯衫，略帶賽勒那風格。

「所以，」他說。「妳什麼時候學會閱讀的？」

「上週。」

「妳一週內學會閱讀。」

「沒一開始看起來那麼難。你現在成爲醫師，我想你會需要有人爲你閱讀。我覺得我也可以變成醫師的工具。我的意思不是解剖刀那種，畢竟我又不是眞正要切肉。不過你父親前幾天在用一個小鎚子……」

「用來測試反射，」卡拉丁說。「槌頭最好包上布料或橡膠。妳能變成不是金屬的東西嗎？眞希望不必跟父親共用聽診器。」這是另一項塔拉凡吉安的醫師在他們要求下提供的昂貴工具。

「我不知道耶。」她說。「我覺得……我覺得我們的力量好像還有很多需要探索的地方，卡拉丁。過去他們可能沒時間也沒精力探索的地方。因爲他們總是在戰鬥。」

他沉思著點頭。西兒的眼神變得遙遠，發現他在看之後，便戴上笑臉。他突然覺得好虛假，她今天似乎努力過頭了。也或許是他在投射自己。

他伸展一下，走到門口看看等候室。今天只剩幾名病患，卡拉丁能夠稍微休息一下。

他沿走廊來到家庭室，這裡有一扇門通往公共陽台。正如他們到來時他所希望的，寬敞的陽台現在成爲爐石鎭民非特定用途的會面場所，就像小鎭廣場一樣。曬衣繩上的衣服在角落翻飛，小孩跑來跑去玩遊戲，鎮民坐著聊天。

卡拉丁漫步到陽台邊緣。從這裡可以看見達利納的軍隊正在集結，準備遠征亞西爾。他逼自己看著，認清自己並沒有要跟他們一起去。

一個藍色身影掠過，飛過空中。雷頓一定看見他了，因爲不久後，一大群逐風師飛過來陽台旁盤旋。大多數人停止了原本的活動，小孩也都跑到陽台邊。

逐風師整齊劃一地敬禮。橋四隊的敬禮。雖然其中大多數人不曾加入橋四隊，平常也不會用這種方式對彼此敬禮，他們總是只對他和其他原始逐風師成員這麼做。

他也用橋四隊的敬禮回敬他們所有人，以雙腕相觸。

五十多名逐風師轉身，回頭朝地面飛去。下方誓門周遭閃爍起一圈光芒，整團軍隊隨即消失。他們後來學會了，一次轉移需耗費的颶光視操作裝置的燦軍而定，燦軍的經驗越豐富，耗費的颶光就越少。今天多半是加絲娜操作，她能以其他人遠不能及的方式運用她的力量。儘管她沒有聲張，但她顯然已經說出第四理念——卡拉丁永遠無法企及的理念。

「他們都走了。」西兒輕聲說，降落在他肩膀上。

「並不是所有人。」卡拉丁說。「還有大約二十個留下來守衛塔城。」

「但都不是我們的朋友。」

沒錯。所有原橋四隊成員都跟著達利納一起去了。瑞連或許會留下，繼續在田地工作？雖然他通常選擇與逐風師的支援隊同行，跟達畢和幾個熱心的侍從一起去幫忙。

看著他們全部飛走，根本不可能不覺得孤單到了極點。

*回想起你過去這週感覺到的平靜，卡拉丁心想，不要為自己感到遺憾。要為你正在前進的這條路感到興奮。*

這些想法沒用。看著他們所有人離開還是令人心痛。知道紗藍和雅多林去了幽界但沒帶上他，也令人心痛。他有他的父母和新生的弟弟，他心懷感激。但橋四隊的成員對他來說已經變得同等重要。

他那部分的人生結束了。最好別沉湎其中。卡拉丁走回診療室，哈雯已在那裡等著，於是他派她去帶下一名病患過來。

他已形塑出一種規律：診療病患、偶爾探頭到隔壁診療室，詢問父親對診斷或療法的意見。他處理了數量多得不尋常的咳嗽患者。顯然塔城遭受侵襲，某種疾病造成居民肺部生痰、全身痠痛。他沒遇過這樣的事。不過父親一直在追蹤，他說卡布嵐司的醫師回報這種疾病並不致命。一種來自西方的瘟疫，不過終究有負威名。這種病症幾乎不曾吸引瘟疫靈，只是塔城附近似乎沒多少瘟疫靈，這可能也是部分原因。

他建議病患多多休息、補充水分與勤洗手。這天拉得很長，病患漸漸變得稀稀落落。有個女人吸引了他的注意力。她是個難民，除了接受咳嗽的治療，她還問起卡拉丁有沒有見過她叔叔。她聽說有個在撤離前來到爐石鎮的人，長相與她叔叔相符。

卡拉丁要她等著，他則去找他父親。李臨的診療室空無一人，不過等候室裡傳來賀希娜的聲音，於是卡拉丁走出去想問她難民叔叔的事。

就在他走到等候室之前，他聽見一個熟悉的聲音，隨即原地凍結。

「——一直像這樣。」那個粗啞的聲音說。「聽話大概……什麼，六個月了嗎？颶我的。六個月。了不起哪。不過沒辦法忍受戰鬥，再也沒辦法了。進入我體內了，懂吧。在我腦裡發癢。」

卡拉丁衝進等候室，發現泰夫正在和他母親閒聊。這名年長男子未著制服，而是穿著一般的長褲與襯衫，灰鬍子修剪得整整齊齊，不像執徒那麼短，也不算特別長。沒看見他的靈芬朵菈娜，但她本來就不喜歡被人看見。

「泰夫？」卡拉丁說。「你被徵召了不是嗎，怎麼沒跟大家一起走？」

「走不了。」泰夫說。「腦子出太多錯。去跟黑刺談過，他說我辭職是個好主意。」

「你……泰夫，你越來越好轉了，沒理由卸下職務啊。」

泰夫聳肩。「感覺時候到了。也有點咳嗽，而且就算沒颶風，我的膝蓋也會痛。戰爭是年輕人的事，不適合我這塊乾掉的老樹皮。」

賀希娜歪過頭，似乎被搞迷糊了。西兒降落在卡拉丁肩上，因爲看見泰夫而倒抽一口氣，接著開心地鼓掌。

「大石走了，」泰夫說。「而摩亞許……摩亞許比走了還糟。席格吉得帶領其他人，我不能成爲他的包袱拖累他。你和我是這個團隊的起點，我想現在我們也應該待在一塊兒。」

「泰夫，」卡拉丁聲音放軟，前進一步。「你不能跟我待在一塊兒。」

泰夫挑戰地抬高下巴。

「我命令你重回你的崗位。」卡拉丁說。

「哦？命令？你肩膀上現在可沒有繩結，小子。你不能命令我做任何事。」他在一張椅子坐下，盤起雙臂。「我覺得我病了，頭不對勁。這件事沒人能跟我吵。」

卡拉丁看看母親，覺得手足無措。

她聳肩。「你不能逼人上戰場，卡拉丁。除非你想成爲阿瑪朗那樣的人。」

「妳站在泰夫那邊？」

「小子，」泰夫柔聲說。「滿心恐懼的不只你，一想起來雙手不時顫抖的也不只你。我也需要休息。那是克雷克自己的眞相。」

他只是誇大。卡拉丁知道他就是。這男人或許有藥癮和自我毀滅的行爲，但他才沒有戰爭創傷。然而這很難證實。尤其話題中的主角和泰夫一樣頑固，更是如此。

泰夫鬆開雙臂，然後又盤起，彷彿想讓這動作更堅定一點。他的衣著整齊乾淨，但他身上總是會有一點哪裡磨損的感覺。他的制服也似乎總是不合身，彷彿卡在兩個標準尺碼之間。

話雖如此，他骨子裡還是軍人。要說有哪件事是一個好副官必須知道的，那就是永遠不要讓你的長官孤身走入未知的情況。少了他的常識緊緊跟隨，誰知道淺眸人會捅出什麼婁子。泰夫把這樣的想法銘記在心。卡拉丁迎上泰夫的視線，知道這男人一丁點也不會動搖。

「好吧。」卡拉丁說。

泰夫一躍而起，對卡拉丁的母親微微敬禮，接著跟在卡拉丁身後走進診療室。

「好啦，我們現在要做什麼？」泰夫問。

「你說你想要看診。」卡拉丁在診療室門外停步。

「甭。已經知道我不正常了。你想戳我直到我崩潰？跳過這一步吧。我們今天要做什麼？包紮傷口？」

卡拉丁直勾勾盯著他。泰夫只是還以顏色，跟颶風一樣頑固。好吧，卡拉丁確實給過他們醫師助手的訓練，附帶基本戰場藥物知識。讓泰夫幫忙才是對的。

無論如何，他似乎沒有其他選擇。這應該會讓他心生挫折，但他發現自己感覺很溫暖。他們並沒有全部離開。

「謝謝你，泰夫。」他低語。「你不該放棄這麼多。但……謝謝你。」

泰夫點頭。

「有個女難民在找她的叔叔。」卡拉丁說。「要不要來看看我們能不能幫上忙？」

我覺得不太有可能畫下這些圖樣的形狀。它們變動不休，線條根據某些未知的原則而流動、扭曲。
他們長袍的形狀獨特，各有細微差異。
軀體似乎由玻璃般的實體平面構成，這些平面隨他們移動而任意折疊、分裂成新的角度。
就許多方面而言，謎族靈都比其他靈更難以理解。
他們的手非常嶙峋，不過我幾乎可以確定他們並沒有骨頭。
有些謎族靈的手看似以黑曜石鑿成，其他則由白色大理石雕成。
謎族靈有腳，但並不常能從長袍下看見。
我沒看過謎族靈奔跑，我覺得那應該會看起來很蠢。

# 24 驚爲天人

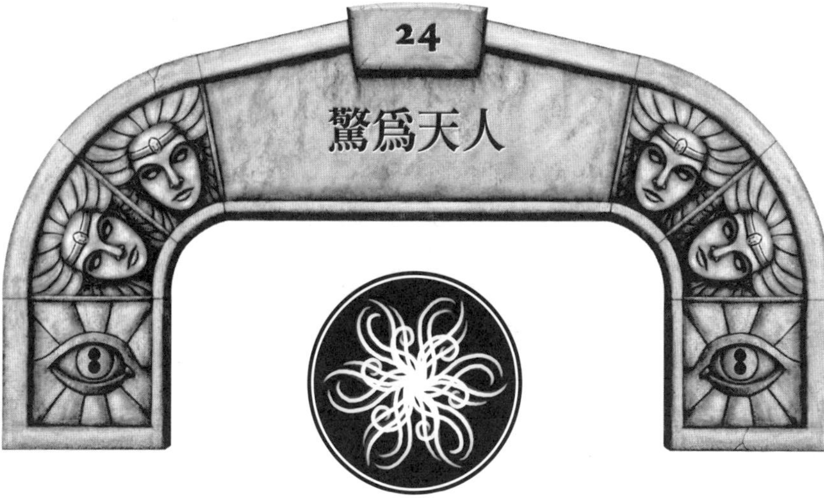

儘管初步接觸後，*我無法再找到創造，至少贈與回應了我的提議。*

燦軍光主此時並不想作主。

旅程嶄露曙光的第二天——正確應該說旅程開始就好，畢竟幽界的太陽並不會移動——紗藍便完全退居幕後。前一天裝出樂觀的態度累壞了她。不幸的是，經過圍紗幾天前搶下主導權的驚險之舉——違反了協議——她們也不想讓她主導。

因此只能由燦軍光主現身、做她的練習，並試著想出這一天該做些什麼。雅多林的士兵忙於整理駁船上的營區，然後還有好多事要做：磨利武器、爲盔甲上油等，一般軍人都這樣打發時間。祖兒在跟其他峰靈聊天，雅胥硃在看書，雅多林則在照料他的劍。

燦軍光主要貝若和伊希娜去記下她們對於幽界的觀察，派法達去看看峰靈水手是否需要幫忙。

她自己呢？找出間諜，紗藍在深處低語，*我們需要查出哪一個是間諜。*

我欠缺間諜相關技能，燦軍光主想著。她繞著甲板邊緣走，一面觀察各個燦軍靈。四個獨特的種類。*或許妳現在可以*

畫畫，直到我們決定結束圍紗的懲罰。畢竟找出間諜並不是一件需要立即著手的事。

但紗藍不願意出來。有時候事情就是這樣，她們無法總是選擇要哪一個出來。但紗藍日益加劇的緊張情緒……令人擔心。

妳還在為圍紗違反我們的協議而煩惱，是吧？燦軍光主問。

我們應該越來越好才對，而非變差，紗藍想著。

人都會犯錯，都有失足的時候。

妳就不會，紗藍想著，妳從來不會像那樣奪取主控權。

燦軍光主立即感到一陣刺痛的罪惡感。但逝者已逝，最好還是繼續前進。燦軍光主在靠近欄杆的地方坐下，一面聽珠子攪動的聲音，一面翻閱雅萊的筆記本。

她們三人已經聯手破解筆記本內幾乎所有內容。地名是廣袤幽界之外的地點，位於地圖邊緣之外的世界。有幾個靈遇過來自這些地方的旅行者，圖樣跟他們聊過，因而能夠確認。

筆記本的另一個部分是雅萊對鬼血領袖的推測與情報，神祕的賽達卡，無論他是誰，根據筆記本的脈絡判斷，燦軍光主認為他一定來自其中一個遙遠的世界。

筆記本中還有最後一條線索，燦軍光主覺得最值得深究。雅萊發現鬼血執迷於一個名為巴亞多米什蘭的靈。這是一個來自神話的名字，魄散之一。在最後寂滅之後，繼任憎惡的就是這個靈，她賦予歌者力量形體。

遠古時期，人類捕獲巴亞多米什蘭，將她困在一顆寶石中，藉此偷走歌者的心智。古代燦軍在拋棄兀瑞席魯之前，留下簡短但意義重大的訊息，他們才藉此知道那些歷史。透過交叉比對這些訊息和雅萊筆記本中的省思，燦軍光主慢慢對數百年前發生的事有了一點概念。

她越來越確定墨瑞茲在找尋裝有巴亞多米什蘭的那顆寶石。他很有可能認為能在兀瑞席魯找到；但若寶石眞的在那裡，先前控制此地數百年的子夜之母肯定早已尋獲，並救出她的盟友。

他也想把颶光帶到他界，紗藍冒了出來，我相信他在這部分誠實無欺。所以兩者或許彼此相關？或許巴亞多米什蘭能夠幫他達成這目的？

妳比我更會把這些想法串起來，燦軍光主對著她想，妳爲什麼不出來主導？

這是妳的目的嗎？紗藍質問，妳想拐我出來？去找出間諜。

這並非我專長，紗藍。

好吧，她想，那就是該讓圍紗出來的時候了。我贊成結束她的懲罰。

燦軍光主隨即退下，圍紗意外發現自己又獲得主導權。自從她接管並指示那三個有疑慮的織光師加入遠征，已經過了四天。

她一躍而起，四處打量駁船。再度作主的感覺很好，尤其是在這個神祕與祕密之地。幽界。珠子海洋、黑色天空、怪異的靈，以及有待調查的無盡問題。這眞是……

這眞是最適合紗藍的地方。

找出間諜，紗藍說。

圍紗遲疑了一下，接著又坐下，刻意掏起紗藍的背包。她拿出一支炭筆，翻到空白的一頁，開始畫畫。

妳在做什麼？紗藍質問，妳是個糟糕的藝術家。

「我知道。」圍紗低語。「而妳討厭看見我畫畫。」峰靈烏額潘踩著沉重的步伐經過，她拙劣地試著畫下他，結果令人不忍卒睹。

爲什麼？紗藍問。

「很抱歉我違反協議。」圍紗說。「我需要讓那三個人加入任務，我才能監視他們。不過我應該要先說服妳們兩個才對。」

那就去調查啊。

「燦軍光主是對的。」圍紗說。「那不急。」儘管承認令人痛苦，但確實有更重要的事。她繼續畫她那可怕的圖。

我們不會讓妳退避躲藏，燦軍光主想。而圍紗感覺得到，燦軍光主發現她們兩個都認同這件事後鬆了一口氣。有事情不對勁，紗藍。比圍紗做的事還嚴重，而且我們三個都受到影響、變得不穩定。

「我原本以爲妳對雅多林隱藏祕密是因爲妳跟我一樣，也享受身爲鬼血一員的刺激感。」圍紗說。「我錯了。不只如此，對吧？妳爲什麼一直說謊？發生什麼事？」

我……紗藍說，我……

黑暗在她心中擾動。無形，那個有可能出現的新人格。那股黑暗代表紗藍的恐懼，並且惡化了。

圍紗有她的缺點。她是個酒鬼，而且眼界和洞察力都有問題。她代表一大堆紗藍想要但知道自己不該要的特質。

然而圍紗的核心，她被創生的唯一目的是保護紗藍。她寧可前往沉淪地獄，也不會讓那個無形的東西取代她。

她握緊炭筆，開始畫雅多林。畫得非常、非常糟。

我不在乎，紗藍想。

圍紗給了他相連的眉毛。

圍紗……

圍紗給了他鬥雞眼。

太過分了噢。

圍紗讓他穿上醜陋的外套搭配截斷的及膝褲。

「好！」紗藍從素描簿扯下這一頁，揉成一團。「妳贏了，討人厭的女人。」她靠回欄杆上，深呼吸。然後，在另外兩個人的堅持下，她讓自己放鬆。

眞的……眞的沒關係。對，有人用通訊方塊連絡過墨瑞茲。對，有人動過她的東西。對，她的其中一個朋友毫無疑問是間諜。不過她應付得了。她會解決的。

眼前還有兩週的旅程，所以她今天可以放鬆。因為她在一艘滿是靈的駁船上，而他們都如此美妙。颶風啊，她怎麼可以讓自己在像這樣的時候退避？而且圍紗還這麼主動退下……

*我很抱歉，圍紗想，我會改進，而且我們可以之後再處理間諜的事。*

好吧。紗藍刻意把雅多林的素描撕碎後塞進背包裡，接著抓起炭筆，容許自己只是畫畫就好。

❖

五小時後，雅多林來找她，而她還坐在甲板上，背靠著欄杆，狂熱地畫個不停。他帶了食物給她，從味道判斷，應該是咖哩和拉維穀。接下來的一段時間裡，這是他們所能擁有最後的「眞」食物之一了。一部分的她意識到香味讓她的胃狂叫了起來，不過暫時還是繼續入迷地為峰靈畫素描。

鬆手並畫畫感覺眞好。不去擔心任務或她自己的精神狀態，或甚至雅多林。如此沉浸於藝術中，其他一切都不再重要。創作有一種無窮盡的感覺，彷彿時間像畫布上的顏料一樣塗抹，千變萬化。

當她終於從中飄離，回到甜咖哩的香味上，看見坐在她身旁微笑的雅多林，她感覺世界變得更好、更完整，她也變得比過去幾個月的她更像她自己。

「謝謝。」她將素描簿交給雅多林，接過食物，然後靠著他開始用餐，再看著雅胥硃和她的霧靈走過。紗藍得找個時間為這個古怪的靈畫幅素描。

「雅萊的筆記本有新進展嗎？」雅多林問。

「幾乎全部弄清楚了。」紗藍說。「寫滿省思、想法，有用的東西不多。鬼血似乎在找巴亞多米什蘭，一個魄散。不過我沒辦法確定他們找到她之後打算做什麼。」

雅多林哼了哼。「那間諜呢？在我們這夥人之中？」

「還在努力。但我今天不想談這件事。我需要一些時間仔細思考。」她又吃進一口，感覺自己餓得前胸貼後背。「你很緊繃，雅多林。我們這一段旅程不是應該能夠放鬆一下嗎？」

「我在煩惱任務。」

「因為西兒說的話嗎？有關榮耀靈不太可能會聽我們說話？」

他點頭。

「如果他們拒絕我們，那他們就是拒絕我們。你不能事情還沒發生就先責怪起自己。颶風的，誰知道現在到我們抵達之間還會有什麼變化。」

「應該吧。」

她吃一大湯匙拉維穀，用舌頭感覺每一顆穀子；穀子吸收了滿滿的甜咖哩，在她嘴裡化為爛糊——噁心，但很美好。圖樣老是愛談人類有多奇怪，靠自身摧毀的事物而存活。

「離開家鄉時，」她對雅多林說。「我以為我知道自己的目標，但我完全沒概念會發生什麼事，也不知道最後會去到什麼地方。」

「妳很有想法啊。」雅多林說。「妳打定主意要成為加絲娜的學徒，也成功了。」

「我打定主意要偷她的東西。」紗藍輕聲說。她感覺雅多林動了動，視線轉向她。「我的家族群困潦倒，受債主威脅，我父親又死了。我們覺得我或許能搶劫這個雅烈席女異教徒，偷走她的魂師，然後靠魂師恢復財富。」

她準備好迎接批評。衝擊。

不過雅多林反倒大笑了起來。保佑他，他居然大笑。「紗藍，這是我聽過最荒唐的事！」

「沒錯吧。」她扭過身子對他露齒而笑。

「偷加絲娜的東西。」

「對。」

「偷加絲娜的東西。」

「我知道！」

他打量她，笑容加深。「她沒提過，所以我打賭妳得手了，對吧？至少稍微騙過她？」

颶風啊，我眞愛這男人，她心想。因爲他的幽默、他的活力，以及眞誠的善良。因爲這抹比幽界冰冷的太陽還明亮的微笑，她又成爲紗藍。深刻且完整。

「一點也沒錯。」她低聲對他說。「我用假魂師掉包，而且幾乎逃脫了。只不過，你知道的，她是加絲娜。」

「是啊，妳計畫中的重大缺陷。要是一般人，妳多半早就得手了。」

「唉，那個魂師原本就是假貨，所以我注定失敗。就算是眞的……我曾經自我膨脹地認爲我眞是個了不起的小偷。在圍紗出現前，我有這種愚蠢的性格傾向，現在想起來還眞好笑。」

「紗藍，妳再也不需要覺得沒安全感。戰營的任務？妳做得非常完美。」

「直到有人處決了雅萊。完美。」她看著他，接著微笑。「別擔心。我再也不必和不安全感對抗。」

「很好。」

「我會說我現在跟那種感覺很熟了。」

「紗藍……」

她又咧嘴笑，讓他知道儘管她這麼說，但她沒事。他凝視她雙眼，自己也笑開來。然後她莫名就是知道接下來會發生什麼事。

「嗯，我會說妳是個很不錯的賊……」他開始了。

「噢，你敢！」

「……因為妳偷走了我的心。」

她呻吟，頭往後靠。「你還眞的敢。」

「怎樣，只有妳能說爛笑話嗎？」

「我的笑話才不爛。它們都很精妙，而且都是在最完美的時機大費工夫臨場創作出來的。」

「大費工夫。臨場創作。說得好像妳都不用事先準備一樣？」

「從不。」

「是嗎？我注意到妳跟某些人見面時，好像總是有所準備呢。」

「嗯，當然囉。那種笑話是很棒的問候，應該要說『你好好笑』才是。」

他皺眉。

「或是，」她補充。「『再見好笑』。」

他注視她，接著變得有點鬥雞眼。

哈！圍紗想著。哈！

「噢，親愛的。」紗藍說。「我把你弄崩潰了嗎？」

「但……『你好好笑』的『你好』又不是打招呼的『你好』……這沒道理啊……」

「這是個偷偷摸摸的笑話。」紗藍說。「藏在明顯之處，跟織光師一樣，就是這樣才高明。」

「高明？紗藍，這驚人地糟糕好嗎？」

「你是指讓人驚為天人。了解。」她微笑，依偎著他，輕鬆地放下碗，從他手中接過素描簿。多畫一點再把飯吃完。靈感刻不容緩。

雅多林一手環住她，看著，然後輕輕吹起口哨。「那些畫眞的很棒，紗藍。就算以妳的標準來說還是很棒。還有其他的嗎？」

她感覺一陣暖意，翻頁讓他看她先前畫的培養靈。「我想找到每一種靈的男性和女性來作畫。這趟旅程或許沒時間，不過我發現，至少在這個時代，還沒有人爲燦軍靈做過博物誌。」

「太棒了。還有，謝謝妳，妳讓我放鬆下來了。妳說得對，我不可能知道會發生什麼事。我們找到榮耀靈後，情況可能有一百八十度轉變。我會努力記住這件事。」他的手臂鬆鬆地圈住她，手指輕拂過她的臉頰。「有沒有什麼我可以幫忙的地方？」

「幫我弄清楚這衣服是怎麼回事好嗎？」她翻回峰靈那一頁。「我覺得這件別在肩膀上的衣服在圖畫裡垂下來的角度不對……」

他們轉而聊起比較輕鬆的話題。一部分的紗藍覺得自己應該要做更重要的事才對，不過圍紗低聲許下承諾。她們隔天再來擔心間諜。先做點其他事，再精力充沛地著手對付問題。

*妳告訴雅多林妳偷加絲娜東西的事，燦軍光主說，做得好。沒那麼糟，對吧。*

對，是不糟，但那只是她的罪行中最輕微的一項。其他罪行更黑暗、藏得更深——太深了，她實在不記得。也不想記得。

詭異的霧靈終於飄近。這生物不規則的形狀似乎難以用素描描繪。有如蒸氣，不知怎地受困爲人形，受衣物與那詭異的面具限制。

她翻到新的一頁開始畫，但那個自稱「雖醒猶夢」的靈窺看素描簿。

「噢，只是我而已嗎？」她問。

「不然妳以爲還有什麼？」雅多林問。

「她剛剛提到魄散，」雖醒猶夢說。「所以我以為她可能是在畫他們。」

紗藍停下，提起炭筆。「妳知道魄散？」

「幾乎什麼也不知道。」靈說。「妳想知道什麼？」

「巴亞多米什蘭怎麼了？」紗藍迫切地問。「她是什麼樣子，她怎麼跟歌者聯繫？困住她又怎麼會導致他們變成帕胥人？」

「真是些好問題。」靈說。

「那……」雅多林催促。

「跟你們說過了，我幾乎什麼也不知道。」她回應。「我覺得這些問題問得很好。妳問的問題告訴了我好多事。」她邁步要走開。

「真的嗎？」紗藍說。「妳對巴亞多米什蘭一無所知？」

「她自由的時候我還不存在。如果你們想知道更多，問神將吧。我聽說她被封印的時候有好幾個神將在場。納拉、克雷克。找到他們、問他們。」她說完便離開。雖然她有腿有腳，但她的動作與其說是「走」，更像「飄」。

「這番話聽了真是不舒服。」雅多林說。

「對啊。」紗藍放下素描簿，拿起她那碗食物；雖然已經涼了，依然美味。「但就某種角度來說，也讓人安心。靈就該顯得陌異，就該有自己的思考與說話方式。我覺得雖醒猶夢這樣有點怪怪的很好。」

「妳只是喜歡有他們在而已。」雅多林說。

紗藍微笑，但靈剛剛說的話縈繞不去。神將還在。神將是榮譽之子的主要關注核心，而墨瑞茲派我去找尋他們的首領。

一切皆有關聯。她必須想出辦法揭露一切，而不揭露她自己。

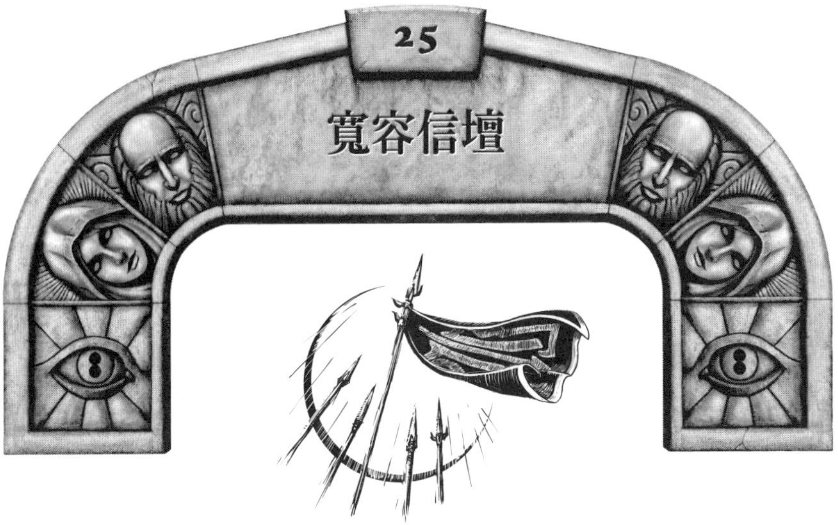

# 25
# 寬容信壇

無常並不是很有用，而寬容令我擔心。我確實認爲能與毅勇說理，因此建議你再去找她一次。根據她的說法，距離你們上一次談話已經太過久遠。

「很抱歉，光爵。」這名執徒一面說，一面在房內走動，撿起地上的坐墊堆在懷中。「我確實知道你在找的那個男人，但他已經不在這裡了。」

「妳讓他離開了？」卡拉丁與她並肩。

「不是的，光爵。不算是。」她將那疊坐墊交給他，明顯預期他幫她拿著，她才好走到下一排繼續收拾其他坐墊。

卡拉丁保持手上的坐墊山平衡，跟著她一起前進。他和泰夫還在幫那個女難民找她失散的叔叔。他名叫諾瑞爾，卡拉丁的父親也記得他。考量李臨對於記憶人和臉孔接近超人的能力，這並不令人意外。

諾瑞爾，早年失去一條手臂，在卡拉丁帶飛行船到來的那天抵達爐石鎮。他呈現出嚴重創傷的症狀，所以當時李臨特別關照他，確定他也搭上了飛往兀瑞席魯的浮空船。

船抵達目的地後，情況變得混亂。難民的數量和他們各自的病痛弄得李臨應接不暇，因此把諾瑞爾送去給執徒照料，於是卡拉丁和泰夫今天才會來此。有這麼多病患等著看診，他們卻花這麼多時間找一個男人，感覺頗怪的。來這裡稱不上是特別有效的檢傷分類作業。

不巧的是，卡拉丁向來不擅長判斷哪種病患比較嚴重、需要優先診治。放棄一個患者好拯救另外兩個？原則上來說當然很棒，但做起來令人痛苦。

卡拉丁隨執徒走動，泰夫則靠在靠近房門口的牆上。根據成排的坐墊判斷，這裡稍早前顯然在進行某種訓練或教學，不過此時房內除坐墊之外什麼也沒有。

「要是妳沒讓諾瑞爾離開，」卡拉丁說。「那他到底怎麼了？」

「我們送他去其他地方了。」執徒解釋。她懷裡有好多坐墊，他根本看不見她了。「我的信壇照料身體病痛。我們協助在戰爭中失去肢體、眼睛或聽力的人康復。沒錯，他只剩一條手臂，但他的傷在更深處。」

地板上剩下三個坐墊，當她試著彎腰撿拾，懷中的坐墊山搖晃了起來，因此卡拉丁一隻手伸向坐墊山，然後是第二隻手。

「你拿不了全部的。」執徒說。「我們來……」

當她看見卡拉丁做了什麼，隨即收聲。他原本抱著的那堆現在被恰到好處地往上捆縛，飄浮在他身旁。

「噢。」她更仔細地打量他。「噢！您是受颶風祝福者光爵！」

卡拉丁輕推那堆飄浮的坐墊，它們便懶懶地朝另一端的牆飄去，其他未使用的坐墊都堆在那裡。然後他接過她懷中的坐墊山。

執徒火速抓起最後三個，跟他一起朝那面牆走的時候臉頰刷紅。「我沒想到是您！很抱歉，燦軍騎士。」

「沒關係。」卡拉丁說。「請別放在心上。」好像身為淺眸人還不夠糟似的。

「你想找的那個男人，我們幫不上忙。」她說。「我們……確實試過留下他，而非把他送走。畢竟我們知道他狀況不好。但……」

「狀況不好？」卡拉丁問。

「啊，對。」她說。「上週我們發現他試圖上吊。送他來這裡的那位醫師警告過我們要留意，幸好我們及時阻止了他。然後我們就送他去寬容信壇了，他們照料那些……有心智方面困擾的人。」

「你們知道他可能危害自己，」泰夫走過來。「卻沒立即送他過去？」

「我們……對。我們沒有。」

「眞不負責任。」

「我父親知道，也是先送他來此。」卡拉丁提醒泰夫。「我相信執徒們一定盡他們所能了。」

「請到第四層去，光爵。」執徒說。「在中心附近，順著北桁走，但還沒到艾拉達藩國。」

他放下最後幾個坐墊，對泰夫一點頭，兩人隨即開始健行。在兀瑞席魯，走路就等於健行，尤其是在比較低的樓層時。

不同岩層被切開，打造爲隧道，形成波浪狀的彩色線條，紗藍光憑它們就永遠找得到方向。卡拉丁自認方向感不錯，但他在塔城內無論去哪裡都得依靠畫在地上的指示線。

「難以相信塔城居然有這麼多地方還沒人探索過。」他們一面走，泰夫一面說。

「我猜到現在應該大部分都探索過了。」卡拉丁說。「娜凡妮光主的團隊已經爲所有較低樓層繪製了地圖，比較上面的部分也都踏查過了。」

「踏查，沒錯。」泰夫檢視一條黑漆漆的走廊。「但探索呢？你可能每天在林子裡走動，但在裡面一百種盯著你瞧的東西之中，你卻可能不曾看見任何一種。」

隨著他們深入內部，遇到的人也越來越少。點燈的區域有著緊緊鎖在牆上的成排颶光燈籠，但他們已漸漸遠離，必須靠手持錢球照明。塔城的內部區域有一種陰森感，大多數人都在外圍生活、工作。他們只會在到訪中庭或其中一個第一層市集時才深入內部。他先前就注意到，大家都沿外圍繞一大圈，沿點燈的走廊走，而不直接穿過較黑暗的中心。颶風的，他發現自己也一樣。

第五層和第六層外圍還有空間，爲什麼這個信壇要選擇這麼深的區域？當他們終於來到又有永久性燈籠的走廊時，他覺得如釋重負。地板上的漆指出他們已接近艾拉達藩國。在一個地上繪有符文的大路口右轉，他們隨即來到了那座信壇——一扇大木門擋住去路，上面繪有一對弗林劍形的符文，指出這是個宗教建築。

當然了，用「建築」形容並不精確。一般而言，像這樣的小型複合式空間，你會找一個包含幾個不同大小房間與走廊的區域，並在主要出入位置裝上幾扇門，把空間區隔開來。有人在監控，因爲他們走近，門便彈開，裡面出現一個較年輕的男性執徒。

「光爵。」男子鞠躬。他瞇眼瞧泰夫，試著弄清楚他眼睛的顏色，然後他再度鞠躬。「光爵。」

泰夫對此哼了一聲。他們成爲燦軍這麼長時間了，最近眼睛的顏色已不再褪去。不過這無法阻止他繼續抱怨身爲淺眸人的身分。卡拉丁就不同了，他早已接受。

「如果二位是來委任祈禱或焚燒祈禱文，我建議你們轉往克雷克信壇，位置在比較靠外圍之處。」執徒擦拭眼鏡，對卡拉丁瞇起眼。「我們這裡不受理委任祈禱。」

「打擾了。」卡拉丁說。「我們不是要祈禱。你們最近是否收過一位少一條手臂的病患？我們幫他的家人在找他。」

「我們不能洩漏病患資訊。」男子以令人生厭的語氣回應，他戴上眼鏡，接著輕聲咒罵，又取下眼鏡用襯衫擦拭，努力想擦掉剛剛錯過的一個汙漬。「我需要一位至少是第三達恩的上主授權。否則請向雅拉姊妹提出一般探訪申請。我這裡有張表格可供你的妻子塡寫。」

泰夫看了看卡拉丁。

「你來。」卡拉丁說。「西兒去進行她的早晨飛行散步了，要是我提早叫她回來，她會罵人。」

泰夫嘆氣，伸出雙手，召喚出銀色碎矛。最靠近的三盞燈籠的颶光暗去，有如蒸氣般飄向他，隨即點亮他的雙眼。他的皮膚冒出冷光霧氣，就連鬍子似乎也在發光；他的衣服原本平庸至極，這會兒卻隨他飄上約一呎高的空中蕩漾。

執徒停止擦拭眼鏡。他對泰夫瞇起眼，彷彿忘了手中的東西。「噢，燦軍光爵。」他恭敬地先後對泰夫和卡拉丁鞠躬，但似乎沒認出卡拉丁。「燦軍光爵，我來處理您的需求。」

卡拉丁不太把別人對他們展現的崇敬放在心上。這些人過去聽人提起「失落燦軍」時會吐口水，然而一旦他們的藩王和女王也成爲了燦軍，態度立即一百八十度轉變。他不禁納悶，如果崇敬突然退了流行，這些人又會多快背棄他們。

不過，確實有些額外好處，尤其是跟執徒往來的時候。他們很快便指出弗林教向來與燦軍騎士密切合作。這位執徒立即讓他們進去，心不在焉地把眼鏡塞進長袍胸口的口袋。他帶他們來到一個塞滿紀錄冊和文件的檔案室，要裡面的一個執徒在他照料「尊貴客人」時去看著門。他的語氣欠缺熱忱，不過似乎原本就不是熱情的人。

「獨臂……」執徒查閱靠近門的紀錄冊。

「名字是諾瑞爾。」泰夫說。「他似乎沒什麼理由用假名。」

「他在這裡，光爵。」執徒湊近，手指書冊中的文字。他拍拍長袍低處的口袋，似乎在找他的眼鏡。

「但他說他沒有仍健在的親屬，或許不是同一個人。啊，而且他因爲自殺傾向而受到看守，二位光爵。失敗過一次。一個極度心神不寧的人。」

「帶我們去看他。」卡拉丁說。

執徒終於找到他的眼鏡，又擦了起來。他帶路退出檔案室，走過一條放置寥寥幾盞燈籠的黑暗走廊。卡拉丁跟在後面，舉起一顆錢球爲這地方增添一點光。好像被困在塔城深處、遠離自然光與風還不夠似的，他們有必要也弄得這麼昏暗嗎？他不禁想起那一次在決鬥場幫了雅多林後身陷牢獄的日子。卡拉丁被關過好幾次，但那次感覺最糟。坐在裡面發怒、不安、潰爛，感覺風和開闊的天空都被偷走……

黑暗的時光。他寧可不再想起的時光。

他們沿走廊前進，經過一扇又一扇門，每扇門上都標示著數字符文。他看見附近有不少鬱靈。除了符文之外，門上還開了小窗，但卡拉丁覺得門後的黑暗小隔間應該無人使用——直到他聽見其中一間傳來喃喃自語的聲音。他隨即停步，舉高錢球朝內看。一名女子坐在毫無裝飾的小房間裡，背靠著光禿禿的牆，一面喃喃說著難以理解的什麼，一面前後搖晃。

「多少像這樣的房間裡面有人？」卡拉丁問。

「嗯？噢，大多數都有。」執徒說。「說實在的，我們人手有點不夠，光爵。合併於塔城後，我們接收來自幾乎所有藩國的病患。如果您能向女王提及這件事……」

「你們把他們關在這裡？」泰夫厲聲問。「在黑暗中？」

「許多心智有缺陷的人對過度刺激產生不良反應。」執徒說。「我們努力給予他們安靜、平和的居所，免於明亮光線。」

「你們怎麼知道？」卡拉丁大步跟上執徒。

「這種療法由信壇中幾位最優秀的思想家提出。」

「但你們怎麼知道？」卡拉丁又問。「他們之中有人好轉嗎？你們試過多重理論並加以比較嗎？你們在不同族群病患身上試過不同療法或療方嗎？」

「心理疾病無法治癒，光爵。」執徒說。「就連緣舞師也對他們束手無策，除非他們的狀態與近期的腦部創傷有關。」他在一扇潦草寫著符文二十九的門旁停步。「我無意不敬，光爵，但您應該把醫療議題交給受過醫療訓練的人。」他用指節輕輕叩門。「裡頭就是他。」

「打開門。」卡拉丁說。

「光爵，他可能有危險。」

「他曾攻擊人？」卡拉丁問。「除了他自己，他傷害過別人嗎？」

「沒有。」執徒說。「不過精神錯亂的狀況難以預料。你們有可能會受傷。」

「小子，」泰夫說。「你可以拿刀戳我們一百次，我們只會抱怨你毀了我們的衣服。打開颶他的門。」

「噢，嗯，好吧。」他從口袋中撈出眼鏡，再伸手進另一個口袋，掏了半天才掏出一串鑰匙。他一一把鑰匙拿到鼻子前查看上面的符文，好不容易才終於打開門。

卡拉丁走進去，他的藍寶石布姆映照出一個蜷縮在牆角地上的人影。另一堵牆旁有充當床的稻草，但那男人沒有睡在上面。

「不能給他毯子或床單。」執徒站在外面探頭看。「他可能會嘗試上吊。」

「諾瑞爾？」卡拉丁遲疑地叫喚。「諾瑞爾，你醒著嗎？」

那男人沒說話，不過動了動。卡拉丁走近一點，注意到縫死的袖子。這男人整條左手臂都沒了。考量整體狀況，房裡味道還不算差，所以執徒至少有為他保持清潔。他身上只穿著短褲和薄衫。

「諾瑞爾，」卡拉丁跪下。「你的侄女葵莎在找你。你不是孤單一人，你有家人。」

「跟她說我死了。」男人低語。「拜託你。」

「她很擔心你。」卡拉丁說。

男人哼了一聲，還是面對牆躺在地板上。颶風的，我知道這種感覺，卡拉丁心想，我也曾到過那境地。他環顧阻絕陽光與風的沉默小房間。

這真的太、太不對了。

「你站得起來嗎？」他問諾瑞爾。「我不會逼你跟她談。我只是想帶你到其他地方去。」

諾瑞爾沒回應。

卡拉丁靠得更近一點。「我了解你的感覺。黑暗，像是這世界不曾有光。像是你體內的一切都是虛空，而你希望你能感覺到點什麼，什麼都好。疼痛至少能告訴你你還活著，但你什麼也感覺不到。然後你納悶著，人怎麼會繼續呼吸，卻已經死去？」

諾瑞爾轉過頭，他看著卡拉丁，眨眨那雙因失眠而通紅的眼睛。他的鬍子蓬亂不堪。

「跟我走、跟我聊聊。」卡拉丁說。「你只需要這樣做就好。之後，如果你希望我告訴你侄女你死了，我會照做。你也可以回來這裡腐爛。但若你現在不跟我走，我會一直煩你。這是我的拿手本事。相信我，我跟最厲害的人學的。」

卡拉丁起身，伸出一隻手。諾瑞爾握住，讓卡拉丁拉他站起，兩人走向門。

「這是怎麼回事？」執徒問。「您不能放他出去。他歸我們管！我們必須照料……」

卡拉丁看了他一眼，他隨即收聲。颶風的，在這裡關得太久，誰都有可能冒出自殺的念頭。

「小子，」泰夫溫和地把執徒拉到一旁。「我現在可不會去跟受颶風祝福者光爵作對。如果你還珍視你身上每一部分的話。」

卡拉丁帶著諾瑞爾離開信壇，直接朝塔城外圍走去。泰夫走到他身旁，而那名執徒——卡拉丁沒問人家名字——跟在後面。幸好他沒跑去求援，但顯然也不想讓他們就這樣帶病患離開。

諾瑞爾安靜地走著，卡拉丁讓他自己慢慢適應離開監牢的概念。

「克雷克的呼息啊。」泰夫對卡拉丁嘀咕。「我對那位執徒女士太嚴厲了，居然責備她想留下諾瑞爾，而非送去給專家；如果專家就是這麼搞，我了解她爲什麼遲疑了。」

卡拉丁點頭。不久後，西兒掠過走廊飛近。「你在這裡啊。」

「榮耀靈感覺得到他們的騎士在哪，」卡拉丁說。「所以妳不必裝出看到我很驚訝的樣子。」

西兒誇張地翻了個白眼，他發誓她還把她的眼睛變大，藉此強調效果。

「我們在做什麼？」她降落在他肩膀上，拘謹地雙腿交疊，雙手放在膝蓋上。「事實上，我不在乎。有件事得告訴你。艾拉達的野斧犬生小寶寶了。我今天早上從牠們旁邊飛過，這才了解我有多需要看幼犬。牠們是世界上最噁心的東西，卡拉丁，但不知爲何噁心得好可愛噢。我差點被牠們可愛死！只不過我死不了，因爲我是神的不朽碎片，我們對像那樣的事有些規範。」

「嗯，很高興妳覺得好一點了。」

「對啊，我也是。」她指指諾瑞爾。「看來你找到他了。要帶他去找他侄女嗎？」

「還沒有。」卡拉丁說。

他帶諾瑞爾經過一條熙來攘往的大通道。好不容易穿過後，他們才終於踏上露台。這是一個寬敞的公共露台，就像他們診所旁的那個一樣。

諾瑞爾在拱門下停步，抬頭看天空，眼睛泛淚。泰夫握著他手臂帶他再往外走一點，來到幾張椅子旁。這些椅子就放在欄杆旁，遠眺著群山。

卡拉丁走到欄杆旁，剛開始一句話也沒說。

諾瑞爾終於開口。「她還好嗎？我侄女？」

「她很擔心你。」卡拉丁轉過身，到一張椅子坐下。「我父親，也就是你在爐石鎮見過的那位醫師，他說在他遇見你之前，你過了一段苦日子。」

男人點頭，視線空洞。他的家人慘死，他卻無能為力，李臨是這麼說的。

「對我們之中的某些人來說，」卡拉丁說。「那些苦一點一點累積，直到我們發現我們快要溺死。我原本以為自己很慘，不過我想我應該不會想跟你交換處境。像那樣一次遭遇所有打擊……」

諾瑞爾聳肩。

「你做惡夢嗎？」泰夫問。

「對。」他回答。「記不得細節。或許是全能之主的一點慈悲吧。」他深吸一口氣，仰頭看天。「我不配獲得慈悲。我不配擁有任何東西。」

「你只想停止存在。」卡拉丁說。「你並不是真的想自殺，大多數時候都不想。只不過你覺得要是你不在，那肯定會方便許多。」

「不用應付我，對所有人來說都比較好。」諾瑞爾說。

西兒又降落在卡拉丁肩上，她往前靠，神情熱切地注視諾瑞爾。

「你知道的，你消失的話並不是對所有人來說都比較好。」卡拉丁說。「你的侄女愛你。你回來，她的人生會變得比較好。」

「我不這麼覺得。」諾瑞爾說。

「我知道。所以你需要有個人來告訴你。當黑暗很強大時，你需要有個人跟你聊聊，諾瑞爾，有個人來提醒你世界並不總是這樣，也不會總是這樣。」

「你怎麼……你怎麼知道？」諾瑞爾問。

「我也有這種感覺。」卡拉丁說。「幾乎每天。」

諾瑞爾轉向泰夫。

「人不能因為自己做了什麼或沒做什麼而恨自己。」泰夫說。「我以前會，現在偶爾也會試著這麼做。但我一直提醒我自己，那是挑簡單的路走。他們不會想要我這樣，你知道吧？」

「是啊。」諾瑞爾坐了回去。他的眼神依然憂煩，不過至少呼吸變深沉了。「謝謝你們，謝謝你們帶我離開那地方、跟我聊天。」

卡拉丁看了看還在他們後面徘徊的執徒。泰夫繼續和諾瑞爾閒聊，都是些雞毛蒜皮的事，像是他來自哪裡。他顯然在多年前失去一條手臂，跟失去家人不是同一場事故。

他似乎談得越多感覺越好，但怎麼說都不是治癒，只是變好。

執徒在與露台連成一體的石長椅坐下，卡拉丁起身走過去。那男人已戴上眼鏡，正凝視著諾瑞爾。

「他在談話。」執徒說。「我們再怎麼努力，頂多也只從他口中聽過咕噥聲而已。」

「不意外。」卡拉丁說。「當你變得像他一樣，很難想做任何事，就連說話也一樣。颶風的……當我狀況不好時，我覺得我最不想要的就是有人跟我談話。但我錯了。你不能強逼，不過有人能談談通常有幫助。你們應該要讓他見見其他和他有類似感覺的人。」

「治療的相關書籍裡面沒寫到這些。」執徒說。「書裡說我們應該要隔開精神失常的人，讓他們彼此交談只會讓他們吸收彼此的憂鬱。」

「料想得到。」卡拉丁說。「不過你們眞的明確知道嗎？你們試過嗎？」

「沒有。」執徒看似羞愧了起來，避開卡拉丁的視線。「我知道您對我們感到憤怒，光爵。不過我們已盡我們所能。大多數人都想忽視像他一樣的人，把他們推給執徒。您或許認爲我們麻木不仁，不過我們是唯一在乎、嘗試的人。」

「我並不覺得你們麻木不仁。」卡拉丁說。「我覺得你們只是方法錯誤。就外科而言，我們知道應該把休克病患的腳抬高、頭放低，不過要是病患頭部或頸部有傷，那就絕對不該動他，直到我們確認損傷的程度。不同病症、不同傷勢，需要的療法可能有天壤之別。告訴我，你們怎麼治療憂鬱症病患？」

「我們……」執徒吞嚥了一下。「避免他們接觸任何可能惹惱他們、讓他們心神不寧的事物。為他們維持清潔、保持平靜。」

「具攻擊傾向的病患呢？」卡拉丁問。

「一樣。」執徒坦承。

「戰爭創傷？看見幻覺？」

「你已經知道我的答案了，光爵。」

「有人需要為這些人提供更好的照護。」卡拉丁說。「有人需要跟他們談談、嘗試不同療法、看看他們覺得哪些方法有效。哪些方法真正幫上忙。」颶風的，他聽起來活像是他父親。「我們需要研究他們的反應，療法要採取經驗法則，而非只是假設所有承受心理創傷的人都永久崩潰。」

「聽起來都很棒，光爵。」執徒說。「但您知道改變執徒領袖的想法有多困難嗎？您知道照您所建議的方式做，要花費多少時間與金錢嗎？我們沒有這樣的資源。」

卡拉丁望向諾瑞爾，又把頭往後仰，閉上雙眼感受照在肌膚上的陽光。西兒降落在他身旁的椅子上，彷彿研究一幅偉大畫作那般看著他。

卡拉丁感覺內心深處一陣激動。他原本擔心跟父親一起工作無法真正實現抱負。他原本擔心他無法如他的誓言繼續保護他人。擔心他成為一個三流醫師。

但若真有什麼事是他懂，而多數執徒和醫師——甚至包含他父親——都不懂的，那就是這個了。

「放這個人出來讓我照顧。」卡拉丁說。「警示你的上級，我將去找其他病患。執徒大可一路抱怨到娜凡妮光主跟前去。他們從她那兒得到的答案將會跟我現在給你的答案相同：我們要來嘗試些新作法。」

# 26 一點點間諜活動

奉獻和統治之死令我甚感不安，因爲我先前並不知道我們所掌握的這股無邊力量，竟會以如此方式遭到破壞。在我的世界裡，這力量總是會聚集，並且找尋新載體。

旅程的第四天，紗藍這才眞正放鬆享受。他們最危險的一次是三天前看見一對煉魔在遠方飛過。人類迅速手忙腳亂地躲進藏身處，也就是架在駁船後部兩堆商品上的油布下方，但他們其實沒必要擔心。煉魔並沒有轉向朝駁船過來。

除此之外，她得以無憂無慮地畫畫。當然，謎族靈找到她時就不同了。

他們喜歡看她畫畫。這會兒就有四個都包圍著她，包含圖樣，以及三個與織光探締結的謎族靈。她試著畫下站在駁船高甲板上的烏額潘，他們便圍過來又是哼又是嗡又是跳上跳下。

她早已習慣圖樣的存在，事實上還樂在其中。她喜歡他聽見某件他明知不眞實的事時發出的哼聲，或是插嘴針對人類活動最平凡的部分提問。不過當他們四個都擠在身旁，她的沉著漸漸轉爲驚慌。

她幾乎忘記當他那個符號頭的古怪形體開始出現在她畫中時，她有多害怕。不過她現在想起來了。在卡布嵐司的走廊間奔逃，當她速寫身後滿是謎族靈的走廊，她的心智漸漸動搖。她曾望進幽界。她的心智在無意識間開始感知意識界中的靈。

同樣的精神緊張現在也扭曲她的五臟六腑，害她的炭筆線條變得尖銳僵硬。她努力壓抑這種感覺。她沒理由覺得需要逃跑、自亂陣腳、尖叫。

她畫出的線條太黑暗、太死板，無法好好描繪出烏額潘一隻腳踩在欄杆上，一副探險家準備出發冒險的記憶。她試著放鬆，畫上陽光灑落他身旁的幻想場景，四個謎族靈卻因此興奮地哼了起來。

「能否請你們後退一步，給我一點空間？」紗藍問這些生物。

人類不解時可能會歪頭，他們沒出現那樣的反應，不過她從他們圖樣變換的速度加快，感覺出了他們的困惑。接著，四個謎族靈彷彿一體般同步後退不多不少剛好一步，但身體反倒湊得更近。

紗藍嘆氣，繼續畫，卻把烏額潘的手臂畫錯了。靈很難畫，因爲他們的比例有別於人類。謎族靈又興奮地哼了起來。

「那不是謊言！」紗藍伸手拿橡皮擦。「只是畫錯，你們這些傻子。」

「嗯……」裝飾說。貝若的謎族靈具備精巧的圖樣，細緻如蕾絲，嗓音尖細。「傻子！我是傻子！嗯嗯。」

「傻子代表愚笨的人或靈，」圖樣解釋。「不過她是以一種惹人喜愛的方式使用這個詞。」

「蠢得惹人喜愛！」鑲嵌說。她是法達的謎族靈，她的圖樣線條銳利，常包含快速變換、如女人筆跡一樣波動的區塊。「矛盾！活生生的美好歡樂無意義矛盾以及人類複雜性！」

伊希娜的謎族靈基調只是接連發出快速的卡嗒聲。他的雅烈席語說得不好，所以比較喜歡用謎族靈語。其他謎族靈開始快速對彼此發出卡嗒聲。在這一陣層層疊疊的雜音中，紗藍沒辦法再聽出圖樣的聲音。在那一瞬間，他們只是一群陌異的生物，擠在一起，頭上的圖樣幾乎都要相碰了。旁邊珠海彼此拍擊的聲音聽起來像幾百個謎族靈在閒聊。幾千個。都看著她。總是看著她……

燦軍光主前來拯救她。戰場上充斥令人分心的聲音與持續不斷的叫喊，而燦軍光主受過忽略如此混亂的訓練。當她接管，她帶來穩定。她不會畫畫，便將畫板收起，隨即找了個理由離開謎族靈，走到船尾，在那裡看著翻滾的珠子，直到紗藍恢復，並再度出來。

「謝謝妳。」她在燦軍光主退離時說。

紗藍聆聽珠子滾動時平和的聲音，永無止境地洶湧。或許讓她心煩的不只是謎族靈。而且在駁船上畫畫幾天後，是時候回到找出間諜的這個問題上了。她深吸一口氣，將主導權交給圍紗。

不，圍紗說。

……不？

妳說我們今天可以來找間諜的，紗藍說。

我們是要來找。妳找，在我的幫助下。

這是妳打破協議的贖罪嗎？紗藍問。

就某種方式而言。我想要帶妳做一點點間諜活動。

我沒必要了解間諜活動，她想，我有妳啊。

還就我吧，孩子。我需要妳這麼做。

紗藍嘆氣，但同意了。她們無法共享技能，圍紗的繪畫能力就是明證。她了解諜報、燦軍光主懂得用劍，織光術則掌握在紗藍手中，除此之外還有她們的幽默感。

噢，夠了，燦軍光主想。

「從哪裡開始？」紗藍問。

我們需要測試三個對象，圍紗說，並種下——

等等，燦軍光主想，如果我們要以那裝置做爲證據，證明間諜也加入了這次任務，不是應該先完全確認通訊裝置眞的被人動過嗎？

紗藍咬牙，圍紗輕輕嘆氣。

不過她們都同意，很遺憾燦軍光主的想法是正確的。於是紗藍漫步走到他們用箱子和油布在駁船甲板搭起的大帳篷。這東西其實更像個大型洞窟。儘管在幽界不需要遮風擋雨，帳篷還是讓他們覺得自在舒服。

紗藍鑽進去，走到箱子堆成的隱蔽處，此處僅由她和雅多林共用。她沒多加看守箱子，因爲她畢竟確實想抓到做這件事的人。她不想在這附近徘迴，透露出她已經知情的跡象。

眼下，她打開箱子檢查那裝置。就她判斷，方塊沒再被動過，但她不信任箱子的鎖。太恩就有本事打開大部分的鎖。除此之外，至少在實體界，靈可以鑽過小如鎖孔的開口。她看西兒做過，圖樣就更不用說了。

她關上箱子，確認過沒人看見她在這個箱子圍成的隱蔽處之後，把箱子翻倒，再翻到另一面。再查看裡面時，裝置幾乎未曾移動。她把方塊緊密地塞在書本和畫具之間，因此它不太可能自己翻動。

滿意了嗎？她問。

是，燦軍光主說，一定要從箱子裡拿出來才有可能翻面。

同意，圍紗說。

而我們並沒有拿出來，對吧？燦軍光主意有所指地問。

這是個令人不安的問題。當其他人掌控時，她們並不總是知道其他人做了什麼。她們這幾天通常互相合作，在有意識的選擇下放棄主控權、幫助彼此。不過仍有狀況比較不好的時候。例如在圍紗奪取主控權的那天，紗藍就無法記得她做的每一件事。

我沒有動，圍紗說，我發誓。

我也沒有，燦軍光主說。

「我也沒有。」紗藍低語。她們三個都沒動過，她擔心的是無形。她的部分心智有沒有可能背叛了她？她不認爲那一個已有意識，或是眞實的。目前還不認爲。

不是我們，圍紗說，我知道不是，紗藍。妳必須相信。

她相信，而這正是她看見裝置被動過後這麼心煩的原因。那具體證明了她手下有人對她說謊。

好吧，圍紗說，我思考過箱子在哪些地方時我們看不見……很不妙。箱子獨自在兀瑞席魯的時候有一大堆機會。試著釐清誰能接近一點用處也沒有，尤其我們現在身處這艘駁船上。

「我還是希望妳自己來。」紗藍低聲對她說。

眞頑固。我們出去就開始吧。

不過她大步走出去時被圖樣攔了下來。他走了過來，手指在身前交纏。「嗯……」他說。「我要爲剛剛道歉。他們太興奮了。其他謎族靈和人類相處的經驗並不多。」

「他們有他們各自的燦軍。」紗藍指出。

「對。但那不是『人類』，而是個別的人。」

「你也只有我。」

「不！我在跟妳締結之前一直在研究人類。我常常談論他們。我非常有名。」

「有名？」

「非常有名。」他頭部的圖樣加速。「謎族靈不太常進入其他靈的城市。我們不受喜愛。但我會去。我們計劃再次找人類締結，因此我在幽界觀察人類。其他謎族靈欽佩我的勇氣。」

「對，非常勇敢。」紗藍說。「大家都知道我們人類會咬人。」

「哈哈。對，咬人。還有打破誓言並殺死你們的靈。哈哈。」

紗藍一縮。沒錯，其他燦軍確實做過那樣的事。不是她這一代的燦軍。至少不是卡拉丁和達利納之類高貴的人。

另外三個謎族靈在旁邊靠近甲板中心的位置聊天，頭擠在一起。

「你們會不會覺得奇怪，」紗藍問。「謎族靈爲什麼落得跟織光師，也就是最多藝術家的燦軍軍團締結？竟是無法說謊的你們，基本上就是行走方程式的你們？」

「我們能說謊，」圖樣說。「只是一般來說很不擅長而已。跟你們締結並不奇怪。我們喜歡你們，就好像人喜歡新食物和新鮮地點一樣。除此之外，藝術就是數學。」

「不，才不是。」紗藍覺得受冒犯。「藝術和數學基本上是對立物。」

「嗯嗯嗯。不。萬物皆數學。藝術尤其是數學。妳也是數學。」

「如果我眞的是，那我就是那種內含一個誤植數字的方程式，而且藏得好深，我無論如何都找不到，只是不停計算錯誤。」說完她便丟下圖樣，晃過駁船甲板，經過幾個皮膚縫隙透出熔化光芒的峰靈。上方高處雲層匯聚——此處常見的那種，像條道路般指向遙遠的太陽。

那些雲看似沒有根據一般天氣模式移動，而是在駁船行進間忽隱忽現。跟它們被看見的角度有關嗎？

好吧，圍紗，她想。我們現在要做什麼？

有幾種方法可以找出間諜，圍紗想，我們運氣不錯，因爲我們知道他們最近才剛直接與墨瑞茲連絡過，而且很可能會再次連絡。我們還有三個嫌疑犯，這數量容易應付。

我們要嘗試用兩種不同方法找出間諜。第一個是逮到他們說謊或是過去犯過什麼錯，然後壓迫他們，直到他們越來越不安，最後比他們預期的還坦白。每個人都對某件事懷抱罪惡感。

「燦軍光主沒有。」紗藍指出。

別太肯定。闔紗回道，若這方法行不通，我們還有別招——比較花時間，但成功機率更高。我們要設法餵個別嫌疑犯一項假資訊的一小口：他們會再拿去餵給墨瑞茲的那一小口。根據資訊的哪個部分洩漏，我們便能知道洩密的是誰，藉此找出間諜。

聰明，燦軍光主說。

欸，說是聰明，其實更像標準作法。闔紗坦承，這是一個經過時間考驗的方法，我們最大的問題是，用了它，我很確定墨瑞茲一定會察覺。所以我們必須非常謹慎，但還是有可能失敗，因爲不但需要間諜告知墨瑞茲這項資訊，還不能讓他起疑，並且再將資訊告訴我們。

幸好眼前是一段漫長的旅程，因此若這些方法都失敗，我們還可以再嘗試其他方法。重點是，今天，做件事對紗藍來說是一個很好的練習。

「我不需要練習。」她低語。「我有妳。」

但闔紗很頑固，於是紗藍漫步橫過甲板，走向正在協助烏額潘和烏那堤維具像的伊希娜。烏那堤維就是烏額潘的表親，也就是駁船經營者。

從衣物到建築材料，幽界中幾乎所有物品都是這樣創造出來的。靈並不採集岩石或紡紗，他們從實體界拿取魂魄，接著「具像」它們。這個詞的意思是讓物體在這一邊的珠子表現出它們的實體本質。

烏額潘拿起一顆珠子仔細檢視。紗藍能夠透過碰觸珠子感覺到物體的靈魂，闔紗做起來卻有困難，燦軍光主則是完全做不到。靈在這方面的技術也各不相同，眞正具像的能力不是那麼常見。

烏額潘將珠子壓在甲板上，另一手拿起一顆閃爍著颶光的鑽石夾幣。他用跟燦軍差不多的方式將颶光吸入肺中。她聽說這會提振靈的精神，讓他們變得警覺又清醒——他們毋須颶光也能生存，但也能以颶光爲食。此時，烏額潘立即將颶光用於具像珠子。

將靈魂壓在甲板上的那隻手開始發光，接著有東西在他手下綻放。他起身，一張華美木桌同時出現在他手下，像棵植物般加速生長。

「好精緻！」他的表親烏那堤維拍著手說，聽起來像岩石互擊。「真幸運！一張華麗的桌子。」

烏額潘累得肩膀都垮了下來，只是點點頭，將颶光耗盡的夾幣丟到一旁，讓伊希娜接住。靈不太把大多數寶石的價值放在心上，他們只對其中的颶光感興趣而已。原爲桌子靈魂的珠子消失了，取而代之的是物體本身。有趣的是，就圍紗所知，這過程並不會影響實體界中眞正的桌子。

紗藍將注意力放在伊希娜身上，她正試著畫下轉化的過程。紗藍曾要這名前竊賊磨練藝術技巧，模仿淺眸女子才能更到位。

「你對這張桌子的精緻感到驚訝，」伊希娜對烏那堤維說，一面伸手碰觸桌子。「在這一刻之前，你不知道會創造出什麼嗎？」

「不知道。」烏那堤維說。「我找到家具，也知道那是家具，但會多精緻？」峰靈攤手，擺出沒頭緒的樣子。

「我們今天要多做一點。」烏額潘解釋。「寶石裡的颶光會自己消耗掉，但具像能持久。要是有技巧的靈來做，可以撐許多個月都不用再次灌注颶光。」他拍拍桌子。「我有技巧。」

「所以你得趕在我們給你的颶光用光之前，盡你所能多做一些貨物。」伊希娜示意四周許許多多桌椅以及其他家具。「你就能拿去賣了。」

「對！」烏那堤維說。「而且表親會負責難的部分。他比較厲害。」

「你有技巧。」烏額潘說。

「你有更多我需要的技巧。」烏那堤維搖頭。「而你卻跑去追逐人類，失去你的心，跑去戰鬥？」

「憎惡來了。」烏額潘輕聲說。「憎惡也會來這裡。我們必須戰鬥。」

「我們可以逃跑。」

「我們不可以。」

他們兩個怒目相視，紗藍在心裡做了些筆記，留待稍後加進她的博物誌中。人類太常以爲所有靈基本上都具備相同的個性與脾氣，甚至有些靈自己也是這樣認爲。但那是錯的。他們或許不像人類諸國那樣分裂，卻也並非單一文化。

維持專注，圍紗想，妳想寫的書很令人興奮，但在我們分神之前，間諜的調查必須有點進展。

三名織光師各有可疑之處，但目前以貝若爲甚。話雖如此，伊希娜曾經眞正當過竊賊，探子中也只有她自己找上紗藍，而非受到招募。伊希娜一路爬升到紗藍左右手的位置，也是看不見的朝廷中最具技能的成員。

更致命的一點是，伊希娜先前對鬼血頗爲著迷。設想她是間諜，弄得紗藍的五臟六腑又翻攪起來，但她逼自己正視這問題，燦軍光主也鼓勵著她。

兩名峰靈繼續工作，紗藍則來到伊希娜身旁。「妳看起來一副吃不消的樣子，」紗藍對伊希娜說。「還好嗎？」

「我曾望進幽界，光主……」伊希娜闔上筆記本，眺望翻騰的珠海。「當我施展魂術，幽界就在那兒。我看見物體的靈魂、聽見它們的思緒。我夢想過這個世界，但眞正來到這裡完全是兩碼子事。妳有沒有……感覺到什麼？在下面的海洋中？」

「有。」紗藍坦承。她靠著欄杆。伊希娜模仿著她的姿態。

好了，圍紗說，試著將對話導向暗示妳知道一個祕密，一件她該感到羞愧的事。

幸好紗藍對引導對話得心應手。她擅長言詞，在許多情況下都比圍紗厲害。

「世界上有洋流，伊希娜。」紗藍說。「妳看不見它們的流動，然而在妳自以爲無比安全地游水時，它們卻能突然又令人措手不及地將妳拉進水裡。」

「我……不確定妳指的是什麼。」

「我想妳知道。」

伊希娜立即別開視線。

啊哈！圍紗想，有點眉目了。

太容易了，燦軍光主想。別太快下定論。

「我們都說謊，伊希娜。」紗藍接著說。「尤其是對自己說謊。身為織光師，有一部分的我們就是這樣。然而理念的目的是要我們學著為真相而活。我們必須成為更好的人，變得更好，才配得上我們的靈。」

伊希娜沒回應，只是凝視著船下經過的浩瀚珠浪。

留一點空白，圍紗建議，不要急著填補沉默。

紗藍聽話，而沉默很快變得令人不自在起來。她看見伊希娜坐立不安，不肯迎上她的視線。沒錯，她對某件事感到內疚。

現在，進逼。

「說吧，伊希娜。」紗藍說。「該告訴我了。」

「我……我先前不知道他們會拿那些錢來做什麼，光主。」伊希娜好不容易才開口。「我不是有意的……我是說，我只是想幫忙。」

錢？燦軍光主想。

見鬼！圍紗想，我們逮錯魚了。

紗藍甚至給了這段談話更多令人不自在的空白。大家都討厭這樣，只要能消除這種空白，通常要他們做什麼都可以。

「妳怎麼知道的？」伊希娜問。

「我有我的方法。」

「我早該知道沒辦法隱瞞。」伊希娜突然間看起來年紀小了些，說話時惶惶不安。其實她的年紀比紗藍大，但沒多幾歲。已年長得被視爲正式的成人，又年輕得還不會相信自己已眞正長大。

「我那些做地下勾當的朋友來找我。」伊希娜說。「妳知道嗎？他們缺錢。我們表現得如此強悍，但也只能這樣表現。假裝自己很重要，假裝自己是狠角色，不過事實上得靠刮克姆泥餬口。

「所以我開始把我的部分薪餉分給他們，表面上幫助他們振作、脫離那種生活。」她一隻手蓋住自己額頭。「颶父啊，我是傻子。現在說出來，就算是我自己，也聽得出來這有多天眞。我早該知道他們只是覺得我有機可乘。任何人都是下手的目標。『伊希娜混到不錯的機會，嗯？我們其他人呢？』他們當然會利用那些錢另起爐灶。」

*我好丟臉，*圍紗想，*我怎麼沒聽說過這件事？*

「好吧。」紗藍大聲說出來。「我很高興妳並不是蓄意資助犯罪集團。」

「或許我們可以悄悄收拾善後？沒有妳聽說的那麼嚴重。還是說……唉，我猜由我來判斷並不公道。他們買下幾間賭窩，也在一個較低端的市集收起保護費。我的錢幫他們買到幾個打手，還有……我知道他們開始端出我的名字，證明他們有那種權力。」她嘆氣。「女王知道多少了？」

「我實在不確定。」紗藍說。「我還沒告訴她。」

「不知道還有沒有意義，不過我上個月一聽說他們在做什麼，就跟他們切斷關係了。」

*我們再稍微推用力一點，*圍紗決定，*提起墨瑞茲，暗指他也有關。看看她會不會又說溜什麼。*

「什麼時候開始扯上墨瑞茲的？」紗藍問。

伊希娜歪過頭，皺起眉。「誰？」

「鬼血，伊希娜。」

較矮小的這名女子臉色轉白，手又放回欄杆上時，竟似乎眞的在顫抖。「颶父啊！我是不是……他們是不是……」

「他們找上妳了，我知道。」

「如果他們有，我也不知道那是他們！」伊希娜大受驚嚇，癱靠在欄杆上。「怎麼回事？是丹威脅的那個男人嗎？他是……颶風的，光主。我被弄得一團亂。」

紗藍不動如山，雙手交握，努力釐清這到底是不是一場戲。她無法說服自己伊希娜是在演戲，光是聽到紗藍暗指鬼血或許注意到她朋友的小小陰謀，她就一副萬分震撼的模樣。紗藍甚至瞥見一個羞恥靈游過珠海朝她們而來。那些靈現在很罕見，因爲他們的航程正越過實體界的山脈，而無人居住於此。

*如果她在說謊，那她厲害得足以騙過我了*，圍紗說。

「我以爲我已經脫離下層世界。」伊希娜低語。「我來找妳，想著妳是個位高權重的人，當時我一心只想要權力……但是後來我看見更多。通往自由的途徑。其他人都在光明中過著如此普通的人生。沒有線把他們朝黑暗猛拉。他們似乎很快樂。我想我太貪心了，居然以爲我能夠眞正逃開、在光明中找到歸屬……」

颶風的，紗藍平靜下來，外手放上伊希娜肩膀，爲自己造成朋友如此痛苦而感到羞愧。

*這種情緒太蠢了*。圍紗想，*要是伊希娜想退出，我們暴露這件事反倒是幫了她一把*。

*那我們會是什麼感覺？*紗藍問，*如果有人逼我們暴露我們的所有缺點、所有謊言，像一幅未完成的畫一樣公開展示？*

「我們回去再來處理這件事，伊希娜。」紗藍說。「我也保證我會幫妳收拾善後。妳只是踏錯一步，而在我們尋找眞相的過程中，我們都會有這樣的時候。妳的歸屬當然在光明中。妳已經在光明中了。跟我一起待在這裡。」

「我會的。」伊希娜說。

「現階段，如果妳聽到任何有關鬼血的消息，直接來找我。」

「當然，光主。謝謝妳。我是說，謝謝妳沒有完全放棄我。」

幹得好，紗藍想，現在說點什麼，她如果向墨瑞茲回報，可能會拿去餵給他。

我眞心覺得間諜不會是她，圍紗，燦軍光主說，妳自己也說她騙不了妳。

我完全沒那樣說，圍紗說，我是說，如果她是間諜，她的演技可比我高明多了。如果是這樣，那她危險至極。紗藍，想點東西丟給她，要明確、有趣得足以回報上去，同時她又不太可能拿來跟團隊其他成員討論。

感覺像是個離譜的要求，但圍紗無意提供任何其他建議，因此紗藍硬著頭皮做下去。

「嘿，」她對伊希娜說。「只要專注於爲任務提供助力就好。我覺得妳記錄具像很好，以後應該會派上用場。」

她點頭。「還有其他需要我做的事嗎？」

紗藍想了想，手指輕敲甲板。「留意看起來古怪的靈。」她輕聲說。「還記得斯加阿納嗎？」

「記得。」伊希娜說。紗藍對她和另外幾個人提過魄散的事。

「我覺得我稍早看見一個腐化的風靈飛過去。我不確定，所以妳別對其他人說，我不想弄得所有人驚慌不安。如果妳還要坐在這裡看他們具像，或許分神留意一下？看見奇怪的靈就來告訴我，好嗎？」

「好的。謝謝妳信任我，光主。」

紗藍鼓勵地捏捏伊希娜的肩膀，隨即漫步走開。怎麼樣？她問。

不錯，圍紗說，在妳的警告下，她不會告訴其他織光師，但腐化的靈也是墨瑞茲絕對會感興趣的資訊。如果她向他回報，可能會把這件事告訴他。如果妳能設法告訴其他人妳看見不同種類的腐化靈，我們就能種下完美的種子。

我不覺得會成功，燦軍光主說，這構想很聰明，但我不覺得她會向墨瑞茲回報這麼微不足道的細節。妳會感到意外的，圍紗回道，人總是渴望證明自己的任務有多重要，積極尋找有趣的事來回報。繼續下去，紗藍。妳做得非常好。

紗藍覺得受到鼓舞，她轉而找上貝若。經過剛剛的談話，伊希娜現在似乎最不可能是間諜。而且伊希娜在辨明雅萊的死因時也幫上大忙。除此之外，墨瑞茲應該知道她曾想加入鬼血，並因此認為她容易引人猜疑。

多半是另外兩個織光師的其中之一，而貝若是理所當然的選擇。紗藍並沒有遺漏史達蓋是如何在最後一刻退出任務，改由貝若加入團隊——明顯的徵象。但或許太明顯了？

貝若今天負責施展魂術。他們昨天在一小塊狹長土地上暫停——該處在實體界代表一條河流——用鶴嘴鋤從地面挖下幾塊黑曜石。紗藍很快便了解這個界域的靈為何唯獨偶爾製作武器時才利用黑曜石。這種岩石很難對付，遇上敲擊便如玻璃般粉碎。

雖然黑曜石不是建築良材，但他們曾成功以魂術將其轉化為食物。這裡的岩石渴望變成其他東西，輕而易舉就能說服它們改變。這會兒，貝若正跪在他們剛剛切下的一塊岩石旁，動手把它變成食物。

紗藍緩緩走近，擷取貝若高䠷的雅烈席人身形、美麗的黑髮，以及完美的暗棕膚色。她讓圍紗想起加絲娜，只不過更隨興些。

她利用織光術美化她的外表，圍紗指出，或許是出於直覺。

今天貝若身穿長裙，而非真正的哈法，再搭配無袖上衣和一雙及肘的絲質手套。她已拿下外手手套，正伸出細緻柔軟的手撫摸那塊黑曜石。她露出專注的表情，石塊轉眼間便轉化為拉維穀。那團拉維穀維持黑曜石原本的形狀片刻，隨即崩塌散落於下面的布塊上。

「光主？」貝若抬起頭。她跟許多營妓一樣都是深眸人，不過那其實也不再重要。重要的是，她尚未贏得她的碎刃。「我哪裡做錯了嗎？」

貝若的織光術是在燦軍的結構與階層外自學而成。她是一個未知因子，一個封波術專家，帶著已經締結的靈加入他們。

紗藍跪下，擺出捧起一把穀子檢視的樣子。「妳完全沒做錯，成果很優秀。我們大多數人都不太能做出一粒粒穀子。」

「噢！有一粒種子的話會有點幫助。」她從口袋拿出幾粒穀子。「就這次而言，還眞的就是種子沒錯。」她咧嘴笑，拿高穀子。「如果有樣本展示給黑曜石的靈魂看，妳就能激起它的興趣，讓它想要轉化。」

「加絲娜不是這樣做的。」圍紗說。

「對啊，法達也這麼說。但我的方法對他也比較有用。加絲娜女王並非無所不知，對吧？」她爽朗地微笑。「又或許這只在我們軍團裡有所不同。如果她不知道織光師怎麼做事，那也不是她的錯。」

*颶風的，圍紗想，我一直忘記貝若可以多開朗。*

紗藍疊起雙臂，思考起自己在魂術方面的問題。會不會一直都是這樣，問題並不在她，而是加絲娜的訓練方法？他們原本假定利用同一種力量的兩個軍團應該會彼此相似。畢竟破空師和逐風師似乎是以同樣方式飛行。

話說回來，就算不管雷納林到底是什麼，織光術在眞觀師手中的作用似乎並不一樣。所以或許有可能眞是如此？

*專注，圍紗想，試著激起她的不安，找出她有沒有隱瞞什麼。*

紗藍張口，正要對她說些類似剛剛對伊希娜說的話，不料說出來的卻完全是另外一回事。

「妳眞心覺得快樂嗎？」紗藍問。

「光主？」貝若依然坐在幾塊黑曜石旁的箱子上。「快樂？」

「妳總是一派輕鬆愉快。」紗藍說。「這是眞的嗎？還是妳在隱藏痛苦？」

「我想我們或多或少都藏著一些痛苦。」貝若說。「但我並不認爲我的痛苦比別人嚴重。」

「妳的過去呢？」紗藍又問。「不會讓妳困擾嗎？」

「我不會假裝我過去的人生有多好過。那種職業本來就不容易，最後踏入這行的女人常常也都擴大了她們自身的問題。不過仍有方法讓自己不被消耗掉。把這件事變成妳自己的選擇、以妳自己的作法來做。」她扮了個鬼臉。「或至少有方法能這樣告訴自己……」

紗藍點頭，聽見身後傳來哼聲。圖樣──她的圖樣──晃了過來，正在檢視貝若的魂術成果。

「到最後，」貝若接著說。「我變得很會操控來找我的男人。我喜歡成爲他們渴望的女人。不過一直到妳來找我，我才知道眞相。」她直勾勾看著紗藍。「只要我想，我隨時能離開。沒有任何東西困住我，再也沒有了。我早幾個月前就能離開的。很怪，對吧？」

「向來如此。」圍紗說。

「不好意思，光主，但並不是。那些女人中有很多人的狀況都比我更糟。她們不能就這麼一走了之；有些人是因爲火苔，有些人是受到威脅。不過我們之中有些人……」她看著自己的手，讓手上的種子掉落穀堆。「我們談論轉化。全能之主對人類最偉大的祝福：改變的能力。有時候我們也需要一顆種子，對吧？」

紗藍坐立難安，看向旁邊跟一個峰靈水手一起走過的法達。或許她該去跟他談談，看看他是不是間諜。

妳在貝若身旁總是不自在，燦軍光主想，是不是因爲妳覺得她應該無法好好掌握自己的人生，但她卻似乎掌握得很好？

感覺、感覺，圍紗說，巴拉巴拉巴拉。紗藍，請維持專注。

紗藍發現她的思緒繞著自己的過去打轉。她做過的事。她還在躲避的事，戴著這張她假裝屬於她自己的臉。她假裝自己當之無愧。紗藍可以快樂，但那份快樂建立在謊言之上。

接受眞正的自己不會比較好嗎？成爲她應該成爲的那個人？最近幾天一直藏在深處的無形騷動了起來。她以爲它忘了，但它一直在等待。看著……

「救命。」紗藍低語。

「光主？」貝若問。

燦軍光主站直，不再散漫。「妳的勤勉受到讚賞，貝若。妳說這種魂術的作法對法達有幫助。妳讓其他人看過了嗎？」

「還沒有。我——」

「我希望妳去找伊希娜，訓練她這麼做，然後來回報實驗的結果。」

「是！」貝若說。「呃，妳好像不一樣了。妳是不是……變成另外一個了？」

「我方才想起今天尙有諸多待辦事項。」燦軍光主說，聽到這番話的圖樣哼了起來。「妳繼續工作吧。」

她動身離開，但假裝思考片刻後又走了回來，輕聲對貝若說：「我們要小心。我稍早看見一個勝靈似乎不太對勁。我認爲靈的腐化者斯加阿納在監視我們。看見任何怪異的勝靈就來告訴我，但絕對不要對其他人提起。我不想引發驚慌。」

貝若點頭。

有點太直接又生硬，燦軍光主，圍紗說，目標是不要顯得可疑耶。

我盡我所能了，燦軍光主想，而且我也不適合耍心機。

騙子。圍紗說，紗藍？孩子，妳還好嗎？

但紗藍在燦軍光主之內打成一個結。

觸發她的是剛剛的對話……圍紗說，剛剛提到了什麼，有關離開原本的生活，找尋新人生？

紗藍嗚咽。

我懂了……圍紗說完也跟著退下。

太好了。她一次失去她們兩個。好吧，燦軍光主的任務是確保工作完成。她跟在法達身後走著，圖樣待在後面，繼續看貝若施展魂術。

法達扛著一根至少有三十呎長的桿子。他要做什麼？無論如何，根據燦軍光主的判斷，法達也有嫌疑，但情況跟另外兩人截然不同。法達向來是前逃兵中最黑暗的一個，而她了解原因。追隨某個事物、相信某個事物，然後又拋棄它？丟下戰友？光是想就令人膽寒。

她通常讓她們應付他。她後來慢慢了解了另外好幾個逃兵。加茲逃離賭債，埃索姆則是逃離薩迪雅司麾下一個常常揍他的殘酷隊長。

但法達……他真正的過去依然是個謎。他很殘酷，或許也很邪惡；他跟紗藍一起回來只是順勢而爲。紗藍喜歡認爲她改變了逃兵們——讓他們看見自己個性中高貴的一面。

這想法對其他人而言或許是對的，但若是法達，燦軍光主就不確定了。若他曾叛逃，那他有能耐再做一次。而且，颶風的，他和朝廷的其他人看起來一點也不像同一個團隊。就算打理乾淨、穿上工作服，法達看起來還是很雜亂，好像他才剛下床，而且前一晚還是直接醉倒在床上。他不曾好好修剪鬍子，但也沒留成落腮鬍。

法達爬了幾階，登上船頭駕馭鰻德拉的區域。燦軍光主跟在他後面爬上去。一個女峰靈水手指示法達舉起長桿，尖端朝天，尾端則插入駁船前方的環中。接下來，法達開始兩手交錯緩緩放低長桿，尾端穿過鰻德拉韁繩之間，觸及下方的珠海。

*他們在測量深度*，燦軍光主想，*他在做水手的工作，昨天也一樣。古怪。*

「拿穩囉。」峰靈對法達說。「抵著船頭撐住。對。繼續。」

法達繼續放下長桿。下方珠海的流動顯然比一般水流強勁，長桿被朝後方帶去。船前方的環用意是避免珠海海流的力道把長桿扯離他手中。

「繼續。」峰靈說。「不過慢一點。」

法達哼了一聲，繼續放下深度計。「在我的世界裡，他們用的是加重的繩索。」

「在這裡行不通。」

「碰到東西了。」法達說。「對，是底部沒錯。哼，沒我想像中深。」

「我們已經進入淺灘。」峰靈幫著他收回長桿。「環繞我們稱爲燦淵的海溝西側。」

法達將長桿完整拉上來，而後拿到一旁沿欄杆收好。靈丟了一個刷子給法達。法達點頭，走到供水站。這個金屬裝置中注入了颶光，以某種方式製造出水。

「這是要做什麼？」燦軍光主跟在他身後。

「甲板得刷一刷。」法達說。「他們不像我們那邊的船一樣常常刷洗甲板。沒有海水噴濺得到處都是，我猜他們應該也不需要吧，也不用靠瀝青讓木板保持防水。」

「你當過水手？」燦軍光主驚訝地問。

「我幹過很多活。」他裝滿一個水桶，挑了一塊甲板開始工作，跪下刷起木板。

「眞令人印象深刻。」燦軍光主說。「我沒想過你會自願工作，法達。」

「總得有人做。」

「勞動身體很好，但我發現自己反對那種論點。峰靈似乎很長一段時間沒刷洗甲板了。」她交抱雙臂，接著聳聳肩，走去也幫自己拿了一個刷子。

她回來時，法達表情陰鬱地看了看她。「妳只是來嘲笑我的嗎，燦軍光主？還是有什麼目的？」

「我猜要分辨我跟另外兩個並不難，對吧？」

「圍紗永遠不會決定下來幫忙，」他沒停下刷洗。「她會嘲弄我做額外的工作。紗藍會在其他地方畫畫或閱讀。所以就剩妳了。」

「確實。」燦軍光主在他旁邊跪下，也開始刷洗。「你觀察入微，法達。」

「入微到知道妳想從我這裡弄點什麼。是什麼？」

「我只是好奇。我所認識的法達會逃避工作、找個地方放鬆。」

「放鬆並不眞正放鬆。而且無所事事太久，就會開始更無所事事。」他不停刷著。「刷過木板就好，不要在上面上上下下，不然會磨出溝槽。對，就像那樣。這事總得有人做。水手以前每個月都會刷這些木板，但最近幫手沒以前多了。說是跟遠探者不在附近有關？說起來，遠探者又是什麼？」

「一種青銅色皮膚的靈。」燦軍光主說。「他們是我們上一趟航程的水手。」

「嗯，我猜他們最近不太常出現在附近，不能聘他們來工作。」法達說。

「其他靈有說原因嗎？」

「我沒問。」

「眞怪。」燦軍光主說。現在該如何把話題轉到腐化的靈？她想了想，開始覺得這是一個愚蠢的行動。爲什麼不直接問他是不是間諜就好？要是她夠堅定，他會坦承罪行的。

她張嘴正要問，但幸好還具備夠用的常識，阻止了她自己。這……不是個好主意，對吧？讓她來從事諜報活動？

對，紗藍想，嘆著氣浮出，我猜不算好主意。

「嘿。」他們一邊刷，紗藍一邊發話。「你知道我們是一家人，對吧？朝廷，我們這群人？你沒必要老是獨自離開、懲罰自己。」

「才不是什麼懲罰。」他咆哮。「只是想忙起來、遠離問題。人一無聊總是會問太多問題。」

「你又沒必要回答。眞的，法達。你是我們的一份子，我們接納你。無論你是怎樣的人。」

他看了看她，改爲跪坐，手上的刷子還在滴水。紗藍也學他，注意到身上的褲子已經磨損了。燦軍光主總是太急著投入勞動，從不擔心身上的衣服。

「紗藍。」他說。

她點頭。

法達回頭工作，一言不發地繼續刷洗。他不像伊希娜，非常樂意讓沉默凝滯。這工作對紗藍來說難了一點，但她照做不誤。一段時間內，唯一能聽見的只有刷洗木頭的聲音。

「有用嗎？」法達好不容易才開口。「妳戴上的那三張臉？眞的有幫上妳嗎？」

「有。」紗藍說。「眞的有。至少大多數時候有。」

「不知道該不該羨慕妳。」法達說。「我也希望我能假裝。我裡面有東西壞了，妳知道吧？很久以前的事。以前是好士兵，以前也在乎。不過後來看見自己做了什麼，切切實實地看見，發現奮鬥的一切是場騙局。靴子沾上了孩子的血，擦亮靴釦還有什麼意義？」他對著一個點猛力刷洗。「以爲如果我織光術學得夠好，就能變成其他人……」

這番話直接刺穿她。

力量，紗藍，燦軍光主想，力先於弱。

「變成另外一個人，全新的一個人，那難道不是一種福氣嗎？」法達接著說。

「你不需要織光術也能做到。」紗藍說。

「我能嗎？」法達問。「妳能嗎？」

「我……」

「我們在這力量中獲得賜福。」他接著說。「讓我們變成其他人。」

「這不是賜福。」紗藍低語。「而是生存。」

「在這裡感覺更糟。」法達掃視天空。「我一直覺得有東西在看著我。」

「對。」紗藍說。「前幾天，我看見一個靈游在船邊看著我。一個懼靈，在這邊是長條像鰻魚一樣的東西。」

「什麼顏色？」法達問。「是……她的嗎？」

「對。」紗藍低語。「我沒告訴其他人，不想讓他們擔心。」

「聰明。」法達說。「我特別擔心斯加阿納。現在開始，我得多加注意每一個颶他的靈。」

「有發現的話就來告訴我。」紗藍說。「但不要驚動其他人，先不要，直到我們確認她到底要什麼。」

法達點頭。

幹得好，圍紗對著她想，從她的冥思中浮現，很順利，紗藍。我們之後再想法子逼他吐露他可能隱藏的祕密。就目前而言，今天的工作成果很不錯。

我很討厭我又退回去，表現得像學徒一樣，紗藍也對著她想，妳跟太恩學會這一切，我們有什麼必要再學一次？

我們是學過，圍紗想，但從沒實行過。請記住，任憑我們怎麼……怎麼假裝，我們……畢竟是新手。

對圍紗來說，承認自己其實並非經驗豐富的老手是一件很艱難的事。她很難承認自己只是第二自我，只是紗藍人格的一部分體現爲另一個人。但這是一個好提醒，燦軍光主也常常提出同樣論點。她們仍在學習，她們並非專家。還不是。

不過紗藍對人還是有點了解。儘管圍紗想繼續前進，紗藍繼續跪在法達身旁。「嘿，」她說。「不論你過去做了什麼，那都是過去的事了。我們接納你，法達。看不見的朝廷是一個家庭。」

「家庭。」他哼了一聲。「我從來沒有過。」

「我知道。」她柔聲說。

「知道什麼？我孤家寡人？」

「不是。」她嚴肅地說。「我知道你的父母是兩顆特別醜陋的石頭。」

他怒瞪著她。

「你知道的。」紗藍說。「既然你沒有家人，那他們一定是石頭。很有道理。」

「開玩笑嗎？我們正在感性的時刻耶。」

她微笑，手放上他肩膀。「沒關係的，法達。我欣賞你的多『醜』善感。」她起身準備離開。

「嘿。」法達叫住她。

她回頭看。

「謝謝妳的微笑。」

她點頭，而後便離開。

妳剛剛所說也適用於我們，燦軍光主想，我們過去做的事並不重要。

應該吧，紗藍想。

妳不是眞心的，圍紗譴責她，妳覺得妳做的事更糟。妳總是願意給別人更多慈悲，卻不願意延伸到自己身上。

紗藍沒回應。

我慢慢了解了，紗藍，圍紗說，了解妳為什麼繼續跟墨瑞茲合作；妳為什麼不告訴雅多林；這一切是為了什麼。跟妳之前說的事有關。當——

「別現在談。」紗藍說。

但——

紗藍的回應是退避，燦軍光主發現主控權又落到她手上，而再多的敦促也喚不回紗藍。

# 27 旗幟

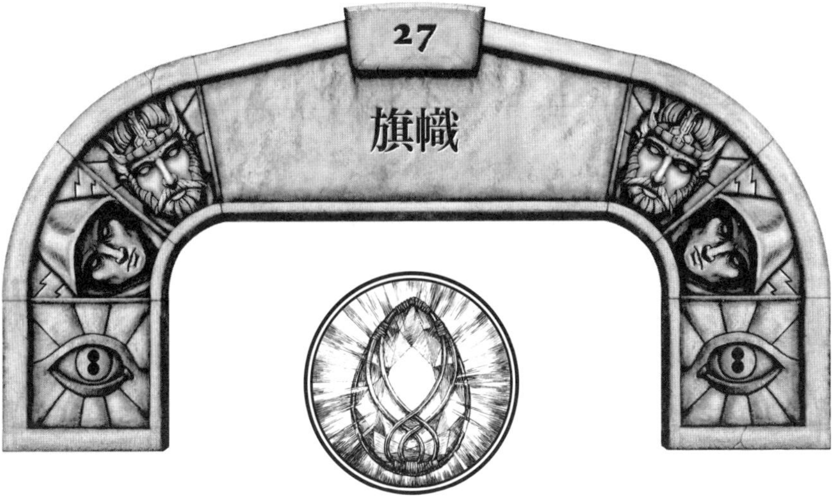

話雖如此，在這其中，我發現最令人擔憂的事情是野心、寬容和憎惡的衝突所造成的創傷，以及野心遭到了摧毀。這在輓星（Threnody）所造成的影響……令人不安。

娜凡妮向來覺得戰爭旗幟是有意思的東西。今天兀瑞席魯外緣平台上的風冰冷清爽，吹得旗幟發出折斷枝條般的陣陣爆裂聲。旗幟是明亮的科林藍，繡有達利納的對符紋章，它們彷彿在高高的旗桿上活了起來，在風靈之間躍動，有如受俘的天鰻。

此時此刻，旗幟在等待中的大軍上方飄揚。一次一千人站在誓門外，等著燦軍們將他們傳送到亞西爾。一道閃光，一圈環繞台地的光升起，人和旗幟隨即消失，在眨眼間被送到數百哩之外。

娜凡妮欣賞旗幟的美，欣賞它們是如何標示出師、營、團。同時間，旗幟又有一種詭異的不協調感。維持軍隊井井有條地投入戰場有其必要性。達利納是這麼說的，因爲欠缺紀律而落敗的戰役遠多於欠缺勇氣。

然而旗幟的作用又有如巨大的箭號，指向戰場上最重要的人。旗幟就是標靶，放肆地公告你可以在這裡找到該殺的對的方向晃去。

象。旗幟象徵有條理的軍隊，掌握在那些知道該怎麼了結你的人——只要你助他們一臂之力，自己朝他們的方向晃去。

「妳看起來心不在焉。」達利納走到她身旁，身後跟著十名榮衛。

「我在思考象徵，以及我們爲什麼要使用象徵，」娜凡妮說。「努力不去想你又要離開我。」

他伸手捧住她的臉頰。誰會知道這雙手竟能如此溫柔？她也伸出一隻手貼著他的臉。他的皮膚總是粗糙，她發誓她曾在他剛修完面時摸他的臉，觸感還是粗糙如砂紙。

榮衛直挺挺地站著，努力忽略達利納和娜凡妮。就算只是稍稍展露情感，也不太算是雅烈席人的作風。無論如何，他們是這麼告訴自己的。恬淡寡歡的戰士。不墮於情感。這就是他們的旗幟，儘管數百年來，他們對戰鬥的欲望在一個魄散的推波助瀾下陷入狂熱。儘管他們就跟所有人一樣都是人類，他們有情緒，也會展現出來。他們只是假裝忽略它們。就像你會得體地忽略一個褲子沒穿好到處走動的人一樣。

「注意他，達利納。」娜凡妮低聲說。「他會試著出手的。」

「我知道。」達利納說。塔拉凡吉安正從坡道走上平台，下一次傳送就輪到他的人馬。透過一番謹慎的哄誘，他的榮衛由雅烈席人擔任，達利納也計畫將這男人的軍隊部署在亞西爾前線的另外一個區，遠離指揮中心。他們之間有額外候用的士兵，以保護他的側翼不受潛在的背叛威脅。

這一步明顯得可憐。塔拉凡吉安會發現自己成了人質，用來確保他的軍隊忠心不貳。

除此之外，達利納的僕從中還藏有一個祕密武器，算是額外的保護措施。賽司，他戴上了一般士兵的臉，分配到守護達利納的任務。他的僞裝靠紗藍手下的一個織光師維持；娜凡妮找不到他，因此他的僞裝應該很成功。但是他那把怪劍的劍鞘就需要一些實體上的裝飾和掩護了，因爲織光術沒辦法黏附在上面。所以她覺得那個腰間掛了一把超大武器的應該就是他。

另一名織光師在賽司的牢房內創造出他的幻象。如果塔拉凡吉安叫人回報賽司的狀況，他們會說他好好地關在監牢中，不會知道他其實貼身跟著達利納。儘管娜凡妮討厭這主意，但還是得承認，賽司這幾個月來都老老實實待在監牢裡，不曾鬧出任何事件。他似乎毫無疑問地服從於達利納。如果能夠信任賽司，可能再也找不到比他更好的護衛了。

全能之主保佑，希望這個療方不要比疾病還糟。除此之外，娜凡妮忍不住去想，會不會就連這一切也仍受塔拉凡吉安操控？他當然不希望他們用敵對的軍隊包圍住他吧？她當然錯誤解讀了這老男人嘴唇的狡黠一扭，以及他眼中意會的神色吧？

不過現在達利納要離開了。因此娜凡妮小心地藏起她的焦慮，擁抱他。他顯然不想在他的士兵面前被擁抱，但什麼也沒說。接著，他們兩個去見保母；她負責帶小加維和他的幾箱物品來。小男孩努力不表現得太飢渴，他對達利納敬禮。

「第一次上戰場是一份重責大任。」達利納告訴他。「你準備好了嗎？」

「準備好了，長官！」孩子說。「我會奮勇殺敵！」

「你不會戰鬥。」達利納說。「我也不會，我們負責謀略。」

「那我很會！」小加維說完，給了娜凡妮一個擁抱。

保母帶著他走向誓門小屋。娜凡妮憂慮地看著。「他還這麼小，不該去的。」

「我知道。」達利納說。「但這是我欠他的。他害怕又被丟在宮殿中，而……」他沒把話說完。

娜凡妮知道他還有更多話沒說出來。達利納說過他年輕時總是很憤怒，雅多林和雷納林想跟他在一起，他總是拒絕與他們相處。好吧，孩子應該會安全無虞，而且達利納也真該多花些時間陪陪他。

她又握住他的手一會兒，才鬆手讓他離開。他腳步沉重地登上坡道，朝誓門走去，六名焦慮的書記急忙追上去問他問題。

娜凡妮提起精神，接著去跟她女兒道別。加絲娜也加入了遠征軍，她剛剛看見女王已搭肩輿到來。不尋常啊，加絲娜時常特別用心避免自己看起來弱小，最近卻幾乎總是搭肩輿出沒。反倒是眞正需要轎子的塔拉凡吉安卻拒絕這種特殊待遇。

走路時的塔拉凡吉安看起來加倍衰弱，被人抬著的加絲娜看起來則加倍強大，對於掌控更有自信。他們所有人都希望自己看起來就像她這樣，娜凡妮這麼想著。轎夫放下肩輿，加絲娜走下來。儘管身上的哈法、頭髮，以及妝容都完美無瑕，加絲娜身上鮮少穿戴裝飾品。她希望他人眼中的她具備帝王的威嚴，但不浮誇。

「不帶智臣？」娜凡妮問。

「他說會在亞西爾跟我碰頭。」加絲娜說。「他偶爾會消失，對於我的問題也不會屈尊回答，連嘲弄的答案也不給一個。」

「那傢伙有點古怪，加絲娜。」

「超乎妳的想像呢，母親。」

她們面對面而立，最後加絲娜終於往前靠。接下來是娜凡妮經歷過最尷尬的一次擁抱：她們都做出恰當的動作，同時卻都冷冰冰的。

加絲娜後退。她確實威嚴。技術上來說，她們兩個應該位階相似，不過加絲娜總是有一種特質。達利納有如一大塊岩石，你會想加以刺探，直到弄清楚藏在裡面的到底是哪種寶石礦脈。加絲娜的話……嗯，加絲娜就是……不可知。

「颶風的。」加絲娜幾不可聞地說。「母親，我們之間眞的尷尬到擁抱起來活像第一次遇見男孩的少女嗎？」

「我不想毀了妳的形象。」娜凡妮說。

「女人可以擁抱自己的母親，對吧？我的名聲不會因爲我展露情感就天崩地裂。」話雖如此，她也沒再靠過來擁抱，反倒是執起娜凡妮的手。「我道歉。我最近沒撥多少時間給家人。我一直告訴自己，當我結束旅行，我會勤奮工作，好讓自己能常伴你們左右。我認清家庭關係需要偶爾花時間……」加絲娜深吸一口氣，接著用內手壓住自己的額頭。「我說起話來像篇歷史論文，不像人，對吧？」

「妳承擔許多壓力，親愛的。」娜凡妮說。

「我自己要來的壓力，我也樂於接受。」加絲娜說。「歷史上最快速的變化通常發生在衝突時期，這些是重要的時刻。但妳也很重要。對我來說。謝謝妳。謝謝妳一直是妳，儘管王國興起、民族衰微。我想妳應該無法了解妳持久不懈的力量對我而言有多重要。」

眞是不尋常的一段交流。然而娜凡妮發現自己在微笑。她捏捏加絲娜的手，而她們共享的這一刻——穿透彼此的面具——變得比一百次尷尬的擁抱還珍貴。

「幫我看著小加維。」娜凡妮說。「我不知道我對於他跟達利納一起去該作何感想。」

「年紀比他更小的男孩都上戰場了。」

「但不會去到離前線那麼近的地方。」娜凡妮說。他們的許多盟友都誤解了這個微妙的差別。但最近這些日子來，有了會飛的煉魔，哪裡都有可能變成前線。

「我會確保他遠離戰鬥。」加絲娜承諾。

娜凡妮點頭。「妳叔叔覺得自己愧對孩童時期的雅多林和雷納林，因爲他年輕時花太多時間在外面，很少陪伴在小時候的他們身邊。現在他有意彌補。我並不討厭這種多愁善感，但……請妳幫我留意他們就對了。」

加絲娜回到肩輿旁，娜凡妮也後退。達利納手下的精兵在他、女王與塔拉凡吉安身旁列隊，旗幟繼續飄揚。儘管冷風貫透娜凡妮的圍巾，她打定主意留在這裡目送，直到信蘆傳來他們抵達亞西爾的消息。

在她等待的時候，瑟巴瑞爾晃了過去。這名肥胖、蓄鬍的男子最近喜歡更適合他整體外表的衣服：類似賽勒那商人的服裝，長褲、蓄意不扣釦子的雅烈席式長版軍裝外套下，搭配了背心。娜凡妮不確定這轉變是否該歸功於帕洛娜，還是雅多林終於找上這名藩王。但總之比起瑟巴瑞爾以前偏愛的塔卡瑪套裝，現在有了顯著的改善。

大多數藩王都在達利納的命令下一同上戰場。這是雅烈席傳統：領袖基本上等同於將軍。如果國王上戰場，藩王將隨行。這傳統太根深柢固，他們很難記住還有作風並不相同的其他文化——例如亞西爾和賽勒那。

原本的藩王大多不在了。他們不得不換掉法瑪、薩拿達，還有最近的薩迪雅司，改立對達利納和加絲娜忠誠的遠房後裔。然而在流放中建立起聲望和藩國並非易事，洛依恩的兒子正是爲此而苦苦掙扎。

他們有三個能夠仰賴的藩王：艾拉達、瑟巴瑞爾，以及哈山。貝沙伯和他妻子也已歸順，只剩盧沙還堅持敵對。在薩迪雅司對抗達利納的陣營中，他們是最後殘黨。娜凡妮的目光找到那男人和他的隨從，他們正準備隨達利納的軍隊一同離開。

盧沙會造成麻煩，但若要娜凡妮猜，加絲娜應該很快會找到方法對付他。她女兒討厭鬆脫的線頭。無論加絲娜做什麼，希望都別太戲劇化才好。

瑟瑞巴爾會留下來協助管理塔城，而他也有他自己的難題。「所以，」他對娜凡妮說。「我們要不要來賭賭看，塔拉凡吉安多久才會在我們背後捅上一刀？」

「別聲張。」娜凡妮說。

「問題是，」瑟瑞巴爾說。「我有點尊敬那個老傻瓜。如果我有能耐像他一樣活那麼久，我可以想像自己陷入絕望，也試著掌控這世界。我是說……到那時候，還有什麼可失去的？」

「你的正直。」

「正直不會阻止人殺戮，光主。」瑟瑞巴爾說。「只會讓他們用其他的藉口。」

「能言善道，但毫無意義。」娜凡妮說。「你眞的想在大規模征服和抵抗引虛者入侵之間畫上道德等號？你眞心認爲正直的人和凶手之間沒有差別？」

他輕笑。「妳贏了，光主。妳似乎發現怎麼克制我最有效了：眞正用心聽我說話。妳可能是整個羅沙唯一認眞看待我的人。」

光圈沿誓門平台升起，旋入空中。一名書記站在她的工作站旁，等待信蘆確認軍隊是否抵達。

「我不是唯一認眞看待你的人，圖力納德。」娜凡妮對瑟瑞巴爾說。「至少還有另外一個人。」

「要是她認眞看待我，光主，那我早就結婚了。」他嘆口氣。「我不知道她是覺得我配不上她，還是不知怎麼認定一個藩王不該娶她這種身分的人。我試過向她問個明白，但她的回應總是曖昧不明。」

「有可能兩者皆非。」娜凡妮說。

「如果是這樣，那我完全沒了頭緒。」

書記換掉工作站外的旗幟。綠色是傳送成功，若下面有紅旗，代表人員還在退離平台，還沒準備好下一次傳送。

又是利用旗幟，娜凡妮想。旗幟有時候比信蘆有效率。你可以從第二十層往下便看見旗子，遠比寫下問題再收到回應快多了。

聲望也是一種旗幟。加絲娜打造出明確的人物設定，這世界大半的人都認識她。達利納也做到了同樣的事，不像加絲娜那麼刻意，但效果相同。

那娜凡妮想讓什麼樣的旗幟飛揚呢？她跟瑟瑞巴爾一起轉身朝塔城走去。她原本是來破碎平原追尋新事物。一個不同的人生，一個她想要，而非她認爲自己應該想要的人生，卻發現自己到了這裡又是重蹈覆轍。爲一個太過偉大、無法受限於日常瑣事的男人打理一個王國。

然而她心中對這男人感覺到的愛有所不同，是眞實的。更深沉。而且，爲兀瑞席魯這個新生國家的混亂創造秩序，無疑也帶來一種實現抱負的滿足。這同時是邏輯與政治的獨特挑戰。

想要更多是自私的嗎？她似乎就是擅長做這樣的事，全能之主也把她放到這個位置來。她是世界上權力最大的女人之一。她憑什麼覺得自己該得到更多？

她跟瑟瑞巴爾一起走進塔城的寬闊前門。寬敞的門整天洞開，裡面的門廳照理應該要跟外面的平台一樣冷才對，但一進入室內，溫度立即改變。

「我想妳應該希望我回戰營去吧？」瑟瑞巴爾問。「我對在那地方工作還有點興趣。」

「對。我丈夫回來時，我希望戰營再度完整重回我們掌控。」

「妳知道的，」瑟瑞巴爾說。「有人不信任我能承擔這份責任。我的惡習與那地方提供的樂趣相符。」

「再看看吧。當然，如果你無法重建戰營的秩序，我就得施行軍法了。那會是悲劇，你不覺得嗎？關掉所有商家？摧毀唯一仍遵循雅烈席律法，但能讓你逃離燦軍嚴密監管的地方？

「要是有個具備最合適心態的人能照看戰營，確保旅人在其中安全無虞，附近的伐木作業也不受干擾，那就太好了。某個看得出法律之必要，同時也理解稍微放鬆沒什麼大不了的人。讓雅烈席卡的善良百姓安全度日，但不會受我丈夫直接怒眼瞪視。」

瑟瑞巴爾大笑。「在達利納覺得我的偷雞摸狗太刺眼之前，妳覺得我能偷偷放多少進口袋？」

「維持在百分之五以下吧。」娜凡妮說。

「那就是四又十分之九囉。」瑟瑞巴爾對她鞠躬。「我夠體面了，光主。或許帕洛娜終究會覺得只要給我恰當的動機，我還是有點用的。」

「圖力？」娜凡妮說。

「是，光主？」他從華麗的鞠躬直起身子。

「如果有個男人對自己人生中的任何事都不曾認眞看待，女人就會納悶了。那她算什麼？一個笑話嗎？另一個一時的消遣？」

「她肯定知道她對我的意義，光主。」

「弄清楚點也肯定不會有錯。」娜凡妮輕拍他手臂。「面對一個似乎什麼都不重視的人，她很難不懷疑起自己的價值。你可能不是那麼容易表露眞情實意，然而當她在你身上看見眞心，她會爲其稀罕而更加珍視。」

「是……好吧。謝謝妳。」

他搖搖晃晃地走開，而娜凡妮懷抱衷心的喜愛看著他走遠。考量她過去對這男人的觀感，這種情感頗令人難以置信。但無論他有意無意，總是會在其他人排拒他們時，跟他們站在一起。除此之外，她發現可以安心地把事情交到他手上。

他就跟所有人一樣，內心深處希望自己有用。人類是守序的生物，他們喜歡看見很多直線，只有這樣，他們自己才能在某些情況下畫下曲線。而且，如果一個工具乍看之下壞了，或許只是因爲你把它拿去用在錯誤的地方。

進入塔城後，娜凡妮在亞涅莎光主的陪同下搭乘肩輿朝內部而去，她帶來幾份報告供娜凡妮審閱。娜凡妮跳過環境衛生相關數據，讀起塔城的供水狀況，以及樓梯的徒步交通報告。

與達利納的戰營相比，兀瑞席魯更常發生隨機鬥毆與爭執。有部分是因爲多元族群，相對來說，緊密侷限的空間也是肇因。達利納想安排更多衛兵巡邏，若她能將交通分流，避免人與人相互推擠……

肩輿來到塔城東緣的中庭時，她已有詳細的構想。她步入塔城內最朝氣蓬勃的一個地方：此處的寬闊廊道挑高數十層樓，幾乎直達屋頂。數部乘載器沿著通往內部中庭的大型幹線往來——還有數量更多的樓梯——除此之外，這也是唯一能搭乘載器直達頂層的地方。

一扇巨大的窗子沿東牆延伸，高度有數百呎。兀瑞席魯的每一重並非正圓形，大多接近半圓，平的那一面在中庭這裡對齊。所以你可以一路朝上望，也可以朝外凝望起源處。

身爲塔城較明亮的區域之一，也因爲具備多部乘載器，此處交通繁忙。然而偏偏這裡還藏著一個建築之謎，中庭因而更加値得關注。娜凡妮橫過圓形中庭，來到對面的牆旁緊鄰窗戶左側的位置。幾天前，她的一名書記在這裡注意到怪異之處：岩石上有一道縫隙，太直了，不可能是裂縫。

在達利納的許可下，他們請來一位岩衛師將岩石塑造成開口——岩石會在岩衛師手下化爲柔軟質地。娜凡妮的晨間報告指出她早應該過來查看結果，但她到現在才有機會抽身。這扇門由岩衛師巴達力看守。他是一名慈祥的老者，鬍子花白，滿眼笑意。娜凡妮穿過他新造好的門時，他對她一鞠躬。

工程師法理拉已經在裡面測量他們的發現：一個完全隱藏於岩石中的大房間。

「光主，」亞涅莎光主過來和娜凡妮並肩而行。「封住一整個像這樣的房間，用意爲何？」

娜凡妮搖頭。這並不是他們第一次在塔城內找到像這樣顯然沒有任何出入口的房間了。不過這一個別具意義，因爲房內的後牆有一扇巨大的觀景窗，陽光得以照入室內。

窗前豎立一尊古怪的結構體：高聳的石造塔城模型。她在報告中讀過模型的事，不過當她走近，還是驚訝於模型的複雜度。這東西足足有十五呎高，一分爲二，兩半分開，露出塔城的橫斷面。在這個比例下，樓層甚至不到一吋高，不過她所見的一切都重製出精細繁複的細節，至少就這尺寸而言，能有多精細就有多精細。

法理拉也來到模型旁，手上拿著寫滿數據的筆記本。「您有什麼想法，光主？」

「完全沒頭緒。」娜凡妮說。「爲什麼把模型放在裡面，又把房間封死？」她彎腰細看，注意到模型也呈現出寶石柱室以及旁邊的兩個圖書室。

法理拉用一支小信蘆指著。「看到這裡了嗎？這個房間本身也做進去了，這座模型本身也有迷你版。

只不過模型上有一扇門，眞實的塔城裡卻沒有。」

「所以各房間是在燦軍離開前才封死的？」

「或者，」法理拉說。「它們能以某種方式開啓或關閉。塔城遭遺棄時，有些房間是封閉狀態，有些則是開放的。」

「那倒是可以解釋許多事。」他們發現了好多房間都有實體的門，或說實體門腐朽後留下的殘骸，因此她沒想過尚未發現的房間可能有其他機械裝置。明顯偏頗的作法。她看了一眼他們剛剛進來的那面牆。「那位岩衛師有找出開口的機械裝置嗎？」

「有一顆寶石鑲嵌在岩石中。」法理拉說。「我請他把寶石弄出來給我們檢查。我亦有意請他看看岩石會不會是以某種方式滑到側邊開啓。如果是這樣，那眞是了不起的裝置。」

娜凡妮在心裡記下要請一名逐風師飛出去，仔細查看兀瑞席魯依憑而建的這座山。說不定還有像這樣的窗戶，能顯露出其他隱藏的房間，房間裡也另有同等神祕的內容物。

「我會徹底檢查這座模型。」法理拉說。「它說不定會吐出什麼祕密。」

「謝謝你。不幸的是，我得離開去讀些環境衛生的報告。」

「若您有時間，請來圖書室跟我的侄子談談。」法理拉說。「他研究的那個裝置有了些進展。」

娜凡妮點頭，轉身朝肩輿走去，相信法理拉無論有什麼發現都會通知她。爬上肩輿時，她看見依莎碧衝進房間——這是她手下一名較年輕的學者——手上一抹閃爍的紅光。

神祕的信蘆。數週前，一個對法器無比憤怒的未知人士，將這支信蘆送來給她。那天之後，這是他們首次試著連絡她。

衛生報告得等等了。

# 28 異端邪說

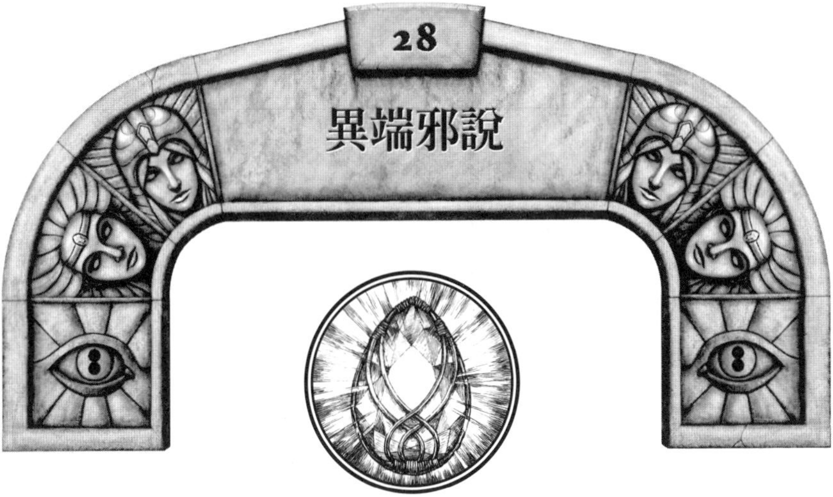

我無法辨識其他碎神，他們也都避開我。我擔心他們的影響侵入了我的世界，我卻因爲持有對立力量，陷入一種詭異的無力狀態中。

「拿好！」法理拉說。娜凡妮有幾年的時間沒見過這名白鬚老者這麼有活力了。「放在這張桌上。依莎碧，秤拿了吧？快，快，像我們練習的那樣擺好。」

一小群執徒與學者在娜凡妮身旁忙成一團，將信蘆在書寫板上擺好，並準備標準紫墨。他們把信蘆拿了出來，在靠近塔城邊緣的一個衛哨設置好。卡菈美站在娜凡妮身旁，雙臂交抱。這名書記頭髮已斑白，最近益發消瘦得令人擔心。

「我對這件事有疑慮，光主。」她在工程師和他的助手設置儀器時這麼說。「我擔心無論另一邊是誰，他們從我們這邊得到的資訊都會反過來更多。」

法理拉用手帕抹了抹剃去毛髮的頭，示意娜凡妮在桌邊坐下。

「我知道了。」娜凡妮對卡菈美說，調整好坐姿。「我們準備好了嗎？」

「是的，光主。」法理拉說。「根據對話開始後您手上信蘆的重量，我們應該能判斷出另一枝信蘆距離有多遠。」

信蘆有一定程度的衰變，距離越遠，筆啓動後就變得越重。大多數而言，這種差異非常微小，幾乎難以察覺。此時安裝上筆的信蘆板已放上法理拉最精確的秤，筆同時也以細繩鉤在其他儀器上。娜凡妮小心轉動寶石，示意她準備好與這個魅影通信者交談。包含卡菈美在內的六名學者與執徒，似乎一同屏住了呼吸。

筆開始書寫。妳爲何忽視我的指示？

法理拉熱烈地向其他人打手勢，他們剛剛已開始測量，這時又往秤上加迷你砝碼，判讀繩索拉扯的張力。

她讓他們測量，自己則專注於談話。我不確定妳究竟期待我做什麼，她寫道，請進一步說明。

妳必須停止法器的實驗，信蘆寫道，我明確說過妳必須停止。然而妳卻繼續下去。妳只是繼續增加妳的異端邪說。妳做的這個是什麼？把法器放在坑洞裡，然後跟颶風的吹拂連結？妳用妳困住的靈製造出一個武器嗎？妳殺戮嗎？人類總是殺戮。

「異端邪說？」卡菈美在工程師們忙碌時唸出這四個字。「無論對方是誰，他們似乎就神學的立場反對我們的行爲。」

「她提起人類時的說法像歌者。」娜凡妮輕點紙張。「她可能也是歌者，也可能希望我們認爲她是歌者。」

「光主，」法理拉說。「這不可能是正確的，但……衰變幾乎不存在。」

「所以，她離我們很近。」娜凡妮說。

「極近。」法理拉說。「在塔城內。要是我們有辦法製作更精確的秤……無論如何，三角定位或許可行，第二次測量會有點幫助。」

娜凡妮點頭。妳爲什麼說是異端邪說？娜凡妮寫道，教會並不認爲法器有道德上的問題。對於使用法器，他們覺得問題不比把芻螺套上貨車嚴重多少。

俘虜套上貨車的芻螺並非受限於狹小空間，回應寫道，筆動得猛烈又活躍。靈本該自由。俘虜它們就等於俘虜了自然本身。若把颶風置於監牢中，颶風還倖存嗎？沒有陽光，花朵還能綻放嗎？這就是妳在做的事。妳的宗教並不完整。

讓我想想，娜凡妮寫道，我需要幾分鐘的時間，跟我的神學顧問談談。

妳每多花一分鐘，妳控制的靈就多受一分鐘的苦，筆寫道，我快無法忍受了。

請等等，娜凡妮寫道，我會暫時改用另一枝信蘆跟我的神學顧問討論，很快便會給妳回覆。

對方沒回應，不過信蘆依然懸浮著——魅影在等待。

「好。」娜凡妮說。「我們來做第二次測量吧。」

工程師們手忙腳亂地動了起來，解除信蘆，因此兩枝筆之間的連線暫時中斷。他們收拾器材，開始奔跑。

娜凡妮和卡菈美迅速登上在房間外等待她們的肩輿。六個男人抬起轎子，跟著奔過塔城的整群工程師與書記一起衝刺，最後衝到兀瑞席魯前方的台地上。從衰變無法直接判斷第二枝信蘆的方向。因爲能夠測量衰變，並藉此判斷距離，你便能夠透過多重測量進行三角定位，得知大概的位置。因此他們在外面這裡的台地上擺設儀器，身旁寒靈團繞。

等到她爬下肩輿，法理拉和他的團隊已在岩石地面上擺好信蘆。娜凡妮跪下，重新連接裝置。

他們等待。法理拉用手帕輕拍他的頭，卡菈美跪在紙旁低聲說著「來啊」。法理拉的小學徒依莎碧是一名逐風師的女兒，她屏住呼吸，似乎隨時要爆炸。

連上了，筆寫道，妳爲什麼移動？妳在做什麼？

我跟我的執徒談過了，娜凡妮寫著，工程師們又測量了起來。他們也認同我們的知識肯定有誤。妳能否解釋妳怎麼知道這是罪惡的？妳怎麼會知道我們的執徒並不知道的事？

「她怎麼知道我們移動了？」卡菈美問。

「她一定有個間諜在看著我們。」娜凡妮說。「或許就是把信蘆紅寶石藏起來讓我找到的那個人。」

另一邊的人沒回應。

我工作繁重，娜凡妮寫道，妳要求通話時，我正要去參加一場重要會議。現在我只剩下幾分鐘的時間能談話。告訴我們，妳怎麼會知道我們不知道的事。

眞相明擺在我眼前，筆寫道。

對我們來說並非如此，娜凡妮寫道。

因爲你們是人類，筆回應，人類不值得信任。你們不知道怎麼遵守承諾，而這世界的運作仰賴承諾。我們讓世界得以運作。你們必須釋放你們俘虜的靈。你們必須你們必須。

「艾希的面具啊……」卡菈美說。「對方是靈，對吧？」

「對。」娜凡妮說。

「測定出來了。」法理拉說。「對方在塔城裡，我應該能確定是哪一個區域。我必須說，光主，您似乎對這一切都不感到意外。」

「我是有些疑心。」娜凡妮說。「我們找到一個躲在塔城裡的遠古之靈，假設有第二個也躲在裡頭，應該不過分吧。」

「另一個魄散？」卡菈美問。

娜凡妮用手指輕點著信蘆紙思考。「應該不是。一個希望釋放同類的靈？一個解放靈？有人聽過這東西嗎？」

態。

學者們全體搖頭。娜凡妮繼續書寫、傳訊給魅影，但信蘆已切斷連線，掉在紙上，不再維持結合狀態。

「所以……我們該怎麼做？」卡菈美問。「另一個那種東西可能在黑暗中看著我們，謀劃著更多謀殺。」

「這次不一樣。」娜凡妮說。「這次有些什麼……」我們讓世界得以運作。

他們收拾東西時，一個計畫開始在娜凡妮腦中醞釀。有點魯莽，她尤其不想在那個靈有可能偷聽的地方解釋給其他人聽。

但她無論如何還是毫不遲疑地採取行動。他們走向塔城時，娜凡妮踉蹌了一下，信蘆落地。她盡可能弄得像意外了。她笨拙地把信蘆踢過岩石台地、翻落邊緣，同時大喊出聲。她衝過去，但信蘆已經消失，墜入數千呎之下的岩石間。

「信蘆！」法理拉說。「噢，光主！」

「沉淪地獄啊。」娜凡妮說。「糟糕了。」

卡菈美打量她，走上前來。娜凡妮忍住笑意。

「法理拉，」娜凡妮說。「召集一隊人看看能不能找回來。我之後得更小心點才是。」

「是，光主。」

當然，如果他們確實找到，他們會接到隱密的指示，要打破寶石，弄得像從高處墜落而摔破一樣。當然，他們也會接獲指示，要在塔城內的其他學者之間大聲提及這場悲劇。

關於與她連絡的是哪一個靈，娜凡妮心中已有懷疑開始萌芽。她希望確定它和它的密探聽說失去信蘆的這件事。

來看看你接下來會怎麼做吧，娜凡妮想著，漫步走回塔城。

灰燼靈在不止一個場合中對我們做出這動作：嘴唇短暫吹開，露齒譏笑，吹散的灰燼重新聚合便消失。

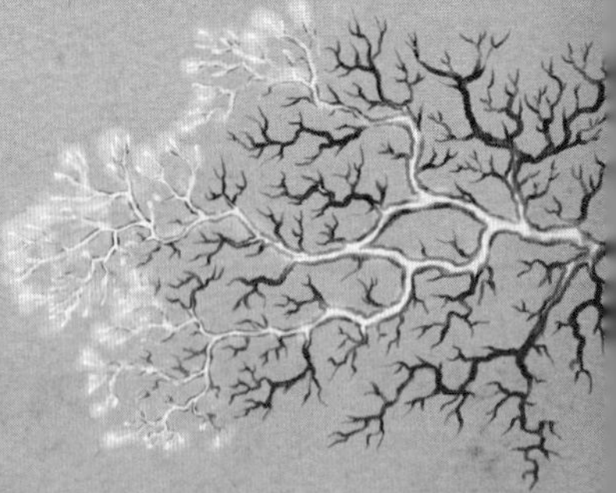

在實體界，灰燼靈顯現為在表面上生長的裂痕或在空中生長的樹枝。他們移動時彷彿燒過物質，但並未在表面留下痕跡。

我們少有機會仔細檢查灰燼靈，而且每次遇見他們時，他們的行為都帶有敵意。
我只有碰巧看見過他們。

# 29

# 沒有柵欄的籠子

藉由找尋一個代表我行動的完美人選，我已開始尋覓脫離此難題的途徑。一個同時體現存留與滅絕的人。你或許可以說是一……把劍，能夠同時保護與殺戮。

駁船前方的瞭望台傳來叫喊聲，雅多林抬起頭看。看見陸地了。

終於，他心想，朝英勇的頸部堅定一拍，馬兒期盼地嘶鳴了一聲。

「相信我，」雅多林對這匹瑞沙迪馬說。「我跟你一樣很高興能登陸。」雅多林一向喜歡旅行，感受迎面襲來的微風，以及頭頂開放迎人的天空。誰知道你會在旅程終點發現什麼異國情趣與時尚呢？不過搭船就討厭了。沒地方奔跑，也沒有合適的訓練場。船就是沒有柵欄的籠子。

他離開英勇，快步走到船頭。一道暗色的黑曜石破開前方的海，寧靜的燈光在上面閃爍。不是靈魂，而是小建築物窗內的真正燭火。在幽界，靈能夠具像代表火的靈魂的珠子，藉此創造出提供照明但熱度非常低的火焰。

其他人聚集在駁船兩側，哥得克也爬上小小的上層甲板，來到雅多林身旁。這名瘦長的緣舞師似乎跟雅多林一樣渴望下船，最近這幾天，雅多林曾不止一次看見哥得克兜著圈子踱步。

不幸的是，跟在父親身邊多年，帶頭負責的心態已根深柢固，雅多林還是要大家提高警覺。「我們還不知道鎮上的情況。」他對其他人說。「我上次來幽界時，第一次進入城鎮就被煉魔俘虜。這次我們應該先派僞裝過的織光師進去偵查。」

「你們在這裡沒有危險。」烏額潘保證，姿態古怪地摩擦他的指節，發出岩石輾磨的聲音。「這裡是自由之地，不受榮耀靈或煉魔控制的邊遠聚居地。」

「都一樣，」雅多林看著其他人。「人類躲在油布下，直到我們簡單偵查過再出來。」

眾人發著牢騷，牽馬進入油布下的大「房間」。紗藍已在裡面休息；這裡堆高的貨物箱形成許多隱蔽處和小窩，大多數人都選擇把自己的舖蓋安置其中。

雅多林輕輕推她。「紗藍？妳還好嗎？」

他那個蜷成一團的妻子動了動。「昨晚可能有點喝太多了。」

雅多林微笑。除卻他對目標的憂慮之外，這趟旅程真的很放鬆。和紗藍共度時光很棒，就連圍紗和燦軍光主現身，他也樂在其中。燦軍光主是優秀的對練夥伴，圍紗則似乎知道無窮無盡的卡牌遊戲，有些是良善的弗林教遊戲，其他就……嗯，它們在禮節方面太過隨意，但比雅多林預料中還好玩。

紗藍昨晚拿出一瓶上等賽勒那紫酒，卡迪什林陳釀，氣氛隨即來到高潮。一如平常，她比雅多林多喝了幾杯。紗藍跟酒有一種詭異的關係——因她的角色而異——不過因爲她能用颶光燒掉酒精，理論上來說，除非她想，否則她永遠不會喝醉。因此他不懂她爲什麼有時候會像昨夜那樣就寢，讓自己面對隔天早上宿醉的風險。

「進入小鎮之前，我想先派人去偵查。」雅多林說。「妳想要我派——」

「我去。」她爬出舖蓋。「給我幾分鐘。」

她是認眞的，確實也在幾分鐘內準備妥當，戴上讓她看起來像個培養靈的織光幻象。她帶著也以相同方式僞裝的法達，兩人隨烏額潘和他的表親一起上岸到鎮上走動。

其他人在油布下等待。哥得克從口袋中掏出幾個錢球。他的個人財產似乎大多是夾幣，到了這個時候都已黯淡了些。颶風在這裡具像爲空中閃爍的光，他們遇過幾次，但錢球都沒有重新充能。

「就連我帶來的布姆也開始變暗。」哥得克舉高紫水晶，照亮油布下的陰暗。「我們帶的大顆寶石可能撐不到要塞了，光爵。」

雅多林點頭。一直到離開之前，他們皆已針對颶光預算討論過十數次。無論他們再怎麼計算，當他們抵達永恆至美時，就是不可能還剩下任何颶光。因此他們帶的禮物是西兒說會受到欣賞的東西：剛寫好的書、能讓人動腦幾個小時的鐵製益智玩具，以及一些武器。

他們或許還能用一個方法攜帶維持較久的颶光：賽勒那人擁有一些能夠長時間保存颶光的寶石——因爲它們的結構幾乎完美。其中最好的一顆一年前被用來捕捉魄散之一，其他則被加絲娜要去做實驗。

這些幾乎毫無瑕疵的寶石令加絲娜百思不得其解，她提過有關這些寶石的其他事。對以錢球的方式流通的寶石而言，它們總是有颶光快速流失的巨大缺陷，她覺得這點非常奇怪。她說寶石應該有所不同，而且應該要能偶爾找到更完美的寶石才對，但實際上並非總是如此。

她爲什麼關切這件事呢？雅多林一邊等紗藍，一邊思考這個問題，試著追溯加絲娜的思路。要是有人一直知情、其他人卻一直以爲寶石基本上都是一樣的呢？能在穿越幽界的長途旅程中保存颶光的寶石價値連城，若知道這種寶石有多珍貴，有人可能會花費數年的時間費心蒐集吧。

他皺眉思考，好一會兒後才終於望向哥得克，他舉起一顆正在散失颶光的布姆。

「能夠自由進入城鎭後，」雅多林對他說。「帶著我們剩下的大部分颶光，照之前討論的作法執行。拿去換下一段航程所需的補給品，剩下的通通用來替駁船增添貨物。」

烏額潘的表親會在鎮上等候，守衛他們的補給品。雅多林的團隊只需要帶上足供他們來回永恆至美的物品即可。

前提是，紗藍在小鎮的調查要一切順利。他們等待回報時，雅多林發覺自己越來越焦慮，感覺像有個東西就要掉到他身上。來這裡的過程太順利了嗎？

他利用這段時間檢查他的士兵和書記，他們都興高采烈的，於是雅多林又去查看瑪雅。她坐在靠近房間後方的狹小隱蔽處，雅多林還得拿出一顆大如他拇指的厚實藍寶石才看得見她。

瑪雅望著藍寶石。她的眼睛在重創期的事件中遭刮去，但她還是能看見。盲卻不瞎，被殺卻沒死。靈還真奇怪。

「嘿。」他蹲低。「我們很快就能上岸了。」

她如常無回應，不過一個峰靈經過外面的油布天幕，她卻猛地扭過頭凝視那方向。

「妳也覺得焦慮吧？」雅多林說。「妳和我都需要冷靜下來。來。」他走到收存自己個人物品的地方，拿出他的長劍，擺出招式。篷頂比他的頭高出足足一呎，大多數人都擠在另一邊，靠近哥得克和錢球的位置，所以他有足夠空間套招。

瑪雅每天早上都加入他的伸展活動，他會做薩賀多年前教他的集中練習。如果他展示其他的練習，她也會跟著做嗎？長劍只能勉強模擬碎刃，不過已是他所擁有最接近碎刃的東西了。

他將藍寶石放在闔起的劍匣上照明，展開緩慢、仔細的招式練習。這種練習的用意是臨摹刺擊，不花稍，也沒有愚蠢的旋轉劍身，只是基礎練習，也是他在訓練場上用他的碎刃比劃過數百次的招式。這一部分是模擬走廊交戰，劍不能揮得太高，或朝兩側刺得太遠，否則會擊中石壁，因此最適合這個狹小的空間。

瑪雅看著他，歪過頭。

「妳知道這套招式。」他對她說。「還記得吧？走廊交戰。練習刺擊和受限下的揮劍？」

他從頭來過，但速度放得更慢一點。一個動作流暢地接上前一個。跨步，兩手穩穩握住，撲上前刺擊，換個方向再一次。來來回回，形成一種律動，一首沒有音樂的歌。一場沒有對手的戰鬥。

瑪雅遲疑地起身，於是他停下來。她走向他，頭還是歪著，檢視起他的劍。她臉上精緻纏繞的藤蔓看似肌腱，一張移除皮膚的人類臉孔。她的目光沿劍身掃過。

雅多林又開始舞劍。瑪雅小心翼翼地在他身旁做出一樣的動作，姿勢完美。就算是薩賀在他心情最糟的時候，也找不到理由挑剔她的劍招。雅多林緩緩繼續這套招式，而她跟著，手上只有空氣，但他刺擊時，她也踩著相同的步伐跟上，接著收回、轉身。

房內另一端的談話聲漸漸消失，靈和士兵都在看著。很快地，他們也從雅多林的注意力中消失。此時此刻只有他自己、劍，以及瑪雅。放鬆的重複動作融解他的緊繃，套招不只是訓練，也是一種集中注意力的方法。所有年輕劍士都需要學習，無論他未來想與人決鬥或是領導戰場上的衝鋒。有些人不曾了解練習帶來的集中、平靜，雅多林替他們感到遺憾。這種平靜甚至能使最強大的颶風偏向。

一段時間後——雅多林沒注意到底過了多久，紗藍彎腰鑽進油布下。她已驅散她的織光術，所以顯然並不認爲他們有任何危險。然而烏額潘瞪著瑪雅，熔光從他皮膚的縫隙透出，照亮甲板和油布下方。

雅多林終於停下，瑪雅也停在他身旁。他放鬆地抹抹額頭，她便縮回她的小小藏身處。

烏額潘朝雅多林走來，用一種無疑屬於人類的姿態搔著他的頭。「另一組套招？」他問。「這可不只是簡單的練習。說眞的，你一定要告訴我。你怎麼做到的？你對她的訓練每天都表現得更加厲害。」

雅多林聳肩，接住費特丟過來的毛巾。「她記得我們分別身爲人與碎刃時一起練習的時光。」

「她是個亡眼。」烏額潘說。「數千年前就死了。她不會思考。她的燦軍背叛她，那創傷摧毀了她的心智。」

「是啦，好，說不定那種情況就是漸漸消失了。」

「我們是靈。我們是不朽的。我們的死亡並不會就這麼『漸漸消失』。」雅多林把毛巾丟回給費特。「而靈永遠不會再與人類締結，但你卻在這兒，成爲祖兒的靈同伴。諸如『不朽』、『永遠』等詞彙並不像你們假裝的那麼絕對。」

「你不知道你自己在說什麼。」烏額潘說。

「或許就是因爲這樣，瑪雅和我才能做出你認爲不可能的事。」雅多林望向紗藍。「我們可以去鎮上了嗎？」

「沒看見煉魔活動的跡象。」她說。「很多車隊經過這裡，有些甚至在鎮外紮營，人類不算罕見。這個中繼站的靈並不覺得我們有什麼古怪，只要告訴大家我們是商人就好。」

「那好。」雅多林說。「我們都下船伸伸腿腳，不過要團體行動，別惹麻煩。」

❖

紗藍宿醉未消，頭陣陣發疼，沒完沒了，以致心情惡劣，腦中有一種「妳怎麼可以這樣？」的控訴。她擔心現在他們既已上岸，她有可能引來痛靈，或許會帶來危險。

這是妳的錯，圍紗，燦軍光主對著她想，妳怎麼可以沒把酒精先燒掉就去睡覺？

我頭腦不清楚了，圍紗想，這算是喝酒的重點……

她不太會用颸光，紗藍想，不要怪她。幸好疼痛減輕了。當她汲取颸光、戴上幻象臉，她的痛苦也稍稍得到治療。不過颸光很珍貴，她只能用維持幻象所需的量。

也許她可以騰出一些。

不，燦軍光主想，我們應該受苦，以此做爲濫用酒精的懲罰。

這不是紗藍的錯，圍紗抱怨，她不應該因為我做的事而承受痛苦。

我自己也喝了不少，紗藍想，所以就這樣吧。

其他人都急著出去看看這座小鎮，隨即分成小組出發，只有雅多林留下來等她。他們踏上簡單的石造碼頭走進小鎮——稱這地方為「小鎮」實在太寬容了，她剛剛不到半小時就走完了鎮上僅有的四條街。

不過，儘管小，此處靈的種類卻多得驚人，大多來自目前在這裡紮營的五、六個車隊。就算從她現在的視角，也能看見六個不同種類的靈。她上一次出去時已擷取一些記憶，好繼續撰寫她的博物誌，也打定主意要再出去看更多。

除此之外，有些車隊中有人類成員。他們是誰？他們怎麼找到路來這一邊的？他們跟亞夙兒一樣來自其他世界嗎？她很渴望出去進一步調查。

只不過……圍紗說，妳知道的。

她確實知道。歷經兩週的旅行，她或許終於有機會獨處。烏那堤維的水手抽籤決定誰留守駁船，或許……

「你去吧。」圍紗戴上原本以蕾絲掛在她頸後的帽子，因此雅多林知道現在的她是哪一個。「我剛剛伸過腿了，現在想稍微休息一下。」

「妳應該少喝一點。」雅多林說。

她戳戳他的肩膀。「你才應該停止學你父親說話。」

「低級的攻擊，圍紗。」他齜牙咧嘴地說。「不過論點已被接受。看著我們的東西。」

他走去找瑪雅，她在他的邀請下跟著他一起出去。他大概是覺得她需要做點運動之類的吧。他對那個靈總是有點與眾不同的。

我覺得他照顧她的方式很貼心，紗藍想。

或許吧。但也很怪。圍紗漫步走向烏那堤維。「如果你們想的話，可以都下船去。」她對那群峰靈說。「反正我會留在船上，可以負責看守。」

烏那堤維仔細打量她，內部熔化散發的光透過他皮膚上的裂痕變得更加明亮。「妳留下？爲什麼？」

她聳肩。「我今天已經去過了。你們可以都上岸，看船只留一個人就夠了。又不是說這裡有什麼危險，對吧？」

「如果有危險，」烏那堤維說。「妳可是燦軍，比峰靈更擅長面對危險！」他轉向他的水手，他們看起來都滿心渴望。在同一艘駁船上待了兩週，任何人都會對這景色厭煩，就連水手也一樣。

不久後，圍紗終於享有愉快的獨處。這趟旅程到目前爲止，她只有在進入油布下方簾幕遮蔽處使用便壺時才能獨處。就算是那裡，距離其他人也近得過頭，遠遠稱不上舒適。她——

「嗯嗯嗯嗯……」

她旋過身，發現圖樣當然還在。他看著她。「要跟墨瑞茲連絡嗎，圍紗？」他精力充沛地問。「嗯嗯……」

對，她是要連絡墨瑞茲。她們三個都同意需要跟他談談，但圖樣竟然這麼輕易認清這件事，這實在令人不安。

「你待在這裡，」她對他說。「確保沒人打擾我。」

「噢，我不能聽嗎？」他的圖樣慢了下來，看起來幾乎像要枯萎了。「我喜歡墨瑞茲。他非常奇怪。哈哈。」

「有人幫我留意外面比較好。」圍紗說著嘆氣。「不過你聽聽墨瑞茲說什麼或許也好。你可能會聽出他說了什麼假話。」

「我不認爲他會完全說假話。」圖樣說。「因此他的謊才說得那麼好。嗯嗯。但我無法無意識地分辨出謊言。我只是在知道它們是謊言後，比大多數人更能欣賞它們而已。」

好吧，根據圍紗的經驗，他比許多人類更擅長發現詭計。她招手要他一起鑽進天幕下，還是爲幾乎算是獨處而開心。

一部分的她對這種情緒感到憂慮。認識雅多林的這段期間，她基本上從頭到尾都過著雙重人生，這讓紗藍感到沉重的負荷。更糟的是，對自己說謊的習慣太根深柢固，已成爲她的第二天性。

這是一個問題，紗藍，圍紗走回她的行李箱旁時這麼想著。

我有改善了，紗藍反駁，已經超過一年沒出現新人格。

無形呢？燦軍光主進逼。

無形不是眞的。還不是。紗藍想，我們就快要可以脫離鬼血了。再一次任務，我們就一刀兩斷。無形也就不會成形。

圍紗有所懷疑。她也必須承認，她自己就是問題的一大部分。紗藍理想化圍紗放鬆的生活方式、毋須擔心過去或她做過的事。確實，紗藍把這種態度跟鬼血人過的人生混爲一談。一種她漸漸開始羨慕的人生……

我找出答案，紗藍想，停止思考這件事。我必須在時間用完前連絡墨瑞茲。

圍紗嘆氣，但還是把圖樣擺在靠近油布篷前端開口的位置。他在這裡聽得見她和墨瑞茲的談話，如果有人登上駁船，也能對她示警。接著，她打開收納個人財產的箱子。

這時她略一停頓，讓紗藍掌控幾分鐘，時間足以供她確認。

對，紗藍想，又被動過了。

第一次之後，她們每天都會檢查，這是第二次有人動過方塊。就在她喝醉的夜裡。燦軍光主在她們之內惱怒地呻吟。

抱歉，圍紗想，再度轉爲主控。但我們沒辦法時時刻刻看著。除此之外，我們希望間諜安心使用方塊，對吧？我們才更有機會逮住他們？

無論如何，她無法否認，她就在幾呎外打鼾，竟有人溜進來以某種方法用了方塊，這件事想起來就令人毛骨悚然。她拿起方塊細看，除了變成另外一面朝上，它看起來沒什麼不同。

怎麼啓動？墨瑞茲說用他的名字。「我需要跟墨瑞茲談話，呃，那事實上是他的頭銜，而非他的名字……」

方塊的各個角在內部的明亮光源照射之下發起光來，彷彿那些地方的金屬比較薄透似的。

「我認識他。」方塊說。

圍紗嚇了一跳。「你會說話！」

方塊沒回應。她皺眉，仔細查看接合處——光閃爍變換。不久後，方塊內傳來一個強勁的聲音，震得方塊在她手中震顫起來。

「小小刀。」墨瑞茲說。「我一直在等妳。」

❖

雅多林遵守他自己的規則，沒有獨自亂逛。他和瑪雅緊跟著他的士兵和書記，他們緊緊聚在一起，一同在小鎮內走動，聊天時笑得太大聲，彷彿想證明他們在這麼一個詭異的地方一點也不緊張。

他通常會加入聊天，讓他們放下心來，不過他發現自己被眼前任務的嚴重性壓低了情緒。現在航程結束，他的憂慮又冒了出來。他必須證明自己能夠說服榮耀靈加入聯盟。經過科林納的失敗，他只是……他需要做這件事。不是爲他父親。而是爲了聯盟，爲了戰爭，爲了他的家鄉。

他試著專注於下一步，也就是在這個中繼站取得補給品。這裡基本上就是個市集，目的本來就是爲車隊和商船提供飲食。他去過另一個靈的城市星禮斑，這裡的大多數建築也跟那裡一樣，以各種石塊建成，顏色混雜，都是具像的建材。眞正的岩石和金屬在這裡珍貴許多，必須透過類似誓門的通道運送過來。

這些房舍沒有建築的凝聚感，最常見的是亞西爾風格，但靈有什麼用什麼，因此最後就是各種設計與風格的大雜燴。大多數經營店鋪的靈看起來都是培養靈。他們以亞西須語或雅烈席語叫賣，兜售他們知道人類或許會需要的淨水或食物補給。

瀏覽商品的顧客是各式各樣的靈。他覺得灰燼靈最令人瞠目結舌。他們看似人類，但肉體不時粉碎，露出骨頭。他經過其中一個時，她一彈指，構成手的灰燼便被吹散消失，然後又迅速長回來。他甚至看見一對上族靈，他們看起來像現實被扯破、形成人形的洞。雖然貌似只是另一對商人，他還是保持安全距離。

靈的服裝就跟他們的建材一樣不拘一格。他經過一個穿塔西克纏裹衫的峰靈，但他偏偏又在外面套上費德制服外套。應該只是裝飾，雅多林自己絕對不會把這些東西搭在一起，但那個峰靈似乎不以爲意。他們接收了人類的衣服、收爲己有；他們有什麼必要跟隨另一個世界各王國的潮流？

因此，此處的時尚有一種新鮮有趣的氛圍，像出自一個具有天賦但未受訓練的藝術家。他們想出雅多林所處的文化中沒人敢想像的組合搭配。

*儘管如此，他經過一個高䠷苗條、認不出種類的靈時想著，有人得跟那一個靈說說護襠在我們那一邊的用途……*

他警告過他的士兵不該依賴具像的武器，但他們還是停下來逛一間武器店，很難不盯著架上種類如此繁多的武器看。在實體界，購買一柄上等好劍得花上一大筆錢，就算只是日常的單手劍，價錢也常高得驚人。然而在這裡，具像一把劍花費的颶光約莫等同於具像一塊磚頭，所以可以看見劍裝在桶子或堆在店鋪外販售。

紗藍一定會對這種奇異的經濟模式著迷。他聽說靈的銀行持有接近完美的寶石，貯藏大量颶光以備未來使用。而且當然了，附近聚集這麼多人類也吸引了小型的情緒靈——它們等同是幽界的動物。勝靈從頭頂竄過，懼靈窩在巷弄中，看似多腿的巨型鰻魚，身上長有鼓脹的長觸角。

一個長了觸鬚、身軀優雅頎長、在空中飛行的靈，降落在附近的屋頂上，接著一躍而下，噴出一小股水晶般的碎片，碎片飄落後隨即消失。這是激情靈嗎？他得告訴紗藍。

他轉身面向遠處的駁船，紗藍還在上頭。瑪雅盡責地停在他身旁，只是用她那雙被刮掉的眼睛直勾勾瞪著前方。

「不知道她爲什麼要留在船上。」雅多林說。「有這麼多東西可以看卻想休息，這不像她。」

瑪雅沒有回應，但這無法阻止他對她說話。她有一種……令人放鬆的氣息。

「多半是圍紗在掌控。」雅多林說。「我打賭她是擔心我們的東西被偷。紗藍說，另外兩個存在的目的是保護或幫助她，我看得出來。我想了解。我不想像那些低聲說她發瘋還笑她的人一樣。」

他看著瑪雅，瑪雅回看他。

「我爲了圍紗掌控的時間而吃醋很傻，對吧？」雅多林說。「紗藍創造出圍紗，把她當成工具。只是……我不知道我做得對不對。我不知道該怎麼給予她幫助。」

他不擅長經營關係，向來就不擅長，他現在可以對自己承認了。他交往過幾十個女孩，但全部失敗，所以他有各式各樣做錯的經驗，很少做對。

他想做對。他愛紗藍，有一部分是因爲她的古怪。她散發有別於所有人的朝氣，也以某種方式顯得更加眞誠。她塞滿人格、覆蓋在幻象之下。然而，神奇的是，她也因爲這些而感覺更加眞實。

雅多林原地徘徊，不想超越其他人，同時希望能把雙手插進口袋。不幸的是，這件制服的口袋縫死了，口袋縫死的褲子比較好看。

他知道自己為何感覺這麼鬱悶。看見另一個靈的集散地，讓他想起上一次來幽界的時候。當時他被迫讓艾洛卡在他的宮殿中獨自死去，城市淪陷。更糟的是，雅多林掉到幽界，因此意外拋下他的軍隊，讓他們自己面對侵略。

他不是那種悶悶不樂的人……但颶風的，若有哪個人該下沉淪地獄，那非是丟手下去死的將軍莫屬。

他發現瑪雅注視著一旁，注意力集中在某個東西上，這才把他從愁思中拉出來。眞夠怪了，因為她不太常注意周遭環境。不過當他靠近，隨即看清是什麼東西讓她看得發楞。另一個亡眼。

這個亡眼是個謎族靈，站在一個店面旁。謎族靈原本就沒有眼睛，不過這生物無疑也遭遇瑪雅的命運：圖樣完全靜止，通常優雅的線條扭轉出尖銳的角度，看似斷掉的手指，中央有同樣的詭異刮痕。

瑪雅從喉嚨深處發出低沉的哀鳴。

「我很抱歉。」雅多林說。「我知道這令人痛苦。我們快點離開。」

他邁步正要走開，她卻拉住他的手臂，嚇了他一跳。她似乎也非常意外，低頭看著自己拉住他手臂的雙手，接著歪過頭。她緊握不放，拉著他轉向那個謎族靈亡眼，彷彿想說點什麼的樣子。

他的手下還在購物，因此雅多林照瑪雅的意思轉向亡眼所在的那家店。這家店跟他在幽界看過的大多數店家一樣，也是側邊敞開，是搭在小房子前側的棚子，店主多半住在後面的房子裡。在這裡不必擔心颶風，因此建築通常是雅多林覺得有暴露感的開放設計。

店主是個墨靈。雅多林聽說墨靈的數量比其他靈少、他們只跟同類往來。這生物黑得發亮，彷彿由石塊構成，但只要光照射到對的角度，就會泛起一種油在水上閃爍的色彩。他賣的商品是書，都小心放在架上，不像許多其他店家一樣堆疊在一起。

「你是雅烈席人。」他打量雅多林，說話時帶著明顯鼻音。「而且是男人，也就是說你不需要書。」

「我想了解一下你的亡眼。」雅多林朝謎族靈點點頭。

「她是個朋友。」店主言簡意賅。

「在過去還有燦軍的時候結識？」

「不，是更近期的事。她是我生意上的夥伴，曾經。」他皺眉。「你對這事有點了解是吧，人類？一種危險？」

「什麼危險？」

「新的亡眼。」店主搖頭。「燦軍不該再度興起。你知道這事嗎？在你們的國度已經開始了，對不對？」

「我不知道還有燦軍背叛了他們的誓言。」雅多林說。「你確定嗎？」

墨靈朝他的朋友揮手。「她跟我搭檔好幾百年了，十年前離開，和其他靈一起去尋找燦軍。去年我發現她變成這樣子，獨自坐在遠東的一座島上。她堅持朝這方向來——至少總是不停往這邊走，因此我把店開在這裡。」

「你確定她最近才變成這樣？」雅多林說。

「我的記憶不會錯。」墨靈說。「你們總是這樣，殺死靈。你應該感到羞恥。」他看著瑪雅。「這一個也是你殺的嗎？」

「當然不是。」雅多林說。「我……」他的聲音低下來，不想說太多。他指示過大家要提高警覺。

但……新的亡眼？感覺不太可能。或許是哪個新封波師在與世隔絕的巴伏孤立無援也沒朋友，打破了他的誓言？那也不算太稀奇。他們了解得越多，越知道這幾年並不是只有卡拉丁、加絲娜和紗藍形成新的燦軍締結。普遍性的變革席捲了整個羅沙，靈察覺永颶的到來，有些因而回來與人類締結。

除了冷若冰霜的指控，墨靈不再有其他反應，因此雅多林回到街上，瑪雅也由著他離開。她是否莫名知道這個亡眼不對勁？是不是因此她才希望他過來跟店主談話？

他走過去加入他的手下，看見哥得克和他的靈沿街快步走來，便停下腳步。這名前執徒走到雅多林面前流暢地鞠躬，姿態優雅。「光爵，我覺得你可能會想瞧瞧。」

「什麼？不會是另一個亡眼靈吧？」

「不，」哥得克說。「是人類。」

# 30 背叛

但這並未觸及你來信的核心。我已鼓勵願意與我交談的那些，留心你的警告，不過他們似乎都安於姑且忽略憎惡。根據他們的主張，只要他繼續受困於羅沙系統，他就不構成威脅。

光在這詭異的方塊內閃爍，在墨瑞茲說話時由各個角透出。圍紗看著，突然感到不連貫——被困在兩個片刻間。

這感覺……她經歷過。她曾走到這一步，曾跪在地上，手上拿著從各個角透出光芒的方塊。就跟現在一模一樣。

她把手伸到方塊頂部，感覺著平滑的金屬，預期它會泛起漣漪。她偏過頭，舉起手指細細檢視，五指相互搓揉。這不對……她回頭看，看見油布下的封閉空間。

她正在一場進入幽界的任務中。她爲什麼以爲會在身後看見庭院？看見她父親的庭院？

圍紗消失在紗藍之中。這些回憶……這些是她原已失去的回憶。來自迂迴造成她……她母親之死的那些年。她腦中那段扭曲、糾結、蔓生的時光，隱藏在謹慎栽培的花床之後。當她爬梳她的回憶，感覺並不像少了任何一段。然而她從其他線索得知其中有些空白。

想起來，圍紗想，想起來。

她小時候就與圖樣一起練習。她曾說出誓言。她召喚出碎刃，並在狂亂求生之下殺死她母親。回頭想這個方塊——她曾拿過一樣的東西？

她緊緊抓住方塊，將全部的注意力都集中於墨瑞茲的聲音。她不能思考過去。她不能。不幸的是，從方塊發出的聲音聽在她耳裡似乎錯亂了。她的心智執迷於每一個個別音節，雅烈席語成了亂無章法的聲音，她無法理解這個語言了。

她大受震撼，駁船似乎在她下方搖晃了起來。她倒抽一口氣，逼圍紗掌控，墨瑞茲的話語才又開始具有意義。

「……小心，」墨瑞茲正說著。「通訊時不會引發關注吧？」

「我……」圍紗說。「我當然是祕密進行。你明知道我的。」剛剛在說什麼？她完全錯過了。

「強化妳想要的行爲總是好的，小小刀。無論對人還是對野斧犬都一樣。妳的報告呢？」

「我們上岸了，其他人出去探索海岸上的小型碼頭城鎮。接下來我們還要以車隊的形式旅行數週，希望在抵達要塞前都跟之前的旅程一樣平靜無波。」

「有沒有從燦軍同伴身上得知什麼有用的資訊？」

「沒什麼值得報告的，墨瑞茲。我主要只是想確認你這個方塊能用。」她想了想。「再說一次要是我撬開這東西會怎樣？」

「妳會立即摧毀棲息其中的靈。」

「靈殺不死。」

「我沒說殺死。」

她舉高方塊。光從角落逸出——方塊是不是打開了一點？「或許還眞有點趣聞可以說給你聽聽，我想拿來交換有關這方塊的資訊。」

「那並不是妳的任務，也不在我們的協議範圍內，小小刀。」墨瑞茲聽起來被逗樂了。「野斧犬不會壓抑自己對盛宴的鍾愛之意。她要先表現，然後便可得到她的獎賞。」

「你要我當獵人，而非獵物。」圍紗說。「卻在我展現主動性時斥退我？」

「主動性很好，妳擁有主動性也值得讚賞。然而，我們組織的存續奠基於階級原則。一群彼此合作的獵人太輕易就會轉而對付起其他群體。

「因此我尊敬我的巴伯思，妳則尊敬我。我們不攻擊自己人，也不跟上級討價還價，否則就會引發混亂。所以，繼續狩獵，但不要想以妳狩獵的成果做爲談判的籌碼。好了，關於這次任務，還有沒有可能具有重大意義的消息要回報？」

他沒有繼續逼她吐露有關其他燦軍的資訊，所以基本上也勉強應和了剛剛的論點。墨瑞茲給她的任務不包含回報有關燦軍的資訊，因此他知道他沒有權力勉強她。

記下這件事，圍紗想，儘管他是那樣暗示，協議裡面還是有鑽縫的空間。

「有一些奇怪的靈在監視我們。」圍紗說。「我只匆匆瞥見，但它們的顏色看起來不對，像是被腐化了。」

「有意思。」墨瑞茲說。「斯加阿納擴展她的影響力了。我還在等她承諾會跟我締結的靈。」

「她承諾會派出一個靈，而非承諾那個靈會選擇你。你得不到你想要的東西時，可別責怪紗藍。」

「斯加阿納卻在這趟旅程中派間諜跟著妳。關於妳看見的這些靈，有什麼可回報的？」

「它們都是同一種類，而且都保持遙遠的距離，或是以某種方法藏匿。其他人都沒看見，但我已警告我的手下要對它們提高警覺。」

「斯加阿納很重要，小獵人。我們必須把她拉到我們這一邊。一個有意背叛憎惡的靈？一個遠古的靈，擁有同樣久遠的知識？我現在給妳第二個任務：密切注意這些靈，有機會的話就與它們接觸。」

「我會的。」圍紗說。「塔城或達利納的進攻有什麼消息嗎？」

「噢，這裡的事態發展不外乎尋常的活動與意外，對持續關注的人來說都在意料之中。需要用上妳的時候，我會告訴妳的。」

圍紗點頭，拿著方塊的感覺再度席捲她，令她分心。她又逼紗藍出來掌控，要她看回憶映象中的陰影。她吸氣、吐氣，試著逼自己堅強、不要逃走。

她該不該問墨瑞茲是否對她的過去有任何了解？還有她是不是曾以這種方式通訊過？他不太可能回答，但她並不是因此才遲疑。

我不想知道，她想。因此她說：「我們以車隊的形式前進一段距離後，我會再跟你連絡。」

「很好。」墨瑞茲說。「我必須再強調一次：留意那些腐化勝靈的一舉一動。我擔心斯加阿納在玩弄我們兩個，而我不喜歡這種感覺。」

紗藍驚訝得差點摔了手中的方塊。她刻意不提起是哪一種靈。然而他卻說是勝靈。

哈！圍紗想。

噢，颶風的，燦軍光主想，圍紗的計畫生效了。她要開始讓人受不了了。

讓人受不了？應該說我了不起才對吧。墨瑞茲掉進一個尋常的陷阱裡——他太精明，開始忘記自己的基本原則：永遠質疑你的情報。

「了解。」紗藍逼自己回話。「我會時時關注。」方塊的光暗去。她小心地將方塊放回箱子裡，關上箱蓋前又擷取一則記憶。

話傳到墨瑞茲那裡去了，而那個錯誤資訊——她看見一個勝靈在監視她——暴露出真相。

貝若是間諜。

哥得克發現的那群人類頗出人意表。他們似乎不是士兵，而是棕膚黑髮的一般工人，男女皆有。有些弗林國家的人也是那種膚色，但在中部居民身上更常見，像是瑪拉特、圖卡，以及雷熙諸島。

他們的衣著剪裁簡單，雅多林覺得應該是馬卡巴奇東南部的風格，採用的顏色接近亞西爾，但布料較粗厚，外衣包覆性更強，編織流蘇從腰間垂落腳邊。

*沒錯，他想著，他們看起來像來自瑪拉特，也有可能是圖卡。*

數個車隊在鎮外紮營，除了這一個車隊之外全部都是由靈組成。雅多林和哥得克走過靈的車隊時，他們友善地揮手或打招呼，其中一個甚至認出哥得克的靈阿琪諾，高聲對她叫喊。

相對來說，人類的營地則是一個不討喜的地方。靈的營地有具像的火，這裡卻一片黑暗，沒以火或颶光照明。人類車隊沒有帶駝獸，但多數人入睡時會將他們的物品堆在營地中央。還沒睡的主要是肩上架著棍棒的男性，他們看守著外圍。

「他們是誰？」雅多林在一家小商店的牆旁查看，輕聲問道。鎮外的地貌相對不毛，是一片開闊的黑曜石原野，玻璃狀的小棵植物一叢叢生長，生靈於其中跳躍——它們在這裡的體型較大。

「或許是另一個世界過來的商人？」阿琪諾說。這個矮小的培養靈扭著雙手。「噢，*確實*有這種事，而且最近越來越常見了。人們組成車隊來做交易。他們喜歡你們的酒，人類光爵。許多人也聽說過你們的武器的故事，我知道有幾個人甚至想買到一把！他們還以為碎刃是能用錢買到的東西呢。」

「其他世界。」雅多林摩娑他的下巴。「妳遇見的其他商人可能來自遠方，但這些人身上穿的是瑪拉特或圖卡的服裝，我覺得他們像當地人；但若是這樣，我就要納悶他們是怎麼過來的了。我們最近才知道怎麼進入幽界，況且這需要燦軍之力。那麼，在我們世界的商隊是如何溜過來這裡的？」

「所以我才叫你過來。」哥得克說。「這一整群人感覺不太對勁。」

「他們還是有可能是外地人。」阿琪諾說。「身上穿的可能是在這裡交易來的具像衣服。噢！絕對不要假設你在這裡所見會跟你人生中學到的事相符，人類藩王。」

「我們可以過去問問，對吧？」哥得克說。「看看他們願不願意跟我們談？」

他們兩個人看了看彼此，接著雅多林聳聳肩。有何不可？他走出去，哥得克和他的靈也跟上，瑪雅尾隨在後。

車隊的人馬上發現了他，一人用手指了指，一小群人急忙起身。太陽感覺遙遠，卻莫名照亮一切。這裡的光戲耍雅多林的眼睛，影子朝錯誤的方向延伸，距離更加難以判斷，因此雅多林已經習慣所有東西感覺都不對勁。

就算是這樣，這些人似乎總是籠罩在陰影中的樣子……令人不安。隨著他們走近，他覺得好像只能勉強看見他們的五官；無論他們面朝哪一邊，他們臉上的凹陷處——眼窩、鼻子兩側的線條——卻總是幽暗。他只能偶爾瞥見他們的眼睛。

他們用一種他沒聽過的語言對他說話。

「你們會說雅烈席語嗎？或是費德語？」雅多林問。

「哥斯勒班賽勒那語？」哥得克問。

「雅烈席？」其中一名男子說。「雅烈席人走開。」

沒錯，確實是圖卡口音。「我們只是想聊聊。」雅多林說。「我們沒在這裡見過其他人類，能跟其他人類聊聊應該不錯吧。」

「走開。」那男子重複。「我們不聊。」

雅多林看向男子身後，有些人已去到他們的物品中翻找了起來。跟他談話的這個人拿著棍棒，不過他曾見其他人手上有反射的閃光。他們帶著眞正的武器，但不想公然拿出來。

「好吧，」雅多林說。「隨便你們。」

他們隨即撤回鎮上，圖卡人一路都緊盯著他們不放。

「他們是圖卡人。」哥得克說。

「對。」雅多林說。「他們的國家由一個自稱神的男人統治，那人實際上是神將。父親打算把艾姆歐的歌者軍隊逼向南方，衝撞圖卡的宗教狂熱者，讓他們腹背受敵。」

這些奇怪的旅人是否跟圖卡的戰事有什麼關聯？還是說只是巧合？

雅多林跟他的士兵會合，隨即一同走回駁船。他們應該開始卸下補給品並紮營了。阿琪諾去過榮耀靈要塞，有自信能將他們帶到該處。應該不難，只要他們沿海岸西行，終究能抵達永恆至美。

快到駁船時，雅多林卻慢下腳步。有個人形在駁船前方跟烏那堤維談話，一身略帶藍的白。高䠷、高貴。雅多林習慣看見這個靈身穿俐落的制服，而非鈕釦襯衫和長褲，但那是同一個靈沒錯。

「那是一個榮耀靈嗎？」哥得克問。

「對。」雅多林繼續前進。「那是努特姆。我們上次來幽界時搭的那艘船的船長。」

看來，他會比計畫中更早對上榮耀靈。

❖

紗藍停止就著寶石的光畫畫，但仍坐在篷下。身旁上鎖的箱子裝著那個古怪的通訊方塊，如今已重現在她的素描中。

幾個靈從海中被她吸引過來。創造靈，它們在這一邊是盤旋的各種小形狀，由不停變換顏色的光構成。它們給人不同的印象，通常是臉孔，但它們很小，很容易便被人像實體界的靈一樣對待。圖樣在她身旁坐下，她噓聲趕走它們。

「嗯嗯嗯……」他說。「妳畫同一個方塊四次了，紗藍。妳還好嗎？」

「不好。但這跟我不好無關。」她翻閱她的素描簿。「在我兩次把它拿出來之間，有人一直在動它。」

圖樣的圖樣速度減慢，幾乎只剩蠕動。「妳確定嗎？」

「確定。」她讓他看先前的素描。「這一面的角落有一個刮痕，昨天是那一面朝上，今天變成這一面了。」

「嗯嗯嗯……非常細微的細節，不會有人注意到。」

「是啊。」她的畫精確得恐怖，甚至稱得上超自然了。「貝若是間諜，我找到證據了，我知道她一直在用這個方塊跟墨瑞茲連絡。我極度好奇她是怎麼在不驚動任何人的情況下啟動方塊。你有看見她動手嗎？」

「沒有。我沒看見。」

「好吧，知道誰是間諜，真的讓我鬆了一口氣。」紗藍驚訝地發現確實如此。她能接受這結果，叛徒是新來的女孩。紗藍已開始放棄法達或伊希娜是間諜的想法。

貝若，她可以接受是貝若。結果令人痛苦——遭背叛總是令人痛苦——但情況有可能更糟。

沉淪地獄啊，圍紗想。

什麼？紗藍想，怎麼了？

會不會覺得太簡單了？圍紗問，太輕而易舉？

圍紗，燦軍光主想，妳大費周章種下訊息、找出間諜，現在卻質疑了起來？

我剛剛才提到基本原則，圍紗回應，我們需要質疑情報，鉅細靡遺，並自問我們是不是也被餵下資訊。我需要更仔細想想。

紗藍嘆氣，接著搖頭。如果圍紗沒讓她們喝醉，說不定昨晚就捉到了貝若。她又開始畫畫，畫的還是那個方塊，不過這次在頂面加上漣漪紋路。她想起來了嗎？她想要想起來嗎？

「紗藍？」圖樣說。「嗯嗯嗯……有什麼不對，對吧？除了我們之中有個間諜之外？」

「我不知道。」她按摩額頭，稍早宿醉殘留的頭痛還在她後腦脈動。「你……記得看過我在我更小的時候用過這個方塊嗎？」

「嗯嗯嗯。沒有？」

「我記得。」紗藍說。「我不知道怎麼會這樣，但就是記得。我無法理解我自己的記憶。」

「或許……我可以幫妳？想起來？」

她凝視素描簿。

「紗藍。」圖樣說。「我擔心妳。嗯嗯嗯。妳說妳比較好了，但我還是擔心。雅多林也是，但我不覺得他看見我看見的東西。」

「你看見什麼？」她輕聲問。

「有時候，有個其他東西透過妳的眼睛朝外看。新的東西。當……當我試著談起妳的過去時就會出現，所以我不敢談。有時候妳開玩笑說妳想要我說更多，另外的眼睛就會看見我。」

「有另一個眞相。」紗藍低語。「另一個……」

「另一個……」

她緊緊閉上眼。圍紗，換妳出來。

但——

圍紗發現自己轉爲主導，聽見駁船外傳來說話聲。是雅多林，飽滿又自信。圍紗不像紗藍那樣愛雅多林，但就在那時候，她知道她們需要靠近他。紗藍需要靠近他。

不，紗藍在深處想著，不。他會討厭我。他會討厭……我做的事……

圍紗無論如何還是走到雅多林附近去。但就算是出於善意，她也沒辦法告訴他紗藍的恐懼——她不想冒險引發她不確定紗藍能否承受的痛苦。她不能冒險給無形更多滋養，於是保持沉默。

❖

「所以是你啊。」努特姆對雅多林說。「你沒從上次踏上這片土地的旅程學到經驗嗎？你還回來？」

努特姆外表看似雅烈席男子，健壯高大，頭髮剪得極短，一派軍人作風。他蓄著有點類似食角人的鬍子，頰上有明顯的鬢角，除此之外還有稀疏的小鬍子。他的鬍子和衣著都是他的一部分。有些靈具像衣物，不過榮耀靈是以自己的本體創造。

努特姆面無表情，但話語中略帶優越感。他為什麼沒穿船長的制服？休假中嗎？他的船肯定不在附近。

這個靈一如雅多林記憶中那般無比拘謹，他雙手在身後交握，等著雅多林的回答，令雅多林想起他父親。雅多林揮手要手下留在原地別動，但他走向努特姆時，瑪雅還是黏在他身旁。榮耀靈幾乎看也沒看她一眼，他們傾向忽略亡眼。

「我獲派一個外交任務，努特姆，」雅多林說。「要去拜訪永恆至美。我代表新燦軍軍團以及我父親，兀瑞席魯國王。我們的君王們送來引見函。我們希望打造新聯盟。」

榮耀靈瞪大眼，猛吸一口氣——靈通常並不呼吸，因此這麼做只是為了表現效果。

「怎麼了？」雅多林說。「有這麼令人驚訝嗎？」

「打斷你很失禮。」努特姆說。「請繼續你瘋狂的言論。」

「我們只是想開啓對話。」雅多林說。「將人類世界和靈世界的外交關係合法化。這是一個非常合理的請求。」

其他靈都避開榮耀靈，因此附近的街道一片空蕩蕩。他們會偷看他，並改變方向。他在這裡不受歡迎。他的存在令他們困擾，而非喜愛。

「我來爲你假設一個相似的情況吧。」他對雅多林說。「一個逃亡的罪犯偷走國王珍貴的紀念品，或許是他珍愛的酒杯、他亡妻留下的回憶。現在這個賊大搖大擺走進皇宮，試圖將他和這國王的關係正常化，你覺得合理嗎？這難道不是愚蠢之舉嗎？」

「我們沒偷走榮耀靈的任何東西。」

「除了颶父最珍愛的女兒。」

「西兒做出選擇。」雅多林說。「就連颶父也認可了。除此之外，如果她眞的這麼珍貴，你們全體或許可以偶爾聽聽她的話。」這個時候，瑪雅輕輕咆哮起來，引得雅多林和努特姆雙雙看向她。亡眼發出聲音總是件怪事。

「颶父對你沒多大幫助了。」努特姆說。「他現在同意締結，榮耀靈不再像過去那般崇敬他。他們認爲他一定受榮譽之死所傷，而那個傷現在體現成不合理的行爲。所以沒錯，他不再要求古者之女回歸，但也別因此認爲榮耀靈歡迎你們。」

「原本受尊敬的人一講起道理就被丟到一旁？」雅多林問。「靈應該比人類更優秀才是。」

「我希望是這樣。」努特姆說。「雅多林王子，我並非不講道理，你知道的。我只求盡我的責任，盡我所能地盡我的責任。儘管如此，我還是可以告訴你，若你們接近永恆至美確切會發生什麼事——你們會遭到拒絕。最近就連榮耀靈的朋友也無法獲准進入要塞，更何況你們根本稱不上朋友。

「對那裡的許多靈來說，你們是罪犯。你們整個種族都是罪犯。古者之女事小，你們過去對我們做的事才更是原因。」努特姆的下巴朝瑪雅一努。

「再說一次，我們沒對他們做任何事。」雅多林全靠意志力才勉強維持聲調平靜。「瑪雅和其他靈是在數千年前被殺死的。」

「對許多靈來說，數千年甚至稱不上他們的一輩子。」努特姆說。「我們擁有長久的記憶，雅多林王子。或許確實不該怪在你們頭上，只不過你們的人又重拾了誓言。你們沒有記取過去的教訓，又重新開始那令人厭惡的事，與靈締結，危害他們的生命。」

「這些燦軍不會重蹈覆轍。」雅多林說。「聽著，在重創期前的數千年間，靈和人類和平共處。我們要讓一次事件抹煞那一切嗎？」

「一次事件？」努特姆說。「一次造成八個種族滅絕的事件。雅多林王子，停下來想想吧。幾乎所有榮耀靈都與人類締結，他們都死了。你能想像這種背叛嗎？被你以你的生命、你的靈魂信任的人謀殺，你能想像那種痛苦嗎？人類死去，他們的靈魂便前往靈魂界與神結合，那我們呢？」

他朝身穿破布站在那兒、雙眼被刮去的瑪雅一揮手。「我們只能以死魂的形式在幽界遊蕩，」努特姆說。「無法思考或說話。人類殺死我們，他們的後裔竟繼續利用我們的軀體，而我們只能尖叫。我們走到這個局面並不只是因爲一個簡單的錯誤，而是人類在算計之下攜手背叛了誓言。

「你的種族是罪犯。你們沒有迎來立即的報應，只因爲你們已經殺死所有可能對抗你們的靈。不要去永恆至美。他們不會接受你的國王與女王所寫的信。他們甚至不會跟你談。」

努特姆轉過身，昂首闊步走向安頓在外面的一個小車隊。根據車隊井然有序的布局，以及兩個守衛外圍、身穿制服的遠探者，雅多林猜測那應該是努特姆自己的車隊。

「船長。」雅多林在他身後喊著。「或許，我的任務將如你所說那樣注定失敗，但我還是認爲有靈爲我擔保，會有所幫助。那或許是一個受尊敬的榮耀靈，一個船長兼軍人。某個了解我們的任務有多麼迫切的靈。」

努特姆僵住，腳跟一旋轉回身，頭歪向一邊。「船長？你沒看見我的衣著嗎？」

「你……休假中？」

「我被免除職務了，」努特姆說。「因爲我讓古者之女隨俘虜她的人離去。我在牢中待了五個月，出來後被降到榮耀靈中最低下的位階。他們派我在這裡和永恆至美之間的空無之地巡邏兩百年，永無止境地徘徊。我不得涉足永恆至美。我能看見它，但不能進去。」

「到什麼時候？」雅多林問。「直到你的巡邏結束？」

「直到永遠，雅多林王子。我被放逐了。」他抬頭看天際，閃爍的光顯示颶風正經過實體界。「我放走你們的時候，我知道我在做什麼，也知道我想要什麼。至少告訴我，你們救了他嗎？那個盟鑄師？」

雅多林吞嚥了一下，他的嘴巴發乾。永遠放逐？只因爲做了正確的事？雅多林知道不能預期永恆至美的榮耀靈像西兒一樣，但他一直以爲能到那裡和努特姆這樣的靈談上話。強硬、嚴苛，但終究公正，能夠聽取道理。

努特姆似乎是正當與榮譽的終極化身，但就連他也遭受如此嚴厲的對待……颶風啊。

努特姆還在等待答案。因爲卡拉丁堅持他們需要拯救達利納，他才放西兒和所有人走。雅多林想立即對努特姆保證他的犧牲事關重大……卻說不出來。這個靈應該受到誠實對待。

「是他拯救了我們，努特姆。」雅多林說。「到頭來，我父親其實並不需要我們的幫助。不過，我想我們回去後，確實在紗藍和卡拉丁的協助下扭轉了戰況。」

努特姆點頭。「我將沿這條路朝永恆至美前進，只不過一旦靠近就會被迫回頭。或許我們將在此道再次相遇，人類王子，而我終將能勸阻你。」他說完便繼續往前走。

烏額潘和祖兒已經回到駁船上，顯然正在安排讓雅多林的隊伍在鎮外其中一處營地安頓下來。於是雅多林也和其他人一起卸下行裝，幫忙牽馬、搬運他的武器，從頭到尾都陷入沉思。

賽勒城的戰役中，雅多林毫無用處。如今的世界關乎神祇與燦軍，而非年輕英俊、自以爲劍術高明的淺眸人。他最多只能接受這個事實，然後找其他地方發揮作用。

他會找到方法讓榮耀靈聽他說話。總會有辦法的。

# 31 叛徒之女

我的態度有別於他們。若你能如你所說暫時繼續困住憎惡，我們將獲得籌謀所需的時間。如此威脅遠非單一碎神之力能夠面對。

凡莉雖然數週前已見過這種新型態的煉魔，但她發現自己還是對著他們目瞪口呆。

他們稱爲馬凱印，或是「深淵者」（最深者），擁有和她一樣的一種波力：將岩石化爲液體。

最深者肌膚平滑、沒有毛髮，除了頭頂和生殖器外幾乎沒有任何甲殼，因此他們鮮明的紋路沿著整具起伏有致的軀體完整呈現。他們腿長手長，凡莉不禁想起她自己目前的形體，高䠷，但尚不及菈柏奈以及和她一樣的建造者那般苗條得不自然。

馬凱印身穿開襟長袍，其實根本像什麼也沒穿。襲擊隊穿過冰凍的山脈隘口時，他們與其他人保持距離，一同行進數週後，還是沒有任何一個最深者直接對凡莉說話，只不過菈柏奈設定的速度也讓他們沒多少時間閒談就是了。

就凡莉所知，沒有任何王國宣稱這些山脈屬於他們，孤絕的山谷太難以企及。天行者數週前把他們拋下來，到兀瑞席魯剩下的路程變爲徒步。

人類的要塞設置於附近的某處，應該相當隱蔽且難以攻破。因爲逐風師巡邏兵的關係，他們無法飛得太近，但菈柏奈認爲潛行於夜間或颶風期間的一小群地面部隊，應該能接近通往塔城的較低隧道，不至於被察覺。

因此凡莉和其他人一起離開樹木籠罩的陰影，橫過石地。跟其他日子一樣，菈柏奈還是設下如常艱難的速度，不過凡莉知道她會在他們走上幾小時後才開始覺得累。

這位古老的學者將原本莊重的長袍換成適於戰鬥的旅行皮衣，純橘紅色的頭髮在頭頂紮成髮髻，幾絡頭髮披垂在除此之外僅覆蓋甲殼的頭殼上。她催促隊伍前進，顯得越來越急切。他們很接近塔城了，只剩幾天的路程。

這個高地山谷大多貧瘠，只能支撐最堅韌的石苞和偶爾冒出一叢的矮樹；這些樹的樹枝交纏成能抵擋颶風的結，葉子雖然能在颶風到來前縮回，枝條卻還是屹立糾纏。舉目所及不見任何生靈，倒是寒靈在地上排列，指向天空。

不出所料，背風的山坡長了更多石苞，然而黑色地面上枯萎的痕跡和一塊塊焦痕顯示，永颶經過此處時也不減其怒火。高地似乎比低地承受了更多閃電攻擊。

她加快腳步超過士兵，跟在最深者旁邊。她喜歡看他們，因爲他們就連在行進間也融入岩石中。榮譽的月亮撒下亮藍色光輝，顯露出三十道影子，有些身穿蕩漾的袍子，以站姿滑過地面，但不太像虛特印，也就是「流動者」；虛特印能滑過任何表面，彷彿這些表面都是光滑的。這些煉魔有所不同，成站姿的最深者雙腳沒入地面，直至腳踝。

凡莉沒見過像他們這樣移動的生物。有如枝條懸浮在強大颶風之後的氣流中，彷彿他們本身完全靜止，是岩石推著他們前進。他們的眼睛跟所有煉魔和銳者一樣散發紅光，但他們的光芒似乎更邪惡、更黑暗。

「我發現妳對他們很感興趣。」一個聲音在凡莉身旁說。

她嚇得一跳，轉身發現菈柏奈走在她旁邊。凡莉哼起焦慮，音質也在她體內擔心地亂彈。她是不是太專心了？看起來會很可疑嗎？她垂頭，哼出服侍。她已開始擔心這次任務會暴露她的締結。

「沒必要感到羞愧。」菈柏奈用倨傲說。「我們樂見歌者表現出好奇心。這是一種有價值的烈情，最後的聆聽者。」

凡莉在菈柏奈的注視下繼續快步行走，同時還是維持焦慮節奏。她希望能遵照蕾詩薇的要求好好服侍這個煉魔。團隊中只有她是銳者，因此只有她擔當這趟艱苦旅程的隨侍工作。截至目前爲止，她一直安靜周全地服侍這名女倫：夜間爲她整理好鋪蓋、取水供她飲用。除此之外她的工作不多，也不常有人對她說話。她漸漸覺得服侍菈柏奈就算不輕鬆，至少也平靜無波。爲什麼她現在吸引了這位女倫的關注？

「蕾詩薇選擇妳眞是不尋常。」菈柏奈說。「當我發現居然是妳被派來當我的新發聲者……對許多歌者來說，妳只是叛徒之女。然而蕾詩薇卻給妳榮譽，稱妳爲『最後的聆聽者』。」

「她很仁慈，尊古大人。」

「她非常看重妳。」菈柏奈說。「煉魔不仁慈，他們獎勵能力與烈情，就算是對叛徒之女也一樣。我早該料到蕾詩薇的發聲者會……超脫常規。她是天行者中最聰明、最有能力的一個。」

「她……或許不會認同，尊古大人。」

「對，我知道她有多努力讓其他人低估她。」菈柏奈說。「她很危險，這樣很好。」她看著凡莉，紅眼一眨，輕輕哼起滿足。

音質在凡莉體內亂彈。菈柏奈知道太多了。她顯然已看出凡莉是蕾詩薇的間諜。但除此之外，菈柏奈還想通了多少？她一定不知道全部的眞相吧。

「告訴我，」菈柏奈說。「妳爲什麼對最深者這麼感興趣？妳爲什麼花了幾個小時盯著他們看？」

「我覺得他們的力量很迷人。」凡莉說——除非萬不得已，否則最好別說謊。

「九支煉魔。」菈柏奈說。「九種波力。妳知道波力嗎？」

「所有生命、所有現實藉以彼此連結的固有之力。重力、傳輸、轉化。但……我以為有十種？」

「那是人類之言。」菈柏奈用嘲弄說。「他們聲稱有僅屬於榮譽的第十種。黏附並不是真正的波力，只是一個謊言，意在讓我們以為那是一種波力。真正的波力應該同屬榮譽與培養——培養創生，榮譽將波力化為自然法則。萬物必須落地，因此他們創造出讓物體落地的波力。」

「那他們的波力呢？」凡莉示意最深者。

「聚合。」菈柏奈說。「原質聯繫的波力，將所有物體的最小部分彼此黏合的波力。使我們聚合為一的波力。馬凱印能夠將他們的本質融入其他物體的本質之中，混合他們的原質。儘管我們看不出來，但萬物大多都是虛無。一顆石頭跟心智一樣，它們的存在都需要以思想與授予填滿。」

凡莉哼起渴切。答案。終於啊，答案。她連一半都沒聽懂，但一個煉魔居然這麼輕易地給出答案……這令她興奮，儘管音質輕彈謹慎。

「每一個燦軍各自擁有兩種波力，」凡莉說。「煉魔擁有一種。所以燦軍比較強大嗎？」

「強大？擁有更多能力，還是要擁有一種能力但操控純熟？我們煉魔對自身波力的熟悉度是燦軍永遠無法企及的。人類，他們並非為這世界、這些波力或颶風而創造。光從人類身上滲出，像水從指間滲落。他們獲得偉大力量的閃焰，但無法守住他們所有的。

「煉魔能夠容納光，並且無限期地沐浴其中。就連如妳這般的銳者，也能較低限度地知曉這種力量——妳應該不知道吧，但妳的寶心裝有少量虛光。妳當然無法主動取用，而妳或許會感覺到虛光在激化妳的情緒。

「對煉魔來說，我們對自身波力的控制是永恆的。我們統御了人類只能探訪之處。」她示意那些最深者。「有任何燦軍聲稱自己像他們一樣了解岩石、能與岩石融合、混合他們的原質嗎？燦軍如此專注於表面，他們改變世界，卻忽略自己。沒錯，燦軍能將石頭拋上空中，但沙奈印能夠在空中翱翔，毋須擔心會有掉下來的一天。」

儘管凡莉不確定自己是否認同，仍哼起渴切。她在科林納時對使用她的燦軍之力感到膽怯，但那些力量也令她興奮。音質說她能夠移動石塊、改變石塊的形狀。

她看了看最深者，他們移動得如此安靜平順。置身他們旁邊，凡莉感覺自己的步伐好笨拙，在他們後方行軍的五百名颶風形體士兵也一樣。她確實羨慕他們流動的姿態。所以……爲何力量在燦軍身上的表現不同於煉魔？

她思考著菈柏奈方才所言，哼起煩惱。每一個答案似乎都引發另外十幾個新問題，不過凡莉知道，就算是像菈柏奈一樣處於親切助人的情緒中，煉魔也無法忍受沒完沒了的問題。因此凡莉決定再問最後一個問題就好。

「如果波力來自榮譽和培養，那我們爲什麼侍奉憎惡？」

「危險的問題。」菈柏奈用嘲弄說。「妳還眞是叛徒的女兒，對吧？」

「我——」

「不要隱藏妳的野心，孩子。」菈柏奈帶著凡莉穿過一排糾結的矮樹，毛絨絨的小動物在夜裡的樹下蹦蹦跳跳。「我喜歡我的僕人展現野心，然而妳的問題依然稱得上愚蠢。那妳寧願崇拜哪一個？植物之神？還是情緒之神？」她朝東南方一揮手。「培養躲在此山中某處。她無所不在，但她也在這裡。活著，卻嚇壞了。她心知肚明。她不是人類之神，而是生物之神。

「那榮譽呢？律法之神？一樣的問題，妳偏向哪一個？一個只知道怎麼讓石頭落地的神？還是一個知道我們、了解我們、與我們同感的神？沒錯，波力由榮譽連結，然而如妳所見，他的死對這個世界沒造成任何可察覺的改變。他的力量連結萬物，但光憑這個，他還不值得崇拜。憎惡……烈情……他將給予獎賞。」

凡莉哼著渴切。

「妳想要更多，對吧？」菈柏奈說。「只有懷抱純粹野心者才能站在妳現在所處的位置。好好服侍，或許妳會發現值得者可得到賜福。眞正的知識。眞正的生命。」

凡莉繼續哼著，只不過她內在的節奏遠不及外在那般確定。喪失節奏。她不知道該怎麼看待菈柏奈。許多煉魔都蒙受程度不一的精神失常：渴望復仇、滿心毀滅、驕傲自滿。

聽著她表現出如此謹愼、深刻的好意，凡莉卻發現自己害怕了起來。這生物遠比她遇過的任何其他生物都還要危險。

菈柏奈離開，跟著最深者沉默飄浮的身影大步前進。凡莉繼續走，洛杉擠過來她身旁時，讓她吃了一驚。他是蕾詩薇女士的士兵隊長，不隸屬於凡莉的團隊，地位與她相似。他跟蕾詩薇手下大多數士兵一樣被派來爲菈柏奈的入侵效力。

追獵者的士兵也加入了他們——凡莉因爲這群人駭人的名聲而認識他們。他們嚴酷對待科林納的人類，屬於歌者軍隊中最強大、最驕傲的一群，總是自豪地穿著醒目的制服。現在他們與蕾詩薇用心訓練、較爲沉著的士兵雜處，形成一支兼具力量與紀律的強大突擊部隊。

凡莉先前與洛杉和其他士兵並無太多往來，亦無交惡，只是她原本就不放心其他銳者，因爲他們的寶心中有虛光。洛杉每踏出一步，強壯的身形似乎都因力量而發出爆裂聲。火花偶爾閃過他那雙深紅色的眼睛。她記得維持颶風形體的感覺。那是她帶領她的同胞走向毀滅時所用的形體。

「妳不該煩擾煉魔，凡莉。」洛杉用嘲弄說，望向菈柏奈。「他們大多不像蕾詩薇那麼寬大。小心點。我不希望看見妳失敗。妳對我們有用。」

「我……沒想到你居然在乎。」凡莉說。

「蕾詩薇重視妳。因此我們其他人也重視妳。」他留下簡單的警告後便退開。洛杉通常不會想要得到答案或承諾。他只是抬頭挺胸地站著，說出他的心聲，期待得到認同。

有他站在同一陣線應該會很好，凡莉想。但不行，太危險了。真的太危險。她現在沒有餘力思考招兵買馬的事。她必須專注於生存。儘管穿過山脈的行軍無比勞累，她知道更危險的部分即將到來。

他們這週之內將抵達兀瑞席魯，到時才是真正的考驗。

# 32 三心三意

不幸的是，如我自身情況所證，碎力的結合並不總是能得到更大的力量。

祖兒站在突出地面的黑曜石頂部，雅多林也走到她身旁。這名金髮岩衛師依然穿著傳統服飾：纏胸搭配寬鬆飄逸的長褲。她聲稱是在雷熙諸島擔任嚮導時學會偵查的技巧，但他覺得她行動時太鬼祟，應該沒那麼單純。

「那裡。」她用手一指。「他們還在跟。」

雅多林舉起望遠鏡，對準她手指的方向。沒錯，看得見遠方的圖卡車隊。他們幾週前離開碼頭小鎮後，那群詭異的人就一直跟蹤他們——從不落後超過幾個小時的路程。

「沉淪地獄的。」雅多林說。「所以他們終究沒在路口轉彎。」地勢在這天早晨開始變得越來越不平坦，到處都是險崖和露出礦脈，因此越來越難看見他們的蹤跡。

「要去正面迎擊嗎？」祖兒咧嘴一笑。

「二對二十？」

「二那方有一個人能以意志改變岩石的形狀、化衣物爲武器。」

「我不敢浪費剩下的颶光。」雅多林說。

「反正很快會耗盡？倒不如拿來引發最後一場騷動！讓全一嘗嘗鮮。」

烏額潘在下面朝上喊：「不要鼓勵她！她真的會做這種蠢事！」

祖兒對雅多林咧嘴笑，朝他使眼色，彷彿她的虛張聲勢有部分只是為了讓她的靈緊張。就算已經同行數週，雅多林還是不知道該怎麼看待這個古怪的岩衛師。她輕盈地跳下礦脈，如緣舞師般優雅地沿平滑的黑曜岩滑落地。她在下面一拍烏額潘的肩膀，接著與他並肩朝營地晃去。

如果只是因為他們自己的颶光即將耗盡，他還真想照祖兒所說的去做。到現在，他們進入幽界已接近三十天了，時間長得足以讓錢球在數週前全部耗盡。他們在車隊停駐點花掉了大部分颶光，不過還是留下幾顆較大的寶石；這些寶石是賽勒那人借給他們的，就算是跟其他相同尺寸的寶石相比，它們還是能留存颶光較長的時間。不幸的是，就連這幾顆寶石也開始變得黯淡，而一旦寶石開始變暗，颶光就會快速耗盡。

雅多林又久久凝視圖卡車隊，接著搖頭。他們看起來不像是想追上雅多林的隊伍，沒加速逼近，夜間也沒有移動——尤其夜間移動根本不費吹灰之力，因為幽界的「夜間」並不是由太陽移動界定的精確時間。那些人可以輕易兼程趕路，追上他們。

他已派過人去詢問努特姆有關圖卡人的事，努特姆的小巡邏隊就走在雅多林他們前方不遠處。那個榮耀靈說，圖卡人走這條路並不違法，等他們出現明顯威脅的舉動再回報。

雅多林收好望遠鏡，回去與其他人會合。他們正準備拔營。他向他父親學到，指揮官最好被人看見自己在做事，於是他檢視其他人工作的狀況，安排好這天的前後衛，然後去查看瑪雅。她下船後的路途都騎在英勇背上度過。

這匹高大的漆黑牡馬原本不願讓任何人騎上牠，這會兒卻喜歡上瑪雅了，似乎認為她受了某種傷。英勇格外小心地踏出每一步，動作和緩，以免瑪雅被撞下馬鞍。無論其他人怎麼想，這都不只是出於雅多林的想像。

他讓所有人都動起來，然後去找紗藍。

❖

過去幾週來，紗藍對於該如何利用貝若是間諜的這個資訊一直三心二意——技術上來說，應該是三心三意。車隊開始這天的行程後，她緊跟著貝若，假裝要幫助她練習織光術。

「我還是需要找到我的焦點，光主。」貝若繼續以她的雅烈席人長腿輕鬆邁步。儘管沐浴用水少得可憐，她的秀髮還是豐盈得幾乎像犯罪。「我聽從妳的建議試過畫畫，但我一點天分也沒有。」

「妳在戰營對男人施展織光術。」紗藍說。「我也看妳在對練時用過。」

「對，但我除了自己的外表之外什麼也改變不了！我知道我能做到更多。我看過你們的力量。」

「剛開始的時候，我們的力量都非常有限。」紗藍朝走在謎族靈旁邊的法達點點頭。「我第一次逮到他施展織光術時，他還不相信他眞的做到了。而且他每次成功時，自己似乎都很驚訝。」

「我試過他的方法。」貝若做了個鬼臉。「他模仿他想成爲的那個人或東西，然後他的織光術就會接手。如果他想做出一大塊岩石的幻象，他說他就像顆石頭一樣地思考。那怎麼可能行得通？」她給紗藍一個虛弱的微笑。「我不是想抱怨，光主。我確定我只是需要持續嘗試，終究能掌握織光術，就跟其他人一樣，對吧？」

「會的，我保證。」紗藍說。「我剛開始也跟妳一樣受挫、無法控制。但妳做得到的。」

貝若渴切地點頭。

圍紗在她心裡驚嘆著，她眞是一個絕佳的演員。我完全看不出狐狸尾巴。我發誓，要嘛是她神乎其技地藏起她的眞實情緒，不然就是我們抓錯人了。

圍紗的這個想法在路途中變得越來越堅定。紗藍不想接受，但到了這個時候，很難繼續假裝下去。

或許我們該再跟裝飾談談，燦軍光主想，我覺得只要跟她談得夠多，她總會透露些什麼。

她們試過了，但……圍紗覺得此路不通。要是貝若的謎族靈知道她的背叛，那她絕對不會洩漏。

想到這一切可能一點意義也沒有，紗藍就覺得一陣天旋地轉。她希望間諜是貝若，而且她們有了頗爲確鑿的證據，不是嗎？

好吧，圍紗想，我們來做最壞的打算。那個眞正的間諜謹慎至極，而且技巧高超。他們是不是透過和其他人談話發現我們種下錯誤情報？思考這個問題不過分吧？墨瑞茲很聰明，他有可能故意騙我們，讓我們對貝若起疑。

那先前的調查有什麼意義？紗藍挫折地想，如果我們要懷疑結果，爲什麼還要那麼麻煩？

因爲我什麼都懷疑，圍紗說，這是情報，不是定論。

我同意，燦軍光主想，我們調查過貝若，結果一無所獲。若想更進一步，我們必須找到證據。確鑿的證據。我們不能錯把可能無辜的人定罪。

颶風的，圍紗想，妳聽起來活像個執法官，燦軍光主。

我認同妳耶！

是啊，不過妳表現得那麼硬梆梆，有損我的目標。妳能不能偶爾放鬆一下？

紗藍雙手捧頭，感覺……不安。她記得沒那麼久以前，她的不同人格還不會在她腦中吵架。她們大多各自獨立，而她會不經意就轉換。現在她們協力合作是不是比較健康？即便是一邊吵一邊合作？還是說變得更危險？因爲衝突如此難解？無論如何，今天這番辛苦爭執，讓她越來越覺得精疲力盡。

於是圍紗不情願地接手，暫時繼續緊跟著貝若，試著逮到她說謊。不巧的是，雅多林不久後就像隻在找目標追逐的野斧犬般，踏著沉重的腳步走過來。但就算是圍紗也得承認，看著雅多林蓬鬆的頭髮和樂觀進取的態度總是能讓人感覺好過一點。

「嘿。」他對圍紗說。「可以談談嗎？」

「應該可以吧。」圍紗說。「順帶一提，我現在是圍紗。」

「嗯，或許妳對這件事可以提出有用的看法。」他帶著她離開其他人，好私下談話。「我越想越覺得我們應該改變接近榮耀靈的作法。努特姆確信榮耀靈不會跟我們談，他比西兒更不樂觀。」

「改變作法？怎麼改？你是說不要把信和禮物給他們？」

「反正我也不覺得他們會收下。我擔心我們會被立即趕走。」

「那就太糟糕了。」圍紗說。她沒忘記她眞正的職責：進入要塞、找出榮譽之子的首領雷斯塔瑞。就連燦軍光主也渴望找到那男人，以查明他到底掌握了什麼祕密，竟然讓墨瑞茲這麼想找到他。找出間諜很重要，但更重要的還是任務。

「要是有個方法比送交父親和加絲娜的信更好呢？」雅多林說。「要是我們答應給榮耀靈颶光，而且他們能拿多少我們就給多少——由我父親提供——只要他們派一個代表跟我們回去呢？要是我們要求交換使節，並承諾在幽界靠近誓門的地方爲他們的代表建造美輪美奐的宮殿呢？岩石在他們這邊極爲珍貴，而我們可以從我們那邊帶來大量岩石。」

「嗯，」圍紗說。「雅多林，他們就像一整族言行舉止都像燦軍光主的靈，還視我們爲罪犯。要是我們擔心他們甚至不會接受信件和書籍，那給他們極端珍貴的禮物不是更危險？他們或許會認爲那是賄賂，或是承認了我們的罪行。」

「有可能。」他說完一手握拳朝另一掌猛擊了幾下。

「我認同圍紗，光爵。」燦軍光主說。「如果我是他們，我會認爲珍貴的禮物極端可疑。那並不是他們想要的結果，他們要的是劃清界限。」

「好吧。」雅多林說。「換個截然不同的觀點。我們懇求他們，慘兮兮地低聲下氣，說沒有他們我們就死定了。要是這些靈跟逐風師有一丁點相似之處，或許他們無法拒絕。」

燦軍光主想了想。「或許吧。我應該會覺得比賄賂更有吸引力。」

「我就不會。」圍紗說。「不過我猜也不該來問我。要是看見你的懇求，我會覺得遠離衝突是明智之舉，因爲贏不了啊。」

「沉淪地獄啊。」雅多林說。「我沒這樣想過。」

「讓我想想。」燦軍光主說。「順帶一提，我又是燦軍光主了。」

雅多林點頭。

「這是一個艱難的挑戰，雅多林。」燦軍光主終於開口。「我也認同你的憂慮。我們只有一次機會能妥善把我方呈現在榮耀靈面前。他們是懷抱敵意的一群——沒錯，自行選擇站在敵對方的一群。我們可以推測最願意聆聽我們論點的靈都已經加入燦軍騎士了。

「示弱、懇求協助是個頗有希望的方法。不過我在想，訴求榮耀靈理性的一面，會不會是更好的計畫？」

「但是榮耀靈堅持抗拒所有人類是情緒性的態度，對吧？」雅多林問。「他們在過去受過傷。他們害怕再次承受痛苦。」

「那也可以說是理性的。要是你的整個種族因爲與人類交好而被實質上消滅殆盡，就邏輯而言，難道你不會對重修舊好感到戒慎恐懼嗎？」

「但如果憎惡贏了，他們又將何去何從？」雅多林問。「他討厭榮譽。呃，我猜他討厭所有事物。他的名字大概就是那個意思……無論如何，難道他們餘生都要躲在他們自己的小小碉堡裡嗎？或是終究會對他俯首稱臣？或是只在所有人都死去或被征服後才決定抵抗？」

燦軍光主微笑。「我感覺得出你的決心，光爵。那份熱情令人敬佩。你剛剛說的這些話，可能會是拿來說服榮耀靈的好論點。」

「全是我父親寫在信裡的論點。」雅多林說。「基本上也是西兒在離棄他們、跑去找卡拉丁時說的話。我忍不住覺得，榮耀靈對父親和加絲娜提出的論點應該早有準備，知道該怎麼應對了……」

他露出心不在焉的表情，接著回頭看身後。燦軍光主皺眉，試著弄清楚他在找什麼。排列成隊的人嗎？還是他那匹載著亡眼達達前進的瑞沙迪馬？或是長滿玻璃狀植物的黑曜岩丘陵？

「你有什麼想法嗎？」燦軍光主問。

「算是吧。」雅多林說。「我……我想到他們應該對我們帶來的任何東西都有所準備。這些生物存活了數千年，而且在這段時間裡都對我們懷抱怨恨。我完全想不出任何他們還沒思考過的論點。我想父親，或甚至加絲娜，應該也一樣。」

「合理的假設。」燦軍光主一面和雅多林一起往前走，一面點頭。「如果他們對所有論點都有預期，那我們唯一的希望或許是提出論點的技巧。加絲娜光主頗具說服力，仔細思考後，我還是建議我們維持提交信件的策略。」

「或者是，我們可以給榮耀靈一個驚喜。」

「怎麼做？」燦軍光主說。「你剛剛才說他們有數千年的時間思考這些論點。」

雅多林搖頭，表情依然心不在焉。「聽著，」他最後終於開口。「我能不能和紗藍說話？」

「紗藍現在累壞了。」燦軍光主說。「她要我主導這場談話。為什麼這麼問？」

「我只是覺得跟她在一起比較舒服，燦軍光主。」他一瞥她。「紗藍……還好嗎？我以為搭船的時候一切都好轉了，但最近這幾週……我不知道耶，她感覺不太一樣。不太好。」

他注意到了！紗藍驚慌地想。

他注意到了，圍紗則是鬆一口氣。

「她最近越來越常退避。」燦軍光主說。「她說她很累。但……我們身上正在發生一些事。我可以試著要她出來。」

「麻煩妳了。」

她試了，眞的試過。然而到最後，她皺起眉。「我很抱歉。紗藍很累。或許受到驚嚇。或許圍紗能解釋。」

「那……我能跟她談談嗎？」

「你已經在跟我談了。」圍紗嘆氣。「雅多林，聽著，這件事眞的很複雜，隱藏在紗藍的過去以及她孩提時所感受到的痛苦中。就是爲了幫助她戰勝那種痛苦，才創造出我。」

「我可以幫忙。我可以理解。」

「我自己都稱不上理解了，雅多林，」圍紗說。「而我甚至還住在她的腦袋呢。」她深吸一口氣，逼自己用紗藍的目光看他。她愛雅多林。她選擇了雅多林。圍紗至少能夠試著解釋。

「好吧。假裝你是她，然後你經歷某個極大的創傷，嚴重到你不想相信那眞的發生在你身上，於是你假裝那些事發生在別人身上。某個不同的人。」

「那就是妳？」雅多林說。

「不全然。」圍紗說。「很難以言語表達。燦軍光主和我是大多數情況下都行得通的應對機制。不過，某個更深層的東西開始顯露。

「紗藍擔心你眼中的她是個謊言、你愛的人是個謊言。而且不只是你。圖樣、達利納、加絲娜、娜凡妮——她擔心他們都不認識眞正的她。

「因爲發生在她身上的事——不只如此，還有某些她被迫做下的事——她開始認爲『紗藍』是捏造出來的那一個，是假的身分；也認爲在她內心深處有一個怪物，而那才是她眞正的自我。她害怕眞相必將暴露，到時候所有人都會離她而去。」

雅多林點頭，眉頭打結。「她沒辦法告訴我，對吧。」

「對。」確實，光是說出這些事，她就讓紗藍退回一團恐懼的結，緊貼著無形。

「妳能說出她不能說的事。」雅多林說。「所以我們才需要妳，對吧？」

「對。」

「我覺得我確實了解了，至少一點點。」他迎上她的目光。「謝謝妳，圍紗，眞心的。我會找方法幫忙。我保證。」

哈。她相信他。眞有趣。「我之前錯看你了。不管現在說有沒有用，我很高興我投票投輸了。」

「如果她在聽，請一定要讓她知道，我不在乎她做過什麼。告訴她，我知道她夠堅強，能夠自己處理這件事，但她應該知道再也沒必要了——我是說自己處理。」

*我不曾孤單，一部分的她低語，我有圖樣，就算在我們童年的黑暗時光，我們都有他。儘管我們不記得。*

所以雅多林是錯的，但他也是對的。她們沒必要獨自面對。但願她們能說服紗藍相信這個事實。

# 33 理解

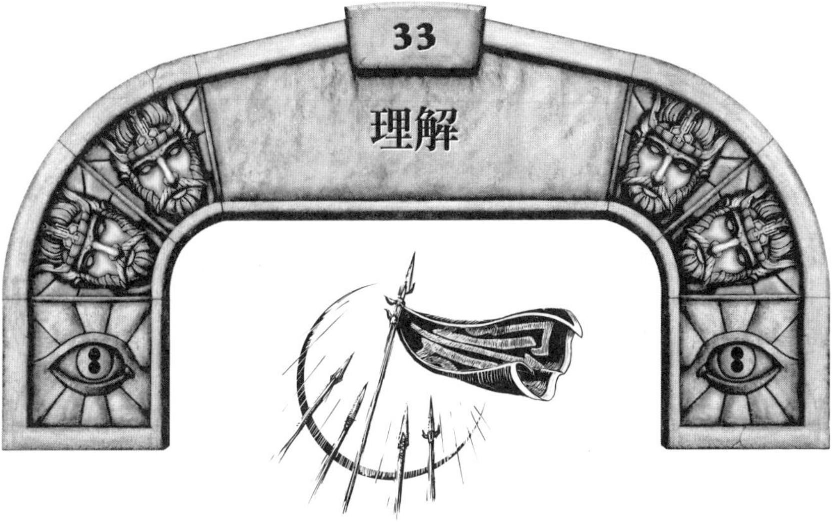

*我們必須假設憎惡知道這件事，而且正在追尋一個可怕的目標：毀滅所有其他碎神——以某種方法使他們全部裂解或失去力量。*

不是只有一種方法能保護他人。

卡拉丁向來知道這點，但不曾感受過。對他父親來說，感受和知道似乎是同一件事，但對卡拉丁而言並非如此。聽人讀書上的說明對他來說從來就不夠好，他必須透過嘗試些什麼來理解。

他把自己投入新挑戰中：想辦法幫助諾瑞爾和療養院的其他人。在他父親先是建議後是堅持之下，卡拉丁放慢腳步，一開始先著力於有相同症狀的人：戰爭疲勞、惡夢不停、持久的憂鬱以及自殺傾向。

當然，李臨是對的。卡拉丁曾抱怨執徒以同樣方法治療所有心理疾病，他也不能突然跳進來同時治療整座療養院的每一個人。首先他需要證明他能讓這幾個有所改善。

他還是不知道他父親是怎麼在工作與情緒之間取得平衡。李臨看起來真心在乎他的病患，但他也能關機，停止想著他救不了的那些人。例如還困在療養院黑暗中的那幾十個人，不見天日，對自己呻吟，或是像某個特別嚴重的案例一樣，用自己的排泄物在牢房裡寫滿胡言亂語。

卡拉丁暫時放下一般病患，找出療養院中六名有相似症狀的男子。他鬆開他們的束縛，讓他們幫助彼此。他發展出一個計畫，並讓他們看看該怎麼以有幫助的方式對彼此分享。

今天，他們坐在診所外面陽台的座位上，在熱茶的溫暖中聊天。聊他們的人生、他們失去的人，還有聊黑暗。

眞的有幫助。不需要由醫師或執徒領導討論，他們可以自己來。其中兩個人大多保持安靜，但即使如此，他們聽到別人談起自己的問題時，也會哼聲附和。

「了不起。」卡拉丁的母親說，她跟卡拉丁一起站在旁邊，正在筆記。「你怎麼知道的？過去的紀錄都指出他們會加深彼此的憂鬱，導致其他人出現毀滅性行爲。這幾個人卻呈現出相反的結果。」

「小隊比個人強大。」卡拉丁說。「只需要幫他們對準正確的方向，讓他們同心協力抬起橋……」

他母親皺眉，抬頭看了看他。

「執徒口中那些病患相互加深絕望的故事，多半來自療養院中比鄰的住院者。在黑暗中，他們的憂鬱可能會越來越猖狂……對，如果是在那裡，我也可以預見他們把自己和其他人逼向死亡。有時候……奴隸也會這樣。在無望的處境中，很容易相互說服放棄。」

他母親一隻手放在他手臂上，然而她看起來太悲傷，他被逼得別開了臉。他不喜歡跟她談起他的過去，談起當時和現在之間的那段時光。那些年間，她失去了她深愛的男孩，阿卡。那孩子死了，早已埋在克姆妮中。至少，卡拉丁再度找到她時，他已經變成現在這個男人了。遭受損害，但大致已重新鍛造爲一名燦軍。

她不需要知道最黑暗的那幾個月。除了痛苦，那段過去什麼也給不了她。

「無論如何，」卡拉丁朝那群男人點點頭。「跟諾瑞爾談過後，我覺得這樣做可能有用。能夠對他人談論自己的痛苦改變了些什麼，有人眞正了解是有幫助的。」

「我了解，」他母親說。「你父親也了解。」

他很高興她這樣想，只不過她是錯的。他們只是同情，並不了解。他們不了解最好。對那些正輕聲聊天的男人來說，改變在於又回到了陽光下，在於有人提醒他們黑暗總會過去。但或許最重要的是，改變在於除了知道你並不孤單，你也切身感受。領悟無論你自以爲多麼孤立，無論你的腦袋多常對你訴說那些恐怖的事，總有其他人能了解。

這無法修復任何東西，但是個開始。

# 34

# 永不熄滅的火焰

*結合力量會改變並扭曲憎惡本身。因此他不吸收他者，而是摧毀他們。我們實質上都是無窮盡的，因此他並不需要更多力量。只要摧毀並裂解其他碎神，憎惡便成爲唯一的神，不受其他影響改變與腐化。*

「這些提議我都不喜歡。」樹樁說話，她的靈代爲翻譯。她往前靠想烤暖粗糙的雙手，但這很可能只是出於習慣，因爲具像的火焰沒什麼熱度。只要抓起眼前的珠子，就可以打包起來放進口袋裡帶著走。它其實更像一幅火的畫，只是會像眞火一樣搖曳、劈啪響而已。

圍紗背靠著一大塊黑曜岩坐在那裡，紗藍的素描簿攤在身前，正在假裝畫畫；雅多林則是在跟燦軍們開會。截至目前爲止，除了拙劣無比地畫畫，她一直沒辦法再誘使紗藍出來。

「沒一個喜歡？」雅多林問。他直挺挺地站著，身上穿著袖口有銀色刺繡的黑色制服。他的單手劍入鞘別在臂側，銀色的劍完美搭配磨亮的外套鈕釦。

身穿精心裁製的制服站在火前的他實在引人注目——甚至輝煌出色。應該要溫暖的火卻莫名冰涼，而身穿硬挺黑色制服的他應該要顯得冰冷，卻反而莫名溫暖。

儘管背景截然不同，雅胥硋並不怯於對他說出自己的想法。闉紗喜歡這個老真觀師。太多人拒絕看見年齡之外的其他特點，他們會以這女子有多老來定義她——她的暱稱就是一例。

闉紗則看見更多。雅胥硋是怎麼仔細地將一頭銀髮編成辮子。她右手戴的銘刻戒指是身上唯一的首飾，上面沒有珍貴的寶石，只有一些乳白色石英。她跟雅多林——世界上權力最大的男人之一——爭論，輕鬆得就像在跟背水工討價還價一樣。這女人如此特別，他們卻幾乎完全不了解她。

妳不想畫下來嗎，紗藍？闉紗想，妳不想出來讓我瞧瞧妳的厲害嗎？

然而，她只感覺到一股來自紗藍的深沉憤慨。因爲闉紗對雅多林說的那些話，因爲那些話可能引發的痛苦。

這痛苦屬於一段最好遺忘的過去。

「光爵，」樹椿透過她的靈對雅多林說。「我了解你爲何關切。雖醒猶夢讀過達利納和加絲娜寫的信，也把內容告訴我了。如果榮耀靈眞的如他們表現得那麼敵視我們，我不覺得他們會聽從這些書信寫的請求。雖醒猶夢說榮耀靈可以是非常熱情的，面對面的請求可能效果更好。

「但是，你今晚提出的論點不夠有力。你聲稱他們若不同意，你就要去找墨靈？他們知道我們有多迫切需要逐風師，他們也知道要招募墨靈更是難上加難。試著利用他們的內疚感，激他們出手相助？我不覺得他們眞的覺得內疚，這才是問題所在。」

「同意。」哥得克說。這名嚴肅的緣舞師雙手在身前交握，坐在一個倒放的補給品箱上，修成方形的鬍子透露出他身爲執徒的過去。「我們沒辦法利用內疚讓他們答應結盟，光爵，也沒辦法用威脅說服他們。我們必須提出我們的請求：我們需要幫助，眞心希望他們重新思考是否繼續冷眼旁觀。」

「祖兒呢？」雅多林問最後一位燦軍。

這名金髮女子往後靠，聳聳肩。「政治的事別問我。我會跟他們說，如果他們自以爲能掌控這件事，那他們就是颶他的愚蠢。」

「妳的同胞就是想掌控這件事。」哥得克說。

「我的同胞颶他的愚蠢。」祖兒又聳肩。

士兵在他們後方拔營收拾。現在是早晨，不過時辰在幽界其實意義不大。他們距離永恆至美只剩一天路程了。任務到了這個時候還存在不確定性實在是太糟，雅多林的擔憂弄得圍紗也緊張起來，如果他們的代表團遭拒，她就得設法獨自溜進去、找出雷斯塔瑞了。

雅多林低下頭，似乎變得沮喪。他花了很長時間才想出這些計畫，圍紗也出了一點力。不幸的是，他自己也沒對這些點子展現出多大信心，其他人的反應也只是進一步的確證。

圍紗想設法墊高他的信心，這時轉由燦軍光主出面。可惜燦軍光主也想不出什麼有用的辦法，不過她確實注意到有另外一個人坐在營火旁。「貝若，」燦軍光主開口招呼。「妳有什麼想法？」

紗藍的織光探中，只有這名優雅的女子參與營火旁的會議，另外兩個在準備早餐。坐在其他人後方的她，聞言猛地抬起頭。

「我……我真的不知道。」所有人都轉向她，她的視線回到自己的腳上，臉頰也漲紅了。

「妳是一名燦軍騎士，」燦軍光主說。「至少是培訓中的騎士。這不僅是雅多林藩王的任務，也是我們的任務。妳應該擁有妳自己的看法。我們是否該呈交信件就好，還是該試試更戲劇化的作法？」

「這……遠遠超出我的經驗範圍，光主。不好意思。」

不是她，圍紗想，就是不可能。

「我會再仔細思考這些點子。」雅多林說。「貝若，謝謝妳。」

「雅多林藩王，」雅胥硑說。「這些主意在某部分都應對得不好，我覺得你要再想想，可以怎麼訴諸他們的榮譽？他們不就是這種屬性的靈嗎？我覺得我們要是能成功，一定跟這一點有關。」

雅多林緩緩點頭，燦軍光主則是歪過頭。加絲娜的提案正是試圖朝那方向下手，不過紗藍察覺這方面的論點有些變了調。

榮譽，燦軍光主想，沒錯。加絲娜的思考方式像學者，而非士兵。她那些崇高的文字和大刀闊斧的結論不太對。

榮譽。該如何訴諸這些靈的榮譽？

雅多林讓所有人去吃早餐，自己則走去聽取另一份報告：他派一個士兵去監視那群古怪的圖卡人，他們還是繼續跟在雅多林的隊伍後。

貝若起身。她穿著一件飄逸的裙裝，並非傳統哈法，而是一種較久遠前的經典款式，雙手包在繁複的袖子裡。她走到還背靠著岩石、坐在原地的燦軍光主面前。

燦軍光主啪地闔上素描簿，被人看見圍紗的畫功有多糟一點好處也沒有。

「妳為什麼要我參加這場會議，光主？」貝若問。

「妳必須習慣在重要活動中扮演某個角色。我希望妳獲得一些有關我們目前問題的政治情勢的經驗。除此之外，史達蓋釋出空缺時，妳不是也主動要求加入任務了？」

「我想看看幽界。但是光主，我幾乎還沒有時間習慣自己已成為織光師的這件事。我不是政治家。」回頭看營地的其他人時，她盤起雙臂，突然一副很冷的樣子。「我不屬於這裡，對吧？我還沒準備好。」

燦軍光主用鉛筆輕點紗藍的畫板頂部，努力分辨這女人是否在說謊。但這是圍紗的專長，她當間諜已經超過十年了。

小心，紗藍想，那十年的經驗只是幻想，記住。

沒錯。很難記住這件事。

是啊……圍紗想，我空蕩蕩的過去……過去的我並不存在……這令我不安。

燦軍光主沒忽略紗藍的突然發聲。幾天以來，這是她們聽見她說最多話的一次了。

「貝若，」燦軍光主說，「我希望妳練習待在重要人物身旁。妳沒必要解決雅多林的問題，只需要體驗在一個容許妳失敗的地方表達自己的想法就好。」

「好的，光主。」貝若明顯放鬆了。「謝謝妳，光主。」她鞠躬後便退開，也幫忙準備早餐去了。

*我不是這方面的專家，*燦軍光主想，*但我越來越認同圍紗的懷疑。*

潛伏在深處的紗藍動搖了。承認間諜可能其實是她的一個朋友而非貝若令人痛苦，但總好過堅持相信謊言，無論她們有多擅長那種把戲。

雅多林走了過來。燦軍光主起身時把素描簿夾在腋下，注意到他不悅的神色。

「圖卡人還在後面？」她猜。

他點頭。「他們拒絕我派去的所有信差，但又無疑是在跟蹤我們。」

「我們可以甩掉他們。」燦軍光主說。「那會涉及把樹樁和瑪雅都放上馬背，然後快馬加鞭趕到要塞。」

「或許吧。」雅多林說。「但我可能需要再多一天才能想出新點子……」他交給她一根用糖捏出來的小碎拉維穀棒。

配給棒？她皺眉接下。

「我們可以趁其他人吃早餐時散散步。」雅多林說。「說這話很怪，但我覺得下船之後，我們都沒有花時間在一起。」

燦軍光主點頭，她沒意見，但她還是讓給圍紗——圍紗更享受談話。她將素描簿塞進背包，再把背包掛在手臂上。她身穿耐用的旅行服裝：一件顏色較暗的外套，還有一雙堅固的好靴子。這雙靴子遠比紗藍從卡拉丁那裡偷的那雙合腳多了。

雅多林對手下揮手，伸手一指，他們也揮手，然後他便邁步走出營地，圍紗跟在他身後。他們沒走多遠，就看見一個發光的人影騎著某個驚人的東西靠近。

圍紗已慢慢習慣此地的奇景。勝靈組成各種形狀從頭頂飛過，還有他們昨晚的談話引來一隻巨大的悅靈——在這裡看起來是色彩旋轉的龍捲風。

不過偶爾還是會出現某個東西，甚至連圍紗刻意的譏諷也禁不住為之震撼。努特姆的大白駒幾乎就是馬，只不過更優雅、更敏捷，擁有長腿以及長頸，那頸項能以自然界的脊椎不可能做到的方式彎曲。大白駒有一雙大眼，似乎無嘴，鬃毛隨不存在的風飄揚，彷彿是發光的長長緞帶。紗藍覺得她這輩子沒見過這麼優雅的東西。她不配看見如此神聖的事物。彷彿只是注視著它，她便以憂思玷汙了它，而這些憂思來自一個它永遠不該接觸的世界。

努特姆停下來，只靠線纏絞成的簡單轡繩控制這隻巨大的靈。「人類王子，」他對雅多林說。「這裡就是我必須回頭的地方了。我不得接近永恆至美。我會朝南方巡邏，而非繼續西行。」

因為他巡邏的路線就是沿附近的海岸而行，他們曾數度邀請他跟他們同行，但他每一次都拒絕。

「那祝你好運。」雅多林說。「很高興再見到你。謝謝你給我的建言。」

「我更希望你能聽從我的建言。我想你應該沒有重新考慮你的輕率目標吧？」

「我考慮了很多，還是打算放手一搏。」

「如你所願。」努特姆說完敬了一個禮。「如果你被拒絕後我們沒機會再見面，請代我問候古者之女。她沒有被關在要塞裡……很好。那不適合她。」

榮耀靈轉身離開。

「努特姆，」雅多林喊他。「你騎的那個靈，它看起來非常像馬。」

「有什麼奇怪嗎？」

「大部分靈看起來都不像我們那世界的生物。」

努特姆罕見地露出微笑，接著指指自己。「我們不像嗎？」

「人形的，確實有，馬形的我就沒見過了。」

「並非所有靈都出自人類的想像，雅多林．科林。」努特姆對他喊著。「再會。」

說完他便轉身，騎著他那匹優雅的動物離開。紗藍差點忍不住跑出來畫下那東西。

「颶風的，」雅多林說。「他真冷酷，而他還算是看起來喜歡我們的靈了。我對這一整趟任務都有不好的感覺。」

「如果他們拒絕我們，」圍紗說。「或許我可以溜進去。」

「那有什麼用處？」雅多林問。

「我或許可以看看是不是所有榮耀靈的想法都一樣。還是說有些暴君掌權，拒絕聽勸。」

「靈應該不是這樣運作的，圍紗。我有一種任務將會一敗塗地的可怕感覺。我千里迢迢跑來，卻只能灰溜溜地回去找父親，告訴他我失敗了。又一次失敗。」

「那也不是你自己一個人的錯，雅多林。」

「父親總是談起這個任務的重要性，圍紗，但他也一直同等專注於結果。他自己總是能得到他要的結果，因此他不懂爲何其他人似乎總是這麼無能。」

雅多林對他父親有一種不實際的看法。黑刺擁有令人羨慕的聲望，沒錯，但他顯然也承擔著他自己的錯誤——尤其他還讓自己的哥哥遭人暗殺。在那場攻擊中，雅多林試著拯救艾洛卡逃出淪陷的科林納，而達利納提供的助力肯定遠少於他。

不過當然了，爭論這點是沒用的。雅多林應該比任何人都了解他父親的失敗。他不會因爲圍紗現在說了什麼，就突然認清自己父親的所做所爲。

「引紗藍出來順利嗎？」雅多林問圍紗。

「剛剛她有發出一點點思緒，不過除此之外……不順利。我甚至幫你畫了素描，必須先說，畫得非常糟。我特別喜歡齙牙。」

雅多林哼了一聲。兩人並肩繼續散步，帶路穿過一塊凹陷的黑曜岩，裡面奇形怪狀的岩石好似翻騰的浪。他們拉開與海岸之間的距離後，細珠海洋喀喀答答的聲音化爲安靜的嗡嗡聲，紗藍又動了動。這裡的地貌眞有意思。

植物如霜般生長，覆蓋許多黑曜岩，每每在她和雅多林的腳下爆裂，發出清脆的聲音、碎化爲塵土。較大的植物貌如圓錐，半透明的表皮有螺旋的色彩，彷彿由吹製玻璃的大師打造。她碰觸其中一株，原以爲它會像大多數幽界植物一樣脆弱，不料卻是結實粗厚。

微小的靈在矮樹叢葉片下窺看他們。樹叢鋸齒閃電狀的枝條不太像玻璃，因爲摸起來頗爲粗糙，其上冒出冰冷金屬觸感的銀色葉片。靈在枝條間跳躍，看起來幾乎就像蜷蜿煙團的影子，再加上大大的眼睛。

*它們移動的方式也有點像煙*，紗藍想，*在火焰上方熱氣的驅動下繚繞，就像火焰的靈魂，雖早已熄滅，但仍記得自身原本的光芒，因而不減其活躍……*

圍紗通常看不起這種詩意的屁話，但她偶爾能看見紗藍眼中的世界，這地方便變得明亮了點。他們經過一大叢矮樹，雅多林牽起她的手，扶她爬上一處山脊。她的外手碰觸到他的肌膚，某個東西因而燃起火花。

*他的碰觸是一股永不熄滅的火焰。明亮、鮮活，而他眼中唯一的煙……*

他們沿山脊前進，她可以看見下方的營地，其他人正在收拾行李。有人在她的箱子附近徘徊嗎？

想到這件事，幾乎逼得紗藍又躲起來。不過圍紗有個想法：他們需要以不可疑的方式讓那方塊處於無人看守的狀態，然後逮住那個偷用它的人。在開放的車隊裡，而非關在駁船上，她應該有辦法把機會安排得極具吸引力。或許可以假裝喝醉。就跟她上一次確知那名間諜動過方塊的前一晚一樣。

「我看見妳在裡面，紗藍。」他們站在山脊上時，雅多林握住她的手。「此時此刻。我很確定。」

圍紗別過頭，感覺像她打擾了他們。

他捏捏她的手。「我知道這還是妳，紗藍。我知道她們都是妳。不過我很擔心。我們都很擔心。圍紗說妳覺得妳需要躲開我，但妳並不需要。無論妳做過什麼，我都不會離開。」

「紗藍很弱。」紗藍低語。「她需要圍紗保護她。」

「紗藍弱得無法拯救她的哥哥們嗎？」雅多林問。「弱得無法保護她的家人免受他們自己的父母傷害嗎？」

她緊緊閉上眼。

雅多林把她拉近。「我不知道怎麼說才好，紗藍。我只是希望妳知道我在這裡，我在努力。」接著他打手勢示意她跟上，帶著她沿山脊繼續前行。

「我們要去哪裡？」她問。「我們不是隨便逛逛而已，對吧？」

「烏額潘走過這條車隊路線。」雅多林回應。「他說這上面的景色極美。」

圍紗瞇起眼，不過說眞的，她這是要懷疑雅多林嗎？她跟著他走，逼自己把注意力拉回間諜問題上，但颶風的，他說得沒錯。這上面的風景令人屏息。無盡珠海中的一百萬顆珠子映射遙遠的陽光，它們被陽光照亮，在那一瞬間，她以爲整座海洋都起火了。

她握住背包背帶的手抽動，想伸手拿素描簿，但她堅定不移，壓抑住這股渴望，繼續跟雅多林一起走到山脊尾端。此處的黑曜岩隆起爲低矮的尖塔狀，長滿一種嬌弱的植物，盛開的花朵看起來好似蕈菇，只是由內散發熔岩般的紅光。

*我應該畫下來……*

接著，他們頭頂那些古怪的幽界雲朵開始翻湧。某個東西從高處冒出來，令她倒抽一口氣。一頭灰白色甲殼和長頸的驚人巨獸出現在眼前。它長得像巨殼獸，隱隱呼應裂谷魔蜿蜒的外表，但以某種方法靠七對巨大的昆蟲翅膀飛行。它的身後拖著雲朵，彷彿從一層塵土中破出。其他雲黏附在它的下巴，讓它像長了雲朵構成的鬍鬚。

它從他們頭頂飛過，她看得目不轉睛，注意到有光沿著它的翅膀和腿閃爍，由它的皮膚或殼下發光，就像星座中的光點，標出它的關節與輪廓。

「艾希畫筆上無盡的顏料啊……」紗藍說。「雅多林，那是星靈。那是星靈！」

他露齒而笑，欣賞著它的雄偉。

「神聖的寧靜廳啊！」紗藍急忙想拿出她的素描簿。「我得畫下來。拿著。」她把她的背包交給他，拿出素描簿和炭筆。她可以截取記憶──星靈經過時就截取好幾則了──但她也想捕捉這片刻，畫下那份優雅與雄渾。

「你怎麼知道？」她坐下，才好把素描簿拿得更穩。

「烏額潘跟我說的。」雅多林說。「可以在幾個地方看見它們現身。從其他角度看，它們會是隱形的。這裡……有一點怪。」

「一點？親愛的雅多林，我才是有一點怪，這裡是十足古怪。」

「很棒吧？」

紗藍露齒而笑，趁那東西降落在另一片雲上刷刷刷地畫下一些線條。幾個創造靈從她的背包朝外窺看，看起來是旋繞的小塊色彩。它們是什麼時候躲進去的？

颶風啊……雖然距離遙遠，她感覺她能看見星靈的所有細節。它斜倚著雲，探出身子，彷彿直勾勾看著她。接著它縮頭，拱起頸子，靜止不動。

「颶風啊，」她說。「它在擺姿勢。這個虛榮的靈獸。拿去，給我比較小的炭筆，我需要畫些細節。」

他把筆拿給她，接著在她身旁坐定。「看見妳畫畫眞好。」

「你明知道我看見這景象會怎麼樣。」她說。「你故意把我帶到這個我必須開始作畫的位置。我還以爲你很直率呢。」

「我只是想看見妳好好享受。最近這幾週，妳都好嚴肅。」

她憑直覺素描，吸收眼前景象，再全部揮灑到紙上。這並不是一個完全自動化的過程，但確實讓她的心獲得自由。

而後，她幾乎不費吹灰之力便有所反省，並因而感到羞愧。「我很抱歉。我只是……我在處理一些難纏的事。」

他點點頭，沒有逼她。令人讚嘆的男人。

「圍紗最近對你大爲改觀，」她指出。「而燦軍光主向來喜歡你。」

「很棒啊。我還是擔心妳最近幾週一直表現得很……怪，而且異常地不像妳。」

「圍紗也是我，雅多林。燦軍光主也是。我們構成一個平衡。」

「妳確定用這個詞來形容沒錯？」

她沒有特別想爭辯。她最近比較常以圍紗的身分出現，因爲圍紗比較能出力。在兀瑞席魯時，大部分時間裡她都是紗藍或燦軍光主。

然而，能夠……鬆手的感覺很好。或許她應該打開最後幾瓶酒，把一些酒輕鬆灌入她們腹中。雅多林那麼常踱步，在她懷中度過美好歡樂的一夜對他應該也有助益。

「我覺得它在看我。」雅多林凝視上方壯觀的星靈。

「因爲它確實是。」紗藍說。「靈會察覺自己正被觀看。最近的學者報告指出，靈會依據直接的個人感知而改變。例如，你可能在另一個房間想著靈，而它會回應。」

「這才是眞正古怪。」

「同時也莫名正常。」

「就像妳？」

她瞥了他一眼，逮到他一笑，發現自己也回以微笑。「就像所有人吧，我想。我們都正常得奇怪，或奇怪得正常。」

「我父親就不是。」

「噢，你父親才是呢。有個人看起來像是由鐵砧和嚴厲得異於尋常的颶風雲結合所生下的孩子，你覺得那正常嗎？」

「所以……妳說我是怎麼樣？」

「你顯然像你母親。」她畫下大膽的一筆，結束她的素描，接著塗上亮光漆，隨即放在一旁，立刻開始畫下一幅。這不是那種畫一幅就足夠的經驗。

然而當她把炭筆壓上紙張，注視天空，卻發現自己畫起了雅多林。

「我到底怎樣才會這麼幸運，居然能抓住你呢，雅多林・科林？早該有人把你一把搶下了才是。」

他咧嘴笑。「她們試過，只不過每次都被我頗爲驚天動地地搞砸。」

「至少你的初戀沒有試圖殺你。」

「我記得妳是說他試著不要殺妳，但失敗了。跟果醬有關。」

「嗯……我受夠了配給口糧，很可能會吃下賽勒那麵包上的果醬，就算有毒也一樣。」

「我的初戀沒有試圖殺我，」雅多林說。「不過我差點死於互動過程中的困窘。」

她立即往前靠，瞪大雙眼。「喔喔喔……」

他瞥了她一眼，臉色漲紅。「颶風的，我眞不該提起這件事。」

「別吊人胃口啊。」她用腳戳他身側。「繼續。說啊。」

「不要比較好。」

「頑固。」她又戳他。「我可以一直戳下去。我是颶他的燦軍騎士，我在惹惱人方面擁有傳奇性的耐力。如果我得在這場戰鬥中用盡最後的寶石，我會……」

「哇嗚！聽著，這甚至稱不上好故事。就是有這麼一個女孩，愛妲妮，卡爾家男孩們的一個表親。對一個十四歲的男孩來說，她……實在非常吸引人。她的年紀稍長我一些，姑且說她比我更了解這個世界吧。」

紗藍歪過頭。「什麼？」

「呃，她一直說著她多喜歡劍、我的劍應該很偉大吧、她多想看我揮舞我的劍，於是……」

「於是怎樣？」

「我買了一把劍送她，」他聳肩。「當作禮物。」

「噢，雅多林。」

「我才十四歲！一個十四歲大的孩子哪裡懂什麼暗示？我還以爲她眞的想要一把劍！」

「一個女孩要劍來做什麼呢？請注意，我是說眞的劍。這種對話隨隨便便就能走偏……」

「我哪知道！我以爲她覺得劍很美。大家都覺得劍很美啊！」他揉了揉身側被紗藍一直用腳戳的地方。「而且那把劍也眞的很美。經典骨董攸里攸斯，創日者治下，淺眸人的榮譽挑戰都用這種款式。在維里納和古拉斯提的決鬥時留下一個缺口。」

「我猜你應該也把這些都對愛妲妮說了吧？長篇大論？」

「我說了大概一小時吧。」雅多林坦承。「她最後越來越無聊，就走掉了，甚至連這份颶他的禮物也沒帶走。」他瞥了一眼紗藍，露齒而笑。「不過我倒是得以把劍留下來，它現在還在喔。」

「那你到底想通了沒？她到底在說什麼？」

「最後才想通啊。但到那時……事情已經不一樣了。」

她歪頭，停下畫筆。

「我湊巧聽到她向她朋友取笑雷納林，說了一些……惡劣的事。我心裡有個什麼被毀了。她很迷人，紗藍。當時，我小小的心靈認爲她一定是這世上從古至今最神聖的存在。

「然後我聽見她說那些話。在那一刻之前，我想我不曾知道，一個人怎麼能夠同時既美麗又醜陋。當你還是個青少年，你希望美麗的人眞正美麗。現在聽起來很蠢，但當時眞的很難不這麼認爲。我猜我得感謝她。」

「很多人由始至終都學不會這一課，雅多林。」

「應該吧。重點是，故事還沒完。當時她剛搬進城裡，急於找到安身之處。所以沒錯，她嘲笑雷納林愚鈍，但她也用盡力氣想獲得認同。我現在不覺得那時的她是個壞心的孩子了。其他人對雷納林刻薄，而她覺得能夠藉由依樣畫葫蘆建立起關係。」

「那也無法爲那種行爲開脫。」

「妳以前也覺得他很怪。」雅多林指出。

「或許吧。」紗藍說，這番話眞實得讓人不舒服。「但我改變立場了，而且也沒說過他的閒話。只是需要你讓我看見他雖然怪，卻是好的那種怪。身爲古怪的專家，只有我能夠理解。」她轉向雅多林的素描，聚焦在他的眼睛。他的眼睛是如此豐富。

「我並不是爲愛妲妮所說的話開脫。」雅多林說。「我只是覺得，體認她或許有她的理由是一件重要的事。當我們無法活出我們應有的樣貌，我們都有各自的理由……」

紗藍僵住，炭筆懸在素描頁面上方。所以，他要談的是這個。「你沒必要活出你父親希望你成爲的樣貌，雅多林。」

「只是滿足於自己原本的樣貌，那就沒人能達成任何事了，紗藍。」雅多林說。「我們藉由朝我們可能成爲的自己努力而成就偉大功業。」

「前提是你想成爲那樣的人，而非其他人認爲你應該怎樣就怎樣。」

他還是注視著天空，伸展肢體，不知道用了什麼方法，竟然讓頭枕岩石的姿勢看似十分舒服。他的頭髮凌亂得美妙，金髮摻雜點點黑，無懈可擊的制服。而夾在其中的那張臉，不凌亂，也並非無懈可擊，就只是……他。

「不算太久之前，」雅多林說。「我唯一的希望只是所有人都再次尊敬我父親。我們以爲他老了，神智不清了。我只希望所有人都能看見我眼中的他。我是怎麼失去那種希望的，紗藍？我的意思是，我爲他感到驕傲。他慢慢變成一個值得人愛，而非只是值得尊敬的人。

「但颶風啊，最近我眞的受不了待在他身旁。他完全變成我希望他成爲的那個人，這種轉化卻讓我們越離越遠。」

「不是因爲你發現他做過的事嗎？對……她？」

「那是一部分。」雅多林承認。「那令人痛苦。我愛他，但還無法原諒他。我覺得我終究會漸漸原諒他的。不過不只是這樣。我們的關係越來越緊繃。他有一種錯誤的認知，認爲我向來比他優秀。

「對父親而言，我是我母親某種未受汙染的遺留物——這尊高貴的小雕像得到她所有的美好，沒有丁點他的粗野。他不希望我成爲我，或甚至成爲他。他希望我成爲這個他想像中的完美孩子，天生比任何時期的他都來得優秀。」

「這樣你就不是一個人了。」紗藍點頭。「你做選擇和犯錯的能力遭抹除，因爲你是完美的。你注定完美，因此你永遠無法靠你自己贏得任何東西。」

他伸出一隻手放在她膝上，迎上她的目光，眼中幾乎含淚。因爲她懂。颶風的，她眞的懂。她把手放在他手上，拉近他，感覺到他的呼吸吹拂她的頸項。她吻住他，同時瞥見天空。雄偉的靈慢慢隱入雲中，或許是因爲她的注意力這會兒放在別人身上而感覺受到忽視了吧。

嗯，不是星靈的錯。

它根本沒得比。

# 35 一個士兵的力量

你說必須視力量在我們心智中與控制力量的載體有所區隔。

雅多林現在知道他能與紗藍說上話，腳步稍微輕鬆了些。因此，看完星靈回來後，他對烏額潘比出大拇指。那是個絕佳的建議，而且兩人時光正是他們所需要的。

紗藍先是親暱地擁抱他、捏捏他的手臂，然後才急忙走去收拾個人物品。他猜她最近這麼緊繃也說得通，一名間諜滲透進他們來此的任務，或許他對那個問題一直想得不夠多。

不過那是紗藍的專長。幻象、謊言、藝術與虛構。政治應該才是他的專長。他被當作王位的第二順位繼承人養育成人，隨著小加維出生後落到第三。當王位最後被端到雅多林面前時，他拒絕了。不過說起出使異國，他應該能當個稱職的特使才是。

*訴諸他們的榮譽*，他心想，回想起雅胥硑的建議。

他找到英勇，從馬夫那裡帶走牠，親自為他裝上馬兒的重擔：入鞘的劍、其他武器的箱匣，另一邊則是衣箱。他注視英勇的藍眼睛，總覺得能在這雙眼睛的深處看見某種光。

「一定很棒吧，」雅多林輕拍馬兒。「不必擔心政治和關係之類的事。」

馬兒以某種方式噴鼻息，雅多林覺得這絕對代表輕視的意思。好吧，或許馬的生命比人類所能看見的還複雜。

費特的妻子瑪麗帶了瑪雅過來。雅多林先前請這名書記在他去散步時幫忙照料她。他朝瑞沙迪馬一揮手。「上馬了嗎？」

很難從瑪雅身上得到任何種類的回應，不過他還是喜歡問她。他覺得她對他點了頭，真的。他視其爲許可，便協助她爬上馬背。頭幾次把她弄上馬可真是人仰馬翻，必須踩上幾個箱子，再笨拙地把她拉上馬鞍。不過現在她知道該怎麼做了，他只需要一手橫過馬鞍協助她就定位就好。

瑪雅的身體以仿若肌肉的緊密繩索構成，實際上比看起來還重。儘管如此，就算是剛開始時，把她弄上馬鞍也值回票價。她平穩地坐在馬上，跟著隊伍前進，旅途變得輕鬆了些。而且雅多林必須承認，有英勇看顧瑪雅，他感覺好多了。這匹瑞沙迪馬懂的。對於把自己的一部分遺留在戰場上的士兵，你就是會多花一點心思照料。

他們開始這一天的路程，由雅多林帶隊，哥得克和他的靈在前方偵查。他們在前一晚花光所有颶光爲返程儲備糧食，因此這名嚴肅的緣舞師身上已不剩丁點颶光，不過哥得克接受燦軍訓練時也練習過偵查技巧。

今天的行軍一開始，雅多林便努力定下接近榮耀靈的最終策略。其他人說得沒錯，他提出的點子都不太可能成功，因此他會從信件著手。不過他想得出備用計畫嗎？

他一點想法也沒有。到了中午，先前與紗藍共度早晨時光的平靜感與滿足感已消失殆盡。費特從後衛走過來時，他努力壓下斥責的衝動。這名異國斥候到目前爲止一直是這趟任務中一個穩定、有用的角色。費特或許沒以前那麼敏捷了，不過他似乎對在未知領域中旅行有一種第六感。

「光爵，」這男人頭戴一頂塌垂的舊帽子。他在巴辛退休後繼承這頂帽子，後來就成了一個紀念品。

雖然不符規定，不過你就是會在這種事上放過像費特這樣的男人。「那些人類轉向朝南方前進了，看來已經放棄跟蹤我們。」

「眞的嗎？」雅多林問。「在這個時間點？」

「對啊。我覺得很怪，但說不出明確的理由。」

雅多林放聲要大家停下來休息用點心。枚瑞走過來幫英勇卸貨讓他休息，雅多林則跟著費特走到隊伍後方。他們爬上一處黑曜岩的小露頭，脆弱的玻璃植物在他們腳下爆裂粉碎，生靈閃避；從這個位置，他們可以利用望遠鏡觀察那群圖卡人。

那群怪人已經拉開頗長的距離，他幾乎無法在昏暗的幽界地貌中找到他們。確實轉南了。

「他們爲什麼追了我們這麼一大段路，偏偏在這時候放棄？」雅多林問。

「他們說不定不是在追我們，可能只是剛好同方向。這可以解釋他們爲什麼總是小心保持距離、不趕上來。」

有道理。事實上，要不是這群人初次見面時表現得那麼不尋常，雅多林可能一開始就會做此假設。他就不覺得努特姆走這方向有什麼問題，爲什麼要這麼擔心這一群人？

*但他們感覺不對勁*，他心想，*在那麼近的距離徘徊，又那樣盯著我們……*

雅多林透過望遠鏡打量他們，雖然在這麼遠的距離之外，頂多只能看見拿著火炬的人影。「嗯，他們確實看似正要離開。」他將望遠鏡交還費特。「我們吃東西的時候繼續看守，只是以防萬一。」

走回隊伍前方的半途中，眞正的答案躍入了雅多林腦中。

❖

圍紗蓋上裝了通訊方塊的行李箱蓋、上鎖。她不能指望間諜每次動過方塊都會轉方向，因此她利用一個很久之前向太恩學來的把戲，開始在方塊上灑些微細粉末。

就她所能判斷，粉末到目前爲止都未受碰觸。她需要想辦法用方塊當餌，以一種誘人的方式不加以看守。她一面思索，一面走過去向伊希娜拿了一碗粥，做好吃下恐怖魂術食物的心理準備。她應該逼燦軍光主吃飯時出來主導才對，士兵都習慣在戰場上吃恐怖的配給食物，對吧？燦軍光主會視吃這種餿水爲榮，這有利於建立角色性格，而且——

雅多林從旁邊衝過去。

燦軍光主丟下碗，一躍而起。那是人奔向戰場的姿態。她追上去，反射地試著召喚碎刃，不過當然沒反應。這在幽界是行不通的。

雅多林手忙腳亂地爬上黑曜岩露頭頂部，費特還在那裡守望後方。燦軍光主開始攀爬，雅多林的兩名士兵也加入她。其他燦軍和探子只是站在那裡，一臉困惑地朝後方看，就連總是看似如此急切、容易激動的岩衛師祖兒也一樣。

爬上去後，她看見雅多林正緊張警戒地拿著望遠鏡眺望。

「怎麼了？」燦軍光主問。

「他們不是跟蹤我們。」雅多林說。「留下一、兩個靈看守營地，所有人跟上我！準備迎戰。」

說完他便跳下岩石，靴子重重撞上下方的石地——颶風的，他應該記得自己身上沒穿碎甲吧？雅多林邁步奔向遠方的圖卡車隊，手壓住腰帶上那把入鞘的劍。

燦軍光主呆愣在原地。雅多林打算一路跑去——

後方響起岩石爆裂的如雷聲響。燦軍光主跳起，查看附近是否有崩塌的跡象，然後才發覺那是英勇疾馳而過時馬蹄高速敲擊黑曜岩的聲音。驚慌的瑪雅兩手成拳、緊握馬鬃，英勇身上的貨物看起來倒是已經全卸下。

雅多林幾乎沒停下腳步，趁英勇在他身旁減速時抓住垂下的韁繩，一陣亂七八糟的跑跳後，把自己撐上瑪雅後方的馬鞍上；燦軍光主的腦袋拒絕相信這樣的動作竟有可能做得到。

其他士兵搖頭。

「鐵鏽啊，」費特放下望遠鏡。「那動物怎麼知道？有人聽見雅多林藩王吹口哨叫牠嗎？」

「我們走！」燦軍光主說。「清出馱馬，派先遣者追上他。我會請圖樣看守我們的物品，其他人都準備出發！」

她自認在短得要命的時間內便讓所有人都動起來。三名士兵騎馬追雅多林，但速度比瑞沙迪馬慢多了。體型那麼大的動物，速度不該那麼快的。

她跑在哥得克和祖兒身旁，超越了樹樁和其中幾個靈。儘管燦軍光主跟著雅多林一起訓練了十二個月，代表她並不弱，她卻沒有強行軍的經驗。

她養成了仰賴颶光的習慣。在颶光的支持下，她可以全速衝刺而不感到疲憊。哥得克原本可以在岩石上移動，彷彿岩石是冰，用滑行超越他們。不過他們已不剩丁點颶光，只能盡可能跟上。雅多林剛剛說什麼？那群詭異的人類不是在跟蹤雅多林的隊伍？那他們在跟蹤誰？

答案幾乎立即浮現。他們跟得很近，總是在視線範圍內，看起來是想襲擊雅多林的隊伍，但一直欠缺膽量。今天他們轉向朝南前進。

跟努特姆同一個方向。

❖

對雅多林來說，騎乘在緊抱住英勇脖子的瑪雅身後並不舒服，幸好這匹瑞沙迪馬不太需要他的指引。雅多林伏低，緊握韁繩，感受著英勇馬蹄敲擊黑曜岩地面的節奏。圖卡人可能早就計劃在努特姆的巡邏隊離開碼頭小鎮後便加以襲擊，只不過雅多林的隊伍也走上同一條路，他們因此被耽擱了。他們可能擔心雅多林的隊伍會保護努特姆。

他們待在近處，不敢出手攻擊。直到努特姆終於轉南，雅多林則繼續西行。

接近圖卡人車隊時，英勇已汗水淋漓。圖卡人只留下幾個人和補給品在後方，大部分人都帶著火炬追趕努特姆。雅多林沒理會護衛補給品的人。他伏得更低些，一手環著瑪雅的腰，期盼他的判斷錯誤。期盼什麼事也沒發生。

雅多林的擔憂在他靠近時攀上高點。刺眼的火炬，叫喊的人影。

「到了之後別靠近打鬥。」雅多林對馬兒說。

英勇噴氣表達反對。

「我會需要你救我出來，」雅多林說。「而你需要喘過氣來才做得到。」

瑞沙迪馬遠不只是尋常戰馬，牠們的速度似乎與高大的體型相違背。話雖如此，牠們天生不適於長途疾馳。

雅多林也天生不擅長獨力與多人對戰。其他人還遠遠落在後方，所以雅多林有什麼計畫？如果努特姆真的陷入麻煩，沒有碎甲的雅多林不太可能一打十或甚至更多人。

他拉近距離，目光挑出身穿圖卡風格印花厚衣、手上高舉火炬與劍的人；他們手上拿的是弧度陡峭的單手短彎刀，用於劈砍，是常見的隨身武器。敵人中只有兩人手持盾牌，沒有稱得上盔甲的東西，不過他確實看見幾把需要留意的矛。

他們圍成一個大圓，包圍住某個東西。雅多林一咬牙，用膝蓋指示英勇衝近，他才能看得更清楚些。對於靈在幽界能否被殺死，他們一直表現得……吞吞吐吐。他看過他們攜帶武器，上一次的旅程中，努特姆的水手也坦承靈有可能被割傷，也感覺得到疼痛。

「殺死」他們涉及讓他們疼痛至極到導致他們心智崩潰，變成類似亡眼的東西。

颶父啊！雅多林騎近時看得夠清楚了；他最恐懼的事已發生。一個發光的人形蜷縮在那群人中央的地上，遭繩索綁縛，超過十二個激動的圖卡人正一再以矛和劍朝他戳刺。努特姆的三名遠探者隨從也被綁成一排，接下來或許就輪到他們承受酷刑了。

幸好攻擊者看起來沒有弓，因此英勇安全地從他們旁邊通過。事實上，根據他們的姿態和欠缺紀律的情況，雅多林越來越確定，說他們是一隊士兵，更像是一群暴民。爲何他們襲擊一個榮耀靈？甚至，他們一開始又是怎麼來到幽界的？

一拉開安全距離，雅多林便勒住英勇。他原本希望能吸引幾個圖卡人追過來，不過他們還是聚在一起，足足二十個手拿火炬、矛與劍的男人。他們只短暫瞥了雅多林一眼，隨即回頭繼續捅向努特姆。

颶風的。靈遭受這種折磨能撐多久？

雅多林查看援兵，看見遠方幾個騎馬的人影漸漸接近，然而在他們來到夠近的距離之前，時間分秒必爭。危及任務，或是隻身過去拯救努特姆？

*能怎麼危及？他心想，你對你自己在這裡做什麼幾乎一點頭緒也沒有。信件可以讓其他人送去。你只不過是一件制服和一把劍，雅多林。拿出來用啊。*

他跳下英勇。「如果情況一發不可收拾，帶瑪雅去找其他人。」他對馬兒說。「我來拖延那些人。」

英勇又噴氣。牠很習慣跟達利納一起奔入戰鬥中。

「不行，」雅多林說。「你會受傷。」

瑪雅伸出一隻緊張的手握住他的肩膀。剛剛這一路上她都緊緊抓著英勇的鬃毛，雅多林感覺到她的恐懼——或許是因爲如此快速地移動。他直視著她被刮掉的眼，感覺她緊握住他制服下的肩膀。

「如果我引開那些人，瑪雅，妳可以去努特姆身旁幫他鬆綁嗎？用鞍鞘裡的劍。」

她的回應是一陣低沉的咆哮，半是哀鳴，然後收緊握住他肩膀的手。

「沒關係的。」他撬開她的手指。「不是妳的錯。待在這裡，保持安全。」

雅多林深吸一口氣，從英勇肩上的劍鞘使勁抽出他的巨劍。他的劍棍在營地的武器匣裡，盾牌和頭盔也是。所以對上這批暴民，他的最佳選擇是可及範圍最廣的武器。

他抬起這把巨大的劍。它的劍身比碎刃薄，但長度跟許多碎刃一樣，也更重。他認識的許多劍士看不起這種劍，覺得它們比不上碎刃，不過兩者都可以使出許多相同的劍招，而且巨劍有一種雅多林向來喜歡的紮實感。

他大步走過黑曜岩地面，叫喊了起來。「嘿！」他雙手將劍朝側邊舉起。「嘿！」這吸引了他們的注意力。黑色人影離開在地上縮成柔和藍白色一團的努特姆。

*來吧*，雅多林想著，*拖延時間*。他沒必要擊敗這裡的全部二十人，他只需要支撐得夠久，拖到他的士兵到來，平衡兩邊的落差。

不幸的是，就算這些圖卡人沒受過戰鬥訓練，他還是嚴重屈居劣勢。身為一個年輕人，腦中裝滿碎刃師獨力打敗整支軍隊的故事，他曾經以為自己能夠輕鬆一次對付兩、三個對手，但也被重重打醒過。沒錯，經過恰當的訓練，一個人能夠獨自面對多人，但勝算向來不高。太容易被包圍，太容易在你跟其中一人交戰時，遭受來自背後的其他攻擊。

除非你的敵人不知道自己在做什麼。除非他們嚇壞了。除非你可以避免他們發揮他們的優勢。在這裡，他不會因為跟誰決鬥勝出而贏。

他只會因為對手輸了而贏。

「嘿，我們談談！」雅多林說。「你們抓住一個榮耀靈，怎麼賣？」

他們以圖卡語回應，而且跟之前雅多林在營地接近他們時一樣，姿態立即轉為敵意。他們亮出武器走向他，蓄鬍的臉和濃密的頭髮強化了陰沉的表情。雅多林瞥見看似巨大羅螺的期待靈飄浮在戰場外側，甚至還聽見痛靈在遠處呼嘯。

「沒預期你們會同意一個一個上囉，」雅多林說，「分成幾次友善的決鬥怎麼樣？我會下手輕一點的，我保證。」

他們越靠越近，現在距離只剩幾呎了。其中一個持矛的人搶先其他人。矛最危險，能選的話，雅多林會選擇面對拿彎刀的那幾個。

「我猜你們不願意。」他嘆氣。

接著他往前衝，雙手緊握巨劍，格開第一個人刺出的矛，近身大開大合地強力一揮，砍下對手的頭。一般人有時會以爲這很容易，但做起來其實頗難——就算是最鋒利的刀刃，也可能卡在肌肉裡或脊椎上。角度就是一切，然後就是堅持到底。

雅多林忽略攻擊濺出的血，改用火式。快速、殘酷。其他圖卡人迎上前，雅多林繞到他們側邊，努力避開與他們的雜亂隊形正面交鋒。他們忙亂地試圖包圍他，而他快速的動作弄得他們失去平衡。

幸好訓練讓優勢站在雅多林這一邊。他知道怎麼維持移動、盡可能保持最多人都在他前方。沒受過訓練的士兵會成群移動，你便可以繞過他們，避免他們落到你身後。而且每當他大動作揮劍，用意主要在於防衛而非實際攻擊，他們便都會退開。

他退避側邊，後方一名士兵高喊命令，其中有些人隨即望向另一邊。他們因此而付出代價。雅多林衝進他們的側面，巨劍猛擊一名圖卡人身側，隨即舉劍脫離那人，再藉後甩之勢劃過另一人的喉嚨。他又撲上前把第三個人開膛剖肚——這人也持矛，正是他這波攻擊的主要目標。

圖卡人驚叫四散，被他刺穿的那個人尖叫、踉蹌。就算是習於戰鬥的人，也會因巨劍揮舞時的隨意殘酷而生畏。雅多林勉力逮住最後一名動作太慢來不及逃開的圖卡人，巨劍猛力一揮，砍上他的手臂。

這名圖卡人大聲嚎叫，丟下武器，雅多林一面踢他，一面猛扯手中巨劍——劍卡在那人的骨頭上了。雅多林用力拔起劍，鮮血隨即噴灑而出；他三百六十度轉身，朝外掠去，嚇得其他人跳開。這並不是決鬥那種雅致美麗的舞蹈——他並不喜歡這樣的戰鬥。這是屠殺。幸好他在這領域有些不錯的榜樣。

他的最佳盟友是速度與威嚇。正如他所希望的，對於在這麼一次駭人的閃電攻擊中失去好幾個同伴的狀況，這些圖卡人應對得很糟糕。他們退開了，而非發揮他們的人數優勢。他對上另一個人，而敵人們只是在驚嚇、憤怒與恐懼中大吼大叫。雅多林孤立出一個敵軍，利用這人擋在他和其他圖卡人之間，讓他們無法筆直衝向他。雅多林以快速接連的攻擊打落敵人的盾牌，接著一劍襲向對手的鎖骨，把人砍倒在地。

稱不上最乾淨俐落的一次擊殺，不過雅多林一定因為制服和臉上的血令人望而生畏，因為圖卡人逃得更遠了，一直用他們的語言叫喊。可惜，接下來就是糟糕的部分了。雅多林衝向離他最近的人，試圖藉此讓他們畏懼，但他們拒絕跟他對打，更不停試圖包圍他。

當你獨自在開闊空間，光是避免被包圍就是一件苦差事。他必須把全部的注意力都放在朝後跳，利用揮擊趕走敵人、找尋空檔，但又要持續慎防被人繞到後方。只要他不累，這倒也難不倒他，不過他們終究會耗損他的精力，他便會慢下來。

他嘗試另一個計謀，轉為採取石式，這是防禦的招式，想藉此保留精力。只要他們繼續包圍他、像害怕嘶叫的天鰻一樣畏懼他，就有更多時間供其他人趕過來幫忙。

雅多林也因此能夠靠近努特姆；他在呻吟，身上被刺了好幾個窟窿，傷口泌出細緻的藍白色霧氣。可惜他被綁得嚴嚴實實的，就算能掙脫，雅多林也不認為他在這狀況下能跑到安全處。

繼續拖延，雅多林心想，不過包圍的圈子又收緊了。他剛開始迅速有效地殘殺對手，但終究還是十四對一，而且他們似乎已經發現他注定失敗。他們包圍得越來越緊密，迫使他不停移動、努力同時看見所有敵人的動靜。

只剩下一個人手上有盾牌，這人喊出命令，四個人跑了起來，兩人從左，兩人從右。這個隊長一定有些戰鬥經驗，他並沒有一次派出所有人，因爲混戰對雅多林有利。最好的策略是讓其他人等雅多林開始戰鬥，再加入壓制。

雅多林輕輕咒罵了一聲，敏捷地與頭兩個人交手。他唯一的希望是打倒這兩個人，再回頭料理後面那兩個。不幸的是，前方兩人採取守勢，舉起劍但迴避直接和他交手。他被迫轉身，朝另外兩個人揮劍——再努力回身，避免被前方兩人擊中。

他成功給予敵方一擊，不過就在他忙著破壞他們的包圍時，圖卡隊長又派出其他人，而他們只是奔跑著。颶風的。他必須躲到一旁，才能免於被撞倒，然而當他砍倒兩個跑過來的圖卡人，造成的混亂正是他最害怕遇上的場面。他太專注於避免被撞倒，沒發現他們已乘機包圍住他。

在這團混亂中，他受制於兩個持劍的人，他們逼得好近，當他結束一次轉身時，還得改爲握住劍身以縮短長度。他藉此精確擊中其中一名敵人的喉嚨，不過也讓背後門戶洞開。雅多林聽見靴子踩在石地上的聲音，他努力及時回身，但太遲了。敵人偏向的矛擊中他右側靠近胃的位置。

雅多林痛哼一聲，還是勉力回劍揮開持矛的人。沉淪地獄啊，這正是他最恐懼的那種攻擊——矛趁他接應不暇時無聲無息刺來。他自己的血開始染紅他的制服，結局已近。他們沒必要在壯觀的決鬥中打敗他，只需要劃傷他幾次，讓他因失血而衰弱倒地。

*如果我能再撐一下……*

痛靈的呼號在遠方迴蕩。雅多林打退最近的幾個敵人，以一聲吼叫和幾次大動作揮擊嚇退他們。圖卡隊長又派出另外四個持劍的人。要是他們都持矛，圍攻的效果應該會更好，不過這給不了雅多林多少優勢，因爲他必須瘋狂攻擊，冷酷無情地揮劍，不讓他們任何一個人靠近。其中一名敵人踉蹌了一下，雅多林隨即成功擊中他暴露的髖部，讓他尖叫倒地；雅多林爲此感到自豪。

受傷夥伴的叫喊聲暫時嚇住其他人，但他們隨即在隊長的吼叫下回過神。如果雅多林能夠逮住那個人，那個身穿黃底藍色花紋大衣的男人……

雅多林試了，但另兩個圖卡人挺身保護他們的隊長。後方靴子踩在石地上的聲音逼得雅多林轉身、格擋、再轉身。他們全部包圍著他，以一種詭異的姿態起舞，動作無法預料。雅多林越來越累，也越來越難把他們都留在他的同一側。

而且他們未受訓練——這可能相當危險。未受訓練的士兵遠比一般士兵好鬥，他們不知道用那種戰術有可能弄得兩敗俱傷。雅多林無法看見他們所有人，更別提跟所有人交手；當他跳開躲避一次攻擊，他感覺自己的末日已至——他的背與後方的某人相碰。他們靠得那麼近了嗎？他做好準備迎接隨之而來的刀刃。

卻聽見低沉的咆哮。

雅多林立即驚訝地回頭，發現他撞上的那個人把她的背與他的背相貼。瑪雅已把他的短劍抽出劍鞘，不過卻像握短棒一樣拿在手裡，手臂伸展，劍直直朝上。不是有效的招式，而且當敵人逼近，她也沒有朝他們揮劍，只是繼續對他們咆哮。

「妳不該過來的。」雅多林的熱血沿他的身側和腿淌下。他不敢試著止血，怕會把手弄得溼滑，影響戰鬥。「但是謝謝妳。」

她回以咆哮。英勇從左側接近，徹底違抗命令，不過兩個手上還有矛的敵人注意到牠，靠過去把牠趕走。剩下的圖卡人繞著雅多林和瑪雅移動，有如掠食動物般不停打轉。他們似乎頗爲關切這個新加入者，不過雅多林不確定他們的遲疑會持續多久。他們很快便會發現她稱不太上威脅。

除非……

「瑪雅！」雅多林雙臂高舉過頭，以一種明確的方式持劍，重新擺出招式。薩賀就是這樣教他做晨練的。

她瞥了他一眼，儘管他無法解讀她那雙被刮掉的眼睛，但她的姿態變了。她似乎了解了。來這裡之後，她每天早上都跟著雅多林一起晨練，在這之前，他也拿著她化身的劍跟她一起練習過無數次。

幸好她也擺出相同的動作，現在好好地握住了劍，姿勢強而有力。

「開始。」他開始演練招式，而她依樣畫葫蘆。用意並不是實際的攻擊，但揮舞閃爍寒光的劍看起來令人生畏。

圖卡隊長瞥了一眼載著雅多林手下士兵逐漸靠近的馬兒，叫喊下令。他自己的手下雖然看似對瑪雅感到害怕，但仍逼近雅多林。誰不怕呢？作戰的亡眼？還有幾個圖卡人被噴著氣的英勇分散了注意力。

最重要的是，雅多林最大的劣勢紓解了。他沒必要再看著自己的背後。就算受傷、溫熱的血染紅他的身側，他仍覺得信心高漲。三個圖卡人攻上前，雅多林站穩腳步。不。他不會任人欺侮。

如果有個士兵受過訓練懂得屹立不動，那你可千萬別低估他的力量。

他對他們咆哮，在他們前方舞動他的巨劍；他們驟然停步，攻勢遭到破壞。沒錯，多人可壓制一人，劍術也只能多拖這麼長時間。但訓練可不只是學習揮動武器。訓練關乎信心。

如果有個人無論如何都不放棄，那你可千萬別低估他的威嚇力。

第一個人持劍攻擊雅多林，但他沒好好照料自己的武器，護手早已脫落，於是雅多林砍向這人握住刀柄的手指，把它們卸了下來。愚蠢的錯誤，優秀的劍術師傅總是會教你要注意自己的手。這人放聲尖叫，另外兩人欺上前，雅多林伸展全身撲了上去，伸長巨劍，在足足一個身體的距離外直接刺穿其中一人的腹部，巨劍的攻擊範圍顯然讓他們兩個都大吃一驚。雅多林重新擺出招式，往前跨步並轉身，把全身重量和動能都注入這一擊，第二個敵人的頭飛了出去。

旁邊的動靜顯示又有兩個人逼近，不過當雅多林站穩腳步，背靠著瑪雅，他們……他們倉皇逃開了，丟下他們的夥伴在面前的地上等死。這些人已經受夠了。他們逃之夭夭，一邊發抖一邊叫喊，另一個同夥也加入他們；那人才剛剛失去手指，這會兒正捧著自己血淋淋的手。

其他人開始潰散，這時圖卡隊長帶著一名護衛來到雅多林面前。雅多林迎上護衛，沒有絲毫膽怯猶豫，橫跨一步避開他的攻擊。

如果有個人願意堅持，那你可千萬別低估這份堅持的價值。

堅持。

**不屈**。

他用肩膀頂開踉蹌的護衛，劍揮出，差點取下隊長的首級——那男人以毫米之差躲過，只有肩膀被劃開一道口子。如雷的聲響聽起來像雅多林的士兵已到近處，不過那只是英勇而已，牠引人注目地重重跺腳、發出一聲尖嘯。

這種種一切遠超過圖卡人所能承受的程度。雅多林沒有贏。

但是圖卡人輸了，他們逃向留在後方的補給品堆以及同伴，尋求人數優勢帶來的安全。隊長終於也隨他們而去。

幾分鐘後，當費特和其他人趕到，他們看見浴血的雅多林撐起恍惚但仍活著的努特姆，身旁都是屍體，而這些屍體原本具備壓倒性的優勢。

所有燦軍靈中，榮耀靈文明的體制、社會階層與統治結構似乎與人類最為相像。他們也是最受重創期蹂躪的靈，只重建了過去人口的一小部分。無數榮耀靈亡眼在細珠海洋的底層遊蕩。

他們的形體由一種柔和的光構成，不過他們的頭髮、皮膚和衣物實際上感覺起來都跟人類一樣真實。

他們衣物由和軀體相同的光構成，款式從軍裝制服到寬鬆飄逸的袍子都有。衣服的款式似乎與他們個人信念的某些面向有所關聯，而且關聯性甚至比人類對服飾的選擇還高。

他們攜帶非常真實的鋼鐵刀劍。

出現於實體界時，他們大多採取各自幽界形體的縮小版，由相同的藍白光構成，不過他們可以隨心所欲任意變形，改變他們的形貌。他們常模仿風靈，看起來像乘隱形氣流飛翔的光帶。

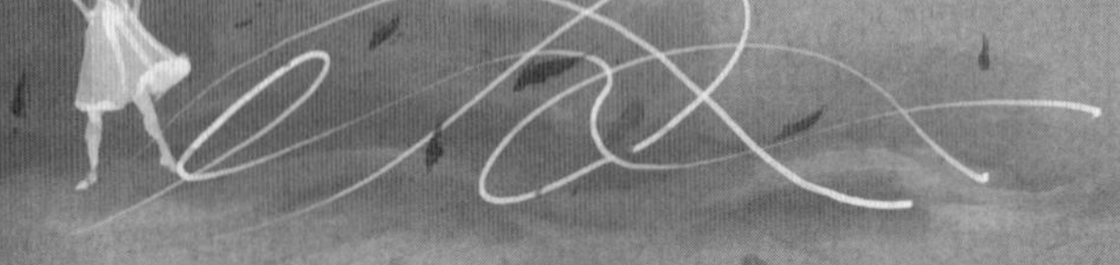

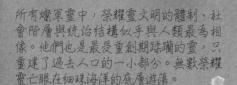

# 36

# 榮譽的代價

我發現這在內在的層面難以執行，因爲儘管我不是滅絕亦非存留，但他們構成了我。

「我無法揣度。」努特姆直視前方，不曾眨眼。「我就是無法揣度。」

燦軍光主在這世界的許多靈身上都注意到這怪異的現象：他們分心或不知所措時會忘記眨眼。她噓聲趕走聚集在這個靈身旁的驚愕靈，它們實際上正試圖爬上他的膝蓋。所有靈在此處都具備實體，這眞是太詭異了，有時還得用武器把它們推開。

雅多林的士兵簇擁著站在附近的一處高地上，以望遠鏡貼眼，謹愼監視敵方車隊。幸好，他們正在撤退。紗藍的探子仔細地搜過死者的口袋，找尋他們來源的蛛絲馬跡。她看見法達把一些錢球放進了自己的錢袋，正打算叫住他，不過圍紗說服她打住。他們還能怎麼做？留下錢？

不出預料，錢球全部黯淡無光。這裡沒有颶光。儘管哥得克檢查過雅多林身側的傷口，說傷勢並不嚴重，她還是希望看見他被治癒。任何傷口都有可能引發敗血症，尤其腹部的傷口最有可能。

而且，燦軍光主覺得努特姆應該也需要使用一點點颶光。他的傷口不再「流血」，不過他的光也明顯轉暗，明亮的藍白色彩變成黯淡的褐白色。

他昏昏沉沉地說：「為什麼……他們為什麼要這麼做？人類不曾……攻擊靈。這是什麼用意和目的？這其中毫無榮譽！」

他們也替他的遠探者同伴解開束縛。就燦軍光主的經驗來說，這些青銅色的靈通常都很安靜。三個遠探者包含一男兩女，身穿簡單制服；他們沒有回應，似乎跟努特姆一樣困惑。

「我們必須帶你去永恆至美。」雅多林坐在附近的一顆岩石上，哥得克正在為他包紮傷口。

「不行。」努特姆說。「不行，我遭到放逐。」

「你受傷了，我們也無法保證那些人類不會一看我們離開又回過頭來。」雅多林說。「無論是否遭到放逐，你都跟我們一起走。」

努特姆看了看雅多林，然後是燦軍光主，接著低下頭。「你的榮譽為你贏得讚賞，雅多林王子，但你必須了解，我出現在你的團隊裡會對你造成傷害。我正是因為過去對你們展現仁慈而遭到放逐。無論我現在因為什麼原因跟你們一起抵達永恆至美，都會被視為我們之間的陰謀。」

「我們到時候再處理這問題。」雅多林在哥得克拉緊繃帶時皺起臉。「只有克雷克知道吧，或許根本不成問題，因為他們很可能什麼都不管就把我們趕走。」

「我希望事實並非如此，但就是會這樣沒錯。」努特姆說。

燦軍光主來到織光探旁。伊希娜正輕聲對貝若說話，貝若則坐在旁邊地上，在一些戰利品中挑挑揀揀。第一次看見屍體的貝若已經吐過幾次，現在仍因那景象而臉色蒼白，只不過膚色深，看不太出來。

「一定要檢查戒指內側和項鍊後面。」伊希娜說。「這些地方有時候刻了名字。」

貝若點頭。他們用一件血衣蓋住一個圖卡人被截斷的頸部，她的視線不停飄過去。她以一手覆唇，刻意別開頭。

好吧，紗藍坦承，如果她是鬼血，那她眞是個了不起的演員。我認同圍紗的想法。我們需要重新思考我們的結論。

雅多林站起來。「該走了。」他對其他人說。「我想拉開和圖卡人之間的距離。」

他們花了一點時間才把努特姆弄上馬背。在這段期間，哥得克在死人間走動，查看他們的臉——形跡古怪。

「哥得克？」紗藍問。

「他們會被丟在這裡腐爛。」哥得克低聲說。「其他人不會回來收屍。」

「他們想殺死努特姆，」雅多林說。「還有我。」

「我知道。」哥得克說。「但是我們不知道他們的故事。他們可能只是聽從命令的士兵。他們可能弄錯了，誤以爲榮耀靈是敵人。他們可能有我們想都想不到的動機。我想記住他們，以防萬一沒有其他人記住。」

緣舞師啊。紗藍搖頭，接著過去關心雅多林。她戳了戳他染血的側腹。「又毀掉一件制服了。」

「泡冷鹽水可以去除血漬。而且我帶了我的針線包。打賭只要稍微處理一下又上得了檯面。」

「話雖如此。」她把頭靠在他胸口，小心避開傷處。「你要小心一點。我們沒有颶光可以用來治療了。」

「所以……基本上我幾乎整個人生都這樣耶？」雅多林用一隻手貼著她的背。「我或許失去自制，紗藍，不過找到我能做的事感覺很好。我是說做得成功。最近我不太找得到自己能派上用場的地方。」

「雅多林……」她退開一步，仔細檢視他的臉。他在微笑，語氣卻不像開玩笑。

「抱歉。聽起來很像自怨自艾，對吧？我只是累了。來吧，我們眞的該走了。」

他們還沒談完——她稍後會逼他繼續談——不過此時此刻最好還是聽他的吧。他們離開屍體，艱辛地橫過開闊的黑曜岩地，朝他們的營地走去。大約走到一半時，他們遇上圖樣之外的謎族靈和樹椿跟她的靈正緩緩前行。

雅胥硑看清眼前景象，滿意地點點頭，隨即轉身往回走。幸好努特姆看起來確實好多了。

「你的亡眼，」努特姆來到雅多林旁邊。「你怎麼訓練她為你戰鬥的？」

紗藍看了看瑪雅，她騎在雅多林的瑞沙迪馬上。紗藍沒看見，但聽說了這個死靈拿起劍與雅多林並肩戰鬥。

「我沒有訓練她，努特姆，」雅多林說。「是她自己選擇來幫我。」

「亡眼不會做選擇，」努特姆說。「他們沒有心智能做那樣的事。我有親身經驗。我父親就是個亡眼，現在在要塞裡接受照料。」

「你的經驗需要校正了，努特姆。說不定燦軍一開始回歸，事情就改變了。說不定有些亡眼比其他亡眼更有反應。」

「這就是……一點道理也沒有……」努特姆雖然這樣說，卻沒繼續爭辯下去。

回到營地時，得意洋洋的圖樣高興地對他們揮手。紗藍對這景象微笑。無論發生什麼事，她都能指望圖樣還是那個笨拙又鼓舞人心的圖樣。

雅多林沒給他們時間休息。他下令餵馬飲水，同時整理行囊，他們才能立即直接朝永恆至美推進。當他下令時，燦軍光主從紗藍手上取回主控權，並立即理解雅多林這些指令中的智慧。儘管雅多林展現出高超的劍術，但他們這夥人還是頗為暴露。沒有颶光，大多數燦軍根本稱不太上是戰士。雅多林已負傷，努特姆苦苦維持直立。如果圖卡人重整旗鼓，決定回頭襲擊他們……嗯，最好還是不要留下這種選項，就算艱難也要逼著所有人在這一天結束前，抵達榮耀靈的要塞。

圍紗和法達、伊希娜討論他們搜索過的那些屍體。偷雞摸狗的時間短暫，他們的收穫微薄。幾個屍體的衣環上有些圖案，伊希娜覺得那是圖卡氏族文字。

接著改由燦軍光主和圖樣談，不過他們不在時，營地並沒有異狀。最後，等到補給品終於裝上馬背，換紗藍出來，她出於習慣檢查了一下墨瑞茲的通訊方塊。紗藍打開行李箱的鎖，彈開蓋子，快速朝內一瞥。她沒預期……

有人碰過粉末。

紗藍壓抑住當下的震驚，擷取一則記憶，蓋上箱蓋後重新上鎖。她動作有如機械地讓其中一名士兵把箱子搬上馬，接著驚愕地站在那裡。粉末被某人的手指拂過，她甚至可以清楚描繪出那畫面。放回去的方向是對的，不過圍紗的粉末把戲揭露了眞相。

怎麼會……她剛剛才檢查過，就在他們全部跑去找雅多林之前。不過後來她把營地交給……交給圖樣。

「嗯嗯嗯……」紗藍發現他就站在她身後，嚇了一跳。「充滿人類麻煩的一天！你們的日子總是這麼刺激。嗯……」

「圖樣，」圍紗說。「我們不在的時候什麼事也沒發生。你確定吧？」

「對，非常確定。哈哈。你們很刺激，我很無聊。這是諷刺！哈哈。」

圍紗，這不……這不可能，紗藍想，誰都能懷疑，就是不能懷疑圖樣。這……我不能……

然而，當她對貝若提起那個最後傳到墨瑞茲那裡的祕密，他不就站在附近嗎？她也跟他提起過方塊方向的問題，難怪這一次間諜使用方塊後以完全正確的方式放回去。

燦軍光主沒被說服。而且……這很荒謬，不是嗎？懷疑圖樣可能爲了鬼血而監視她？他愛謊言，但她不認爲他自己編織得出謊言。至少編不出能騙過圍紗的謊言吧。

紗藍接管，開始行走後，她努力把這想法趕出腦海，但徒勞無功。不只圍紗，就連燦軍光主也開始懷疑。他確實有機會。他知道通訊方塊的事。她喝醉那一夜，方塊也是由他看顧。

紗藍的父親曾隸屬於鬼血；她們家跟鬼血的糾葛可以一路回溯到她小時候。或許是在她童年時，她遺忘的那段模糊歲月中？陰謀可能從那麼久之前就開始了嗎？

她跟圖樣的關聯無疑延伸到那段時間。她以他化身的劍殺死她母親。紗藍壓抑了與那些事相關的諸多回憶，但這個事實無可爭辯。圖樣和她將近十年以前就開始締結。

圖樣會不會一直以來都與他們合作？告訴鬼血她的進展？在她初抵戰營時引導她去跟他們接觸？

其中含義令她打從心底感到震撼。如果她的靈是間諜……她還能相信什麼？

甚至，她還能繼續下去嗎？此時揭露的真相遠比發現法達或伊希娜是間諜嚴重太太太多了。這……這令她膽寒。令她腿軟。

紗藍，燦軍光主想，堅強起來。我們還沒查明完整真相。

不，不，她沒辦法堅強。面對這樣的事就是沒辦法。

她爬開，躲進深處，開始像個孩子一樣嗚咽。圖樣確實不對勁，他長久以來跟她的互動都不對。他是怎麼掩蓋過去發生的事。她過去的時間軸……不管其中的漏洞……對不起來。她的時間軸怎樣都對不起來……

堅強啊，紗藍，圍紗想。

妳來吧，紗藍想，妳能夠面對。這就是創造出妳的目的。

試著堅持下去，圍紗拒絕接管。繼續走就對了。妳做得到的。

於是紗藍不情願地繼續主導。兩小時後，雅多林宣布稍事休息，紗藍逼自己快速畫下裝在箱裡的通訊方塊。記憶完美無缺，細節不會說謊。粉末上有指印。粉末只有極薄一層，幾乎隱形，不過她的織光術讓她得以記下如此細節。

紗藍努力忽視問題，轉而專注於周遭環境。地貌變得越來越崎嶇。這裡的玻璃樹很美，仿若融化的液體，形成令人想起洶湧海浪的連綿弧形。對，專注於那些東西，專注於美。

看見一定就是永恆至美的結構體出現時，她格外激動。那是一座龐大的要塞，矗立於突出伸入細珠海洋的荒涼黑曜岩上，看起來飛揚跋扈，高牆以某種統一的藍色岩石堆砌而成；這座高大方正的要塞完美坐落於能防禦北方天然海灣的位置，甚至要跨過一條橋才能抵達。顯然榮耀靈並不等閒看待防禦工事。

紗藍想畫這座要塞。她可以沉浸在繪畫中，不必面對其他現實。不過這時圖樣走到她身旁，她再度嗚咽退避。

圍紗最後出來掌控。為了紗藍好。

「我們快到了！」圖樣的圖樣一種極度興奮的方式旋轉。

圍紗需要證據，於是她謹慎挑選用詞。「我一直在想著你早期跟紗藍一起度過的時光。鬼血可能從她小時候就在監視她了。如果我們能找到事實確認這件事，或許有助於想出該如何打敗他們。」

「嗯。我猜妳說得有道理！不過我沒什麼印象了。」

「有一次你們在一起，在花園裡，你跟紗藍。」圍紗編出一個徹頭徹尾的謊言。「我看得見她的記憶。紗藍看見巴拉特在跟一個人說話，事後看來，那個女人看起來像戴著面具。你覺得他有可能是間諜嗎？」

「噢！」圖樣說。「妳哥哥嗎？跟鬼血合作？嗯嗯嗯……那對妳來說太痛苦了！但或許有道理。墨瑞茲確實總是似乎對妳的兄弟和他們的行蹤知之甚詳。」

「你記得那一天嗎？」圍紗進逼。「什麼都好？」

「在花園裡，巴拉特跟一個戴面具的人會面……」

「一個重要的片刻，」圍紗說。「你也在。我記得你跟紗藍在一起。」

「嗯……對！」圖樣說。「我想起來了。哈哈。對，有這件事。巴拉特跟一個神祕人物。妳這麼一提，我的回憶慢慢回來了，圍紗！當時我們在一起。巴拉特可能是間諜。哎呀，哎呀。他眞是太調皮了。」

躲在深處的紗藍又嗚咽了起來。然而圍紗——創造圍紗的目的就是要她撐過像這樣的時刻——忽略那股深深作嘔的感覺。圖樣對她說謊。

圖樣在說謊。

圍紗不再認爲任何事理所當然。她不能假定任何人值得信任。她必須謹愼，加強防禦、保護紗藍。

「圍紗？」圖樣問。「妳還好嗎？我是不是說錯話了？」

「我只是在思考。」圍紗說。你有沒有看過奇怪的靈在監視我們？」

「腐化的勝靈嗎？」他問。「妳說要留意的那個？沒有，我沒見過。嗯嗯……」

她發現前方有動靜，一小群散發微弱藍白光芒的騎士。榮耀靈看見他們靠近，派出代表跟他們交涉。

雅多林停下隊伍，下馬後要士兵餵馬飲水、安頓所有人。接著他獨自往前走，身上還穿著染血的制服，側腹裹著繃帶。

圍紗跟過去。「睜大眼睛看著——我是說不管你眼睛部位那東西到底是什麼。」她對一派輕鬆走在她身旁的圖樣說。「現在是危險的時刻，圖樣。我們必須隨時提高警覺。小心，以免我們被耍……」

「是啊，眞的呢。」

紗藍縮得極小、變得極爲安靜。沒關係的，圍紗想，我會弄清楚。我會找到方法保妳平安。我保證。

❖

雅多林在他的車隊前方立定，紗藍站到他身旁。他吃的止痛藥生效了，腹部的傷口現在只隱隱作痛，行進到這裡的時間有助於改善頭昏眼花的狀況——即便中途他承認自己需要騎上馬休息。他依然需要睡眠與更多時間才能復原。除非開始腐爛，否則這等傷勢不至於使他變得虛弱，但他還是至少會有數週不適於戰鬥。

就目前而言，他擺出強大的樣子。他讓努特姆待在後面，不過他很確定前方三個慢慢靠近的榮耀靈已經看見他了。他們騎著先前努特姆騎的那種優雅非馬的靈。努特姆遭受攻擊時，他那匹非馬在驚慌中逃走，他們一直找不到它。

新到者身穿俐落的戰地制服，款式頗爲陌生：幾乎蓋到膝蓋的長版立領大衣外套。他們頭上戴著冠冕，身側佩著長劍，身形修長優美。佩劍是他們身上唯一不是由他們本體構成的物體，而大衣、冠冕和襯衫，全部直接由榮耀靈本體創造。

前方女性的外套立領是三個榮耀靈之中最高的。除了垂散身後的一小把馬尾之外，她的其餘頭髮都密密實實地高高紮起。跟制服一樣，這髮型也令雅多林覺得陌生。

她在約莫五步之外停下她的非馬。「人類，我們的斥候認出你。你是否如我們所料，就是雅多林．科林？」

「妳的情報正確。」他對她說，一隻手放在入鞘的劍上。「我在盟鑄師，也就是我父親的命令下前來拜訪你們的領土，並代他傳遞一則訊息。有四個不同軍團的燦軍騎士與我同行，我們全部攜手對抗迫近的永颶，也就是人類與靈需要重建古老締結的證據。」

「永恆至美此刻不接納訪客或使節，無論他們是何家系。」那女性的語氣嚴厲，每個字都是疾言厲色的命令。「你們必須離開。我們沒興趣和殺人者與叛徒締結。」

雅多林拿出其他人託付給他的信件呈交給對方。他等待著，汗涔涔又滿心期盼。其中一名榮耀靈驅使坐騎上前接下。

那名榮耀靈隨即回到兩名同伴身邊，雅多林鬆了一口氣。「那些信說明了我們的境況。」雅多林說。「我父親希望我們能打造新——」

他被打斷，因爲那個靈故意將信撕成兩半。「我們不接受來自你們的契約。」那女性說。

「這不是契約！」雅多林前進一步，忽略身側的刺痛。「只是信而已！至少讀一讀啊！」

「閱讀你們的信，我們便暗示你們有可能提出某個論點說服我們。」女榮耀靈說，她的同伴同時進一步將信撕碎。「你們必須離開我們的領土，並帶走叛徒努特姆。告訴他，我們如今知道他的共謀比我們預料中更爲深遠。他現在已遭徹底流放。」

雅多林咬牙。「他遭受攻擊，在我們趕到前差點被殺死！世界在改變。把你們自己關在要塞裡也阻止不了改變。然而當你們之後終於了解你們需要做點什麼時，卻可能已經孤立無援！」

榮耀靈拔劍對準雅多林。「這是我們的界域，我們的領土，因此你們必須聽令離開。人類從不尊重這件事，從不接受靈也能擁有任何東西。我們只是你們的所有物。」

「我不——」

「你們必須離開。」她說。「我們拒絕你們的提議。我們拒絕與你們締結！」

雅多林深深呼吸，他的每一個論點都如同欠缺雨水的植物般枯萎。只剩下一個危險的可能性。一個他原本幾乎不敢考慮的計畫，更別提拿出來跟其他人討論。

他再開口時，語氣中帶著當時促使他攻擊薩迪雅司的相同莽撞——但也帶著同樣的天生正當性。「妳誤會我了！」他對榮耀靈厲聲說。「我並不是來提議你們與燦軍締結。」

「那是爲了什麼？」她咄咄逼人。

「我來，」雅多林說。「是爲了接受你們的審判。你們聲稱我們是殺人者、叛徒。但我不認同，並誓言加以證明。逮捕我，把我當作科林家以及兀瑞席魯新政府的代表。我是雅烈席卡其中一個藩王，也是盟鑄師之子，我將代表你們聲稱背叛你們的那些人類。你們想因爲他們過去所爲而拒絕我們？那就透過審判證明我活該遭受這種對待。」

領頭的榮耀靈一時無語，接著靠向一旁，快速對同伴低聲說話。他們似乎同樣困惑。雅多林身後的紗藍抓住了他無傷那邊的手臂，一臉關切。

他堅定地站在那裡。不是因爲他自信滿滿，而是因爲他很生氣。他們想稱他爲叛徒？他們想爲了瑪雅的遭遇而責怪他？好啊，他們是榮耀靈。他想他們應該不會拒絕正式捍衛他們榮譽的機會吧——捍衛他們眼中的榮譽。

「你要接受審判？」榮耀靈良久後才回應。「爲了你的先人？」

「我將爲我自己而接受審判。你們回絕我就是汙辱我的尊嚴、我的正直。你們根本不了解我，就說我不值得尊敬？」

「我們了解人類。」其中一個榮耀靈說。

「我駁斥這種論點。如果你們要懲罰我，那麼你們必須讓我爲自己辯護才符合榮譽。哪裡有審判？我辯護的機會在哪裡？你們的榮譽又在哪裡？」

這番話終於激起一點反應。三個榮耀靈面面相覷。

「你們到底是不是榮耀靈？」雅多林問。「你們相信正義？相信公正？我們就來看看，你們將過去發生的事歸咎於我的同時，還能不能繼續高舉那些理念。讓我爲自己辯護，然後證明我，雅多林·科林，活該被趕走。」

領頭的榮耀靈終於在她的馬鞍上直起身子。「很好，我們不能拒絕審判的請求。跟我們來吧。要知道，一旦你進入永恆至美，就沒什麼機會能再離開。」

「走著瞧吧。」雅多林轉身對其他人揮手示意。

「不。」榮耀靈說。「只有你。」

「我的隊伍長途跋涉，」雅多林說。「而且其中包含代表——」

「你可以帶兩個同伴，」榮耀靈說。「還有那個亡眼。你跟她的屍體締結了，是嗎，人類？你不是其中一名新燦軍？還是說你已經殺死你的靈了？」

「我不是燦軍。」雅多林說。「不過對的，瑪雅是我的碎刃。」

「那我們必須確認你沒有虐待她。」榮耀靈說。「我們照顧所有亡眼。帶著她以及兩個同伴。快點決定。」

雅多林咬牙。「請容我們討論。」

他和紗藍回到其他人身旁時，她緊握住他的手臂。「你在做什麼？」她逼問。「你不能爲了幾千年前一群人做的事而受審。」

「只要進得了要塞大門，我願意。」雅多林說。「我們還有其他選擇嗎？」

「有。我們可以回頭。」

再次有負於父親，就這樣回去面對他？

其他人圍在他身旁。雅多林解釋剛剛發生的事，樹椿的靈爲她翻譯。

「我不喜歡這樣。」祖兒搖頭，金髮閃閃發光。「我不喜歡分開行動。」

「完成這次任務的第一步是讓榮耀靈跟我對談。」雅多林說。「如果他們在這裡拒絕我們，我們就沒戲唱了。如果我進得了要塞大門，或許我有可能展開對話。」

「他們才不會聽你的，光爵。」哥得克說。「他們會逮捕你。」

「只要進得去，我不是非常介意被逮捕。我們立即派一小群人回去告訴我父親我做了什麼，其他人在這裡紮營幾天，照顧努特姆，等我的消息。補給還能撐個幾週，之後你們才有必要返回，我們到那時再決定下一步。」

其他人又提出幾個象徵性的異議。雅多林說服其他人時，紗藍，事實上——她現在似乎是圍紗——只是聽著。她明確知道他會帶她一起進去，還有她的靈，這似乎是天經地義的選擇。

不久後，他走向榮耀靈，牽著背上載著瑪雅的英勇，隨行的還有圍紗、圖樣，以及馱獸背上的數箱衣物。榮耀靈轉過身，帶著他們朝要塞的正面走去。三個榮耀靈在那裡跟在牆外站哨的其他榮耀靈商討一番。

接著大門開啓。雅多林和圍紗、圖樣以及瑪雅一起大步走進去。一群散發藍白光的靈立即抓住他，銬住他的手腕。他咬牙忍住傷側的劇痛，大門轟隆一聲在他們身後緊緊關上。

就這樣吧。他才不要空手回到父親面前。他才不會放棄他的任務。

不惜任何代價。

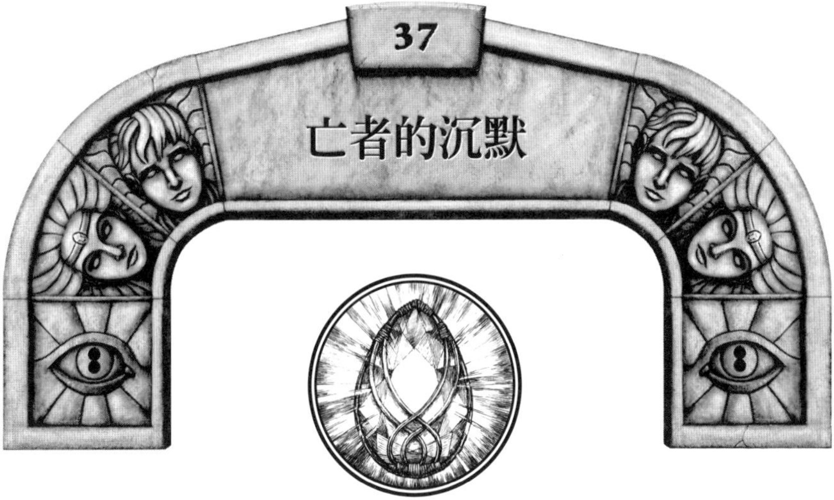

# 37 亡者的沉默

*無論如何，我還是會嘗試依你的建議行事。不過你似乎較畏懼載體。我提醒你，這是你理解中的一大謬誤。*

摧毀信蘆的數週後，娜凡妮對接觸他們的那個靈究竟是什麼來歷，依然毫無頭緒。他們對信蘆做的三角定位把他們帶到塔城第四層一個詭異的黑暗地點，位置在修道院附近。定位不夠準確，無法判斷對方確切位於何處，搜索亦一無所獲。

然而，娜凡妮有太多事要煩惱。維持一個王國運作是一項令人疲倦的任務——就算這王國只包含一座巨大的城市。

商人、淺眸人、執徒，還有其他數以千計的人需要她關注，她鮮少能在這些需求間喘息片刻。只要她有機會休息，她便退避塔城地下室，在這裡她可以一窺手下學者的進展。今天她只空得出一小時——但她想善加利用。

她一走進去，法理拉的年輕親戚托莫便跑過來攔截她，手上拿著一個古怪的裝置。「光主！」他火速鞠躬。「您在這裡！請看，終於完成了！」

托莫拿起一個看似皮手套的裝置。*他在研究乘載法器*，她想起來了。*我叫他把法器跟深豎井裡的砝碼連結*。她還是因爲這個可能性而感到興奮：利用颶風的力量吊起砝碼，再透過法器啓動砝碼，抬起乘載器。

那個裝置更大、更重要，乘載法器只是其中的一小部分。娜凡妮遲疑地接過法器。「你……把它做成手套？」

「對，如您要求！」托莫說。

「我沒有要求做手套。」娜凡妮說。「我只是希望裝置做得更容易攜帶、更優雅。」

「像是……手套？」他問。

「用意是要裝上乘載器，托莫執徒。」娜凡妮說。「我看不出這形狀對功能有何助益。」

「但有了這東西，您就不需要乘載器了啊！」他熱切地說明。「看看，這裡，戴上它！」

娜凡妮將裝置套上手和手腕，他在一旁渴切地點頭，接著幫娜凡妮綁好帶子，一路牢牢綁到手肘。裝置以硬皮革製作，說是手套，還更像臂甲。寶石藏在側袋內，以金屬籠固定，籠外還可再蓋上另一塊皮革。

「看，看！」托莫說。「您可以透過食指這一邊的轉盤結合不同法器，可以用拇指撥動，因此單手就可操作！握拳就可以減緩鬆開砝碼！張開手掌就是全速，完全握拳就停止！」

「全速……」這兩個字顯示出他想表達的情況。他預期人們被扯著手升上塔城的中央豎井。他還眞是發揮狂野的想像力應用了她想要的效果——同時也是糟糕的設計。

「托莫，」娜凡妮努力在不打消他熱忱的前提下解釋清楚。「你不覺得這有點危險嗎？我們應該設計的是乘載器。」

「但已經有那種用途的法器了啊！」他說。「想想看這會帶給達利納光爵多大的靈活性。戴上這個臂甲，他不需要等乘載器就可以一路竄到塔頂！在塔城外走著，不想大老遠到中央豎井搭乘載器？沒問題。嗖！直接來到高樓層。」

她試著想像達利納因爲啓動這瘋狂的裝置，「嗖」之後掛在空中的樣子，忍不住莞爾。如果她丈夫有這需要，他會請逐風師帶他上去——但他從不曾這麼做。儘管聽起來方便，不過其實不值得那樣大費周章，還不如跟其他人一樣搭乘載器就好。

「這是個很不錯又有創意的設計，托莫。」她說。「我有時候會忽略年輕人腦袋的彈性——我們成熟的智慧永遠不會想到該注意某些途徑，而年輕的心智確實能帶領我們探索那些被忽略的作法。你做得很好。」

他聞言顯得容光煥發。好了，如果她能驅使他去做她眞正想要的東西——

「請試試看吧！」他說。

試試看。噢，要命。她瞥了一眼他熱烈的微笑，沒漏看今天當值的首席學者克絲緹爾從後方經過，用一落紙遮住她的笑臉。研究室中的其他學者假裝在他們的邏輯靈之間忙碌，不過娜凡妮感覺得到他們的視線。

「我假設，」她對托莫說。「你應該自己測試過了？」

「對！」他說。「我在這裡測試幾天了！」

好吧，至少多半安全無虞。娜凡妮給他一個禮貌的微笑，接著檢視操縱器。對……所以這法器裝了幾顆獨立的紅寶石，各自與一個遠處的砝碼相連。把手套指向想去的方向——假設上方吧，不過手套應該也能讓人水平移動——然後結合其中一顆紅寶石，再用另一個操縱器解開砝碼，手套便將你拉過去——利用砝碼掉落的力。

她深吸一口氣，舉起手。

「一定要先握拳喔！」托莫說。

她照做，接著結合裝置。手套鎖定。她放開其中一個遠處的砝碼，接著小心鬆開拳頭，遠處的砝碼緩緩下移。

娜凡妮漸漸升起。有點不舒服地被她自己的一隻手臂拉高、升空數呎。托莫高呼一聲，幾個在旁邊觀看的書記紛紛鼓起掌。

娜凡妮握緊拳頭，停止上升。她懸在半空，靠她的手臂掛在大約四呎空中，拳頭幾乎碰到天花板。

「看吧！」托莫說。「看啊！」

「那……到底又該怎麼下去呢，托莫？」她問。

「嗯……」他跑到一旁拿起靠在牆邊的大踩腳凳。「我都用這個……」

他幫她放好，然後——謝天謝地——也容許她關掉裝置。她往下掉了幾吋，落在踩腳凳上，然後又是一陣鼓掌。這次純粹是在逗弄她。

無論如何，托莫一片忠誠，而且或許能為這裝置找到些用途。例如，如果有人需要登上已經起飛的飛行船。

「我喜歡，」她告訴托莫。「不過對肩膀負擔有點太大。不要做手套，改做成腰帶不知道會不會好一點？」

「腰帶嗎……」他瞪大了眼。「飛行腰帶。」

「嗯，應該是浮空腰帶吧。」娜凡妮解開那裝置。「我們的法器還是有個問題，那就是一次只能朝一個方向移動。」

「對，但若有兩條腰帶，」托莫說。「妳就可以升上高空後又射向遠方了！」

「只不過砝碼落到豎井底部後就得停下來。」娜凡妮說。「除非我們改用一整套附數十個人員的絞螺組持續移動，就像第四座橋一樣。」

「嗯嗯，好多待解難題……」

「我也建議，」娜凡妮趕在他被腰帶的點子分心前接著說。「改變加減速的操縱方法。我覺得通常驚訝的時候攤開手掌比較自然，所以這動作應該是停止裝置才對。利用加上一根橫過手掌的控制棒——像是打開壓力閥的節流圈一樣，透過緊握控制棒而加速。」

「對，對……」他坐下來開始畫草圖。「暫時先維持臂甲的形式，迭代調整，而且手指上的轉盤太容易意外觸動。或許我們該放棄單手操控，才能更精確地控制……」

娜凡妮丟下他，走向克絲緹爾。她雖然身材矮小，但人品不俗，紅潤的臉頰掛著笑容。娜凡妮靠過去低語：「妳樂在其中，對吧？」

「我們針對妳到底會不會試用開了一個賭盤，光主。」克絲緹娜低聲說。「我贏了七個透馬克。」她咧嘴而笑。「妳要我把他導回他的正途，乖乖製作乘載器嗎？」

「不用。」娜凡妮說。「鼓勵他繼續朝這方向努力。我想看看他會發明出什麼。」

「了解——不過若妳可以爲我們破解高度和水平移動排斥性的問題，對我們所有人來說都獲益無窮。」

「那得靠比我聰明的腦袋才做得到，克絲緹爾。」娜凡妮說。「請我們最優秀的數學家投入研究——但不要找露舒。我要她思考如何保護塔城免於——」

研究室外傳來一聲叫喊。娜凡妮轉身大步走向門，但是一名年輕士兵用一隻手伸向她，擋住她的去路。他揮手要研究室的守衛先去查看噪音是怎麼回事。「抱歉，光主。」士兵說。「如果妳出了什麼意外，黑刺會罰我錢球的。」

「我頗確定我知道外面發生了什麼事，小隊長。」雖然這麼說，她還是疊起手臂在原地等待，聚集在她身後的學者語帶關切地低聲討論。娜凡妮探頭窺看走廊，她派去協助卡菈美調查的那群士兵抓著一個掙扎不休的人，四周都是懼靈。希望不是假警報。

「什麼事？」小隊長詢問一名小跑過來的手下。

「不確定。」士兵說。「那些人說他們是在娜凡妮光主的命令下工作。」

「抱歉，光主。」小隊長退後讓娜凡妮通過，不過她走到走廊上時，他手下的士兵還是在她身邊戒備。

被抓住的男人體型精瘦，雅烈席人，不過膚色偏白。他四處搜索，眼神狂亂，不停掙扎但不發一語。她的工作站是餌，她故意把無人使用的工作站設在大廳的另一頭，位於一個大多用於儲藏書本的房間，一個僻靜的閱讀空間。她的工作站一直是誘人的情報竊取點，離門很近，而且上週幾乎無人聞問。

娜凡妮先前派一個名叫查娜娜的士兵暗中監視工作站，這時她上前交出半顆小紅寶石，受困其中的靈發著光，微微照亮寶石。信蘆法器。塔城裡的魅影靈上鉤了。對方聽見她搞丟前一枝信蘆，決定送來替代品。

娜凡妮從士兵手中拿起紅寶石，走近俘虜。他瘋狂地左右張望，但已不再掙扎。「這是誰給你的？」娜凡妮將寶石拿到他面前。「誰叫你把東西藏在我的工作站？」

他只是瞪著她，一言不發。

「另一個也是你藏的嗎？」娜凡妮問。「我飛行球裡的那一個？說話，男人。你的處境不利，但若你合作，我會從輕發落。」

男人顫抖一下，還是沒說話。紅寶石開始在娜凡妮指間閃爍，顯示魅影靈想與她通話。可能是聲東擊西，不過無論如何，這次她回應時，希望身旁有個織光師——就算其他人看不見靈，織光師還是能夠看見幽界裡的他們。

「帶他過來。」她對士兵說。「我們帶他到我的晉見廳好好審問。依莎碧，傳訊息給卡菈美，要她也到晉見廳找我。」

這名年輕學者原本也擠在那群人數越來越多、探頭探腦的學者之中，接到命令後隨即快步離開。娜凡妮揮手示意士兵把俘虜拖走，隨後也要跟上，不過另外一名士兵走上前。

「光主，」他低聲說。「我想我認得那傢伙。他是跟燦軍一起的。」

「侍從嗎？」娜凡妮驚訝地問。

「更像僕人，光主。我上個月參加逐風師選拔時，他在那裡協助準備餐點。」

嗯，這樣就能解釋他是怎麼進入她的飛行球，放置第一顆寶石——逐風師常常拿飛行球來練習，訓練維持那裝置在空中飛行的技巧。她對這個魅影通訊者的判斷錯了嗎？對方會不會是榮耀靈？多數榮耀靈確實和目前的燦軍騎士處於敵對狀態。她將不停閃爍的紅寶石塞進手套腕部的囊袋。你可以等，她對著魅影靈想著，現在對話由我主導。

不幸的是，正當她要離開時，娜凡妮注意到依莎碧從她的一枝信蘆取得訊息，看起來一臉焦慮。娜凡妮走到那女孩的桌旁，做好心理準備。這次會是什麼？賽勒那人提出更多有關關稅的抱怨？

她靠過去越過依莎碧的肩膀閱讀訊息，瞥見「爆炸」和「死亡」幾個詞，立即提高警覺，領悟這並不是她原本預期會發生的事。

❖

永颶的到來跟颶風有所不同。

榮譽的颶風來襲時彷彿劇烈的暴風雨，有一面狂風席捲、雷霆萬鈞的颶風牆。那是一陣突如其來的尖叫，一聲戰嚎，一個狂喜的激情時刻。

憎惡的風暴則是一陣緩慢、無法避免的漸強。雲朵堆疊翻騰，不停增長、向前洶湧，直到遮蔽陽光。就像一抹火花，不停蔓延直到吞噬整座森林。永颶是持久熱情的出神恍惚——是一種體驗，而非事件。

凡莉說不清自己喜歡哪一種。颶風很狂暴，但又莫名值得信賴。颶風數世代以來證明聆聽者存在的意義，給予安全的形體，實現颶風騎士對她族人的遠古承諾。忠誠或可改變，但這無法切割她族人的魂魄和颶風的關係——根據遠古歌謠，是颶風賜予了他們生命。

然而面對永颶的到來，帶著強烈的紅色閃電和不間斷的能量，她還是忍不住感覺到一股興奮。她憎恨憎惡對她族人的所作所爲，也恨他可能放入她心中的持續性誘惑——他甚至現在就可能正在這麼做。虛光，經虛光搧風點火的情緒，還有紅火在天空中爆裂，光芒橫掃大地的美……

在憤怒神祇的扭曲雙眼之下，凡莉小跑步跟上其他人。他們歷經數週的行軍即將結束，存糧告罄。他們最後這天都躲在森林裡等待永颶。永颶到來後，山區地貌蒙上惡夢的氣氛。

五百人的軍隊爬上最後的斜坡。

閃爍。

瞥見多節瘤的樹幹投下可怕的長影。

閃爍。

前方山坡上的粗石碎岩。岩石沐浴在火紅色的光中。

閃爍。

附鮮明圖案和邪惡甲殼的皮膚，在她身旁大步跑著。

每一次爆發的閃電似乎都捕捉了時間凍結的一刻。凡莉跑在前排附近，儘管她的形體比不上部分歌者矯健，她仍堅持隨著突擊部隊奔上坡頂。

他們在這裡碰上一片岩壁，一般山脈絕不可能出現這種程度的陡峭。他們在塔城下方極遠之處，她從這個角度看不見城市。或許已在黑雲之上吧。若是如此……颶風啊，這一刻之前，她一直無法完全充分想像某個宜居之處竟會建在那麼高的地方。

一名最深者滑向凡莉和菈柏奈，雙腳沒入岩石中。她移動時帶著一種超自然的優雅，彷彿她的骨頭並非完全實心。這是一位斥候，菈柏奈今天早晨派她出去探勘合適的入侵點。

「來。」她用命令說。

凡莉跟上，加入菈柏奈、洛杉、三名最深者，以及一個她不認識的士兵。菈柏奈沒有阻止凡莉，其他人看起來也不介意她的加入。他們邁步繞山而行，經過一堆看起來像腐爛穀子的東西和幾個破木箱。人類會走這條路？

不，她領悟，*這些一定是從上面掉下來的。或許是一批透過誓門運進城的食物。*

「這裡。」那名最深者拿出一顆颶光錢球照亮一小片岩石。接著她的手沉入岩石中，彷彿岩石是液體。或者……不對，那樣說不太精確。當那個最深者把手伸進地面，她沒有擠開任何東西，岩石似乎直接與她的皮膚融合。

「古老的防護沒有存續。」斥候說。「我感覺得到下面隧道牆上的拉卡賴司特脫落了。他們怎麼能容許這種疏失？」

「這些新燦軍什麼也不知道。」另一個最深者用渴切說。「菈柏奈，願望女士，提議現在出擊是對的。妳擁有九尊欠缺的智慧，他們太膽小了。」

凡莉沒忽略這個煉魔用了菈柏奈的頭銜。他們都有相似的正式名號；這名最深者此時此刻用上菈柏奈的名號，而且還是以渴切節奏，這表現出他的尊敬。

「九尊，」菈柏奈說。「留意著不讓我們失去在這世界的立足點。我們等這個機會等了數千年，他們不希望我們貪快壞事。」

不過她說話時用了滿足，她的話語充滿敬意，但節奏的聲調很明顯。她接受那讚美，而且也表示認同。

旁邊的其他煉魔哼出服侍節奏，凡莉幾乎不曾聽過煉魔哼這種旋律。

「手足沉睡，」斥候說。「正如子夜之母所感。或許手足確實已死，永遠被化爲無思考能力的生物。」

「不，」另一個煉魔說。「手足還活著。」

凡莉大吃一驚。剛剛她在黑暗中誤以爲其中一個煉魔是士兵，但他不只如此。他是一個煉魔男倫，皮膚上的波紋變化不休。那是馬伏塞印，「僞裝者」的標記。僞裝者，幻術師，他們能夠改變自己的外貌。

「我的形體被破壞了。」僞裝者說。「拉卡賴司特或許已經脫落，但那只是物質的屏障而已。塔城的靈力防護至少有部分還在——我們幾個月前便確定了，馬伏塞印靠近兀瑞席魯後，便無法再維繫我們的諸多形象。」

「正如我們所料。」菈柏奈說。「我們不需要你們的僞裝才能繼續前進。只要最深者能在隧道中移動，我們的任務便可實行。去吧。我們在西南洞口會合。」

最深者褪下袍子，露出赤裸的皮膚和甲殼覆蓋的隱私處。他們滑進岩石中，彷彿沉入黑暗海洋那般，只剩頸部以上還留在外面。然後他們閉上眼，消失在岩石中。

❖

「我感覺像是瞎了。」李臨對著坐在身旁的卡拉丁解釋。今天賀希娜把卡拉丁的病患——戰爭創傷的那些——帶去塔城的馬廄。她堅持照料動物對他們有幫助，只不過卡拉丁想像不出待在那些動物附近怎麼可能提振任何人的心情。儘管如此，好幾個病患聽見要去騎馬，都表現出渴望的樣子。

「瞎了？」卡拉丁問。

「上週，我請人讀了七本有關神智的教科書給我聽。」李臨說。「我沒料到那些書的內容那麼貧乏。

大多都是少少幾則相同的引述一再重複，引用自更加稀少的原始資料。眞不敢相信，這麼久以來我們的了解一直都這麼少，什麼都沒記錄下來！」

「也沒那麼奇怪。」卡拉丁用積木堆起一座塔，讓他的小弟推倒。「就算是在比較大的城市，一般人也都以猜疑的目光看待外科醫師。這世上有一半的人認爲會得精神病是因爲待在颶風裡、被死靈耍，或是一些胡扯的原因。」

李臨一隻手放在膝上的圖表上。歐洛登哈哈笑，在積木間走動，一面踢積木。

「我這輩子都努力助人，」李臨輕聲說，「而我竟以爲幫助瘋子最好的方法就是把他們交給執徒。颶風啊，我這麼做了幾次。拉欽的兒子，記得嗎？我還以爲他們是專家……」

「所有人什麼也不知道，」卡拉丁說。「因爲他們不想知道。像我這種人嚇壞他們了。」

「別把你自己也算在他們之內，兒子。」李臨調整眼鏡，拿起一幅以符文書寫的醫學圖表。卡拉丁從不知道他父親這麼會閱讀符文。李臨像個防颶員一樣使用符文。

「爲什麼不？」卡拉丁又堆起積木。

「你沒有……」李臨放下圖表。

「發瘋？」卡拉丁問。「那就是問題所在，不是嗎？我們不把他們視爲我們的兄弟、姊妹、孩子。他們讓我們感覺無助。我們害怕，因爲我們無法像包紮斷掉的手指一樣包紮破碎的心。」

「因此我們把他們送走，假裝我們已經盡力了，」李臨說。「或是告訴自己他們並不是眞正受傷。因爲我們看不見他們的傷口。你是對的，兒子。謝謝你質疑我。」他拿起另一頁用符文潦草寫下的筆記。其實是圖畫，不是文字，所以不算寫。

颶風啊，這樣不對。醫師無法自行閱讀診斷；執徒被迫收下一個又一個病患，只爲了讓其他人能活得輕鬆一點。許多人認爲找醫師診治是不自然的——如果全能之主想要他們痊癒，祂自會讓他們痊癒。諷刺的是，緣舞師強化了這種論調。

「我們需要來場醫療改革。」卡拉丁堆起另一座塔。歐洛登跳上跳下的，卡拉丁蓋塔時，他興奮得幾乎控制不了自己。「我們需要改變一切。」

「改變很難啊，兒子。」李臨說。「不太常有人聽我們這種小人物說話……」他越說越小聲，像是發現這理由再也不存在了。他的兒子儘管退休，仍是生者之中權力最大的人之一，那理由在這種情況下無法成立。

卡拉丁能造成改變。他能幫醫師弄到某種宗教職位，他們就可以學習閱讀而不覺得自己打破習俗。畢竟所有人都說達利納學識字沒關係，因為他是盟鑄師。

卡拉丁能改變一般人對戰爭創傷者或憂鬱症患者的觀感。除了靜養，李臨的教科書裡沒列出任何其他療法，亦沒有做過恰當的測試或研究以判定其他療法是否有效。好多啊。好多事該做。卡拉丁仔細思考，一面堆起一個又一個積木，他發現自己開始用一種全新的角度看待他的誓言。他想著那個附療養院的修道院，突然領悟一個令人發毛的事實。

*我也有可能落入那種境地*，卡拉丁心想。有些家庭和城市的人還願意嘗試點什麼，才會把那些病患交給執徒，儘管他們試錯了方法。如果他沒上戰場，他有可能也會害自己被送進其中一間又黑又可怕的牢房。

一陣低沉的隆隆聲把他從遐思中喚醒。打雷了嗎？他起身眺望窗外。黑雲覆蓋地平線。永颶。對，他聽說今天會有一場。置身這麼高的地方，很容易忽略永颶之類的事。

歐洛登往前衝撞散積木塔。卡拉丁微笑，聽見診所外門打開又關上。不久後，泰夫走了進來。「阿卡，他不在他家裡，他們說他幾天沒回去了。」

「什麼？」卡拉丁問。「最後一次看見他是什麼時候？」

「三天前。」

三天？

「你們在說誰？」李臨問。

「我們的一個朋友，」泰夫說。「名叫達畢。」

「不說話的那個嗎？」李臨問。「嚴重戰爭創傷？」

「我原以爲讓他跟其他接受我治療的人見面會有幫助。」卡拉丁說。

「或許，」李臨說。「你不該讓那麼憂鬱的人無人看顧。」

「他自己一個人沒問題。」卡拉丁說。「他不是殘疾者，只是不說話。」或……嗯，可能說得太樂觀了。

「我們問問瑞連吧。」泰夫說。「達畢有時候會去田裡幫忙。」

得知瑞連選擇留在塔城而非隨軍遠行時，卡拉丁非常高興。他覺得他在田裡的工作比爲逐風師跑腿送水有意義，卡拉丁實在無法責怪他。跟朋友在一起，只能看著他們飛，自己卻沒辦法……那感覺肯定比卡拉丁最近的體驗糟上許多。

我應該更常去找他才對，卡拉丁心想，當個更好的朋友。他覺得他終於了解瑞連的感受了。

他起身對泰夫點點頭，泰夫又在揉額頭了。

「你還好嗎？」卡拉丁問。

「還好。」泰夫說。

「火苔癮？」

泰夫聳肩。「以爲幾個月前就撐過頭痛了，我猜終究擺脫不了。」

❖

凡莉把士兵的頭往石牆砸去，骨頭碎裂，發出噁心的聲音——像木殼破掉。在其中一個颶風形體散發的紅色閃電中，她看見士兵的眼睛失焦，瞳孔漸漸放大。但他還是緊抓著她，刀刮擦她的甲殼，因此在驚慌節奏的驅使下，她把他的頭往地面砸。

這次他不動了。她氣喘吁吁地趴在他身上，接著突然感覺像是無法呼吸。她喘著大氣，喉嚨乾啞，放開雙手。片刻裡，她耳裡只聽得見她的節奏。

瀕死的男人在地上抽搐。他剛剛劃傷了她的頭側，但她幾乎一點感覺也沒有。音質在她體內輕彈著喪失。

我不是故意……凡莉心想，我……

凡莉的聽覺忽然恢復。她嚇了一跳，左右張望。在那激烈的一刻，她自己的掙扎占去她所有注意力。現在洞穴開口處的劇烈戰鬥令她不知所措。她退縮，努力弄清楚當前局勢。

「信蘆！」有個聲音用命令喊著。「別讓他們——」

菈柏奈突然衝過這一團瘋狂混亂的中心。其他人都只剩四肢和影子可見，她卻不知怎地籠罩在身後永颶的緋紅光暈中。菈柏奈直接迎向矛擊，然而武器猛刺上她後便立即化爲塵土。

她繞過士兵，走向洞穴側邊的一個人類女性。那女人正摸索著一顆發光的紅寶石。菈柏奈的薄刃上揮，刺穿女人的下巴——這把薄刃比劍短，但像大釘子一樣又窄又尖。菈柏奈猛力抽刀，回身面對士兵，他已抽出小刀要對陣。她朝他吐息，黑色的東西飄離她唇間，那東西逼得士兵踉蹌後退，不停扒抓自己的臉。

菈柏奈扯下死去女子手中的信蘆，若無其事地用手帕抹刀。她看見凡莉跪在旁邊。「第一次殺戮嗎，孩子？」這名煉魔用荒謬問。

「是……是的，尊古大人。」

「我以爲你們在破碎平原跟人類作戰多年。」

「我是學者，尊古大人。我沒有上戰場。」

「別讓他們制住妳。」菈柏奈說。「身爲銳者，就算是使節形體，妳也比大多數人類強壯，利用這優勢。還有，看在雅多的份上，帶把刀吧。」

「我……是的，尊古大人。我沒看到他衝過來，我是說……我以爲……」

以爲她能站在一旁就好，她跟聆聽者在一起時總是這樣。就算是在納拉克的大戰中，他們失去了好多族人，她也沒有直接參戰。她的心智沒有被那個棲息她體內的靈占據；她告訴自己這是因爲她很強大。不過事實上，她從過去就已是自私又野心勃勃。

音質安撫地脈動，但凡莉無法接受這種多愁善感。她對人類沒有任何好感——他們殺死她成千上萬族人。不過凡莉自己也害死許多聆聽者。

她不想殺任何人。再也不想了。她站起來，渾身發抖。外面永颶肆虐，洞口湧入紅光，近處的最後幾個人類士兵遭壓制或殺害。凡莉別過頭不看死者，但又感到愧疚。參與這場任務，她原本期待什麼？她希望在這裡達成什麼？想跟燦軍取得連絡，同時主動入侵他們的基地？屠殺的同時找尋盟友？

不，兩者皆非。她只想在暴風雨中維持身體乾燥。一群最深者斥候終於從岩石中冒出來，像幽靈般從地面浮現。菈柏奈拿出一顆颶風錢球。

「怎麼會這樣？」菈柏奈問。「你們說你們清除掉這個洞口的守衛了。」

「沒錯。」一名斥候用悲痛說。「看來這是過來查看的巡邏隊。我們在岩石裡聽見他們，但已經太遲了。」

「我們以爲他們都待在更高的地方。」另一名斥候說。「很抱歉。」

「悲痛於事無補，」菈柏奈說。「拙劣的假設是一種缺失，最不該因此造成諸多死亡。我們再也不會有下一次機會。永遠。去確定剩下的路確實都清空了。」

他們又哼起悲痛，接著融入洞穴的石地中。士兵整隊，菈柏奈大步走進洞內，沒花時間查看其他人是否跟上。

他們將隆隆的永颶留在身後，開始上行。儘管他們是由一個高地山谷的洞穴開口進入，從中途開始往上，不過還是要數小時才能爬到塔城本身。緊張的數小時，希望不要再有任何錯誤或漏網之魚的人類巡邏隊。希望沒人注意到亡者的沉寂。

凡莉焦躁不安地走著，不確定是哪一個比較糟：是聽見剛剛身後那個人類的聲音時便已刺傷她的原始恐懼感，或是看著他眼中的光消逝時那種令人難以忘卻的感受。

# 38 恐懼節奏

你並沒有感覺過我的感覺。你並不知道我知道的事。你拒絕了那種機會——我認爲你頗爲明智。

娜凡妮來到爆炸現場，身旁伴著幾位學者和一大群士兵。閱讀最初的信蘆報告時，她擔心傷亡慘重，不過現場看起來沒那麼嚴重：只有兩人死亡，爆炸也只毀掉塔城中一個房間裡的物品。

不過還是非常令人揪心。死者是內姆和塔娜，她們是鏡片工匠、天文學家兼寶石專家。炸毀的房間是她們共用的實驗室，價值數千布姆的器材都毀了，除此之外還有一顆珍貴至極的錢球。

賽司的錢球。虛光錢球，加維拉曾認爲這顆錢球是他所有詭異錢球中最重要的一顆。聽見爆炸聲第一個衝過來幫忙的清潔婦在哭，娜凡妮站在炸毀的房間外面的走廊上，聞著煙味，聽著哭聲——令她有一種虛脫感。

就某種程度來說，這是她造成的。是她要這兩個女人研究那顆錢球。現在她很可能失去了錢球還有兩名專家學者的性命。颶風啊，發生了什麼事？

守衛想請一位學者來檢查房內是否還有其他潛在危險，然後才要讓娜凡妮進去。她多半可以叫他們退下，不過他們只是在盡力保護她安全，因此她讓露舒先進去。娜凡妮不認爲有任何威脅能夠躲過那場似乎毀掉一切的爆炸。不過話說回來，她從不知道有哪種法器或錢球會爆炸。

不久後，露舒輕手輕腳走出來，點頭請她進去。娜凡妮走入房內，審視殘骸時，鞋子踩碾著地上的碎玻璃。悶燒的木材是桌子的殘跡，屍體蓋在幾塊染血的白布下。不只兩塊白布，有五塊。用來蓋兩具屍體。颶風啊。

娜凡妮小心地落腳，避開大塊碎玻璃。煙幾乎令人無法忍受。文明的人以錢球照明，她最近也很少點著壁爐。煙是危險的跡象。

就算這混亂中有任何能夠挽救的物品，娜凡妮也沒找出來。當然了，已不見詭異錢球的蹤影。

露舒走到娜凡妮身旁。「我……跟塔娜約好這週再過幾天一起吃晚餐……」她低語。「我們……要討論天氣讀數……」

娜凡妮堅強起來。「我要妳爲我做幾件事，露舒。編目記錄這房間裡的所有東西，別讓士兵移動任何一塊碎玻璃，送走屍體，確認它們受到妥善照料。除此之外，這房間必須保持原貌。然後仔細檢查裡面的每一吋，保存每一張紙片，每一塊碎鏡片或每一個破燒杯。」

「遵命，光主。」露舒說。「但……如果我能問……爲什麼？妳想找到什麼？」

「妳印象中有哪場法器意外能造成像這樣的爆炸？」娜凡妮問。

露舒抿起嘴思考了一會兒。「沒有。」

「針對她們目前可能研究的內容，我知道一些詳情。晚點我再解釋給妳聽，眼下先封鎖這區域。還有，露舒，請不要分心。」

這名執徒又朝白布下的屍體瞥了一眼。「這次應該很難分心了。」

娜凡妮點頭，朝外走向關押囚犯的地方——那個送紅寶石來的無聲男子。她也派人去請幾個燦軍過來，看看他們能否指認他的身分。她不知道這場爆炸跟她的神祕通訊是否有關，不過最近塔城狀況連連，而她已經厭倦尋求答案了。

❖

第二個小時過去時——根據和平節奏判斷——凡莉已經因爲行軍而腿痠氣喘。身爲燦軍，她可以利用颶光強化身體，但那實在太過危險。

銳者形體賦予她力量，她應該感到滿足了。她無疑比一般歌者更好。然而軍隊的其他成員都是颶風形體，也都比她強壯，而菈柏奈設定的速度頗爲激進。

每一分鐘都變得令人難以忍受，凡莉全心只專注於跨出下一步。然而菈柏奈持續催逼，不中斷、沒有休息。前進，不停上爬。

音質在她體內輕彈，以一種撫慰的節奏幫助她。凡莉利用這節奏維持前進，把一隻沉重的腳挪到另一隻腳前方，經過似乎沒完沒了的一段時間後，前方的隧道閃起微光。她努力悶熄那道光給她的希望火花。相似的光已亮起過二十次，但都只是人類裝設在交叉口指引方向的錢球。

菈柏奈喊停。凡莉靠在牆上深呼吸，盡可能放輕力道。這面牆……這面牆比下層隧道的平直。這是加工過的岩石，前方的光中有影子移動。

他們到了。終於。隧道上行來到兀瑞席魯城市下方，現在出去就是地下室了。凡莉瞇起眼，看清光來自哪裡——前方有一扇門縫發光的高大木門。還有……地上有幾團東西。被最深者悄悄殺掉的守衛。

除了門縫的光之外，唯一的光源是身旁同伴餘燼般的紅色眼睛，那是與虛靈魂魄交融的象徵。她自己的眼睛也散發紅光，代替她說謊。她也有一個虛靈，只不過被音質囚禁起來了。

近處有些眼睛沉下去，接著消失，最深者又沉入岩石中了。剩下的人在難捱的沉默中等待，這是他們的入侵最有可能受挫的時刻。最深者很擅長攻其不備，但——根據她參與的戰略會議——她知道他們並沒有直接迎戰燦軍的技巧或力量。如果敵方能召集燦軍共同防禦塔城的寶石柱心臟，他們便有可能抵擋住這波突擊。

凡莉緊張地等待，往上爬時流的汗滑落臉頰，從下巴滴落。

前方的門喀喀響，接著打開了。

一個最深者斥候站在門內。菈柏奈一開始移動，凡莉便往前擠到隊伍最前面，眾人魚貫地走進地下室。眼前是一幅駭人景象。地上的屍體包含幾個士兵，不過大多是人類學者——穿連身裙的女性或穿長袍的神職人員。還有幾個沒死，被從石地伸出來的手制住。大部分死者都遠離牆邊，看起來最深者是從天花板落下來解決這群人。他們沒讓任何一個人類發出任何叫喊便結束整個過程。

凡莉顫抖著，想像被拖到地上，還有其他手從地面伸出來攫住你的嘴和脖子。倖存的人類睜大眼、不斷掙扎。有些鬼魅般的手長了刀般的甲殼長指甲，他們一次一個劃開俘虜的喉嚨。

凡莉厭惡地別開頭。她得經過血泊才能跟著菈柏奈走向房間的中央——以及矗立於此的巨大寶石。這根粗大的柱子由一千顆不同寶石構成。除了他們剛剛走的那條隧道，這個圓形房間只有一個出口：寬敞、燈光明亮的走廊，牆上和天花板上都有磁磚壁畫。

「希望你睡得安詳，手足。」菈柏奈一隻手貼上這根壯觀的寶石柱。「你不能醒來，至少醒來時不能再身為原本的你。」

虛光——黑中泛紫——沿菈柏奈的手臂湧出。她說過她需要時間完成她的任務：腐化寶石柱、完全啓動塔城的防禦——但是爲了消除燦軍的力量，而非煉魔的力量。

拜託，凡莉用喪失節奏想著，實現吧，但不要再有任何殺戮。

❖

「不敢相信這地方居然變這麼安靜。」他們穿過酒館時，泰夫這麼說。

「我猜很多熟客都是士兵吧。」卡拉丁朝雅多林的角落包廂指了指。來這裡卻少了他和紗藍感覺眞怪。事實上，少了他們，去哪裡感覺都不對勁。

卡拉丁努力回想他上次不是在雅多林的逼迫下出去找樂子是什麼時候的事。斯卡的婚禮嗎？對，就在他和琳恩分手前，她逼他去的。那是他最後一次跟橋四隊一起出去。

*先祖之血啊*，他滑進包廂的座位，*我眞的一直在逃避他們，逃避所有人*。除了雅多林，因爲他拒絕接受。卡拉丁之所以會和琳恩交往，一半的原因就是雅多林和西兒一起推波助瀾。颶他的男人，颶他的靈，祝福他們兩個。儘管那段關係行不通，他現在看得出來，他和琳恩仍因此有所成長。

泰夫去拿飲料，兩人都喝橘酒。卡拉丁在座位裡坐好，注意到紗藍用刀子刻在桌面上的幾幅浮雕素描，其中一幅描繪他穿著過大的靴子，很是破壞他的形象。

泰夫回來後，卡拉丁飢渴地灌一大口。

泰夫只是盯著他看。「要是我拿紅酒會發生什麼事？」

「今晚？應該什麼也不會發生吧。不過你下一輪可以拿紅酒。」

「再下一輪紫酒。」泰夫說。「然後來點清澈的。然後……」他嘆氣，啜飲一口橘酒。「這颶他的不公平，你知道吧。」

卡拉丁舉杯，泰夫也舉杯跟他輕碰。

「敬不公平。」卡拉丁說。

「颶他的沒錯。」泰夫說完一口氣喝完整杯酒，試圖讓人折服。

不久後，西兒竄了進來。這地方不算繁忙，但還是有些人各自坐著放鬆、快活地抱怨東抱怨西、開著下流的玩笑，都經過一點點酒精的潤滑。

不過一切在瑞連緊跟著西兒進來後戛然而止。前後差別太過明顯，卡拉丁忍不住一頓。塔城的百姓認識瑞連——他幾乎就跟卡拉丁一樣有名——但……卡拉丁聽過他們是怎麼說他的：達利納用某種方法「馴服」的「野人」。

很多人覺得瑞連邪惡又難以預料、應該把他關起來。其他人表面上比較寬厚，提起瑞連時，都把他說成某種高貴的戰士、一個失落民族的神祕代表。只不過兩種人有個共同的問題：他們對於他應該是怎麼樣的人皆有預設立場，只看得見他們各自預設立場的詭異理想型。一個爭議，一個珍奇異獸，或是一個象徵，而非他這個人。

瑞連似乎沒注意到酒館突然變安靜了，不過卡拉丁知道這只是表面上看起來。聆聽者總是會注意到。但他還是帶著隨時準備好的笑容穿過酒館——他在人類附近時總是會放大臉上的表情，試著藉此讓人類放鬆下來。

「泰夫。」他一邊說一邊坐下，然後看著卡拉丁。「長官。」

「現在叫我卡拉丁就好。」卡拉丁說，西兒同時飛到他肩膀上坐好。

「你或許不再指揮我們，」瑞連說話時帶著一點節奏。「但你依然是橋四隊的隊長。」

「你那時候都在想什麼啊，瑞連？」泰夫問。「扛著橋對抗你自己的族人？」

「剛開始沒想什麼。」瑞連揮手想召喚一個經過的女侍。她嚇得一跳，接著轉身快步朝相反方向走去，猛力拉扯一個比較有經驗的侍者手臂。

瑞連嘆氣，然後轉頭面對泰夫。「我身處沉淪地獄，你們其他人也一樣。我沒想過當間諜，只想著活下去，或是想著該怎麼傳訊息給伊尚尼——她是我們的將軍。」

他的態度改變了，語氣也是，話語間的節奏慢了點。「第一次差點死掉時，我發現弓箭手完全不知道我是誰——距離太遠，他們看不見我的花紋。我們討論過，如果人類開始派帕胥人參與台地戰該怎麼辦，決定只能把他們跟人類一樣撂倒。於是那就是我的情況了。緊盯著我的朋友，知道他們會盡他們所能殺死我……」

「太可怕了。」西兒開口，泰夫和瑞連都轉頭看她。顯然她決定讓他們看見她。「眞的好可怕。」

「那是戰爭。」瑞連說。

「這是理由嗎？」西兒問。

「是解釋。」泰夫說。

「你們用那兩個字解釋太多事了。」西兒環抱住自己，身形變得比平常還小。「你們說那是戰爭，無可奈何。你們表現得像戰爭就跟太陽和颶風一樣必然。但並不是這樣。你們沒必要互相殘殺。」

卡拉丁和泰夫、瑞連看了看對方，瑞連哼起一種悲切的節奏。她說得沒錯。很多人都會認同這觀點。不幸的是，當你攤開血淋淋的細節，事情沒那麼簡單。

卡拉丁也常常和他父親討論同一個問題。李臨說戰爭免不了固化系統，到最後，相較於拒絕戰爭，老百姓總是會受更多苦。卡拉丁不認同這種推論，但一直沒辦法好好對李臨解釋。因此，他覺得他也沒辦法對神祇的碎片解釋——她可是希望與榮譽的實質化身。

他只能盡他所能改變他能改變的事物。從他自己開始。「瑞連，我們之前利用死掉的聆聽者製作盔甲，褻瀆了他們的屍體，我一直沒爲此道歉。」

「對。」瑞連說。「我不覺得你道歉過，長官。」

「我現在道歉。爲了我們加諸在你們身上的痛苦。我不知道我們還能做什麼，但……」

「這想法對我來說意義重大，阿卡。」瑞連說。「眞的。」他們靜靜地坐了一會兒。

「那……」最後是泰夫打破沉默。「達畢。」

「我昨天有看到他。」瑞連說。「他來田地待了一會兒，但沒做多少工作。他到處晃了晃，我請他跑腿時他有幫忙，後來就離開了。」

「今天你也找不到他？」泰夫問。

「對，不過塔城很大。」瑞連轉身，望向某個卡拉丁看不見的東西。「就算如此，今天也不是走失的好日子……」

「什麼意思？」泰夫皺起眉。

「永颶？」瑞連說。「對，聽不見節奏，永颶經過時無法感覺。」

卡拉丁又忘了。颶風的，置身位於高處的塔城感覺像瞎了，失去一個原本一直擁有的感官——就這情況而言，是抬頭看天空便知道風暴到來的能力。

泰夫哼了一聲，終於成功召喚一個侍者，他才能夠幫瑞連點些紅酒。

「達畢的情況有多令人擔心？」瑞連問。

「不知道。」卡拉丁說。「平常都是洛奔照顧他。我希望達畢加入泰夫和我推動的計畫，幫助像他一樣的人。像我們一樣。」

「你覺得他會因此而開口說話？」瑞連問。

「無論如何，我覺得聽其他人的故事對他有幫助。」

「別誤會我的意思，長官。」瑞連說。「但……這對你有幫助嗎？」

「嗯，我倒是沒想過……」卡拉丁低頭看桌面。有嗎？跟諾瑞爾談談對他有幫助嗎？

「他一直逃避加入。」泰夫說。

「我才沒有。」卡拉丁沉聲說。「我只是很忙。」

泰夫木然地瞪著他。颶他的士官長。他們總是聽得見你沒說出口的話語。

「我需要先讓這計畫運作起來，」卡拉丁說。「找出所有被塞進黑暗房間的人，幫助他們，然後我才能休息。」

「抱歉，長官，」瑞連說。「但你不是跟他們一樣需要幫助嗎？說不定加入會帶給你平靜。」

卡拉丁別開頭，發現他肩膀上的西兒跟泰夫一樣怒瞪著他。她甚至幫自己變出一套迷你橋四隊制服……而且，是他弄錯，還是那身制服眞的比她身體的其他部分還要藍？隨著他們的締結加深，她也更強力地進入這個界域，她形體的多樣性、細節與顏色都慢慢地進步。

或許他們是對的。或許他應該更常參加戰爭創傷患者聚會。他只是不確定，是否値得把他們的資源和時間分給他。卡拉丁還有家人，有人支持他。他並沒有被鎖在黑暗中。其他人需要他的時候，他怎麼能爲自己煩惱呢？

他看得出來他的朋友們沒打算放過他。他們三個聯手進攻。「好啦，」卡拉丁說。「我會參加下一次聚會，反正我原本就在考慮這麼做了。」

他們表現得像是他在逃避他人幫助。不過他已經在達利納的命令下退休，現在開始當個醫師。他也必須承認，這麼做確實有幫助。跟家人在一起，跟病患談話，知道有人想要他、需要他……這些幫助更大。

然而，這項計畫包含找出跟他一樣的人、減輕他們的痛苦……可以幫助最多人。力先於弱。他慢慢了解他第一個誓言中的這個部分了。他發現自身的弱點，但那並沒有什麼好羞恥的。因爲那個弱點，他才能以其他人做不到的方式幫助其他人。

他承認這點的同時，肩上的西兒變得稍微亮了一點，他感覺內心有一股暖意。當然，他自身的黑暗還在。他照樣做惡夢。前幾天，一個士兵把矛拿給卡拉丁時，他還……唉，他還因此陷入恐慌。那反應讓他回想起他剛開始在裂谷訓練橋四隊時有多抗拒拿矛。

他的病一路回溯到那之前。他從未治療——只是不停堆積那些壓力、痛苦與問題。如果計畫順利，他可能再也不必拿矛，而且他可能會適應得很好。他對瑞連微笑。「確實有幫助。我想……我想我可能慢慢振作起來了，這可是這輩子頭一遭。」

❖

凡莉看得見塔城被破壞的那一個瞬間。菈柏奈起身，雙手貼著寶石柱，渾身散發強烈虛光。寶石柱也隨之散發光芒：一種鮮明的白，雜以淡淡藍綠，似乎超越柱中寶石的種類。塔城在抵抗。

走廊響起警報，入侵行動被發現了。菈柏奈動也不動，但凡莉退到牆邊——盡可能不踩到屍體——一百名颶風形體衝到走廊上。

叫喊的人類、撞擊的金屬、爆裂的聲音。燦軍隨時可能抵達，像黑夜中的閃電一樣劈砍銳者和最深者。不過菈柏奈還是繼續她的工作，冷靜地哼著一種凡莉沒聽過的節奏。

然後終於發生：虛光從菈柏奈身上移入寶石柱，注入壯碩結構體的一小塊，緩緩爬進鑲嵌其中的石榴石群中。

菈柏奈踉蹌地退開，凡莉及時衝過去接住她，沒讓她倒到地上。菈柏奈癱軟下來，眼神渙散；凡莉緊緊抱住她，哼起恐懼。

外面的走廊持續傳來叫喊聲。

「成功了嗎？」凡莉輕聲問。

菈柏奈點頭。其他歌者聚集在通往洞穴的隧道裡，她直起身子對他們說：「塔城並未完全腐化，不過我已達成我的初始目標。我啓動了塔城的防禦，並且轉爲對我們有利的模式。燦軍將無力戰鬥。去，發信號給沙奈印。攻占城市。」

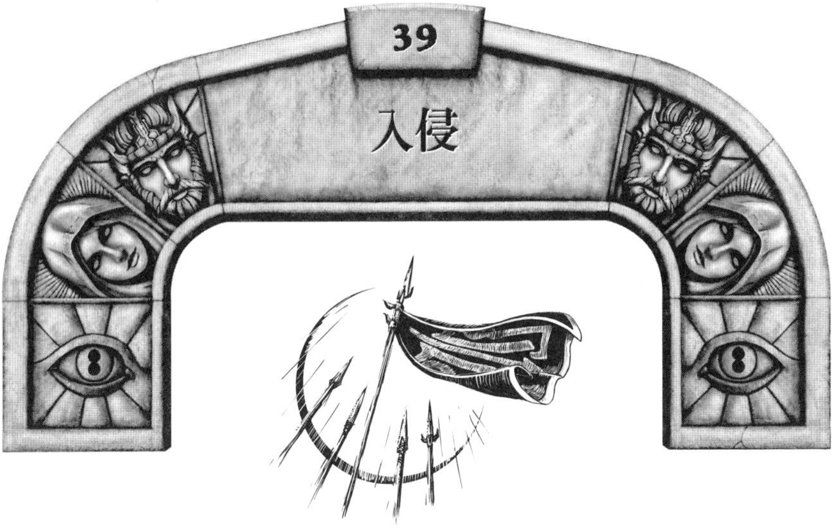


然而，儘管你思考的方式不同於凡人，你終究是他們的同類。憎惡的碎力比背後的心智危險。尤其因爲任何授予在未受控制的情況下似乎都會獲得自己的意志。

泰夫垮了下來，彷彿他突然喪失行動能力，他的頭重重錘在桌上，雙臂翻落桌邊，把他的空杯推下桌子，摔個粉碎。

卡拉丁心中有片刻被迷惘席捲，心裡有一種壓迫的感覺，像是一股黑暗力量正試圖把他悶死。他大口喘氣，接著咬住牙。現在不行。他的心智想臨陣脫逃，但他不能讓它得手！他的朋友需要幫忙。

卡拉丁推開黑暗，下一秒便來到泰夫身旁，鬆開他的領子，手指貼住他的頸動脈。*脈搏有力*，卡拉丁想著，*我感覺不到心律失常的徵兆，身體也沒有明顯受傷的跡象*。他用拇指掀開泰夫一邊眼皮。*瞳孔放大、顫抖搖晃、目光不清*。

「颶風啊！」瑞連滾出包廂，在外面站好。附近桌子的人們受驚跳起，聚集過來查看發生什麼事，身旁出現貌似破碎三角形的驚愕靈。

「卡拉丁，他怎麼了？」瑞連問。

卡拉丁又一次感覺那股陰沉黑暗的壓迫感。感覺起來比平常日子更外來，不過過去這幾個月，他學到了自己的戰爭創傷有可能以任何形式出現。他就快達到要面對它的地步。但必須晚一點。不是現在。

「叫其他人退後。」卡拉丁對瑞連說，語氣平靜。不是因爲他感到平靜，而是因爲他父親的訓練。冷靜的醫師能激發信任。「給我們一點空氣。他有呼吸，而且脈搏有力。」

「他會沒事吧？」瑞連伸出雙手要其他人後退。他冒出濃厚的帕胥口音——在這樣的情況下，那口音就是沉重有力的節奏，彷彿他在唱歌。

卡拉丁握住泰夫的手，找尋癲癇的跡象。「我想可能是癲癇。」卡拉丁摸索泰夫口內。「有些火苔成癮者停止使用火苔時也會這樣。」

「他幾個月沒碰那東西了。」

他是這麼說，卡拉丁心想。泰夫先前說過謊，但他會露出口風，而且通常都會對卡拉丁招供。他沒有咬牙，不會傷到舌頭。不過最好還是讓他面朝側邊，以免他嘔吐。而且他還在打顫，手臂的肌肉微微抽搐。

「可能是某種餘波。」卡拉丁說。「有些成癮者好幾年內都感覺得到。」不過這不是癲癇。「如果不是，那……」

「什麼？」瑞連問。這時酒館老闆推開人群過來查看發生什麼事。

「中風。」卡拉丁做好決定。他鑽到泰夫身下，把他癱軟的身體抬上肩膀，出力時哼了一聲站起來。「我在這裡無能爲力，但診所裡有些抗凝血劑。如果是中風，抗凝血劑有時候管用。」

瑞連上前扛起泰夫的另一條手臂。「或許找緣舞師？他們的診所在市場附近。」

卡拉丁覺得自己好蠢。當然啦。那個選項好多了。他點頭。

「我幫你扛。」瑞連說。

「我可以對他施捆術。」卡拉丁伸手汲取颶光。颶光詭異地抗拒了一會兒，接著才從他口袋的錢球湧入他體內。他因爲這股力量而生氣勃發。力量在他血管裡翻騰，催促著他使用、行動、奔跑。

「我來開路。」瑞連擠過人群，爲卡拉丁開闢一條通道。卡拉丁將颶光注入泰夫體內，把他往上捆以減輕他的重量。

但是完全沒用。

❖

「對，我認得他。」阿紅說。

娜凡妮點頭道謝，鼓勵這名高大的織光師繼續說。他身穿深眸工人的服裝——棕色長褲、附鈕釦的襯衫袖子捲至肘部，還有色彩明亮的吊帶。賽勒那水手的時尚開始在兀瑞席魯流行起來。

她在第五層進行她的訊問，位置距離被炸毀的實驗室不遠。她下令將囚犯安置在一個相連的小房間，由幾名守衛看守。

她派人去請幾位燦軍過來，阿紅是第一個回應的。「他叫達畢。」阿紅探頭看了關囚犯的房間。「不說話。我覺得他腦袋不對勁。欸，不好意思，大多數逐風師的腦袋都不對勁。他們像某種邪教一樣崇拜受颶風祝福者，光主，不好意思，不過他們就是那樣。但這傢伙特別古怪。我想他應該是橋四隊的老成員。加茲應該知道些什麼可以告訴妳。他跟他們有段過去。」

「你有看見靈嗎？」娜凡妮問。

阿紅的目光渙散，似乎正凝視遠方。雖然他加入織光師軍團前是深眸人，但他的眼睛現在已轉爲淺紫色。跟他們那軍團的其他人一樣，他也能夠窺入幽界。

「應該沒有。」他說。

「這答案幫助不大呢，燦軍。」

「塔城造成阻礙。」他說。「在幽界，這地方就跟諾蒙本身的屁股一樣亮，會造成干擾。不過我很肯定我看得見榮耀靈，其他燦軍靈也是。」

她看了看訊問室。這個逐風師——或不管他到底是誰——坐在一張小桌旁，雙腿上了鐐銬，娜凡妮的幾個士兵在旁邊看守。他望向娜凡妮時，看起來就跟剛才一樣瘋狂。他的雙手沒有受縛，因此他朝她舉起雙手。一名士兵伸手阻止他，不過來不及阻止他以雙腕輕輕互擊。

逐風師的敬禮。士兵努力壓住他，而他一再重複做這個動作。

「別管他吧。」娜凡妮走進小房間。

士兵退下，這名年輕男子繼續發狂般互擊雙腕，接著他用手指著牆。什麼？他真的是啞巴嗎？

他指得更熱烈了。娜凡妮轉身。不對，他不是指牆，牆上掛著的燈籠照亮房間，他指的是燈籠裡的錢球。接著他發狂般做出寫字的動作。

*我想他是要我跟靈連絡*，娜凡妮想。

他們逮到他時，他正要送新的紅寶石來。娜凡妮從手套側袋中拿出紅寶石，囚犯變得更加激動，不停用手指著寶石。

「卡菈美？」娜凡妮對另一個房間喚道。

書記探頭進來，娜凡妮將紅寶石交給她。那女人接下後，退回去設置信蘆裝置。

「阿紅說你不說話。」娜凡妮對囚犯說。

他低頭，然後搖頭。

「或許你該重新考慮。」娜凡妮說。「你知道你惹上了多大的麻煩嗎？有個靈一直在對你說話，是嗎？」

男人的頭垂得更低了一點，然後他點點頭。

「你知道對方有可能是其中一個魄散。」娜凡妮說。「虛靈。敵人。」

男人猛然抬起頭，然後搖搖頭。

「光主！」卡菈美在另一個房間喊著。「光主，您得瞧瞧這個！」

娜凡妮皺著眉，大步走進訊問室外一個較大的房間；卡菈美和她的幾個助手已在這裡設置好信蘆。娜凡妮掃視文字的同時，信蘆仍兀自寫個不停。

*愚蠢的人類。我們遭受攻擊。敵人已進入塔城。快！妳必須完全照我說的做，否則我們全完了。*

信蘆停止，娜凡妮抓住筆，轉動紅寶石，開始回覆。

*你是誰？*她質問。

*我是手足。*信蘆飛快回應，*我是塔城的靈敵人他們正在他們正在對我做某件事事態嚴重妳必須灌注——*

織光師阿紅原本一直站在門邊，這時突然癱倒在地。

❖

卡拉丁完全沒預料力量竟會失效，踉蹌了一下。他原本正要邁步，滿心預期泰夫癱軟的身體會變輕，結果卻沒改變，令他一時失去平衡。

他集中注意力又試一次。一樣沒反應。

*颶風啊*，卡拉丁心想。他的身體出了大錯。上次發生類似的事時，他差點違背他的誓言並殺死西兒，千鈞一髮。

「西兒？」他掃視酒館內。她剛剛一直在吧檯附近飛來飛去，對吧？「西兒？」

沒回應。

「芬朵菈娜？」卡拉丁呼喚泰夫的榮耀靈。「現在是妳在我面前現身的好時機！」

沒反應。酒館鴉雀無聲，許多人盯著瀰漫颶光的卡拉丁。

「阿卡？」瑞連在門口喊著。

卡拉丁調整一下泰夫在他肩上的位置，大步跟上瑞連。颶光似乎不會直接給人太多力量，但會穩定肢體，如果肌肉過度使用開始撕裂，也會加以修復。因此就算沒有用捆術，他還是能夠扛著泰夫輕快跑步。他用軍醫扛人的手法牢牢抓住泰夫的身體——這是在戰場上學到的技巧。

「不對勁。」他們走到門邊時，卡拉丁對瑞連說。「不只是泰夫的狀況而已。」

「我知道。」瑞連說。「我剛開始沒注意到，不過節奏發瘋了。我隱約可以聽見遠方的新節奏。我不太喜歡它們，聽起來像我在永颶時聽見的那些。」

「永颶還在颳嗎？」

「剛剛結束了。」瑞連說。

他們一起從最短路線朝市場中央的緣舞師診所走去。不幸的是，有一群人聚集在那兒，卡拉丁和瑞連被拖慢了速度。

他們終究擠到前面後，一些人呼喊著「受颶風祝福者光爵」，其他人聽見，紛紛轉過頭看。然而來到混亂的中心，他們卻看見一幅駭人景象：兩名緣舞師躺在地上。一名非燦軍普通人護士正在嚷嚷要其他人給他們一些空間。

卡拉丁把泰夫交給瑞連，慌忙上前跪在其中一名失去意識的燦軍身旁。這名女性緣舞師有點眼熟，矮小，一頭染色的頭髮。「發生什麼事？」他問護士，對方似乎立即認出卡拉丁。

「他們兩個突然倒地，光爵！恐怕蘿瑞安撞到頭了，有個出血的傷口。我立即疏散診所中的人，以免他們是因爲昏水外洩而失去意識。」

「做得好。」卡拉丁說。兩名緣舞師看起來比泰夫更無意識。眼睛沒有顫動，肌肉沒有抽搐。

「您看過這情況嗎？」護士問。

「我朋友剛剛也發生一樣的事。另一個燦軍。」

「但您沒事？」

*我總是倖存*，卡拉丁心想，苦澀的想法從久遠的過去共鳴，*才能繼續受苦*。

他推開這想法。「我所能想到最好的作法是去找我父親。我認識的醫師中就屬他經驗最豐富。請妳治療這兩個人的休克症狀並包紮頭部傷口。我有新發現的話會通知妳。」

護士點頭，卡拉丁便丟下她，幫著瑞連抬起泰夫又擠過人群。

「你爲什麼不再對他施捆術？」瑞連問。

「沒辦法。我的捆術好像失效了。」

「什麼？只對泰夫嗎？還是全部？」

颶風啊，沒先確認*這件事還眞蠢*。卡拉丁放下泰夫的腿，從口袋拿出錢球囊，跪下試著將颶光注入地板。

沒用。他皺眉，又嘗試另一種捆術——把物體黏在另一個物體上的那種。不是重力捆術，而是全面捆術。洛奔最喜歡用全面捆術把人黏在牆上。

全面捆術能用。他用靴子碰觸那塊石地，靴子隨即黏住。他取回颶光，沒遭遇任何問題。所以……黏附能用，但重力不能用？

「我不知道這是怎麼回事。」卡拉丁對瑞連說。

「這不可能是巧合。」瑞連說。「你喪失一些能力？三名燦軍昏倒？人們不會*集體*中風，對吧？」

「對。」卡拉丁說。兩個人小跑步起來，泰夫被架在他們之間。「不只是這樣，瑞連。我感覺有東西壓迫著我的心。我以爲是我的病。不過，如果你說你聽見古怪的東西……」

這代表什麼意義？這……像是煉魔在爐石鎮對他用的那種法器嗎？兩者在許多方面都恐怖地相似。

他們走向大階梯。這裡寬敞高聳，通往第一重的十層樓。走這裡比搭乘載器快，不過當他們走近階梯時，附近一條隧道響起尖叫聲。

卡拉丁和瑞連在路口頓住。錢球沿此處的隧道裝設，再加上地層盤繞，如果朝隧道內部眺望，感覺就像看著爲螺絲釘刻出螺紋的螺帽內側。隧道另一邊漸漸聚集起一群激動的人。

「我過去看看。」瑞連說。「你帶泰夫繼續走？」

卡拉丁點頭，不想說話浪費颶光。他扛著泰夫繼續朝階梯走，瑞連則小跑步離開。卡拉丁經過的人似乎都沒察覺有什麼不對，他們只是好奇地看著卡拉丁和他的重負。有些人敬禮，其他人鞠躬，不過燦軍太常出現在這些大廳，因此大多數人只是退開。

他走到大階梯第一層的一半時，瑞連衝回來找他們。大家都讓路給他，看見他時甚至做出迷信的手勢。

「感謝颶風，我現在可以在人類附近使用戰爭形體。」他回到卡拉丁身旁，跑得氣喘吁吁，但似乎並不疲累。「我可不想嘗試用遲鈍形體跑那一段路。有人在走廊發現一個失去意識的岩衛師。有東西正在針對燦軍展開攻擊。會是其中一個魄散嗎？」

「感覺像是我在爐石鎮找到的那個法器，」卡拉丁說。「如果現在這東西撂倒所有燦軍，那顯然規模大多了，威力也更強。我遇到的那一個一定只是某種原型。」

「我們該怎麼辦？」

「我有個信蘆可以跟達利納的書記連絡，在我母親那裡，所以回診所多半還是當下最好的作法。」

幾層樓梯眨眼便走完，只不過等到他們抵達第六層，瑞連已引來三個疲憊靈——貌似一股灰塵。他揮手要卡拉丁先走，再到診所會合。

卡拉丁又吸入一口颶光，再次加強他的力量，藉此扛著泰夫衝過走廊。他擠過在診所外面等候的人——另一件怪事，因爲現在是診所的休息時間——然後推開門。

等候室被錢球照亮，擠滿擔憂的人。卡拉丁的母親看見他，立即爲他開路，讓他進來。

「李臨！」她大喊。「又一個！」

卡拉丁小跑步穿過走廊，到了第一個診療室，一名身穿艾拉達制服的燦軍已躺在診療檯上。他認出她，另一個岩衛師。

原本在查看她瞳孔的李臨抬起頭。「突然失去意識？」

「我剛開始以爲是中風。」卡拉丁小心地解除捆術，把泰夫放在地板上。快速檢查後，卡拉丁確定他的朋友還在呼吸，心跳也依然正常，只不過臉部在抽搐，彷彿他在做夢。

「我們還發現其他人，」卡拉丁說。「分屬不同軍團，都失去意識。」

「她的兩個侍從在另一個診療室。」李臨朝側臥的岩衛師點點頭。「她的朋友和家人手忙腳亂地把她搬來。眞不知道到底要怎樣做才可以讓人不再移動傷者，幸好她似乎不是頭部受傷。」

「只有燦軍遭侵襲。」卡拉丁說。

「但你沒事？」

「我身上也出現一些狀況。」這會兒颶光用盡，精疲力盡的感覺才襲向卡拉丁。「我的力量受到抑制，而且……」

他的話沒說完，因爲又有一種新的感覺在拉扯他。新，同時又很熟悉。

西兒？他想著，站起身來，汗水從他的皮膚灑落。「西兒！」他大喊。

「兒子，醫師必須冷靜——」

「這次颶他的先別說教好嗎，父親！」卡拉丁大喊。「西兒！」

……這裡……他感覺到她的聲音。他努力專注於那感覺，察覺有東西在拉扯他的靈魂。那就像……就像有人如同伸出手臂一樣伸出心智，藉此爬出一個坑洞。

迷你女性形體的西兒突然迸現在他面前。她緊咬著牙，輕輕低吼。

「妳還好嗎？」卡拉丁問。

「我不知道！我剛剛在酒館，然後……泰夫！發生什麼事了？」

「我們不知道。」卡拉丁說。「妳有看到芬朵菈娜嗎？」

「沒有，到處都看不到。我的心感覺烏雲密布。想睡覺就是這種感覺嗎？我覺得我想睡覺。」她皺起臉。「我討厭這種感覺。」

瑞連氣喘吁吁地趕到，後面跟著卡拉丁的母親，她偷偷上下打量他，看似非常憂慮。

「阿卡，」瑞連說。「我在走廊上經過一些在大聲示警的人。塔城裡有煉魔。又一次襲擊。」

「爲什麼信蘆沒送消息來？」卡拉丁問。

「信蘆失效了。」他母親說。「這些燦軍送到時，我們試著傳訊息給娜凡妮光主。信蘆啓動，但一點反應也沒有，只是直接倒下。」

卡拉丁感到一陣寒意竄起。他推開瑞連，穿過走廊，來到他們家居住空間的起居室。這裡有扇窗能看見傍晚的天空，太陽已下山，即將消逝的陽光爲天空染上色彩，因此他仍能清楚看見數百個飛行的身影正降落於塔城——拖著長長的袍子，身上灌注虛光。

「你錯了，瑞連。」卡拉丁說。「這不是襲擊，是入侵。」

❖

幾個女人簇擁在阿紅身旁，他還在呼吸，但不省人事。娜凡妮讓其他人照料這名織光師，她自己則是重讀魅影靈剛剛寫下的字句。

手足。第三個盟鑄師靈。到頭來根本沒死，甚至沒在沉睡。但為什麼過去一年來什麼也不說？為什麼讓所有人以為你已死？

娜凡妮拿起剛剛掉落在紙上的信蘆。扭轉寶石一點反應也沒有。這法器死了。

敵人，手足剛剛寫道，他們正在對我做某件事……

娜凡妮急忙走到她的信蘆背包旁，這個背包通常都由其中一名書記的助手看管。每一枝信蘆都有皮鞘，排成一排，可以從皮鞘上的小縫看見紅寶石。她最重要的十二枝信蘆。

紅寶全都沒在閃爍。沒錯，她拿出兩枝，扭動寶石後也沒反應，就跟桌上那枝一樣失去作用。她看了看躺在地上的阿紅。卡菈美正在檢查他的眼睛，她是軍官之女，受過戰地醫療相關訓練。她已經派另一個女孩去請緣舞師過來。

一場攻擊。沒有信蘆可傳訊？颶風啊，這將會是一團混亂！

娜凡妮起身。如果即將陷入混亂，那就要有人來抵擋混亂。「士兵，請進來裡面！信蘆失效了。你們之中誰跑得最快？」

書記們目瞪口呆地看著她，原本在另一個房間看守囚犯的三名士兵走進來。三個男人看了看對方，其中一個士兵舉手。「我應該最快，光主。」

「好。」娜凡妮衝到桌邊拿出一張紙。「我需要你跑去第一層樓——走樓梯，不要搭乘載器——去第二區附近的偵查辦公室。你知道的，我們規劃平原地圖繪製工作的地方？很好。要他們動員他們的所有傳訊員。

「他們要派人帶著這封信的複本去塔城的七個衛戍隊。剩下的所有傳訊員和辦公室裡的所有書記都要到第二層樓的地圖室找我。那裡是我此時此刻所能想到最大的安全空間了。」

「嗯，對，光主。」

「警告他們必須動作快！」娜凡妮說。「我有理由相信危險的攻擊即將到來。」她在紙上草草寫下一些指示——命令七個衛戍隊根據其中一個預先制定好的計畫部署，接著加上她目前的認證密語。她撕下紙張塞給士兵，士兵接下後，隨即飛奔而去。

然後她又重寫一次，叫她手下跑步速度第二快的人送出去，還要他走不同路線。他離開後，她派最後一名士兵去找逐風師。塔城裡應該還有二十名逐風師，包含四個騎士和他們的侍從。

「但是光主，」守衛接下她交給他的紙條。「那您就無人護衛了。」

「我應付得來，去吧！」

他遲疑了一下，似乎試著弄清楚在丟下娜凡妮和不聽從她命令之間，達利納會因爲哪一個對他發比較大的脾氣。最後他終於也飛奔而去。

颶風啊，她心想，看著不省人事的阿紅。要是敵人也能對其他燦軍做他們對阿紅做的事呢？他們是怎麼挑中他的？她有一種作嘔的感覺，一種預感。要是無論發生什麼事都並非以他爲目標呢？阿紅不省人事只是信蘆失去作用的副作用？

「收好東西。」她對書記說。「我們現在去地圖室。」

「那阿紅……」卡菈美開口。

「只能把他留在這裡，留張紙條寫明我們去哪了。」

她走進較小的房間。囚犯達畢已掙脫了椅子，這會兒窩在地板上，腳鐐隨著他蠕動而鏗鏘作響。

「塔城的靈對你說話。」娜凡妮對他說。「它要你留下信蘆的寶石給我。你怎麼知道該怎麼做？」

那男人只是盯著地板。

「聽著，」為了以防萬一，娜凡妮站在一段距離外，同時也盡量讓語氣聽起來平靜、安撫。「我沒有對你生氣，我了解你為什麼要做你所做的事。不過現在發生了可怕的事，信蘆不能用了，我需要知道該怎麼連絡那個靈。」

男人瞪大眼凝視她。颶風啊，她甚至不確定他到底聽不聽得懂。這個人明顯不對勁。

男人移動，鎖鏈匡啷一聲，令娜凡妮不由自主一跳。但他並不是靠近她。他掙扎起身，然後伸手碰牆。他將一隻手貼著牆上的岩石，牆上有岩層的線條。還有……寶石礦脈？

娜凡妮湊近。對，一道細緻的石榴石礦脈穿過了岩層。她先前也曾看過相似的礦脈，它們在一些房間裡幾乎隱形，完美模擬起伏的岩層。在其他房間裡，它們則明顯外露，又粗又直地從地板延伸到天花板。

「塔城的靈，」娜凡妮說。「她？透過這些石榴石礦脈對你說話？」

囚犯點頭。

「謝謝你。」娜凡妮說。

他輕觸雙腕。橋四隊。

娜凡妮把腳鐐的鑰匙拋給他。「我們要去第二層的地圖室。必須動作快。你想的話可以加入我們。」

她快步回到其他人身旁。地圖室也有石榴石礦脈。她到那裡之後再看看該拿這礦脈怎麼辦。

❖

卡拉丁盯著他的手術刀。

西兒無法化身成碎刃。他的力量出了什麼差錯，他甚至不確定颶光還能否治癒他。然而，他並不是因此而停下來盯著手術刀。

排成一排的六小片鋼。外科醫師的解剖刀和士兵的刀截然不同。外科醫師的刀非常精巧，用意在於盡可能造成最小傷害。微妙的矛盾。就跟卡拉丁自己一樣。

他伸手碰觸其中一把刀，他的手並沒有像他擔心的那樣顫抖。手術刀在錢球照射下散發有如火燒的光芒，摸起來卻是冰冷的。一部分的他預期手術刀發怒，但這工具並不在乎他是如何使用它。它的目的是治療，但也能夠以同等的效率殺戮。就跟卡拉丁自己一樣。

手術室外，人群在蠕動的懼靈間尖叫。煉魔降落在這一層的陽台，害怕的叫喊聲在兀瑞席魯的廳廊迴盪。卡拉丁要瑞連躲在診所的居住區——要是煉魔發現有一個聆聽者在這裡，身上還穿著雅烈席卡制服，他不知道他們會作何反應。

卡拉丁遲疑了。他也應該躲起來等事情結束。他父親會希望他這麼做。

不過卡拉丁握住刀，轉向尖叫聲源頭。有人需要他。生先於死。這是他的責任。

然而當他走向門，他卻感覺到一股可怕的重量。彷彿他的腳上了腳鐐，衣服則是以鉛打造。他來到門口，發現自己冷汗直流，氣喘吁吁。

原本是如此順利。

他突然覺得好累。他爲什麼不休息一下呢？

不。他必須走出去戰鬥。他是卡拉丁．受颶風祝福者。他們仰賴他。他們需要他。他休息了一小段時間，而現在……他現在必須……

*要是他們有人期待你出手相助，你卻又僵住，任由他們因此而死，那該怎麼辦？要是他們跟提恩一樣死掉呢？要是他像艾洛卡死去時一樣僵住呢？要是……*

*要是……*

「卡拉丁?」

西兒的聲音驚醒他。他發現自己坐在手術室門邊,背靠著牆,刀緊握在身前,不停顫抖。

「卡拉丁?」西兒又喊了一聲。她在地板上往前走。「我照你說的去警告娜凡妮王后,但不知為何沒辦法離開你太遠。不過我找到了幾個傳訊員,他們說正要傳遞王后的命令——所以她似乎已經知道入侵的事了。」

他點頭。

「卡拉丁,他們到處都是。」西兒說。「傳訊員說有一大群從洞穴進來占領了寶石柱室。敵人啓動誓門,送來更多軍隊,而且……卡拉丁,你是怎麼了?」

「冒冷汗。」他咕噥。「情感疏離。感覺遲鈍,伴隨過度回憶創傷時刻。」有人在陽台大叫,他嚇得一跳,揮起手術刀。「嚴重焦慮……」

走廊傳來腳步聲,卡拉丁汗涔涔的手更加緊握手術刀。不過不是煉魔。只是他父親拿著一顆染血的錢球照明。他看見卡拉丁後停下腳步,接下來的動作帶著誇張的冷靜,臉上掛著親切的微笑。颶風啊,要是他父親露出那種表情,表示事態眞的很嚴重。

「放下手術刀,孩子。」李臨柔聲說。「沒關係的。你不需要出去。」

「我沒事,父親。」卡拉丁說。「我只是……還沒完全準備好那麼快又開始戰鬥。就這樣。」

「放下刀,我們來想想下一步。」

「我必須抵抗。」

「抵抗什麼?」李臨問。「拉柔、你母親和我一起把我們的人送回他們各自的房間了。入侵的帕胥人不是來殺人的;除了阿詹那個笨蛋之外沒人受傷,只因為他不知道從哪裡找來一根矛。」

「王后投降了嗎?」卡拉丁問。

李臨沒回答，不過仍注視著卡拉丁手上的刀。

「沒有。」西兒說。「至少她還在發布命令。但卡拉丁……他們抵抗不了多久。敵人之中有煉魔和銳者，而且……而且幾乎所有碎刃師都跟著達利納上戰場了。待在塔城裡的所有封波師都昏迷不醒。」

卡拉丁握住他父親的手臂。「還有一個。」他撐起自己。

「阿卡！」李臨平靜的醫師面具下透出一絲憤怒。「別傻了。扮英雄一點意義也沒有。」

「我沒有扮演任何東西。」卡拉丁說。「這就是我。」

「所以你要這樣去戰鬥？」李臨咄咄逼人，「被冷汗和手抖壓垮，幾乎沒辦法自行站立！」

卡拉丁咬牙，邁步沿走廊走向診所前門。西兒降落在他肩膀上，但沒逼他停下來。

「你說阿詹有根矛。」卡拉丁說。「你知道矛怎麼了嗎？」

「颶風啊，兒子，聽我說。」李臨從後方抓住他。「這裡沒有你的戰場！塔城已經淪陷。你出去就只是丟掉你手中的所有優勢。颶風的，你不但會害死你自己，你還會害死我們。」

卡拉丁停步。

「沒錯。」他父親說。「如果有個燦軍攻擊他們，你覺得他們會怎麼對付他的家人？你死之前或許能殺死幾個敵人，颶父知道你多麼擅長破壞東西。然後他們會來把我吊死。你想看到這種事發生在我身上嗎？發生在你母親身上？發生在你的小弟身上？」

「颶你的。」卡拉丁低聲說。李臨並不在乎自己的性命，他沒那麼自私。但他是個醫師。他知道該把刀往哪個關鍵的點捅。

兀瑞席魯更深處傳來叫喊聲──歌者的聲音，帶著節奏。煉魔降落在第六層，其他人則從下方湧上。

克雷克的呼息啊……達利納把後備軍都帶到艾姆歐的戰場了。塔城裡還有七個衛戍隊，不過都嚴重人手不足，成員大多是輪休、享受假期的人。最多五千人。所有人都以為人數眾多的燦軍能夠防範另一次對塔城的襲擊……

卡拉丁癱靠著牆。「我們……我必須找到方法連絡上達利納和加絲娜。信蘆不能用？」

「都不能用。」李臨說。「沒有任何法器能用。」

「他們怎麼啓動誓門的？」卡拉丁又在走廊的地板坐下。

「或許是破空師吧。」西兒說。「但……我不知道，卡拉丁。我們的締結非常不對勁。我才飛下去一層樓，就發現自己變得越來越模糊、健忘。通常應該要跟你距離幾哩以上才會這樣的。」

「我們可以制定計畫。」李臨說。「我們可以想辦法連絡黑刺。還有其他戰鬥的方法，兒子。」

「或許吧。」卡拉丁迎上父親的視線。「但你會想盡辦法說服我留在這裡，對吧？」

李臨注視他，一言不發。

*我的狀況實在無法出去戰鬥，*卡拉丁想，*而且……而且如果他們掌控了誓門……*

李臨冷靜地拿走卡拉丁手中的刀。卡拉丁沒有抵抗。他父親撐著他站起來，帶他到後面的房間。一個鎮上的女孩在那裡陪歐洛登，利用玩具讓他安靜待在那兒。卡拉丁的母親不久後也走進來，幾綹頭髮從髻鬆脫，裙子上有血。不是她的。多半是阿詹的血。

她上前擁抱李臨，卡拉丁則坐在一旁，凝視地板。兀瑞席魯或許會繼續戰鬥，但他知道他們早就輸了這場戰役。

就跟卡拉丁自己一樣。

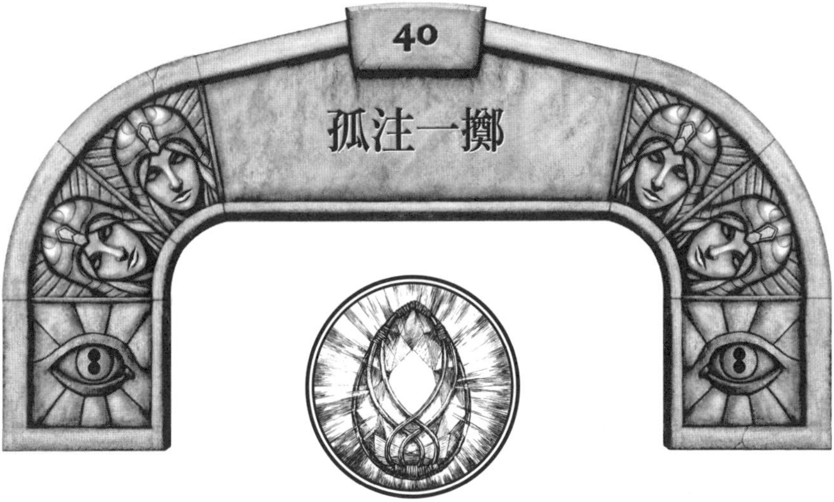

# 40 孤注一擲

*我的直覺告訴我憎惡的力量並沒有受到妥善控制。載體會順應力量的意志。在過了這麼久之後，如果憎惡仍追求破壞，那便是因爲那力量。*

娜凡妮來到地圖室附近時，這區域一片忙亂。傳訊員完成了他們的任務，她發現走廊已設置好檢查站、由衛兵駐守，期待靈在他們頭頂湧動。各檢查站的士兵都揮手讓她通過，而且明顯鬆了一口氣。

大量鑽石錢球照亮地圖室。身穿科林藍的軍官臨時被叫來，和幾個官員站在一起。最年輕，也是目前唯一留在塔城的洛伊恩藩王，已把他們聚集在桌邊。就在那裡，較低樓層的地圖已展開，並用紙鎮壓住四角。

*大多是上尉*，娜凡妮想，一面辨識指揮幕僚肩上的繩結。一個營爵。因爲休假才留在這裡的人。另有好幾個傳訊員，有男有女，都在地圖室的外圍徘徊。

「有里昂指揮官的消息嗎？」娜凡妮大步走進來的同時問道。「塔城衛隊的領導者最好也加入。」

「他也失去了意識，光主。」其中一人說。「上個月有個靈選擇了他……」

「颶風啊。」娜凡妮走到桌旁，幾個人讓出空間給她。「那就是真的囉？塔城裡的所有燦軍？」

「就我們所見是這樣沒錯，光主。」其中一人說。

「每個樓層都有敵方軍隊，光主。」較年長的營爵開口。「大多是颶風形體的銳者，他們從地下室蜂擁而至，還有天行者降落在較低樓層的陽台。」

「沉淪地獄啊。」她咕噥。那麼圖書室就落入敵人手中了。還有寶石柱。手足就是棲息在那裡嗎？祂……

她又看了看營爵。一個精瘦、漸漸禿頭的男人，頭髮剪得極短，與年紀不相符的粗頸，雙眼炯炯有神。他……

她又仔細看了看。深眸人？達利納貫徹他的決定，開始根據功績提拔下屬，而非眼睛的顏色，不過還是沒幾個深眸軍官。詭異的是，有些深眸人似乎跟更高貴的淺眸人一樣，認爲這種改變不自然。

「你的大名，光爵？」她問。

「泰歐非。科林軍第九師，步兵。我們剛從雅烈席卡南方的戰線回來。我把我手下部署在這裡的樓梯井。」他手指地圖。「但是……光主，敵人先發制人，而且塔城裡沒多少我方軍隊。我們開始行動時，第一層已有一半遭受侵襲。」

「我們打不過煉魔。」另一個年輕又緊張的男人說，指向第六層的手指不停顫抖。「他們上下夾攻困住我們。我們無法抵擋。他們受傷會復原，而且還能從上方攻擊。沒有燦軍，我們完蛋了。沒有——」

「冷靜。」娜凡妮說。「泰歐非光爵做得對……」娜凡妮停頓。他是深眸人，不是光爵。要怎麼稱呼不是淺眸人的營爵？「呃，泰歐非營爵的作法是對的。我們需要堵住樓梯井，會飛的沙奈印在那些狹小空間裡發揮不了作用。有了恰當的屏障，就算他們能復原也沒關係。我們可以試著守住第二到第五層。」

「光主，」另一個人發話。「我們是可以嘗試，但有幾十個樓梯井啊，而且可用於屏障的材料也不多。」

「那我們最好從小處著手。」她說。「軍隊全部退回這一層。我們先試著守住第二和第三層。」

「要是他們從外面飛下來，從這層樓的窗戶進來呢？」緊張的年輕人問。

「我們築柵防禦，把自己密密實實封在裡面。」娜凡妮說。「颶風啊，魂師——」

「——跟法器一樣無法使用。」

沉淪地獄的。「我們有衛戍儲備嗎？」她滿懷希望地問。

「我派人去取回了。」泰歐非手指第三層的地圖。「堆置處在這裡和這裡。」

「有了那些，我們可以撐個幾週。」娜凡妮說。「在我丈夫帶著我們的軍隊回來前，應該非常夠用了。」

軍官們看著彼此。她的書記聚集在門旁，安靜地站在那裡。她剛剛發狂地朝這裡而來，途中不時推擠過困惑的人群，這會兒這麼安靜，感覺頗令人不安。她幾乎覺得整座塔城都壓在她身上。

「光主，」泰歐非說。「敵人直接朝外面的台地推進。他們掌控了誓門——儘管其他法器失去作用，他們還是以某種方法啓動了誓門。歌者很快就會淹沒塔城。就算不管這點，我還是不認爲屏障是深謀遠慮的策略。

「沒錯，我們堵住樓梯井減慢了他們的速度，但他們是颶風形體，而且有人回報看見了能在岩石內移動的煉魔。他們會炸掉或燒毀我們放在他們面前的屏障。如果您想要我們守住，我們能守多久就會守多久，但是我想確認您完全了解目前的形勢，以免您想考慮其他計畫。」

寧靜宮在上。她雙手撐在桌上，逼自己有條理地思考。*不要覺得妳需要決定所有事。*她告訴自己。*妳不是將軍。*

「有什麼建議嗎？」她問。

「投降令人厭惡，」泰歐非說。「但很可能是我們的最佳選項。我的士兵很勇敢，我可以爲他們擔保——不過他們無法長久抵抗銳者和煉魔。您想得出任何使燦軍恢復的方法嗎？」

她審視地圖。「無論敵人對燦軍做了什麼，我懷疑都跟寶石柱中的某一個石榴石構造有關。如果我們能夠收復那個房間，或許我有辦法扭轉一切。我什麼也無法保證，但這是我覺得最有可能的推測，或許也是我們最大的希望。」

「這表示必須收復第一層的一部分。」泰歐非說。「那我們必須沿樓梯往下推進到地下室。」

旁邊的其他軍官動了動，低聲抱怨這構想。泰歐非迎上娜凡妮的視線，點點頭。他並不建議無望地與更占優勢的敵人對抗。但若她能提供一個獲勝的契機，就算是一場艱難的賭局，情況也有所不同。

「一定會血流成河的。」一名士兵說。「我們必須進攻敵方封波師的位置。」

「而且如果我們失敗，就得放棄我們原本的大部分陣地。」另一人說。「這基本上是一場孤注一擲的行動。我們或者奪回地下室，或者……就這樣完蛋。」

娜凡妮再次審視地圖。儘管她用來討論的每一分鐘，都會讓他們的任務變得更加艱難，她還是決心要想個透徹。

泰歐非是對的，她決定了。塔城太容易滲透，很難長久抵抗握有力量的敵人。試圖守住這些中心房間行不通。敵人會把人類大批大批電死，破壞陣式，驚嚇她的軍隊。

她必須在塔城裡所有人都變得跟那位上尉一樣害怕之前出擊。在敵人的氣勢變得太強大、無法壓制之前。

他們有一個希望。立即行動。

「就這麼做。」她下令。「把我們所有資源投注於收復地下室的寶石柱。」

地圖室內再度鴉雀無聲。下一刻泰歐非厲聲大吼：「你們聽見王后說的話了！蘇阿諾、加伏瑞，把你們的人從樓上叫下來！撤兵，只留下游擊隊掩護撤退。拉達薩恩，由你指揮。緩慢撤兵，天行者一定會對你們進攻，你們必須讓他們流血。煉魔或許能自癒，但他們還是會痛。

「剩下的人，把你們的人帶到大階梯底部。我們在那裡集結，然後進攻！我們要在地下室的階梯挖出一個洞，然後往下打，清出一條路給王后。憑藉先祖之血！」

他們匆忙行動，諸多較低階的軍官叫喊傳訊員協助傳遞命令。娜凡妮沒忽略他們拖延的反應。他們聽見泰歐非的命令才行動。和平時期，這些士兵會不遺餘力去執行她的命令，但若是在戰時……

娜凡妮瞥了泰歐非一眼。他靠向她身旁，低聲對她說話：「請原諒他們，光主。他們可能不太喜歡聽從女人的命令，事關男性技藝之類的。」

「那你呢？」她問。

「我認爲黑刺研讀過人類已知的所有軍事文獻。一般將軍的表現多半不會比可能把那些文獻讀給黑刺聽的人好——尤其她還願意講一點點道理。這已經比我跟隨過的一些上主好很多了。」

「謝謝你。」

「我們最需要的是有人來做決定。」泰歐非說。「在您來之前，他們對我想做的事都裹足不前。颶他的蠢貨。幾乎所有配得上自己颶光的人都在前線的某處，光主。」

他看著正派傳訊員送出命令的其他人，接著用更輕的聲音對娜凡妮說：「有些可靠的軍隊混雜其中，但很多都是洛依恩的人。就我所知，塔城裡只有一個不是燦軍的碎刃師。查德爾，一個賽勒那人。

「他的房間在第四層。我派了一個傳訊員過去，妳到時她才剛回來。那些天行者直接找上了他，光主。他們肯定知道他的房間確切位置。敵人拿到了他的碎甲……願全能之主接引他的靈魂到永恆的戰場。」

娜凡妮吐出一口氣。塔拉凡吉安一定告訴敵人該上哪找碎刃師了。

「或許還有一個我們能拿到的碎具。」泰歐非手指第三層地圖上的一個點。「一把黑色碎刃，會對靠近的人說話……」

「關在那間牢房裡的人被施了織光術，」娜凡妮低聲說。「正牌暗中跟我丈夫一起走了，他也帶走了那把碎刃。」

「沉淪地獄啊。」泰歐非喃喃。

「我們的機會有多大，營爵？」娜凡妮問。「我們實際上的機會，就你評估？」

「光主，我一直在嘗試派一般部隊去抵抗銳者，結果不太妙——在這裡會更慘。一般而言，狹窄空間有助於我們防禦。但在走廊上，我們只能以小編制隊伍對抗。只不過，如果他們的小隊能夠丟閃電……」

「我也是相同結論。」娜凡妮說。「你覺得我的命令愚蠢嗎？」

他緩緩搖頭。「光主，如果有機會扭轉局勢，我覺得我們必須好好把握。若我們失去塔城，而……嗯，這對戰事來說會是場災難。如果妳有丁點機會能喚醒燦軍，我願意爲這機會賭上所有人馬。」

「那就試試看這次進攻吧。」她說。「如果不成功……我需要知道我們撤出軍隊後，敵人是怎麼對待上層樓層的百姓。你能派斥候幫我查清楚嗎？」

他點頭，而她從他的表情中讀到理解。煉魔通常都是占領，而非破壞。說實話，比起她的雅烈席卡同胞在藩王起爭端時的作法，敵人一般而言都更善待他們占領的城市。

儘管她個人百般不願，但只要她能確定敵人無意在這場攻擊中大肆屠殺，投降確實是個選項。敵人曾經嘗試做類似的事，但只是一次襲擊，用意在拖慢雅烈席卡援軍並偷走榮刃。對於今天的攻擊，她有一種更糟的感覺。他們似乎知道手足，也知道該如何瓦解塔城的防禦。

「我要對塔城的法器做些實驗，」娜凡妮說。「可能會對我們有幫助。接下來由你指揮，務必確保我們的計畫付諸實行。做決定前請先告知我所有重大發展——假設你還願意聽從一個女人的命令。」

「光主，在我獲得升遷前，我花了幾年的時間聽從所有鬍子臉青少年中尉的命令，他們都想在破碎平原闖出名堂。當我說我覺得眼前這情況是一種榮譽，還請您不要懷疑。」

他敬禮，然後便轉身厲聲下達進一步命令。同時間，娜凡妮注意到那個名叫達畢的橋四隊成員溜進了地圖室。他走路時眼神低垂，有人從他身旁衝過去時便縮起身子，這些都令人想起僕人，或是……以前帕胥人的模樣——就某種程度而言隱形了。

娜凡妮擔心自己打算嘗試的那件事不成功，因此很高興看到他來這裡。娜凡妮走到牆上的寶石礦脈旁，在這房間裡比較明顯——一道石榴石把牆壁一分而二，破壞了天然的岩層線條。娜凡妮將手貼著礦脈。

「我知道你聽得見，手足。」娜凡妮輕聲說。「達畢說你可以——不過對我來說，顯而易見。你知道該把紅寶石放在哪裡，我弄丟一顆紅寶石時，你也知道。你從頭到尾都在偷聽，對吧？暗中監視？不然你怎麼會知道塔城裡的法器學者是由我帶領？」

說完時，她注意到一件事：一點閃爍的光，有如信蘆，沿礦脈上移。光點接觸她肌膚時，她逼自己的手指停留原位。

我聽得見妳，一個聲音在她心裡說——安靜，有如耳語。她分辨不出性別，聲調感覺介於兩者之間。不過我並無法看見妳假設我看得見的所有事。無論如何，達畢不該說出這件事。

「我很高興他說了。」娜凡妮低語。「我想幫忙。」

妳是奴役者，手足說。

「我比煉魔好吧？」

手足剛開始沒回應。我不確定，它說，我一直避開你們族類。你們應該以為我已經死去才對。所有人都應該以為我已經死去。

「我很高興你沒死。你說你是塔城的靈魂。你能恢復它的功能嗎？」

不能，那聲音說，我原本確實已休眠。直到……一個盟鑄師。我感覺到一個盟鑄師。但塔城失去作用，我沒有重啓它的光。

「如果確實如此，那他們是怎麼對燦軍做出那些事？」

我……他們腐化了我。一小部分的我。他們用他們的光啓動了我無法啓動的防禦。

「他們做的事跟你的寶石柱中的石榴石構造有關嗎？」

妳知道得太多了，手足說，令我不安。妳知道一些原本不可能的事，也做了那些事。

「那都是有可能的，只是還沒人知道而已。」娜凡妮說。「那就是科學的本質。」

妳做的事既危險又邪惡。那些遠古燦軍因爲擔心擁有太多力量而放棄了他們的誓約——妳所做的事已經超過他們太多。

「我願意聽你說，」娜凡妮說。「也願意改。但如果煉魔占領塔城、腐化了它……」

痛苦女士在此。手足的聲音變得更加輕柔。更害怕？娜凡妮判定聽起來像孩子的聲音。

「我不知道這是誰。」娜凡妮說。

她很壞。可怕。少有煉魔……像她一樣令我害怕。她試圖改變我。到目前爲止，她只改變我壓制的那部分。倒轉封波術，變成對燦軍作用，而非煉魔。但她想更進一步。很多步。

「除了恢復寶石柱，還有其他方法拯救我們的燦軍嗎？」

沒有。去寶石柱那兒，我們才有可能倒轉效果。除此之外……沒有。那些獲得高度授予的人或許沒受到那麼嚴重的影響。例如魄散有時就能設法突破我的壓制。達到高層次誓約的燦軍或許還能夠使用他們的力量。還有榮譽最眞實的波力，締結與誓約的波力，可能依然有效。

「我該怎麼幫忙？」娜凡妮問。「我們正要發動一場攻擊，試著奪回寶石心臟。還有什麼我能嘗試的嗎？你稍早說我必須灌注某個東西——還沒說完就被切斷了。」

痛苦女士回來了。我想……我想她即將改變我。我的心智將改變。我可能不會在乎。

「你現在在乎嗎？」娜凡妮迫切地問。

在乎。那聲音聽起來非常微小。

「告訴我該怎麼做。」

很久以前，在我將人類驅逐出這些廳堂之前，我的盟鑄師幫我做了一個東西，能夠保護我免於我在人類身上看見的危險。他認為那東西能幫助我再次信任。但是並沒有。不過，或許那能夠阻止煉魔進一步腐化我。

「求求你。」娜凡妮說。「讓我幫忙，求求你。」

不能信任妳。

「讓我表現給你看，你就知道你能夠信任我。」

我……妳會需要颶光，娜凡妮．科林。非常多的颶光。

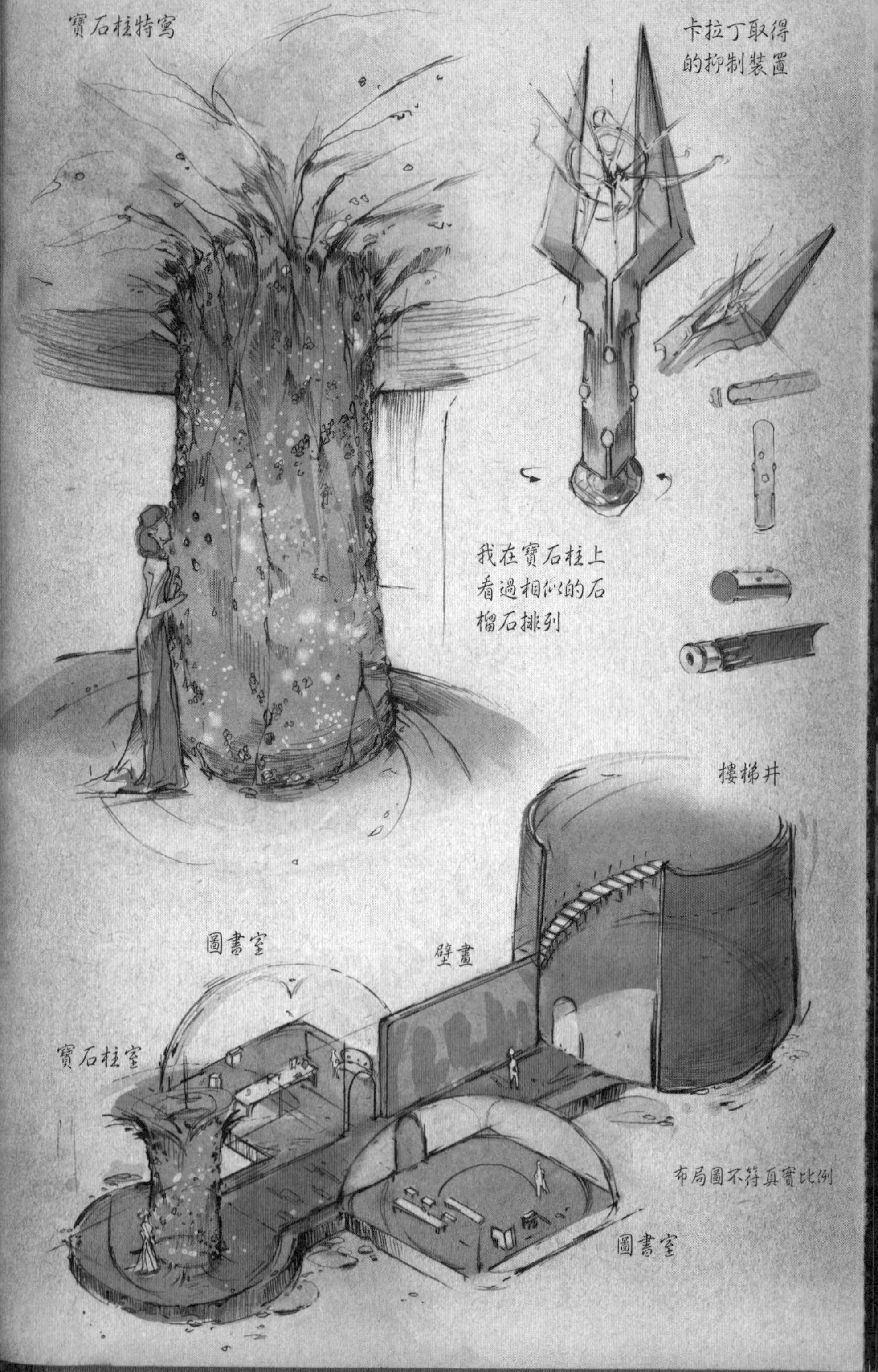
寶石柱特寫
卡拉丁取得
的抑制裝置
我在寶石柱上
看過相似的石
榴石排列
樓梯井
圖書室
壁畫
寶石柱室
布局圖不符真實比例
圖書室

# 41 最危險者

當然，我承認這是小小的遁詞，比什麼都稱得上一個語義學的差異。

除非凡莉遭受攻擊，否則她並不需要戰鬥。一部分的她想要去上面找蕾詩薇，這時蕾詩薇應該已跟其他天行者一同抵達。但是不行，那是愚蠢之舉。就算到蕾詩薇身旁有助於弄懂這一切，蕾詩薇似乎比其他煉魔都看得透徹許多。

無論如何，當他們的軍隊登上樓梯，進攻塔城的第一層，凡莉還是跟菈柏奈一起待在地下室。願望女士對入侵行動似乎並不特別緊張。她沿著此處寬敞的走廊漫步，一面檢視壁畫。凡莉遵循指示在她身旁，並理解了自己被帶來的原因。菈柏奈想要身邊有個僕役。

「妳會不會覺得，這裝飾特別偏向人類風格，最後的聆聽者？」菈柏奈用渴切說，雙手舉在身前，指尖碰觸巨幅壁畫，這部分的壁畫描繪的是化身爲樹的培養。

「我……我對人類不夠了解，說不上來，尊古大人。」

樓梯井位於從寶石室延伸而出的走廊另一端，聲音在那裡迴蕩。尖叫聲、恐懼的叫喊、武器撞擊聲。此時沙奈印應該已經從空中抵達，把幾個最駭人又最厲害的煉魔送到第六層。

「在我看來似乎頗爲明顯。」菈柏奈說。「人類從不充分利用身旁的事物。他們總是極其強烈地強行施加他們的意志。儘管獸殼和岩石的顏色具備驚人的多樣性，能用於創造複雜的壁畫，人類卻忽略自然的材料，反倒在每一個方塊上塗抹顏料，再將方塊貼到牆上。

「古老的歌者在創造相似的藝術作品時，會依色彩光譜區分小塊甲殼。他們會自問蒐集到的甲殼塊自然而然令人聯想到什麼樣的壁畫。他們的壁畫不使用顏料，而且會比這一幅持久數千年。看，這裡都褪色了。」

一個龐然身影遮蔽走廊靠近樓梯井那端的光線。追獵者置身明亮的岩石之間，看似一道黑紅雙間的疤。他往前走時，凡莉發現自己在打顫。他無疑是整個軍隊中最危險的一個煉魔。

「妳是否容許我離開，」追獵者對菈柏奈說。「去找出那個逐風師並殺死他？」

「只有他。」菈柏奈說。「如果他在這裡的話。像他那麼厲害的鬥士很有可能跟著其他人去亞西爾了。」

「如果他不在這裡，他也會回來解救塔城。」追獵者說。「這是他的天性。」他轉身，視線穿透上方的岩石。「我們捕獲的燦軍很危險。考量他們都是新近才締結，卻已擁有超乎我們預期的力量。我們應該砍掉他們的頭，一個都不放過。」

「不。」菈柏奈說。「我之後需要他們。我給你的命令跟其他人一樣：只殺死抵抗的人。把倒下的燦軍都帶來給我。聽從我的命令，你必須展現……自制。」

追獵者哼起渴切——響亮又激烈。「妳，曾試圖滅絕人類而魯莽地危及我族，因此遭到放逐？妳，願望女士，竟然要求自制？」

菈柏奈微笑，輕輕哼起一種凡莉沒聽過的節奏。嶄新的節奏。極爲驚人；黑暗、危險、具掠奪性，而且美麗。其中隱含毀滅，但是一種安靜、致命的毀滅。

憎惡賦予這個女倫屬於她自己的節奏。

不對，凡莉想，追獵者並非他們之中最危險的那一個。

「我不在乎單一戰役。」菈柏奈說。「我們將終結這場戰爭，追獵者。永遠終結。我們已在一個無盡的循環中耗費太長、太長的時間。我將打破循環——當我結束我在塔城裡的工作，一切再無轉圜餘地，永遠。你將貢獻一己之力，而且前去蒐集倒下的燦軍並帶來給我。」

「找到那一個時，我可以殺死他？」他重複問。「妳解除九尊加諸於我的禁令？」

「對。」菈柏奈說。「你可以索取你的獎賞，並維持你的傳統，追獵者。我爲這命令負責。」

他哼起毀滅，隨即大步離開。

「如果受颶風祝福者在塔城裡，你找到他時，他將無力攻擊，追獵者！」凡莉大喊。「你會謀殺一個無法抵抗你的敵人？」

「傳統比榮譽重要，蠢貨。」追獵者以嘲弄喊著。「我必須殺死曾殺死我者。我總會殺死曾殺死我者。」

他化身一道紅色光束，丟下一具無生命氣息的軀殼，竄入樓梯井，飛向上層樓層。

音質猶豫地在凡莉胸口脈動。對……她是對的。追獵者確實有點瘋狂，並不像其他煉魔那麼明顯——那些煉魔會獰笑、拒絕說話，瞪視的雙眼似乎視而不見。然而瘋狂還是存在。或許追獵者活了太久，他的傳統已掌控了他的邏輯。他就像一個靈，與其說是活著，更像只是存在著。

音質對這個想法脈動。她不認爲她自己只是存在而非活著，她逼凡莉道歉。無論如何，她擔心所有煉魔都跟他一樣。或許沒發瘋——或許這用詞不對，也不尊重確實發瘋的人。煉魔似乎更像活得太久，但只以一種方式思考，最終認爲他們自己的主張就是萬物的自然狀態。

凡莉也曾像那樣。

「如此顯而易見。」菈柏奈用深思說，還是打量著壁畫。「人類把眼見的一切都視爲己有。然而他們並不了解，握得太緊，只會粉碎他們渴望的事物。這麼一想，他們的確是榮譽的孩子呢。」

菈柏奈轉身背向壁畫，沿走廊繼續漫步，慢慢接近一個兩邊各自有門的路口。兩扇門分別通往附桌子、書架與一落落紙張的房間。凡莉跟著菈柏奈走進其中一間，然後快步走到房間一側的平台拿酒——菈柏奈只是一揮手指，凡莉的翻譯能力便解讀了那手勢。

凡莉經過擠在一起的學者和僧侶，他們坐在牆邊的地板上，幾名颶風形體的銳者看守著他們。懼靈圍繞這些可憐的人類，但凡莉必須提醒自己，沒有哪個人類完全值得信任。他們沒有形體。人類或可穿上教士的長袍，卻可能背地裡受過戰士的訓練，這是人類如此不可信的部分原因。無節奏可哼唱，只有容易造假的面部表情。沒有形體能指出他們的職責，只有有必要配合謊言時便可輕易更換的衣物。

音質脈動。

嗯，我當然不一樣，凡莉想。就算她確實偶爾會藉由哼錯誤的節奏而說謊，以及套用並不表現出她眞正跟隨哪種靈的形體。

音質用滿足脈動。

別把事情弄得更加艱難，凡莉想著，加快腳步回到菈柏奈身旁。我不是來幫助人類的。我連幫助自己的族人都很勉強了。

她爲菈柏奈送上酒，這名高䠷的煉魔正在檢視一個金屬與寶石的新奇裝置。一個最深者送來的人類法器。

「我們該怎麼處理？」最深者用渴切問。「我沒看過像這樣的東西。人類怎麼會發現我們從來都不知道的事物？」

「他們向來聰明。」菈柏奈用嘲弄說。「我們只是這次太久沒管他們而已。去審問學者。我要查出誰帶領他們做研究。」

煉魔朝上看了看。

「占領將輕鬆完成。」菈柏奈用倨傲說。

「此時此刻，沙奈印已藉韋爾之力啓動誓門，帶來我們的軍隊。他們執行任務時，我們必須保持專注。」

「是，願望女士。」最深者滑行離開。

菈柏奈心不在焉地接過凡莉手中的酒杯。她在手裡翻轉那個法器，輕輕地哼著……服侍節奏？她覺得佩服，凡莉領悟，而且她讓大多數學者活著——還有燦軍。她想從塔城得到某樣東西。

「妳並不在乎占領。」凡莉用渴切猜測。「妳來這裡並不是爲了推動戰事或主宰人類。妳是爲了這些東西而來，爲了人類創造的法器。」

菈柏奈哼起命令。「沒錯，蕾詩薇確實都挑最好的，是吧？」她舉起法器，讓光照亮它。「妳知道人類這麼強取豪奪得到了什麼嗎？在他們準備好前便伸手奪取？沒錯，他們的作品粉碎。沒錯，他們的國家從內部瓦解。沒錯，他們最後落得爭端不休、互相征戰、殺死彼此。

「然而此時此刻，他們是追過穩定跑者的衝刺者。此時此刻，他們創造奇蹟。妳不能指責他們的膽大妄爲、他們的想像力。妳肯定注意到煉魔有個問題：我們總是沿循同樣古老、熟悉的思路思考。我們不創造，因爲我們認爲已經創造出我們需要的事物。我們是永生的，因此以爲沒什麼能讓我們感到驚訝——更爲此自我滿足。」

凡莉哼起困窘，因爲發現她自己也是相同想法。

「這就是這場戰爭永無止境的原因。」菈柏奈說。「他們無法保存或利用他們創造的事物，我們的心智則無法延展以創造新事物。如果我們眞想結束戰爭，那會需要彼此合作。」

「我不認爲雅烈席人會跟妳合作，」凡莉說。「像依瑞雅利人一樣。」

「可以引導他們。」菈柏奈看了看凡莉，接著再次微笑，哼起她的新節奏。她專屬的危險節奏。「關於人類，有一件事我可以向妳保證，最後的聆聽者：給他們一把劍，他們終將找到方法，用那把劍刺穿他們自己。」

❖

娜凡妮走進兀瑞席魯的地面層時，肉類燃燒的惡臭襲向她。她希望大部分平民都已設法逃到上層樓層了，因爲她此時眼前所見不下於沉淪地獄之景。大階梯前的廳堂空無一人，只除了幾具散落的屍體。遭受火焚。人類。

濃烈、辛辣的味道令她作嘔。

附近的走廊閃爍紅光，雷擊聲從石壁迴蕩。響亮、尖銳、不自然。這些走廊埋在一百萬噸岩石下，要走十分鐘才到得了邊緣，在這裡不應該聽得見雷聲。

在轟然的雷鳴之間，娜凡妮確定她聽見遙遠的呻吟與哭喊。她的王國成爲了戰區。她收到的斥候報告提及零零散散的士兵小隊絕望地抵抗，之後快速流竄的惡夢成群到來。他們認爲歌者正在占領具戰略價值的地點，但他們的資訊太沒條理，無法拼湊出敵方計畫的全貌。

颶風啊……他們太依賴信蘆了。無法掌握敵方動態令人感覺徹底原始。娜凡妮在廳堂中走動，催促著這群學者、執徒與工程師跟上。他們猶豫卻步，在階梯上擠成一團。她回頭，看見許多人恐懼地凝視著地上遭火焚的屍體。

對。她目前的隨從中沒幾個上過真正的戰場。他們曾在戰營工作，也設計過橋和飛行平台，但除了在乾淨整潔的葬禮儀式上，他們不曾看過任何屍體。

娜凡妮想起自己也曾經這樣。在加維拉之前。他總是承諾統一的雅烈席卡對這片土地上的所有人來說都是美好幸事。有他在身旁，過去總是很容易合理化以鮮血付出的代價。

無論他們是何等感覺，他們都必須前進。他們給了泰歐非營爵一小時的時間召集他的襲擊隊，並展開幾次初步突圍，以清空平台。在這段時間裡，娜凡妮盡她所能蒐集颶光。她的隨從用幾個大袋子背著這些錢球與寶石。

趁著等待的這段時間，娜凡妮派人找來兩個女人，她們站在靠近這群隨從中央的位置：兩名來自芬恩女王宮廷的賽勒那學者，前來塔城參加娜凡妮的講習。她們欣然來到娜凡妮的指揮所，多半相信她是為了保護她們，才派人去找她們。這時她們焦慮的眼神顯示出，她們慢慢開始懷疑那個假設了。

一名士兵看守著穿過一條走廊。娜凡妮快步朝那方向走去，把隨從丟在身後。她進入一個寬敞的開放廳堂，之前他們都把這地方當作會面處。大約五百名士兵擠在角落和兩條側廊，並不是完全看不到，但對他們的目的來說夠隱蔽了。除了其中為數眾多的弓箭手之外，最有意思的是兩個附輪子的金屬柱。

泰歐非看見她便走上前來。「光主，您在靠近階梯的地方等的話，我會比較安心。」

「建議收到。」娜凡妮說。「情況如何？」

「我召集了最厲害的老手。這會是一場血戰，不過我覺得我們有機會。敵人靠銳者掌控地面層。我一直提醒手下，儘管敵人的力量很嚇人，不過操使力量的人才受過一年訓練而已。」

到目前為止，人類方的優勢在於他們的經驗。剛從奴隸人生中甦醒的帕胥人，比不上經戰鬥淬鍊的部隊。不過隨著敵軍獲得越來越多實戰經驗，這項優勢已慢慢消逝。

一名筋疲力竭的傳訊員從娜凡妮正對面的走廊衝進來——那條走廊通往地下室的階梯。傳訊員對泰歐非點點頭，然後挪到一旁，雙手撐著膝蓋大口喘氣。

泰歐非示意娜凡妮退開，於是她走到側廊開口處。她沒退得更遠，使得泰歐非面無表情地走過來，拿了些蠟給她，指指她的耳朵。然後他就定位，劍出鞘，身旁環繞一群士兵。

受控制的撤退已經夠困難了，他們現在嘗試的還要更加棘手——導向埋伏的假潰退。你必須誘使敵人以為你正在潰逃，但那就得背對你的敵人。很快地，人類士兵稀稀落落奔入，娜凡妮覺得他們的驚慌看起來很真實。或許就是真的沒錯。士氣瓦解的虛實只有一線之隔。

稀落的士兵人數漸增。逃離的人類，閃光和雷擊追趕在後，那聲音逼得娜凡妮倉促用蠟塞住耳朵。她花了一點時間為跑最慢的士兵哀悼，他們為這詭計付出生命，死於明亮的閃電下。

追趕在後的銳者很快便衝進來。那是看來無比邪惡的歌者，長著尖銳的甲殼和發光的紅眼。娜凡妮絕對沒辦法像泰歐非一樣等那麼久才開火——他想盡可能等更多銳者進來。然而停頓的時間足以讓第一批敵人停下來，舉起閃電劈啪作響的手臂。

他們朝等待的士兵放出閃電，娜凡妮穩住自己。閃電擊中被特意放在那裡的金屬柱，它們像開放原野中的高樹般吸走閃電。

泰歐非舉起一塊紅布下達命令——只不過娜凡妮幾乎看不見，因為她的眼睛被閃得一時目盲，正不停眨眼。致命的弩箭一波波射出，射倒銳者——他們不像煉魔一樣能夠自癒。

「吊起閃電桿！」泰歐非大喊的聲音聽在娜凡妮耳裡顯得被壓抑了。「前進，士兵們！避開地上的血。我們朝地下室推進！」

轉眼間，「潰逃」倒轉了，人類士兵湧入走廊，追趕殘存的銳者。泰歐非對她敬禮後便離開。他展開一場不可能的任務：進攻長長的樓梯井，朝著被銳者與煉魔入侵的地下室推進。如果他抵達寶石柱時，娜凡妮還沒辦法過去，他便得摧毀壓抑燦軍力量的石榴石。手足表示這或許能使燦軍恢復。

同時間，娜凡妮的任務是啓動手足的防護裝置。她快速聚集她的書記，衷心希望他們對爬過屍體不至於太過畏怯。

❖

卡拉丁抱著滿懷的毯子鑽進一個房間。他不認識裡面的年輕家庭——父親、母親、兩個學步兒——因此他們一定是逃到爐石鎮的難民。

這個小家庭很努力把這個無窗的小房間變成他們自己的空間。兩面牆滿是賀達熙沙畫，地板也畫上複雜的大幅符文。

卡拉丁不喜歡自己進來時看到他們畏縮的模樣，小孩還啜泣了起來。如果你不希望其他人看見你的時候畏縮，他想，那就不要一副凶樣，像個外科醫師一點。他一向不具備父親的溫和優雅，那種低調作風並非軟弱，但也很少流露威脅感。

「抱歉。」卡拉丁在身後把門關緊。「我知道你們以為來的會是我父親。你們想要毯子？」

「對。」那名妻子起身接過毯子。「謝謝你。天冷了。」

「我知道。」卡拉丁說。「塔城出了點問題，所以加熱法器失效了。」

那男人以賀達熙語說了些什麼。坐在卡拉丁肩上的西兒低聲翻譯——但反正那女人隨後也翻譯了起來。

「走廊上有黑暗的傢伙。」女人說。「他們……留在這裡？」

「我們還不知道。」卡拉丁說。「就目前而言，最好還是留在自己房間裡。來，這裡還有水和口糧。恐怕都是魂術做的。有必要的話，我們明天會派人來收便壺。」

取出水和食物後，他把背包甩上肩頭，悄悄退回走廊。他還得去三個房間，然後再去和父親會合。

「什麼時間了？」他問西兒。

「晚了。」她說。「再幾個小時就天亮。」

卡拉丁已經派送毯子和水大約整整一小時。他知道遙遠下方的戰鬥還未止息，也知道娜凡妮還在抵抗。不過敵人很快便占領這一層、留下衛兵，往下進逼雅烈席卡抵抗軍。

儘管塔城尚未落敗，卡拉丁的樓層卻相對安靜。西兒轉身，飛入空中，閃閃發光，化爲雲朵般的無形之物。「我一直看見東西，卡拉丁。紅色光束。我想是虛靈吧，在走廊巡邏。」

「人類看不見他們，但是妳看得見，對吧？」

她點頭。「不過他們也看得見我——我意識的面向。」

一部分的他想問得更詳細一點。例如爲什麼大石總是看得見她？大石不知爲何有一部分是靈嗎？利芙特似乎也做得到，但她不願意談。所以她有部分食角人血統嗎？其他緣舞師沒有這樣的能力。

他問不出這些問題。他心不在焉，而且說實在的，他累壞了。他讓思緒溜走，前往清單上的下一個房間。這些人可能會特別害怕，因爲一直沒聽到任何消息，自從——

「卡拉丁。」西兒噓聲說。

他立即停步，接著抬頭，看見一個颶風形體的銳者正沿走廊過來，一手拿著錢球燈籠，劍插在臀側。

「喂，你，」他說話時帶著節奏，除此之外沒其他口音。「你爲什麼離開房間？」

「我是醫師。」卡拉丁說。「一個煉魔說我可以去查看我的同胞。我在送食物和水。」

歌者上下打量他，揮手要他打開背包看看裡面是什麼。卡拉丁照辦，沒朝西兒的方向看；爲了以防萬一，她正在假扮風靈——東飛西竄，假裝她不屬於燦軍。

歌者檢視口糧，接著又細細審視卡拉丁。

看看我的手臂、我的胸膛，卡拉丁想，納悶爲什麼一個醫師卻長了一副士兵的體格。至少他的烙印被長髮遮住了。

「回去你房間。」歌者說。

「其他人嚇壞了。」卡拉丁說。「你們可能俘虜了一些歐斯底里的人——混亂會干擾你們的軍隊。」

「你們鎮上的帕胥人害怕時，你又多常去查看他們？」歌者問。「他們被迫進入黑暗的房間，被鎖起來後無人聞問時？你對他們有過任何關懷嗎，醫師？」

卡拉丁忍住回應的衝動。像這樣的奚落，說話者並不是眞的想得到答案。因此他只是低下頭。

歌者前進一步，手甩向卡拉丁攻擊他。卡拉丁不假思索地動了，在歌者擊中他之前，舉手抓住歌者的手腕。當他碰觸到覆蓋甲殼的手背，他感覺到某個東西微微一震。

歌者獰笑。「你說你是醫師？」

「你沒聽過戰地醫師嗎？」卡拉丁說。「我跟男人一起受訓，因此我能夠照顧自己。你可以問問這鎮上的任何一個人我是不是醫師的兒子，他們都會爲我作證。」

歌者推開卡拉丁的手，試著把他摔倒，但卡拉丁站得很穩。他注視那雙紅眼，看見其中的笑意。渴望。這生物想戰鬥。或許他很憤怒，在這場應該大膽又危險的任務中，他卻分配到巡邏走廊這種無聊工作。能有個理由找點刺激，他再高興不過。

卡拉丁收緊握住對方手腕的手。他的心跳狂飆了起來，發現自己伸手到腰帶汲取颶光。汲取一口，吸入體內，結束這場鬧劇。敵人已入侵塔城，他卻在分送毯子？

他牢牢釘住那雙紅眼。他聽見自己如雷的心跳。接著，他逼自己看向一旁，讓歌者把他推到牆邊，掃腿把他絆倒。這生物矗立在他上方，卡拉丁維持視線低垂。他還是奴隸時學過該怎麼做。

那東西哼了一聲，沒再說話便踩著重重的腳步離開，把卡拉丁丟在原地。卡拉丁覺得緊繃、警覺。他戰鬥前常有同樣感覺——他的疲累一掃而空。他想要行動。

不過，他還是繼續前進，去爲爐石鎮的鎮民分送安適。

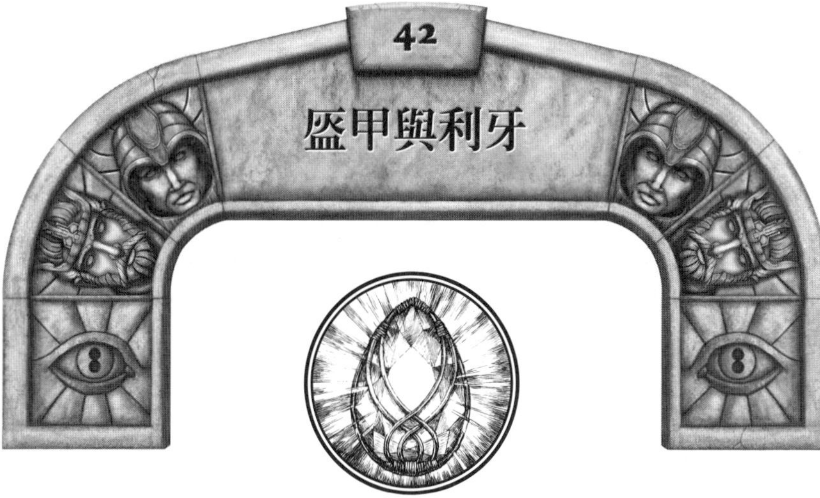

# 42 盔甲與利牙

事實上，我們最該恐懼的應該是載體的狡詐與力量的意圖兩者結合。

娜凡妮和她那群擔驚受怕的隨從很快離開了屍體散落的寬敞廳堂，進入一連串走道。此處牆上燈籠盡數暗去，遭破壞的插銷證明有竊賊以鐵撬染指裡面的錢球。對有些人來說，沒有哪場惡夢夠可怕，也沒有哪場戰爭夠血腥，能阻止他們以具創意的方式增加個人財富。

尖叫聲與迴蕩的雷鳴淡去。娜凡妮覺得她彷彿正進入傳說中的「中心搏」——有些可憐的浪遊者曾受困颶風的狂風中，他們便是用這三個字稱呼颶風的中心。在那片刻中，因爲某些無法解釋的原因，風止息，一切都變得靜止。

她終於來到手足要她去的那個地方：彎曲通道的某一個交叉口。第一層樓的每一個部分多少都有人使用，但這是最少人走動的一個區域。走道形成令人挫敗的迷宮，他們利用附近的小房間做爲形形色色的貯藏庫。

「接下來呢？」防颶員艾特巴問。娜凡妮並不是特別想帶著這男人，那把尖尖的鬍子和神祕的長袍讓他看起來很蠢。但在地圖室時，他也跟他們在一起，而她現在需要她所能找到的每一顆腦袋，不讓他跟著感覺也不對。

「搜索這區域，」娜凡妮對其他人說。「看看能不能找到牆上的石榴石礦脈。礦脈可能很細小，也可能藏在岩層的色彩中。」

他們聽令行事。啞巴橋兵達畢沒往牆上找，反倒搜索起地面——利用一顆完全握在他掌中、幾乎沒透出丁點光的錢球。

「遮住你們的錢球和燈籠。」娜凡妮對其他人說。聽到這命令，其他人露出或是困惑或是害怕的表情，娜凡妮已帶頭拉上燈籠的遮罩。

其他人一一照做，四周隨即陷入黑暗。遠處的一條通道連續閃爍紅光——只是沒有雷聲。幾個人的手因為握著錢球透出微光，逆光映出血管與骨頭。

「那裡。」娜凡妮找到靠近一面牆的地上有微弱的閃光。他們簇擁過去，研究一道隱密寶石礦脈中閃爍的石榴石光。

「這是什麼？」依莎碧問。「哪一種靈？」

光點開始沿礦脈移動，橫過地面，沿通道繼續往前。娜凡妮沒理會那問題，逕自跟著光點，直到它移動到一面牆。光點接著又沿起伏的岩層來到一個房間，在石塊上兜圈子，隨即從門縫溜進去。幸好維楠有鑰匙。進去後，他們得先跨過一卷卷地毯，才能看見光點出現在後方。娜凡妮的手指輕輕拂過光點，發現牆上有一處小小鼓起。

一顆寶石，她領悟，與寶石礦脈連結，深深埋藏此處，極難察覺。似乎是黃寶石。在他們發現塔城模型的房間裡，是不是也有一顆類似的寶石鑲在牆上？

*為黃寶石灌注颶光，手足的聲音在她腦中說，沒有燦軍，妳也做得到嗎？我看過妳施展這種令人驚奇的事。*

「我需要幾顆小黃寶石。」娜凡妮對學者們說。「每一個不能大於三克符。」

她的人手忙腳亂了起來。他們身上都帶著各種大小的寶石以備實驗所需，其中一人很快便呈上一小盒灌注颶光的黃寶石。娜凡妮指示她和另外幾個人用鑷子把小顆黃寶石夾到牆上的黃寶石旁。

以颶光寶石碰觸未灌注颶光的寶石，便可將前者的部分颶光轉移到後者中——前提爲它們都是同一種寶石，而且未灌注颶光的寶石比颶光寶石大上許多。這作用有點類似壓力差，較大的空載體能夠從較小但滿載的載體汲取颶光。

這個過程頗爲耗時，尤其當你想灌注的寶石相對來說較小——限制了可能的壓力差。她來到兩名賽勒那學者攸芙克和芙蘭道身旁，這兩個法器師同屬一個行事非常隱密的公會。

「願全能之主保佑我們能夠及時成功。」娜凡妮說，雷聲在她們後方迴蕩。

「所以妳才帶上我們。」芙蘭道說。她是一名矮小的女子，比起傳統賽勒那裙裝，她更喜歡穿哈法。她的眉毛梳成密實的捲子。「塔城遭入侵，你們的人一個接一個死去，而妳發現有機會從我們這裡刺探貿易機密？」

「世界即將滅亡，」娜凡妮還擊。「我們最大的優勢是這座塔城，能夠在眨眼間將軍隊從羅沙的一端移動到另外一端，而這項優勢現正遭受威脅。妳確定現在眞的是私藏貿易機密的好時機嗎？」

兩個女人沒回應。

「妳們寧願看著塔城失守？」娜凡妮覺得筋疲力竭，以及暴躁。「妳們眞的寧願讓兀瑞席魯淪陷，也不願意分享妳們的知識？如果我們徹底失去誓門，戰爭也就完了。妳們的祖國也完了。」

她們還是不說話。

「好。」娜凡妮說。「希望等妳們死去時——當妳們的祖國已毀、家人成奴、女王遭處決——知道妳們至少還保有微不足道的市場優勢會覺得心滿意足。」

娜凡妮擠到最前面。她的學者們正在一點接一點引導颶光注入牆上的寶石。法器通常都需要注入一定比例的颶光才能啓動——但這顆寶石吸入越多颶光，汲取的速度就變得越慢。

後方傳來腳步刮擦石地的聲音，娜凡妮轉身，看見兩名賽勒那學者之中較資淺的攸芙克站在她身後。

「我們利用聲音，」她低聲說。「如果妳能讓寶石以某種頻率振動，那麼無論放在它旁邊的寶石是什麼尺寸，它都會從中汲取颶光。」

「頻率……」娜凡妮說。「你們是怎麼發現的？」

「傳統，」她低語。「代代相傳了數百年。」

「創造振動……」娜凡妮說。「你們利用鑽出來的孔？不對……那樣的話，颶光必須已經注入才行。音叉？」

「對。」攸芙克解釋。「我們用音叉碰觸已注滿的寶石，讓它振動，接著便可引導一線颶光到空的寶石。然後它會虹吸，就像液體一樣。」

「妳們現在手上有工具嗎？」娜凡妮問。

「我……」

「妳們當然有。」娜凡妮說。「我派傳訊員去找妳們時，妳們以爲我要撤離妳們，會帶走身邊所有貴重物品。」

這名賽勒那年輕女子在口袋裡摸索片刻，拿出一支金屬音叉。

「妳會被逐出公會！」芙蘭道在後方厲聲說，怒靈在她腳下匯聚。「這是陰謀！」

「這不是什麼陰謀。」娜凡妮安撫那個焦慮的女孩。「老實說，我們在利用煉魔的武器方面即將有所突破——那個武器能抽乾人類身上的颶光。妳此時此刻所做的事，只是讓我們有機會從入侵者手中拯救塔城而已。」

娜凡妮立刻嘗試那方法，敲擊音叉，碰觸其中一個颶光寶石。沒錯，當她將音叉移向牆上的寶石，音叉拖著細細一道颶光。看起來就像燦軍吸入颶光時的樣子。

方法奏效了，颶光頃刻間便注入牆上的寶石。手足解釋過接下來會發生什麼事，不過娜凡妮還是嚇了一跳——注入颶光後，法器讓整面牆震動了起來。

牆的正中央分開。這裡從頭到尾竟然都有一扇密門，由法器鎖起。在過去，很可能只有燦軍能夠啓動這個法器。他們迅速揭開燈罩拿出錢球，照亮門後的空間：一個圓形小房間，中央有一個台座。一顆無颶光的巨大藍寶石鑲嵌於台座上。

「快，」娜凡妮對其他人說。「開始工作吧。」

❖

卡拉丁將背包甩上肩膀，溜出另一戶嚇壞的人家。這一家人就跟先前其他家庭一樣，也向他詢問最新狀況、消息，以及向他尋求保證。會沒事吧？其他燦軍會不會跟他一樣起來行動？盟鑄師什麼時候回來？

他希望自己有答案。他覺得自己好盲目。他已經習慣置身所有重要事物的核心——不僅參與重要人物的計畫，也知曉他們的憂慮與恐懼。

他跟著竄入走廊的西兒。時間很晚了，儘管岩石隆隆震動，卡拉丁還是得努力抵擋累得令他東倒西歪的腳步。遙遠的下方傳來朦朧的爆炸聲，如此震撼，一定是銳者或煉魔幹的好事。人類還在塔城的某處戰鬥，不過在第六層的這裡，他們龜縮、逃避。這地方瀰漫一千個恐懼之人的沉默。

他來到一處交叉口，努力壓下疲憊感。他應該要回診所跟他父親會合才對，不過西兒朝另一個方向掠去——她顯然想吸引他注意。他們決定要拉開距離，以免有虛靈注意到她。

他跟著她走上左邊的岔路，穿過一道門，來到一個距離他住處不遠、類似天井的大露台。許多像這樣的露台都是公共空間，但這裡今晚空無一人——只除了一個站在邊緣的人影。瑞連的甲殼從制服的洞突出，因此就算只是剪影也很好認。

「嘿。」卡拉丁走向他。西兒在欄杆坐下，散發著柔和光芒。卡拉丁凝視夜晚的黑暗，眺望無盡的山脈與雲朵因爲最後的月亮迷辛而微微散發綠光，這景象因而頗令人發毛。

「更多軍隊。」瑞連朝下方的台地點點頭。又一隊歌者朝塔城的前門移動。「他們行軍的樣子像人類軍隊，不像聆聽者組成兩兩一組的戰侶。」

「我以爲你會躲在診所裡。」

「阿卡，他們會占領塔城。」瑞連的聲音染上一抹悲切的韻律。「我們今晚無法收復兀瑞席魯——短期內都做不到。這樣的話，我該怎麼辦？」

「你跟他們不是一夥的。」

「那我跟你們是一夥的嗎？」

「你向來都是橋四隊的一份子。」

「我不是那個意思。」瑞連轉身面對他，綠色月光照亮他的甲殼和皮膚。「如果我嘗試躲在人類之中，我會帶來災難的。假設我能夠以某種方法躲起來，有人會去向煉魔告發我。有人會覺得我是敵方的間諜，然後……嗯，會很難解釋我爲什麼沒有走出來擁抱他們的占領。」

卡拉丁想反駁，不過颶風的，他也在擔心類似的情況發生在自己身上。若有人提及他原本是燦軍——那個醫師的兒子就是逐風師卡拉丁·受颶風祝福者——然後……唉，誰知道會怎麼樣呢？

「所以你打算怎麼做？」西兒在欄杆上問。

「去找他們。」瑞連說。「假裝我不是聆聽者，只是一個沒有成功逃離過的普通帕胥人，也不知道我該做什麼。或許行得通。或是說不定可以躲在他們之中，假裝我一直都跟他們在一起，只是軍隊裡的另一張臉。」

「如果他們帶你進入永颶呢？」卡拉丁問。「命令你變成鋭者形體——或者更糟，要你臣服於煉魔的靈魂？」

「那我就要想辦法逃走，對吧？」瑞連說。「這不是一天兩天的事了，阿卡。我想我一直知道自己終究得面對他們。如果我想，這裡可以成爲我的家。我知道，我也一直很感謝你和其他人爲我留下一席之地。

「但同時，我也忘不了人類帝國對我的族人做過的事。我在這裡沒辦法完全自在；思考著外面是否還有其他聆聽者撐過永颶時就沒辦法，思考著我是否還能再多做些什麼以阻止這場災難時就沒辦法。」

卡拉丁深吸一口氣，一部分的他在心裡流淚。「那，又要說再見了。」

「希望只是暫時的。」瑞連說完後看起來有點尷尬，他伸出雙手擁抱卡拉丁。瑞連似乎不曾喜歡過這種人類習慣，但卡拉丁爲他的心意而感到高興。

「謝謝你信任我的這個決定。」瑞連退開。

「好幾個月前，你說過這是你想要的，」卡拉丁說。「當時我答應你我會聆聽。」

「我想要被信任、被承認。」瑞連說。

「我遵守我的誓言，瑞連。尤其是對朋友的誓言。」

「我不會加入他們，阿卡。我是間諜。那是我受的訓練——我的族人盡他們所能給了我那樣的訓練。我會找到方法從內部幫忙。記住，憎惡回歸後首先摧毀的種族不是人類，而是聆聽者。」

「橋四隊。」卡拉丁說。

「生先於死。」瑞連回應，接著悄悄朝塔城內部走去。

西兒還是坐在欄杆上。卡拉丁靠著石壁，等著西兒說句俏皮話。其他人試圖用歡笑安慰他時，他總是覺得沒用、沒必要。但若是她……嗯，她總是能幫忙把他從深水中拉出來。

「他們都會離開，對吧？」但是她卻低聲這麼說。「摩亞許、大石，現在是瑞連……每一個人。他們都會離開。或是……或是更糟……」她看著卡拉丁，嚴肅得一點也不像她。「他們全部都會離開，然後只剩下虛無。」

「西兒。」卡拉丁說。「妳不該說這些。」

「不過這是真的。」她說。「對吧？」

「我不會離開妳。」

「只是你依然差點離開？」她柔聲說。「我以前的騎士……他不想離開……不是他的錯。但他是凡人。每個人都會死。只有我除外。」

「西兒？」卡拉丁說。「怎麼了？他們對塔城做的事，對妳產生影響了嗎？」

她安靜了一會兒，凝望外面綠色的雲朵。「對，當然。」她說。「對不起。這不是你想聽的，對吧？我可以活潑，也可以快樂。看哪？」她衝入空中，化為一道繞著他的頭飛竄的光。

「我的意思不是——」卡拉丁說。

「別杞人憂天了啦。」她打斷他。「你最近一點玩笑也開不了嗎，卡拉丁？走吧。我們得回去診所了。」

她嗖地飛走，而他跟在後面，滿心困惑、憂慮，最主要還是覺得精疲力盡。

❖

娜凡妮看著她的人忙著為小房間中央的寶石注入颶光。他們向賽勒那學者借來第二支音叉，工作的速度提高為兩倍。

如此簡單的工具。她曾和露舒耗費不知道多少小時的時間，推論著賽勒那法器師到底採用什麼作法——她們的猜測從隱藏的燦軍到精巧複雜的機械裝置；後者模擬水的逆滲透，這種作用和颶光灌注的科學原理相似。現在才知道，賽勒那人實際採用的方法實在簡單太多了。

結果難道不是常常這樣嗎？事後回顧，科學總是顯得簡單。爲什麼古人沒想出其實可以蓄意將靈困在寶石內？他們爲什麼沒發現可以配對的分裂寶石？在籠中加上一點鋁，就能做到神奇的事。有了這些知識，四千年前的人就能像娜凡妮的族人一樣輕鬆擁有飛行船。

沒錯，導致躍進的數百個小跳躍都不若表面上那麼直覺。無論如何，娜凡妮還是不禁陷入了沉思。要是她能知道對後代來說顯得顯而易見的接下來幾個小跳躍，她會創造出什麼樣的奇蹟？她每天與多少神奇發明擦肩而過，那些東西卻只是分散地躺在那兒，等待有人將它們拼湊起來？

更多雷聲響起。她希望接連不斷的噪音對泰歐非和他的手下來說是好兆頭。*動快一點*，她用意志力催促颶光。不幸的是，這顆寶石有點古怪。賽勒那的新方法確實加快了颶光傳輸的速度，但這詭異的法器似乎汲取得多太多了。他們帶來的錢球大多已空，藍寶石卻還是幾乎黯淡無光。他們似乎不只是將颶光注入這顆寶石，而是注入寶石礦脈的整個網絡。

這眞的是一個法器嗎？雖然確實有金屬絲環繞在外，但娜凡妮沒看過這種籠。還有，爲什麼這東西附帶一個約莫她拳頭大小的玻璃球，另外裝設於一個角落，以金屬絲與寶石相連？

學者們不停工作，汲空一顆又一顆寶石。娜凡妮這時用外手的指背輕輕拂過牆上的一道石榴石礦脈。

*妳必須加快動作*，手足在她腦中說。

「我們已經盡可能快了。」娜凡妮低語。「我的士兵還活著嗎？」

*我看不見他們*，手足說，*我的視覺受限，這令我困惑，平常並不是這樣的。不過我想妳派出去的士兵應該在附近。我聽得見塔城寶石心臟附近的叫喊聲。*

娜凡妮閉上眼，希望全能之主願意接受低聲說出的祈禱，因爲她此時沒有祈禱文可燒。

快點，手足說，快點。

她看了看寶石堆。幸好賽勒那的方法能夠在不同類型的寶石間傳輸颶光。「我們在努力了。你知道爲什麼靈偏愛不同種寶石嗎？」

因爲它們各不相同，手足說，爲什麼人類喜歡不同類型的食物？

「但是染上不同顏色、味道相同的食物對我們來說同樣都可以接受。」娜凡妮朝一小堆綠寶石點點頭。「至少就結構而言，許多寶石都完全相同。我們認爲這些寶石甚至擁有相同的基本化學成分。」

對靈來說，顏色就像口味，手足說，屬於物體魂魄的一部分。

有意思。

妳必須加快動作，手足又說了一次，痛苦女士握有轉化的波力和危險的知識。她會利用她的虛光依正確次序灌注我的整個心臟，也就是寶石柱。這麼一來，她會腐化我，把我變成……把我變成像魄散一樣的東西……

「而我們現在做的事能保護妳？」娜凡妮低聲問。

對。這將立起一道壁壘，防止任何人接近我——包含人類、魄散或歌者。

「那也會阻礙泰歐非破壞抑制我方燦軍的構造。」娜凡妮說。

泰歐非沒救了，手足說，妳必須加快。娜凡妮，他們又啓動誓門了。新的敵軍已經到來。

「他們是怎麼啓動的？他們有破空師，但他們也應該跟我們的燦軍一樣失去力量，對吧？」

他們帶著一個人類，他握有其中一把榮刃。

摩亞許。那個殺人凶手。娜凡妮感覺怒意湧起。不幸的是，除了目前的工作之外，她能做的很少。

快點。請快一點……手足似乎猶豫了一下，等等。發生了某件事。痛苦女士停下了。

❖

凡莉目睹人類士兵的最後進攻。她站在階梯底——這是頗為奇特一道階梯，通往地面層的樓梯井是一個寬敞的圓筒狀開放空間，階梯沿圓筒的外牆蜿蜒，看起來如此狹窄又靠不住，懸在那裡，中央上方則是洞窟般的開放空間。

在煉魔與銳者反覆地襲擊之下，試圖踩著如此陡峭又不牢靠的立足點往下打，眞是純粹的瘋狂之舉。然而人類英勇奮戰。他們的盾緊密相連，移動時帶著一種凡莉的姊姊向來讚賞的精確性。聆聽者則是以戰侶的形式戰鬥，與彼此和羅沙的節奏同調，人類似乎有他們自己的共生關係——靠經年累月的訓練鍛造。

盾牌組成的防護罩擋住天行者，他們在隊伍附近盤旋，嘗試以長槍刺擊；然而他們在室內欠缺揮灑的空間。人類開始進攻前，從此處的裂口倒下好幾桶水，如雨般落在下方的颶風形體銳者身上。他們的力量靠近水便會減弱，凡莉向來覺得這件事有點諷刺。

下行的攻擊太戲劇化，因此凡莉派人去請菈柏奈過來，打斷了這名煉魔在寶石柱的工作。菈柏奈走出來，震驚地看著人類竟然已如此接近。

「快。」她厲聲對旁邊的颶風形體下令。「爬上階梯，直接跟士兵交戰！」

他們聽令，但是力量遭水抑制，他們打不過人類部隊。人類把他們刺死，或是逼得他們從階梯側邊摔落，不停繞著圓弧的牆朝下推進，冷酷地踩過倒地戰友的身體，維持著三人寬的前線。

「眞是驚人。」菈柏奈低語。人類像隻包覆巨殼的野獸一樣戰鬥：一隻盤繞、堅韌的裂谷魔，全身盔甲與利牙。

菈柏奈揮手要其餘最深者也加入戰鬥，不過事實證明就連他們也沒用。他們先前透過手從牆壁探出推人，或是從側邊伸手抓人腳踝，曾幾次成功擾亂人類隊形。然而這些士兵迅速適應了。最靠近牆的人現在持劍行進，提防最深者的攻擊。不止一條手臂被卸下、掉到凡莉附近的地上，加入失足掉落的人類和銳者行列。

凡莉站在那裡，身旁是越來越憤怒的菈柏奈，她覺得人類有可能成功。他們由一個頭髮斑白的老兵帶領，人數從數百減少到只剩五十，卻仍毫不遲疑地頑強推進。凡莉發現自己默默地爲他們喝采，音質也歡欣鼓舞地脈動著希望節奏。她並不在乎人類整體，但是看著眼前不屈不撓的這群人，根本不可能不欽佩他們。

這就是她族人之所以在與人類征戰的年間漸漸衰微、幾乎消失的原因。不完全是因爲人類能夠使用碎具，或是他們驚人的資源。而是因爲他們儘管就個體而言弱於任何一個聆聽者，卻能以如此方式通力合作。他們不具備任何形體，不過他們以訓練補償，犧牲個體性，直到他們幾乎成爲了靈——他們對單一事物如此專精，永遠不會轉變爲其他目的。

他們又繞過一圈，距離地面只剩下二十呎，菈柏奈呼喊要更多最深者過來。接著一道紅光由上方竄下。追獵者到來。

他在人類隊伍的正中間現形，揮出有著尖銳甲殼的雙臂。人類猛然轉向這名新敵人，隊伍隨之潰散——不過追獵者當然又竄入空中。他留下一個空殼，一個甲殼版的假軀體。人類不停戳刺空殼，而眞正的追獵者又出現，撞入隊伍的另一段。

風向不變。

天行者找到盾牆上的漏洞，一一刺傷人類。最深者利用這團混亂攫住持劍的手臂或絆倒士兵，一小群人類在那名老兵的帶領下試圖往前衝過剩下的路，不過凡莉附近的銳者已用毛巾擦乾身體，聯手成功釋放一團閃電，把士兵前方的階梯炸出一個寬大的裂口。

人類領導者和最靠近他的幾個人隨碎石一起摔死，剩下的人發狂地試圖撤退。進攻很快便結束了。

菈柏奈改哼起寬心，接著大步走回通往寶石柱的壁畫走廊。凡莉不想觀看最後的殺戮，因此轉身追上她。屍體墜落的聲音——盔甲鏗鏗鏘鏘撞擊岩石——一路追在她們身後。

❖

結束了。手足低聲對娜凡妮說，妳的人落敗。

「你確定？」娜凡妮問。「你看見什麼？」

我以前能夠觀看整座塔城。現在……我只看得見片段。第六層的一小部分。第四層的一個房間，裡面有一個籠。最靠近痛苦女士的地方。她回來了。她現在將殺死我。

讓她手下忙碌許久的那顆大寶石終於被颶風喚醒，開始散發明亮光芒。寶石中的光猛烈變幻舞動，然後枯竭，慢慢消逝。

娜凡妮感覺一陣驚慌，但後來手足又在她腦中說話，成功了。梅利席……我向來恨你……但我現在祝福你。成功了。我安全了，暫時。

娜凡妮如釋重負地吐出一口氣。

如果他們接近妳剛剛灌注颶光的這顆寶石，手足說，他們便能透過這顆寶石腐化我。妳必須摧毀它。

「這樣會打破防護嗎？」娜凡妮逼自己問出口。

不會。會弱化防護，但總比其他情況好。妳無法守護這個地方。妳在階梯的那些士兵都死了。

她吐出一口氣，她會記住情況許可時要為那些死者焚燒祈禱文。但若泰歐非已死……那塔城已被占領。娜凡妮的唯一選擇是投降。她只希望防護能撐到達利納回來，或是撐到她找到方法解救燦軍。

前提是她沒被殺。煉魔通常不任意屠殺，但確實有報告指出他們會處決高階淺眸人。這取決於個別軍隊是由哪一個煉魔帶領，以及人類有多頑強反抗。

「砸碎藍寶石。」她對學者們說。「摧毀整個法器，包含籠在內，還有那顆玻璃球。派人去地圖室和資料庫燒掉塔城的地圖。其他人跟我來。我們必須想辦法正式投降，以免話沒說清楚就全被殺死。」

❖

菈柏奈略帶飢渴地回到寶石柱旁。凡莉站在旁邊，這名煉魔則伸手碰觸鑲嵌在結構體中的一組寶石，開始注入虛光。

不過她才剛開始，卻又遲疑了。「發生了奇怪的事。系統裡有颶光。應該不可能才對，手足無法創造颶光。」

「我以爲燦軍和他們的法器一向都是使用颶光。」凡莉說。

「塔城是不同的東西。」菈柏奈看了看凡莉，發現她的困惑，不同於其他煉魔，菈柏奈選擇解釋。「手足，也就是塔城兀瑞席魯，是榮譽和培養的孩子，他們創造它來對抗憎惡。這地方靠手足的光運作，那是手足父母本質的混合物。颶光本身應該無法操作塔城的核心系統。對手足來說，颶光是不完整的，就像缺了好幾個鑰齒的鑰匙。」

「而妳使用虛光，則是在用一把……沒有鑰齒的鑰匙？」凡莉問。

「我用的根本不是鑰匙。我是在破壞鎖頭。」菈柏奈雙手放上寶石柱，爲另外一種寶石灌注虛光。「我很確定手足沒有感覺、完全不知道我們在此。我可以腐化它、喚醒它爲我們所用。正如我所預期。不過其中確實有颶光，我感覺得到，非常大量。或許……這只是用來操作幫浦或乘載器的動力，並不眞正屬於手足的一部分，是後來才添加的系統，附屬於塔城，只接受颶光的附加系統……」

菈柏奈停頓，後退一步，哼起渴切，表達她的困惑與疑問。接著一陣藍光從寶石柱散出。她踉蹌退開，凡莉也跟著她衝到外面的走廊——藍光止於此處，而且看似化爲固體，擋住去路。

菈柏奈上前，一隻手放了上去。「固體，而且從色調看來，是由颶光驅動……」凡莉預期她會發怒。這防護層，無論它到底是什麼，顯然阻礙了願望女士正在做的事。然而，她卻看似著迷。

「厲害，眞是厲害。」菈柏奈用她的刀輕敲防護層，碰觸時發出玻璃般的聲音。「這眞是神奇。」

「我們的計畫是不是毀了？」凡莉問。

「絕對是。」

「妳……妳不介意？」

「當然不介意。破解這東西一定會非常有意思。我是對的。最終的答案、終結戰爭的方法，一定就在這裡。」

閃爍的紅色閃電劃過地面來到走廊。凡莉見過這畫面——像閃電的靈沿物體表面移動。沒錯，它化身爲小小的人形——不是歌者，而是人類，有著一雙詭異的眼睛和無風仍波動的頭髮。

烏林姆，凡莉多年前遇見的第一個虛靈。「願望女士。」他華麗地一鞠躬。「我們找到黑刺的妻子，也就是塔城王后了。」

「哦？她躲在哪裡？」菈柏奈問。

「一個最深者——泉水召喚者——在一個奇怪的法器附近找到她。那個法器不幸已遭摧毀。召喚者召集一支軍隊捕獲黑刺王后，她平順地配合，現在要求跟這次攻擊的領導者談話。我該殺死她嗎？」

「別浪費，烏林姆。」菈柏奈說。「黑刺的妻子會是很有用的棋子。我以爲你不只如此。」

「一般而言，我最渴望的東西就是新玩具，」烏林姆說。「但是這女人危險又工於心計。報告指出，上個月襲擊雅烈席卡的飛行器就是出自她之手。」

「那我們就更不該殺她了。」菈柏奈說。

「她對塔城的人民來說可能是一種象徵……」烏林姆說。接著這個小靈歪過頭，看著包覆門的防護層。「這是什麼？」

「你現在才注意到？」凡莉問。

烏林姆瞥了她一眼，然後別過頭，假裝忽視她。經過這些年，他對凡莉是什麼看法？他曾應允她那樣的承諾。她現在還活著，而且心知肚明他是怎樣的一個騙子，他是否因此感到難堪？

「這是一道謎題。」菈柏奈說。「走吧，我去會一會塔城的王后。」

❖

娜凡妮鎮定心神，立定，雙手交握身前，身旁圍繞著歌者士兵。儘管她疲累得想癱倒，她依然高高抬起頭。眞希望她今天穿的是正式的哈法，而非現在這身簡單的工作裙、一隻手戴手套，但沒辦法。王后就是王后，無論她穿什麼都一樣。她保持冷靜的表情，雖然其實並不確定等在前方的是監禁還是死亡。

他們當然立即把她跟其他人隔開，也拿走她的臂套連同上面的法器。她希望能向全能之主焚燒祈禱文，祈求她的學者都安全無虞。投降的唯一理由是保護他們以及塔城的其他人。在這方面，煉魔向來明理，他們一再清楚表示他們不會屠殺投降的百姓。你總是知道你有出路，你要做的只是屈服而已。

許多、許多年前，加維拉和娜凡妮自己也曾給出同樣的教訓。各城市只要加入統一的雅烈席卡便能繁榮昌盛。當然了，有了加維拉和達利納，那教訓總是有個明確的附加條款。不屈服，那就等著面對黑刺。

那些回憶縈繞娜凡妮腦中，因此敵方士兵帶她走下階梯時，她很難被激起任何憤慨的感覺。她自己也曾出於自身意願而如此對待他人，現在遭受相同對待，怎能感到憤慨？這是加維拉邏輯中的一大瑕疵。如果他們的力量合理化他們對雅烈席卡的統治，那更強大者出現時會發生什麼事？這樣的系統確保戰爭存在，那會是爲了統治而生的持續衝突。

看見第一批屍體前，她都還能用如此高尚的哲學思考分散注意力。屍體癱靠牆邊、階梯轉角，身穿洛依恩制服的男人。臉孔太年輕的男人，在他們試圖朝寶石柱推進時遭到屠殺。

被她派去赴死的男人。娜凡妮堅強起來，還是必須踏著他們的鮮血前進。弗林教誨厭棄賭博，娜凡妮也向來為自己迴避這些機率遊戲而驕傲。然而，她卻以性命為賭注，不是嗎？

鮮血瀰漫，沿階梯滴落，她時時有滑倒的危險。他們架著她一圈一圈向下，經過戰鬥激烈處遭破壞的木欄杆，俘虜者之一以一隻強壯的手撐在她手臂下。

她在階梯底看見一堆屍體，其中包含一些科林制服。可憐的泰歐非和他的手下。看起來他們幾乎成功了，因為天行者還得帶著娜凡妮飛過階梯的一處缺口，最後幾具屍體就倒在這裡——訴說著他們的最後時刻。

*謝謝你，泰歐非*，娜凡妮想著，*還有你們所有人*。如果塔城仍有一線希望，都是因為這些人為她爭取了時間。就算他們沒抵達寶石柱，他們的成就依然非凡。她會記住他們的犧牲。

走下階梯後，她被架著走過壁畫走廊。行走之中，她發現自己對他們是如此奮勇抵抗而感到驕傲。不僅泰歐非和士兵，還有整座塔城。沒錯，煉魔不到半天便征服了整個兀瑞席魯，不過考量娜凡妮沒有燦軍和碎具可用，能撐那麼久也夠了不起了。

在看見走廊末端擋住寶石柱室通路的藍色光芒後，她尤其為他們的努力感到自豪。真怪啊，到了王后的身分要被剝奪的前一刻，她才覺得自己最像個王后。

士兵帶著她走進兩個圖書室中較大的那一間，一個身穿輕甲、高䠷的煉魔女倫站在裡面，仔細審視其中一落紙張。那是娜凡妮最珍貴的工程與設計祕密。這名煉魔的髮型怪異，甲殼幾乎覆蓋整顆頭顱，只除了以歌者的濃密橘髮束起的一個頂髻。從護衛把娜凡妮帶上前的方式看來，她應該就是首領。

那個煉魔繼續閱讀，幾乎完全沒理會娜凡妮。

「我準備好要討論投降的條件了。」娜凡妮終於開口。

一個靈巧的銳者走到女倫身旁。「願望女士菈柏奈不容許直接——」

那個煉魔說了些什麼打斷她。無論她說什麼，這個銳者似乎都沒料到她會開口，因爲銳者又開始說話時，聲音的節奏明顯改變。

「女士說：『她以王后的身分前來，但她離開時將失去那個頭銜。配合她的位階，她暫時還能在她想說話時說話。』」

「那就讓我來提出投降。」娜凡妮說。「只要你們帶著我給你們的正確信物接近我的士兵，他們會依我的指示放下武器。那個信物將證明我們已達成共識。」

「我要妳的燦軍。」煉魔菈柏奈透過口譯說。「妳將發表聲明：藏匿燦軍者都將受到嚴厲懲罰。我們將搜索整座塔城，讓所有燦軍都收歸我們照管。妳的士兵和軍官都將繳械，但不會受傷害。

「妳的人民可以在我們的法律下繼續於塔城生活。所有淺眸人——包含妳——都將享有與深眸人相同的地位。你們是人類，不多不少。歌者的命令需立即聽從，人類不得攜帶武器。除此之外，我樂於讓他們繼續他們各自的工作，就算從商也可以——大多數雅烈席卡的人類原本並不享有這項特權。」

「我不能交出燦軍騎士好讓妳處決他們。」娜凡妮說。

「那我們就趁他們所有人都失去意識的時候殺死他們。」這名煉魔說。「一旦我們完事，談投降條件時就沒那麼寬容了。反過來說，我們可以現在就談和，妳的燦軍不一定會死。我無法保證我不會改變心意，不過我無意處決他們。我們只是需要確定他們受到妥善管束。」

「他們都不省人事，還會需要多少管束？」

菈柏奈沒回應，持續翻閱紙張。

「我同意妳的條件。」娜凡妮說。「塔城是妳的了。只要妳的人帶著畫有黑圈的白旗接近，我的人就會投降。」

幾個銳者跑去傳訊，娜凡妮祈禱他們一路順利。「妳對我的學者做了什麼？還有下面這幾個房間裡的士兵？」

「有些死了。」菈柏奈透過口譯說。「不過人數不多。」

娜凡妮閉上眼。有些？她有多少朋友死於這場入侵？她盡可能的堅守是否為有勇無謀之舉？不，只要爭取到時間立起防護層就不是。她對手足和塔城所知甚微，不過至少現在有一線希望。她必須跟敵人合作、假裝馴服受控，才能找到機會恢復燦軍的力量。

「這些是妳畫的？」菈柏奈透過口譯問，一面翻轉紙頁。確實是娜凡妮的部分素描——更多浮空船。因為他們對飛行機制的了解加深了許多，因此變得更為實用。圖上都蓋有她的印章。

「對。」娜凡妮說。

那個煉魔繼續往下讀，然後，非比尋常地，她說起了雅烈席語——口音濃重，但還聽得懂。「這時代的人類王后身兼工程師是很常見的事嗎？」

她的隨從銳者似乎並不知道願望女士會說雅烈席語，大吃了一驚。也或許她是驚訝於如此高階的煉魔竟對人類說話。

「我的嗜好不太尋常。」娜凡妮說。

菈柏奈把紙折好，終於迎上娜凡妮的目光。「很了不起。我想聘用妳。」

「……聘用我？」娜凡妮驚訝地反問。

「妳不再是王后了，不過妳顯然是個有天賦的工程師。其他人說塔城裡的學者都敬重妳，所以我想聘用妳為我製作法器。我向妳保證，為我工作的報酬比送水洗衣高多了。」

她在玩什麼把戲？娜凡妮心想。這個煉魔當然不會真的期待娜凡妮為敵人設計法器吧？

「送水洗衣是不錯的工作，」娜凡妮說。「我以前都做過。兩者都不涉及洩漏機密給敵人，而且我恐怕這些敵人終究會利用它們殺死或征服我的人民。」

「沒錯。」菈柏奈說。「妳不高傲。我尊重這一點。但是先考慮我開出的條件再拒絕吧。如果妳在我身邊，妳會更容易追蹤我在做什麼、密切注意我的計畫。妳也更有機會偷傳訊息給妳丈夫，懷抱最終獲得援救的希望。妳對颶光與虛光所知甚微，我卻頗為了解。只要妳多加注意，比起放棄這個機會，我想妳從我這裡學到的知識會多更多。」

娜凡妮一時覺得口乾舌燥。她細細審視煉魔那雙因腐化的靈魂而隱泛紅光的眼睛。颶風啊。菈柏奈說得如此平靜。這生物非常古老，已經數千歲了。她腦中藏有多少祕密啊……

小心，娜凡妮在心裡提醒自己，如果她幾千歲了，她也有幾千年的時間練習操弄人心。

「我會考慮妳的條件。」娜凡妮說。

「稱我為『尊古大人』或『願望女士』，」菈柏奈說。「因為妳不再擁有能夠忽略我頭銜的地位。我會讓妳跟妳的學者待在一起。你們討論後再告訴我妳的決定。」

士兵帶娜凡妮離開。就這樣，她又一次失去皇位。

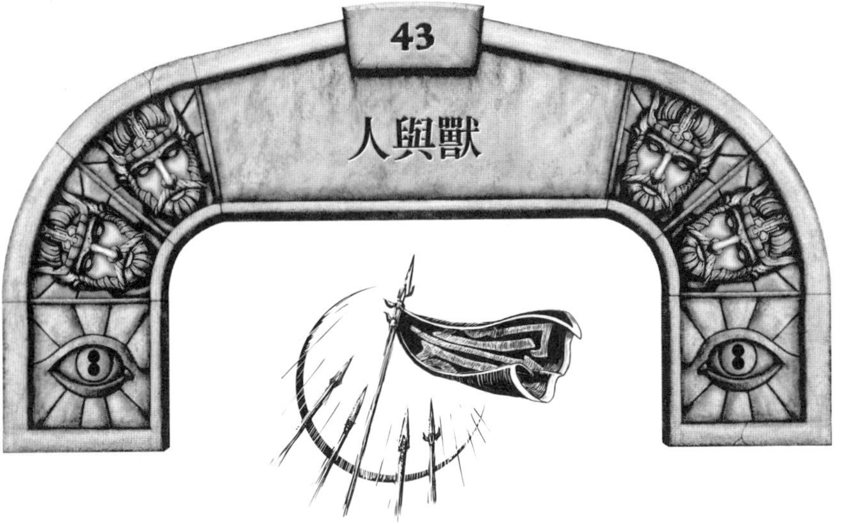

# 43 人與獸

無論如何，經過我的領地時，請讓我知道你的存在。你竟然自覺有必要在陰影中移動，這令我頗爲悲傷。

他們聽說王后確定已投降的消息時，陽光正開始灑入診所的窗口。卡拉丁和他的家人整夜都在探訪病人。二十個小時，一整天不曾闔眼。

就連卡拉丁身旁的疲憊靈都看起來很累，緩慢又無生氣地打著轉。來傳訊的女子在他們診所桌邊坐下，從卡拉丁的父親手上接過一杯冷茶。她的眼神迷濛，身上的制服凌亂。

「王后最後又試了一次恢復燦軍的力量，」女子說。「我不知道成果如何，只不過參與的士兵都死了。我負責送消息到第六層的街坊。不過沒錯，回應您的問題，我看見娜凡妮王后跟煉魔軍隊的首領在一起。她對我證實投降的事。我們現在必須遵從歌者的法律，不得抵抗。」

「颶風啊。」卡拉丁低語。「我從來不知道少了信蘆，我會覺得這麼盲目。」經過好幾個小時才有一丁點確切資訊滲透到第六層。

「所以我們應該就這樣反過來接受他們統治？」卡拉丁的母親坐在桌旁問。

「沒那麼糟。」李臨說。「上主不會喜歡，但對我們其他人來說沒太大差別。」

「法器不能用，」賀希娜說。「不能加熱房間，更別提食物了。幫浦一定也會停止。塔城過不久就住不下去了。」

「煉魔的力量能用。」李臨回應。「如果我們把虛光注入法器，說不定法器也能用。」

「抱歉，光爵，」斥候說。「但這……就許多理由來說都感覺不對。」

卡拉丁在櫥櫃翻找起食物，所以沒看見他父親被稱呼「光爵」時的反應。不過他猜得到。考量李臨的眼睛沒變色、他只是被納入卡拉丁的家族中，這情況實在詭異。最近的位階變得一團混亂。

「卡拉丁，兒子，」賀希娜說。「你爲什麼不躺下休息？」

「爲什麼要？」他拿出一堆無發酵麵包，計算起他們還剩多少。

「你像隻籠中的動物一樣不停走來走去。」她說。

「我才沒有。」

「兒子……」她的聲音平靜，但明理得令人惱火。

他放下麵包，摸了摸因爲冒汗而冰涼的額頭。他深呼吸，轉身面對他們；他父親靠著牆，母親跟傳信的女人一起坐在桌邊。她有一頭白灰相間的頭髮，不過看起來還算年輕，應該只是少年白；一雙白手套塞在腰帶裡，應該是兼做傳訊員的雅烈席上僕。

「你們太平靜看待了。」卡拉丁雙手一攤。「你們不懂這代表什麼意義嗎？他們控制塔城。他們控制誓門。就這樣了。戰爭結束了。」

「達利納光爵身邊還有大批燦軍，」名叫阿莉莉的傳訊員說。「而且我們的軍隊都派到世界各地去了。」

「所以現在都各自孤立！」卡拉丁說。「沒有誓門，我們不可能打一場有多重前線的仗。要是敵人能夠重施故技怎麼辦？要是他們讓每一個戰線的燦軍都失去力量呢？」

聽見這番話，阿莉莉沉默了。卡拉丁試著想像沒有逐風師或緣舞師的戰爭會是什麼樣貌。現在的戰場跟他身爲矛兵時所知的戰場越來越少相似之處：沒那麼常對其他大批聚集的敵人擺出大規模陣式，因爲太容易被從上方而來或是其他型態的煉魔瓦解。

人類把時間都花在受保護的戰營中，只會突然出兵占領土地或驅逐敵人。戰役拖延數月，而非採取決定性交戰的形式。沒人完全知道該怎麼打像這樣的仗——呃，至少他們這邊沒人。

「我一直在等，」卡拉丁又抹抹額頭。「等雷擊落。昨晚閃電襲擊。我們已經看見閃爍的光，現在需要在震盪來襲時做好準備……」

「光爵，」阿莉莉說。「抱歉，但……您或許能幫助其他燦軍？幫助他們像您一樣？」

「像我怎樣？」

「那就是我的問題。」阿莉莉說。「再一次說聲抱歉，不過，受颶風祝福者光爵……我在塔城裡只看見您這個燦軍還站立著。無論敵人做了什麼，其他燦軍都被擊倒了，每一個。除了您之外。」

卡拉丁想到泰夫，他躺在另一個房間的木板上。他們用湯匙把湯送進他嘴裡，他吃進去了，在每一口餵食間輕輕蠕動咕噥。

這漫長的一夜沉沉壓在卡拉丁身上。他確實需要休息。或許好幾個小時前就該休息了。但是他擔心他那些受戰爭創傷的病患。在這一切發生之前，他已經在第四層樓幫他們安排好房間，和在戰爭中失去手臂或腿的人在一起，那些人現在受僱爲其他士兵保養裝備。

卡拉丁的病患已有實質的進步。戰鬥對他們來說常常是惡夢的源頭，而這會兒戰鬥又找上他們，讓他們再次陷入恐怖之中。他能夠明確想像他們現在是什麼感覺。他們一定無法控制自己的心情。

不只他們，卡拉丁想著，又用手抹抹額頭。

傳訊員起身伸展一下，接著鞠躬，準備離開，繼續傳遞消息。不過在她走到前門前，喬裝成風靈的西兒竄進來，繞幾個圈之後又竄出去。

「敵兵，」卡拉丁壓低音量對他父母說。「朝這邊來了。」

沒錯，傳訊員離開的同時，一個使用健壯銳者形體的歌者探頭進來，查看卡拉丁和他父母。歌者短暫逗留便離去。他們的人數還不夠多，無法看守每一戶人家。隨著越來越多歌者遷入塔城，卡拉丁覺得他和他的家人將沒辦法再像今天早晨一樣暢所欲言。

「我們需要睡一會兒。」李臨對卡拉丁說。

「其他鎮民——」卡拉丁開口。

「拉柔和我會去探訪他們。」賀希娜起身。「我剛剛睡過了。」

「但是——」

「兒子，」李臨說。「如果燦軍們陷入昏迷，那代表沒有緣舞師——也沒有重生。你和我都需要睡眠，因爲我們兩個接下來幾天會變得極爲忙碌。塔城裡充滿了害怕的人，而且，儘管王后已經下令，很有可能還是會有不少魯莽的士兵擅自決定要惹些麻煩。他們都會需要兩個獲得充分休息的醫師。」

賀希娜用內手愛憐地撫摸丈夫一邊臉頰，印上一吻。她從口袋拿出手帕，交給又在抹額頭的卡拉丁，隨即離開找拉柔去了。拉柔在他們之前便見過傳訊員，已經知道目前情況。

卡拉丁不情願地跟著父親一起沿長長的走廊前進，經過病房，朝他們家的居住空間走去。

「要是我也是其中一個魯莽士兵呢？」卡拉丁問。「要是我不能接受這種事呢？」

李臨在走廊停下腳步。「我以爲我們討論過了，兒子。」

「你覺得我能忽略敵人已經占領我們家園的這件事？」卡拉丁說。「你覺得你能就這麼把我變成一個聽話的好奴隸，就像——」

「就像我？」李臨嘆氣。他的視線朝上一閃，多半是注意到卡拉丁額頭上通常被頭髮遮住的烙印。

「如果那麼多年前你不是這麼努力逃離，而是向你的主人證明自己，那會怎麼樣？如果你向他們展現出你能治療而非殺戮呢？如果你利用你的天賦，而非你的拳頭，你能為這世界免去多少不幸？」

「你是在要我當個好奴隸、乖乖聽話。」

「我是在要你思考！」他父親厲聲說。「我是在告訴你，如果你想改變世界，你必須停止當問題的一部分！」李臨握緊拳頭、深呼吸，明顯花了些力氣讓自己冷靜下來。「兒子，想想看連年征戰對你造成什麼影響。想想看你是怎麼因此而垮掉。」

卡拉丁別過頭，不相信自己能好好回答。

「現在，」李臨說。「想想看過去這幾週。就這麼一次能夠幫忙，這感覺有多好。」

「不止一種方法能幫忙。」

「那你的惡夢呢？」李臨問。「你的冷汗呢？你僵住的那些時刻呢？那是由我這種幫忙造成，還是你那種？兒子，我們該做的事是找出受傷的人並照料他們。就算我們已被敵人征服，我們還是能做這件事。」

就某種意義來說，卡拉丁可以理解父親說的話。「你的道理在這裡說得通，」卡拉丁輕拍腦袋。「但在這裡行不通。」他拍打胸口。

「那一直都是你的問題，兒子。讓你的心凌駕在你的腦之上。」

「有時候不能信任我的腦。」卡拉丁說。「怪得了我嗎？而且，我們之所以成為醫師，不就完全是因為我們的心嗎？因為我們在乎？」

「我們心和腦都需要。」李臨說。「心或許提供目的，但腦提供的是方法、路徑。若是沒有計畫，那熱情一點意義也沒有。某件事並不會只因為你想要就發生。」

「我可以承認——必須承認——你在達利納．科林麾下成就了不少大事。但現在燦軍已倒下，國王的醫師又大多上了戰場，站在塔城百姓和死靈之間的是我們。你承認有時不能信任自己腦袋？那就信任我。信任我的見解。」

卡拉丁皺起臉，但點了頭。他自己的見解確實——一次又一次證實——靠不住。除此之外，他以為他能怎樣？獨自對抗所有入侵者？而且是在娜凡妮投降之後？

就寢前，他們先去查看病房裡那些失去意識的人。岩衛師徹底失去知覺，比泰夫還沒反應，不過李臨能夠用湯匙把湯倒入她唇間、餵她喝下。卡拉丁細細研究她，檢查她的眼睛、心跳、體溫。然後換泰夫。這個一臉鬍子的逐風師輕輕擾動，雙眼緊閉，卡拉丁把湯灌入他嘴裡時，他遠比岩衛師飢渴地喝下。他的雙手抽動，而且不停輕聲咕噥，只不過卡拉丁聽不懂他到底在說什麼。

*他是逐風師，跟我屬於同樣的誓約*，卡拉丁想，*我還醒著，其他人卻倒下了，泰夫則是接近清醒。這其中有關聯嗎？*

無論敵人用什麼法器做出這件事，或許在逐風師身上的效果比較差。他需要檢查其他燦軍，一一比較他們的狀況。塔城裡有二十幾個逐風師，身為醫師，他應該能去探訪他們、檢查他們的生命跡象。

颶風的。他父親是對的。比起戰鬥，卡拉丁退下才能做到更多事。

西兒不久後又嗖地飛進來。李臨也看過她，所以她讓自己也對他現形。

「西兒，」卡拉丁說。「可否請妳再找找看泰夫的靈？他看起來越來越接近清醒，或許也比較能看見她了。」

「沒時間了。」西兒化身成一個腰上繫著一把劍的年輕女子，身上穿著斥候的制服。她停在空中，彷彿站在看不見的平台上。「他們要來了。」

「又有銳者來查看我們？」卡拉丁問。

「更糟。」西兒說。「一隊士兵，由另外一個銳者帶領。他們正在搜索每一個住所，有條不紊地朝這邊來。他們在尋找某個東西。」

「或是某個人。」卡拉丁說。「他們聽說受颶風祝福者清醒著。」

「別太快下結論，兒子。」李臨說。「如果他們就是在找你，應該會直接過來這裡。我去看看他們想做什麼。如果確實是在找你，你先從窗戶逃出去，我們之後再決定接下來該怎麼辦。」

卡拉丁退入起居室，這裡有道門通往他們的臥房——包含一個小房間，歐洛登正睡在裡面的嬰兒床上。不過卡拉丁沒回自己房間。他將通往走廊的門打開一條縫，等他父親打開另一端的診所前門時，他便能夠聽得見外面的說話聲。很不幸的是，他聽不見他們在說什麼。他對西兒點頭，她冒險竄出去，好靠近他們偷聽。

在她回來之前，說話聲卻越靠越近。卡拉丁從那個銳者說話的節奏認出了他。

「……不在乎你是不是醫師，深眸人。」那士兵說。「這是王后簽署的令狀，無論你從傳訊員那兒聽說什麼，現在都要以令狀上的指示為準。所有燦軍都要接受照管。」

「這些是我的病患。」李臨說。「他們被送來接受我的照顧。我請求你，他們對你們沒有任何危險。」

「你們的王后接受了這些條款，」銳者回絕。「去找她抱怨啊。」

卡拉丁從門縫窺看走廊。一名銳者帶著五個一般戰爭形體的歌者。他們走向兩個病房，龐大的身形在石走廊中顯得擁擠。所以他們不是在找他，不是針對他。他們在找倒下的燦軍。

確實，銳者揮手要他的手下走進第一個診療室。兩人很快便架著昏迷的岩衛師出來。他們擠開李臨，搬著她沿走廊離開。

西兒竄回卡拉丁身旁，跟他一起退回房間內時，顯得很焦慮。「他們好像不知道你，只知道醫師這裡有幾個昏迷的燦軍。」

卡拉丁點頭，不過已經緊繃了起來。

「我遠比你們會照顧他們。」李臨說。「像你們這樣搬動他們，他們的身體可能會出問題，甚至可能致死。」

「我們幹嘛在乎？」銳者的語氣和節奏聽起來都像是他說了什麼笑話似的。兩個士兵各自從第二個診療室扛走岩衛師的一名侍從。「我認爲我們應該把他們都丟下塔城，給我們自己省下一個大麻煩。不過煉魔要我們把他們帶過去，我猜他們想自己享受殺死燦軍的樂趣吧。」

*他在裝腔作勢，*卡拉丁想，*煉魔才不會大費周章帶走燦軍，只爲了殺死他們。對吧？重要嗎？*

他們會帶走泰夫。

銳者走進第一間診療室，卡拉丁的父親也跟進去繼續抗議。卡拉丁站在那裡，一手貼牆，一手貼門，深呼吸。風從身後的窗戶湧入，吹拂過他，帶著兩個如光線般移動的扭曲風靈。

有一百個反對的理由阻攔住他。他父親的論點。他化爲碎片的靈魂。知道自己可能累得無法做出任何決定。王后已經決定最好停止戰鬥。

好多理由要他留在原地，但有一個該行動的理由。

*他們會帶走泰夫。*

卡拉丁打開門，踏入走廊，感覺到斜坡頂的巨礫不可避免地動搖了。慢慢。開始。傾倒。

「卡拉丁……」西兒降落在他肩膀上。

「那是場好夢，對吧，西兒？」他問。「夢見我們能逃離？好不容易終於能夠找到平靜？」

「多美好的一場夢。」她低語。

「妳準備好了嗎？」他問。

她點頭，然後他踏上診療室門口。裡面還有兩個敵兵：一個戰爭形體和那個颶風形體的銳者。銳者剛剛把泰夫抬上戰爭形體士兵的肩膀。

李臨直勾勾地看著卡拉丁，他急迫地搖頭，雙眼圓睜。

「放下他。」卡拉丁對兩個歌者說。「安靜離開。如果你們非得帶走他，那就派一個煉魔來。」

對方頓住，銳者打量著他，好一會兒後才開口：「回床上吧，男孩。你今天不會想測試我的耐性。」

李臨衝了過來，想把卡拉丁推出去。卡拉丁往旁邊一閃，他父親跌到走廊上——希望也跌到危險之外。卡拉丁又擋住門。

「為什麼不去求援呢？」卡拉丁對兩個歌者說。說是要求，聽起來還更像懇求。「現在別把事情鬧大。」

銳者示意同伴把泰夫放回診療檯，有一瞬間，卡拉丁以為他們真的會聽他的話。不過銳者隨即解下收在身側鞘中的斧頭。

「不！」李臨在後方說。「別這麼做！」

做為回應，卡拉丁吸入一口颶光。體內的風暴點亮他的軀體，他的皮膚散發出一縷縷冷光煙霧。

看見這景象，兩個歌者略一遲疑，然後戰爭形體的歌者伸出一隻手指著。「是他，光爵！追獵者在找的那個人！他跟描述一模一樣！」

銳者獰笑。「你會讓我變得非常有錢，人類。」暗紅色閃電沿他的皮膚爆裂。戰爭形體歌者退開，撞上櫃檯，手術器械匡啷碰撞。

李臨從後方緊抓著卡拉丁。

卡拉丁安靜地站在危險的邊緣。保持平衡。

銳者揮動斧頭撲上前。

卡拉丁踏下邊緣。

他抖開父親的掌握，單手把他往後一推，另一隻手在斧頭揮落前捉住銳者的手臂。卡拉丁已做好準備，迎接碰觸颶風形體時將撼動他全身的那股能量震蕩——他跟他們對戰過。雖然如此，他還是被震得停頓片刻，因此措手不及，被銳者一掌擊中他的臉，臉頰被銳者手背尖銳的甲殼劃開。

颶光會治癒這傷口。卡拉丁舉起另一隻手，繼續制住斧頭的同時，預防對方又一次攻擊。他們兩個僵持了一會兒，卡拉丁設法搶得優勢，把他們的重心往前壓，他一扭身，肩膀朝銳者撞去。

颶他的痛。那甲殼可不是開玩笑的。儘管如此，他的進攻讓對方一時失去平衡，卡拉丁得以主導這場打鬥，拖著對手打了個轉，把他的手朝一張診療檯的桌角撞去。響亮的一聲啪響徹空中，他手上的甲殼破裂。

銳者痛得嘶了一聲，斧頭脫手，接著用力轉身，側身朝卡拉丁胸口撞去，把他推向櫃檯。卡拉丁的父親在叫喊，另外那個戰爭形體依然待在對面牆邊，沒上前幫忙。他似乎不是很想攻擊燦軍。

少了颶光，卡拉丁沒辦法承受颶風形體碰觸之下接連不斷的能量震蕩。就現況看來，在銳者再次嘗試攻擊之前，他還撐得住——不讓敵人把他逼退太多。然後他用腿勾住對方的腳，和敵人一起倒在地上。

卡拉丁落地時哼了一聲，試著滾到適當的位置、扼住對方頸部，讓他失去意識。如果沒流血就結束這場打鬥，父親或許還會原諒他。

不幸的是，卡拉丁的摔角欠缺練習。他很了解怎麼避免被輕易制住，但那個銳者比他強壯，而且甲殼老是刺到他沒預料到的位置，干擾他的箝制。銳者借助自身的體重和力量，哼一聲便反制卡拉丁。將卡拉丁壓在身下後，這傢伙用甲殼沒破的那隻手連續朝卡拉丁的臉揮拳。

卡拉丁上氣不接下氣地吸入一口颶光，汲空櫃檯上的錢球。他舉起拳頭，猛捶剛剛被他打裂的那隻手。敵人一縮，卡拉丁隨即踢開他，只不過空間狹小，因此兩人雙雙撞上櫃檯。

卡拉丁手忙腳亂地站起來，打算從上方攻擊敵人，但銳者開始散發紅光。卡拉丁手臂上的寒毛豎起，閃爍的紅光和震耳欲聾的劈啪聲充斥診療室，他在那不到一秒的時間內閃到一旁。

他重重倒地，看不見也聽不見，雷擊的刺鼻味道充斥鼻腔。那味道奇異又特殊，讓他想起下雨。卡拉丁不認為自己被直接擊中——颶風形體不太會瞄準——不過颶光需要一些時間才能修復他的耳朵、恢復他的視力。

一道陰影籠罩住他，斧頭揮落。卡拉丁及時閃開。斧頭鏗的一聲擊中地面。

*對不起，父親*，卡拉丁一面想著，一面伸手拿插在靴子裡的解剖刀。斧頭再次揮落，卡拉丁用左肩迎上去，祈禱颶光能撐住。他將解剖刀對準甲殼間隙，猛力刺入銳者的膝側。

銳者尖叫，踉蹌退開。卡拉丁的肩膀痛得像沉淪地獄，不過他推開疼痛，一躍而起。他的颶光在他衝過去再一次撲倒敵人前用盡；但是這一次，卡拉丁撲倒時更加謹慎，穩穩壓在銳者身上。隨著落勢，他把解剖刀狠狠刺入銳者頸部，位置剛好就在頸甲上方。

這把刀並非為戰鬥而設計，但為求精確，*確實磨得很利*。卡拉丁扭轉刀身，迅速切斷頸動脈，接著彈跳起來。

他踉蹌地後退靠著櫃檯，滿身是汗，氣喘如牛，聽力還沒從雷擊中恢復。銳者在地上扭動，橘色鮮血……嗯，卡拉丁別過頭。就算是對醫師來說，有些景象還是令人反胃。

*就算是對士兵來說*，他糾正自己，*你不是醫師*。

他看著窩在對面牆邊的歌者。那歌者看著，嚇呆了，沒有插手。

「沒什麼戰鬥經驗，是吧？」卡拉丁嘶啞地問。

歌者嚇得一跳，雙眼圓睜。他是戰爭形體，所以外表嚇人，但他的表情訴說著另外一個故事。訴說著他希望自己在哪都好，就是不要在這裡；一個被殘忍搏鬥嚇壞的人。

颶風啊……他沒想過歌者也可能有戰爭創傷。

「走。」卡拉丁說，接著看見瀕死銳者的腿撞上牆，發出令人焦慮的巨響，使他一縮。朋友流血致死似乎總是發生得太快，但在被你殺死的人身上又總是不夠快。

歌者見鬼似地看著他，卡拉丁領悟這個男倫可能也因雷擊而暫時失聰。他伸出手指，並用嘴型說：「走！」

歌者連滾帶爬地離開，腳底沾上瀕死銳者的血，留下潮溼的橘色腳印。卡拉丁拖著身子走到對面的櫃檯，那裡有幾顆還在發光的錢球。他汲取颶光，治癒剩下的傷口。他身上應該多帶一個錢囊的。時候到了。

他搜索門外，看見他父親還倒在原位，晨光穿透遠處的窗子灑在他身上。

「你還好嗎？」卡拉丁問。「有沒有被衝擊波傷到？」

李臨起身，視線從卡拉丁身旁經過，直盯著房內那個瀕死的銳者。小房間裡的歐洛登哭了起來。李臨從衝擊中回神，踉蹌地走進診療室，想幫助那個瀕死的歌者。

父親沒事，卡拉丁心想。颶風形體的閃電雷擊沒眞正的雷擊那麼厲害——至少就單一歌者擊發的攻擊力道來說是這樣。只要有遮蔽，就像剛剛的父親，便不至於遭受永久性聽覺傷害。

卡拉丁疲憊地看了看西兒，她坐在櫃檯上，雙手置於膝上。她的雙眼閉合，別過頭不看瀕死的銳者。李臨還在努力止血。這場戰爭中，卡拉丁殺死過數十，或許數百個歌者——雖然他一直努力把注意力都放在煉魔身上。他一直告訴自己跟煉魔戰鬥更有意義，不過實際上是因爲他討厭殺死一般士兵。對上他，他們似乎總是沒什麼勝算。

然而，他殺死的每一個煉魔都代表更糟的意義。另一個平民會犧牲，給予煉魔新生命；因此卡拉丁殺死的每一個煉魔，都代表奪走某個家庭主婦或工匠的生命。

他走向泰夫，身上散發的光照亮這個躺在床上昏迷的男人。卡拉丁稍稍擔心了一下被帶走的那個岩衛師。他有辦法也救回她嗎？

別傻了，卡拉丁。你差點連泰夫都救不了。事實上，你可能根本還沒成功拯救他。創造新問題前，先處理眼前的問題吧。

李臨放棄了，他跪在屍體前垂下頭，意志消沉。屍體終於不動了。

「我們必須躲起來。」卡拉丁對他父親說。「我去找母親。」他看了看自己血跡斑斑的衣服。「說起來，是不是你去比較妥當。」

「你怎麼敢！」李臨低語，聲音嘶啞。

卡拉丁一驚，不知所措。

「你怎麼敢在這裡殺人！」李臨大吼，轉向卡拉丁，怒靈在他腳邊匯聚。我的聖地，我們治療的地方！你有什麼毛病？」

「他們要帶走泰夫，」卡拉丁說。「殺死他。」

「你又不知道他們會不會這麼做！」李臨瞪著自己染血的雙手。「你……你只是……」他深吸一口氣。「那個煉魔可能只是把燦軍統一帶去一個地方加以監視，確保他們不會醒來！」

「你又不知道他們會不會這麼做！」卡拉丁說。「我不會讓他們帶走他。他是我的朋友。」

「真的嗎？還是你只是需要一個藉口？」李臨試著把手上的血擦在褲子上，雙手不停顫抖。他又抬起頭看卡拉丁時，似乎有一部分的他崩潰了，他的臉頰有淚。颶風啊，他似乎精疲力盡。

「神將在上…」李臨低聲說。「他們確實殺死我的孩子了，對吧？他們對你做了什麼？」

卡拉丁用盡微薄的颶光。沉淪地獄啊，他好累。「我一直想告訴你這件事。你的孩子好幾年前就死了。」

李臨瞪著滿是鮮血的地板。「走吧。他們現在會來找你了。」

「你們必須跟我一起躲起來。」卡拉丁說。「他們知道你是我——」

「我們不會跟你去任何地方。」李臨厲聲說。

「別當第六個傻子，父親。發生了這種事，你不能讓他們逮到你們。」

「我可以，我也願意！」李臨大吼著站起來。「因爲我會爲我做的事負起責任！爲了保護人民，無論在什麼樣的限制下，我都會做我的工作！我立過誓不傷害任何人！」他痛苦地皺起臉。「噢，全能之主。你在我家裡謀殺了一個人。」

「這不是謀殺。」卡拉丁說。

李臨沒回應。

「這不是謀殺。」

李臨癱坐在地上。「你走……就對了。」他的語調又變得輕柔。其中的悲痛與失望遠比剛剛的憤怒還糟。「我會……找到方法讓其他人從這件事脫身。那個歌者看見我嘗試阻止你，他們不會傷害一個不懂戰鬥的醫師。而你，他們會殺死你。」

卡拉丁猶豫了。他眞的能丟下他們嗎？

「颶風啊……」李臨低語。「颶風啊，我的孩子變成怪物了……」

卡拉丁下定決心，輕手輕腳走到後面房間多拿一袋他放在那兒的錢球。然後他回到診療室，努力避開血但失敗了。他哼了一聲抬起泰夫，以軍醫的手法把他背在背上。

「我也立過誓，父親。」他說。「我很抱歉沒有成爲你希望我成爲的那個人。但若我眞的是怪物，我就不會放另一個歌者離開。」

他轉身離去，奔向第六層無人居住的中心區域，身後同時響起歌者的叫喊聲。

——第二部結束

# 間曲

韋爾◆利芙特◆塔拉凡吉安

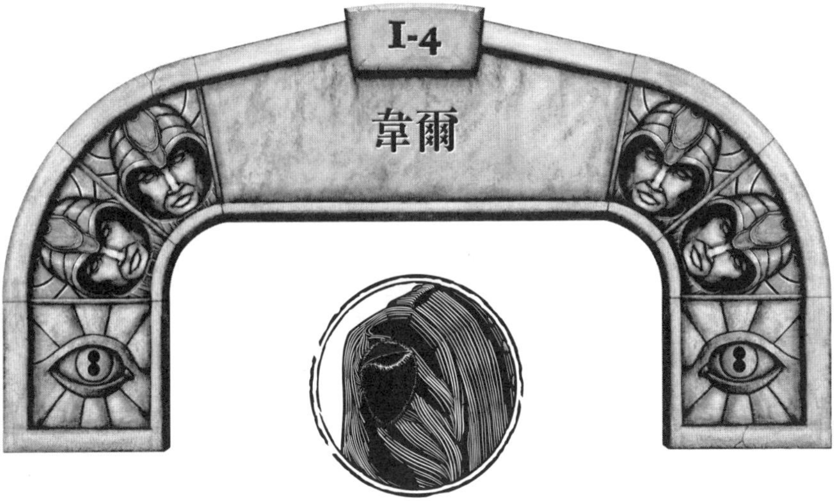

# I-4

## 韋爾

韋爾的鎖鏈已解開。

摩亞許，他曾經身爲那個男人，那個人這輩子都被鎖鏈鏈住卻不自知。噢，他認出了淺眸人加諸於他的束縛。他曾直接與間接體驗他們的暴行——其中最痛苦的是他所愛的人被關在地牢裡死去。

但他沒認出眞正的鎖鏈。束縛他靈魂的那些。他一直大有可爲，卻受限於區區有限的生命。

韋爾以一個大動作的過肩拋擲動作甩出他的碎刃。碎刃高高飛過採石場，陽光在旋轉的劍刃上閃耀，鏗的一聲撞上一顆大岩石後彈開，在地上劃開一道深長的切口，最後停下來，插在岩石裡。

「我……還是不懂你在做什麼，韋爾。」荷恩用困惑說。戰爭形體很適合她。向來如此。「那武器不是用來拋擲的。」

他們一起在科林納外的採石場工作——這地方之所以成爲採石場，是因爲他們在這裡挖穿了幾呎的克姆泥，觸及下面的大理石。一如往常，他的一小群歌者跟著他去他去的地方，並像他一樣開始工作，安靜無聲。稍早的時候，韋爾一直在用他的碎刃切割石塊。

此時，他的注意力轉爲朝內。轉向鎖鏈、束縛，以及看不見的牢獄。他做了個手勢，遠處的碎刃化爲霧氣消失。必須經過十次心跳才能再次召喚。

「我看過雅多林王子拋擲他的碎刃，」韋爾說。「三個月前，在賈・克維德北部的戰場上。他不是燦軍，但是他的碎刃回應他，就好像他是燦軍一樣……」

「說不定只是剛好。」

韋爾又拋出碎刃，但它只是無用地鏗鏘一聲從他的目標彈開。他瞇起眼，接著把碎刃驅散為一陣霧氣。

「不對。」韋爾說。「他一定能改變劍的重心，才能做到那動作。而且劍不到十次心跳就回到他手中，就算把因戰鬥而加速的脈搏算進去也一樣。」

韋爾等碎刃出現在他掌中。這是把古老的武器，其中一把偉大的榮刃。不過是次等的，不能改變形狀，使用時也耗費多上許多的颶光，用得太快還會害他的衣服結霜。

他並不因為他的劍比較低等而感到生氣或是受辱。欠缺這些情緒有助於他把情況思考透徹，激起他的好奇心、他的決心。擺脫鎖鏈的感覺就像這樣。掙脫束縛。

再也沒有罪惡感。

他大步橫越採石場，周遭是一千個金屬敲擊石塊的聲響，就像克姆林蟲舞動的腳。他選定採石場的另一塊區域開始工作，多雲的天空和平靜的風冷卻他體表的溫度。他劃開石牆，切下另一大塊珍貴的大理石。

「韋爾，」荷恩用堅毅說。真怪。她想要什麼？為什麼這麼害怕？「我……我想離開。」

「很好。」韋爾繼續工作。

「你……不生氣？」

「我沒辦法生氣，」他照實說。「也感覺不到失望。」

共度這幾個月後，她還是不了解——因爲無論他說什麼，她總是急忙解釋、擔心他不高興。「我再也不想參與這些襲擊和戰鬥了，韋爾。我感覺我才剛意識到生命，緊接著就開始殺戮。我想知道活著的滋味。眞正活著。有我自己的心智，自己的烈情。」

「很好。」韋爾說。

她哼起和解。

「妳被鏈住了，荷恩。」韋爾解釋。「妳沒把妳的負面情緒給祂。妳的不安全感、恐懼、痛苦。我有好幾年的時間都跟妳一樣。」他瞇起眼，轉身注視西方。朝向祂。「然後我拿掉鎖鏈，看見我眞正能變成什麼樣的人。」

她哼起……那是好奇嗎？對，他覺得是。

「什麼？」韋爾問。

「你說你已卸去負擔，韋爾。說你再也不在乎。不過你一直在追逐他。那個逐風師。」

提起卡拉丁時，摩亞許感覺到一絲熟悉的痛苦——但憎惡迅速吸走那些情緒。「卡拉丁是一個朋友。」摩亞許說。「他找到他的自由對我來說很重要。妳走吧，荷恩。如果未來妳解開了妳的鎖鏈，來找我。妳是厲害的戰士，我願意再次與妳並肩戰鬥。」

韋爾把一塊岩石扛上右肩，邁步搬出採石場，其他人留在原位繼續工作。

韋爾喜歡搬石塊。簡單的工作最容易打發時間，這讓他回想起跟車隊一起行進的那些日子。但是搬石塊更好，因爲會讓他的身體筋疲力竭，同時還能思考他這古怪的狀態。他的新狀態。

大石塊扛在他肩上，他穩穩走上通往科林納的小徑。大理石很重，但沒重到他需要借助颶光或其他超自然之力。那就沒意義了。他一度就這麼走著，對自己的狀態心滿意足。然後他想起卡拉丁。

可憐的卡拉丁。他的老朋友可以得到自由的。事實上是兩種自由。但是他不認爲卡拉丁會接受跟韋爾一樣的自由，因此他提供了另外一種。停止存在的甜美平靜。

荷恩質疑韋爾是對的。許多原本重要的事物現在都不再令他煩惱，那爲什麼卡拉丁又來挑動他、吸引他的注意？就算短暫，爲什麼卡拉丁總是讓熟悉的情緒再次翻攪？

還有一條鎖鏈纏著他不放，韋爾坦承。他朋友的鎖鏈。我一定是對的，韋爾心想，他一定是錯的。卡拉丁必須承認韋爾是對的。在那之前……

在那之前，最後一條鎖鏈依然存在。

韋爾終於抵達科林納，他穿過大門。這座城市完完全全接受了它的新樣貌。不同種族混雜，只不過歌者獲得應有的尊敬，他們是人類應該學習的行爲典範。出現爭端時，歌者迫使人類公正對待彼此。畢竟，當父母回家，如果發現家裡一團亂，取消特權就是他們的責任。人類獲得數千年的時間去證明他們能夠妥善自我管理，但他們失敗了。

人們盯著他看。他沒穿制服，也用及肘的袖子遮住肩上的橋四隊紋身。他並不特別，然而又很特別。因爲他們知道他；他們低聲談論他。韋爾。噤聲之人。

搬石塊之人。

韋爾很快來到一處靠近色彩區的工地。工人在這裡建造提供部分最深者居住的特殊建築。每一支煉魔各有其講究之處。這一些喜歡住在沒有地板的地方，這樣他們才能赤腳觸及天然的石地。他們能在任何固體材質中移動，但他們還是喜歡腳下未切割岩石的觸感，朝羅沙的心臟延伸。因此韋爾的大理石會用來建造牆壁。

沒人要求韋爾幫忙。如果負面情緒能支配他，他猜他會因爲他們的疏忽而惱怒。城市裡的苦工？不告訴他就像對一個孩子藏起點心。幸好他幾天前自己發現，隨即開始切他自己的石塊並搬運過來。

韋爾將大理石塊放在石匠工作區，他們在這裡打磨岩石，然後他幫忙卸下從另一個採石場拖來的滿滿一車石材。

一次一塊。抬、搬、放。極好的工作。困難、操勞。他是如此沉迷，因此當芻螺拖車已空、他拍掉雙手的灰塵，這才驚訝地發現現場基本上只剩下他了。石匠和其他工人什麼時候離開的？還不到中午呢。

「其他人呢？」他問芻螺看守者。這人正快手快腳聚攏他的動物們，好把牠們帶回獸欄。

「今晚有永颶，光爵。為了慶祝，我們今天放半天假。」

「我不是光爵。」韋爾檢視天空——這會兒仔細回想，記得颶風還要好幾個小時才會到。不過多半已經抵達兀瑞席魯。軍隊準備進攻。嗯，他們要他遠離戰場，於是他看著芻螺看守人。「你還需要多少石塊？」

「呃，嗯，光……呃，沉默者大人？長官？嗯。對，我們需要現在這些的大概兩倍。第二採石場有一堆，但是我們有芻螺和貨車可以——」

「不該讓芻螺獨享樂趣。」韋爾轉身沿著道路走向城市大門。

在韋爾走到大門前，他被帶進一個幻象中。他現身在一片廣袤金光的原野。憎惡在這裡，有一百呎高，坐在王座上。化身為一個偉大的煉魔，表現出國王應有的威嚴。

韋爾走近跪下。「主上，您現在不需要颶風就能把我帶入幻象？」

**我們的聯繫越來越強**，憎惡說。**我不需要颶風就能帶你進入幻象已經幾個月了，韋爾。通常只是為了傳統才那麼做。**

有道理。韋爾等待進一步指示。

**我注意到你前幾天毫無防備地在颶風中走動，韋爾**，憎惡的聲音如雷。**你已把你最惡劣的情緒給我，但你還是應該保留自衛本能。恐懼我的威嚴。你為什麼不警惕閃電？**

「您不會殺我。」韋爾說。

**你怎麼知道？**

「我還沒完成我該做的事。」韋爾說。「我還有一個必須證明的眞相。」

**有意思，**憎惡說。**你用如此詭異的方式回應我的贈禮。你慢慢變成我不曾創造過的東西，韋爾。**

「有些人說我變成您的化身。」韋爾說。「他們說您透過我行事、控制我。」

憎惡大笑。**說得好像我會賦予凡人如此巨大力量似的。不，韋爾，你就是獨一無二的你。真有意思。**

「我的鎖鏈解開了。」

**你卻這麼常想起卡拉丁。**

「我的鎖鏈……大部分都解開了。」

憎惡往前靠，閃電沿著他生長甲殼的軀體爆裂。**我需要你去兀瑞席魯。我們沒辦法啟動誓門，因此我需要你傳送地面部隊。我想你的劍應該還能用。**

「我立即出發。」韋爾說。「但是我以爲您不希望我去。」

**我擔心你朋友對你的影響。那個逐風師。**

「不用擔心。那些情緒現在屬於您了。」

**沒錯。**憎惡靠得更近一點。**你的朋友是我的一個問題——比我原本所想還麻煩的問題。我預見他之後依然會是問題。**

不意外。卡拉丁是許多人的問題。

**他已經退離戰役，我沒想到他居然做得到，**憎惡說。**奇怪的是，他未來將因此而變得更加危險。除非我們採取行動。但我無法直接殺死他。除非他自投羅網。**

「殺不死卡拉丁的。」韋爾知道這件事，就好像他知道太陽是火熱的，並且會永遠繞行羅沙一樣。

**連你也殺不死？**

「尤其是我。」

**我不認為是這樣，韋爾，但我了解你為什麼有這種想法。我感覺到你的烈情，一如那些烈情為我所有。我了解你。**

韋爾依然跪著。

**我會擁有他，就像我擁有你一樣。**

那韋爾會先確保他死。一種慈悲。

**你有辦法傷害他嗎？**憎惡問。**把他推向我？**

「孤立他。奪走他的朋友。」

**他很快便會陷入孤獨。**

「然後讓他害怕。讓他恐懼。瓦解他。」

**怎麼做？**

韋爾抬頭眺望無盡的金色石原。「您怎麼把我帶來這裡的？」

**這不是一個地方，而是界域的扭曲。一個幻象。**

「什麼都能讓我看到嗎？」

**可以。**

「什麼都能讓他看到嗎？」

**我跟他沒有聯繫。**憎惡思考著，一面輕輕哼起一種節奏。**我看到一種方法了。他的靈魂有一些孔洞。有人能夠進入。某個了解他、跟他聯繫的人。某個同理他感受的人。**

「我可以。」

**或許。你只能小幅度影響他。或許在每一夜，當他休止時……他還是想著你，而且不只如此。因為你**

**們的過去、你們共享的夢想而產生的聯繫。任何像那樣的連結都能加以操弄。**

**這樣夠嗎？如果我們向他展示幻象，他會因此而崩潰嗎？**

「那會是個開始。我可以把他帶到邊緣，讓他踏上懸崖。」

**然後呢？**

「然後我們想辦法讓他跳下。」摩亞許輕聲說。

培養靈看似由交織成精细花紋、活生生的藤蔓構成，彷彿精紡的織物，人類的眼睛幾乎看不見其中的織法。

他們在幽界通常扮演商人和貿易商的角色，因此跟幾乎各種靈都維持一定關係，甚至包含那些通常敵視彼此的靈。

他們的手、眼睛和牙齒似乎是由完美的水晶構成，澄澈又充斥光的映射。他們的手跟肌肉一樣有彈性、靈活，不過牙齒似乎如骨骼般堅硬。

在實體界，他們通常看似大量藤蔓或水晶，快速生長、交織，又在他們蜿蜒滑過物體表面時頃刻間化為粉末。

他們有時也會以表情豐富、看似人類，且與他們在意識界的臉孔相似的樣貌出現在實體界。

# I-5 利芙特

利芙特掛在天花板上——單手拉著一根繩子，不牢靠地懸在那兒，另一隻手探向籃子——她必須承認，偷食物就是不再像以前那麼刺激了。

她繼續假裝，因爲她不希望她的人生改變。她討厭改變。偷別人的食物基本上就是她的興趣。她幹了好幾年，而且看見他們餓肚子的臉確實讓她很興奮。他們的頭轉開，又轉回來時，他們的芻塔就不見了。或是他們掀開餐點的蓋子，卻發現盤子裡啥也沒有。之後就是歪眼恐慌和困惑的高潮時刻。

不過他們接著會微笑，四處找她在哪裡。當然了，他們看不見她。她太會藏了。不過他們還是東找西找，而且看起來很喜歡。

有人偷你東西時，你就是不該一副很喜歡的樣子。整個體驗都被毀了。

然後是這個。她又往前伸一點，手指刷過籃子……

到手。她一把抓住提把。

她把提把塞進齒間，兩三下攀上繩子，消失在交織於兀瑞席魯天花板與牆壁的隱密小隧道迷宮中，來到溫德等待的地方。他盤繞起來，用藤蔓和水晶做出一張臉。

「噢！」他說。「一整籃！我們來看看這次他留了什麼給妳！」

「才沒有人留什麼鬼東西給我咧。」利芙特粗聲說。「這是我偷的，正小光明。還有，噓，有人可能會聽到啦。」

「他們聽不見我說話，主人。我是——」

「我聽得見你。所以噓，愛唸的靈。」她爬下隧道。這個時候有一場永颶，她想安全地待在她的巢穴裡。一切都令人發毛，其他燦軍卻好像沒注意到。就算塔城裡看似一切正常，她還是不禁察覺一種什麼事都不對的感覺。

不過她每次都有這種感覺。因此今天，她只是在前方推著籃子，在小隧道裡爬行。下一個交叉口很擠，但她可以用颶光把自己變滑，所以她鑽過去了。

轉兩次彎，之後再直直爬一段，他們進入一個小交叉口，她先前在這裡放了一顆錢球照明。這裡的隧道頂稍微高一點，她可以背靠著牆檢視她的獎品。

溫德有如沿石塊蜿蜒生長的藤蔓般從天花板進來。她快速翻看籃內時，他又在她正上方變出一張臉。無酵母麵包……一些咖哩……甜豆泥……一小罐果醬，食角人「愛」的符號上面畫了一張可愛的笑臉。

利芙特抬頭看了看天花板和垂掛下來的閃爍藤蔓臉。「好吧。」她坦承。「說不定他真的是留給我。」

「說不定？」

「該被餓死的愚蠢食角男孩。」利芙特咕噥，爲麵包抹上厚厚一層果醬。「他爸就知道怎樣弄得像意外，留下東西好讓我拿走。讓我颶他的假裝。」

她把麵包塞進嘴裡。沉淪地獄啊。眞好吃。只是讓這個體驗更加丟臉。

「我看不出問題在哪裡，主人。」溫德說。

「那是因爲你是個蠢靈。」她把剩下的麵包全部塞進嘴裡，就這樣接著說話。「不基刀離僧門中油啥蠟漆。」

「我確實也喜歡生命中有點樂趣！」他說。「上個月，在幾個人類孩童的幫忙下，我用椅子展示出最美麗的裝置藝術。其他培養靈覺得很壯觀。他們特別讚賞其中的凳子。」

利芙特嘆氣，往後靠，癱在那裡。太生氣了，甚至沒辦法想出有關凳子的好笑話。她不是真的生氣。不是眞的悲傷。只是……巴拉戈勾爾夫。極度巴拉戈勾爾夫。

颶風的。今天襯衫下的纏胸布弄得她發癢。「走吧。」她抓起籃子和錢球，繼續朝塔城內部前進。

「眞的那麼糟嗎？」溫德跟在她身後。「給福喜歡妳，所以才留東西給妳。」

「我不應該被喜歡啊。」利芙特大聲說。「我是影子。一個危險又未知的影子，神出鬼沒，永遠沒人看見，永遠受人恐懼。」

「一個……影子。」

「對，一個該被餓死的影子，好嗎？」下一個隧道也得擠過去。愚蠢，愚蠢，愚蠢。「這座塔城，它就像一具巨大的陳年屍體，我就像血液，在它的血管裡偷偷摸摸移動。」

「屍體血管裡爲什麼有血？」

「好。它沒死。它在睡覺，而我們是它颶他的血液。可以嗎？」

「我會覺得，」溫德說。「這些通風孔比較像腸子。這樣比喻下來，妳會比較像……嗯……呃，我想是排泄物吧。」

「溫德？」她慢慢鑽過狹窄處。

「是，主人？」

「你可能不要再試著幫忙我厲害的隱喻比較好。」

「是，好的。」

「颶你的軟腳靈。」她咕噥，終於來到一段較寬敞的通風孔。她的確喜歡這座塔城。有好多地方更能躲藏、探索。在上面的岩石通風孔網絡中，她偶爾會遇上鼬鼠或其他食腐動物，但這地方實際上是她的領域。成人太大隻，其他小孩又太害怕。而且她會發光——經過妥善餵食後——她的厲害也會幫她通過很擠的地方。

一年前，很擠的地方遠比現在少多了。

愚蠢，愚蠢，愚蠢。

他們終於抵達她的巢穴，這是一個寬敞的空地，四條高聳的通風管在此交會。她在這裡堆了一些毯子、食物，還有一些寶藏：達利納的一把刀。她百分百確定他不希望她偷走這把刀。一些有趣的甲殼。還有一枝溫德說看起來很怪的笛子。

他們離一口井不遠，她能取得所有她需要的水——但又離其他人夠遠，她能夠自在說話。她的前一個巢可以偷聽附近人說話的回音——不過他們也能聽見她。

她聽過他們談論那個回聲。他們稱她為塔城幽靈。剛開始很不錯，不過後來他們開始留東西給她，好像她是颶他的守夜者一樣。她開始有罪惡感。有些人擁有的東西本來就不多，不能又拿走他們的東西。這是不當一坨徹頭徹尾一無是處的芻螺屎的第一條守則。

她津津有味地大嚼起其他籃子裡「偷來」的食物，然後嘆口氣，站起來。她走到側面的牆邊，背靠著岩石。「來吧。」她說。「動手。」

溫德移動到牆上，跟平常一樣後面拖著藤蔓。它們很快會粉碎腐朽，但短時間內可以發揮標記的作用。他橫過她頭頂的牆面，她轉身用粉筆描出能保存更久的線條。

「上一次之後多了幾乎足足一吋。」她說。

「很遺憾，主人。」

她撲通倒進毯子窩裡，想要蜷縮起來哭一頓。「我不吃東西了。」她說。「這樣我就不會繼續長大。」

「妳？」溫德說。「不吃東西？」

颶他的靈。她脫下襯衫，把纏胸布裹得更緊一點——擠疼了她的肉——然後又穿上襯衫。之後，她躺在那裡凝視牆上的標記，那些線條顯示出她過去這年來身高的增長。

「主人。」溫德像條鰻魚一樣盤起，在她旁邊昂起一顆藤蔓頭。他越來越會做臉了，這次是她最喜歡的其中一個——有看起來像小鬍子的藤蔓。「妳不覺得妳該告訴我，妳究竟問了守夜者什麼嗎？」

「不重要。」她說。「都是謊話。恩賜、承諾。謊話，謊話，謊話。」

「我遇過守夜者。」溫德說。「她的思考模式……跟我們其他靈不一樣。培養把她設計成跟人類分隔、彼此分離，沒有聯繫。凡人對守夜者的感知不會像影響其他靈一樣影響她。母親想要一個形體和性格都生機蓬勃的女兒。

「因此守夜者跟像我這種靈比起來比較……嗯，不人類。不過我還是不覺得她能說謊。我相信她無法設想那種事。」

「說謊的不是她。」利芙特閉上眼。颶風的。她把纏胸布捆太緊了，幾乎喘不過氣來。「是另外一個。那個裙子像樹葉，跟矮樹叢融爲一體的那一個。頭髮像小樹枝，皮膚跟深棕色的岩石一樣顏色。」

「所以妳看見培養本尊了。妳以及達利納……母親涉入的程度比我們想得還深，但是躲在詭計之雲後。她利用上古魔法的故事分散注意力，好讓被引向她的人沒那麼明顯……」

利芙特聳肩。

「我懷疑過是這樣。妳的……情況特殊。哎呀，看進意識界——就算只有一點點——對人類來說也是很罕見的技能！還有把食物轉化爲颶光。唉呀……如果母親涉入……那妳使用的可能根本不是颶光。

嗯……妳知道妳有多特別吧，利芙特？」

「我不想要特別。」

「說這話的女孩剛剛還無比戲劇化地把自己比作影子呢。」

「我只想要我要求的東西。」

「那是什麼？」溫德問。

「現在不重要。」

「我寧可相信很重要。」

「我要求不要改變。」利芙特低語，睜開眼。「我是說，當其他的一切出錯，我想要維持一樣。我想要繼續當我，不要變成別人。」

「妳確切就是這樣說的？」溫德問。

「我記得是這樣啦。」

「嗯……」溫德蜷曲成一團藤蔓。「我覺得太籠統了。」

「才沒有！我跟她說了。把我變得不會繼續長大。」

「妳剛剛可不是這樣說的，主人。而且容我放肆——在妳身邊待那麼久之後——我必須說妳並不是個很好懂的人。」

「我要求不改變！那我為什麼在改變？」

「妳還是妳啊。只是長大一點的版本。」

她又緊緊閉上眼。

「主人。」溫德說。「利芙特，妳可不可以告訴我，妳為什麼這麼煩惱這件事？每個人都會長大。每個人都會改變。」

「但我是……我是她的小女孩啊。」

「誰的小女孩？」他溫柔地問。「妳母親？」

利芙特點點頭。愚蠢。聽起來很蠢，而她確實很蠢。母親死了。事情就是這樣。

她爲什麼沒說出正確的字句？培養爲什麼就是不懂？培養應該是某種該被餓死的神啊。如果一個小女孩來請求一個承諾，神卻故意弄錯她的意思，那就是祂的錯……

利芙特喜歡原本的自己。她以前的樣子。她長大後就不會一樣了。

爬過黑暗的隧道？當然。抵抗煉魔？欸，有何不可。

但是感覺妳自己的身體把妳變成另外一個人，而妳還無力阻止？

每個人類都與一種可怕的恐怖東西共存，他們卻全部加以忽視。他們自己的身體突變、拉長、開始流血，變得完全不對。沒人談論這件事？沒人感到害怕？他們是有什麼毛病？

最近一次感覺一切正常的時候，利芙特心想，我跟她在一起。在她生病之前。我還是她的小女孩。

如果她現在看見我，她會認不出來的。

幾個詭異的靈看起來像在模仿她的臉，它們慢慢出現在附近。溫德緩緩用他的藤蔓裹住她。溫柔，像個擁抱。其他人幾乎感覺不到自己的靈的碰觸，但是她覺得溫德是有實體的。他並不溫暖。但……他把他的藤蔓頭靠在她肩膀上時，確實有撫慰的效果。就這麼一次，他沒有說些蠢話毀掉氣氛。

接著他用一種看似猜疑的姿態挺起他的藤蔓。

利芙特抹抹眼睛。「怎樣？」她大聲問。

「不知道。」溫德說。「剛剛發生了某件事。在塔城裡。我感覺到……一股黑暗像毯子一樣蓋在我身上。我想我感覺到塔城的擾動。」

「你說塔城的靈死了。」

「死掉的靈不會擾動，利芙特。」溫德說。「出事了。出大事了。」

利芙特抓起一大塊麵包塞進嘴裡，接著急匆匆爬過隧道，溫德跟在身後。她試著用颶光把身體變滑，穿過一個特別擠的地方，但沒用。她皺眉，再試一次，最後終於沒用颶光硬擠過去。

怎麼搞的？

她來到塔城邊緣一個空房間的上方，從天花板的開口跳下來，小跑步到窗邊。快入夜了，永颶剛剛經過。站在她這個好位置，塔城看起來沒什麼不對，只是山上平凡的另一天。

「我的力量出了什麼錯。」她低聲對從窗台頂部降下來的溫德說。「我不能變厲害。」

「妳看，下面那裡。」

有些人聚集在通往破碎平原的誓門平台上。幾個人好像倒在地上。藍色制服。

「逐風師。」她瞇起眼。「他們不太對。說不定他們弄壞了誓門？」

「有可能。」

利芙特眺望積雪的大地，努力聆聽。聆聽。無眠者跟她說過，永遠都要聆聽。

她聽見尖叫聲，但不是來自人類。

「那裡。」她伸手指去。「那是什麼？」

一個亮紅色的東西劃了一個險峻的圈飛過空中——一個綠色的東西緊追在後。更快、更危險。兩個東西在空中相撞，紅色的東西被撞開，灑下紅色羽毛。

雞。會飛的雞。不用人教，她本能地知道綠色那個是掠食者，紅色的則是獵物。牠在攻擊之下朝塔城拍了幾下翅膀，看起來幾乎沒辦法繼續飛行。

「過來。」利芙特推開窗戶。「我需要握把。」

「噢，主人！」溫德移動到塔城外。他來來回回以藤蔓編成架在石塊上的梯子，讓她爬了上去。「這裡眞的太高了！我掉下去怎麼辦！」

「你是個颶他的靈。不會有事的。」

「我們又不知道！我可能會掉落幾百呎耶！」

「膽小靈。」

「眞要說的話，應該是智慧靈才對！」他雖然這麼說，不過隨著她往上爬，他還是繼續編織梯子。

紅雞勉強在空中躲過又一次攻擊，然後朝上方的一個陽台衝去，消失在她視線範圍之外。綠雞盤旋，她乘機把牠看個清楚。邪惡的爪子，尖銳如刀的喙。她一直覺得雞看起來很蠢，但這隻不一樣。

她爬到那個陽台，在地上找到紅雞。牠有一邊翅膀流血，正虛弱地努力撐起身子。體型比她想得還大，至少一呎高，身體和頭都是鮮豔的紅，翅膀是亮藍色，末端轉爲紅色，像火一樣。牠看見她時，虛弱地啾啾叫了幾聲。

她蹲在陽台欄杆上，轉頭看見綠雞逐漸靠近。「溫德，我需要你。」她的手朝旁邊平舉，把他變爲武器。不是劍。她討厭那種東西。是一根她能用來對那隻惡夢雞揮舞的棍子。

什麼也沒發生。

「我沒辦法變成武器，主人！」溫德大喊。「我不知道爲什麼！跟塔城裡的不對勁有關！」

好吧。反正她也不需要武器。綠雞伸出爪子俯衝過來。牠似乎預期她會畏縮。她偏偏不。她當頭迎上撞擊，抓住想用爪子扒她臉的綠雞。

然後她咬牠。就咬在翅膀上。

牠驚叫，聽起來困惑大於疼痛，不過隨即掙脫，振翅飛走，一面飛還一面大叫，彷彿是抗議利芙特沒遵守遊戲規則。

颶光治癒她臉上的傷口，她呸出一根羽毛。嗯，至少這部分的力量還在。她跳下欄杆，捧起受傷的紅毛雞。牠怯懦地咬她手臂一口，而她怒瞪著牠。

「你沒資格抱怨。」她試著治好牠。她把颶光注入牠體內，但它抗拒。治療也不能用。沉淪地獄的。

她衝進後面的房間，雞也冷靜下來。一個淺眸年輕男子正好走向陽台要來查看外面發生什麼事。

「抱歉，」利芙特說。「重要燦軍事務。」他嚇得往後一跳，她乘機抓起他桌上的一個利馬果，衝到外面的走廊上。

我們來看看……第五層……

她找到通往其中一個通風孔的方向，溫德變成梯子好讓她爬上去——夾在她腋下的紅雞為這種對待而輕聲抗議。進去裡面、安全地轉過幾個彎後，她把雞放在地板上，又把手按在牠身上。

她推得更用力點。她剛剛想變厲害的時候也沒反應。不過當她嘗試治療，她感覺到不一樣的東西——一種抵抗力。因此這次她推，輕輕低吼，直到……成功了。颶光離開她的身體，雞的翅膀痊癒。她的力量沒重新長出掉落的羽毛，但轉眼間，那東西就翻過身，喙子試驗性地啄起身側裸露的皮膚。終於，牠看著她，發出困惑的嘎嘎叫聲。

「我大概就是做這種事。」她聳肩。「我也應該聆聽。不過如果我能搞懂要怎麼也聆聽雞叫，那還是讓我被沉淪地獄吞了吧。」

雞嘎嘎叫。她試著召喚她的厲害，但那力量不只是抗拒而已。它似乎並不存在。她又試一次，但聽見奇怪的聲音。有人在大吼大叫？

「溫德？」她問。

他以藤蔓的模樣離開。人有時候能看見藤蔓分解時的殘骸，但看不見他的本體。

雞沿隧道走開。牠大步走的樣子很好笑，彷彿因為被迫用自己的雙腳而感到憤慨。

利芙特追上去擋下牠。「你以為你要去哪？」

牠堅持地嘎嘎叫，又從她旁邊擠過去。

「至少等溫德回來吧。」她又擋住牠。牠發出較具威脅性的叫聲，幸好溫德很快就回來了。

「燦軍都不省人事倒下！噢，主人。這看起來很不妙啊！」

雞什麼也不在乎，牠從她身旁擠過去，沿隧道往前走。她跟溫德跟上去，這個靈越來越擔心——尤其在雞飛落一條通道、瞪著地面惱怒地啾啾叫了起來之後。

牠憂鬱地轉向她。

「你需要去更下面的地方，」她說。「但你不知道怎麼下去？你在跟隨什麼？」

牠嘎嘎叫。

「主人，」溫德說。「雞沒有智慧。要不是我看過妳偶爾跟克姆林蟲講話，妳跟雞的談話會讓我懷疑妳的智慧。」

「永遠說不準這些東西會不會對某人回報些什麼。」她咕噥著爬下去抱起雞。牠的羽毛不全，似乎飛不起來，因此她抱著牠。他們跟隨雞的肢體動作，沿樓梯往下走了幾層。牠會伸長頸子、歪頭，一隻眼看著地板。來到第二層後，牠平抬著頭，堅持地注視一條走廊，發出一種鳴叫聲。

後面的一條走廊遠遠傳來轟隆轟隆的聲音。利芙特轉身，溫德嗚咽。

「雷聲。」利芙特說。「塔城裡有颶風形體。」

「噢，主人！」溫德大喊。「我們必須做點什麼！像是躲起來！或是逃走然後躲起來！」

她卻跟著雞的視線走。她應該要聆聽。這是她其中一個颶他的誓言，之類的。雞叫得越來越大聲，她快步走過一條小路。

「主人？」溫德說。「我們爲什麼……」他越說越小聲。這時他們突然停下。

眼前是一個身穿長袍的雅烈席卡男子，因爲胸口的某種刀傷而喪命，睜著雙眼躺在地上，唇上有血。

她別開頭。她永遠沒辦法習慣這種事。

雞發出憤怒的尖叫聲，掙脫她的手撲向那男人。接著——這或許是她見過最揪心的畫面了——牠磨蹭屍體，輕柔地啾啾叫。牠爬進死去男人的臂彎，用頭推他的身體，又啾啾叫了起來，這次多了點擔心。

「我很抱歉。」利芙特蹲下。「你怎麼知道他在這裡？」

牠啾啾叫。

「你感覺得到他，對吧？」她問。「或是……你感覺得到他在哪裡。你不是普通的雞。你是一隻引虛雞嗎？」

「妳爲什麼堅持要用那兩個字？」溫德問。「實在不準確至極。」

「閉嘴，引虛者。」她對著他嘀咕。她伸手輕輕抱起雞。牠開始發出痛苦的啾鳴，聽起來幾乎就像人話。事實上，兩者像得恐怖。

「他是誰？」她問。「溫德，你認得他嗎？」

「我相信我見過他。一個低階雅烈席卡公務員，但他的眼睛不一樣了。真怪。你看他的手指——曬黑的皮膚有幾圈顏色比較淺。他原本有佩戴珠寶。」

對……想到這裡，她覺得她認出他了。塔城裡的一個老人。已退休，原本是王宮裡的高官。她曾去找他聊天，因爲沒人理老人。他們有味道。

「被搶了。」儘管科林家的人努力維護塔城安全，還是有人在暗巷遇刺。「我會記住你。我保證。我——」

近處的黑暗中有動靜。一種刮擦聲，像是……羽毛。利芙特提高警覺，站起來，舉起一顆錢球照明。聲音來自走廊更深處，她的光照不到那裡。

某個東西從黑暗湧過來。一個男人，高大，臉上有疤。他身穿雅烈席卡制服，但她發誓從沒見過他。

她會認得如此危險的男人。那雙眼睛似乎是黑暗的一部分——他踏入光線下，眼睛深埋在陰影中。

剛剛那隻綠雞坐在他肩上，邪惡的爪子緊抓住縫在他制服上的一片皮革。

「小燦軍。」那男人說。「我必須承認，我一直想要一個獵捕妳的理由。」

她抱緊她的紅雞，開始奔跑。

身後的男人大笑，笑得活像他剛剛獲得最棒的禮物。

# I-6 恩惠與詛咒

塔拉凡吉安的孤獨今天令他痛苦。他並不特別聰明，這情況越來越常見。

聰明的塔拉凡吉安討厭身邊有人。聰明的塔拉凡吉安忘記跟其他人共處有什麼意義。聰明的塔拉凡吉安很可怕，不過他今天會很樂意當那版本的他。他會欣然迎接那種情感痲痺。

他獨自坐在一輛防颶拖車上，雙手置於膝上，旋繞的棕色疲憊靈包圍著他。永颶即將結束。他現在應該要下令他的人背叛聯盟。如果塔拉凡吉安猜得沒錯，這也代表憎惡已對兀瑞席魯發動攻擊。

塔拉凡吉安尚未下令。憎惡說過祂會來確認，而祂目前爲止還沒來。或許……或許祂今天不需要塔拉凡吉安的服務。或許計畫生變。

軟弱，一個軟弱、無力男子的無力希望。

他好希望自己能夠聰明。他上一次有智慧是什麼時候的事了？不用出色——他已經放棄有哪種感覺了——只要聰明就好？上一次應該是……颶風啊，超過一年前了。他當時在籌謀毀掉達利納的計畫。

那計畫失敗了。達利納拒絕被打敗。聰明的塔拉凡吉安，擁有那麼強大的能力，最後卻依然不足。

聰明的塔拉凡吉安想出迫使憎惡談條件的計畫，他心想，那就夠了。

然而……然而他動搖了。聰明的塔拉凡吉安曾經失敗。除此之外，他並不只是被變聰明而已。他被授予一個恩惠和一個詛咒。一邊是智慧，另一邊是同情心。當他聰明時，他認爲同情心是詛咒。但眞是如此嗎？還是說，他的詛咒是他永遠不可能同時擁有二者？

他在拖車裡站起來，忍受最近每次站起來時都會出現的那陣暈眩：黑暗悄悄侵入視線邊緣，就像急欲占有他的死靈。他覺得應該是心臟問題，但他沒請人找醫師。最好不要麻煩那些可能在救助傷兵的人。

他短促吐息，聆聽車外永颶的輕柔爆裂聲。雷聲轉弱。快結束了。

他拖著腳走過短短幾步到他的行李箱旁。塔拉凡吉安逼自己跪下。颶風啊，跪下什麼時候變這麼痛了？他的骨頭彼此磨輾，彷彿杵與研缽。

他努力不去理痛靈，顫抖的手指摸索密碼鎖，接著打開箱蓋。他揭開頂部的內襯，伸手到暗格裡撥動隱藏的彈簧鎖。這會解開一個他裝在這裡的小墨瓶，如果有人亂碰，墨水會灑出來，毀掉暗格的內容物。

然後他才在暗格內摸索，找到那幾頁紙。他猶豫地拿出紙張。一年前，在他最後一次智慧洋溢的時候，他做了這東西。圖表中的幾頁，被裁下來並重新排列，還有一些潦草的筆記。他燒掉圖表本身，只留下割下來的這個部分。

他筋疲力竭地爬回他的座位，掙扎著坐回椅子上。他氣喘吁吁地抱著從圖表裁下來的陳舊紙張，試著噓聲趕走疲憊靈。

製作這個小別冊時，他並沒有那天那麼聰明，就是他創造出圖表的那一天——七年前的事了。在那一天，他就是神祇。一年前製作別冊時，他認爲自己是那個神的先知。

那他現在是什麼？教士？卑微的追隨者？傻瓜？就某種方式而言，以宗教的詞彙來思考感覺像一種背叛。這並非神的作爲，而是人。

不。是神把你變成這模樣。

他舉起別冊閱讀，沒有閱讀鏡片，只能瞇起眼。難解的筆跡列出指示，疊在圖表原本的文字上。大多數內容詳細說明透過謹慎洩漏祕密而將達利納拉下台的計謀——這個計畫的目的是毀滅那可憐的男人、讓聯盟轉為敵視他。結果那計謀只是激勵了黑刺，並且讓他對塔拉凡吉安更加猜疑。他們在那天之前原本是朋友。

塔拉凡吉安用指尖翻過紙頁，試著了解他聰明時變成的這個奇怪生物。一個不受同理心牽累的生物，能夠看透事物的核心。這個生物也無法了解自己種種苦心經營的脈絡。努力保護一個種族的同時，卻又若無其事地下令殺死孩童。

聰明的塔拉凡吉安知道如何做，但不知道為何而做。

愚鈍的塔拉凡吉安不會串聯關係，也無法迅速記憶事物，無法在腦中計算。這份文件的用意是腐化、毀謗、摧毀一個他真心尊敬的男人。愚鈍的塔拉凡吉安在其中只看見痛苦。他讀完時止不住哭泣，白色花瓣狀的羞恥靈取代了疲憊靈。

這一切只為了拯救幾個人？他心想。他藉由出賣所有人類而保住卡布嵐司。他確定憎惡不會被打敗。因此拯救殘存者是唯一合乎邏輯的途徑。

此時此刻，這似乎頗為可悲。聰明的塔拉凡吉安認為自己如此出色，如此優秀，但他最多只能做到這樣？

這是個危險的想法，而且沒意義。他是不是曾因莫拉提出同樣論點而斥責他？他們必須專注於他們能做的事。聰明的塔拉凡吉安理解這件事，也完成了。

愚鈍的塔拉凡吉安卻為他辜負的所有人而流淚。憎惡清洗人類世界時將死去的所有人。

塔拉凡吉安回頭看筆記，今天在其中看見一些新的東西。對一個人的簡短評注。為什麼圖表唯獨看不見雷納林．科林？筆記寫道。爲什麼他是隱形的？

聰明的塔拉凡吉安很快便跳過這個問題。爲什麼要把時間浪費在解決不了的小問題上？愚鈍的塔拉凡吉安卻在這問題上徘徊，回憶起較晚期憎惡來找他的一次。憎惡讓塔拉凡吉安看了某個東西，而雷納林……雷納林．科林顯示爲一連串暗去的未來，無法看透。

拖車內越來越明亮。塔拉凡吉安低聲咒罵，火速把別冊折好，藏進袍子的口袋裡。轉眼間，拖車化去——四面牆在明亮金光前消失。地板變了，塔拉凡吉安發現自己坐在他的椅子上，置身一片明亮的空地，地面彷彿由固態黃金構成。

一個人形矗立他面前，一個二十呎高、手拿權杖的人類。他的外表是雪諾瓦人，純金色的頭髮和鬍鬚又彷彿他是依瑞雅利人。憎惡的長袍比上次華美，金紅雙色，一把劍別在腰際。

這樣的場面用意在於讓人驚嘆敬畏，而塔拉凡吉安忍不住倒抽一口氣。太輝煌了。他逼自己起身，又一次用疼痛的膝蓋跪倒，低頭鞠躬，但無法把目光從這宏偉的景象扯開。

「我比較喜歡像這樣的你，塔拉凡吉安。」憎惡以強而有力的聲音說。「你的思考速度或許沒那麼快，不過你確實了解得比較快。」

「主上。」塔拉凡吉安說。「時候到了嗎？」

「對。你必須發布命令。」

「遵命。」

「他們會聽從嗎，塔拉凡吉安？你要求他們背叛盟友，跟敵人站在同一陣線。」

「雅烈席人是他們的敵人，主上。」塔拉凡吉安說。「費德人憎恨他們的鄰居數百年了，再加上由您親手安排的新領導階級渴望權力。他們相信您會獎賞他們。」

他們沒有獲得承諾。神可以被約束，但只有誓言能做到。這些愚蠢的人相信他們會獲得高人一等的獎賞，不過塔拉凡吉安知道他們整個國家都注定毀滅。那些土地上的每一個人終將都被消滅。

他們逃不開這個命運，而塔拉凡吉安確信他們會乖乖聽話，對原本的盟友發動攻擊。他花了一年的時間爲他們做好準備，在憎惡的命令下提拔對的人，不著痕跡地暗示所有追隨他的人，這場戰爭是雅烈席卡和亞西爾的問題，跟賈·克維德無關。敵人永遠不會找上他們。

他抬頭，發現這位神祇正表情難解地打量著他。「你不害怕死亡嗎，塔拉凡吉安？」憎惡問。「你知道你注定死去。」

「我……」塔拉凡吉安顫抖。他努力不太常想起這件事，尤其是在他愚鈍的時候。因爲沒錯，他確實害怕死亡。他怕得要命。他希望死後什麼也沒有。赦免。

因爲若有任何東西等著他，那絕不可能令人愉快。

「我確實害怕。」他低語。

「這版本的你眞誠實。」憎惡繞著仍跪在地上的塔拉凡吉安走。「我比較喜歡這樣的你，沒錯。你的烈情有一種坦率。」

「您不能放過他們嗎？」塔拉凡吉安眼中湧淚。「賈·克維德的人民、依瑞雅利人，那些主動投靠您的人。爲什麼要糟蹋他們的生命？」

「噢，我不會糟踏他們，塔拉凡吉安。這些生命將以他們預期的方式消耗——消耗於戰爭、榮耀與鮮血中。我會給出他們確切冀求的事物。他們自己不知道，但他們求我給他們權力，就是在求我給他們死亡。只有你向我求取和平。」

他看著塔拉凡吉安。「在即將到來的風暴中，卡布嵐司將依然是平靜的風眼。別讓其他人影響你。他們將會打一場自他們出生起就應允他們的戰爭；儘管這場戰爭會耗盡他們、摧毀他們，他們也將樂在其中。我會確保事態如此發展。就算在這榮耀中，帶領他們的不會是應爲他們國王之人……」

神若有所思，而塔拉凡吉安注意到某件事——憎惡散發出一道光。那道光脈動，由內部發散，讓祂的皮膚變為透明。這景象有一種莫名……病態的感覺。確實，憎惡停下來，看似集中注意力，讓光退去後才又繼續沉思。

我在許多方面都失敗了，但你也是，塔拉凡吉安心想。所謂「應為他們國王之人」指的是達利納。憎惡籌謀一個計畫已多年，一場規模大上許多的戰爭——甚至比此時肆虐羅沙的這場戰爭還大。一場諸神的奇異戰役。

祂想要達利納加入那場戰役，但祂失敗了。一旦憎惡贏得羅沙，祂依然打算以全人類當作祂的前線軍隊。祂會虛擲他們的生命，把他們變為奴隸，完全只為了當作祂那場諸神戰役的燃料。憎惡認為歌者是更珍貴的部隊，祂會利用他們的鮮血維持歌者的存續。

光是思考這些事就令塔拉凡吉安膽寒。他原本想像的是乾淨俐落的毀滅，但這甚至更糟。這會是一場奴役、血與死亡的漫長惡夢。不過有一個想法撫慰了他。一個聰明的塔拉凡吉安會視為多愁善感的想法。

祢以為達利納會背叛，塔拉凡吉安想，祢想要他成為祢的鬥士。祢失敗了。所以到頭來，祢並沒有比我聰明。儘管祢總是自吹自擂祢能看見未來，祢並不是全知的。

塔拉凡吉安曾領會神的計畫。他還……還做得到嗎？

不，他不敢密謀陰謀。他不聰明。他……他只是個人類。

但是……還有誰更適合捍衛人類？在這個激昂勇敢的片刻中，塔拉凡吉安伸手從口袋拿出他剛剛在研讀的圖表別冊。他緊緊抱著它，彷彿藉此尋求安慰。

憎惡上鉤了。他大步走過去從塔拉凡吉安指尖上搶走別冊。

「這是什麼？」憎惡問。「啊……你那個圖表的一部分，是吧？看得出來經過編輯。你以為自己非常聰明，是吧？」

「沒有。」塔拉凡吉安嘶啞地低語。「我什麼也不知道。」

「你就該認清事實。」憎惡舉起別冊，在一陣閃光中將它化為碎片。「這什麼也不是。你什麼也不是。」

塔拉凡吉安大叫出聲，抓住飄落的一個碎片。

憎惡一揮手。塔拉凡吉安第二次得以瞥見神的計畫。數以百萬片的文字，彷彿寫在看不見的玻璃般懸浮空中。一年前憎惡也讓他看過這景象，意在讓塔拉凡吉安欽佩憎惡的計畫是多麼周密又廣闊。塔拉凡吉安成功誘使祂像獲獎的種馬般賣弄。

颶風啊……憎惡也是會被拐騙的。而且是受愚鈍的塔拉凡吉安拐騙。

塔拉凡吉安四處張望，想找到他先前看過的黑色部分。沒錯，就在這裡，腐化的文字，一段被雷納林・科林毀掉的計畫。

這會兒，其中含義看似頗為深奧。憎惡看不見雷納林的未來。沒人看得見。

那道疤膨脹。塔拉凡吉安迅速轉身，不想惹惱憎惡。不過就在他轉開之前，他看見某個被黑色疤痕半吞噬的東西。

他自己的名字。為什麼？這代表什麼意義？

我在雷納林附近，塔拉凡吉安領悟。無論是誰，只要在那男孩附近，他們的未來就會被遮蔽。或許這就是憎惡誤判達利納的原因。

塔拉凡吉安感覺到一股希望。

憎惡現在看不到塔拉凡吉安的未來。

塔拉凡吉安垂頭咬住嘴唇，緊緊閉上眼，希望眼角的淚水會被誤以為是出自敬畏或恐懼。

「很輝煌，是吧？」憎惡問。「我一直不懂，她為什麼要讓你領略我們的力量。就某些層面而言，我只有你這個談話對象。以某種侷限的方式來說，只有你懂我身上的重負。」

祢今天可以直接來對我下令就離開，塔拉凡吉安想，但是祢卻談起話來。祢很寂寞。祢想賣弄。祢……像人。

「我會想念你。」憎惡說。「我很高興你逼我答應留下卡布嵐司居民的性命。他們會讓我想起你的。」

如果憎惡會寂寞，如果祂會自吹自擂，如果能夠拐騙祂……那祂也有可能害怕。塔拉凡吉安或許愚笨，但是他愚笨時，他了解情感。

憎惡擁有驚人的力量，這點無庸置疑。就力量而言，祂是一個神，但就內心而言呢？祂的內心是個人類。憎惡害怕什麼？祂總會有所恐懼，對吧？塔拉凡吉安睜開眼，掃視懸浮空中的一片片文字。許多都是他不認得的語言，但憎惡以符文書寫名字。

塔拉凡吉安找尋一團緊密的筆跡。他找尋激發恐懼感的文字——一個天才的恐懼。他找到了，就算讀不懂也了解了那些文字的意義，在靠近黑疤的一團字跡中。筆跡潦草的文字，繞著一個被黑疤吞噬的名字。一個簡單、令人害怕的名字。

賽司。白衣殺手。

塔拉凡吉安顫抖著轉開。憎惡又開始高談闊論，但塔拉凡吉安沒聽進去。

賽司。

那把劍。

憎惡害怕那把劍。

不過……賽司在兀瑞席魯。他的名字為什麼被象徵雷納林的黑疤吞噬？一點道理也沒有。塔拉凡吉安有可能誤會了嗎？

過了長得令人痛苦的一段時間，他才看出那個顯而易見的答案。賽司在這裡，在軍隊裡，在達利納身邊。因此他也在雷納林附近。達利納一定暗中也把賽司帶來了。

「你無法想像我爲此計劃了多久。」憎惡這麼說著，不過祂體內的光又漸漸增長，祂的皮膚變得像薄薄的紙張。祂似乎……不是軟弱——一個能夠製造颶風、摧毀國家的存在永遠不可能是軟弱的。而是有弱點。

爲了拉攏達利納當祂的鬥士，憎惡押上太多賭注。現在陷入混亂。這個神吹噓祂的計畫，不過根據親身經驗，塔拉凡吉安深知你可以計劃又計劃又計劃，但若一個人選擇不遵從你的意志，你的計畫就沒有意義。一千個錯誤的計畫就跟一個錯誤的計畫一樣沒用。

「不必太痛苦，塔拉凡吉安。」憎惡說。「達利納不會立刻殺死你。他會試著了解。他已經變成這樣的人了。可憐的傻瓜。以前的黑刺會立即取你性命，這個比較弱的版本則下不了手。下令處決你之前，他會需要跟你談話。」

*祢也一樣*，塔拉凡吉安想著，一個危險的計畫在他腦中萌芽。*祢早該殺了我才對。*

他高聲說：「那就這樣吧。我已經達成我的目標。」

「沒錯。」憎惡說。「沒錯。去吧，孩子。履行你那部分的契約，爲你所愛之人贏得救贖。」

金色曠野消失，塔拉凡吉安又回到拖車的地板上。他攤開拳頭，發現圖表的碎片在他掌中。但……其他部分都沒了，隨著幻象結束而消失。他大吃一驚，因爲這代表他剛剛確實身處另外一個地方。他帶著別冊一起過去，回來時卻只剩這個碎片。

他注視碎片良久，逼自己坐下。他花了點時間冷靜下來，然後在背包裡翻找。他拿出信蘆板，設置好，擺好筆。終於得到回應後，他寫下簡單的兩個字。

*動手。*

當然，他必須完成他的背叛。他必須遵守協議。他必須保護卡布嵐司。這比任何陰謀或計畫都重要。而任何像這樣的其他陰謀，執行時都必須不被憎惡看出他在做什麼，或是必須讓憎惡無法以移除對卡布嵐司的保護做爲反制。

達利納的士兵不到十五分鐘便抵達，闖進他的拖車，把門砸碎，高舉武器，一擁而入。沒錯，他們一直在等待他的背叛。憎惡的聲東擊西之計成功了。他們必須亂糟糟地忙上數週，以確保費德軍隊沒獲得太大優勢——達利納在這裡會分身乏術，忙於擊退塔拉凡吉安的士兵。

士兵搶走塔拉凡吉安的信蘆，他呻吟出聲。一名書記讀出他剛剛送出的那兩個字。

他們沒有傷害他。憎惡多半是對的。塔拉凡吉安在被處決前可能還有幾週的時間。他們綑綁他、塞住他的嘴時，他發現自己沒那麼痛，也沒那麼累了。痛苦，沒錯，但他能承受一點痛苦。因爲他知道了一件強大的事。一個安靜、狡猾的祕密，就跟過去的圖表一樣危險。

塔拉凡吉安決定，他還不要放棄。

第三部

# 家鄉之歌

# Songs of Home

卡拉丁 ◆ 娜凡妮 ◆ 達利納 ◆ 凡莉 ◆ 伊尚尼 ◆ 加絲娜◆ 雷納林

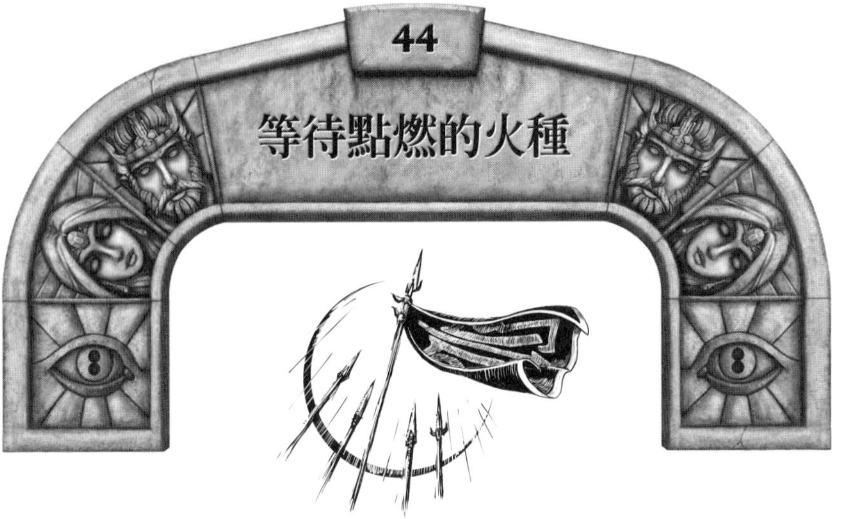

# 44 等待點燃的火種

我發現這種形式最舒服，因為我過去就是如此與人合作。但我不曾以這種方式與這種夥伴合作。

——《戰音》，第一頁

卡拉丁在兀瑞席魯的黑暗隧道中小跑，泰夫被扛在他肩上，感覺像是能聽見泰夫的生命隨著每一步在他腳下粉碎。虛幻的爆裂聲，像玻璃碎裂。

令人痛苦的每一步都帶著卡拉丁更加遠離他的家人、遠離平靜，更加深入黑暗。他已下定決心。他不會讓他的朋友被敵人囚禁、任憑他們處置。雖然他終於想到該脫掉腳下這雙染血的鞋，這會兒用鞋帶掛在脖子上，但他還是覺得自己在身後留下了一道血腳印。

颶他的。他以為憑他自己能完成什麼？他實質上正在違抗王后的投降命令。

他用最大的力氣趕走這些思緒，繼續前進。晚一點會有時間反芻他做了些什麼的。就目前而言，他需要找到一個安全的地方躲起來。塔城再也不是家，而是敵人的堡壘。

西兒在他前方疾飛，在他到之前檢查每一個路口。他靠著颶光繼續前進，而他擔心起颶光用盡時會怎麼樣。他的力量會辜負他嗎？他會癱倒在走廊中央嗎？

他離開前為什麼不跟他父母或拉柔多拿些錢球？他甚至沒想到該拿走那個颶風形體的斧頭。因此他手上只有一把手術刀，除此之外什麼武器也沒有。他太習慣有西兒當他的碎刃，但若她不能變身——

不，他心想，別想了。思考很危險。前進就對了。

他繼續前進，仰仗西兒為他偵查。她現在加速飛向一道樓梯。隱匿蹤跡最簡單的方法便是在無人居住的樓層找到藏身處，或許在第十一層，或甚至第十二層。他受在血管中脈動的颶光驅策，一次跨上兩階，自身散發的光足以照明。泰夫開始低聲咕噥，或許是在抗議被這樣推來撞去。

他們來到第七層，然後直朝第八層而去。西兒帶著他朝塔城更深處前進。儘管努力忽略，卡拉丁還是一直聽到他的失敗不停迴盪。他父親的叫喊。他自己的眼淚……

他曾如此接近。如此接近。

他在沒完沒了的隧道中迷失方向。此處的地面沒有漆上路標，所以他完全交付給西兒。她咻地飛到前方的路口，打了幾個轉，竄向右邊。他跟上，不過越來越感覺得到泰夫的重量。

「等等。」他在下一個路口低聲對她說，然後靠著牆休息——泰夫依然沉甸甸地壓在他肩上——他從錢袋撈出一枚夾幣。這顆小寶石的光勉強只能照明，不過當他體內的颶光終於耗盡，他會需要它。他剩下沒多少錢球了。

他在朋友的體重下哼了一聲，挺起身子，雙手緊抱泰夫，錢球牢牢夾在兩根手指間。他對西兒點頭，繼續跟著她走，很高興他的力氣撐得住。卡拉丁不靠颶光也扛得動泰夫。儘管過去那幾週他都過著醫師的生活，他的身體依然是士兵的身體。

「我們應該去更高的樓層。」西兒化為光帶，飄浮在他頭邊。「你可以嗎？」

「至少帶我們上到第十層。」卡拉丁說。

「我要看到樓梯才能帶我們上去。我對塔城這區域不太熟……」

繼續前進時，他容許自己陷入過去熟悉的思緒中。泰夫壓在他肩上的感覺跟扛橋沒多大差別，把他帶回了過去那些日子。扛橋、吃燉菜。

看著朋友死去……每天都感覺到周而復始的恐懼……

那些回憶並沒有帶來任何撫慰。不過腳步的節奏、扛著重物、長程行軍的勞動……至少這些很熟悉。

他跟著西兒爬上一段階梯，又一段，然後穿過另一條長隧道。這裡的地層劇烈起伏，彷彿洶湧池塘中的波紋。卡拉丁繼續前進。

直到他突然警覺起來。

他無法確定是什麼讓他警覺，不過他直覺地立即蓋住錢球，躲進旁邊的通道。他走到隱蔽處，跪下讓依然昏沉的泰夫從他肩膀滑落，卡拉丁一隻手摀住他的嘴，不讓他又出聲。

不久，西兒疾射而至。他在黑暗中也能看見她，但她並沒有照亮她身旁的物體。他另一手插進口袋，緊緊握住錢球，以免透出任何光。

「怎麼了？」西兒問。

卡拉丁搖頭。他不知道，但不想開口說話。他窩在那裡，心跳在耳中重擊，暗自希望泰夫不要咕噥或動得太大聲。

然後，微弱紅光緩緩進入他剛剛離開的那條走廊。西兒立即竄到卡拉丁的後面，藏起她的光。

紅光靠近，顯露出一顆紅寶石和一對散發紅光的眼睛，照亮一張可怕的臉。純粹的黑，眼睛下方有幾絲紅色大理石紋。黑長髮，看似織入裹在他身上的簡單衣物中。這是在爐石鎮跟卡拉丁對打過的那生物，在大宅起火的房間裡殺死的那一個。雖然這個煉魔在一具新軀體中重生，但根據皮膚上的花紋，卡拉丁知道是同一個煉魔沒錯。他是來復仇的。

煉魔似乎沒發現躲在黑暗中的卡拉丁，不過經過路口時，他還是停頓好一會兒。幸好，他決定沿卡拉丁剛剛走的那條路繼續前進。

颶風啊……卡拉丁上次打敗那東西時沒用任何颶光，不過是靠那生物自身的傲慢。卡拉丁不覺得還有可能那麼簡單再殺死那東西。

診所裡的那兩個歌者……其中一個提到有個煉魔在找我。他們稱他「追獵者」。這東西……專程來塔城找卡拉丁的。

「跟上。」他面向西兒用嘴型說，指望她了解他的意思。「我再找更隱密的藏身處。」

她把她的光帶織成一個短暫發光的豈頡符文——代表「肯定」的意思——然後嗖地追上追獵者。她無法再離開卡拉丁太遠，但應該還是能跟蹤一陣子。希望她小心，因爲有些煉魔看得見靈。

卡拉丁又把泰夫扛上肩，再度踏入黑暗，只允許自己用幾乎完全看不見的一點點光。置身塔城深處、距離天空和風如此遙遠本來就頗具壓迫感，但在黑暗中感覺更糟。他不費吹灰之力便可想像自己沒有錢球、困在這裡，只能在石墓中徘徊直到永遠。

他又轉過幾個彎，想找到往上的樓梯。不幸的是，泰夫又開始咕噥。卡拉丁一咬牙，躲進他找到的第一個房間——一個門很窄的地方。他放下泰夫，試著掩住泰夫發出的聲音。

不久後，西兒衝了進來，嚇得卡拉丁一震。

「他要來了。」她噓聲說。「他沿著錯的走廊走不遠就停下來，檢查地面，然後原路折回。我不覺得他看到我了。我跟蹤得夠遠，看見他停在你剛剛躲的地方。他在牆上找到血跡。我趕在他之前過來，但他知道你就在附近。」

颶風啊。卡拉丁看看自己身上沾染鮮血的衣服，然後是泰夫——儘管被卡拉丁摀住嘴，他還是繼續咕噥。

「我們必須引開追獵者。」卡拉丁低聲說。「準備好聲東擊西。」

她又做出肯定的信號。卡拉丁的朋友喃喃個不停，窩在黑暗中。他丟下泰夫，原路退後一小段距離，在一個路口附近停下來，緊握解剖刀。除了西兒之外，他不露出丁點光線，剩下幾顆還有颶光的寶石塞在黑色錢袋中。

他深呼吸幾次，用嘴形把他的計畫說給西兒聽。她沿黑暗的走廊飛遠，留下卡拉丁在全然的黑暗中。有些士兵聲稱戰鬥時能夠進入純粹的空無狀態，但他從來沒有過。他不確定自己是否眞想要那種狀態。無論如何，他還是鎭定下來，呼吸轉為輕淺，完全警覺，仔細聆聽。

放鬆、弛緩，但隨時準備點燃。就像等待點燃的火種。他已準備好汲取最後的錢球颶光，但會一直等到最後一刻。

腳步刮過卡拉丁右側的走廊，牆壁緩緩被紅光照亮。卡拉丁屛住呼吸，蓄勢待發，背靠著牆。

追獵者在抵達路口的前一秒停住，卡拉丁知道那東西看見西兒了，她會在遠處飛竄而過。一次心跳後，刮擦聲宣告追獵者拋下他的軀殼——紅色光束追向西兒。聲東擊西之計成功了。西兒會把他引開。

就他們所知，煉魔天生無法傷害靈，唯一的方法是借助碎刃——就算這樣也只是暫時傷害。用碎刃割傷靈，甚至把他們砍成碎片，但他們在意識界終究會重新聚合。實驗證實，只有把他們被切開的身體分別存放在寶石內，才能維持他們被切開的狀態。

卡拉丁等待十次心跳，接著拿出一顆小錢球照明，衝進走廊——分神匆匆一瞥追獵者丟下的軀殼——然後才奔向他留下泰夫的那個房間。

因如此逼近戰鬥而湧現的精力令人驚嘆。他毫無困難地扛起泰夫，轉眼間便小跑離開，幾乎就像他又吸入了颶光。利用錢球的光，他很快找到一道樓梯。他立刻想衝上去，但上方又亮起微弱光線，他牢牢原地定住。

帶節奏的說話聲在上方迴蕩。他發現下方也有。他離開樓梯，又看見兩條走廊外有光影。他鑽進一條側道，汗水湧現，像一團團黏性物質的懼靈從他腳下的石塊蠕出。

他知道這種感覺。在黑暗中飛奔。持燈的人展開隊形搜索，獵捕他。他呼吸沉重，扛著泰夫鑽進另一條側道，卻很快發現那方向也有燈光。

敵人形成一個套索，慢慢繞著他所在位置收緊。這體認把他帶回他辜負納馬和其他人那一夜的回憶中。那晚就跟其他許許多多次一樣，其他人都死了，只有他倖存。卡拉丁再也不是逃跑的奴隸，但感覺是一樣的。

「卡拉丁！」西兒衝向他。「我帶著他朝這層的外圍去，不過碰上其他一般士兵，他就回頭了。他似乎察覺我只是聲東擊西。」

「這裡有好幾個小隊。」卡拉丁縮進黑暗中。「說不定是整個連的敵人。颶風啊，追獵者一定把派去第六層住家的整支軍隊都叫來這裡了。」

他大受衝擊，他們居然這麼快安排好陷阱。他也得承認，這很有可能是他讓一個士兵逃離、向其他人回報的結果。

好吧，娜凡妮有這層樓的地圖，但他不覺得敵人有時間挪為己用。他們不可能在每條走廊或每道樓梯都部署士兵。漸漸圍攏的羅網一定有缺口。

他開始尋找，沿一條側道走，發現人影接近。下一道樓梯也是。他們堅持不懈，而且無所不在。除此之外，他對這區域的了解並不比他們多。他在幾條走廊之間迂迴前進，最後來到一條死路。他快速搜索附近的房間，沒找到其他出口，回過頭，聽見朝彼此呼喊的聲音。他們說亞西須語，他心想——而且帶著節奏。

恐懼感越來越強烈，他放下泰夫，計算少少幾顆錢球，又一次拿出解剖刀。對。他……他必須從他殺死的第一個士兵身上取得武器。希望是矛。如果他想在這些走廊中活下來，最好是攻擊範圍大一點的武器。

西兒降落在他肩上，化身爲年輕女子的形貌，雙手放在膝上坐著。

「我們必須試著殺出一條路。」卡拉丁低聲說。「他們有可能只派兩個人朝這裡來。我們殺死他們，溜出包圍後逃跑。」

她點點頭。

不過，對方聽起來不像「兩個人」。他也滿肯定在他們之中聽見一個較粗礪、較響亮的聲音。追獵者還在追蹤他，可能是利用沾在牆上或地上的隱約血跡。

卡拉丁把泰夫拖進其中一個房間，自己則在門口就定位等待。不沉著，但準備就緒。他反握解剖刀——劈砍的握法，目標是捅進甲殼和脖子之間的空隙。他站在那裡，感覺重量壓上他。外在與內在的黑暗。疲勞。恐懼。破布般的鬱靈緩緩出現，彷彿裝在牆上的旗幟。

「卡拉丁，」西兒輕聲說。「我們可以投降嗎？」

「那個煉魔不是來抓我的，西兒。」

「如果你死掉，我又會陷入孤單。」

「我們從更危急的情況逃脫過……」他瞥了坐在他肩上的她一眼，越說越小聲。她看起來比平常小上許多。他沒辦法逼自己把話說完。他沒辦法說謊。

光漸漸照亮走廊，朝他步步逼近。

卡拉丁把解剖刀握得更緊一點。一部分的他似乎一直都知道會走到這一步。獨自在黑暗中，背靠牆而立，面對無法抵擋的人數優勢。光榮的死法，但是卡拉丁不想要光榮。他小時候就放棄那個愚蠢的幻夢了。

「卡拉丁！」西兒說。「地板上那是什麼？」

最右邊的角落亮起微弱紫光，就算在黑暗中也幾乎看不見。卡拉丁皺眉，離開門邊到角落查看那道光。這裡的石塊有一道石榴石礦脈，其中的一小段正在發光。他正努力思索這是怎麼回事，那道光卻移動了——沿寶石礦脈移動。他跟著光點來到門邊，看著它橫過走廊，進入對面的房間。

他略一遲疑便收起武器，回頭又扛起泰夫。他手忙腳亂穿過走廊——其中一個逐漸接近的敵人用亞西須語說了些什麼。聽起來頗爲遲疑，彷彿他們只稍微瞥見他的影子。

颶風的，他在做什麼？追逐彷彿空中星靈的幻影之光？在這個小房間裡，光點橫過地面，爬上牆，顯露出一顆看似深深嵌入石塊中的寶石。

「法器？」西兒說。「灌注颶光進去！」

卡拉丁吸入一點颶光，回頭看了看。聲音在外，還有影子。不過他沒把颶光留在體內備戰，而是聽西兒的話——把颶光推進寶石中。在這之後，他還剩下大約兩、三枚灰幣的存量。基本上毫無防備了。

牆的中央往下滑。他倒抽一口氣，石塊移動，但又不可思議地悄然無聲。石塊裂開了僅容一人通過的開口。他扛著泰夫鑽進一條隱藏的走廊。石塊隨即在他身後平穩閉上，寶石中的光也跟著熄滅。

卡拉丁聽見外面的房間傳來說話聲，他屏住呼吸，把耳朵貼到牆上聆聽。大部分都聽不清楚——有人在爭執，內容似乎跟追獵者有關。卡拉丁擔心他們看見了暗門關上，卻沒聽見刮擦聲或撞擊聲。不過，他們會看見被他引來的靈，知道他就在附近。

卡拉丁必須繼續前進。地上的紫色小光點閃爍、移動，因此他拖著泰夫跟隨光點，又穿過一連串走廊。最後，他們來到一道隱藏的樓梯——上天保佑——無人看守。

他往上爬，只不過每一步都比前一步更緩慢，疲憊靈緊追著他。他用盡力氣繼續前進，光點帶著他來到第十一層，然後進入另一個黑暗的房間。迫人的寂靜顯示他來到敵人並未搜索的區域。他想癱倒下去，不過光點堅持地在牆上脈動——西兒慫恿他過去看。

另一顆嵌在牆上的寶石，幾乎隱形。他將最後的颶光灌注進去，鑽進隨後打開的門。在徹底的黑暗中，卡拉丁放下泰夫，感覺門在他們後方關上。

他沒力氣檢查四周環境，只是顫抖著滑落於冰冷石地。

他終於容許自己漸漸睡著。

# 45 勇敢的心，敏銳又狡黠的腦

## 九年前

有人告訴伊尚尼，爲世界繪製地圖消除了世界的奧祕。有些歌者堅持應保持荒野永遠未知，那是靈和巨殼獸的領域，試圖將荒野侷限在紙張上，便有竊走其祕密的危險。

她認爲這種論點荒謬至極。她進入森林時調諧爲讚嘆，生靈在林木間跳躍，它們的外表是亮綠色的球體，有白色針狀物突出。更靠近破碎平原的地方幾乎盡皆平坦，僅偶有石苞生長其上。然而在這裡，距離不算遠，植物卻茂盛繁衍。

她的族人常常到森林裡撿拾木材、採集蘑菇。不過他們總是走相同路徑，沿河上溯一天的腳程，在那裡採集，然後回來。這次她堅持脫隊行動，他們頗爲關切。她承諾會在森林外圍四處偵查後，再到他們一般紮營的地方會合。

在樹林中健行數日後，河流出現在另外一邊。現在她可以朝那方向回頭切過森林的中心，回到家人的營地。她帶著一份描繪出這森林確切有多大的新地圖——至少是一邊的森林。

她沿著溪流開始走，調諧爲喜悅，游泳中的河靈陪伴身旁。所有人都非常擔心她獨自待在颶風裡。嗯，她這輩子確實有十幾次待在颶風裡的經驗，也順順利利活了下來，而且她都能到樹林中尋求遮蔽。

但她的家人和朋友還是會擔心。他們有生之年都活在一個非常小的地方，夢想著有天能征服破碎平原邊緣十座城市中的其中一座。眞是小家子氣的目標。爲何不開創新局面，看看這世界還有些什麼？

然而沒有。只可能存在一個目標：贏得其中一座城市。在頹圮的牆後尋求庇護，忽略樹林提供的屏障。伊尚尼認爲這證明大自然比聆聽者的創造物更強大。這座森林可能在遠古城市依然嶄新時便矗立於此。然而森林依舊繁茂，城市卻已成廢墟。

光是探索如此強大的事物，怎麼可能偷走它的祕密。你只能學習。

她在一顆岩石旁坐下，攤開以珍貴紙張繪製的地圖。所有家族中只有少數幾人知道〈造紙之歌〉，她母親是其中之一。在母親的協助下，伊尚尼把這程序設計得更加完美。她用筆墨速寫溪流進入森林的路徑，畫完後輕拍墨跡直到乾透，才又將地圖捲起來。

儘管她信心滿滿，也調諧爲決心，最近其他人的抱怨還是格外討厭。

我們知道森林在哪，也知道該怎麼去。爲什麼要勘測森林的大小？有什麼幫助？

河朝這方向流。大家都知道該到哪找河。爲什麼還要這麼麻煩把它畫在紙上？

家族裡有太多人想假裝世界沒那麼大。伊尚尼確信，這是他們持續跟其他聆聽者家族爭執的原因。如果這世界只包含十座城市周遭的土地，爲那些土地戰鬥才有意義。

但他們的祖先並沒有彼此爭戰。他們的祖先轉向颶風、離開，以自由之名拋棄屬於他們的神祇。伊尚尼會利用那種自由。她不會只是坐在火旁抱怨，她要體驗培養給予的美。然後她會問出最棒的那個問題：

我接下來會發現什麼？

伊尚尼繼續走，一面判斷河流的走向。她用她自己的一套方法計算距離，然後從多個角度眺望景象以重複檢查。颶風經過後，河流會持續流淌數日。怎麼會？其他所有水源都乾涸、被舔乾後，爲什麼這條河還繼續流？它的源頭在哪裡？

河流和它們覆蓋甲殼的靈令她雀躍。河流是標記、路標、道路。只要知道河流在哪裡，你就永遠不會迷路。她在一個河灣附近停下來吃午餐，發現一種跟樹木一樣綠的克姆林蟲。她沒見過這種顏色的克姆林蟲。她一定要告訴凡莉。

「竊取大自然的祕密。」伊尚尼用煩惱說。「說是祕密，其實只是尚待發掘的驚喜？」

吃完熱騰騰的哈斯波螺，她撲滅火堆，驅散火靈，然後繼續前進。根據她的猜測，她得花一天半的時間才能跟她的家人會合。然後，如果她離開他們，繞行森林的另外一邊，她就能描繪出森林的全貌。好多等著她看，好多等著她知道，好多等著她做。而她將發掘一切。她將……

那是什麼？

她皺眉，停下腳步。河水此時並不強勁，到明天可能就減緩成細流了。淙淙流水聲之外，她聽見遠方傳來叫喊聲。其他人來找她了嗎？她急忙往前走，調爲亢奮。或許他們越來越願意探索未知了。

她幾乎抵達發出聲音的地方，才發現它們非常不對勁。它們很單調，一點節奏也沒有，彷彿它們是由亡者創造。

不久後，她繞過一個河灣，發現自己遇上更不可思議的事——也更可怕，她永遠不敢想像。

人類。

❖

「……遲鈍形體，意識多失，」凡莉誦唱。「品級至低，智慧全無。欲尋此形體，需捨棄代價。尋得汝後招瑕與汝。」

她深吸一口氣，在他們的帳篷裡靠著椅背舒服地坐好，滿心驕傲。整整九十一節，完美背誦。

她的母親潔克絲林一邊織布一邊點頭。「這次也背得不錯。」她用稱讚說。「再多練習一下，我們就可以繼續下一首歌了。」

「但是……我背得沒錯啊。」

「妳把第七節跟第十五節搞混了。」她母親說。

「順序不重要。」

「妳也漏了第十九節。」

「我才沒漏。」凡莉在腦中計算。工作形體？「……我漏了嗎？」

「對。」她母親說。「不過別覺得丟臉。妳做得不錯。」

不錯？凡莉花了幾年的時間背這些歌謠，同時間伊尙尼卻幾乎沒做任何有用的事。凡莉才不只不錯，她很優秀。

只是……她眞的漏掉一整節？她望向母親，母親正一邊織布一邊輕輕哼唱。

「第十九節不重要。」凡莉說。「沒人會忘記該怎麼變成工人，還有遲鈍形體。我們爲什麼要有一節描述遲鈍形體？沒人會主動選擇那種形體。」

「我們必須記住過去。」母親用喪失說。「我們必須記住我們經歷什麼才走到這裡。我們必須當心別忘記自己是誰。」

凡莉調諧爲煩惱。接著，潔克絲林用優美的聲調哼唱起節奏。母親的聲音有一種神奇之處，聽起來並不強大或英勇，但就像一把刀——纖薄、尖銳，幾乎像液體般直入凡莉的魂魄，她的煩惱節奏隨即被讚嘆取代。

不，凡莉不完美。還不完美。但她母親是完美的。

潔克絲林繼續哼唱，凡莉看著，目不轉睛，爲自己方才的任性感到羞愧。只是有時候眞的好難。日復一日坐在裡面背誦，伊尙尼卻在玩耍。她們兩個都將近成年，伊尙尼還差一年，凡莉則是兩年再多一點點。她們應該要承擔責任了。

母親的哼唱在第十節後漸漸淡去。

「謝謝妳。」凡莉說。

「因爲我唱了妳已經聽過一千次的歌謠？」

「因爲妳提醒了我，我做這些練習是想成爲什麼。」凡莉用稱讚說。

她母親調諧爲喜悅，繼續工作。凡莉漫步走到帳篷門口朝外看，家族成員各自忙著自己的工作，例如砍木柴和砍樹。她的族人是第一節奏家族，家世高貴，成員足足一千，不過距離他們上一次統治一座城市已經有許多年了。

他們不停談論很快會贏回一座城市，談論他們將如何在一場颶風前從森林出擊，索取他們名正言順的位子。這是個卓越又可敬的目標，不過凡莉看著戰士製箭、磨利古代的金屬矛，她發現自己並不滿足。這眞的就是生命的全部了嗎？爲了同樣的十座城市你爭我奪？

肯定不只如此吧。她肯定不只如此吧。她慢慢愛上歌謠，但她想利用它們，想找出歌謠中潛藏的祕密。羅沙眞的會創造出一個像凡莉這樣的人，卻只要她坐在豬皮帳篷裡背誦歌謠，直到她能將歌謠傳承下去，然後死去？

不。她一定有某種天命。宏大的天命。「伊尚尼認爲我們應該用圖畫描繪歌謠的韻文，」凡莉說。「製作一疊又一疊滿是圖片的紙張，我們才不會忘記。」

「妳姊姊偶爾有其智慧。」她母親說。

凡莉調諧爲背叛。「她不該那麼常離開家人，總是只顧自己的事。她應該像我一樣學習歌謠。這也是她身爲妳女兒的本分。」

「對，妳說得沒錯。」潔克絲林說。「不過伊尚尼擁有一顆勇敢的心，她只是需要學會她的家庭比計算營地外有幾座山丘更重要。」

「我也有勇敢的心！」凡莉說。

「妳擁有敏銳又狡黠的腦，」她母親說。「跟妳母親一樣。不要因爲嫉妒別人的天賦而忽略妳自己的天賦。」

「嫉妒？她？」

凡莉的母親繼續織布。其實她並不需要做這種工作——身爲歌謠守護者，她的地位極爲崇高，或許是家族中最重要的角色，但她總是不讓自己閒下來。她說雙手勞動讓她的身體強健，重溫歌謠則可以勞動她的心。

凡莉調諧爲焦慮，然後是自信，然後又是焦慮。她走向母親，在她身旁的凳子坐下。就算潔克絲林只是在做像織布這樣簡單的工作，她依然投射出自信。她身上複雜的花紋由波浪狀的紅黑雙色線條交織而成，營地中就屬她的花紋最美——彷彿眞正的大理石紋岩石。伊尚尼遺傳了她們母親的色彩。

至於凡莉，當然了，她遺傳了父親的色彩——主要是白色與紅色，她自己的花紋更像漩渦。事實上，凡莉的花紋三種色調兼備。許多人聲稱看不見她頸部的黑色小斑點，但她找得出來。三種顏色兼備非常、非常罕見。

「母親，」她用亢奮說。「我想我發現了什麼。」

「是什麼呢？」

「我又用不同的靈來研究了，把它們帶進颶風中。」

「我警告過妳這件事。」

「但妳沒有禁止我，所以我繼續了。我們永遠都只做別人要我們做的事嗎？」

「許多人說我們只需要工作形體和配偶形體。」她母親用深思說。「他們說追求其他形體就是朝力量的形體邁進。」

「妳怎麼說？」凡莉問。

「妳總是這麼關心我的看法。大多數孩子到妳這年紀後會開始違抗、忽略他們的父母。」

「大多數孩子的母親都不是妳。」

「諂媚啊？」潔克絲林用歡快說。

「不……完全是。」凡莉調諧爲屈從。「母親，我想利用我學到的知識。我滿腦子都是有關形體的歌謠，怎麼能阻止自己想試著探索它們呢？爲了族人的福祉。」

潔克絲林終於停止織布，在凳子上轉身，靠向凡莉，執起她的雙手。母親哼鳴，接著調諧爲稱讚，輕柔歌唱——只有旋律，沒有歌詞。凡莉閉上眼，讓歌謠湧過她，覺得她感覺得到母親的皮膚在震動。感覺到她的魂魄。

就凡莉記憶所及，自己總是這樣，依賴母親和她的歌謠。自從父親離開去探索東海以來就一直如此。

「我爲妳而驕傲，凡莉。」潔克絲林說。「最近這幾年妳表現得很好，在伊尚尼放棄後仍記憶歌謠。我鼓勵妳追求提升自我，但是要記住，妳絕對不能分心。我需要妳。我們需要妳。」

凡莉點頭，也哼起同樣的節奏，調諧爲稱讚，跟母親同步。她從母親的指間感覺到愛、溫暖與接納，也知道無論發生什麼事，母親都會在，用一首就連颶風也能穿透的歌謠指引她、穩定她。

母親繼續織布，凡莉又開始背誦。她從頭背到尾，這次一節也沒漏。背完後，她等待，拿一杯水喝著，希望得到母親的稱讚。不過潔克絲林給了她更好的。「跟我說說妳那些跟靈有關的實驗吧。」

「我試著找到戰爭形體！」凡莉用期待說。「颶風來臨時，我一直待在避難所邊緣，試著吸引對的靈。這很難，因爲一旦風轉強，大多數靈都會逃開。

「可是這次我覺得我快成功了。痛靈是關鍵。颶風來的時候，它們總是會出現。如果我能讓一個痛靈停留在我附近，我想我就可以獲取戰爭形體。」

如果她成功，將會是數世代以來第一個擁有戰爭形體的聆聽者——自從古代的人類和歌者在他們的最後戰役摧毀彼此以來。這是她能爲她族人做的事，一件將被記住的事！

「我們去跟五人組談談。」潔克絲林從織布機旁站起來。

「等等。」凡莉抓住她的手臂，調諧爲緊張。「妳要把我剛剛說的話告訴他們？有關戰爭形體？」

「當然。如果妳要繼續這條路，我們會想要他們的祝福。」

「我可能需要多加練習，」凡莉說。「然後再告訴其他人。」

潔克絲林哼起責怪。「就像妳拒絕公開演出歌謠。妳害怕又遭遇失敗，凡莉。」

「不是。」凡莉說。「不是，當然不是。母親，我只是覺得我最好先確定行得通，以免造成麻煩。」

在失敗招人嘲笑之前，妳怎麼會不想先確定？凡莉並不因此就是個膽小鬼。她會獲得一種沒人擁有過的新形體。這很大膽。她只是想掌控情勢。

「跟我來。」潔克絲林用和平說。「其他人一直在討論這件事——妳之前問我以後，我去找過他們。我對長者暗示，我認爲或許有可能獲得新形體，我相信他們有意一試。」

「眞的嗎？」凡莉問。

「對。來吧。他們會讚美妳的進取心。那對這形體的我們來說太珍貴了。這種形體遠比遲鈍形體好，但確實會影響我們的心智。無論有些人可能說什麼，我們需要其他形體。」

凡莉跟著母親走出帳篷，覺得自己漸漸調諧爲亢奮。如果她眞的獲得戰爭形體，她的心智會因此而打開嗎？讓她變得更加大膽？平息她經常感覺到的恐懼和憂慮？她渴望成就，渴望改善他們的世界；少些遲鈍，更多生氣。她渴望成爲帶領族人成就偉大的那個人。擺脫克姆泥，迎向天空。

五人組聚集在林木間的火坑旁，戰役即將展開，他們正在討論進攻策略，約莫就是該怎麼虛張聲勢、該讓哪些戰士先擲矛。

潔克絲林走近長者，用亢奮唱頌一整首歌謠。歌謠守護者很少有如此表現，母親唱的每一節都讓凡莉站得更挺。

唱完後，潔克絲林對他們說明凡莉剛剛對她說的話。確實，長者們有興趣。他們已體認爲新形體冒險是値得的。凡莉有自信不會遭拒絕，她上前，調諧爲勝利。

然而，正當她要開口，營地外響起聲音。示警的鼓？五人組急忙抓起武器——古代的斧頭、矛和劍，每一件都頗爲珍貴、代代相傳，因爲聆聽者無法製造新的金屬武器。

會是什麼事？沒有家族會在荒野攻擊他們。自從純粹歌謠家族襲擊第四樂章家族，試圖竊取他們的武器以來，已經幾個世代不曾發生這樣的事。因爲那次行動，他們現在徹底避開純粹歌謠家族的成員。

長者離開時，凡莉留在後面。如果眞的發生小型衝突，她並不想涉入。她是歌謠守護者的學徒，太珍貴了，不能在戰役中冒險。無論到底是什麼事，都希望能很快結束，她才能繼續沐浴在長者的敬意中。

也因此，她是最後聽說伊尚尼驚人發現的人之一，最後知道他們的世界已永遠改變，也最後知道她的偉大宣告已徹底被魯莽姊姊的行爲奪去了光彩。

# 46

# 塔城的重量

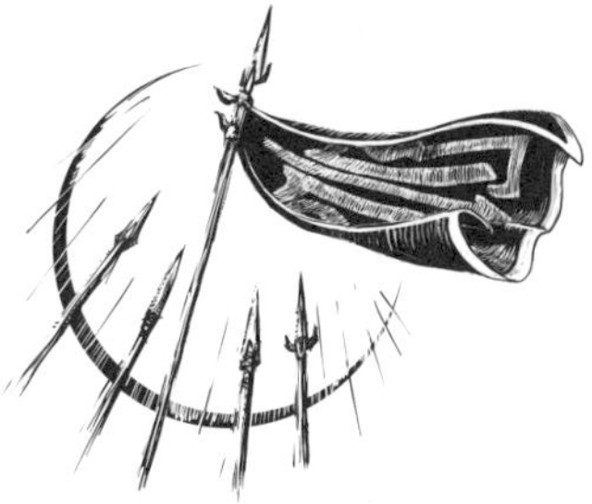

我懷抱同等的不安與希望著手處理這項計畫，而且我不知道兩者中何者主導我的心情。

——《戰音》，第一頁

菈柏奈拒絕給娜凡妮僕人，這個煉魔顯然認爲娜凡妮少了他們會活得很辛苦。因此娜凡妮在兀瑞席魯被占領的第一個整天踏出她的房間時，她允許自己享受小小的得意片刻。她的頭髮已洗乾淨、編成辮子，簡單的哈法也熨燙整齊，妝容完整。用冷水沐浴並不愉快，不過法器已失效，就算有僕人，她也不預期有熱水可用。

娜凡妮被帶到兀瑞席魯地下的圖書室。菈柏奈坐在娜凡妮的書桌前翻閱她的筆記。娜凡妮抵達後恰到好處地行禮，低得足以表示臣服，但又沒有低到顯得卑屈。

煉魔把椅子往後推，一肘靠在桌上，一邊發出哼鳴，一邊揮手要守衛退下。

「妳的決定是什麼？」煉魔問。

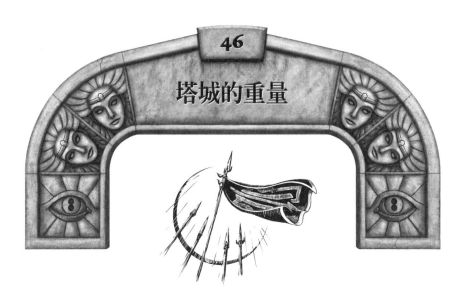

「我會組織我的學者，尊古大人，」娜凡妮說。「並在妳的觀察下繼續他們的研究。」

「相對來說明智的決定，相對來說也更危險，娜凡妮・科林。」菈柏奈哼起另外一種節奏。「我在這些筆記裡沒看到妳那個飛行器的設計圖。」

娜凡妮作勢思考，不過她其實已經想過這個問題。不可能保留飛行平台的祕密，娜凡妮的學者中有太多人知道了。除此之外，新型的結合法器能在維持高度的同時容許水平移動，這項技術已使用於塔城內。雖然法器現在不能用，不過菈柏奈的手下肯定看得出操作模式。

經過漫長的自我辯論，她的結論是必須放棄這個機密。若要脫離目前的困境，最有希望的作法是表現出願意與菈柏奈合作的態度，同時繼續拖延。

「除了我自己的腦袋之外，我刻意不把主設計圖存放在任何其他地方。」娜凡妮說。「需要建造的時候，我再鉅細靡遺對學者解釋。給我時間的話，我可以為妳畫出機器運作的機制。」

菈柏奈哼起一種節奏，娜凡妮不知道那代表什麼意義。不過，菈柏奈起身揮手要娜凡妮坐下時，看起來滿腹猜疑。她在娜凡妮手中放入一枝蘆葦筆，疊起雙臂等待。

嗯，好吧。娜凡妮快速、有效率地畫了起來。她畫圖示意一個結合法器，簡短說明如何運作，然後再畫出擴充版本，描繪出嵌入飛行器的數百個結合法器。

「對，」娜凡妮畫最後的部分時，菈柏奈說。「但是妳怎麼讓它水平移動？這樣建造確實能讓機器升上高空——卻只能停在原位，同一個位置。妳不會指望我相信妳在地面也有一具機器，然後跟空中的那一部完全同步吧。」

「沒想到妳這麼了解法器，願望女士。」

菈柏奈哼起一種節奏。「我學得很快。」她示意娜凡妮桌上的筆記。「在過去，我的族人發現很難說服靈具像在實體界中做為工具。虛靈似乎不像……榮譽或培養的靈一樣天生願意犧牲自我。」

這番話背後的意義緩緩沉澱，娜凡妮眨了眨眼。突然間，她腦中十幾個鬆脫的線頭都串起來了，形成一幅織錦。一個解釋。這就是為什麼塔城的法器——幫浦、上升器——沒有困住靈的寶石。颶風啊……這就是魂器的答案。

她身旁爆出一圈藍煙狀的讚嘆靈。魂器中沒有靈，因爲它們本身就是靈，像碎刃一樣具像在實體界。碎刃的靈在這一邊變成金屬。古代的靈以某種方法被誘哄、具像爲魂器，而非碎刃？

「看來妳並不知道。」菈柏奈幫自己拉了張椅子，就算坐著，她還是比娜凡妮高上一呎。她構成一個非常古怪的畫面：渾身甲殼，彷彿準備上戰場，卻在這裡翻揀筆記。「你們有這麼多我們過去不曾夢想過的發展，反過來說，你們祖先用的方法簡單許多，你們卻全忘了，這可眞是詭異。」

「我們……我們找不到願意跟我們談話的靈。」娜凡妮解釋。「維夫的黃金鑰匙啊……這……眞不敢相信我們居然沒看出來。這背後的意義……」

「水平移動？」菈柏奈問。

娜凡妮幾乎陷入恍惚，但她還是畫出答案。「我們學會爲結合法器區隔出平面。妳必須裝上這個鋁線結構，好讓它能碰到寶石，那就會維持垂直位置，又容許寶石水平移動。」

「了不起。」菈柏奈說。「拉卡賴司特——也就是你們語言中的鋁——會干擾聯繫。非常巧妙。你們一定經過大量測試才找出正確的結構。」

「在最初的可能性理論化之後，又經過一年的努力。」娜凡妮坦承。「我們有個問題，我們沒辦法同時垂直和水平移動——讓我們上下移動的法器很吹毛求疵，我們只在鎖定它們的位置後才以鋁碰觸它們。」

「太不方便了。」

「對，」娜凡妮說。「但是我們找到一個停下來做垂直動作的系統。這有可能很麻煩，因爲在移動的運載工具中很難操作信蘆。」

「應該要有辦法利用這種知識，做出能在移動中使用的信蘆。」菈柏奈檢視娜凡妮畫的圖。

「我也這麼覺得。」娜凡妮說。「我安排了一個小團隊加以研究，不過大多時間都在忙其他事。我還是弄不懂你們用來對付燦軍的武器。」

菈柏奈哼起一種快速、輕蔑的節奏。「遠古科技，勉強堪用而已。我們可以吸走燦軍身上的颶光，對——只要他們被我們的武器刺穿、掛在那兒。這方法完全無法阻止靈和另一個燦軍締結。我希望能以更簡單的方法把你們的靈困在寶石中。」

「我會傳達妳的要求。」娜凡妮說。

菈柏奈哼起另一種節奏，接著微笑。她那張大理石紋的臉散發精練的威脅感，很難不覺得那是掠食者的笑。然而這段互動的效率又有一種誘人的感覺。不過幾分鐘的交談，娜凡妮已經得知她花了幾十年想破解的祕密。

「我們就是這樣終結戰爭，娜凡妮。」菈柏奈起身。「藉由資訊。互通有無。」

「這如何能終結戰爭？」

「藉由讓所有人知道我們的生活都會因為合作而有所提升。」

「在歌者的統治下？」

「當然。」菈柏奈說。「妳顯然是一個熱情的學者，娜凡妮·科林。如果妳能改善妳族人的生活好幾倍，難道這不值得你們放棄自治嗎？看看我們光是共享知識幾分鐘，便成就了什麼。」

只因為受你們威脅而分享，娜凡妮心想，小心地不動聲色。這不是什麼自由交流。妳跟我說什麼並不重要，菈柏奈。妳可以隨心所欲洩漏任何祕密——因為我在妳的掌握中。一旦妳得到一切，妳就可以取我性命。

她還是對菈柏奈微笑。「我想去看看我的學者們，願望女士，了解他們受到怎樣的對待，以及查明我們的……損失有多少。」娜凡妮希望自己這番話清楚說明一件事：她的部分朋友遭到謀殺。她不會就這麼忘掉。

菈柏奈哼了起來，打手勢示意娜凡妮，她自己也一起去。她們都試圖與對方爭勝，因此這需要微妙的平衡。娜凡妮必須格外小心，別讓自己被菈柏奈騙了。這就是她勝過手下學者的地方。她或許不夠格加入他們，但她在政治的真實世界中比他們更具經驗。

菈柏奈和娜凡妮一起走進第二間圖書室——這裡有更多桌椅。娜凡妮最優秀的手下——執徒和學者一視同仁——都垂頭坐在地上。從攤開的毯子看來，歌者顯然要他們睡在這裡。

幾個人抬頭看她，而她看見露舒和法理拉都未受傷害，心下一寬。她快速數了數，立即看出明顯的差異。她走到法理拉身旁蹲下。「內杉呢？伊納巴呢？」

「都被殺了，光主。」他輕聲說。「他們原本在寶石柱室，還有內杉的兩個學徒、韋瓦納拉執徒，以及幾個不幸的士兵。」

娜凡妮瑟縮一下。「傳話下去。」她低語。「我們暫時配合占領。」她接著來到露舒身旁。「很高興妳沒事。」

這名執徒點頭，她顯然一直在哭。「這……發生時，我正要下來召集書記上去幫忙記錄那個房間裡毀壞的情況。光主，您覺得兩件事彼此相關嗎？」

混亂中，娜凡妮幾乎完全遺忘了那場奇怪的爆炸。「妳有沒有恰好在殘骸裡發現任何颶光錢球？」精確地說，是一顆詭異的虛光錢球？

「沒有，光主。」露舒說。「您也看過那地方，亂成一團。我曾熄滅所有燈光看看有沒有東西在發光，結果什麼也沒有。一點颶光的跡象也沒有，更別提虛光了。」

正如娜凡妮的恐懼。無論爆炸是怎麼回事，一定都跟那顆詭異的錢球有關聯——而這顆錢球現在很可能已經消失。

娜凡妮起身走回菈柏奈身旁。

「你們攻擊的時候沒必要殺死我的學者，他們對你們不構成威脅。」菈柏奈哼起一種快速的節奏。「不會再有其他警告，娜凡妮。對我說話的時候必須使用我的頭銜。我不想看見妳受傷害，不過有些歷時數千年的禮儀，妳必須遵循它們。」

「我……懂了，願望女士。我認爲讓我剩下的人立即重拾工作對他們的士氣有益。妳希望我們怎麼做？」

「爲了舒緩過度期，」菈柏奈說。「無論他們在我到來前在做什麼，都讓他們進續進行。」

「他們之中許多人原本都在研究法器，而法器現在失去了作用。」

「那就要他們設計草圖，」菈柏奈說。「還有記錄他們在占領之前所做的實驗。我能確保他們的新理論都有機會測試。」

這是否代表還有辦法在塔城裡使用法器？「如妳所願。」

然後她就得開始對付眞正的問題：籌謀該怎麼把他們弄出這團混亂。

❖

卡拉丁被雨聲吵醒。他眨眼，感覺臉上有水氣，看見被凍結原位的一束束閃電照亮的鋸齒狀天空——閃電沒有消逝，只是懸在那裡，框在不停翻湧的黑雲中。

他盯著這詭異的景象，翻身側躺，半埋在一池冰凍的水中。這是爐石鎮嗎？戰營？不……都不是？

他呻吟，逼自己起身。他應該沒受傷，但頭陣陣發疼。沒有武器。手上沒矛，令他感覺赤裸。暴雨重擊，雨水成片落下——他發誓在落雨中看見人影，彷彿雨水落下時短暫構成形狀。

大地黑暗，令人想起遠方的峭壁。他的視線穿透雨水，驚訝地發現竟沒看見任何靈——甚至沒有雨靈。他覺得他看見一座山丘頂部有光，因此他開始往上爬，小心不在滑溜的岩石上失足。一部分的他納悶著自己爲什麼看得到，凍結的鋸齒閃電沒發揮多少照明的作用。他是不是來過類似的地方？光無所不在，但天空是黑的？

他停步仰望，雨水沖刷他的臉。這完全……完全不對。這不是眞的……對吧？

有動靜。

卡拉丁旋身。一個矮矮的人影從黑暗中冒出來，走下山丘朝他而來，看起來似乎完全由旋繞的灰霧構成，沒有五官，不過揮舞著一根矛。卡拉丁的手快速一轉，握住矛，接著扭轉、回推，使出經典的繳械手法。

幻影攻擊者的技巧並不特別純熟，卡拉丁輕而易舉奪走他的武器。卡拉丁在直覺的掌控下旋轉矛，捅進幻影的頸部。矮小的人影倒下，又有兩個彷彿憑空冒出來，各自揮舞著手上的矛。

卡拉丁擋住攻擊，用一次經過計算的推撞甩開攻擊者，接著又一轉身，掃腿撂倒另外一個。他迅速一擊刺中這人的脖子，然後在另一人起身時輕輕鬆鬆把矛捅進他的腹部。血沿矛桿流入卡拉丁指間。

煙霧般的人影倒地時，他抽回矛。握著矛的感覺眞好。能夠無憂無慮地戰鬥。除了灑落制服的雨水外，沒有任何東西壓在他身上。戰鬥原本很單純。以前……

以前……

旋繞的霧從倒地的人影身上蒸發，他看見三個身穿阿瑪朗服色的年輕信差男孩，都死在卡拉丁矛下。三具屍體，其中一個是他弟弟。

「不！」他大喊，聲調嘶啞又充滿仇恨。「你怎麼能讓我看這個？事情並不是這樣的！我在現場！」

他轉身背離屍體，仰望天空。「我沒有殺他！我只是辜負他而已。我……我只是……」

他踉蹌地從三個死掉的男孩身旁走開，丟下矛，雙手捧著頭。他觸摸額頭上的疤。疤痕感覺變深了，彷彿裂谷劃過他的頭顱。

沙須。危險。

雷聲在頭頂隆隆響，他蹣跚地下山，拋不開提恩死去、在山坡流血的畫面。這是什麼糟糕的幻象？

「你拯救我們好讓我們去死。」一個聲音在黑暗中說。

他認得這聲音。卡拉丁轉身，濺起雨水，找尋聲音的來源。他此時在破碎平原。他在雨中看見有人的跡象。雨水構成的人影，但不知怎麼空無一物。

人影開始互相攻擊，他聽見戰爭的如雷聲響。男人叫喊，武器互擊，靴子蹬地。那聲音包圍他、淹沒他，直到——轉眼間——他出現在一場大戰裡，隱約的人影化爲眞實。穿藍衣的男人與其他穿藍衣的男人戰鬥。

「別打了！」卡拉丁朝他們大喊。「你們在自相殘殺！他們都是我們的士兵！」

他們似乎沒聽見。流過他腳下的不再是雨水，而是鮮血；矛兵熱切地爬過倒地的屍體，繼續互相殘殺，血沫和血流交融。卡拉丁抓住一個矛兵，把他從另一人身前推開，然後又抓住第三個矛兵往後拉——卻發現這是洛奔。

「洛奔！」卡拉丁說。「聽我說！別打了！」

洛奔恐懼地咬緊牙根，把卡拉丁撞到一旁，又衝向另外一個人——大石，他絆到屍體踉蹌了一下。洛奔用矛刺穿大石的腹部，不過泰夫又從後方殺死洛奔。比西格刺中泰夫，而卡拉丁沒看見又是誰把比西格撂倒。他太驚駭了。

席格吉在附近倒地，側腹有一個窟窿，卡拉丁接住他。

「爲什麼？」鮮血從席格吉唇間滴落。「你爲什麼不讓我們睡去？」

「這不是眞的。這不可能是眞的。」

「你早該讓我們死在破碎平原。」

「我想保護你們！」卡拉丁大吼。「我必須保護你們！」

「你詛咒我們……」

卡拉丁拋下瀕死的軀體，蹣跚走開。他垂下頭，腦中烏雲密布。他跑了起來。一部分的他知道這恐怖的場景不是眞的，但他還是聽得見尖叫聲。控訴著他。*你爲什麼要這樣做，卡拉丁？你爲什麼殺死我們？*

他雙手壓住耳朵，一心一意想逃離這場屠殺，竟差點筆直衝進裂谷中。他停下來，在邊緣搖晃。他腳下一絆，望向左方。戰營在那裡，在一段短坡上。

他來過這裡。他想起這地方、這場颶風，雨輕輕下著。這個裂谷。他差點死在這裡。

「你拯救我們，」一個聲音說。「好讓我們受苦。」

摩亞許。他站在卡拉丁附近的裂谷邊緣。那男人轉身，卡拉丁看見他的眼睛——黑色深穴。「大家以爲你對我們很仁慈。但你我都知道事實並非如此，不是嗎？你是爲了你自己，不是爲我們。如果你眞正仁慈，你會讓我們從容赴死。」

「不。」卡拉丁說。「不。」

「空無在等待，阿卡。」摩亞許說。「虛無。它讓你爲所欲爲而不後悔——包含殺死一個國王。只要一步。你再也不需要感受痛苦。」

摩亞許踏出一步，墜入裂谷。卡拉丁跪倒在邊緣，雨水在他身旁流淌。他恐懼地凝視下方。

然後他在一個冰冷的地方緩緩醒來。一百種疼痛隨即湧過他的關節和肌肉，每一種都像尖叫的孩子在索求他的關注。他呻吟，睜開眼，但眼前只有黑暗。

*我在塔城裡*，他心想，記起前一天的事件。颶風的。*這地方落入煉魔掌控。我勉強逃脫。*

惡夢似乎越演越烈。或者它們一向這麼糟，只是他不記得而已。他躺在那兒沉重地呼吸，彷彿在出力般冒著汗——想起朋友們死去的景象。想起摩亞許踏入黑暗中消失。

睡眠應該要能消除疲勞，卡拉丁卻感覺比先前癱倒時還要累。他呻吟出聲，背靠到牆上，逼自己坐起來。他突然一陣恐慌，連忙四處摸索。在這昏亂的狀態中，一部分的他確信會發現泰夫死在地上。

當他找到他的朋友躺在附近，而且還在呼吸時，才鬆了一口氣。不幸的是，這男人尿溼自己了，要是卡拉丁不做些什麼，他很快會脫水，而且如果卡拉丁不把他清理乾淨、讓他恰當地使用便盆，很有可能會出現腐靈。

颶風的。卡拉丁過去所做的事沉甸甸懸在他上方，壓迫感幾乎可比塔城的重量。他孤單一人，迷失在黑暗中，沒有颶光或任何東西可飲——更別提合適的武器。他不但必須照料自己，還需要照料一個昏迷的男人。

他都在想什麼啊？他不相信惡夢，但也無法驅散惡夢的回聲。為什麼？為什麼他不能早早放手？為什麼他要持續戰鬥？真的是為了他們嗎？

或者是因為他自私？因為他不能放手、承認挫敗？

「西兒？」他在黑暗中喊著。她沒回應，他又喊了一次，聲音顫抖。「西兒，妳在哪裡？」

沒有回應。他摸索這個小空間，發現他不知道該怎麼出去。他把自己和泰夫埋葬在這太過濃厚的黑暗中。兩人緩緩獨自死去……

接著針孔般的光點出現。上天眷顧，西兒進來了。她無法穿透牆——燦軍靈在實體界擁有足夠的實體，大多數物質都對他們構成阻礙，因此她似乎是從牆壁高處的某種排氣孔進來。

隨著她的出現，他的神智也稍稍恢復一些。她輕快飛落，降落在他攤開的掌中。

「我找到出路了，」她化身為身穿斥候制服的士兵。「不過我不認為你鑽得過去。就算對小孩來說也很擠。」

「雖然不能飛遠，但我到處查看過。許多樓梯都有守衛，可是他們看起來不像在找你。這幾層樓太大了，我覺得他們已經發現想在這裡找到一個男人根本難如登天。」

「我猜這算好消息。」卡拉丁說。「妳知道把我帶到這裡的光是什麼嗎？」

「我……有個理論。」西兒說。「很久以前，在靈和人類的關係惡化之前，有三個盟鑄師。一個跟颶父締結，一個跟守夜者，還有另外一個，是跟一個叫手足的靈締結。這個靈還在塔城裡，只是躲起來了，不現身在人類面前，應該很久以前就已經死掉了才對。」

「嗯。」卡拉丁摸索那扇先前開啓讓他得以進來的門。「手足是什麼樣子？」

「我不知道。」西兒來到他肩上。「我們跟娜凡妮光主談過這件事，藉此回答她的問題，其他燦軍靈知道的沒比我多。記住，許多知道過去那段日子的靈都死了，而且手足總是躲躲藏藏的。我不知道手足是什麼樣的靈，也不知道手足爲什麼能創造盟鑄師。如果手足還活著，我也不知道塔城裡爲什麼還有那麼多東西失去作用。」

「嗯，這面牆還能用。」卡拉丁找到牆上的寶石。寶石現在黯淡無光，不過在這一邊比較明顯，要是在另外一邊，可能很容易就會錯過。還有多少房間有像這樣的寶石嵌在牆上、藏起暗門？

他碰觸寶石。儘管他現在身上一點颶光也沒有，寶石深處卻還是亮起光。一點像星星一樣閃爍的白光，膨脹爲一小團颶光，門又無聲滑開。

卡拉丁長長吐出一口氣，感覺他的驚慌一點一點被消去了。他不會死在黑暗中。一旦寶石灌注颶光，就會像其他法器運作，只要其中還有颶光，就會持續發揮作用。

他看著西兒。「如果我們出去偵查，妳覺得妳找得到路回來泰夫這裡嗎？」

「我應該記得住我們的路線。」

「太好了，」卡拉丁說。「我們需要補給。」他目前還無法做長遠打算。那些令人生畏的問題要等等了，像是他該拿塔城、幾十個被敵人俘虜的燦軍、他的家人怎麼辦？首先他需要水、食物、颶光，還有──最重要的──更合適的武器。

純湖
揚・迪翁
司溫
育
雷
多米斯塔
娃・迪翁
福・那米爾
哈瑟爾
班路
柏克
瑪祖
扎費司
亞
西
爾
漚得
合立奎爾
左主夫
受聯盟掌控的
艾姆歐
歐
拉奇
亞西米爾
耶達
姆
塔西克
受憎惡掌控
的艾姆歐
艾
諄姆盆地
大賀西區
雷克西立
艾伐巴
馬
米可汗
艾沙的軍隊
瑟瑟瑪雷・達
卡薩贊
克里須濟
拉
托瑞廣
特
卡
圖
羅中・達
賈波姆
瑞庫・瑪
林德・瑪
賈・得安
南方深淵
艾姆歐戰時地圖附注解

# 47 以靈魂鍛造的牢籠

我懷抱煥然一新的靈感著手處理這項計畫；答案是唯一重要的事物。

——《戰音》，第一頁底文字

木材在達利納腳下傾斜，他抓住欄杆穩住自己。「有破空師！」他大喊。「他們想接近法器外殼！」

附近兩個藍衣身影跳下甲板，爆出一陣颶光，平台繼續搖晃。兩個人應付不來。颶他的，哪裡去了——

席格吉和十名逐風師組成的隊伍俯衝回來，在飛行平台的下方展開攻擊。這不像第四座橋，並不是眞正的飛行器；不過就綜觀戰場而言，這些平台無論如何還是絕佳的優勢——假設它們不受攻擊。

達利納緊握欄杆，看了看水貂，他用了根繩子和達利納拴在一起。這名矮小男子緊抓著欄杆，狂野地咧嘴而笑。幸好平台很快恢復平衡，破空師四散，一個個持矛的藍色人影在他們後方追趕。

天行者比預期少，狂風吹亂達利納的頭髮，這時他注意到人數的落差。他只看到四個飛行煉魔在高處觀看戰場，不時對地面部隊下達命令。他們沒有參戰。他們這次仰仗破空師。或許大部分天行者都跟敵人主力在一起，部署在行軍數日的距離之外。

水貂將身體探向平台外，試著查看正下方的情況——燦軍正在那裡戰鬥。離地三百碼的高度對他來說似乎不成問題。對一個總是看似如此偏執的人來說，無疑對像這樣的危險還是可能漫不經心。

他們下方形成戰線。亞西須人加入達利納的軍隊，聯手對抗塔拉凡吉安的叛軍——他們朝內打去，試圖營救他們的國王。費德方包含少數煉魔和一些歌者軍隊，人數夠少，在起事前能夠靠近而不被察覺。

方才破空師突然襲擊，造成達利納的平台陷入混亂，此時約莫五十個弓箭手重新列隊，不久便朝費德人射出一陣箭雨。

「他們很快會瓦解。」水貂輕聲說，一面檢視戰場。「現在他們的戰線弓起來了。亞西須人打得很好，出乎預料地好。」

「他們紀律絕佳，」達利納附和。「只是需要恰當的指引。」任一個亞西爾士兵都比不上雅烈席人，不過見識過他們過去這一年來的紀律後，達利納很慶幸自己永遠不必在戰場上遭遇他們的步兵。大批大批的亞西爾長矛比不上同樣人數的雅烈席卡軍力靈活，不過協調性無可挑剔。

雅烈席卡體系彈性許多，還擁有多種特化的軍隊，有了亞西須人加入，更是如虎添翼。儘管敵人擁有甲殼盔甲和更強健體魄等天生優勢，只要他們像楔子一樣利用亞西爾大軍，加上雅烈席卡戰略，他們便能抵擋對方。

那費德叛徒呢？嗯，水貂是對的。他們的戰線弓起、破裂。他們沒有騎兵，水貂悄聲對在旁邊等待的書記下令，書記隨即傳令下去。達利納猜——而且猜對了——他下令派輕騎兵反覆襲擊左翼，朝費德軍後排射出滿滿的弓箭，讓他們分身乏術，進一步壓迫搖擺的戰線。

「我不得不承認用這種方法綜觀戰場實在高明。」水貂對達利納說，弓弦在他們身後劈啪作響。

「但你擔心無處可逃。」

「有點。」水貂俯瞰地面。「我擔心所有逃脫途徑都被一次不幸的墜毀破壞。還是不知道把我們兩個都放在上面這裡算得上什麼妙計，我們應該要在不同平台才對吧？這樣一來，如果一個平台墜毀，另一個人還可以繼續領軍。」

「你誤會我的用意了，迪耶諾。」達利納扯了一下綁住他們的繩索。「我在這場戰役的任務不是在你遇害後繼續指揮，而是在你被殺之前把你救出去。」

加絲娜的一艘逃生船在另一邊等待，在幽界。若遇上緊急狀況，達利納能帶他自己和水貂穿過垂裂點。他們會墜落一小段距離——遠遠比不上在這一邊的距離——掉進一艘靠鰻德拉固定位置的襯墊小船。

水貂不喜歡這個逃脫途徑，不意外，因爲他無法掌控。事實上，達利納也不是百分之百安心——他還不是十分信任他自己的力量。他還不太熟練。

逐風師靠近汲取颶光，他打開垂裂點。達利納設法只打開一小片，爲附近的燦軍補充颶光，但不讓破空師分享。破空師撤退，他們無法對抗持續補充颶光的逐風師，通常都部署於達利納不在的戰場。

水貂聽取傷亡報告，不幸的是死者包含兩名逐風師侍從。同時一名年輕書記帶著一束紙和閃爍的信蘆來到達利納面前。「來自兀瑞席魯的訊息，光爵。您希望我們一收到來訊就通知您，因此特來稟報。」

達利納感覺肩上的重負卸下大半。「終於！發生什麼事？」

「塔城的法器出了問題。」書記回報。「娜凡妮光主說塔城展開某種防禦圈，因此燦軍無法使用他們的力量。防禦圈也干擾法器運作。她必須派斥候隊沿山脊進入山脈，他們才能送出她的訊息。

「大家都很安全，她正設法解決問題。不過誓門因此停止運作。她請您耐心等候，並詢問這裡有沒有發生任何怪事。」

「告訴她塔拉凡吉安背叛的事，」達利納說。「但跟她說我沒事，家人也都安全。我們正在跟叛軍對戰，應該很快能得勝。」

她點頭，離開去傳訊。水貂走近，他要不是偷聽，要不就是收到相似內容的報告。

「他們試圖在背叛期間讓我們困惑、分心。」他說。「在多個前線堆疊攻勢。」

「又一個想使誓門失效的計謀。」達利納附和。「他們用來對付卡拉丁上帥的裝置一定是某種測試。敵人暫時癱瘓兀瑞席魯，想藉此孤立我們。」

水貂探身瞇起眼看下方的軍隊。「感覺不太對勁，黑刺。如果這只是孤立亞西爾和艾姆歐戰事的計謀，那他們就犯下戰略失誤了。他們在這部分土地的軍力已經暴露，而我們占盡上風。除非眞的會切斷我們逃脫的途徑，否則他們不會花那麼大力氣阻擋我們使用誓門。然而，這一切其實不會切斷什麼，因爲我們並不需要逃脫途徑。」

「你認爲是某種聲東擊西嗎？」

水貂緩緩點頭。遙遠的下方，騎兵又一次襲擊，叛徒的弓型陣線更彎了。

「我會叫其他人提高警覺，」達利納說。「再派斥候到兀瑞席魯偵查。我同意，感覺不太對勁。」

「確定一下我們即將在艾姆歐對上的敵軍沒有暗中增援。有的話就糟了。我在這裡唯一想像得到的眞正災難只有亞西米爾遭圍困、無法透過誓門獲得補給。看過那座城市後，我永遠不想被困在那裡。」

「同意。」達利納說。

水貂看著下方的戰場，危險地更往外探身。聽不太清楚——模糊的鏗鏘聲、遠方的叫喊。人如生靈般移動。

不過達利納聞得到汗水味，聽得見嘶吼，感覺得到自己站在掙扎、尖叫、瀕死的軀體之間，碎刃在手，支配全局。身穿碎甲、在凡人軀體間猛烈攻擊，幾乎無可匹敵；那種滋味一旦嘗過就……難以忘懷。

「你很懷念。」水貂打量他。

「對。」達利納坦承。

「你在地面派得上用場。」

「在下面，我只是另一把劍。我在其他位置能做得更多。」

「抱歉，黑刺，但你永遠不會只是另一把劍。」水貂疊起雙臂，靠著木欄杆。「你一直說你在其他地方更有用，我猜你在補充錢球方面確實颺他的好用。但是我感覺得到你在退開。你有什麼打算？」

就是這個問題。他感覺他還有好多事得做；更偉大的事，重要的事；盟鑄師的任務。只是說到著手處理，把那些事弄明白……

「他們要潰散了。」水貂站直。「你想放他們走，還是要困住他們、摧毀他們？」

「你覺得呢？」達利納問。

「我討厭跟自認無路可逃的人作戰。」水貂說。

「我們承擔不了讓他們跑去南方增援。」達利納說。一旦這裡的小規模衝突結束，那會是他們眞正的戰場。艾姆歐的戰爭。「繼續壓迫他們，直到他們投降。」

水貂開始下達命令，下方鼓聲席捲戰場：戰線瓦解，敵方將領瘋狂地試圖維持紀律。他幾乎能聽見他們帶著驚慌的叫喊聲。空氣中瀰漫著絕望。

*水貂是對的，達利納心想，他們在這裡眞心奮力攻擊我們——不過不太對。我們遺漏了敵人計畫中的一小塊。*

他觀看的同時，一個難以形容的士兵走到他身旁。達利納今天只帶了幾個護衛：三個碧衛和一個碎刃師。這是食角人女子，可絨，她爲了他不太理解的原因擅自決定加入他的護衛隊。

他還有一個祕密武器——站在他身旁的男子，身穿雅烈席卡制服的他看起來如此平凡，拿著一把入鞘的劍，劍身擺明比常規更長。賽司，白衣殺手，戴著一張假臉。他不說話，雖然他套用的繁複織光術也能僞裝聲音。他只是凝視著，瞇起眼。他在戰場上看見什麼？是什麼引起他注意？

賽司突然一把抓住達利納的制服前襟，將他拖到一旁。達利納幾乎沒時間驚喊，一個發光的身影便已飛到弓箭手平台旁，散發颶光，帶著一把銀色碎刃。賽司站到達利納和破空師之間，手探向他的劍。不過達利納握住他的手臂，不讓他拔劍。那把劍一旦出鞘就會發生危險的事。他們希望百分百確認有必要才讓猛獸出柙。

達利納對這人並不陌生。暗棕色皮膚，頰上有胎記。納拉——人稱納勒，破空師的神將兼領導者。他最近剃去頭髮，對達利納說話時目空一切地舉起他的碎刃——或許是在挑戰。

「盟鑄師，」納勒說。「你的戰爭不公不義。你必須臣服於律法——」

一枝箭擊中他的臉，正中央，打斷了他。達利納回頭看，隨即阻止可絨。她又要拉開她的碎弓。「等等，我想聽他說話。」

納勒面露痛苦，拔出箭隨手丟棄，讓颶光治癒他。有可能殺死這男人嗎？艾希說敵人用某種方法殺了加斯倫——但在過去，神將死去後，他們的靈魂會回到沉淪地獄等待酷刑。

納勒沒有繼續他的譴責。他輕輕踏上平台的欄杆，接著落在甲板上。他拋開他的碎刃，讓劍在空中化為霧氣消失。

「你怎麼會是盟鑄師？」納勒問達利納。「你不應該存在，黑刺。你的目標並不正當。你應該被眞正的榮譽波力拒於門外。」

「或許這代表你錯了，納拉。」達利納說。「或許我們的目標是正當的。」

「不對。」納勒說。「其他燦軍能欺騙他們自己和他們的靈。所謂的榮耀靈證實道德是由他們的感知形塑。你不應該是這樣。榮譽不應該容許這樣的締結。」

「榮譽已死。」達利納說。

「無論如何，」納勒說。「榮譽還是應該預防這件事。預防你。」他上下打量達利納。「沒有碎刃。

非常公平。」

他衝向達利納，賽司轉眼間便撲上去，但猶豫著沒拔出他那把詭異的碎刃。納勒移動時帶著天鰻般的優雅，一扭一送，把賽司摔在木甲板上。這名神將將賽司那把帶鞘的劍甩到一旁，重擊他的臂彎、逼他棄劍，接著若無其事地伸手接住可絨從區區幾呎外用碎弓射來的箭矢，展現超乎常人的武藝。

達利納緊握雙手，探向現實之外的垂裂點。納勒躍過賽司，直朝達利納而去，甲板上的其他人叫喊，想阻止他的攻擊。

不，颶父對達利納說，*碰觸他*。

達利納猶豫，垂裂點的力量在他指間。他在神將來到他身前時，伸出一隻手碰觸對方的胸口。

閃爍。

達利納看見納勒從一把插在岩石中、被拋棄的碎刃前走開。

閃爍。

納勒一手抱著一個孩子，碎刃出鞘，黑暗大軍爬過附近的山脊。

閃爍。

納勒跟一群學者站在一起，展開一份寫滿文字的巨大文牘。「律法不會是道德的，」納勒對他們說。「不過你們創建律法時可以是道德的。你們永遠都必須保護最弱者，那些最容易被利用的人。制定遷徙的權利。所以若有家庭覺得他們的領主不公正，他們可以離開該領主的土地，然後讓跟隨該領主的人民約束他的權威。」

閃爍。

納勒跪在一個上族靈前。

閃爍。

納勒在戰場上戰鬥。

閃爍。

另一場戰鬥。

閃爍。

另一場戰鬥。

幻象切換得越來越快，達利納再也無法加以區別，直到……

閃爍。

納勒和一個蓄鬍的雅烈席男子用力握手，這名男子看起來頗有帝王威嚴且睿智。達利納知道這是加斯倫，但說不出他怎麼會知道。

「我會負起責任。」納勒輕聲說。「心懷榮譽。」

「不要覺得這是一種榮譽。」加斯倫說。「責任，沒錯，但不是榮譽。」

「我了解。不過我沒料到你會來向敵人提出這種提議。」

「敵人，沒錯，」加斯倫說。「但是一個從頭到尾都正確無誤的敵人，我因此而成爲惡人，你卻不是。我們會修復我們破壞的一切。艾沙和我意見一致。我們最渴望納入這個盟約的人就是你。在我曾有幸反抗的人之中，就屬你最可敬。」

「希望這是眞的。」納勒說。「我會盡全力服侍。」

幻象消失，納勒踉蹌地從達利納身邊退開，大口喘氣，雙眼瞪大。他和達利納之間流下一道連接兩人的光。

盟鑄師，颶父在達利納腦中說，你在你和他之間鑄造了一個短暫的聯繫。你看見什麼？

「應該是他的過去，」達利納低聲說。「還有現在……」

納勒抓住自己的頭，達利納看見一個與他重疊的骷髏身影，彷若跟著賽司的殘像，只不過顯得憔悴、黯淡。達利納往前進，經過他那些目瞪口呆的護衛，注意到納勒身上幅射出八道光線、射向遠方。

「我想我看見誓盟，」達利納說。「把他們綁在一起、讓他們得以將敵人困在沉淪地獄的東西。」

*一個牢籠，以他們的靈魂鍛造，*颶父在他腦中說，*牢籠已破。甚至在加斯倫死去之前，他們便藉由他們久遠之前所做的事粉碎了牢籠。*

「不，只有一條線完全斷掉，其他都還存在，只是衰弱無力。」達利納手指一條明亮又強大的線。「除了這條，它還充滿生氣。」

納勒抬頭看他，掙脫聯繫他和達利納的光之線，閃到一旁。這名神將爆出一陣光，接著飛射而去，這時幾個逐風師才姍姍來遲，前來協助達利納。

*你行使神的力量，達利納，*颶父說，*我原以爲我了解你的力量有多廣泛。如今我已經拋棄那無知的觀點了。*

「我能夠重新打造嗎？」達利納問。「我可以重新打造誓盟，再次以束縛讓煉魔遠離？」

*我不知道。或許有此可能，但我不知道該怎麼做，也不知道那樣做是否明智。神將因他們所爲而受盡折磨。*

「我看見他受的折磨。」達利納看著納勒消失在遠方。「他背負極大的痛苦，這痛苦扭曲了他對現實的觀點。一種瘋狂，但不同於常人的瘋狂——這種瘋狂關乎他耗損的靈魂……」

賽司取回劍，看似因爲自己這麼輕易就被打倒而感到羞愧。達利納沒有責怪他，其他人也沒有；既然塔拉凡吉安的軍隊已開始潰敗，他們堅持他和水貂都要退離戰場。

達利納讓逐風師把他帶走，一路上都沉浸在思緒中。

他需要了解他的力量。他的責任不再是高舉著劍站在戰場上放聲下令。他該做的是想辦法用他的力量解決戰爭。

重新打造誓盟，或是放棄這條路，另找解答——一個能夠永遠束縛憎惡的解答。

# 48 死亡的味道，生命的味道

## 九年前

探索的方法不止一種。結果也可以從自己帳篷的中央開始——如果一群活生生的遺跡走出森林、前來拜訪。

人類令伊尚尼興奮。他們終究沒有被毀滅。他們的行事作風好怪。他們說話時沒有節奏，也聽不見羅沙之歌。他們用金屬製作甲殼綁在身上。雖然她一開始假定他們遺失了他們的形體，但很快便發現他們實際上只有一種形體，而且永遠無法改變。他們必須時時刻刻處理配偶形體的激情。

更有趣的是，他們帶著一群也沒有歌謠的遲鈍形體。他們的皮膚上有類似聆聽者的花紋，但不說話，更別提唱歌。伊尚尼覺得他們又迷人又令人不安。人類是在哪裡找到這些奇怪個體的？

人類在森林裡的河對岸紮營，剛開始時，五人組只讓幾個聆聽者去見他們。他們擔心如果整個家族都過去打擾，會把這些奇怪的人類嚇跑。

伊尚尼覺得這種想法很愚蠢。人類才不會害怕。他們知曉遠古的事，知曉鍛造金屬和把聲音寫在紙上的方法，還有聆聽者在漫長睡眠中遺忘的事物。那段時間中，他們都維持遲鈍形體，靠純粹的意志力記憶歌謠。

伊尚尼、克雷德和另外一些同伴加入幾個人類學者，努力破解對方的語言。幸好人類的詞組保存在歌謠中。或許是因為過去接觸歌謠的經驗，伊尚尼比其他人學得更快，但也或許是因為她的頑固。她夜裡總是跟人類坐在一起，在他們那些明亮發光的寶石照耀下，她請他們一再重複發出聲音，直到深夜。

另外一件事：人類的寶石發的光比聆聽者的寶石亮多了。一定跟寶石切割塑形的方式有關。跟人類在一起的每一天都教會她不同的新事物。

一旦消除語言隔閡，人類詢問能不能帶他們去破碎平原。因此是伊尚尼帶的路，不過她姑且讓他們遠離十座遠古城市和其他聆聽者家族。

他們利用伊尚尼的一份地圖沿一個裂谷從北方走，一直走到一條聆聽者古橋。石塊的裂縫聞起來有潮溼腐敗植物的味道，辛辣但不難聞。植物腐敗之處很快便會有其他植物生長，而死亡的味道跟生命的味道是一樣的。

人類謹慎地跟著她走過木頭與繩索搭起的橋，護衛先行——身穿擦亮的金屬甲殼胸甲和頭盔。他們似乎以為橋隨時會斷。

過橋後，伊尚尼爬上一顆巨礫，深吸一口氣，感受著風，頭頂有幾隻風靈在空中盤旋。護衛過來後，其他幾個人也開始過橋。所有人都想來見識裂谷怪物居住的平原。

其中一個隨從是個好奇的女人，她是外科醫師的助手。雖然她的服裝並不特別適合探索——從頭部到腳踝裹住全身，還基於某些理由包覆住左手——她也爬上石頭，來到伊尚尼身旁。有些事聆聽者已經理解，人類卻仍不明白；看見這情形感覺很好。

「妳看著靈的時候看見什麼？」她用人類語言問伊尚尼。

伊尚尼調諧為深思。什麼意思？「我看見靈。」伊尚尼說得又慢又謹慎，因為她的腔調有時候很糟。

「對，它們看起來是什麼樣子？」

「白長線。」伊尚尼指著風靈。「洞。小洞？是不是有個詞？」

「或許是針孔。」

「天空中的針孔。」伊尚尼說。「還有尾巴，長，非常長。」

「有意思。」那女人說。她的右手戴著許多戒指，但伊尚尼不明白為什麼要這樣，感覺會勾到東西。

「不一樣呢。」

「不一樣？」伊尚尼說。「我們看不一樣？」

「對。」那女人說。「妳似乎看見靈的眞貌，或者說近似眞貌。告訴我。我們人類有故事描述行為像人的風靈，化身不同形體去惡作劇。妳看過這樣的靈嗎？」

伊尚尼在腦中咀嚼女人說的話。她認為自己聽懂一部分。「像人的靈？行為像人？」

「對。」

「我看過。」

「太好了。會說話的風靈呢？會叫妳的名字？妳看過這種風靈嗎？」

「什麼？」伊尚尼調諧為歡快。「會說話的靈？沒看過。好像……不眞實？假的，只是故事？」

「妳想說的可能是『想像的』。」

「想像的。」伊尚尼在腦中細細檢查這個詞的聲音。沒錯，探索的方法不止一種。

國王和他弟弟終於踏上台地。「國王」對她來說不是新詞彙，因為歌謠中曾提及。聆聽者之間辯論過他們是否也需要君主。就伊尚尼看來，除非他們設法停止爭吵，形成統一的一個民族，否則這種討論相當愚蠢。

國王的弟弟是個粗野之人，似乎跟所有人都不屬同一個品種。先前在森林裡時，他是她遇見的第一個人，此外還有一群人類斥候。這個人類不只是比其他人類龐大，他的步伐也不一樣，臉孔也更冷酷。如果要說人類也擁有形體，那這個男人會是戰爭形體。

至於國王本人……他是人類沒有形體的證據。他好飄忽不定，有時候又吵鬧又憤怒，其他時候卻安靜又不屑。聆聽者當然也有不同情緒，只是這男人似乎難以解釋。人類說話時沒有節奏，或許就是因此，她看見他們的行爲中出現如此烈情時才會加倍驚訝。他也是整個群體中唯一蓄鬍的人。爲什麼呢？

「嚮導。」國王走向她。「狩獵都是在這裡嗎？」

「有時候。」她說。「看情況。季節到了，所以牠們可能會來，也可能不會來。」

國王心不在焉地點頭。他對她或其他聆聽者沒表現出多大興趣。然而他的斥候和學者似乎就跟她對他們入迷一樣，也對伊尚尼頗爲入迷，所以她大多跟他們待在一起。

「哪種巨殼獸能在這裡生存？」那個弟弟問。「這裡的地面那麼多裂縫，似乎沒有空間供牠們活動。牠們跟白脊一樣嗎？跳來跳去？」

「白脊？」伊尚尼不認得這個詞。

戴戒指的女人拿出一本附圖畫的書給她。

伊尚尼搖頭。「不，不是那種。牠們……」怎麼解釋裂谷裡的怪獸？「牠們很大，很有力。牠們……這些土地屬於牠們。」

「妳的族人崇拜牠們嗎？」其中一名學者問。

「崇拜？」

「崇敬。尊敬。」

「對。」誰不尊敬如此強大的獸呢？

「他們的神，光爵。」書記對國王說。「如我所料，他們崇拜這些獸。未來的狩獵必須留意。」

伊尚尼哼起焦慮，表示她感到困惑——但他們聽不懂。他們必須用言語說出一切。

「這裡。」國王用手一指。「這個台地似乎很適合休息。」

人類隨從開始打開行囊——帳篷以堅韌的神奇布料製作，還有各種食物。他們享用午餐，這些人類。他們的旅行奢侈品如此豐富，伊尚尼不禁納悶起他們的家會是什麼光景。

一旦他們離開，她打算去看看。如果他們沒有像工作形體這樣恰當、耐用的形體還能來到這裡，那他們旅行的距離一定沒多遠。她調諧爲歡快。兩族這麼多年來全無交集，再給她幾個月，或許她就能找到路去他們家。

伊尚尼幫他們搭帳篷，忙個不停。她想了解各個零件。她滿確定她能做出用來撐起帳頂的桿子，但他們的布料比較輕，也比較平整，聆聽者做不出像這樣的東西。其中一個工人解不開一個結，因此伊尚尼拿出她的刀幫忙割開。

「那是什麼？」一個聲音在她身後問。「可以讓我看看妳的刀嗎？」

是戴戒指的女人。考量這女人這麼常跟國王說話，伊尚尼原本以爲她可能是國王的昔日伴侶。不過顯然他們並沒有這種關係。

伊尚尼抬頭，意識到原來她拿出了她的好狩獵刀。她的祖先從平原中央的廢墟挖出一些武器，這是其中之一。美麗的金屬上有線條，刀柄則有細節令人讚嘆的雕刻。

她聳聳肩，把刀拿給女人看。那古怪的女人急迫地對國王招手。他從陰涼處走過來，接過刀，瞇起眼研究。

「妳在哪裡找到的？」他問伊尚尼。

「這很舊。」她不想透露太多。「傳下來，好幾代。」

「或許從僞擬寂滅留下的？」女人問國王。「他們眞的可能有兩千年前的武器嗎？」

聆聽者的碎刃神奇多了，但伊尚尼沒提起。反正他們家族也沒有。

「我想知道，」國王說。「你們是怎麼……」

他被不遠處傳來的喇叭聲打斷。伊尚尼旋過身，調諧爲緊張。「裂谷的怪獸。」她說。「召集士兵！我以爲牠們不會靠近。」

「我們可以處理一……」國王開口但又收聲，雙眼瞪大。一個讚嘆靈靠近——飄浮的藍色球狀物，隨強烈的熱情而膨脹。

伊尚尼轉身，看見一個隱約的影子從裂谷中冒出來，光滑但又強壯，有力但又優雅。這頭獸以爲數眾多的腳行走，看也沒看人類一眼。他們之於牠就像牠之於太陽——確實，牠扭身朝上，沐浴在陽光中。美麗又偉大，彷彿化爲實體的讚嘆節奏。

「先祖之血啊……」國王的弟弟走上前。「那東西有多大？」

「比在雅烈席卡看到的都大。」國王說。「你得去賀達熙海岸才會遇上那麼大的巨殼獸。但那些獸生活在水中。」

「這些生活在裂谷中。」伊尚尼低聲說。「牠看起來沒生氣，我們很好運。」

「可能距離夠遠，牠沒有注意到我們。」國王的弟弟說。

「牠注意到我們了，」伊尚尼說。「只是沒放在心上。」

其他人圍過來，國王噓聲要他們安靜。終於，那頭裂谷魔轉過來仔細打量他們，隨即鑽進裂谷中，後面跟著幾隻閃爍微光、貌似飛箭的裂谷靈。

「颶風的。」國王的弟弟說。「妳的意思是無論何時，只要站在這些台地上，那種東西就可能在正下方？四處潛行？」

「牠們怎麼能生活在裂谷中？」其中一名女子問。「牠們吃什麼？」

繼續吃午餐時，這群人變得比較嚴肅，動作也比較迅速。他們渴望趕快結束離開，但沒人說出口，也沒人哼出焦慮。

只有國王看似鎮定自如。其他人忙個不停，他則是繼續研究伊尙尼的刀。他還沒把刀還給她。

「你們眞的保留這些東西數千年了嗎？」他問。

「沒有。」她坦承。「是我們找到的。不是我父母。他們父母的父母。在廢墟裡。」

「妳說廢墟？」他突然抬頭看。「什麼廢墟？另一個嚮導提起的那些城市嗎？」

伊尙尼暗自咒罵克雷德幹嘛提起十座城市。她決定還是不要澄清她說的其實是破碎平原中央的廢墟好了，她調諧爲焦慮。他打量她的樣子讓她覺得自己像一幅畫錯的地圖。「我的族人建造城市。」她說。「我族人的老父母。」

「眞的嗎……」他說。「眞奇怪。那麼妳記得那時期囉？妳們有相關紀錄？」

「我們有歌謠。」她說。「許多歌謠，重要的歌謠，訴說我們擁有的形體、我們打的仗、我們是怎麼離開……我不知道怎麼說……以前那些人。統治我們的人。內書亞．卡達作戰的時候，靈是同伴，還有……還有一些東西……它們可以……」

「燦軍？」他的聲音變得更加輕柔。「妳族人有燦軍騎士的故事？」

「對，或許？」她說。「我還不會說。說這個。」

「奇怪啊奇怪。」

一如她預料，人類午餐後很快便決定回森林。他們害怕——國王除外，他一路上都在問歌謠的事。她原本以爲他不太關心聆聽者的事，顯然是她誤會了。

因爲從那一刻開始，他似乎變得非常、非常感興趣。他要他的學者細細盤問他們有關歌謠、傳說的事，還有他們知不知道其他廢墟。幾天後，人類終於要返回他們自己的土地時，加維拉國王送給伊尙尼的族人一份禮物：幾箱現代武器，全以精鋼打造。它們比不上古代武器，但也不是每個族人都擁有古代武器。每個家族擁有的古代武器都不足以分給所有戰士。

加維拉只要一個承諾做爲回報：當他不久後回來，他希望伊尚尼的族人已經住進破碎平原邊緣的其中一座城市裡。到那時，他說，他希望能當面聽歌謠守護者唱歌。

# 49 發現的靈魂

在我狂熱的狀態中，我擔心我無法專注於重要事物。

——《戰音》，第三頁

娜凡妮開始在一大群歌者衛兵的謹慎監督下，爲學者們安排工作。

這情況爲娜凡妮帶來一個棘手的問題。除非絕對必要，否則她什麼也不想洩漏。但若她沒有進展，菈柏奈終究會發現並採取行動。

眼下，娜凡妮讓學者瞎忙。歌者把她的人都關在其中一間圖書室內，因此娜凡妮要學徒和比較年輕的執徒開始打掃房間。他們收拾舊計畫案和一箱箱筆記，然後搬出去堆在走廊上。他們需要騰出空間。

她指派較具經驗的學者去做修訂的工作：回顧計畫，驗算計算結果或繪製新圖。執徒拿出新帳冊檢查數字，露舒則展開巨大的設計圖，要幾個較年輕的女人去測量每一條線。這會花上幾天時間，或許更久——不過也是本來就該做的事。遇到干擾後，娜凡妮常會要他們重新計算，這有助於學者們恢復恰當的心態，他們有時候會發現應該修正的錯誤。

不久，她便有了一個條理分明、充斥平靜聲響的房間。不像進行刺激的作業時一樣，沒有創造靈或邏輯靈，只希望圖書室裡的歌者不會發現這樣其實很怪。

那些歌者總是礙手礙腳、靠得很近，偷聽娜凡妮對她手下說話。她已經習慣整潔的工作空間，給予學者們足夠的自由去創新，但又謹慎地圈出適當的創新方向。這些衛兵慢慢破壞了先前努力的成果，娜凡妮時常看見她的學者抬頭一瞥，注視某個站在旁邊的武裝暴徒。

至少大多只是一般士兵。除了菈柏奈之外，只有一個煉魔待在學者附近，而且不是那種會融進岩石、令人不安的煉魔。不，這個煉魔跟菈柏奈是相同類型，身材高眺，頭頂一個髮髻，臉上有紅白大理石紋。這個女倫坐在地板上看著他們，目光呆滯。

晨間工作期間，娜凡妮一直暗中觀察這個煉魔。有人告訴她許多煉魔都精神失常，這一個似乎符合那些描述。她經常盯著空無一物的地方，然後自顧自傻笑。她會把她的頭從一邊甩到另外一邊。菈柏奈爲什麼要把這一個放在這裡監視他們？有沒有可能太少煉魔神智正常，她別無選擇？

娜凡妮靠著牆，雙掌碰觸岩石——一道岩層旁有一條石榴石礦脈，幾乎難以察覺。她假裝監看著幾個年輕女子把幾箱文件搬到走廊上。

*妳昨晚沒跟我談話，*手足說。

「我被監視。」娜凡妮壓低音量說。「他們不讓我待在我自己的住處，把我帶去一個較小的房間。我們必須在這裡談。如果我像這樣說得非常小聲，你聽得見嗎？」

*聽得見。*

「你看得到菈柏奈在做什麼嗎？」

*她先前要幾個工人搬了張桌子到防護層旁，她在那裡做實驗，想看看能不能穿透防護層。*

「她能嗎？」

*我不知道。這是防護層第一次啓動。不過她似乎不知道是妳啓動的。她跟好幾個煉魔解釋過，一定是*

她無意間觸發了遠古燦軍留下來的自動防護機制。塔城失去作用，她認爲經過這麼長的時間，我一定早已經死了。

「眞怪，」娜凡妮說。「她爲什麼會那樣想？」

子夜之母告訴她的。腐化我好多年的那個魄散，被妳的燦軍嚇跑的那個？我一直避開她，沒有反擊，因此她以爲我死了。

「一直？」娜凡妮問。「那是多久？」

數百年。

「那豈不是很難？」

不。怎麼會呢？數百年對我來說一點意義也沒有。我不會老化。

「其他靈表現得像時間有其意義。」

燦軍靈，沒錯。燦軍靈裝模作樣，裝成一副男人或女人、男倫或女倫的樣子，雖然他們兩者都不是。他們的思考模式像人類，因爲他們想要像人類。

我不假裝。我不是人類。我不需要在乎時間。我不需要看起來像妳。我不需要求妳關注。

娜凡妮想到手足曾經求她幫忙，挑起一邊眉，但忍住沒說話。怎樣利用這項優勢最好？怎樣才能重獲自由？娜凡妮喜歡覺得自己能看出模式、能從混亂中理出秩序。有辦法脫離這團混亂。她必須相信這一點。

像對付其他問題一樣，娜凡妮想，有系統地著手處理，把大問題分解爲處理得來的小問題。

昨晚她決定了幾個大行動方向。首先，她必須堅守已占領的陣地，也就是必須確保手足的防護層屹立不搖。

第二，她必須傳話給達利納和其他在外面的人，告訴他們塔城裡發生的事。

第三，娜凡妮必須弄清楚敵人到底是怎麼取消燦軍的力量。根據手足所說，塔城的遠古防護被腐化了。她必須設法撤銷。

最後，她必須將那力量轉而對付入侵者。除此之外，她還要利用甦醒的燦軍對敵人展開反擊。

站在這裡，困在地下室中，時時刻刻遭到監視，這些似乎是不可能的任務。但她的學者曾打造出會飛行的船。有了他們相助，她做得到。

歌者衛兵在圖書室內溜達，越過工作中的學者肩膀探頭探腦；娜凡妮計算他們的人數。其中一個擋住一個正將筆記搬出去的女孩，翻看她的箱子。那一個煉魔——頭一直甩來甩去、大聲哼節奏的那一個——這時看著娜凡妮。娜凡妮努力不因此而露出馬腳，轉過頭，不讓自己的嘴被看見，然後繼續壓低音量說話。

「我們假設菈柏奈夠聰明，想通了古代燦軍是怎麼創造出你的防護層。如果想繞開防護層，她該怎麼做最好？」

手足沒回應，娜凡妮擔心了起來。「發生了什麼事？你還好嗎？」

我沒事。手足說，但我們不是朋友，人類。妳是個奴役者，我不信任妳。

「你到剛剛都還算信任我。」

出於必要。我現在安全了。

「又會安全多久？你的意思是菈柏奈不可能穿透防護層？」

手足沒回應。

「好吧。」娜凡妮說。「不知道你的弱點是什麼，我就無法制定計畫幫助你。你會孤立無援，只能讓菈柏奈爲所欲爲。」

……我恨人類，手足終於開口，人類扭曲說出口的話語，總是自以爲正當。

妳過多久會要求我跟人類締結、放棄我的自由、拿我的生命冒險？至於我爲什麼完全就該那麼做，我相信妳肯定會有一番精采說詞。

這次輪到娜凡妮沉默不語。手足能夠創造另一個盟鑄師，考量達利納的力量對戰事有多大幫助，娜凡妮不把握這個機會就太傻了。因此她確實需要想辦法讓手足再度與人類締結。她必須找到一個完全構不成威脅的人，某個不從事法器相關工作、也不是政客的人。某個手足會喜歡的人。

眼下，娜凡妮暫不繼續就這問題和手足糾纏。手足的作風確實有些詭異，但儘管手足聲稱討厭人類，它到目前爲止的互動還是都頗像人類。如果是人類，娜凡妮預料……

菈柏奈有可能聽說過我們啓動的防護層，手足終於透露，因此她可能知道怎麼繞過。

「多說一點。」娜凡妮說。

防護層是魂術波力的外推，說服一個區域中的空氣它們是玻璃，藉此凝固那區塊的空氣。若要維持防護層，需要爲系統注入外來的颶光。菈柏奈可能會想通——尤其在她研究過妳用來啓動防護層的節點殘骸之後。

還有其他像那樣的節點，也有寶石直接與我的心臟相連。有四個。妳摧毀了一個。如果她找到剩下三個的其中一個，她便可以藉此從外部腐化我。

「因此我們必須找到它們，」娜凡妮說。「並加以摧毀。」

不，不行！那會削弱防護層，然後摧毀它。我們必須加以防護。摧毀一個就夠糟了。不要以爲我許可過妳一次，妳就可以再三爲之。人類總是破壞東西。

娜凡妮深呼吸。她必須謹言慎行。「除非絕對必要，否則我不會摧毀任何一個節點。我們來討論其他問題。你之前是怎麼跟我連絡的？你可以驅動信蘆嗎？」

我討厭那東西。但有必要用。

「對，但怎麼做？你有人手嗎？」

只是一些幫手。有一個發瘋的女人關在修道院裡，我跟她連絡。孤立者、可滲透者，他們有時候對靈比較有反應。不過這一個只是寫下我說的一切，從不回應。我讓達畢送一枝信蘆給她，然後透過她溝通。該死。似乎沒什麼用，至少現在信蘆不能用了。「敵人是怎麼讓燦軍失去意識？」娜凡妮問。

那是兀瑞也就是塔城的一個面向，手足說，用來阻止煉魔進入塔城的防禦機制，也可以視情況需要阻止魄散。

「我見過有同等效用的法器——我認為那法器一定是以寶石柱的一部分為模型。我無意失禮，但是，他們入侵時，你沒想過啟動這個防禦機制嗎？」

手足沉默片刻，娜凡妮不知道自己是否逼太緊。幸好手足又開口了，語氣轉為輕柔。我……受傷了。數千年前發生了一件事，歌者因此而改變，我也因此而受傷。

娜凡妮藏住她的震驚。「妳說的是束縛那一個魄散、導致歌者失去形體的那件事？」

對。那可怕的事件觸及所有歸屬於羅沙的魂魄。靈也是。

「為什麼不曾有靈提及？」

不知道。不過我在那一天失去我的光的節奏。塔城停止作用。我父親，榮譽，應該要能幫助我才對，但他的心智正在潰散，他很快就死了……

手足聲音中的悲傷太濃郁，娜凡妮沒再逼它回答。這改變了一切。

那個煉魔碰觸我時，手足接著說，她把一部分的我腐化為憎惡的音調。這原本應該不可能——但現在可能了。她將他的光注入我的系統、毀滅我。腐化我。

「所以……」娜凡妮說。「如果我們能找到方法毀掉你體內的虛光，或以某種方法恢復你失去的節奏，你就可以重新啟動塔城，轉為保護我們？」

我想是這樣。似乎不可能做到。我感覺……感覺像我們完蛋了。

這樣的情緒轉變感覺和人類頗爲相似。確實，娜凡妮也略有同感。她一隻手貼著牆，閉上雙眼。

把大問題分解爲小問題，她在心裡提醒自己，先保護手足，直到找出方法解決其他問題。這是妳的首要之務。

地圖並不是一次就畫滿，而是一次畫一條線。這是發現的精神。

但是……手足說。

「但是？」娜凡妮睜開眼。「但是什麼？」

但是我們或許沒必要喚醒任何燦軍。塔城裡有兩個還醒著。

娜凡妮冷靜的面具又一次差點被打破。爲什麼手足不立刻提起這件事？「怎麼會？」

有一個對我來說還說得通，手足說，她還醒著，因爲她被造得很古怪，以不同於其他燦軍的方式使用颶光。我的母親爲此目的而創造她。但我找不到她了，我不知道她在哪。一個女孩，緣舞師。

「利芙特。」娜凡妮說。那一個燦軍確實總是很怪。「你看不到她了嗎？」

對。我認爲我看得見部分塔城的原因跟燦軍有關，他們與我聯繫。我瞥見這個緣舞師女孩的微光好一陣子了，但她在昨天消失。她在一個籠子裡，我猜她應該是被拉卡賴司特包圍。

但還有另外一個。一個男人。他一定達到第四理念了，但是他沒有盔甲，所以……或許是第三理念，不過接近第四？也或許是因爲他和我的父親很靠近吧——還有靠近黏附的波力——他才能維持清醒。他的力量是連結的力量。這男子是一名逐風師，但已不再穿制服。

卡拉丁。「你可以連絡上他嗎？」

❖

卡拉丁的首要目標是颶光。幸好他恰巧知道該上哪找颶光錢球。工人常在比較繁忙的走廊設立寶石燈籠，驅散黑暗，讓塔城內部變得更親切、更舒服。第六層也在進行像這樣的工程，距離家裡的診所夠遠，他覺得接近那區域不至於有什麼危險。

他的藏身處位於第十一層，因此他從附近的黑暗走廊一路摸索前進。西兒也跟他一起，他在腦中為這區域畫出地圖，然後一吋吋朝外圍挺進。看見遠處的第一絲陽光時，卡拉丁覺得自己就像慢慢走出牢籠的奴隸，必須壓抑住全力奔向陽光的衝動。

緩緩地、穩穩地、小心地。他讓西兒去前面偵查。她悄悄飛到陽台朝外眺望。卡拉丁潛伏在黑暗中等待，觀察，聆聽。終於，她衝回來，在空中打了一個轉，示意沒發現任何可疑之處。

他走到陽光下。他試著記住最外圍這條走廊這部分的岩層，然後回頭看向第十一層的深處。這條走廊基本上直通原本的藏身處。他傻傻地幻想自己忘記路，把泰夫丟在那邊等死、漸漸消瘦，或許最後還醒過來，孤單、受困、害怕……

卡拉丁搖頭，小步小步走進一個陽台房間，他可以在這裡查看塔城外部。走到這裡的路上，他們一個衛兵也沒看見。朝外看，他也沒看見任何天行者在空中飛。發生什麼事？他們因為某些原因而撤退了嗎？不。他還是感覺得到沉甸甸的凝滯感，無論他們用什麼方法壓制燦軍，總之就是這種感覺。卡拉丁把身體更往外探。台地上，他看見藍色制服的人影在平常的位置守衛誓門，令他大大鬆一口氣，甚至覺得難以置信。一切都只是一場可怕的惡夢嗎？

「卡拉丁！」西兒噓聲說。「有人來了」

他們兩個背緊貼著牆，一群人經過外面的走廊，他們說話時帶著節奏，亞西須語。歌者衛兵——卡拉丁瞥見他們帶著矛。他差點忍不住撲上去，但又忍住。想得到合適的武器，有更簡單、更不顯眼的方法。

塔城顯然仍由敵人掌控。他仔細一想，隨即想通實際情況。

「他們讓塔城外部看起來像什麼也沒發生。」巡邏兵離開後，他低聲對西兒說。「通訊已中斷，他們知道達利納會派逐風師來偵查，因此敵人想假裝塔城沒被占領。那些守衛可能是煉魔的幻象，也可能是他們的人類支持者——或許是阿瑪朗軍隊的餘孽——穿上偷來的制服。」

「而逐風師擔心他們的力量失效，無法靠近查明眞相。」西兒說。

「這部分會讓人起疑。」卡拉丁說。「敵人不可能瞞太久。」

他們來到附近的樓梯，看來無人看守，不過他還是派西兒先去檢查。然後他們往下走，發現第十、第九和第八層相對來說戒備比較鬆散。上面有太多空間，再怎麼說都難以全部派員留守。雖然他們還是在外圍發現另外一隊巡邏兵，但到第七層爲止都還算容易通過。再往下就是較多人居住的第六層，他們嘗試的前五道樓梯都有衛兵鎭守。

他們只好往內走，憑西兒的記憶找到一條偏僻的小樓梯。來到這裡，代表他們再度走入黑暗。對卡拉丁來說，陽光就跟食物和水一樣不可或缺。離開陽光令他極度痛苦，但他還是踏入黑暗。

一如他們所見，小樓梯無人看守。他們在寂靜的黑暗中下到第六層，看來大多數塔城居民依然關在各自住處。敵人還在思考該怎麼統治塔城，這應該會留給卡拉丁一個破口。卡拉丁把這件事放在心上，派西兒去執行一個任務。

西兒朝一個陽台房間竄去，留下他獨自潛伏在樓梯，手上拿著他的解剖刀。卡拉丁發起抖，要是有件大衣或外套就好了。塔城不曾這麼冷過。無論敵人做了什麼事來抑制燦軍，塔城的其他功能也受到了干擾。他擔心起塔城裡的居民。

西兒終於回來了。「你的家人跟其他人一樣被關在他們的住處，」她輕聲說。「他們的門口還有衛兵。我不敢跟你父母說話，不過透過窗戶看見他們兩個在一起。雖然害怕，但他們看起來沒事。」

卡拉丁點頭。這應該是最理想的狀況了吧。幸好父親像他所說的脫了身。卡拉丁和西兒一起悄悄走進裝上燈籠的走廊，工人留了一堆燈籠在這裡，還有用來將燈座鑽入岩石的工具。

工具堆裡沒有寶石，而且這條走廊的燈籠裡是空的。但是到了下一條走廊，這裡的燈籠裝了紫水晶——用來照明的中等大小寶石，比布姆稍大一點。這代表一大堆颶光，前提是要拿得出來。

「妳覺得呢？」卡拉丁問西兒。「拿根鐵撬快速撬開，然後逃之夭夭？」

「感覺會弄出一堆噪音。」她降落在一個燈籠上。

「我可以偷走颶光就好，再注入我身上的錢球。不過我還是想拿幾顆寶石，需要提高儲備量。」

「我們可以去找守燈人，跟她拿鑰匙。」西兒說。

「這層樓的守燈人是個淺眸人，應該住在第三層樓。洛奔試過約她共進晚餐。」

「他當然試過囉。」西兒說。「但是……仔細一想，找她好像很難又很危險。」

「同意。」

她站在發光的燈籠頂部，接著化爲光帶飛到一旁，再咻地穿過燈籠的小鑰匙孔。雖然她無法穿過固體，擠進小縫或小洞通常效果也夠好了。

她的光帶在燈籠裡打轉。這是堅固的鐵器，用意就是要防止被破壞，有幾面是玻璃，但也以金屬格網強化。鑰匙可以打開其中一面的鎖，那你就可以拉開玻璃小門，把手伸進去。至於燈籠的其他面，若從內部拉開插栓，也可以揭開玻璃。

西兒飛到其中一個插栓旁，再次化身爲人。理論上，如果沒有鑰匙，你可以打破玻璃，用根鐵線轉動裡面的插栓，然後便可以打開這一面。然而燈籠的設計就是要讓你難以做到，玻璃很厚，後面還有網狀的鐵。

西兒試著推插栓，但太重了，她推不動。她雙手扠臂，怒瞪插栓。「用捆術試試看。」她大喊，在玻璃上撞出回音。看不出她這麼小的體型竟發得出這麼大的聲音。

「捆術不能用。」卡拉丁一面輕聲說，一面留意走廊上有沒有巡邏兵。

「重力捆術不能用，」西兒說。「不過其他還能用，對吧？」

逐風師有三種捆術。他一般都用重力捆術，把颶光注入一個物體或人，然後將拉扯他們的重力改變方向。除此之外還有兩種。入侵期間，他試過以全面捆術把泰夫搬到診所。這種捆術讓你能夠將颶光注入物體，然後命令它黏住與它相碰的任何東西。早期還是橋兵的時候，他曾用這種捆術把石塊黏在裂谷壁上。

最後一種捆術最詭異，也最不可思議。反向捆術讓一個物體吸引其他物體。這就像前兩種捆術的混種。在一個表面灌注颶光，然後要它拉你指定的物體。那些物體會被吸向那個表面。就像……就像你灌注颶光的那個物體變成了重力的源頭。身為橋兵時，卡拉丁曾無意識地利用這種捆術，把飛過來的箭都拉到橋上，讓箭轉向、避開他的朋友。

「你口中的『捆術』，」西兒對他說。「其實是兩種共同作用的波力。重力和黏附，以不同方式結合。你說重力捆術不能用，黏附可以。那反向捆術呢？」

「沒試過。」卡拉丁承認。他走到旁邊，從另一個燈籠汲取颶光。他感覺到能量、力量在他的血管中——他一直渴望這種感覺。他微笑，退後，渾身燃起力量的光芒。

「試試看讓玻璃吸引插栓。」西兒一邊說一邊比劃。「如果你能讓插栓朝你移動，它就會彈開。」

他碰觸燈籠的外殼。過去那一年來，他時時練習捆術。席格吉跟平常一樣監控他、要他做實驗。他們發現反向捆術需要一個指令——或至少想像出你想達成的事。將颶光注入玻璃時，他試著想像颶光吸引物體的畫面。

不行，沒反應。插栓更是不動如山。

颶光抗拒。跟基本的重力捆術一樣，他感覺得到力量，但被某個東西擋住。不過阻礙比較微弱。他專注，推得更用力一點，然後，就像水閘慢慢打開那般，光突然從他身上湧出。考量已用到的颶光，反向捆術發的光並不如預期那麼亮。就某種程度來說像是倒轉了。

不過在卡拉丁行動之後，燈籠發出微弱的一聲喀。力量吸引了插栓，而插栓在看不見的力道拉扯下彈了出來。卡拉丁熱切地推開燈籠前側的玻璃，拔起寶石放進口袋。

西兒竄出去。「我們需要多加練習，卡拉丁。你用起這種捆術不像另外兩種那麼直覺。」

他點頭，一面沉思，接著取回他注入燈籠外殼的颶光。他們兩個偷偷摸摸地又沿走廊前進，隨著寶石一顆顆被他們偷走，走廊也陷入黑暗。

「反向捆術需要費力。」卡拉丁輕輕地對西兒說。「不過這倒讓我納悶了起來，我是不是也能以某種方法讓基本重力捆術恢復作用。」他戰鬥時越來越仰仗這種捆術：能夠躍入空中、讓對手飛走，甚至是簡單地把自己變輕，好讓他戰鬥時更加流暢。

他處理完最後一個燈籠，因爲滿口袋的颶光而心滿意足。就爐石鎮的標準來說這是一大筆財富，但他已經慢慢習慣手頭上有那麼多錢球。他把這些寶石妥妥當當地收在錢囊中，以免他的口袋發光。他們接著朝下一個任務前進：補給品。

這次，他們都待在第六層的內側，藉由巡邏兵手上的燈光，他們知道有歌者在巡邏。卡拉丁帶著西兒下樓，他知道該上哪找食物和水。

正如他所望，第四層中央的修道院並非站哨的優先地點。他在路上發現一對身穿制服的歌者占據了一個哨站，但設法溜進一條側廊，找到一扇完全無人看守的門。

卡拉丁和西兒走進去，躡手躡腳穿過一條兩旁都是牢房的走廊。儘管執徒堅持這裡並非監獄，他還是覺得這些小房間是牢房。當然了，執徒自己居住的房間都有合適的照明、附家具，完全就像家一樣。卡拉丁藉由門下透出的光找到其中一間，檢查過畫在門上的符文後便溜了進去。

裡面的執徒被他嚇了一跳，剛好是他上次來訪時遇過的那個男人：庫諾，卡拉丁現在知道他的名字了。這名執徒原本正在閱讀，卡拉丁衝進房間之後立刻作勢要他噤聲，他手忙腳亂地想戴上原本架在頭上的眼鏡但失敗了。

「還有其他衛兵嗎？」卡拉丁低聲問。「我看到前門有兩個。」

「沒——沒有，光爵。」庫諾的眼鏡鬆鬆地垂掛在他手指上。「我……怎麼會？您怎麼會在這裡？」

「上天保佑或純粹運氣好，我還沒決定是哪一種。我需要補給品。口糧和幾罐水。如果有的話也給我藥品。」

這男人結巴了一陣子，接著湊近身子，不去管手上的眼鏡了，直接瞇起眼注視卡拉丁。「全能之主在上。真的是您。受颶風祝福者……」

「你有我需要的東西嗎？」

「有，有。」庫諾起身，一手扒過剃去頭髮的腦袋，接著帶路走出房間，卡拉丁跟在他身後。

「你是對的。」西兒在卡拉丁肩上說。「他們多半占領了所有哨站、診所和營房。至於偏僻的療養院……」

庫諾帶他們來到一個小儲藏室。卡拉丁在裡面找到幾乎所有他需要的物品：給泰夫的住院袍和便盆、各種其他衣物、一塊海綿和臉盆，甚至還有用來餵食昏迷者的大針筒。

卡拉丁把這些東西連同繃帶、止痛用的噚樹皮和一些消毒水一起裝進粗布袋，再放入乾口糧，大多是以魂術製作，但還能湊合。他用一根繩子串起四個木水罐，好掛在脖子上。然後他注意到一桶清潔用品，又挑出四個附結實木握把的刷地用硬豬鬃刷。

「需要……刷洗一些地板嗎，燦軍？」執徒問。

「不是，但是我不能飛了，所以需要這些。」卡拉丁把刷子塞進布袋。「你沒有湯，對吧？」

「剛好沒有。」庫諾說。

「可惜。那有武器嗎？」

「武器？爲什麼需要武器？您有碎刃啊。」

「現在不能用。」卡拉丁說。

「好吧，但是我們這裡沒武器，光爵。」庫諾一邊說一邊抹臉，他的臉上這會兒滿是汗水。「颶風的，您的意思是……你要跟他們打？」

「至少抵抗吧。」卡拉丁把水罐串掛上脖子，費了點勁站起來，調整重量，細繩才不會太嵌進肉裡。「別跟任何人提起我。我不希望你被抓去審問。我還會需要補充補給品。」

「您……您還會回來？經常來……搬東西？」男人摘下眼鏡，又抹抹臉。

卡拉丁伸出一隻手放在他肩上。「如果我們輸掉塔城，也就輸掉戰爭了。我的身體狀況一點也不適合戰鬥，但我無論如何還是會抵抗。我不需要你拿起矛，但若你能每隔幾天幫我弄些湯、裝滿我的水罐……」

男人點頭。「可以。我……我做得到。」

「好傢伙。」卡拉丁說。「如我剛剛所說，別對任何人提起。我不希望大家覺得他們都該拿起矛，開始抵抗煉魔。如果眞有辦法脫離困境，應該要靠我傳訊息給達利納，或設法喚醒其他燦軍。」

他汲取一點點颶光。他需要颶光幫他抬起所有補給品，此外，看見光，也能明顯提高這名執徒的信心。

「生先於死。」卡拉丁對他說。

「生先於死，燦軍。」庫諾說。

卡拉丁拿起布袋，邁步走入黑暗中。儘管速度很慢，不過他終究還是回到了第十一層。他確認方向，西兒則到處窺探，看看她是否記得路。不過他們毋須擔心——地板上的一條石榴石礦脈亮起一個小光點。

他們跟隨光點回到他們留下泰夫的房間。門不需要更多颶光便輕鬆打開。進去後，卡拉丁放下補給品，檢查他的朋友，接著好好盤點他搶來的物資。石榴石光點在他身旁的地上閃爍，他用手指輕拂礦脈。

一個聲音突然出現在他腦中。

上帥？是真的嗎？你真的醒著，而且行動自如？

卡拉丁吃了一驚。那是王后的聲音。

❖

娜凡妮光主？卡拉丁的聲音在娜凡妮腦中說，我醒著，基本上行動自如。我的力量……表現得很怪。我不知道我爲什麼沒跟其他人一樣失去意識。

娜凡妮悠長地深吸一口氣。手足看著他溜到第四層掠劫了一個修道院的補給品。他回來的途中，娜凡妮在圖書室裡繞了好幾圈——跟學者談話、鼓勵他們——避免歌者起疑。現在她回到恰當的位置旁，手貼著牆，努力裝出無聊的樣子。

只不過她一點也不無聊。她已找到一個燦軍騎士；如果手足能找到利芙特，或許就能算上兩個。「太好了。」她低語，手足把她的話傳給卡拉丁。「我目前勉強跟俘虜者合作。他們把我和我的學者關在東地下室的圖書室，靠近寶石柱。」

妳知道燦軍發生了什麼事嗎？他問。

「就某種程度而言，知道。」她低聲說。「細節有點技術性，總之塔城原本具備遠古的防護措施，能夠阻擋使用虛光的敵人。一個煉魔學者扭轉了防護措施的效力，使其現在變成壓制使用颶光的人。不過她還沒有完全腐化塔城。我在寶石柱周遭展開了防護層，勉強擋下她。不幸的是，這個防護層也讓我無法取消她所做的事。」

那……我們該怎麼做？

「我不知道。」娜凡妮坦承。達利納多半會要她表現出強大的樣子，明明沒計畫卻要假裝有——但她不是將軍。對學者假裝向來行不通，他們欣賞誠實。「我幾乎沒時間制定計畫，還沒從昨天恢復過來。」

我知道那種感覺，卡拉丁說。

「敵人以某種方法啓動了誓門。」娜凡妮的腦中慢慢形成一個計畫。「我的首要目標是繼續保護手足，也就是塔城的靈。第二個目標是傳訊息給我丈夫和其他君主。如果我們能查明敵人是怎麼啓動誓門，或許我有辦法恢復信蘆的作用、發出警告。」

聽起來是很不錯的開始，光主。卡拉丁說，我很高興有個努力的方向。所以，妳要我查出他們是怎麼操作誓門嗎？

「沒錯。我唯一的猜測是他們以某種方式利用虛光驅動誓門——我嘗試過用虛光操作法器，但失敗了。不過我很確定敵人的信蘆能用。我還沒機會仔細看，但若你能查明他們是怎麼使用誓門或其他法器，我就會有著力點。」

我必須接近誓門才能做到，卡拉丁說，而且不能被看見。

「對，你做得到嗎？我知道你說你的力量並不是完全能用。」

我……我會想辦法，光主。我猜敵人要到晚上才會使用誓門。我認為他們想營造出塔城一切正常的假象，以免達利納派斥候回來查看。敵方有些人類穿著雅烈席卡制服在外面巡邏。到了晚上，就算逐風師想待在遠處探查，在黑暗中也會被發現。我猜他們會覺得這段時間用誓門比較安全。

確實奇怪。拉柏奈到底認為她可以維持這樣的假象多久？達利納肯定會從亞西爾退兵，傾盡資源查明兀瑞席魯到底出了什麼事。除非有娜凡妮沒考慮到的面向。

其中隱含的意義令她害怕。她的耳目盡廢，又被關在這個地下室中。

「上帥，」她對卡拉丁說。「我明天約莫相同時間會再嘗試跟你連絡。在那之前請提高警覺。敵人會設法破壞我展開的防護層。有四個節點藏在塔城裡，它們都是巨大的颶光寶石，防護層就靠它們維持。第一個節點已經被毀，而手足不願意透露其他節點的位置。

「這些節點是通往塔城心臟的直接管道，因此也是關鍵的弱點。如果你找到任何一個，請告訴我。而且請注意，如果他們找到節點，他們就能完全腐化塔城。」

遵命，長官。呃，我是說光主。

「我必須離開了。利芙特也在某個地方醒著，因此值得留意一下她在哪裡。無論如何，請小心，上帥。如果任務眞的太危險，那就放棄。此時我們人數太少，不能貿然冒險。」

了解。停頓片刻後，手足的聲音接著說：他繼續整理他的補給品了。不過妳問起法器時應該愼言。別忘了，我認爲妳的所作所爲是嚴重的罪行。

「我沒忘。」娜凡妮說。「但你肯定不反對使用誓門吧。」

確實，手足的語氣聽起來很勉強。那些靈自願轉化。

「你知道誓門爲何能用嗎？用虛光操作？」

不。誓門不是我的一部分。我要離開了。我們的談話很可疑。

娜凡妮沒有繼續進逼，反倒是繞著學者們又走了一圈。她不確定自己是否能信任手足說的話。靈會說謊嗎？她不認爲自己問過諸位燦軍的靈。愚蠢的疏忽。

無論如何，在卡拉丁身上，她至少跟塔城的其他部分有了一點連結。一條救生索。朝脫離困境算是前進了一步。

（戰爭節奏．下冊待續）

# ❖ 颶光祕典（ARS ARCANUM）

## 十大元素與其歷史淵源

| 順序 | 寶石 | 元素 | 對應身體表現 | 魂術特性 | 主／從神聖能力 |
|---|---|---|---|---|---|
| ①傑思（Jes） | 藍寶石 | 微風 | 吸氣 | 半透明氣體或空氣 | 保護／統領 |
| ②南（Nan） | 煙石 | 煙霧 | 吐氣 | 不透明氣體，煙、霧 | 正直／自信 |
| ③查克（Chach） | 紅寶石 | 火花 | 靈魂 | 火 | 勇敢／服從 |
| ④維夫（Vev） | 鑽石 | 光 | 眼睛 | 石英，玻璃，水晶 | 慈愛／治療 |
| ⑤帕拉（Palah） | 祖母綠 | 纖維 | 毛髮 | 木材，植物，苔蘚 | 學識淵博／慷慨 |
| ⑥沙須（Shash） | 石榴石 | 血 | 血 | 血及所有非油類液體 | 富有創造力／誠實 |
| ⑦貝塔（Betab） | 鋯石 | 脂（動物） | 油脂 | 各種油類 | 睿智／謹慎 |
| ⑧卡克（Kak） | 紫水晶 | 箔 | 指甲 | 金屬 | 堅定／實踐能力 |
| ⑨塔那（Tanat） | 黃寶石 | 踝骨 | 骨頭 | 大小石塊 | 可靠／靈活 |
| ⑩艾兮（Ishi） | 金綠柱石 | 筋肉 | 皮肉 | 各類皮肉 | 虔誠／指引 |

以上列表僅列出與十元素相對應的傳統弗林教符號。全部加總在一起時則形成全能之主的雙瞳眼，兩只瞳孔的眼睛代表創造出的植物與動物，這同時也是經常與燦軍畫上等號的沙漏符號之由來。

古代學者同時會將燦軍的十團同時列在這張表上，旁邊附注神將身分，每名神將傳統上均與特定數字及元素有關。

我不確定束虛術（Voidbinding）的十階與其近親上古魔法要如何被囊括入這張表的範圍，也許這是不可能的。我的研究顯示，除了束虛術外，應該還有更神祕的力量。也許上古魔法可以因此被囊括於該系統中，但我開始懷疑上古魔法另成一格。

要注意，我目前認爲「肢體瞄準」（Body Focus）這概念，與其說賦予了授予（Investiture）的力量，甚至是操作這個授予的實際動作，不如說只是哲學上的解釋。

## 十種脈衝波力

與羅沙上自古以來受到尊崇的十種元素相對應的是十種封波術。這些波力被認爲是世界運作的根源能量，更正確地說是反映神將擁有的十種基本能力，燦軍透過與靈的締結同樣亦可獲得。

**黏附**（Adhesion）：壓力與眞空

**重力**（Gravitation）：地心引力

**分裂**（Division）：破壞與腐朽

**磨損**（Abrasion）：磨擦

**進展**（Progression）：生長與治療，或是重生

**照映**（Illumination）：光、音，以及多種波長的呈現

**轉化**（Transfromation）：魂術

**傳輸**（Transportation）：移動與眞實領域的位置變化

**聚合**（Cohesion）：強質交錯

**張力**（Tension）：弱質交錯

## 論法器製造

目前已知有五大類型的法器。法器製作的方式是法器製作組織的不傳之祕，但目前看起來似乎都來自於科學家的努力研究成果，而非過去燦軍使用的神奇封波術（Surgebinding）。

**改變型法器**（ALTERING FABRIALS）

增幅（Augmenters）：這些法器的用途爲增強，可以用來引發熱、痛楚，甚至是一陣徐風，如同所有法器，力量來源均爲颶光。最適合的對象似乎是力量、情緒、感官。

來自賈・克維德，俗稱的半碎具便是以這類法器綁在金屬片上，以增強其硬度。我看過這類法器搭配許多種不同的寶石，因此我推斷十種極石中的任何一種都適合。

減幅（Diminishers）：這些法器的作用正好與增幅法器相反，通常受到的限制也很類似。爲我揭祕的法器師們相信，以現今的能力，足以製造超過世上法器成品的新法器，尤其在增幅或減幅方面的效果均會更大。

**配對型法器**（PAIRING FABRIALS）

結合（Conjoiners）：透過在紅寶石中灌注颶光，使用無人願意告訴我的方法（雖然我有自己的猜測），可以創造出配成一對的寶石。這個過程需要將原本的寶石一分爲二，兩半寶石隔著一段距離，仍能感受到原本另一半的引力。在製造法器的過程中，似乎使用某種方法，可以影響兩半寶石之間相隔多遠的距離，依然維持配對的功效。

力量的儲存是固定的。舉例而言，若有一邊綁在一塊很重的石頭上，那麼要舉起同對中另一個法器，便需要用到足以舉起石頭的力氣。在創造法器的過程中，似乎有某種程序會影響這對法器的有效距離範圍。

倒轉（Reversers）：使用紫水晶而非紅寶石，也能創造出兩半相連的寶石，但是這種法器的功能是創造相斥的力量。舉例而言，舉高一半，另外一半便承受壓力往下陷。

這種法器剛剛才被發現，已經有很多實際應用的可能性。這類法器似乎有些出人意料的限制，但是我無法得知是何種限制。

### 示警型法器（WARNING FABRIALS）

這一組法器中只有一種，俗名稱爲示警器（Alerter）。一台示警器只能警示附近的單一物件、情緒、感官，或是現象。這些法器利用金綠柱石爲力量來源。我不知道這是唯一有效的寶石類型還是另有其因。

在此類法器中，灌注的颶光量與示警範疇有關，因此使用的寶石大小非常重要。

## 逐風術與捆縛術（WINDRUNNING AND LASHINGS）

關於白衣殺手之奇特能力的報告，讓我找到一些大多數人無從得知的資料。

逐風師是燦軍之一團，他們主要使用捆縛術中的兩種捆術。這種封波術的效果在該燦軍軍團內被稱爲

「三重捆術」（Three Lashing）。

◆**基本捆術**（Basic Lashing）**：改變引力方向**

此類捆縛術應該是所有類型中最常使用，卻並非最容易使用的能力（最容易使用的捆縛術為接下來將討論的全面捆術）。基本捆術是逆轉生命體或物體與星球的靈魂引力方向，暫時將該生命體或物體與不同的物件或方向連結。

這種改變造成引力的改變，因此會造成星球能量的變化。基本捆術可讓逐風師在牆壁上奔跑，造成物件或人飛入空中等類似效果。進階使用則能讓逐風師靠著將部分體積往上方捆縛，以減輕自己的體重（數學算式為將四分之一體積往上捆縛，可減輕一半體重；將一半體積往上捆縛，可達成無重狀態）。多重基本捆術可將物件或人體以雙倍、三倍或其他倍數之體重往下拉。

◆**全面捆術**（Full Lashing）**：將物體捆在一起**

全面捆術看起來跟基本捆術很相似，但是運作原理完全不同。前者與引力有關，後者則以黏著力道（燦軍稱之為『封波術』）有關，能將兩件物體捆成一件。我相信這項封波與大氣壓力有關。

要使用全面捆術，首先逐風師須對物體灌注颶光，然後將另一件物體貼上，兩件物體將以極大的連結捆綁在一起，幾乎不可能斬斷。大多數材質會在連結被破壞之前，自身先崩壞。

◆**反向捆術**（Reverse Lashing）**：讓物體增加引力**

我相信這屬於基本捆術的特殊變異。此類捆縛術在三者中需要的颶光量最少。逐風師只要在物體內灌注颶風，以意識施予指令，即能在該物體中創造出可吸引其他物件的引力。

此捆縛術的關鍵是在物體周圍創造出一個圈圈，模仿與地面的靈之聯繫，因此這項捆縛術很難影響碰觸到地面的物體，因此時物體與星球的連結爲最強。墜落或飛翔中的物體最容易受到影響；其他物件也可以被操控，但是需要的颶光跟技巧則要高上許多。

## 織光術（LIGHTWEAVING）

第二種封波術型態。使用對光與聲音的操縱製作幻象在整個寰宇中相當常見，可是其與賽耳現行的種類不同。織光術有強大的靈性精神因素，需要的不只是在意識中清楚凝現意圖製作的幻象，更需要製作者本身與它有一定程度的聯繫，因此製作出來的幻象不只是靠著織光師的想像，更是倚賴他們希望創造出的結果。

在許多方面來說，織光術跟尤立許原版的力量最爲相近，對此我感到相當興奮。我希望能更深入研究這個能力，希望能夠全面了解其與認知與靈魂特性間的關聯。

## 魂術（SOULCASTING）

魂術技藝是羅沙經濟不可或缺的一環，它能夠藉由改變靈魂上的性質，將物質的一個狀態直接轉化爲另一狀態。在羅沙，這項技藝憑藉著稱爲魂師（Soulcaster）的儀器實行，它們（大部分都被集中應用於把岩石轉換爲穀物或鮮肉）能夠爲軍隊提供移動式的補給，或是充填各地的食物儲量。這使得羅沙上的諸多王國——由於颶風的降雨，補充淡水並不構成問題——得以派遣軍隊到非本地人便意想不到的地區駐紮。

然而，魂術最令我感到好奇的，在於我們能利用它推論出許多關於這個世界，以及其授予的線索。舉例而言，特定的寶石才能製造出特定的成果——如果你想要製造穀物，你的魂師就必須被切換至該種轉化的模式，並且要有一個翡翠裝置在上面（不能是其他的寶石）。這創造出一種特殊的經濟，奠基於寶石所能產生的相對價值，而非寶石的稀少性。誠然，若撇除雜質不論，由於這數種寶石類型的化學結構大抵是一樣的，最重要的部分其實是顏色——而非它們實際上的原質組成。我相信你會認爲這種與色調的關聯性饒富興味，特別是考慮到它和其他形式的授予之間的關係。

這樣的關聯性必定對於我在前頁附上的製作圖表有些影響，這份資料儘管缺少一些科學性的優點，卻在根本上和當地關於魂術的民間說法緊密羈絆。翡翠能用於創造食物——也就在傳統上與類似的元素（Essence）有了連結。誠然，基於當地傳統，羅沙的基礎元素是十種，而非傳統的四種或十六種。

有趣的是，這些寶石似乎和曾在燦軍中擔任一支軍團的魂師的原始能力有關——但寶石對於燦軍在這項授予上的實際操作並不是必要的。我不清楚這裡的連結爲何，不過這點暗示了有珍貴的祕密沉潛其中。

指稱儀器時，魂師是用以模仿魂術的波力（或稱爲轉化）。這又是另一種機制上的模仿，仿效了原先少數能與這項授予技藝產生締結的人們。誠然，羅沙的榮刃，也許就是這種模式——來自數千年前——的特別首例。我相信這和司卡德利亞上的新發現，乃至於鎔金術與藏金術做爲商品的普及化，同樣有所關聯。

## 塑岩術（STONESHAPING）

我先前有進一步機會研究授予在羅沙的使用情況，以及其名爲封波術的奇特表現形式，我找到機會進一步反芻意圖（Intent）與聯繫（Connection）的本質。

岩衛師軍團與塑志師軍團所使用的力量稱爲塑岩術，此即爲一種絕佳範例。這種能力運用聚合的波力，而且在諸多方面都與名爲微動（Microkinesis）的原質操控術頗爲相近——兩者皆授予能力，使其能操控結合個別原質的力。幸運的是，在我調查的過程中，塑岩術似乎是一種遠遠不那麼……爆炸性的力量，受榮譽加諸其上的規則約束，以預防發生在悠倫的錯誤。

儘管如此，熟練的岩衛師或塑志師能夠如同塑造黏土般塑造岩石，弱化原質間的連結（根據我得到的資訊，我相信就算是其他材質亦同樣可行，不過運用於岩石還是最簡單、最常見）。這並不只是一個化學過程。一般預期激化原質必然涉及熱，但塑岩術並非如此，實則相關的是操作者的意圖。

岩石感知岩衛師的渴望，而操作者能夠透過渴望形塑岩石，就像透過物理上的力一樣。在我讀過靈和羅沙智人間互動的資料前，我不認為我正確了解授予是如何回應操作者有意識的碎旨。此處還有好多需要學習、好多需要探索。

我已派遣我最優秀的探子滲透岩衛師之間。他的研究極具啓發性，提出我們可以三種方式看待意圖與塑岩術相關的性質。

意願：岩石似乎一致願意聽從調諧爲聚合的封波師。這相當奇特，因爲在魂術之中，岩石屬於最難操作的一種材質——甚至難於生物，根據那些生物的情緒、心理以及靈性狀態而有所不同。

爲何岩石渴望爲岩衛師或塑志師而改變？又是爲何如此輕易回應他們的渴望、接納那些渴望，並享受最終結果？就像熱心參與喜劇的觀眾，岩石讓封波師導引它。

聯繫：岩石能感知封波師的意圖，甚至是他們的過去。我有幾份可靠的報告提及岩石回溯數世代的聯繫，展示出久遠之前的事件、感覺、情緒，以及想法。它會構成死去已久的岩衛師的臉孔。它會創造出遺忘已久的事件的畫面。我原本視其爲一種低等形式的微動，不過塑岩術其實更加聚焦，而且在某些方面更加卓越。塑岩術有一種預言的屬性，而我沒想過會有此發現。

命令：岩衛師通常必須下令，無論在心中或說出口，方能眞正控制岩石。這部分與寰宇各處許多祕典相似，本身並不是那麼新奇。然而，我從兀瑞山中得知一個令人激動的消息：他們的王后似乎似乎能夠透過命令創造出一種反授予。此事早有相關理論，但這會是我首度得到證據，證實其確有可能——而且只能透過意圖而創造。

我相信，弗伊爾，深處於他的海洋中，或許會發現此資訊支持我的相關理論。他堅持掌控艾澤是他的目標，而若他眞想達成這個目標，最好還是聽聽我對這件事的說法。

BEST嚴選 137

# 颶光典籍四部曲：戰爭節奏・上冊

原著書名／The Stormlight Archive: Rhythm of War
作　　者／布蘭登・山德森（Brandon Sanderson）
譯　　者／歸也光
編譯協力／傅弘哲
企畫選書人／王雪莉
責任編輯／王雪莉

版權行政暨數位業務專員／陳玉鈴
資深版權專員／許儀盈
行銷企畫／陳姿億
行銷業務經理／李振東
總　編　輯／王雪莉
發　行　人／何飛鵬
法律顧問／元禾法律事務所　王子文律師
出版／奇幻基地出版
城邦文化事業股份有限公司
台北市 104 民生東路二段 141 號 8 樓
電話：(02)25007008　傳眞：(02)25027676
網址：www.ffoundation.com.tw
e-mail：ffoundation@cite.com.tw
發行／英屬蓋曼群島商家庭傳媒股份有限公司城邦分公司
台北市 104 民生東路二段 141 號 11 樓
書虫客服服務專線：(02)25007718・(02)25007719
24 小時傳眞服務：(02)25170999・(02)25001991
服務時間：週一至週五 09:30-12:00・13:30-17:00
郵撥帳號：19863813　戶名：書虫股份有限公司
讀者服務信箱 e-mail：service@readingclub.com.tw
歡迎光臨城邦讀書花園　網址：www.cite.com.tw
香港發行所／城邦（香港）出版集團有限公司
香港灣仔駱克道 193 號東超商業中心 1 樓
電話：(852) 2508-6231　傳眞：(852) 2578-9337
e-mail：hkcite@biznetvigator.com
馬新發行所／城邦（馬新）出版集團
【Cite(M)Sdn. Bhd】
41, Jalan Radin Anum, Bandar Baru Sri Petaling,
57000 Kuala Lumpur, Malaysia.
Tel: (603) 90578822 Fax:(603) 90576622

封面設計／捌子
排　　版／極翔企業有限公司
印　　刷／高典印刷有限公司
■ 2022 年（民 111）1 月 25 日初版
■ 2022 年（民 111）7 月 11 日初版 5 刷

售價／ 650 元

國家圖書館出版品預行編目資料

颶光典籍四部曲：戰爭節奏 / 布蘭登・山德森 (Brandon Sanderson) 作 ; 歸也光譯 . -- 初版 . -- 臺北市：奇幻基地出版 , 城邦文化事業股份有限公司出版：英屬蓋曼群島商家庭傳媒股份有限公司城邦分公司發行 , 民 111.01
面：公分 . -(Best 嚴選 ; 137)
譯自：Rhythm of War
ISBN 978-626-95339-4-7（上冊：平裝）.

874.57　　110018343

Rhythm of War
Copyright © 2020 by Dragonsteel Entertainment, LLC.
Complex Chinese language edition published in agreement with JABberwocky Literary Agency, Inc., through The Grayhawk Agency.
All illustrations © Dragonsteel Entertainment, LLC, except when otherwise noted
Illustrations preceding chapters 11 and 61 by Dan dos Santos
Illustrations preceding the prologue, chapters 22, 24, 29, 36, 53, 75, and 78, and interludes 5 and 7 by Ben McSweeney
Illustrations preceding chapters 3, 6, 41, 84, and 97 by Kelley Harris
Map of Roshar, sword glyphs, chapter arches, and illustrations preceding chapters 20, 46, and 73 by Isaac Stewart
Viewpoint icons by Isaac Stewart, Ben McSweeney, Howard Lyon, and Miranda Meeks
Map on the inside of the dust jacket by Isaac Stewart
Front endpapers by Magali Villeneuve
Rear endpapers by Karla Ortiz
Complex Chinese translation copyright © 2022 by Fantasy Foundation Publications, a division of Cité Publishing Ltd.
All rights reserved.

著作權所有・翻印必究

ISBN　978-626-95339-4-7

Printed in Taiwan.

城邦讀書花園
www.cite.com.tw

| | | | |
|---|---|---|---|
| 廣 | 告 | 回 | 函 |
| 北區郵政管理登記證 | | | |
| 台北廣字第000791號 | | | |
| 郵資已付，免貼郵票 | | | |

104台北市民生東路二段141號11樓

**英屬蓋曼群島商家庭傳媒股份有限公司城邦分公司** 收

請沿虛線對摺，謝謝

奇幻基地

每個人都有一本奇幻文學的啓蒙書

**奇幻基地粉絲團：http://www.facebook.com/ffoundation**

**書號：1HB137　　書名：颶光典籍四部曲：戰爭節奏·上冊**

請於此處用膠水黏貼

奇幻基地

# 讀者回函卡

謝謝您購買我們出版的書籍！請費心填寫此回函卡，我們將不定期寄上城邦集團最新的出版訊息。

姓名：________________________ 性別：□男 □女

生日：西元________年________月________日

地址：________________________

聯絡電話：________________傳真：________________

E-mail ：________________________

學歷：□1.小學 □2.國中 □3.高中 □4.大專 □5.研究所以上

職業：□1.學生 □2.軍公教 □3.服務 □4.金融 □5.製造 □6.資訊

□7.傳播 □8.自由業 □9.農漁牧 □10.家管 □11.退休

□12.其他________________________

您從何種方式得知本書消息？

□1.書店 □2.網路 □3.報紙 □4.雜誌 □5.廣播 □6.電視

□7.親友推薦 □8.其他________________________

您通常以何種方式購書？

□1.書店 □2.網路 □3.傳真訂購 □4.郵局劃撥 □5.其他

您購買本書的原因是（單選）

□1.封面吸引人 □2.內容豐富 □3.價格合理

您喜歡以下哪一種類型的書籍？（可複選）

□1.科幻 □2.魔法奇幻 □3.恐怖 □4.偵探推理

□5.實用類型工具書籍

奇幻基地電子回函卡

對我們的建議：________________________

________________________

________________________

為提供訂購、行銷、客戶管理或其他合於營業登記項目或章程所定業務之目的，英屬蓋曼群島商家庭傳媒（股）公司城邦分公司，於本集團之營運期間及地區內，將以電郵、傳真、電話、簡訊、郵寄或其他公告方式利用您提供之資料（資料類別：C001、C002、C003、C011等）。利用對象除本集團外，亦可能包括相關服務的協力機構。如您有依個資法第三條或其他需服務之處，得致電本公司客服中心電話 (02)25007718請求協助。相關資料如為非必要項目，不提供亦不影響您的權益。

1. C001辨識個人者：如消費者之姓名、地址、電話、電子郵件等資訊。
2. C002辨識財務者：如信用卡或轉帳帳戶資訊。
3. C003政府資料中之辨識者：如身分證字號或護照號碼（外國人）。
4. C011個人描述：如性別、國籍、出生年月日。

請於此處用膠水黏貼